苔花

——西望

陕西新华出版传媒集团
太白文艺出版社

图书在版编目（CIP）数据

苔花 / 西望著. -- 西安：太白文艺出版社，
2020.9（2022.1重印）
ISBN 978-7-5513-1820-4

Ⅰ.①苔… Ⅱ.①西… Ⅲ.①长篇小说－中国－当代
Ⅳ.①I247.5

中国版本图书馆CIP数据核字（2020）第099358号

苔花
TAI HUA

作　　者	西　望
责任编辑	曹　甜　关　珊
封面设计	秦呈辉
版式设计	侯梅梅
出版发行	陕西新华出版传媒集团
	太白文艺出版社
经　　销	新华书店
印　　刷	三河市华东印刷有限公司
开　　本	787mm×1092mm　1/16
字　　数	360千字
印　　张	24.5
版　　次	2020年9月第1版
印　　次	2022年1月第3次印刷
书　　号	ISBN 978-7-5513-1820-4
定　　价	68.00元

〈 目录 〉

楔　子

东都南郊约十公里处，有一风景名胜——龙门，为东都八景之首。此处两山对峙，伊水中流，山清水秀，环境清幽，素为文人墨客观游胜地。又因山体石质优良，宜于雕刻，故而北魏孝文帝南迁东都之际开凿龙门石窟，之后历经东魏、西魏、北齐、隋、唐、五代等十多个朝代，形成了南北长达数里、具有十一万余尊造像的石窟遗存。

石窟对面，即是香山，因山上盛产一种香草而得名。每年夏秋两季，漫山弥香，虽远隔数里，仍能闻见淡淡的香草味。女皇武则天在此留下了"香山赋诗夺锦袍"的佳话。只是不知何时何代，此香草竟绝迹，空留一山名至今。

香山上有一古寺叫上溪寺，相传建于北齐，为安置西域高僧鸠摩罗什的舍利而修建。原建筑毁于何时，已无可考究。现寺内建筑为近代翻修。在拥有众多名寺的东都城中，上溪寺并不算出名，但因与龙门石窟隔伊水相望，游客游玩石窟后，有兴致高的进寺逛逛，施舍点香火钱。这几年住持了明法师新修了山门、钟楼、鼓楼，修葺了残破的大殿。上溪寺地处香山，树木郁郁葱葱，泉水汩汩潺潺，不像知名寺庙那样游人熙熙攘攘，倒是个雅致的好去处。

秦歌，关中人。就读于东都大学，毕业后，分配到东都某风景区，娶一东都女子，安居乐业。几年来，家庭事业虽平平淡淡，但还算顺风顺水。这日，秦歌陪一好友到龙门游玩，被人群冲散后便一人信步走到香山脚下，听到一阵鼓声，就朝着山门方向拾级而上。山门两边有一副楹联，上联为"千年道场一花一世界"，下联为"弹丸之地一叶一菩提"，横批为"你亦是佛"。字体浑圆饱满，不见棱角，却又内势强劲，拙中藏巧。秦歌对东都市几个书法大家的风格也算比较熟悉，却看不出此联出自何人之手。寺内空无一人。走进大殿时，才听到一阵诵经声："……尔时百千万亿不可思、不可议、不可量、不可说无量阿僧祇世界，所有地狱处，分身地藏菩萨，俱来集在忉利天宫。以如来神力故，各以方面，与诸得解脱，从业道出者，亦各有千万亿那由他数，共持香华，来供养佛。……"

秦歌听出其所诵经文为《地藏经》，大殿又没有香客，只有两个和尚，暗思："这《地藏经》不是超度亡灵之经吗？"他静静地听了会儿，顿觉浑身浮躁之气渐消，庄严恬静之感由心而生。诵经仍在继续："'是诸众生，先受如是等报，后堕地狱，动经劫数，无有出期。是故汝等护人护国，无令是诸众业迷惑众生。'四天王闻已，涕泪悲叹，合掌而退。"

了明法师缓缓睁开眼睛，望了秦歌一眼，对了静说道："来客人了。"了静本来已经睡着了，他揉了揉眼睛，对秦歌笑道："回来了。"秦歌一怔，心想："这个疯和尚，我们认识吗？"就对了明笑道："你在念经，这位大师在坐禅啊！"了明没有吱声，上前剪掉蜡烛上的烛花。秦歌见这和尚慈眉善目，颇有好感，就拿出一百元钱，塞入功德箱。了明敲了一下法磬，双手合十道："阿弥陀佛，善哉，善哉！施主许个愿吧！"秦歌暗想，眼下父母安康，夫妻和睦，儿子聪颖，工作稳定，似无所求。但转念一想，平日里领导们前呼后拥，香车美女，好不威风，让人羡慕不已。不如求个前程，咱也过把官瘾。遂低头下拜，默默将心愿倾诉。

了明见秦歌发完愿，转身对了静说道："陪施主到禅房用茶吧！"秦歌还挂念着走散的好友，摆摆手说道："不必了，天色已晚，我得下山了，下次吧！"了明目送秦歌离开山门，随口唱了个偈子：

> 世人都说权贵好，金银美色少不了；
> 朝入朱门朝堂处，香车宝马千钟粟；
> 夜宿锦华温柔乡，红罗帐里戏鸳鸯；

前呼后拥八面风，朋友遍地四海通。
世人都说权贵好，个中滋味谁知晓？
转似秋蓬繁华尽，烟花易冷转头空；
官星暗隐宦海沉，静思相知能几人？
应是世间缘未尽，飞蛾扑火不胜悲。

当晚，东都市发生了一场惊天动地的火灾，一时间东都成了全国的舆论焦点。一大批官员的命运随之改变，有的贬官降职，有人顺风而起。秦歌属于后者。随着改变的还有东都行政中心的变迁，由洛水之北迁至洛南。几年后，洛河南岸的成片麦田里长出了一个繁华的城市。

楔
子

第一章　翩若惊鸿

　　秦歌躺在宽大的办公椅上，手里举着手机，随意地浏览着网页新闻。夕阳穿过窗户照了进来，他觉得有点晃眼，就把手机扔在办公桌上，闭上眼睛，含糊地哼着一首老掉牙的流行歌曲。丁荣剑一手扶着门框，一手敲着门，把上半个身子探了进来，脸上堆满笑意。秦歌招招手，示意他进来，说道："人都进来了，还敲什么门呢？"丁荣剑进来后，把门掩上，没有坐下，而是俯下身子，趴在秦歌办公桌对面，笑道："老大，什么情况？"秦歌知道他问什么，却反问道："什么什么情况？"丁荣剑笑道："听说今天领导最后是和你谈话的，谈完话就直接走了。"秦歌道："你们也太敏感了，领导临时有事，和我谈完就走了，这有什么呀？"丁荣剑笑道："反正传得挺厉害的，说孙主任要升职，接班的非你莫属了。"

　　秦歌没吱声，过会儿才漫不经心地说道："你小子观察得还挺细，出去可别瞎说！"听到这句话，丁荣剑的嘴角不经意地微微上扬了一下，把身子又往前凑了凑，说道："大哥，想想都兴奋啊！幸福的日子向我们招手呢！"秦歌笑道："对！到时每天早上喝汤，想喝羊肉汤喝羊肉汤，想喝胡辣汤喝胡辣汤。"丁荣剑听罢哈哈大笑道："每次买两碗，喝一碗倒一碗。"笑完看了看手表，接着说道："大哥，你晚上有没有事，不如我们找个地方喝两杯？"

　　秦歌道："我没事，你不回去陪左琳？"丁荣剑摆了摆手："去省城了，她们单位有个集训班，一个月呢！"秦歌道："哦，那你是寂寞才找我喝酒啊！"丁荣剑笑道："主要是好长时间没给大哥汇报思想了。"秦歌拿起电话说道："让我给你嫂子请个假吧！"就拨了林心瑶的电话，还没等秦歌说话，听筒里就传来了林心瑶的声音："又不回家吃饭了，是吧？""夫人英明！""别太晚了啊！儿子中午就说有几道数学题让你给他讲讲。"说完就挂断了。秦歌关上了电脑，丁荣剑便给小王打电话："兄弟，备马！"

三人来到一家小酒店，服务员问："先生，你们几位呀？"丁荣剑说："三位。"服务员指着靠窗的一个卡座说："你们三个人就坐这儿吧，靠着暖气，视线好……"丁荣剑瞪了小姑娘一眼，对吧台喊道："开个包间！"经理快步走了过来，看了他们一眼，转头对小姑娘道："你去忙吧。"亲自把他们带到一个包间。

秦歌在主位坐下后，丁荣剑和小王分别坐下。丁荣剑点了四个凉菜、四个热菜，让服务员报一下菜名，好让秦歌审定一下。秦歌挥挥手道："不用了，上吧！"

顷刻间，凉菜已上齐，小王从车后备厢拿了一瓶酒，打开酒瓶倒了两杯，放在秦歌和丁荣剑面前。秦歌端起酒杯道："开始吧！"丁荣剑问："大哥，怎么喝？"秦歌道："三口一杯吧！反正一瓶封顶。"一会儿工夫，推杯换盏间大半瓶已下去了。秦歌看着丁荣剑说："兄弟，最近状态不错嘛！"丁荣剑嘿嘿笑道："自从媳妇出差以来，兄弟这腰也不酸了，腿也不疼了，上班也不打瞌睡了，吃嘛嘛香，身体倍儿棒！"秦歌哈哈大笑："来，为兄弟身体硬朗干一个！"丁荣剑喝了杯中酒后，双颊通红，拿起酒瓶又倒了两杯。

秦歌问道："左琳走了多长时间了？"丁荣剑道："两周了，憋得有点难受，大哥明天给放一天假吧？"秦歌笑道："明天要开会，让小王晚上送你去吧，让他在楼下等着。你活动完了再和他一起回来吧。"丁荣剑道："让兄弟在楼下等个把小时，于心不忍啊！"小王一直在喝茶水，听到这话就撇撇嘴道："还个把小时呢！我看三分钟差不多了，车都不用熄火了。"

丁荣剑指着小王道："三分钟？那是你！来，罚你一杯！"说完就拿起酒瓶要给小王倒酒。小王忙用手挡住杯子口道："不行、不行，得保证领导安全。"丁荣剑看着秦歌道："我有点晕了，喝不动了，就剩这些了，让小王也喝点吧！"秦歌道："别扯淡了，实在不行倒给我吧。"丁荣剑道："噫！哪能叫领导多喝呀！"就把酒全倒在自己杯子里了。他又转头对小王说道："小王，你端水吧，我们敬大哥一杯。来，大哥，心想事成啊！"丁荣剑一仰脖子，一整杯全干了。秦歌也干了杯中酒道："兄弟，晚上就这样吧！"丁荣剑一大杯酒下肚后，脸颊更红了，凑近秦歌问道："大哥，兄弟今天真高兴，我们换个地方再喝点？"秦歌的心情也很好，问道："去哪儿？"丁荣剑道："去唱会儿歌吧？""走！"

开车十分钟左右，三人便来到天籁大酒店门前。酒店二三层是一家豪华夜总会。秦歌对小王说："你把车停远点，别在门口等了。"说完下了车，和丁荣剑走进大门。只见这大厅里金碧辉煌，中央大厅挑空到三楼，数组巨大的水晶吊灯泛着柔和的光芒，四壁镶着淡黄色大理石，地面铺着厚厚的红底黄色牡丹花图案的羊毛地毯。楼梯口整齐地站着两排身着白色学生装的迎宾小姐，见有人过来，齐声道："先生晚上好！欢迎光临天籁。"

由二楼下来一位丽人，年约三十岁，高挑个儿，头发在头顶绾了个髻，一双眼睛流露出说不出的风流，着一身黑色短西装，丰满的胸部把上衣撑得紧紧的。她看到丁荣剑，脸上堆满笑容，迎了上来，笑道："兄弟，这段时间忙啥呢？也不来看看姐。"丁荣剑侧了一下身子，给秦歌介绍道："这儿的领班，马晶。"又对马晶介绍道："这是我大哥，晚上给安排好啊！"马晶笑道："早给你安排好了，放心吧！"又小声问道："领导贵姓啊？"丁荣剑道："秦国的秦。"马晶主动把手伸到秦歌面前，微笑道："秦哥好！"

一阵悦耳的钢琴声从旁边传了过来。秦歌觉得异常动听，他确信这是自己从来没有听过的一首曲子，就侧头看了一下。只见大厅那边有一音乐茶座，中间是一个四五十平方米的水景池，里面有一座小型喷泉，喷泉前面的小岛上放置着一架白色的三角钢琴。有一个身穿湖绿色连衣裙的少女，坐在钢琴前面，身体随着音乐优雅地摆动着，优美的琴声从她舞动的十指间缓缓流淌而出。秦歌一时被这美好的画面所吸引，不由得注视良久。他对丁荣剑说："先在这儿喝会儿茶，醒醒酒吧。"马晶就带着他俩走到靠近水边的一个台位上，上了一壶茶。

秦歌静静地看着钢琴那边，那少女不经意地往他们这儿瞥了一眼。秦歌怔住了，只见那姑娘一张瓜子脸，淡淡的眉毛弯如新月，长长的睫毛微微上翘，眼睛清澈得如新生的婴儿一般，粉红色的嘴巴很精致。身材苗条，纤纤弱质，显得清纯脱俗。真是清水出芙蓉，天然去雕饰！

秦歌一时觉得这女孩面熟且有种天然的亲切感。他脑子里飞快地转了一遍，又想不起来在哪儿见过，暗道："世间居然还有如此女子！"这时，曲子的最后一个音符终止。姑娘仰了仰头，从身旁的凳子上拿起一个粉色的杯子，喝了口水，冲着马晶微微一笑，又低头翻着琴谱。秦歌问道："小姑娘，你刚才弹的那首曲子叫什么名字？"那姑娘答道："家传的一首曲子，不出名的，叫《邙山晚眺》。"秦歌笑道："哦，很好听。《邙山晚眺》这个名字起得好，山清水秀，万家灯火，风景如画，一片祥和。"那姑娘看了秦歌一眼，微微一笑，说了声"谢谢"。秦歌起身站在水池边，轻声吟道：

> 蒹葭苍苍，
> 白露为霜。
> 所谓伊人，
> 在水一方。
> ……

只见那姑娘嘴角微微上扬，脸上露出两个迷人的酒窝。她低下头来，十指开始舞动，正是一曲《在水一方》。秦歌听得如痴如醉，嘴里跟着曲子轻声哼着，点着头打着节拍。一会儿，丁荣剑在他耳边小声说道："大哥，咱上去吧，这儿只能看不能摸啊！"秦歌笑道："胡说八道！"等小姑娘弹完最后一个音符，秦歌冲她笑了笑，意犹未尽地离开了茶座。

进包间后，马晶先安排了果盘和几样小吃，有开心果、瓜子、话梅、果脯等，又问道："晚上喝点什么酒呀？"丁荣剑道："来瓶干红吧。"

马晶就让包间里的服务生开酒。她坐在秦歌旁边，递了张名片，道："秦哥，以后请多关照！"秦歌拿起名片看了一眼，就放在茶几上了。马晶让服务生把包间门打开，进来了十个女孩，着装和底下大厅的迎宾小姐又不相同，穿着粉色小西装和粉色小短裙，脚穿小短靴。她们在茶几前一字排开，脸上挂着职业的微笑，齐声道："先生，晚上好！"

秦歌用眼睛扫了一遍，又低下了头，捏了几颗瓜子嗑了起来，对丁荣剑道："叫她们下去吧。"丁荣剑对马晶道："换一批！"马晶俯在他耳边小声道："这一批是我提前留下的，应该是质量最高的。再换可能还不如这一批。"秦歌见他俩嘀嘀咕咕的，就提高声音说道："换什么换？你叫她们都走吧！"丁荣剑就对马晶小声道："你让底下弹钢琴的那个小丫头陪大哥唱会儿歌。"马晶小声道："你这不是为难人嘛！人家是酒店里弹琴的，又不是我们会所的。"丁荣剑道："你想想办法吧！大哥又不会胡来，就叫她陪着唱会儿歌，怕啥？"秦歌就说道："你这小子，别胡闹了。"马晶向那群女孩挥挥手，她们深鞠一躬，退出了包间。

服务生跪在茶几前的垫子上，把酒打开，倒了三杯，放在每个人面前。马晶分别给秦歌和丁荣剑敬了杯酒，说道："秦哥，你们玩着，我先出去转转，过会儿再来啊！"她站起来对服务生说道："招待好啊！"说完又冲着丁荣剑眨眨眼睛就出去了。服务生把话筒递给了秦歌，问道："大哥，唱什么歌？我帮您点吧！"秦歌这会儿满脑子还是那架钢琴边的"风景"，对眼前的一切都不感兴趣了，就对丁荣剑说道："你唱吧，我休息一会儿。"

马晶从包间出来后，下楼来到音乐茶座，见小姑娘还在弹着钢琴，就站在一边笑吟吟地看着她。一曲终了，小姑娘站起来，微笑着问道："马晶姐，你有什么事吗？"马晶摇摇头笑道："没事，没事。你晚上弹到几点啊？"小姑娘说道："九点半，每晚弹十首曲子。"马晶看看手表道："那时间差不多了嘛！"小姑娘点点头说道："再弹一首就可以回家了。"马晶笑道："小幻，姐有个事想请你帮个忙。"小姑娘问道："什么事？你说。"马晶说道："你这钢琴弹得真好。我家小侄女也在学钢琴，我想让你给她指点一下，咋样？"

小姑娘笑道："我还想着什么事呢，没问题！"马晶双手在胸前交叉着，兴奋地说道："太好了！"小姑娘笑了笑。马晶又笑道："那姐怎么感谢你呢？请你唱歌吧！"小姑娘想了想，点点头笑道："好啊！听小薇说，这儿的音响可棒啦！"马晶问道："你和小薇认识？"小姑娘点点头道："我们是同学，我来这儿弹琴就是她介绍的。"马晶笑道："刚好她也在，咱仨去飙歌吧！"小姑娘点点头道："好！等我再弹一首曲子，把今天的任务完成了。"

马晶在一边给丁荣剑发了条短信："我把那小姑娘骗过来了，说是请她唱歌。你们可得注意言行啊！"丁荣剑回道："你太伟大了！"马晶等那小姑娘弹完一曲，收拾好自己的包，就拉着她的手往二楼走去，边走边漫不经心地说道："晚上还有我两个朋友，过会儿咱和他们飙歌，把他们飙下去。让姐有面子啊！"小姑娘点点头笑道："好！"

包间里，丁荣剑唱得不亦乐乎。秦歌打了个哈欠，那个服务生端起了酒杯，要给他敬酒。秦歌摇摇头道："不喝了，你给我捶捶腿吧！"她稍犹豫了一下，微微一笑，蹲在了秦歌边上，轻轻地捶了几下。一会儿，丁荣剑凑过来，小声道："大哥，马晶把那小姑娘叫上来了。"秦歌一听，顿时来了精神，又明知故问道："哪个小姑娘？"丁荣剑舞动了一下十指，做了个弹琴的动作。秦歌本来斜靠在沙发上，这会儿就直起了身子。

马晶推门进来了，后面果然跟着那个绿衣少女。那少女先是站在门口环视了一圈，就直接跑到吧台跟前，推了服务生一把，笑道："小薇。"小薇正在低头点歌，看见小姑娘也笑道："小幻，你咋上来了？"

秦歌一时心情大好，端起杯子道："我们一起喝一个吧！"他又冲着吧台喊道："哎，这位小艺术家，你也喝一杯吧！"小姑娘问道："你说我吗？"秦歌道："除了你，谁还是艺术家？"小姑娘笑道："不敢当，我最不爱喝酒了。我喝杯雪碧吧！"

秦歌点了首柯受良的《大哥》，那个绿衣少女率先鼓掌，丁荣剑边鼓掌边叫好。秦歌一时心情大畅，放下话筒，对那少女喊道："哎，小艺术家，你钢琴弹得那么好，唱歌也一定很好听吧？让我们欣赏一下。"那少女笑了一下，说道："你别叫我艺术家。"秦歌问道："那你叫什么名字？"少女答道："小幻。""哪里人？""东都。"

小幻唱了一首《小背篓》，嗓音清纯甜美，浑身上下透出一种青春活泼的气息，让人赏心悦目。秦歌一直在跟着节奏打着拍子鼓着掌。唱完后，小幻顽皮地冲着马晶眨眨眼，马晶竖了一下大拇指。秦歌说道："这是专业水平嘛！你这一唱，谁还敢拿话筒？"

马晶和小幻说了几句话，又坐在秦歌旁边，倒了杯酒，对秦歌道："大哥，再敬你一杯吧！"说完仰脖干了。秦歌还是抿了一小口就放下了杯子。丁荣剑凑过来，在马晶大腿上拍了一下，手落下后，就一直没有拿开。马晶身子稍扭了一下，回头笑道："兄弟，姐敬你一杯吧！"丁荣剑道："酒是不喝了，有个问题没搞明白，请教一下。"马晶道："什么？"丁荣剑一脸坏笑地问道："为什么别人叫你唇膏？唇是上面横的唇，还是底下竖的唇？膏是牙膏的膏，还是高低的高？"马晶在丁荣剑胳膊上拧了一下，嗔道："那为什么别人叫你蛋糕？蛋是谁的蛋？糕是糕点的糕，还是高低的高？"

秦歌哈哈大笑道："你俩配合得很好嘛！跟说相声一样。"丁荣剑笑了一会儿，又问道："前段时间，见你在微信里晒婚纱照，什么时候结婚呀？到时候讨杯喜酒喝。"马晶道："和谁结啊？早分了。"丁荣剑笑道："便宜那小子了，让他白用了那么多年，拍拍屁股就走了。不过这样也好，咱不就有机会了吗？"马晶道："好，给你机会。就怕你没那胆。"又转头对秦歌笑道："这家伙真信尿（河南方言，缺心眼的意思），老拿他姐开心。"她拿起话筒道："秦哥，妹子为你唱首歌吧！小薇，给姐点一首蔡琴的《你的眼神》。"

马晶的嗓音还真有点像蔡琴，低沉而有磁性，节奏、音准、音色都把握得很好，唱完后又对秦歌道："我们合唱一首吧？你点。"秦歌道："点首成龙版的《神话》吧！"马晶有点失望地摇摇头道："这首歌的韩语部分我唱不了。哎，小幻应该没问题，你和大哥来唱这首吧！"秦歌见小幻拿起了话筒，心里还有点小紧张。音乐响起时，他暗暗地试了好几下，还真怕起错了调。

秦歌每次听到《神话》，都会莫名其妙地想自己的前世一定是位秦国的战将，随蒙恬镇守漠北，所以，唱这首歌时，就特别投入。该女生唱时，秦歌看着小幻，她对歌曲的理解很透彻，有时随着音乐轻轻地舞动，虽然动作很小、很轻，轻到让人感觉她不是在跳舞，而是音乐推着她的身体在摆动。但秦歌还是能看出她有古典舞蹈的功底，他看得心旷神怡，想："怪不得古人形容美女叫弱柳扶风。"不知是紧张还是兴奋，小幻换气的节奏有点散乱，但反倒把高丽公主的那种羞怯、娇弱演绎得更有韵味。秦歌呆呆地看着出神，思想又跑到两千多年前了。一曲终了，秦歌竟有点恋恋不舍。小幻冲着大家轻轻一鞠躬，给了秦歌一个微笑后便跑到吧台边上和小薇聊天去了。秦歌的目光一直追随着小幻，马晶笑道："大哥，还唱什么歌？再点吧！"

秦歌微微觉得自己有点失态，就朝马晶摆摆手。东都市的歌厅一般分几个档次：低端的为量贩式KTV，来消费的大多是工薪阶层或者学生，目的就是唱歌；高端的为会所，来消费的大多为政客商贾，目的不在唱歌，而是娱乐。秦歌今天的兴致很高，唱了好几首歌，依然不忍离开。这时，手机屏幕亮了一下，是一条短信，林心瑶的，就三个字："要脸不？"他低头看了一下表，已经快十二点了，就对丁荣剑道："就这样吧！给小王打电话，把车开过来。"丁荣剑打过电话后，给消费单上签了字，对马晶道："明天再结啊！"马晶道："随便吧！"

大家都站起来了，丁荣剑拉着马晶的手，趴在她耳边说了句什么，马晶点了点头。出包间门时，秦歌看了小幻一眼，小幻微笑着，轻轻点了一下头。马晶送两人出了酒店大门，车已等在门口了。丁荣剑打开车门，待秦歌坐进去后，说道："大哥，你先走，我过会儿再自己回去吧！"秦歌笑道："注意身体啊！"丁荣剑笑了笑，待车离开后，又和马晶走进了酒店。

车子离开酒店，拐入大路，秦歌透过车窗看到一个男孩，他身材高挑，消瘦的脸上架着一副眼镜，头发长长的，刘海儿遮住了小半边脸，身穿一件红色夹克，底下一条发白的牛仔裤，显得腿特长。他倚在一辆自行车上，看起来酷酷的，有点卡通画里小帅哥的样子。秦歌心想："会不会是小幻的男朋友？"他让小王把车靠边停下。约十分钟后，小幻和小薇牵着手，蹦蹦跳跳地跑了出来。小幻已换了衣服，穿着一件白色羽绒大衣，头上戴着一顶红色帽子，看到男孩后，和小薇挥挥手，跑了过去。男孩从包里掏出一串带包装的糖葫芦，将包装纸剥开后，递给小幻。小幻接过糖葫芦，坐在自行车后座上，右手抱着男孩的腰，左手拿着糖葫芦串，边吃边给男孩讲着什么，小腿轻轻地晃着，自行车随着她晃动的节奏也左右摇摆着"S"形。秦歌看两人走远了，对小王道："走吧。"

到家后，客厅灯已经关了，只有儿子的小房间还微微有点亮光。秦歌打开客厅灯，换上拖鞋，看到鞋柜上有一张便条，上面写道："自己睡吧，别打扰我们。否则，后果很严重！儿子。"便条上是两种笔体，前边九个字是林心瑶的，后面是儿子加上去的，秦歌笑了。他轻轻地进到儿子房间，见林心瑶和儿子都睡着了，就亲了亲儿子的小脸蛋，又跑到床的另一边，刚把手伸进被窝，还没碰到林心瑶的身体，就见她睁开眼，轻喝了一声："滚！"说完就又闭上了眼睛。秦歌讪讪地笑着，退回到主卧，简单地洗漱了一番，躺在床上后却怎么也睡不着，脑子里一直有一个身影挥之不去，心想着："他们现在在干什么呢？"

夜里，秦歌做了个奇怪的梦，梦见自己变成了一条鱼。

第二章　良人骢马

　　春节前这段时间特别忙，各种检查、会议、应酬、走访，还有密集的婚宴。北方民间有个说法，立春在春节前，来年叫寡妇年。所以好多人都赶在春节前结婚。一进入腊月，办公桌上婚礼请帖成堆。一上班，丁荣剑带着左琳开着新买的红色轿车来了。他从后备厢拿出烟和糖，挨个办公室发请帖。领导每人一条软装金草香烟、一盒巧克力糖；其他同事每人两包烟，搭配着糖果、瓜子装在一个红色礼袋里。

　　他俩到秦歌办公室后，把烟和巧克力放在茶几上。丁荣剑敬了根烟，让左琳给秦歌点上，两人坐在沙发上稍歇了会儿。秦歌问道："都准备好了吧？"丁荣剑道："都准备好了，别的也没啥了，昨天把结婚证领了。"秦歌笑道："那以后就属于有证驾驶了。"左琳脸微红，嗔道："又开始了。"她起身对丁荣剑道："我去上个厕所，你赶紧给领导汇报，完了还得去我们单位呢。"丁荣剑点点头道："知道了。"他对秦歌说道："大哥，婚礼时，你得作为主婚人讲话。"秦歌摆摆手道："别！你让孙主任讲吧！"丁荣剑道："刚才给他送请帖时，他说不巧得很，那天还得参加他侄子的婚礼，把礼钱都提前给我了。"

　　秦歌就点点头，说道："那行吧！你这段时间歇一歇，忙自己的事吧！对了，上次安排的做宣传标语牌的事落实了没有？不行你给宋挺交代一下，让她干吧！"丁荣剑道："都已经装好了，商家连发票都送过来了。"说着从包里掏出发票，递到秦歌面前。秦歌看了一眼，三万多。他在上面签了字递给他，随口说了句："人家小姑娘加班加点好一段时间了，把内容、样式都设计好了，挺辛苦的。你处理好啊！别让人家说闲话。"丁荣剑眯着眼睛笑道："大哥呀！我也是多年的媳妇刚熬成婆，不都这么过来的嘛！"

左琳进来后，秦歌掏了一千块钱递给丁荣剑道："这是我和你嫂子的一点心意。"丁荣剑推了一下，道："大哥，你就不用这样了。兄弟啥不靠你？"秦歌道："胡扯，这是两码事，拿着吧！"他见丁荣剑还拒绝，就转手给了左琳，左琳看了看丁荣剑就收下了，笑道："谢谢领导啊！"

丁荣剑进自己办公室前，在后备厢里拿了一套化妆品，那是左琳单位发的，但不是她喜欢的品牌，就扔后备厢里了。宋挺见他俩走进来，忙起身倒茶。丁荣剑给左琳介绍道："这是宋挺，今年刚分过来的大学生。"宋挺递给左琳一杯茶，笑道："这是嫂子吧？长得真漂亮！领导，你真有福气。"

她俩又互相夸奖一番。一个说你身材好，一个说你皮肤好；一个说你指甲真好看，一个说你头发真新潮。丁荣剑笑道："你俩别吹了。小宋，这两天我得休息一段时间，我们办公室的事你多操心，有什么事打电话。给，这是送你的。"说着便把那一套化妆品放到宋挺办公桌上。宋挺还挺感动，先是推辞一番，后来就连声说"谢谢"。

上车后，左琳道："以前听你说过宋挺，我还以为是男孩呢，没想到是个小姑娘，还挺漂亮的嘛！"丁荣剑笑了一下，没有接话，眼睛的余光却看见左琳一直偏着头看着他，就嘿嘿一笑："这个名字男女都可以叫，挺的部位不一样嘛！但她到底还是没挺起来，平平的。哪像我媳妇，横看成岭侧成峰。"说着把手伸到左琳胸上面摸了一把。左琳打开了他的手，笑道："小流氓！"她把头转过来，靠在座椅上，心情愉快地随着车上的音乐哼了起来。

快下班时，秦歌接到杜若飞的电话："大哥，今天给你淘了件好东西。"秦歌问道："什么东西？""一本书，我看着没问题，我现在在丽景门，你要有空来看看吧！"

丽景门始建于隋代，是东都城的西大门。东都城的西面原有两座城门，南曰丽景门，北曰宣辉门。现在的丽景门是21世纪初根据《唐两京城坊考》的记载在原址上重建的，新的丽景门由城门楼、瓮城、箭楼、城墙、丽景桥及护城河等部分组成，是东都历史文化古城街区的龙头，也是古城东都最具特色的历史文化标志之一。近年来，丽景门渐渐成为集书画、古玩及地域特产交易为一体的商业一条街。

秦歌在一家叫荣宝斋的店铺里找到了杜若飞，见他手中捏着本发黄的小册子，拿过来一看，是本《河洛婚嫁风俗小考》，从字体、版式、纸张来看都没问题，后封面印有"雍正三年芙蓉书局"的字样。秦歌随手翻着看，问道："多少钱？"老板娘道："八千！"杜若飞道："大哥，你别管这些，你就看是不是正经东西？"秦歌点点头。书的最后一页上有篇隶书体养生歌，写道："二更更，三冥冥，四数钱，五烧香，六拜年。"秦歌看着它，嘿嘿地笑了。杜若飞见状就凑了过来，问道："我刚才也看到这几句话了，啥意思啊？"秦歌道："你问老板娘吧！"杜若飞果然拿着书问老板娘，老板娘道："这是古时候的封建迷信思想，烧香拜佛的……"秦歌摇摇头，对杜若飞说道："你晚上请我吃饭，我告诉你，特别是对你，这几句话很有指导意义。"杜若飞笑道："看来今天是个好日子，又能给大哥汇报思想了，我这就安排。"

秦歌又浏览了一下店铺里的商品，见大部分为现代仿品。最后，他的目光落在了一件笔架上。这笔架为鸡翅木制成，看款式、包浆应为清中期以前的物件。最特别之处是笔架横梁两端，不像一般笔架雕成龙头或如意，它是雕成了两只凤凰，两只凤眼为木头节疤天然形成，配上鸡翅木纹理，正面观之，如两只欲展翅腾飞的凤凰，栩栩如生，巧夺天工。

秦歌暗叹道："真乃神品！"他装作不经意地问道："这笔架多少钱？"老板娘道："这位先生好眼力，这是我老头（即老公）收藏的，本来不卖的，你要真喜欢，你给开个价吧！"秦歌知道这是商贩的托词，就是想显示这件东西的珍贵。他说道："我也看不懂，只觉得这笔架做得挺别致，也不知道什么价位，你说吧！"老板娘道："你要实心要的话，我给我那口子打个电话问问。"说完她就拿起手机拨了个电话。挂上电话后，老板娘道："你给两万吧！"最后，秦歌还价到六千，小王付钱时，杜若飞拦住道："别，我来吧！"

吃饭时，杜若飞又缠着秦歌让他讲那个养生歌是什么意思。秦歌道："你喝一杯酒吧！喝完我给你讲。"杜若飞喝了一杯酒，笑道："秦老师，可以讲了吧？"秦歌点点头道："数字指的是岁数，二三四五六分别是说男人二十、三十，直到六十岁。古人认为，男人二十岁时，体力充沛，精力旺盛，而且再生能力强，夜晚每个更次都可以做爱，就是所谓二更更；三十岁时，应减为每夜一次，冥冥即夜晚的意思，这就叫三冥冥；古人数铜钱都是一五、一十地数，到四十岁时，性生活应该减少为五天一次，这就叫四数钱；烧香逢初一、十五烧，即五十岁时，每月两次，就叫五烧香。你一年能拜几次年？不就一次嘛！也就是说到六十岁时，只能一年一次，所以叫六拜年。现在明白了没？"

杜若飞恍然大悟，端起酒杯道："敬秦老师一杯，今天又长见识、学知识了。看来咱这身体还挺符合古人的标准。"这时，餐厅的背景音乐正在播放S.H.E的一首歌，叫《不想长大》，其他歌词大家都没听清，就听

清了反复唱的一句："我不想、我不想、不想长大……"小王没忍住，噗地一口茶全喷出来了，三人哈哈大笑。

笑罢，秦歌问道："这次新疆之行感觉如何？"杜若飞道："在乌鲁木齐玩了几天，又去了和田，其他地方都没去。拍了一大堆的照片，买了点土特产，有雪莲和巴达木，在后备厢里，过会儿让小王放你车上。本来还想买几块玉，一是兄弟不懂，不识真假；其二，价钱和咱这儿也差不多，就你戴的那种牌子，我看还不如你那块白润，要十万。"秦歌道："这东西近几年炒得太厉害，前两天，河西开了一家店，我去看了看，一个手把件，还是山料的，要二十万。后来转了一圈，就没有十万以下的东西。籽料打完折后都在三十万以上，都疯了，卖给谁啊！"

杜若飞喝了杯酒说道："现在，这钱真不当钱了，什么都贵。今年还没一毛钱进项呢，钱花得和流水一样。寡妇撒尿，光出不进啊！"小王道："都一样，兄弟不也是紧紧张张的。"杜若飞道："你可不一样，你这是充气娃娃，光进不出啊！"秦歌笑道："行了，别提意见了。眼下就有活儿干了，整村拆迁，有兴趣的话；把队伍准备一下，很快就开始

了。"小王道："这算让你这个寡妇再遇春天了吧！"杜若飞笑道："大哥，皇恩浩荡啊！晚上去唱会儿歌吧？"秦歌道："行吧！你叫上荣剑，让他安排地方。"

马晶接到丁荣剑的电话，笑道："你净给我出难题，这次你让我咋说？"丁荣剑笑道："智慧无穷的晶晶姐，想想办法吧！我会用身体来报答你的。"马晶骂道："死去吧！"挂了电话后，她想了一会儿，站在二楼扶梯边上，见小幻弹完了琴在收拾东西，就让小薇喊她上来。三人先开了一个包间，她们唱了一会儿歌。马晶接了个电话，对她俩说道："这些人真烦，咱们姊妹玩得正开心呢！他们非要来。"小幻问道："谁呀？"马晶回答道："就那天我那俩朋友，他们不服，还要和咱们PK呢！今天小薇也上，都是自己人，不用给他们服务。"

秦歌他们到天籁后，丁荣剑已在大厅里等着了。秦歌看了看空空的音乐茶座，心里一阵失落。丁荣剑笑了笑，用食指指了指楼上。他们仨进了包间，秦歌一眼就看见了坐在里面的小幻，笑道："小幻，你好。"小幻侧仰起脸，微微笑了笑，露出了两个迷人的小酒窝。丁荣剑坐在马晶身边，杜若飞挨着小薇坐了下来。杜若飞满脸疑惑地看着马晶，问道："怎么几天没来，你这儿规矩变了，不让挑了？"

丁荣剑冲他眨眨眼睛，又冲着小幻努努嘴。杜若飞看了一眼小幻，就不吱声了。小薇问杜若飞："哥，唱什么歌？我给你点吧！"杜若飞摆摆手道："我不会唱。"他伸手想拉小薇的手，她躲了一下，站起来跑到吧台去了。杜若飞见小薇跑了，就拉着马晶坐在他和丁荣剑之间，笑道："兄弟，咱俩和平相处、共同开发啊！"

秦歌见小幻有点拘谨，就微笑着问道："小艺术家，我觉得你好眼熟啊，好像以前在什么地方见过你。"小幻笑了笑，摇摇头。小薇在一边笑道："套路太老，换一个吧！"秦歌略显尴尬地挠了挠头，呵呵地笑了。马晶就给小薇使了个眼色，小薇用手捂了一下嘴巴，又对小幻笑道："大哥可能在梦里见过你吧？"小幻用肘撞了她一下，嗔道："少胡说啊！"

马晶笑道："晚上我们女生和你们男生PK，哪边输了得请吃饭啊！"秦歌笑道："好！你们先唱。"她们仨每人唱了两首歌，秦歌举起手道："你们这边有专业选手，我们认输。"小幻坐下来休息时，鼻尖和额头有细细的汗珠。秦歌就递给她一张湿巾，等她擦完脸，又端起一杯酒说道："感谢三位美女带给我们精彩的表演，我们敬她们一杯吧！"小幻忙摆手道："我真不爱喝酒。"秦歌就倒了杯啤酒递给她道："你能喝多少就喝多少，随意。"小幻见其他人都干了，就喝了一口，把酒杯放在茶几上。丁荣剑跑过来又想给小幻加酒，小幻把酒杯拿起来藏在身后，笑道："真的不能再喝了，再喝就醉了，难受死了。"丁荣剑笑道："喝几杯啤酒怎么会醉呢？"秦歌摆摆手，他就回座位上了。秦歌问道："你喝醉过？"小幻认真地点点头，说道："我小学毕业时，和我姐在家里偷偷喝了一瓶红酒，我还先尝了一小口，觉得不甜。我姐就往酒里加了几勺白糖。喝完我们还从楼上下来，到院子里玩了一会儿，后来都躺在地上了。"

秦歌被小幻的描述逗得哈哈大笑。小幻以为他不相信，就很认真地说道："我说的可都是真的！当时把我奶奶都吓哭了，我爸把我俩送到医院，医生检查了一下，最后说是喝酒喝多了。第二天，我爸就把我给骂哭了。"杜若飞在一边笑道："从那以后你就把酒戒了，是吧？"小幻先是点点头，又觉得有点不对劲，就笑道："什么叫把酒戒了？好像我是酒鬼似的。"秦歌笑道："你比我厉害，我是上初中才喝醉的，来，我敬你一杯。"小幻头摇得像个拨浪鼓似的。秦歌笑道："要不咱再加点糖？"大家都笑了。

这会儿，小幻放松多了，看到秦歌放在茶几上的手机，叫道："哇，5s！让我看看吧？"秦歌道："你看吧！"小幻就划开屏幕点开一个跑酷的游戏，玩了一会儿，看到马晶在看着自己，就赶紧把手机放桌上，笑道："不好意思啊！"说完又顽皮地伸了伸舌头。秦歌笑道："没关系，我们之间不讲这么多规矩。想玩就玩吧！"小幻摇摇头。秦歌问道："你今年多大了？""十九。""刚高中毕业？"小幻笑道："我都上大三了。"秦歌很吃惊，问道："你上哪所大学？"小幻道："东都大学。""哦！那我们是校友了。"秦歌又指了指丁荣剑道，"他也是东都大学的，比我晚几届。唉，都怪我早出生了几年，没在学校里碰到这么漂亮的小学妹。"说完拿眼睛瞄着小幻。

小幻哧哧地笑着，眼睛里亮晶晶的，但一瞬间目光又黯淡了，幽幽地说道："我现在已经不上学了。"秦歌问道："为什么呀？"小幻摇摇头没有回答。这时，丁荣剑和杜若飞争着要跟马晶跳舞，互不相让，两人就一前一后抱着马晶在那儿晃着，小幻看了一眼，马上又把脸扭了过来。秦歌换上一副轻松的表情又问道："噢，那一定是你不好好学习，光谈恋爱，让学校开除了吧？"小幻笑道："我哪有你——们那么坏！"她本来要说"哪有你那么坏"，转眼一想觉得秦歌似乎没他俩那么坏，就改口变成"你们"了。她接着说道："唉，你就别猜了吧，我不想说这些不开心的事。"说着便拿起茶壶给秦歌倒了杯水。

秦歌见小幻不愿意说，就换了个话题问道："你有男朋友吗？"小幻道："有啊。""对你好吗？""当然好啦，他说等我过生日时，送我一部5s呢！"说完她又甜甜地笑了。秦歌想起前几天有个朋友刚送了部手机，他顺手给扔到办公桌抽屉里了，就问道："你喜欢这款吗？"小幻道："我喜欢白色的。"秦歌拿起手机给小王发了条短信："你现在去我办公室，抽屉里有部手机，你看看是什么颜色。白的直接送过来，别的颜色去专卖店给调换一下。"过了半小时左右，小王把手机送过来了。秦歌放在小幻面前："给，送你了！"小幻先是一愣，继而连忙摆手。丁荣剑和杜若飞也围了上来劝道："拿着吧！大哥给的礼物你不收，让他怎么拿回去呢？"小幻坚持不要。马晶过来劝道："拿着吧，大哥的一片心意。"小幻还是摇头，小脸窘得通红。秦歌拿起手机递给马晶，笑道："小幻不要，那我送给你，你想送给谁，我就不管了。"

三人出门后，杜若飞伸出大拇指笑道："大哥好眼力！"

早上起床后，左琳边收拾自己的随身物品，边对丁荣剑交代第二天的注意事项，最后出门时，又趴到床头，两人吻到一起。一会儿，丁荣剑笑道："就去你妈那儿住一天，明晚就回来了，搞得这么缠绵干什么？"左琳道："老公，我怎么心慌得不行？脑子里乱糟糟的，不知道还要准备点啥。"稍顿又说道："今晚你自己老实点，不许外出，我随时打座机查岗。"丁荣剑道："你这是婚前焦虑症。放心吧，老公今天一定养精蓄锐，明晚再好好爱你。"

左琳走后，他又睡着了，直到被一阵敲门声惊醒。开门一看是母亲和姐姐，还有一个不认识的中年妇女和一个小男孩。母亲进门就骂道："臭小子，明天就娶媳妇的人了，一点都不操心，还在睡大觉！"丁荣剑问道："还有啥事？"母亲道："事儿多着呢！刚刚你丈人打电话说，要把嫁妆提前送过来，你得带人去接，你和你姐夫去吧，他在楼下等着呢。"

丁荣剑道："还得我去啊？不是说今天我和左琳不能见面吗？"姐姐笑道："你去也见不着媳妇，都给你藏起来了。"母亲指着那个中年妇女介绍道："这是你荣升哥家的嫂子，专门从老家赶来，明天给你接媳妇的。"又指着小男孩说："你小侄子，晚上给你们压床。"丁荣剑笑了笑，点了点头。

自从奶奶去世后，丁荣剑就很少回老家了。每年清明节随父亲回老家上坟，也是到村口坟地，很少进村。老家也没什么近亲了。荣升哥是父亲堂哥的儿子，平时基本上不怎么联系了。丁荣剑给堂嫂和小男孩拿糖和水果。小男孩好奇地看着装修豪华的新房，有点羞怯。等丁荣剑洗漱完，发现小家伙已经不老实了，躺在地板上滚来滚去。丁荣剑出去后，母亲、姐姐和堂嫂开始布置新房了。

东都结婚有准备洞房的习俗。在结婚的头天，由男方家请儿女双全、夫妇俱在的妇女给新娘铺床，并往床上撒上红枣、花生、桂圆、栗子等物，寓意为早生贵子。新人的被褥用红线缝制，被子数量为偶数。当晚，要由男方近亲家的健康男孩儿睡在新床上，俗称"压床"，寓意让新娘快快生个胖小子。

晚饭后，司仪过来了，他先检查了四样礼：肉一方、米一盘，俗称"辞娘米、离娘肉"；一捆粉丝表示白头偕老，一捆大葱表示清清白白。四样礼均用红线捆扎。司仪又把明天的人员分工及迎娶注意事项挨个交代了一遍：新娘上车时双脚不能着地，由新郎将新娘抱起放在车中；娶亲来回不走同一路线；每逢车队行至路口，都要燃放鞭炮以辟邪；迎娶回来上电梯时，中间不停，直接到二十楼家门口等。

第二天，杜若飞起了个大早，赶到丁荣剑家里，他负责车辆编队指挥。八点整，十二辆豪华轿车已到齐，花车为一辆白色加长林肯，寓意新人白头偕老。他从丁荣剑母亲那儿领取了若干红包、烟酒、喜糖等物。每辆车的司机给一个红包、两包烟、两瓶酒和一包糖。迎亲车队九点准时出发，十分钟左右就赶到了左琳家门口，敲门却敲了大半天。

东都市有抢新娘的风俗，一般迎亲队伍要经历敲门、盘问、塞红包、挤门等环节。进门后，又是给新娘找鞋，又是打发新娘那些姐妹。丁荣剑忙得满头大汗，平时伶牙俐齿，这会儿嘴也笨了，只是憨笑。最后，在司仪的引导下向左琳娘家人郑重承诺：永远爱左琳，一生对她好。新人踩完气球后，丁荣剑抱起新娘出了门。

杜若飞正拿着对讲机指挥后面的车排队，看到两个伴娘都很水灵，就跑过来黏糊着也要上花车。车上一对新人、两对伴郎伴娘加上丁荣剑的堂嫂已经七人了，伴郎是丁荣剑的同学周亚鹏和邵全。这俩小子把着车门，不让杜若飞上车，还调侃着说杜若飞都结过婚了，还来瞎献什么殷勤。杜若飞忙对伴娘解释道："别听他们胡说八道，我还是处男呢！其实这俩家伙都当爹了，你俩小心点啊！"周亚鹏把杜若飞扒着车门框的手掰开，关上车门，隔着玻璃对杜若飞挥挥手道："拜拜！"

车队浩浩荡荡地开到丁荣剑的新房。在楼道门口，丁荣剑母亲和姐姐在大把地撒着糖果，引得一群小孩哄抢打闹。车停稳后，丁荣剑抱着左琳下车。后面伴郎伴娘下车时，杜若飞带着大家起哄："抱起来！抱起来！"伴娘躲着不让抱，周亚鹏拽着一名伴娘的胳膊强行拉到怀里，抱了起来。邵全受到了鼓舞，也效仿着把另一名伴娘抱了起来，两人跟着丁荣剑在大家的哄笑声中走进电梯。

提前和物业都打好招呼了，车队到后，电梯门就一直开着，等新人进来后，直达二十楼新房。到家又免不了一套礼仪：由男方嫂子梳头，女方嫂子整床，一个小男孩滚床，新媳妇给公公婆婆敬茶等。女方陪嫁嫂子将嫁妆清单交到婆婆手中，其中有小轿车一辆，冰箱、电视、洗衣机、组合音响各一套，被子、床单各十二床等。

十一点左右，车队到达酒店门口，一对新人在大门口迎宾。秦歌和林心瑶到时已经十一点半了，宾客基本到齐了，秦歌今天穿了一套深蓝色西装，系着一条暗红色领带。林心瑶穿了一件米色羊绒短大衣，里面是一件韩版套裙，下面穿了一双灰色短靴，显得端庄优雅。因秦歌为主婚人，要在婚礼上讲话，丁老爷子和司仪在门口等了好一会儿。见秦歌夫妇下车后，丁老爷子握着秦歌的手给司仪介绍，司仪就把一张洒金红笺纸交给秦歌，上面是讲话内容。秦歌看了一眼，写得太俗套了，就把笺纸揣进了口袋里。

　　两人笑着往酒店里面走去。林心瑶走到新郎新娘面前，对左琳笑道："美女妹妹，今天真是天仙下凡啊！看这婚纱多漂亮！在哪个店订的？"左琳笑道："姐，有你在，谁敢称美女啊！"林心瑶笑道："姐都老了，哪敢和你这小姑娘比呀！"她又搂着左琳的肩膀对丁荣剑道："小子，你可太赚了，娶这么漂亮的媳妇，以后可要对我妹妹好点啊！"丁荣剑笑道："请嫂子放心，一定天天疼、夜夜爱。"林心瑶显然没觉察到这句话的邪恶，接着说道："可别光耍嘴皮子啊！"丁荣剑扑哧一声笑了。左琳用肘轻碰了丁荣剑一下，就又拉着林心瑶合影。秦歌一家和丁荣剑两口子都很熟，左琳和丁荣剑刚认识时，跟着丁荣剑叫林心瑶嫂子。后来熟悉了，林心瑶和左琳就以姐妹相称了，丁荣剑还称呼她为嫂子。

　　秦歌夫妇和丁老爷子走进大门，往大厅里面走时，秦歌一眼看见了马晶和小幻坐在靠边上的一桌，小幻也看见了秦歌，还冲着他微笑了一下。秦歌轻轻点点头就走过去了。秦歌被引导着坐在第二桌，隔壁第一桌是双方父母及至亲长辈。礼台两侧安置了两块LED大屏幕，上面不断滚动播放着新人的照片和VCR。大厅到处布置着鲜花和气球。十一点五十八分，婚礼准时开始。

　　司仪压住场子朗声说道："各位来宾，大家好！我是今天的婚礼司仪小岳。今天是一个特别的日子，一个喜庆的日子，一个幸福的日子。为什么这么说呢？因为今天将有一对年轻人喜结连理，共同走进婚姻的殿堂。我非常荣幸地接受两位新人的重托，为他们主持隆重的婚礼。同时非常感谢各位亲朋好友能够在百忙之中欢聚到此，共同参加这对新人的新婚庆典仪式。首先，我代表两位新人以及双方父母对各位嘉宾的到来表示衷心的感谢和热烈的欢迎。"

"请各位嘉宾伸出您的左手，伸出您的右手，左手拍右手，一起用最最热烈的掌声，有请今天的新郎丁荣剑、新娘左琳闪亮登场。礼炮——奏乐——"

"红梅枝头探春意，玉兰桥上伊人来。披上洁白的婚纱，头戴美丽的花环，伴着幸福的婚礼进行曲，手牵手，肩并肩，心连心，一对新人带着微笑向我们款款走来。"

秦歌暗想："这司仪水平还行，本来这句话为'红杏枝头春意闹，玉兰桥上伊人来'。但这隆冬季节，改为'红梅枝头探春意'，倒也和这季节、场景很吻合。"他无意间低头看了看手机，发现小幻刚发了一条朋友圈，内容是一组新娘的远景照片，背景为豪华的婚礼现场，还配了一首王维的七律《洛阳女儿行》。

秦歌暗思："这小丫头还是个才女啊！这首诗加得很是巧妙，特别是最后两句'谁怜越女颜如玉，贫贱江头自浣纱'。现在这个年代，不说生在大富大贵之家，就是普通家庭，这么好的女孩，哪个父母还不当个宝贝似的宠着？哪有考上大学，半途辍学的道理？"

在庄严的婚礼进行曲中，丁荣剑和左琳携手缓缓走过红地毯，一对花童提着新娘的婚纱，两对伴郎伴娘紧跟其后。他们穿过鲜花扎成的一道道拱门，走到礼台中间。一时掌声雷动，欢呼声响成一片。

主持人压住场后又道："执子之手，与子偕老。这一刻，意味着两颗相恋已久的心终于连在了一起；这一刻，意味着两个人在今后的生活中无论是风是雨，都要一起度过；这一刻，意味着两个人将在人生的旅途中相濡以沫，恩爱到老，携手一生。"

接着司仪开始介绍一对新人："好了，两位新人已经站在了礼台的中央，首先我介绍一下新郎新娘。站在我身边的这位英俊潇洒、年轻帅气的小伙儿，就是我们今天的新郎官丁荣剑先生！新郎往前一步走，让我们好好看看新郎官和平时有什么不一样！哎呀！今天的新郎那真是风度翩翩，器宇轩昂，比平时任何时候都要帅气，大家说帅不帅？"台下欢呼："帅！"

司仪又道："说完新郎说新娘，新娘就在新郎旁。再看看这位亭亭玉立、楚楚动人的漂亮女孩儿，就是我们今天的新娘子左琳小姐！新娘往前一步走，让我们再好好看看新娘子和平时有什么不一样。今天的新娘子是华服盛装，美丽动人，真是沉鱼落雁之容、闭月羞花之貌，大家说漂不漂亮？两位新人站在一起，真是郎才女貌，天生的一对、地造的一双。下面我们简单地采访一下新郎官，今天高不高兴？"丁荣剑答道："高兴！""激不激动？""激动！""娶媳妇心里急不急？""急！""那你想不想亲新娘子一口？""想！"司仪笑道："想亲现在还不行，先别着急，心急吃不了热豆腐。来，让我们以热烈的掌声欢迎今天的主婚人秦歌先生闪亮登场，有请秦歌先生！"

秦歌上场走到礼台中央，接过司仪递过的话筒开口说道："尊敬的各位来宾，各位亲朋好友，大家中午好！今天是丁荣剑先生与左琳女士缔结百年之好的大喜日子，受新人委托，我很高兴，也无比荣幸地为他们主婚。在此，我代表单位的领导和同事向新郎新娘表示最衷心的祝贺！新郎丁荣剑，帅气阳光、年轻有为，工作认真负责、踏实勤勉，是一位不可多得的好小伙。新娘左琳，是东都市警界的超级警花，刚才雷局长还跟我抱怨，得知新娘今天要嫁人，好多年轻警察在闹情绪。新娘美到何种程度，这个还是留给新郎官夸吧！新郎新娘的结合不仅是郎才女貌、天作之合，也是门当户对、强强联手。让我想起一首诗，王维的《洛阳女儿行》，献给一对新人。"秦歌朗声吟道：

> 洛阳女儿对门居，才可颜容十五余。
>
> 良人玉勒乘骢马，侍女金盘脍鲤鱼。
>
> 画阁朱楼尽相望，红桃绿柳垂檐向。
>
> 罗帷送上七香车，宝扇迎归九华帐。
>
> 狂夫富贵在青春，意气骄奢剧季伦。
>
> 自怜碧玉亲教舞，不惜珊瑚持与人。
>
> 春窗曙灭九微火，九微片片飞花琐。
>
> 戏罢曾无理曲时，妆成只是熏香坐。
>
> 城中相识尽繁华，日夜经过赵李家。
>
> 还有女儿颜如玉，也盼佳期披婚纱。

秦歌觉得在婚礼上，自己作为主婚人吟原诗最后两句不太合适，就将"谁怜越女颜如玉，贫贱江头自浣纱"改为"还有女儿颜如玉，只盼佳期披婚纱"。他在吟诗时，眼睛一直看着小幻，小丫头挺兴奋的，侧着身子，手托着下巴看着礼台。自己刚发的微信朋友圈，秦歌在讲话中就用到了，还改了后两句，她觉得这个男人挺懂自己的。小幻把手放在胸前轻轻地向秦歌挥了挥，又侧着脑袋顽皮地一笑，做了个"V"形手势。

　　秦歌微笑了一下，接着说道："结婚成家，是人生中的一个重要里程碑，标志着新生活的开始，也意味着从此将承担起更多的责任。当生活的油盐酱醋冲淡了爱情的风花雪月，我希望你们记住今天的誓言，永远把对方当成彼此的唯一。始终记住：死生契阔，与子成说。执子之手，与子偕老！"说完他把话筒交给司仪，底下欢呼声、掌声响成一片，秦歌挥挥手走下礼台入座了。

　　接下来是证婚人雷云为新人证婚。雷云是新娘左琳单位的领导，上台后，先是夸奖了左琳一番，随后打开两人的结婚证，宣读一遍，最后说道："我宣布，丁荣剑、左琳的婚姻合法有效。"

　　司仪又调侃丁荣剑道："新郎先不要急着亲新娘，虽然雷局长已经宣布你们是合法夫妻了，但我们中华民族的传统，得拜完天地才算是夫妻。来，你们二人站好，开始拜天地。一拜天地之灵气，三生石上有姻缘，一鞠躬！二拜日月之精华，万物生长全靠它，二鞠躬！再拜春夏和秋冬，风调雨顺五谷丰，三鞠躬！"

　　拜完天地，这对新人在司仪的引导下互相宣告誓言，交换戒指。

　　最后，司仪笑道："现在，丁荣剑先生，你可以亲吻你的新娘了。"底下起哄道："亲一个，亲一个！"丁荣剑搂过左琳的肩，两人深情地吻在了一起。

　　司仪道："从今以后，你们不再被湿冷的雨水所淋，因为你们为彼此遮风挡雨。从今以后，你们不再觉得寒冷，因为你们互相温暖彼此的心灵。从今以后，你们不再孤单寂寞。唯愿你们的日子天天美好，地久天长。"

　　"现在请允许我向大家介绍：这是丁荣剑及他的夫人左琳，让我们一起为他们祝福。"众人齐声鼓掌。

司仪道:"此时此刻,我想还有两对夫妻是最激动最高兴的,那就是新郎、新娘的父母。让我们以热烈的掌声有请四位老人上台,给予新人最深切的祝福。有请!"

丁老爷子和他的老伴与左琳的父母互相谦让着走向礼台,四位老人脸上都被涂满了各种颜料,上台后又引起一阵哄笑。

司仪将话筒对着丁老爷子问道:"我们采访一下今天的喜公公,你对儿媳妇满意吗?"丁老爷子道:"满意!""喜欢儿媳妇吗?"丁老爷子道:"喜欢!"这时,司仪又坏坏地笑着问道:"那你希望儿媳妇明年给你生个孙子呢,还是生个女儿?"丁老爷子哪想到这里面的语言陷阱,想都没想就说道:"都中,都中!"全场顿时响起空前的哄笑声。

丁老爷子还没明白过来,有点茫然地看看四周,这下宾客更兴奋了。秦歌刚喝了一口茶,笑得喷了出来。司仪笑道:"还是让丁老先生入座吧,要不新郎官不高兴了。"等四位老人入座后,新人就开始喝交杯酒了,一身红色旗袍的服务员端来一个托盘,上面放着两个高脚杯,用红线连在一起。杜若飞带头喊道:"两个杯子不够,再来四个,伴郎伴娘也要喝!"说完便交代服务员又拿了四个杯子。司仪问周亚鹏和邵全:"你俩有女朋友吗?"两人异口同声答道:"没有!"他又转头问两个伴娘:"你俩有男朋友吗?"两个伴娘道:"有!"司仪笑道:"那我不用问了,今天他们肯定没来,把酒倒上。"在大家的掌声中,伴郎伴娘陪着丁荣剑和左琳共同喝了交杯酒。司仪道:"这满满的交杯酒是有情人用他们的情、用他们的爱酿造的美酒,也是只有真心相爱的人才能喝的美酒。喝了这杯酒,今生今世不分手;喝了这杯酒,来生还要一起走。"

喝完交杯酒后,是新人切蛋糕、开香槟的环节。两人打开香槟,等液体喷射了一会儿,然后将酒向堆成宝塔状的水晶杯中缓缓倒入。

司仪在旁边说道:"从一个人的世界到两个人的精彩,今天,我们两位新人共同筑起爱的宝塔,晶莹的香槟美酒在水晶宝塔之间缓缓流淌,就像我们两位新人把他们的心、把他们的情交给对方,混合交融。今天,在这么一个喜气洋洋的日子里,让我们深深地祝愿你们俩,用你们勤劳的双手，去开创一片洁净而又美好的天地；用你们勤劳的双手，去共筑一个浓情蜜意的爱巢，去开创美好的未来。在这里我想用一种特别的方式，让朋友们共同为我们两位新人祝福，请在座的来宾们共同起立，好吗？举起你们手中的酒杯，等我数到三之后，把我们最深的祝福和祝愿化作'干杯'，祝福这对新人新婚愉快、白头偕老、永结同心！一、二、三，干杯！"

典礼结束后，宴会开始，左琳换上了礼服，和丁荣剑开始给宾客敬酒。

秦歌这桌，他坐主位，林心瑶本来在他左侧，开宴后，一看就自己一个女人，就跑到邻桌和几个姐妹坐到一起了。喝了一会儿，隔壁雷局长过来敬了杯酒，准备离开。秦歌拉着他不让走，就坐在他右侧的座位上了。

本来在婚礼这样的场合，秦歌一般是不怎么喝的。可今天一则是好兄弟的婚礼，自己作为主婚人不喝点好像说不过去；二则是意外碰见小幻，并有了深层次的精神交流，看小姑娘的眼神，她对自己挺有好感，不由得心情大畅，就多喝了几杯。过会儿，新郎新娘来敬酒，秦歌有点高了，就推辞说："不喝了，喝多了。"

左琳把杯子举到秦歌嘴边道："不行，今天讲话讲得很精彩，最后那首诗连伴娘都感动了，这杯酒怎么都得喝。"雷局长又在一边煽风点火道："你的兄弟把我们局里的第一警花都收编了，叫你喝一杯酒都不愿意？"秦歌无奈地一饮而尽，对丁荣剑道："兄弟，你以后就忙了，白天干科长，晚上还得干警察！"一桌人哄堂大笑。左琳这下不好意思了，拉着伴娘道："领导刚才那句'还有女儿颜如玉，只盼佳期披婚纱'，让我这妹妹很感动，刚才一直在夸你呢，让她敬领导一杯吧！"伴娘果然倒了一满杯酒走了过来，又给秦歌酒杯里加满了酒。秦歌心里暗笑道："小姑娘，这两句可不是为你改的呀！"他又往小幻那边看了看，见她在用手机忙着给菜拍照，就摆摆手推辞道："不喝了，下午还有事。"

雷局长道："秦主任等着喝交杯酒呢！"秦歌看了伴娘一眼，见小姑娘仅仅微微一笑，没有推却的意思，心想着："可别一瞎起哄，小姑娘真凑上来就不好看了。"他就端起杯子和伴娘碰了一下，一口干了。林心瑶见她们一直在灌秦歌酒，就跑了过来。左琳本来还想让另一位伴娘也敬秦歌一杯，也只好作罢。她给桌上其他人每人敬一杯酒后，转到别的桌了。

一会儿，左琳的一位男同学端着一杯酒走到丁荣剑跟前，对左琳道："恭喜你啊，大美女。"又对丁荣剑道："真便宜你小子了！来，我敬你一杯。"丁荣剑觉得这哥们儿好像曾经见过，但想不起来叫什么名字了，就礼节性地笑了笑，说了声"谢谢"后，举起杯子正要往嘴里倒，这哥们儿夺下杯子，放在鼻子下嗅了嗅就倒掉了，道："怎么喝水啊？得喝杯酒。"说着拿起酒瓶给杯中倒满了酒，递给了丁荣剑。伴郎周亚鹏道："哥们儿，今天新郎可不能喝多啊！我替他喝一杯。"这哥们儿把周亚鹏的手推开道："这可不能替，你能、能替新郎洞房吗？"说着自己把酒干了，丁荣剑朝周亚鹏摆摆手，就把杯中酒也给喝了。这哥们儿又拉着丁荣剑的手道："兄弟，左琳就交给你了，你小子可得对她好点，要不然，我可饶不了你！"丁荣剑把他的手甩开，拉着左琳走到了下一桌，很不高兴地问道："这谁呀？喝多了吧！"左琳也有点生气地说道："就一普通同学，有病！"周亚鹏笑道："他应该是电视剧看多了。"

宴会结束时都快两点了，小王扶着秦歌出了酒店大门，上车后，林心瑶埋怨道："人家结婚，你瞎激动个啥？"秦歌嘿嘿一笑："替兄弟高兴嘛！"林心瑶白了他一眼。

到家后，秦歌见家里异常安静，回头看林心瑶脱了外套，仅穿了一件贴身薄毛衣，身姿玲珑曼妙，就拉着她往卧室走。林心瑶边打他的手边喝道："喝多了就老实点睡觉去，我还得去接孩子呢！"秦歌道："让他今天住咱妈那儿，别接了！"林心瑶喝道："不行！"并使劲甩脱了他的手臂。秦歌本来一直笑着，见她表情严肃，毫无情趣，一时也有些生气，说道："世上怎么会有你这样的女人，既然嫁为人妇，又不履行义务！那老子娶你干什么？"林心瑶见秦歌生气了，也毫不示弱地回道："不满意就离呗！找一个二十四小时能陪你上床的，最好把厨房、餐桌也搬到床上。"

见秦歌躺在床上不吱声，林心瑶又道："我为这个家做得还少？你管过孩子吗？打扫过卫生吗？洗过一件衣服吗？做过一顿饭吗？"这是两人吵架时林心瑶必提的反问句，多年来，连询问的语气、顺序都不曾改变一下。秦歌说："你这是本末倒置。有句话叫'女人要上得了厅堂，下得了厨房'。"林心瑶又反问道："我做不到吗？"秦歌说道："你只知其一，不知其二。这句话有个隐含的前提是，女人先得入得了洞房，上得了床。然后才是上得了厅堂，下得了厨房。"

林心瑶杏目圆睁，喝道："还'入得了洞房'呢！咋，还想着伴娘呢？是不是刚才我不该过去，耽误你喝交杯酒了？"秦歌心里一阵苦笑，觉得和女人吵架，口才再好，也是白搭。她根本不按逻辑出牌，理屈词又不穷。这会儿怎么又扯到伴娘身上了？本来不想再说了，他又觉得不甘心，就骂道："我连最基本的权利都没了？"林心瑶道："我说过，喝完酒别碰我。"秦歌道："喝酒咋啦？古人入洞房前，不都得喝合卺酒？""别跟我提古人，你是生活在唐代还是宋代？有意思没？为这事吵多少回了！你喝完酒有什么毛病，你不知道？"秦歌问道："我有什么毛病？""没完没了！"

秦歌吵了这么长时间，原始的冲动已消散了，顿觉索然无味，就闭着眼睛自言自语道："唐代多好啊！"林心瑶接口道："是啊！那三妻四妾的，不都围着你转？多美呀！"秦歌道："就是，有竞争才有动力，现在这女人还能叫女人吗？"林心瑶拿起床头的靠垫在秦歌脑袋上砸了一下，说道："那我看原始社会时的母系氏族更好。"

第三章　邙山晚眺

　　东都市北郊，有一个普普通通的小村庄叫魏庄，位于邙山脚下。村子前面有一条弯弯曲曲的小河，叫涧河，由北往南穿过市区后汇入洛河。邙山一带因古代墓葬和盛产牡丹而闻名于世。相传，五代时期后周宰相魏仁溥后裔聚居于此，千百年繁衍成一村庄。名贵牡丹魏紫即出于魏氏。

　　近年来，东都市城市建设向南发展，这魏庄本来离闹市区仅三五里路，但因陇海铁路之隔，倒成了城市边上的清静之地。村子东头住着一户人家，男人姓乔，单名山字，妇人姓魏。他家的院子和别家的风格迥然不同。村子里都是门房、正房，正房多为五层或六层的建筑，外边贴上各种颜色的瓷砖，院子里几乎见不到阳光，最大化地利用空间，好出租给外来务工者，落一个长进项。

　　只有乔山家还保留着中原传统民居的拱顶门楼、对开式红色大门、黑色门边、高门槛。大门正上方有四个大字——耕读传家。进门是院子，因无东西厢房，显得院子宽敞明亮。西边墙角下种植了几株牡丹，东边有一株高大的柿子树，树冠巨大。靠正屋处有两株蜡梅，老枝遒劲沧桑，红梅数点，为这隆冬的小院带来了勃勃生机。正屋为一幢二层小楼，青砖灰瓦，显得古朴典雅。

　　冬天的夕阳就像一个迷人的小姑娘，当你盼着她能在你的视野里多停留一会儿的时候，她却飞快地转身离去，消失得无影无踪。乔山静静地坐在书房里，目光盯着墙上一个装裱精美的标本，里面并列着三朵风干的牡丹，它们的花形相似，花瓣重重叠叠，均为皇冠形，只是颜色各异。第一朵牡丹的花蕊为豆绿色，花瓣为鹅黄色；第二朵牡丹的花蕊为深紫色，花瓣为水红色；第三朵牡丹的花蕊为浅粉色，花瓣为莹白色。乔山像雕塑般一动不动，只是脸上的表情复杂难测，一会儿面露微笑，一会儿双眉紧锁，最后竟然眼眶湿润。如果不是腹部的隐隐痛楚把他的思绪拉回现实，时间还会一直停留在他生命中的某一刻。他深叹一口气，看着窗外，暮色已深深地笼罩着院子。

二十多年前，东都市开始举办牡丹花会，给花农带来不少商机，兴起了好多私人牡丹园，其中有一个较大的园子叫魏园，是魏庄一位叫魏华的老花农种植的。魏园里有几十株上百年的牡丹，原长在自家地头，后来在此基础上广植牡丹，搭配芍药，点缀月季、幽兰，又栽柳植槐围成园子。一到春天，园子里姹紫嫣红、五彩缤纷，吸引了不少游客。

只是这魏老头有个怪异的规矩，每年必须四月十六开园。因天气略有变化，在开园日前也时常会满园绽放，但任你谁来也休想进这园子。开园后，入园的游客也不能过百，超过时，需出来几人，才能放进去几人。这老头又是爱花如命之人，看到游客摸弄花枝，或进入花丛拍照，必大声制止训斥。游客外出游玩，图的就是心情愉快，这么多规矩自然引发了不少纠纷，慢慢地坏名声传开了。虽然各旅行社都知道魏园牡丹最艳，但游客又有多少人懂得？东都市的牡丹园遍地皆是，何必非要到你魏园看花？慢慢地，生意不咸不淡，勉强维持，魏老头也得一绰号——魏痴。只有市农科院知道魏园的牡丹花种齐全、品种名贵，经协议，把魏园定为牡丹的科研和试验基地。

乔山作为农科所技术员，经常到魏园搞科研、做实验，发现魏痴老头养的花果然和别家不同。有几株牡丹，魏痴起名叫月光白，不但花冠巨大、颜色娇艳，最奇特之处是花的颜色会随时间而变化。白天为粉色，到了晚上则变为白色。刚开始，乔山以为这仅是白天和夜晚造成的视觉差异，后来，他拿不同的品种进行比较，白天都是粉色，但在月光之下，这几株月光白的花瓣呈莹白色，而其他花瓣虽远看近似白色，但近看还是粉色，和月光白形成很大的色差。乔山暗暗称奇，一心想学习这种培育技艺，就天天跑到魏园，帮忙清除杂草、浇水灌园。魏痴老头好像没看见似的，照样忙自己的，劳作间隙坐在树荫下喝两口酒，唱一段戏。

魏痴老头有一个女儿叫魏敏，经常到园子里给他们送午饭。刚开始，女儿不吱声，等两人吃完饭，默默地收拾完碗筷就离开了。慢慢地，魏痴老头发现女儿送饭时间越来越早，走得越来越晚，衣服换得越来越勤，时而偷偷地注视着乔山，时而有意无意地和乔山聊几句。老头心里也明白几分，就开始和乔山聊家常。乔山发现魏痴老头也不像传说的那样不近人情，虽然性格偏执孤僻些，但熟悉了就会发现他很和蔼，对他的牡丹园和身边的亲人，那真是全身心投入。慢慢地，他对魏痴老头从敬畏变成敬爱、亲近，闲暇时常与老人聊聊家常。

乔山的老家位于东都市南部山区，从山里到县城去一趟得一天时间。他是村里第一个大学生。父亲靠采集山货供兄妹俩上学。初中毕业后，乔山以优异的成绩考取了县城的高中。父亲本来要送他到县城上学。开学前一天，父亲想着明天要进县城，想进山多采一些山货，顺便给卖了，就背着背篓出门了。这么多年过去了，乔山依然清晰地记得父亲离开家门时的点点滴滴。父亲本来已经快出村口了，又回过头向他招招手，他跑过去后，父亲摸着他的头说道："把自己的东西归置归置，明天四点就得起床。"又说道："带好妹妹，你也长大了，看，都快赶上我了，别老让你妈操心。"他又让儿子把他背后的背篓拉紧一些，对他说："回去吧！"说完就出了村口。这是乔山记忆中父亲唯一一次对自己有如此和蔼的语气和亲昵的动作。

那个下午，母亲一直说心慌，不停地让乔山和妹妹乔云到村口看看，好接应父亲。乔山看了几次，就带着妹妹到村口小树林捉蝉去了。晚饭时，母亲本来要炒几个菜为父子俩饯行，却总是把醋当成油，把味精当成盐。夏天的夜晚本来就来得迟，可星星挂满天空时，还不见父亲的身影。母亲再也忍不住内心的恐惧，放声大哭，央求邻里几个大伯、叔叔一起去寻找。

人群回来时，天已经大亮，父亲全身血肉模糊，静静地躺着，一动不动。乔山的大脑里一片空白，听到母亲撕心裂肺的哭声，才慢慢地感到了一种前所未有的恐惧和痛楚。听寻找的人们说，父亲是在"猿回头"下被发现的。"猿回头"是当地出名的一处悬崖峭壁。上几辈人相传，以前山中有一群猴子，领头的是一只强壮的猿猴，经常结伴下山毁坏村民的庄稼。村里几个猎户费了不少功夫将这只猿猴逼在一处悬崖边，猿猴回头看了一下悬崖，便又退回来束手就擒了。以后，这处悬崖就被当地人称为"猿回头"。人们推测，父亲是采集完山货返回时碰到暴雨，下山的路被山洪淹没，原本只要在山上待一天，等洪水退去即可安全下山。父亲是怕耽误送他上学，就想抄近路冒险从"猿回头"下山，不幸失足摔了下来。

小时候，乔山不喜欢父亲，因为他不仅对自己管教严厉，而且经常训斥母亲。母亲在乔山心中是最完美的，善良贤惠、温顺勤劳，在家里洗衣做饭、喂猪打扫，一人忙里忙外，毫无怨言。父亲经常见不到人影，到家后就喝酒、辱骂母亲。而父亲在家里的地位高高在上，父亲不到家，菜放凉了谁也不能吃。父亲的脚从来都是母亲洗的，母亲对父亲毕恭毕敬，而父亲对母亲总是呼来喝去，不仅白天骂，晚上还要打。他半夜常被母亲低沉的哭声惊醒，心里就更加痛恨父亲了。

父亲去世后，他慢慢地体会到一句话——父爱如山。当一座山耸立在那儿时，你感觉不到它的伟大，有时还埋怨它挡住你的视野，可当它轰然倒塌时，你才感觉到什么叫巍峨，什么叫伟岸。母亲在父亲走后，独自承担起这个家。他明显地感到母亲变老了。乔山后来报考东都农林学院，不愿意到外地上学，也是实在放心不下母亲和小妹。

魏痴老头听后唏嘘不已，拍着乔山的肩膀道："也是苦孩子啊！"慢慢地，魏痴老头给他讲了一些牡丹的故事。他说这花是世上至清至雅之物，是万物之精华。为什么不让更多的人进园子看花？因人身上带有浊气，聚集太多，就会损伤花身。乔山就是学植物科学专业的，当然知道这是无稽之谈。但他也被老头的爱花之心感动，也不用专业知识反驳，总是笑着附和老人。魏痴老头还有个观点：你对得住花，花就对得住你。他清理杂草时从不用灭草剂，都是用锄头慢慢除草。牡丹有一种常见的病害叫介壳虫病。一般花农用氧化乐果乳剂溶液喷洒，使用一次就能达到很好的效果。魏痴老头却不用此法，他认为农药虽能快速消灭介壳虫，但同时也会损伤花体，特别是农药会随花蕊留传给下一代，从而引起牡丹种群的退化。他用自己种植的烟叶切丝泡水喷洒花叶，连续使用几次也能起到很好的防治效果。慢慢地，乔山越来越佩服魏痴老头了，他的理论乍一听有点荒诞，但事实证明确实有效。

这天，乔山和魏敏给牡丹施肥。乔山拿了一把铁锹，在距花根半尺左右挖开一个小坑，魏敏把花肥放进去，乔山再用挖开的土将小坑回填，将肥料掩埋上。魏敏上身穿了一件圆领T恤，施肥时需蹲下去，乔山站在她身旁，居高临下往下一看，一对丰满的奶子尽收眼底，心里便有一阵阵冲动。他努力克制着自己不去看那儿，但眼睛却舍不得离开，两腿之间也有了反应。他就一直弯着腰干活，弯着腰走路，后来实在涨得不行，就对魏敏道："今天就到这儿吧，我有点不舒服。"说完便跑了趟厕所，玩了一回五打一的游戏。第二天，乔山一个人把花肥施完了。

魏敏看乔山的目光越来越异样了，充满了温柔，充满了期待，但当两人目光相接时，魏敏又装作不经意地一瞥，脸蛋绯红地把头转开。私下里魏痴老头问闺女道："你是不是喜欢乔山？"魏敏不回答，只是扭捏着娇嗔道："爹！你看你……"魏痴老头疼爱地看着女儿，笑道："这小伙子不错，我也问过他，他还没对象呢，你可别错过了。"魏敏道："这事女孩子家怎么好意思先开口嘛！"魏痴老头笑道："好，那爹帮你说吧！"

乔山上大学时，正是改革开放初期，大学生谈恋爱也很普遍，也有女生多少表示过对他的好感。但家庭的贫困不仅带来物质的匮乏，更重要的是严重地摧毁了他的自信心，他每天活在自卑里，靠学习和假装不解风情来维持自己可怜的自尊。别人在花前月下、卿卿我我时，他在图书馆和教室对着书发呆。在爱情的世界里，他至今是一片空白，他知道恋爱的内容，但不知道恋爱的感觉。

当魏敏默默关注自己，有时故意大声嗔怪着爹爹，有时在花园里见到一条虫子也夸张地惊叫时，乔山就知道这姑娘对自己有意思了。一天晚上，魏痴老头带了一壶酒、两盘凉菜，拉着乔山喝酒。开始时，两人都不说话，闷头喝酒，一壶酒快见底时，魏痴老头问道："你这以后有何打算？"乔山道："没什么打算，好好工作，等单位分了房子，把老娘接到城里，让她老人家也享享福。"魏痴老头长叹道："唉，可惜我没有儿子呀！这老了能靠谁呢？"乔山忙笑道："敏妹妹多好啊！她可是比儿子要孝顺多了。"魏痴老头道："女大不中留啊！还不是要嫁人。"又说道："其实这孩子也挺乖的，她妈走得早，我什么事都顺着她，有点惯坏了，脾气大。"乔山笑道："我看她挺懂事的呀！"魏痴老头道："那是在你跟前挺懂事。"稍顿，老头又道："我已这么一把年纪了，也无所求，这世上唯一放不下的就是小敏了。她妈生她时难产，生下来后，没来得及看一眼，人就没了。我已过中年才有了小敏，自然就对她百依百顺。"说完，他又长叹一声："唉！我怎么也得看着她有了依靠，才能放心地走啊！"说完他两眼期待地看着乔山。乔山瞬间被老人的目光感动，他又想起魏敏那丰满的胸部，心里有了一种异样的感觉，以前无数次幻想的爱情就这样开始了吗？

接下来的一切就顺理成章了。乔山很快就以主人的身份开始经营魏园，销售牡丹苗、找各旅行社签合同。乔山是学园林专业的，同学也遍布各地的园林行业，加上魏园的月光白在圈内的名气，经他推介的牡丹苗遍及大半个中国，月光白也很快声名鹊起，来东都市访问观光的政要外宾、巨贾名流常常点名要去魏园。魏痴老头已经不管园子的经营了，整天志得意满、满面春风地拎着酒葫芦满园子转悠。

只一件事，他死活不同意乔山的做法。有客户给乔山建议，移植的牡丹苗开花还得等两年，不如直接培育开花的盆栽牡丹卖，生意一定火爆。几个客户直接就下了几千盆的订单，想利用春节市场好好赚一把。乔山把这个好消息告诉魏痴老头时，没想到他头摇得像拨浪鼓一般，说道："我种了一辈子牡丹，没见过盆栽能养好牡丹的。你知道这东都牡丹天下闻名，为什么名园都在邙山一带吗？"

乔山听师父说过好多遍了，牡丹属温带植物，喜凉恶热，喜阳恶阴，宜燥惧湿，故牡丹栽植应选择疏松、肥沃、排水良好的沙质土壤，栽在背风向阳、不易积水的地方。邙山之阳面因地势较高，宽敞通风，土层深厚，又属于舒缓型山坡地形，自然土质疏松、排水良好，所以是栽培牡丹的最佳用地。乔山就笑道："师父，人家买花去，也不见得就想养它多少年，就是摆放在家里或办公室添一景，开败了扔了就算了。你没见各种宴会摆放鲜花，回头不都得扔吗？"魏痴老头怒道："胡说八道！这对花公平吗？别人怎么着我不管，我这魏园不出盆栽牡丹。"

乔山见老人火了，就又小心地解释道："这不是春节人们想看到牡丹嘛，装饰装饰家里，这也没什么错吧？"魏痴老头道："这是什么季节，就想看牡丹？"乔山赔着笑说道："其实催花技术早就有了，唐代有一本书叫《酉阳杂俎》，其中就有春节催花的记载：'常有不时之花，然皆藏土窑中，四周以火逼之，故隆冬时即有牡丹花。'"魏痴老头哼了一声，轻蔑地说道："我十几岁时就在腊月里催开过牡丹花，这算什么技术？但那株牡丹仅几天之后连根带枝全部死了。花有花的气节，那个家喻户晓的武则天醉酒贬谪牡丹的故事，隐含着的不就是这么个道理吗？"

魏痴老头又指着屋里的空调道："你说你买这么个东西，夏天让屋里凉快，夏天要那么凉快干什么？搞得一家人待在家里不愿出门，邻居都疏远了。市领导请我们劳模到东都楼吃饭，那地方都没装这玩意儿！前两天到街上转了一圈，这下雪的季节都卖西瓜了，这不是要乱了吗？"乔山道："那就有冬天想吃西瓜的人，有需求才能有市场嘛！"魏痴老头骂道："屎！好日子才过了几天？这是什么需求？你明天给我弄两斤天上的龙肉让我尝尝。"乔山苦笑着问道："师父，那这好几万的订单咱退掉？""你缺钱？退掉！"

又是一个三月艳阳天，整个园子里生机勃勃，牡丹在休眠了一个冬天之后，按捺不住迫切的心情想把美妙的身姿在人间展示，花叶下花蕾含苞待放，像一个个害羞的少女低头含笑。乔山每天要在园子里仔细地查看一遍，再推算开园的日子。今年签约的旅行社又增加了几家，开园到闭园一个月时间，每天安排得满满的。

乔山正在心里盘算着自己的计划，门口魏大爷喊他的名字，说有人找。魏大爷是村里的孤寡老人，乔山找他来看门，平时没什么事，就住在门房，牡丹花会期间帮忙检查门票。乔山让门外的人进来说话，他也慢慢地往门口踱去。远远地看见一个俏丽的身影闪进了门口，到乔山跟前笑着问道："您就是乔山大哥吧？"

乔山点点头，小姑娘从口袋里掏出一封介绍信递给他。乔山看了一眼，落款是市农科所，内容大致为派葵桑同志前往魏园调研牡丹新品种。乔山已从市农科所辞职了，魏敏为他算了一笔账，牡丹花会期间，他一个月的收入抵得上他在农科所十年的工资。现在，乔山见是老单位的人就热情地迎了进来，问了她单位的一些近况，葵桑总是极其简单地回答："还好，还好。"她接着笑道："大名鼎鼎的魏园连个电话也没有，害得我找了一个上午，累死了！"说着她用右手大拇指和小拇指做打电话状，侧着脑袋长出了一口气，做出很疲倦的样子。

乔山笑道："不好意思，这地方要是没来过还真不好找，年底好像要通公交车了，到时就方便了。哎，你还没吃饭吧？"葵桑指着自己的肚子道："有点饿了！"乔山暗笑道："这姑娘的肢体语言也太丰富了。"他抬脚迈出了魏园的大门。乔山骑着一辆崭新的铃木王摩托车，葵桑坐在后座上。摩托车沿一条乡间小道行驶着，路上乔山介绍道："这条小路往前几百米就是310国道，你从这儿来魏园应该好找一些。"葵桑问道："310国道是什么地方？"乔山问道："小葵，你不是东都人？""我家是西京的。"乔山道："沿这条路往西一直走就到你家了。"那时候，310国道是贯穿我国东西的交通大动脉。在连霍高速修建以前，它是一条非常繁忙的交通主干线。

转眼间，摩托车拐上国道，路边有一排小饭馆，门前停满了全国各地牌照的大货车，每家饭馆前都坐着几个打扮得花枝招展的女服务员。乔山把摩托车停在一家饭店门口，一名服务员见他俩一起，就站起来礼节性地点点头，指着靠窗位置的一张桌子叫他俩坐下。乔山点了一份饺子。

这时，又有一辆货车停到了饭馆门口，下来两名司机，门口两个服务员飞快地迎上去，热情地带到包间。葵桑看着乔山，冲着包间努努嘴道："我们好像不太受欢迎啊。"乔山道："我们就点一份水饺，还上包间干什么？"葵桑道："可刚才我们还没点菜，她怎么知道我们就只点水饺了？"那时候，全国好多交通要道旁边的小饭馆，都是挂羊头卖狗肉，是专门针对长途司机做皮肉生意的色情场所。

乔山没法回答葵桑的问题，只好笑了笑，扭头看着窗外。一会儿工夫，水饺便端了上来，乔山拿了两个小碟子，用开水冲了一下，又用餐巾纸擦干，往里面倒了点醋和辣椒油，又剥了几瓣蒜，放入小碟子里，把其中一个推在葵桑面前道："吃吧！"葵桑夹起一个饺子，蘸了一下汁放到嘴里，嚼着嚼着，冲乔山伸了一下大拇指，道："真好吃！怪不得中国有句话叫'好吃不如饺子，舒服不如倒着'。"乔山笑道："你该不会是日本人吧？还中国有句话呢！"葵桑脸红了一下说道："乔山君，你真厉害，装了半天，还是被你看出来了。"说着就站起来深深一鞠躬，说道："对不起，对不起。"

乔山诧异地看着葵桑，问道："你真是日本人？"葵桑道："是的，不过我来中国已经四年了，我的汉语老师说我的汉语已经很流利了，一般人听不出来。哎，乔山君是如何发现的？"乔山刚一开始根本就没听出来她在发音方面有什么问题，只是觉得这姑娘说话时的肢体动作太丰富，加上刚才葵桑那句"怪不得中国有句话"，他不过是想开个玩笑，就问了一句，谁知道误打误撞，还真发现了秘密。

这会儿，见葵桑看着他，目光里有迷惑，又有些许崇拜，这让乔山想起了小时候带妹妹在村外玩，他爬树采野果时，妹妹抬头看着自己的目光。男人可能需要被人仰视吧，乔山现在心情大好，一时才思也敏捷了许多。他随口诌道："其实我早都看出来了，你虽然语言很流利，但手势太多，应该是在边学习边应用的过程中养成的习惯。就是刚开始，新学的语言还不熟练，借助动作和手势来进行交流，时间长了就养成了这种习惯，你说对吗？"葵桑的眼珠子转了一圈，歪着脑袋想了一下，又伸出了大拇指。乔山问道："那你来魏园干什么？怎么搞到市农科所的介绍信的？"葵桑见乔山目光里毫无怪罪，还有点点笑意，就原原本本地给乔山讲了她在中国的故事。

葵桑出生于日本奈良，奈良是日本的古都之一，在文化上和中国有着千丝万缕的联系。二十世纪七十年代，奈良和西京结为姐妹城市，有十多年的文化交流。汉唐遗风吸引了一大批奈良青年学生来古都西京留学。葵桑就是来西京学习中国古典音乐的。去年春天，她和同学结伴来东都游玩。在参观魏园时，被月光白的圣洁和高雅所吸引，听到导游介绍这种花到傍晚还会变颜色，葵桑更是舍不得离开。苦等了大半天，到太阳落山后，果然见花瓣变为白色，她兴奋地叫着，搂着花朵照相。这时，园子已没几个人了，她的叫声自然引起了魏痴老头的注意，就跑过来训斥葵桑。老头正在气头上，又操着浓重的东都口音，葵桑被骂蒙了，不知所措，后来还是被同学拉着跑开了。

回到学校后，她念念不忘魏园的月光白，觉得这牡丹花太神奇了，花的颜色居然可以在一天内变换。小时候自己家院子里也生长着几株植物，春天开着硕大的粉红色花朵，听父亲说过这种花叫牡丹，来自中国。到魏园后，她瞬间被这万紫千红的花的海洋所震撼。尤其看到娇艳欲滴的月光白，她更是欣喜万分，心中想着这花要是开在自家院子里，父母亲该多么高兴。她把自己的想法告诉了老师，刚巧老师有一个同学就在东都市农科所，所以就搞到了一张介绍信，来魏园学习月光白的栽培技术。

乔山听完葵桑的解释后，笑道："想学牡丹的栽培技术，这很好啊！你们日本一直就是中国的小学生，花道、茶道、空手道，哪个不是学自中国？"葵桑笑道："请乔老师多多关照。"乔山道："这别的牡丹没问题，在你们奈良市栽植很容易。但这月光白却不一样，它只是本株变色，分株和第二代都不行。"见葵桑一脸迷茫，乔山又解释道："这个品种是师父嫁接的，它变色的功能只在这一株上实现。牡丹的繁殖有分株和种子种植，但这月光白不能繁殖，第二代别说变色，就连开花也困难。按师父的说法，月光白连移植都不行，只能待在魏园里。"

葵桑有点失望地看着乔山。乔山又说道："不过，据我观察，它的变色功能应该是根据太阳的光照强度来改变的，最起码，光照是因素之一。有好几次阴天时，我看着它的变色幅度减小了好多。这样的话，同纬度地区理论上是可以移植的。你们奈良和东都的纬度差不多，我觉得应该可以移植。"葵桑听到这儿时，又开心地笑了，露出一排珍珠般的牙齿。

乔山看着桌子上光光的盘子，问道："吃饱了没？"葵桑放下筷子，笑吟吟地答道："饱了，真好吃！谢谢你的饺子。"乔山笑道："你在西京上学，那边的饺子很出名呀！你没去吃吗？"葵桑道："有几次同学请客，去吃了。但他们总是先点了好多菜，等上饺子时，早都吃饱了，哪还有胃口？今天可能是太饿了吧。"

乔山笑道："看来你同学是想讨好你，结果适得其反。"葵桑道："中国有好多同学生活上很浪费的，对公共资源、水和电也不爱惜，我经常跑去关别人开的水龙头。"乔山道："节俭这方面，你们日本教育得挺成功的。我读过一个滴水禅师的故事。"葵桑笑道："乔山君也知道滴水禅师？他在日本是家喻户晓的人物。"

相传滴水禅师未成名前，跟随师父仪山禅师学习佛法。一日，仪山禅师洗澡，水太热了，仪山让弟子打来冷水，倒进澡盆。听到师父说水的温度刚好，打水的弟子看见桶里还剩点冷水，就随手倒掉了。正在澡盆里的仪山禅师眼看他倒掉剩下的水，语重心长地说道："世界上的任何东西，不管是大是小，是多是少，是贵是贱，都各自有各自的用处，不要随便就浪费了。你刚才随手倒掉的剩水，不就可以浇灌花草树木吗？这样水得其用，花草树木也眉开眼笑，一举两得，又何乐而不为呢？"弟子受师父这么一指点，从此便心有所悟，取法号为滴水和尚。后来，终于成为著名的禅师。

乔山觉得今天很开心，不知不觉说了这么多话，他记忆中这可能是自己对着母亲和妹妹以外的女性说话最多的一次。结了账，共六块钱。葵桑跟在乔山身后出了饭店大门。摩托车在乡间小路上遇到一个小坑，车身颠了一下，葵桑惊叫了一声，双手自然地拽着乔山衣服的下摆，身子往前又贴了些许。乔山透过衣服感受到女孩那个凸起的部位和自己的背部若即若离的，一阵痒痒的感觉散了开来。

一时间，小路上安静了下来。本来两人你一言我一语的，这突然沉默下来的气氛让乔山觉得有点局促，就又把话题捡了起来，自豪地说道："其实这还不算好吃的饺子，什么时候让你尝尝我妈包的野菜饺子，那才叫香呢！"乔山的思绪又飞回了那个小山村，妈妈带着自己和妹妹在村外的山坡上、麦田里挖着野菜，有荠菜、蒲公英、马齿苋、车前草、白蒿等。挑最嫩的荠菜包饺子，蒲公英做凉拌菜，马齿苋蒸花卷，白蒿做蒸菜，车前草加葱花清炒，每一样都让他和妹妹垂涎欲滴。

两人到魏园门口时，魏痴老头和魏大爷在聊天，乔山怕葵桑说漏嘴，就抢先说道："师父，这是市农科所的小葵，来搞调研的。"魏痴老头抬头看了一眼，轻轻点一下头，算是打过招呼了。葵桑低着头，问候了一声"大爷好"，就跟着乔山进了大门。

　　大门的右侧为一排三间平房，第一间魏大爷住，第二间堆放了点农具、花肥等杂物，第三间有一张小床，原来是乔山的房间，现在空着。进房间后，葵桑伸了伸舌头，笑道："那位大爷就是你师父？去年就是他骂我的，刚才还担心会不会认出我来。"乔山道："怎么可能？他骂过的人成千上万，怎么会单单记住你？放心吧！"葵桑看着窗外的景色，指着园子中间的一个阁楼问道："那是什么？"乔山道："那是魏紫阁，去年刚建成的。你要是不累的话，我带你去看看？"葵桑开心地蹦出了房间。魏紫阁是去年根据乔山的设想新建的一座阁楼，他觉得魏园虽然花朵鲜艳、品种齐全，但没任何建筑点缀，显得太单调。他就在那片百年魏紫牡丹的西边建了一座两层阁楼。

　　他俩沿一条花间小路前行，经过一片一人多高的牡丹，有三四十株，花枝上花蕾朵朵，已露出紫色小尖。乔山介绍道："这就是魏紫牡丹，花龄已有一百多年了，这个园子就是在这几十株牡丹的基础上发展起来的。"葵桑问道："这些花会成精吗？"乔山笑道："会啊，这不就站在我跟前吗？"葵桑用手背托着香腮，做了个很陶醉的表情。阁楼东边的横匾上有四个大字——紫气东来。两边有一副楹联，上联为"万朵娇艳香凝露"，下联为"一弯明月半亭风"。葵桑指着横匾问道："我在很多地方都看到'紫气东来'这四个字，是什么意思啊？"乔山道："这是说老子出关的故事，你听说过老子吗？"葵桑眨着眼睛问道："老子不是爸爸吗？"乔山被葵桑的表情逗得哈哈大笑，说道："孔子，你知道吧？""知道！'学而时习之，不亦乐乎。'"

　　"对，就是他！这个老子是孔子的老师，他原来就住在东都，是周朝的守藏室史，相当于今天的国家档案局局长兼国家图书馆馆长。后来，周朝发生宫廷内乱，遗失了很多典籍，他受到牵连而辞官。辞官后，他骑着一头青牛西去。

"这天，他走到函谷关前。这函谷关令尹喜，好观天文，爱读古籍，学养深厚。一日夜晚，尹喜独立关上，凝视星空，忽见东方紫云聚集，其长三万里，形如飞龙，由东向西滚滚而来，自语道：'紫气东来三万里，圣人西行经此地。青牛缓缓载老翁，藏形匿迹混元气。'尹喜早闻老子大名，心想莫非是老子将来？于是派人清扫道路四十里，夹道焚香，以迎圣人。这就是'紫气东来'的故事。

"老子在函谷关小憩几日，写了《道德经》一书。后来，尹喜追随老子隐入终南山。《道德经》全书虽然仅五千余字，却是一部重要的哲学著作，对世界哲学思想的发展影响巨大，黑格尔、尼采均受到了《道德经》的影响。有很多成语均出自这部著作，如上善若水、金玉满堂、大象无形等。"

葵桑似懂非懂，又问两边的楹联出自何人之手。乔山道："这是根据另外一副名联改编的，上联'万朵娇艳香凝露'是描写园子清晨时难得的清静；下联'一弯明月半亭风'是说晚上园子的空寂。颇有禅意吧？"

葵桑摇头道："我不太喜欢这副楹联。"两人迈入魏紫阁。阁楼分上下两层，底下一层四周挂满字画，正对门的墙壁上挂了一幅八尺的画，画上是数株争奇斗艳的牡丹，上方空白处题了两行字："唯有牡丹真国色，花开时节动京城。"其他均为竖条幅牡丹画。葵桑笑道："这些画都很好，不过是不是挂得太多了点？"乔山道："这是去年花会期间，有一位画家来魏紫阁办的画展，这全是他的画，过几天他还来。"

葵桑哦了一声，指着靠窗的位置道："这儿可以放置一把古筝。"乔山道："放这儿谁弹啊？"葵桑笑而不答。两人又上了二楼，上面是一间空室，葵桑趴在窗户边看了看，问道："古代小姐的绣楼就是这样的吧？"乔山道："对，应该就是这样，葵桑小姐要不要来体验一下？晚上你就住这儿。"葵桑拍手笑道："好啊！"乔山笑道："你就不怕狐狸精？"葵桑道："我是花神，还怕狐狸精吗？"

吃晚饭时，魏敏跑了过来，见到乔山就问道："听说来了个漂亮妹妹？你带我看看吧！"乔山道："是一个日本姑娘，喜欢牡丹花，专门跑过来学习育花技术，农科所介绍的。"两人到魏紫阁后，葵桑在整理东西。魏敏看到葵桑微笑道："这妹妹长得真漂亮！"葵桑微笑着，乔山忙介绍道："这是我对象，魏敏。"魏敏拉着葵桑的手道："这手是咋长的？真好看！"她又转头对乔山说道："看你，怎么把人家安排到这儿？回家和我一起住吧，在这儿住，很不方便。"葵桑笑道："谢谢姐姐，我觉得住这儿挺好的，整天和这么多花在一起。"

魏敏道："你一个女孩子，住这儿真的不方便，上楼下楼的。"乔山感觉葵桑非常喜欢魏紫阁，就对魏敏道："算了吧，她一早一晚还得观察牡丹呢，住这儿对她学习方便一点。"魏敏只好作罢，又说道："那吃饭就回家吃吧，别和他们在一起吃了。"园子里有个伙房，魏大爷和几个花工就在园子里开伙。葵桑道："谢谢姐姐，给您添麻烦了。"说完她深鞠一躬。魏敏不太适应这种鞠躬，就拉着她的手，笑道："别这么客气，应该的。"

第二天一大早，葵桑就让乔山教她月光白的培育技术，乔山道："现在不行，要等这一季花期过了，才能嫁接。你先在这儿玩几天，很快的。"葵桑微感失望，但转念一想，眼下学校也没什么课，就等着毕业考试了，干脆就在魏园住下吧，等学习了月光白的培育技术再回学校。

接连几日，魏敏每天清晨都跑过来和葵桑一起玩，两人在花园里嬉戏打闹，葵桑唱着日本民歌，魏敏讲着东都名胜，倒和乔山疏远了起来。一日，葵桑拿了一本漫画书和魏敏并肩坐在一起阅读，书的文字说明全部是日文，葵桑就当翻译。当她读完时，魏敏就翻到下一页，有一页画着男女主人公光着上半截身子在森林里拥吻，葵桑读完后，魏敏用手按着书页，问葵桑道："你说下一页的画面会是什么？"葵桑笑道："你和乔山君是什么样，下一页就是什么样！"魏敏脸上迅速腾起了两朵红云，嗔道："胡说八道！你这小妮子可真色。"

说着她便用手挠向葵桑的腰，葵桑笑成一团，娇喘着喊道："你翻到下一页看嘛！"魏敏翻了一页，见画面上主人公已穿好衣服，男人指着天空的星星介绍着自己的星座。葵桑用双手托着自己的脸蛋，笑问魏敏："姐姐你想到哪儿去了？"魏敏一时大窘，又想挠她，葵桑笑着跑开了。

她俩一个在前面笑着捂着肚子跑，一个在后边红着脸追。见到乔山过来，葵桑忙对他笑道："乔山君，快帮帮我，姐姐欺负我了。"魏敏也叫道："给我拦住她，小妮子太坏了，今天我得教训她一下！"乔山夹在中间，两人就围着他转圈，乔山伸手拦住魏敏道："好了，别闹了。"葵桑趁机跑进魏紫阁。魏敏见乔山拦住自己就不悦了，嗔道："你咋这么听她的话？"她使劲推开了乔山的胳膊，也进了魏紫阁。乔山讪讪地挠挠头，也想跟着进去，刚踏进门槛，魏敏转身叱道："女孩子房间，别随便瞎进。"

乔山悻悻地退了出来，站在门前那片百年魏紫牡丹前。过了一会儿，见葵桑手里拿了一张纸出来，上面歪歪扭扭写了八个大字——女生宿舍，男生止步。她将纸贴在门外，竟没有看乔山一眼，又转身进去了。吃晚饭时，葵桑见了乔山，礼貌地点点头，眼神冷漠了许多。

这天，风和日丽，魏园里春光旖旎，魏敏和葵桑携手在园子里信步赏花，看来心情都不错，嘻嘻哈哈的。乔山就对她俩说："我们去山上踏青吧？"魏敏转头问葵桑道："小葵，我们去外面玩玩吧？"葵桑笑道："好啊！以前在家时，每年的这个时候爸爸都要带全家出去踏青，等我去换身衣服啊！"一会儿，葵桑从魏紫阁出来了，她换了一身深蓝色运动装，脚下是一双白色运动鞋，发型也变了，她原来将头发绾了个髻别在头上，现在在脑后扎了个松松的马尾辫，显得格外清新脱俗。

魏园位于邙山阳面。邙山是秦岭山脉的余脉，位于东都市北面、黄河南岸。邙山已全无秦岭的挺拔险峻，为黄土丘陵地，南坡平缓，多为阡陌纵横的农田。此时正是小麦返青、小草发芽的时节。每到这个季节，乔山心里总是莫名地悸动。三人走在一条乡间小路上，春风吹在身上，让人一阵阵兴奋，有一种说不出的愉悦。乔山道："怪不得古人有'如沐春风'的说法，这春风吹拂的感觉还真是美妙啊！"

魏敏指着远处麦田边成排的垂柳道："你们看那边柳树一片翠绿，可我们跟前的这些柳树却不见绿色，你们说奇怪不？"乔山想起一首唐诗，还未出口，就听见葵桑笑道："姐姐，这个时节就是这样的，韩愈不是有句诗叫作'草色遥看近却无'嘛！"乔山本来就想起韩愈的这首《早春》，见葵桑说了出来，心里暗想，一个日本女孩，对唐诗居然这么熟悉，不禁暗暗升起佩服之心。这时，一阵激越的秦腔传了过来：

> 道德三皇五帝，功名夏后商周。
>
> 七雄五霸闹春秋，顷刻兴亡过手。
>
> 青史几行名姓，北邙无数荒丘。
>
> 前人田地后人收，说甚龙争虎斗。

唱腔抑扬顿挫但又略显苍凉，和这三月艳阳天格格不入。顺着声音望去，是一放羊老头躺在一棵柳树下。他唱完戏后，又拿起一根自制的柳笛，吹了起来。葵桑看了一会儿，不知道这是什么乐器，就问乔山："乔山君，这是什么东西啊？"乔山道："这叫柳笛，中国乡间儿童大都会做。"言毕，他想起了小时候父亲给他做柳笛、教他吹奏的情景。蓦地想起后天就是清明节了，自己该回去给父亲上坟了，一时竟有些伤感。

葵桑问道："这柳笛是怎么做的？你会吗？"乔山点点头，举手抓起一根垂在头顶的柳枝，往下稍用力，猛地往树干方向一搋，一根小拇指般粗的柳枝就折了下来。他掏出随身携带的小刀，截下来三四寸长的一截，又将两头用小刀修理整齐，用两手的大拇指和食指、中指捏住柳枝，两手分别反方向轻轻扭转，待感觉皮与干之间已松动了，就用牙齿叼着白色树干的一端，右手轻轻地将一层绿色树皮整体抽了下来。他又用小刀将呈圆筒状的树皮一端的绿色浅表皮刮掉半厘米左右，留下一层青白色的膜。乔山将这端含入嘴中，吹了起来，发出呜呜的声音。他又拿在手里，在壁上刻了几个小孔，接着吹了几下，居然是一首《牧羊曲》。

葵桑拍手跳着，笑道："给我，给我，让我来试试。"乔山见葵桑高兴，就随手递给她，却被魏敏一把抢过来道："给我，我也想玩。"葵桑本来兴高采烈地跳着，这会子小脸拉了下来，慢慢地转过了身子，眼睛里也有点潮湿了。乔山忙赔笑道："我再做一支吧！一分钟。"葵桑道："我不想玩了，别做了。"说着，她慢慢往前走去，在羊群那边停了下来，俯身在麦田里拔了几根翠绿的荠菜，喂到一只羊的嘴边。乔山见葵桑走开了，就看了魏敏一眼，没吱声，又低头做柳笛去了。魏敏道："怎么啦？"见乔山没理她，就说道："你都含到嘴里半天了，她还好意思要去试？"乔山又做了一支柳笛，这下他没试，就拿着往葵桑那边走去，又被魏敏一把夺了过来，她拿过去交给葵桑，葵桑摆摆手，魏敏拉过她的手，把柳笛放在她掌心，笑道："生气啦？"葵桑就不好再拒绝了，拿着柳笛，却一直没有吹。

出来时，三人高高兴兴，谈笑风生，回去时都默不作声。葵桑见气氛尴尬，就找话题问道："乔山君，刚才那老人唱的'青史几行名姓，北邙无数荒丘'是什么意思啊？"乔山转过身指着前方道："这就是邙山，古人认为埋葬在这邙山阳面，背山面水，俯视帝都，风水极佳。中国有句话叫作'生在苏杭，葬在北邙'。这面山坡上陵墓众多，所以有'邙岭无卧牛之地'的说法。那几句唱词是说，即使是帝王将相，到头来还不是史书上的几行名字，邙山上的几座坟头。人生在世匆匆几十年，劝世人把功名利禄都看得淡点。"葵桑听罢，默然不语。

第二天，乔山回了趟老家，给父亲扫墓去了，回来时顺便把母亲接了过来。魏敏在家陪着未来的婆婆，来魏园的次数也少了。

这天清晨，乔山顺着花间小径查看花情，隐隐约约听见一阵琴声。他往魏紫阁瞅了一眼，慢慢往前蹀去。到楼下时，他停住了脚步，琴声从二楼的窗户传来，乔山判断不出来这种声音出自何种乐器，其音色透亮清澈，刚开始像吉他声，但在他的印象中，吉他好像演奏不出这么连续延绵的声音。只觉得这美妙的声音让他的心也随着音乐泛起了一阵阵涟漪。他屏住了呼吸，生怕发出的任何声音会打断这天籁之音。这时曲风一变，仿佛一阵密集的珍珠均匀地撒落在玉盘里，美妙的旋律就在珠玉触碰的瞬间流淌开来，不是进入耳朵，而是淌进心间。这种奇妙的感觉把乔山带入一个空灵、纯净的空间，他仿佛看到了片片花瓣漫天飞舞……随花瓣飞舞的还有舞姿曼妙的少女，少女的面庞清晰又迷离，只觉得至亲至近，但又判断不出是谁。琴声骤然停止，葵桑的声音传出窗外："是乔山君吗？"

乔山的意识慢慢回到现实世界，听到葵桑的声音，他并没有回应。窗户上探出一颗脑袋，一头秀发如瀑布般滑落在她肩头，她向他招了招手。乔山已有一段时间没有到魏紫阁了，上到二楼，见葵桑穿一身宽松的淡黄色睡衣，怀里抱着一把吉他，对着他浅浅地笑着。乔山道："刚才你弹的是什么曲子？"葵桑没有回答，而是笑吟吟地问道："好听吗？"乔山点点头，说道："太好听了！有花的海洋，有翩翩起舞的少女，又有夕阳、炊烟和万家灯火，这种意境太美了！"

这下轮到葵桑吃惊了。她盯着乔山的眼睛，问道："你真有这种感觉？"乔山点点头，说道："我以前听过一首约翰·威廉斯演奏的曲子，叫《樱花主题变奏曲》。和你刚才弹的曲子稍有点像，但你这首曲子中的中国古典味道更丰富一些，里面有一些小调，很多地方运用了中原地区民歌的元素。"葵桑道："乔山君的音乐天分太高了！这首曲子是我自己谱写的，这段时间在魏紫阁上，傍晚时刻，远眺东都城，见风景如画，闲来无事，就谱了首曲子玩。听你说的东都八景之中，有一个叫邙山晚眺，挺有诗意的，我就给它起了个名叫《邙山晚眺》。在体现千姿牡丹时，我借鉴了日本民歌《樱花》的一些元素。"

葵桑接着说道："其实那首《樱花主题变奏曲》，就是日本作曲家横尾幸弘根据《樱花》创作的，是他在约翰·威廉斯访日演出之际献给约翰的。这首曲子描绘了一幅扶桑岛国在樱花烂漫时节，少女们身穿多彩的和服在樱花树下翩翩起舞的画面。"乔山道："以前我是听的磁带，是一盘约翰·威廉斯的专辑，我还想着一个英国人怎么能创作出如此动听的日本风格的曲子。"葵桑道："我还没有碰见过像你这样对音乐有如此感悟的人。演奏乐曲通过练习人人都可能学会，但能领会其中意境的人真的不多，这得靠天分和灵感。要不古人怎么有句话叫'千金易得，知音难求'。"乔山笑道："正如俞伯牙摔琴谢知音。"葵桑道："我老师家里有幅字，写着'春风满面皆朋友，欲觅知音难上难'。我不懂，就问老师。他就讲了你刚才说的那个典故。"两人目光相接，又同时转向窗外。

稍顿，乔山道："我以前在上学时也和同学学过吉他，我感觉它就是一种伴奏乐器，今天才知道它还能弹奏出这么美的音乐。"葵桑道："那是民谣吉他，这是古典吉他，琴弦不一样，这是尼龙弦的。"说着便把吉他递给了乔山。乔山上大学时，吉他非常流行，大多数男生都能用简单的和弦伴唱那么几首歌，如《迟到》《恰似你的温柔》《请跟我来》等。乔山接过吉他，脑子中过了一遍以前弹过的歌曲，《迟到》这首歌的和弦比较简单，但他心里马上给否定了。

乔山弹唱了一首《恰似你的温柔》，虽然是极其简单的和弦，葵桑还是拍手鼓励道："挺好，挺好！"乔山笑道："班门弄斧，见笑了。"他就把吉他交给了葵桑。葵桑又接着弹唱了一遍《恰似你的温柔》，不过她在和弦之间加了好多华彩，前奏和间奏又丰富了很多，加上葵桑清脆的嗓音，乔山听呆了，半天才说了一句话："你教我弹吉他吧！"葵桑笑道："好啊，你教我种牡丹花，我教你弹琴，一言为定！来，我们拉钩。"说完便伸出小拇指和乔山拉了钩。

乔山跟着葵桑学那首《邙山晚眺》，他本来有点吉他基础，没几天时间，就把前半部分练熟了。但后来的轮指部分难度极大，刚开始乔山觉得手指不可能弹出那么短的音符。葵桑就教他在单弦上分解琶音，而后逐渐加快，一遍遍演示，乔山本来音乐天赋就极好，半个月左右，竟能把整首曲子弹下来。虽不能如葵桑那样婉转圆润，但也能弹出基本旋律了。葵桑道："现在重点放在轮指练习上，应注意旋律声部在轮指上，要用轮指去表现旋律，轮指的手法既要连绵不断又要颗粒清楚，犹如大珠小珠落玉盘，同时右手拇指与食指、中指、无名指各指之间也要协调好，才能把轮指弹得均匀。"

经过一个月左右的练习，乔山已能把这首曲子很有味道地弹出来了。葵桑赞叹道："乔山君的悟性实在罕见，若坚持每天练习，将来的造诣不可限量。"乔山自嘲地笑道："没想到我一种花的农民，竟成了抚琴之人，以后就放下锄头，到城里卖艺吧！"葵桑笑道："那你也未必能放下你的牡丹园，将来等敏姐姐为你生一群孩子，晚上就在花园里唱歌跳舞，听你弹琴，那不是很美吗？"

乔山少年丧父，从亲友师长那里听到的都是好好学习、努力工作，近几年接管魏园以来，也想的是拓展市场、做大做强。但他本是恬淡率性之人，只是过早地承担了生活的重担与磨难，一心想着出人头地，身心就像一只上满发条的闹钟，没有片刻的喘息。这段时间和葵桑在一起时，感到这姑娘就像春风。和她相处就如春风吹过大地，不经意间万物复苏了，有了绿叶，有了虫子，有了鸟儿，整个世界充满了生机。刚才听她那一番话，觉得那样的生活的确很美，但隐隐地又感觉有些遗憾，一时觉得脑子里很乱。他近来老是被自己内心深处的想法吓一跳。

　　葵桑见乔山半天没说话，又说道："你把这首曲子练熟后，再弹别的曲子就简单多了。明天我们再练一首新曲子吧。"乔山点点头道："今天我到花房看了，那些月光白的幼苗已成长得差不多了，可以嫁接了，明天我教你培育月光白吧。"原来这月光白的培育要用本品种的种子种出花苗后，再用一种名贵牡丹赵粉嫁接，而且嫁接成活率很低。嫁接成功后只是本株变色，它的种子育出的苗不但不能变色，而且连花都不会开。

第三章　邛山晚眺

第四章　马寺钟声

第二天，乔山带着葵桑来到实验室，这间实验室是乔山设计建造的，位于园子的最南边，是一座半地下窑洞。实验室上面是玻璃穹顶，便于采光，四壁为青砖箍成，至顶部渐收拢，底下埋了好多管子，外接火道，用于加温。内部又分成数十个独立的空间，温度分区控制，牡丹的各种生长状态在这里都能见到，有萌芽的、散叶的、开花的、休眠的等。

乔山挑了一株月光白花苗，用接刀在根的上部平削一刀，使其成为平滑的断面。然后从断面半径处垂直下削长两厘米、深半厘米的接口。又到一株赵粉苗上剪下来一根嫩枝，将下部芽的两侧削成长两厘米左右，一边厚、一边薄的削面，再插入月光白的削口，然后用麻纸自上而下将接口缠紧，又用泥浆在接口处涂抹。

乔山做一步讲解一步，他做完后让葵桑试试。葵桑拿起一株月光白苗儿道："这花苗怎么蔫了？"乔山道："这苗儿昨天就挖出来了，嫁接的花苗只用其根部，提前一天挖出来，晾晒一天是让它变软，这样不仅可避免根部断裂，嫁接后根在土壤中吸水后又变硬，还可使接口更紧密。"乔山又给她讲了切口的高度和方向，葵桑按乔山示范的步骤，自己动手嫁接了十株。两人将嫁接的花苗栽植在地里。乔山道："还得十天左右，到时看你嫁接的这些苗儿能活几株。"葵桑闭上眼睛，双手放在胸前祈祷："花神，请保佑我的牡丹宝宝苗壮成长啊！"乔山笑道："你不就是花神吗，还在求哪个花神？"葵桑嫣然一笑，牵着乔山的手出了实验室。

葵桑今天心情很好，对乔山道："你能陪我去趟白马寺吗？"乔山道："没问题，去白马寺干什么呀？"葵桑道："今天是我妈妈的生辰，我不能陪她过，就到白马寺为她祈福吧！"

白马寺位于东都城东郊，号称中国第一古刹，是佛教传入中国后第一座官办寺院。寺院兴建于东汉永平年间，距今已有近两千年的历史，被中外佛教界誉为释源、祖庭。据史籍记载：东汉永平七年，汉明帝刘庄夜梦浑身闪闪发光的金人在宫里飞旋。翌日，召集群臣圆梦。一位叫傅毅的大臣答道："陛下梦见的金人是佛。"汉明帝遂遣使臣蔡愔、秦景等前往西域拜求佛法。公元六十七年，汉使及印度两位高僧迦叶摩腾、竺法兰以白马驮载佛经、佛像抵达京都，汉明帝躬亲迎奉。公元六十八年，汉明帝敕令在京城雍门外建僧院，为铭记白马驮经之功，故名白马寺。

这白马寺北依邙山，南临洛水，宝塔高耸，殿阁雄伟，其主体建筑有天王殿、大佛殿、大雄殿、接引殿、毗卢阁以及中国第一释迦舍利塔。寺内长林古木，肃然幽静，是一处保存完整、古色古香的古建筑群。

两人骑着摩托车，半小时左右就到了白马寺。山门外是一处放生池，今天有一个法会，几个僧人拎了一个桶，把桶里的几条鱼放入池子。边上有一个中年妇女，旁边摆一个盆，盆里有几十条小鱼，盆边靠着一块牌子，上面写着"两元一条"。葵桑看了一眼，拉着乔山走开了，葵桑道："我也得买条鱼放生，但不能买那边的。"白马寺前面有一排小饭馆，葵桑进到一家，买了条小鲤鱼，用塑料袋兜着，缓步走到放生池前，将小鲤鱼缓缓地倒在了池中。

两人进山门后，葵桑每到一处都要焚香下拜。到天王殿时，见门两边有一副对联。上联是"年年坐冷山门接张待李总见他欢天喜地"，下联是"日日携空布袋少米无钱却剩得大肚宽怀"。殿里面供奉的是四大天王和弥勒佛。葵桑问道："乔山君，这大胖和尚是什么佛？"乔山解释道："这是弥勒佛。在佛教传说中，弥勒佛将继承释迦牟尼的佛位，成为未来佛。但这尊笑口常开的弥勒佛，却有另一个民间传说。相传五代时，浙江一带有个名叫契此的和尚，他经常挂着一根锡杖、肩背一个布袋来往于热闹的街市，人们都叫他布袋和尚。这个和尚逢人乞讨，随地睡觉，形似疯癫。他在临死时，说了这样一个偈子：'弥勒真弥勒，分身千百亿。时时示时人，时人自不识。'后来，人们就把他当作弥勒的化身，并根据他的形象塑造了一尊佛像，供在寺内的天王殿里。"

到了后面的大佛殿，葵桑拜完后，乔山介绍道："这三尊塑像，中间为释迦牟尼，左为摩诃迦叶，右为阿难。这三尊像是讲述佛祖灵山说法的故事，取材于一个禅宗典故。据说有一次释迦牟尼在灵山法会上面对众弟子闭口不说一字，只是手拈鲜花面带微笑。众人十分茫然，只有摩诃迦叶会心一笑。释迦牟尼见此就说道：'我有正眼法藏，涅槃妙心，实相无相，微妙法门，不立文字，教外别传。'这样，摩诃迦叶就成了这'不立文字，教外别传'的禅宗传人。你们日本佛教大多为禅宗，这就是祖师爷。"乔山又指着殿内的一口大钟道："据传此钟与当时东都城内钟楼上的大钟频率相同，故能遥相呼应。每天清晨，寺僧焚香诵经，撞钟报时，城内的钟声也会跟着响起来，因此，马寺钟声被列为当时的东都八景之一。"

再往后走就是大雄殿，到门口葵桑点燃了一把香，进大殿时，被一个和尚拦住了，不让她进入殿门，并朝她指了指外面的一个巨大的香炉。乔山忙拉住葵桑道："大小姐，这个殿里是不能烧香的。你把香放在那个香炉里吧！"葵桑眨眨眼睛，问道："为什么呀？"乔山指着大门上方的匾牌问道："你看这三个字'大雄殿'，有什么特别吗？"葵桑道："我觉得应该是'大雄宝殿'四个字吧？"乔山又问道："对嘛！可这儿为什么少个'宝'字呢？"葵桑嗔道："你就别卖关子了，快点说！"

乔山笑道："那是因为这宝都在大殿里面了。这些佛像都是元代的，是用漆麻丝绸在泥胎上层层裱裹，然后揭出泥胎，制成塑像，这种'脱胎漆'工艺也叫夹苎干漆工艺，在国内是独一无二的。因每座佛像都是空心的，故很轻，据说一只手即可托起，是国宝级的文物。但这些佛像特别怕火，所以请大小姐在殿外烧香。"葵桑笑道："别喊我大小姐，你师妹才是你家大小姐呢！"这时，一阵钟声从殿后传来，葵桑把香插在香炉里，拜了几下，就拉着乔山往后面走去。

再往后面走就是清凉台，位于寺院后部，是一座高台建筑，被称为空中庭院。清凉台上有一座建筑叫毗卢阁，大门上方有"狮窟"两个大字。此语出自佛教典故，狮子为兽中之王，释迦牟尼被喻为人中狮子。据说他出生时，一手指天，一手指地，做狮子吼状。后来，人们便将传承佛法的方丈和尚居住的地方喻为狮窟。

殿门外有一棵柏树，枝繁叶茂，奇的是有一根手臂般粗的藤条，经几百年的缠绕，已和柏树融为一体，成为白马寺一景，叫凌霄缠柏。今天是方丈海法大和尚讲经的日子，清凉台上黑压压的满是人头。柏树下面放置了一个蒲团，上面盘腿坐着一个老和尚，正是赫赫有名的海法法师。大和尚今天讲的是《四十二章经》。

回去时，摩托车沿一条乡间小路飞驰而过，路两边是两排高大的垂柳，葵桑让乔山停下来，柔声说道："你再给我做支柳笛吧！"乔山道："傻妹妹，现在柳叶都长这么大了，这柳枝的皮和干分不开了，柳笛只有在柳树发芽的季节才能做，错过那个季节就不行了。"葵桑很伤感地望着乔山，喃喃地重复着乔山那句话："错过那个季节就不行了……"她慢慢地转过身去，双肩开始抽动，竟哭了起来。

乔山一时间手足无措，想安慰几句，又不知从何说起。他隐隐约约猜到葵桑是为自己而哭泣，这个念头让他产生了一瞬间的甜蜜，随即而来的却是无尽的苦恼和理不清的思绪。师父赞许的目光，母亲对自己的叮咛，魏敏的笑脸，像梦魇一样让他喘不过气来。他一直是一个很理性的人，对学习和工作上的困难都会理出个思路，就算不成功，但思路也是清晰的。但这段时间，他每天晚上辗转反侧，脑子里如有一团乱麻。他感觉自己就像玻璃上的一只苍蝇，明明幸福就在眼前，但不管怎么努力总是突破不了那道薄薄的障碍。

乔山默默地看着葵桑的背影，真想抱住她，温柔地为她擦干眼泪，再逗得她破涕为笑。但他就一直这么站着，没有一个动作，没有一句话。很长时间后，葵桑转过身来，脸上的泪痕还未干，对乔山道："走吧！"摩托车又发动了。过了一会儿，葵桑幽幽地问道："乔山哥，你快乐吗？"这是乔山第一次听到葵桑叫他哥，不由得心中一荡，脱口而出道："和你在一起，我真的很快乐。"葵桑没有再说话，只是用双手紧紧地搂住了乔山的腰，脸紧紧地贴在他的背上。摩托车开得更慢了，乔山只盼着这条路永无尽头，他们就一直这么依偎下去。

从白马寺回来后，他到母亲房间坐了一会儿，母亲先是问他今天去了哪儿，他如实说了。母亲就又给他念叨了魏敏的诸多优点，说她端庄贤淑，孝敬老人，会过日子，将来一定是个好媳妇。她又说道："我看你师父身体也不是很好，他最大的心愿就是看到你们成亲，让小敏有个依靠。你看这次娘也过来了，不如找个日子，把婚结了，了了你师父的心愿。"乔山低下头一阵沉默。自从父亲走后，他从未拂逆过母亲的意愿。只是这次实在关系重大，一时不知该如何回答。

母亲见他低着头，半天不说话，就又说道："听说你整天和那小葵姑娘在一起。那姑娘虽说人也不错，可人家是日本人啊，过段时间还不是要回日本去？"乔山苦笑道："娘，你以为你儿子是谁啊？还挑来挑去的，人家葵桑姑娘就是来学习花艺的，没多长时间就走了。"说到这儿，他心头又是一酸。母亲道："你知道就好，人可不能忘本啊！怎么对家人，怎么对外人，这个你可要分清楚。你爹在的时候，别看外边朋友那么多，但还不是对我们娘儿仨最好？"乔山低头道："娘说得对，只是这段时间我在培育一个新品种，要出去一段时间。天也晚了，娘，你睡吧！"他回到自己房间里彻夜未眠。

乔山再去魏紫阁已是第三天了。他每天都去魏园，照例查看，指导花工修剪、除草，又到实验室观察那天葵桑嫁接的花苗。只是路过魏紫阁时，他不经意间要抬头仰视，盼着推开窗户的声音，盼着那秀丽的小脸探出窗外。

两人以前能朦朦胧胧地感觉到对方的心意，但从未点破，自白马寺回来后，两人已是心意相通。葵桑回到魏紫阁，弹了会儿琴，心烦意乱的，老是出错，心情怎么也平静不下来。又看到床头放的那支已经风干的柳笛，想着明年柳絮飞舞、春风熏人的季节，自己和乔山哥已天各一方、相距万里。不由得一阵心酸，几滴泪水涌了出来，慢慢地滑过脸颊。

乔山每次经过魏紫阁时，她都能感觉到，但还是强忍着没有叫他。第三天清晨，她看见乔山去了实验室，一会儿出来后，有点兴奋地看着魏紫阁开着的窗户。葵桑忍不住下到一楼，坐到乔山买的那架古筝前，弹奏起了那天乔山用柳笛吹奏的《牧羊曲》。他俩第一次来魏紫阁时，葵桑曾建议在临窗位置放置一架古筝。乔山想着马上就是牡丹花会了，这魏紫阁紧临那片百年魏紫牡丹，算得上是魏园的点睛之笔了，就想把它装扮布置得古香古色一点，就去买了一架古筝。没想到花会期间，甘拜石泼墨作画，葵桑调弦抚琴，一时魏园人气火爆，人们争相前往，一睹为快，在东都市传为美谈。这会儿，乔山又听见古筝的声音，心弦又被撩动，慢慢地踱进了魏紫阁。

他默默地看着葵桑，见她一脸憔悴。等一曲终了，葵桑笑盈盈地看着他，问道："乔山君是不是有什么好消息要告诉我？"乔山不答，却问道："你不舒服吗？"葵桑道："没有啊！我好得很！"说着起身原地转了一个圈，又说道："我没事，快告诉我吧！"乔山点点头道："还不错，你嫁接的花苗活了三株。"葵桑兴奋地问道："真的？太好了，你带我去看看吧！"乔山道："你别太着急，现在还不能说嫁接成功，得等段时间，才能判断出嫁接得成功与否，有时苗儿是活了，但不会开花，而且这种概率很大。"

葵桑又有点迷茫地看着他，乔山想起师父给自己讲这个道理时，举了个例子，说的是驴和马交配会生出骡子，而骡子就没有生育能力。对牡丹来说，不会开花就和不能生育一样。乔山当然不能给葵桑举这个例子，就微微一笑说道："不管怎么说，我们的小葵妹妹还是很聪明的，第一步就算成功了。"葵桑就想去看看，乔山又陪她到实验室，葵桑嫁接的十株花苗，有七株已经蔫了，这三株虽有点纤弱，但叶子碧翠，叶尖上还挂着小露珠，惹人怜爱，显然已经活过来了。

葵桑看着蔫掉的花苗自言自语地问道："咋会死呢？"乔山道："这是植物基因的排他性，一种植物生长成现在的样子，那得经过多少年的进化，哪能轻而易举地就改变呢？"葵桑沉默了一会儿，又问道："乔山哥，你说月光白还能变别的颜色吗？"这个问题乔山也考虑过无数次，也试验过无数次，但都以失败而告终。听见葵桑问他，正想给她解释，脑子里突然灵光一闪，激动地抓住葵桑的肩膀道："小葵，你说向日葵为什么会随着太阳转动？"葵桑往后缩了缩身子，说道："小时候学过，好像是什么生长素分布的原因。"

乔山意识到抓疼她胳膊了，就把手拿开了，说道："对，就是因为生长素背光分布的原因。我以前老是失败，就是因为受师父创造月光白思路的制约，总想把几种基因不同的牡丹嫁接在同一株牡丹上，但是互相排斥，怎么也培育不成。其实，决定花朵颜色的物质主要有三大类群：类胡萝卜素、类黄酮、花青素。而花青素决定的颜色非常不稳定，只要酸碱度、温度稍稍有些变化，它的颜色就会发生改变。好多花朵都有向光性，只是没有向日葵明显，我们只需要利用阳光改变花瓣中的酸碱度，不就可以实现变色了吗？小葵，你说我们会成功吗？"葵桑对生物工程一窍不通，自然不懂这些，但见乔山异常兴奋，又说"我们"而不是说"我"，心里一阵甜蜜，不住点头，笑道："乔山哥加油！我们一定会成功的。"

乔山忙了一周时间，分别以皇冠型大胡红、烟绒紫、赵粉三个品种为试验花苗进行改造，并使用了催花技术，理论上大概一个月即可开花看到变色效果。

这日清晨，乔山带着葵桑打开实验室大门，两人怀着期待的心情走到那几株花前，见大胡红和赵粉均未变色，还是它们本来的颜色，只有那株烟绒紫牡丹上开了几朵花，花蕊为豆绿色，花瓣为鹅黄色，清艳异常。葵桑用鼻子凑到花朵跟前，深深地嗅了一口，说道："真好闻。"乔山心里一阵窃喜，他知道烟绒紫花朵的本色并不是淡黄色，但又不能高兴得太早，还不知道它会不会再变颜色，但他明白自己已经成功了一半，就对葵桑道："我们先上去，到中午再来看吧！"葵桑道："不如我们把琴搬下来，在这练会儿琴吧？"

两人将古筝和吉他搬了下来，葵桑道："你把那首《彝族舞曲》弹一遍吧！"这首《彝族舞曲》是王惠然先生根据云南彝族民歌和乐曲创作的琵琶独奏曲，后来由吉他演奏家殷飚改编为吉他曲，旋律抒情优美，节奏粗犷强烈，但演奏难度很大，有滚指、轮指、人工泛音等技法，乔山还不是很熟练。葵桑道："你尽管弹吧，我用筝来和你。"乔山拨动琴弦，奏出几个音符，本来马上又要弹几个较低的音符，但葵桑那边已用古筝弹出，与乔山的吉他声形成互答之势。曲子的主旋律以吉他为主，古筝只是弹奏断续的几个音符，大多数时候，葵桑只是笑盈盈地看着乔山，手指搭在琴弦上并不动，但这看似不经意间的和声，竟让整个曲子魅力大增。一曲终了，乔山心中大快，笑道："怪不得古人说琴瑟和鸣，原来竟是这么快乐！"葵桑脸红道："这个词可不能乱用啊！"说着低下头来笑个不停。

两人就这样练了半天琴，葵桑突然惊喜地叫道："变了，变了，乔山哥，颜色真变了！"乔山回头一看，果然见那株牡丹的花蕊已变成淡紫色，花瓣变为水红色。乔山心头一阵狂喜，他知道自己多年的努力终于成功了。葵桑道："乔山哥，你说它到晚上还会变成别的颜色吗？"乔山道："其实它时刻都在变，你过会儿再看它颜色会比现在深了。"少顷，葵桑仔细一看，果然见花蕊已变成深紫色，花瓣为艳红色。乔山又道："到晚上肯定还会变，但变成什么颜色，我也不知道，多半会呈现浅色系。"

两人匆匆吃了午饭后，又跑到实验室，见那花朵颜色真的慢慢变淡了。乔山满意地点头笑道："小葵妹妹，你知道这株牡丹和月光白有什么区别吗？"葵桑摇摇头笑道："不——知——道！"乔山说道："首先，它的颜色会随时变化，不会局限于几种颜色；其次，它是一个新的稳定物种，也就是说，它的繁殖不会再像月光白那样需要嫁接，而通过分株即可实现。这就意味着你可以把它带回日本，作为中日两国友谊的和平使者。"葵桑睁大了眼睛道："真的？"

她的目光一瞬间又黯淡了，不禁暗想：当初自己是为花而来，没想到在魏园一住就是小半年，更没想到会对乔山暗生情愫。现在花已育成，自然就没理由再留在魏园。一想到与乔山分别在即，她心中不觉凄然。她叹了口气，幽幽地轻声问道："乔山哥，你知道阿倍仲麻吕吗？"乔山见葵桑眼睛中的兴奋只是一闪而过，接着就是一片凄凉，心中自是明白她的情意，其实他内心何尝不是痛楚万分？见她问到阿倍仲麻吕，他就笑道："阿倍仲麻吕可是没有回日本，而是留在大唐了啊！"

日本自大化改新以后，进一步大力汲取中国文化。大唐玄宗天宝年间，日本多次向唐朝派遣唐使船，随行的有许多留学生，其中阿倍仲麻吕是日本留学生中最杰出的代表，后来改名晁衡，七十三岁殁于中国，毕生致力于研究中国文化，加深中日两国友谊。葵桑和乔山对视片刻，她柔声说道："留下来得需要理由啊！"乔山心中一荡，不由自主地抓住葵桑的小手，有一句话差点脱口而出，但心中瞬间电光火石一闪，又似千斤巨石压在心里，硬生生把到嘴边的话咽了回去。他看到葵桑眼睛里期待的火苗随即熄灭，她慢慢地把手抽出来道："练琴吧！"

整个下午，两人没有再说话，只是琴声更加缠绵了。不知不觉月亮已挂在天空，随着最后一个音符的停止，四周寂静了下来。两人目光相接，无限温柔。乔山整个上午一直处在成功的喜悦中。下午再练琴时，他就能感觉到古筝的琴音中传来的一丝幽怨。想着这也可能是他们最后一次合奏了，他心里感到一种说不出的痛。对那株新生的牡丹，倒不关心了。葵桑回头看了一眼道："又变成白色了，好漂亮啊！"乔山看了一眼，见花朵变为莹白色了，和他预计的差不多。乔山知道，一种全新的牡丹品种诞生了。

月光从玻璃顶棚洒了下来，洒在葵桑的脸上，她美得无与伦比。沉默了好长时间，乔山道："小葵，没有你，我是不会成功的，谢谢你。"葵桑摇摇头道："我是个笨丫头，什么都没做，你谢我做什么？"乔山道："没有我们的小葵妹妹，我哪来的灵感啊？"葵桑小声说道："人家不想当'我们'的小葵妹妹，只想当'我'的小葵妹妹。"说着她就低下了头，虽然是在月光下，但还是能看见她白皙的脖子上泛起了淡淡的红晕。这句话声音很轻，但还是清清楚楚地传到乔山耳中，他心中一震，突然一个念头在他心中浮现："我还是个男人吗？现在我还是自由之身，有权利爱任何人。明天我就去给师父解释清楚，放下魏园的一切，带葵桑和娘离开。魏敏妹妹，请原谅，我爱的人不是你，但愿你将来找一个真心爱你的人。"

这个念头突然变得无比坚定。乔山顿时感到身心一阵轻松，一种从未有过的快乐幸福的感觉在心底激荡。他将双手放在葵桑的肩上，盯着她的眼睛说道："我的小葵妹妹，你别回日本了，明天我就带着你和娘离开这里，行吗？"葵桑和乔山对视了半晌，眼泪慢慢地溢满了她的眼眶，然后一滴一滴顺着脸颊往下淌，突然嘤的一声，投入他的怀中。乔山将她紧紧抱住，嘴巴在她的眼睛上轻轻地吻着，舌尖上满是眼泪淡淡的咸味，然后他的嘴唇顺着泪珠的痕迹，往下轻柔地移动，最后覆盖在葵桑的嘴唇上。葵桑在他一吻之下，心魂俱醉，双手伸出去搂住他的头颈，两人忘乎所以地缠在了一起。时间停止了，周围的一切消失了，世界上就剩下他和她，彼此之间不愿意有任何的隔阂，哪怕是一件薄薄的衣服。他们只想抱得紧点，再紧点……

当乔山又感觉到一丝的凉意，又听到蛐蛐的叫声，又嗅到花的香味时，他们正躺在草地上。月光柔和地洒在两人身上，他怀中搂着粉雕玉琢的胴体。半晌，葵桑睁开眼，看到一双明亮的眼睛温柔地看着自己，随即又闭上了双眼，把脸埋在乔山的胸口。乔山也不知道周围寂静了多久，想和葵桑说说话，却又不知道说些什么，只想两人就这么永远在一起。

良久，他的目光停在了那株牡丹上，莹白色的花朵在月光下散发出淡淡的光晕，花瓣尖上垂着一滴露水，显得清爽雅致，风韵独特，有一种另类脱俗的美。乔山低头吻了吻她的脸颊，轻柔地说道："小葵，我们给这株牡丹起个名吧！"葵桑没有抬头，梦呓般地说道："你起吧！"乔山一边摸着她的秀发，一边轻声道："它的生命来源于你的灵感，干脆就叫小葵吧！"

葵桑睁开眼睛，眼珠子转了一下，摇摇头道："不！以后这株牡丹面世了，大家都叫小葵、小葵的，我可不喜欢。我就想让你一人叫我小葵，叫一辈子，等我变成老太婆了，也这么叫。"乔山把她搂得更紧了。想了一会儿，摇摇头笑道："那我再想不出来了，你说一个吧！"葵桑本来侧着身依偎在乔山怀里，这时转过身平躺了下来，慢慢说道："它的颜色一日数变，如梦如幻……我们叫它幻影吧！"

第五章　神仙姐姐

马上就该过年了，秦歌把节前的一切工作都安排好后，给孙主任请了假，决定第二天回老家陪父母过年。照例，又让丁荣剑安排着吃顿饭，小范围的。来的有秦歌一家三口，丁荣剑和左琳夫妇，司机小王夫妇，杜若飞带着一个陌生女孩。席间，林心瑶问杜若飞："你女朋友？"杜若飞摇摇头，笑道："伙伴！"那女孩也没什么反应，还在低头玩手机。林心瑶就看了看左琳，左琳笑了，林心瑶摇摇头，叹了口气。

饭局最后，女人们坐在一边沙发上看电视，男人们又喝了几杯。秦歌想起还有一件重要的事情没办，就让林心瑶带着儿子先走。丁荣剑和杜若飞对视一眼，微笑了一下。丁荣剑对左琳道："你也先回去吧！我们和大哥还有点事。"秦歌就明白这俩小子又误会了，就笑道："你们都快回去吧！我有点别的事，小王跟着就行了。"

林心瑶站起来，随手拿她搭在沙发靠背上的羊绒大衣，发现有一个角被左琳压在屁股下，就拽着她的衣服道："妹子，抬抬你高贵的屁股。"左琳低头一看，也笑着站了起来，说道："还好没压变形。"林心瑶在她屁股上拍了一下，笑道："都压成啥了，还没变形？"秦歌笑道："你俩说的不是一个东西，你说的是衣服，左琳说的是屁股。"左琳的脸微有些红了。林心瑶睨视了他一眼，小声骂道："信屎啊！你还有个当哥的样子没？"

秦歌率先出了包间的门，丁荣剑和杜若飞紧跟在后边，又小声问道：

"要不再去唱会儿歌？"秦歌道："快回去吧！今天有点别的事，节后再说吧！"他又对杜若飞道："兄弟，你也该认真地找个女孩，结婚成家好好过日子。你看人家荣剑，还比你小两岁，都成家了，明年就该当爹了。你看你这伙伴换的，那还真是年年岁岁酒相似，岁岁年年姐不同啊！"丁荣剑笑道："杜哥自比U盘，即插即拔，不留痕迹。"杜若飞坏笑道："大哥，你以为我不想啊？我倒是看上左琳了，可人家不是已经嫁了嘛！"丁荣剑踢了杜若飞一脚，骂道："滚蛋！"

秦歌上车后，打了个电话，电话响了几声后，那头传来一阵悦耳的笑声："兄弟，好久不见了啊！"秦歌也笑道："神仙姐姐，我也很想你，现在想去看看你，方便吗？"神仙姐姐道："跟姐还瞎客气什么，来呗！"

秦歌和神仙姐姐认识于三年前。那是文联在东山宾馆组织的一场座谈会。在停车场停车时，秦歌车前有一辆捷豹，来回好几趟，也没将车停进车位。秦歌的车被挡在后边，小王按了几下喇叭，把车窗玻璃降下来，看着前面的车，又转头对秦歌道："可惜这么好的车了。"捷豹停稳后，从车里下来了一个妇人，一副大大的墨镜遮住了小半边脸，仅从嘴巴判断，这是一个很自信的女人。她的皮肤稍有点黑，但很细腻，身材玲珑有致，很有韵味。她下车后先用手拢了拢头发，侧头看着小王道："小弟弟，你急着干什么？会说话不，什么叫可惜这车了？"

小王一时语塞，回头看着秦歌，秦歌打量着妇人，心中暗道："这妇人可不像个暴发户，举手投足间透露出一种高贵优雅的气质，像是一个被宠坏的女人。她对小王说话的语气，就像女王对她的仆人那样，就没想过对方会再说出不敬的语言。"秦歌也下了车，笑道："美女，这纯属误会，小兄弟的意思是说，车好，人比车更好，就是驾校的老师不太好。"这时，妇人嘴角微微上扬了一下，一个优雅的转身，离开了。小王吐了吐舌头，笑道："这就是传说中的气场吧？何方神圣啊？"秦歌道："瞧你那出息吧！"

东山宾馆依山而建，对面就是举世闻名的龙门石窟，石窟在西山，东山宾馆因地处东山而得名，为政府接待用的宾馆。此处亭台楼阁，错落有致，山上树木郁郁葱葱，半山腰有一条小溪，在宾馆对面还有条数米高的瀑布。宾馆上面为千年古寺香山寺，下面的那座山峰叫琵琶峰，为大诗人白居易长眠之地——白园的所在之处。东山宾馆自然风景秀丽，人文气息浓郁，为东都市档次极高的山水园林式宾馆。

本次主会场在停车场上面，秦歌拾级而上，见刚才那妇人在前面慢慢地欣赏着满山的苍翠，不慌不忙地往会议室走去。进会议室前，秦歌超过妇人先进入会议室，见分管文化教育的副市长已经在里面了，就疾步走到他面前打招呼，副市长正在和身边的一个老者聊天，看见秦歌只是点了点头，示意让他坐下。这时，那个妇人进来了，秦歌见副市长脸上马上堆满了笑容，站了起来。而那妇人只是向副市长点点头，大有居高临下之势。秦歌的大脑在飞快地运转着：这娘们儿是谁啊？吃饭时秦歌主动和那妇人坐在了一桌。

席间，妇人和另一名画家争起了写意画和工笔画的优劣，那名画家是一个五十多岁的妇女，只听她说道："工笔画细致缜密、生动逼真，哪像现在一些写意画法，草率失真、游戏笔墨。那哪还能叫美术？"妇人回道："写意画提炼取神，意境深远，哪像工笔画那样刻板无神，了无意趣！"两人针锋相对地争了半天，秦歌知道这样的争论就没有结果，两种画法无关优劣，她俩只是根据个人好恶以点概面而已。但他觉得妇人喜欢写意画，那就帮她辩论吧！

他喝了杯酒，说道："这国画的写意和工笔之分在文学里也有类似的，比如都是描写新婚之夜，你看沈三白在《浮生六记》中的描写：伴妪在旁促卧，令其闭门先去。遂与比肩调笑，恍同密友重逢。戏探其怀，亦怦怦作跳，因俯其耳曰：'姊何心春乃尔耶？'芸回眸微笑。便觉一缕情丝摇人魂魄，拥之入帐，不知东方之既白。这种描写给了读者一个想象的空间，这应该就是文学中的写意吧！我们再来看看《金瓶梅》中的洞房描写……"

秦歌摇头晃脑，满口之乎者也，表情和手势又异常丰富。听到这儿，妇人已笑得直不起腰，连忙摆手道："够了、够了，打住！"笑罢，妇人主动和秦歌喝了杯酒，不知不觉话多了起来。妇人说她比秦歌大一个月，秦歌调侃道："你可别蒙我啊！我看你比我小多了，不仅是个妹妹，还是个小妹妹呢。"妇人笑道："我们赌一杯酒吧！拿身份证。"秦歌端起杯子喝了一杯，笑道："我认输，真没想到你还是个姐姐呀！"刚才那位争执的女画家跟着起哄道："既然认了，就快叫姐吧！"秦歌道："刚才在停车场见到姐后，真是惊为天人，以后我就叫你神仙姐姐吧！"妇人笑道："你这嘴巴挺甜的，一定骗了不少小姑娘吧？"那顿饭两人都没少喝。

车子到了小区门口，秦歌让小王拿出前段时间在丽京门买的那个笔架，叫小王先回去了。他走到神仙姐姐楼下，按了门禁对讲机，楼上也没询问，直接开了门。电梯到顶层停了下来，出电梯间后，见神仙姐姐站在家门口，一脸妖媚地微笑着。

这是一套复式住宅，俗称楼中楼。客厅宽敞明亮，沙发后面的墙壁上挂了一幅油画，出自神仙姐姐之手。画中是一个在天山脚下放牧的少女，特写部分为少女的眼睛，羊群在左侧，而少女却眺望着右侧一条伸向远方的小路，眼神中满怀期待，似在等着她的情郎。靠窗的位置摆放着一架托马斯钢琴。书房很大，连接着宽阔的阳台，内有一个高大的五开门书柜，两个门的位置摆放着书籍，三个门的位置变成了博古架，陈列着各种藏品，其中不乏真品，唐三彩仕女俑和明代五彩开光式花鸟纹罐均价值不菲。墙壁上挂了一幅陆俨少的《空谷幽兰图》，旁边是一幅斗方卷轴，为八大山人的书法真迹，是一首王维的《辛夷坞》：

> 木末芙蓉花，山中发红萼。
>
> 涧户寂无人，纷纷开且落。

秦歌把笔架放在书桌上，笑道："送姐一件新年礼物吧！材料一般，但的确是老物件。"神仙姐姐拿起来看了看，挺喜欢的，就笑道："兄弟，你还真懂你姐。我这个笔筒，本也挺好的，就是洗完笔后倒过来放，笔头容易歪。我还说什么时候去买个笔架呢，你就给送过来了。这样子还挺别致的，这是什么木料？"秦歌道："鸡翅木，很普通的，产于我国南方、东南亚及非洲等地，又叫相思木。"

神仙姐姐挺感兴趣地问道："怎么又叫相思木？"秦歌道："那不是

因王维那首《相思》而得名的嘛！"神仙姐姐哦了一声，柔声吟道："红豆生南国，春来发几枝？愿君多采撷，此物最相思。你是说鸡翅木的果实就是红豆？"秦歌竖了下大拇指，笑道："姐姐真聪明！"神仙姐姐望着窗外半天，叹道："这男人相思肯定和女人相思时的感受不同。"秦歌道："怎么不同？"神仙姐姐道："你看这王摩诘说的'愿君多采撷，此物最相思'，好像这相思有多幸福似的。他能体会到那种望穿秋水的孤寂之痛吗？"秦歌见神仙姐姐满脸的苦楚，一时又想不出如何安慰，就转移了话题，指着书桌前的一把椅子，说道："其实这鸡翅木很普通，和你这把椅子不可相提并论呀！"

这是一把黄花梨四出头官帽椅，风格简练古朴，造型优雅大方，纹理优美，色泽古穆。一看便知为典型的明代苏式家具，市场价格非常昂贵。神仙姐姐也觉得自己有点失态，就笑道："有兄弟陪着，咱想他干什么！这椅子你喜欢就搬走呗！刚好这官帽椅送给你讨个彩头。"秦歌笑道："你又拿我开玩笑了。"神仙姐姐道："没开玩笑，你的事我给他说过了，应该没什么问题吧。"秦歌心里一阵狂喜，表面却不动声色地说道："有劳姐姐了！我还想着该怎么报答姐姐呢，还怎么敢收你这么贵重的礼物。"

黄花梨为名贵木料之中的极品，清乾隆以后，黄花梨资源已近枯竭，故而古家具收藏行业有句话叫："一黄、二黑、三红、四白。""一黄"指的就是黄花梨，"二黑"是指紫檀，"三红"指鸡翅木、铁力木、老红木、花梨木等，"四白"指楠、榉、樟、榆等。

神仙姐姐指着阳台上的一对藤椅道："坐下来喝点东西吧！茶还是咖啡？"秦歌笑道："你啥时候见我喝过咖啡？"说完两人就坐在藤椅上望向阳台外。这栋楼紧邻洛浦公园，河景一览无遗，洛河在此处河面宽阔，风光旖旎，洛河对面就是洛南新区。这是近几年东都市的一大手笔，拉大了城市框架，把原来东西狭长的城市结构变成以洛河为轴心、南北对称发展的城市结构。洛浦秋风原为东都八景之一，眼下虽为寒冬季节，夕阳照在宽阔的河面上，水面浮光跃金，像一颗颗小星星闪着金光。夕阳穿过阳台厚厚的玻璃照在秦歌身上，让他感觉到一丝暖洋洋的慵懒，欣赏着窗外的景色，他感受到了这个城市的优雅。平时穿梭于这座城市的每条街道，总是匆匆忙忙，还真没发现它的美丽，难得在这个冬日的午后，能停下匆匆的脚步，带着一丝漫不经心，悠闲地来欣赏这座古老而年轻的城市。

神仙姐姐道："那就喝点红茶暖暖胃吧，我刚学了一套祁门红茶茶艺，请兄弟指正。"她按了茶台上面的取水键，一股清澈的水流注入热水壶内。这热水壶也很别致，主体部分为晶莹洁白的陶瓷，上面临近壶口和壶盖的部分为玻璃制成，以便观察水面。少顷，壶内微有声。神仙姐姐打开一只锡罐，用茶匙挑出些许茶叶放入茶荷之中，观之，竟如黑珍珠般散发着温润的光泽，一看即知为祁门红茶中的珍品。神仙姐姐道："这叫珠光乍现，为第一步，观茶。"这时，壶内声音渐大，壶壁上如涌泉连珠，水已至二沸。壶内水汽弥漫，凝聚成珠，在壶壁上浮动。神仙姐姐道："这叫轻灵浮动，为第二步，煮水。"少顷，壶内声如万马奔腾，水面腾波鼓浪，水已三沸。神仙姐姐拿起水壶，向茶壶和茶杯中注入沸水，使其温热。她又道："这叫浸温壶盏，为第三步，净杯。"这套茶具为景德镇青花瓷中的精品，这会儿在沸水的冲烫下更显得晶莹温润、青翠欲滴。神仙姐姐将茶荷中的茶叶置于壶中，道："祁门红茶被誉为'王子茶'，所以，这一步叫王子进殿，为第四步，置茶。"

言罢，她提高水壶距茶壶口尺余，向茶壶中冲下，茶叶翻滚激荡，但力度掌握得恰到好处，水并不溅出。她说道："这叫直落千丈，为第五步，入水。"少顷，神仙姐姐将壶中茶分置两杯，拿起一杯递给秦歌道："这叫分杯奉客，为第六步，敬茶。"自己端起另一杯，在鼻前嗅闻，又道："这叫清香绕鼻，为第七步，闻茶。"

祁门红茶为三大高香茶之一，秦歌一闻，果然香气醇厚悠长，确有幽兰之香。神仙姐姐道："你看这茶汤色如玛瑙，红艳动人，舒展开的茶叶也如舞女般柔美娇嫩，这就是第八步，赏汤，又叫赏汤观叶。"秦歌笑道："可以喝了吧？"神仙姐姐也笑道："这茶口感清爽，味道醇香，当浅啜慢饮，细细品尝。这也是第九步，啜饮，又叫细品爽鲜。兄弟，请！"

两人喝着茶，看着窗外的美景，秦歌道："姐姐真是神仙一般的人儿，每天就这样喝喝茶、弹弹琴，高兴了就画幅画，不想画就在这儿晒太阳，与世无争的，真让我们这些凡夫俗子羡慕啊！"神仙姐姐道："我一个小女子，也不会干别的啊！你们都是官人，要是在古代我见你们都得磕头，嘴里还得喊着：'民女沈小星叩见秦大人！'"说着她便咯咯地笑了起来。

秦歌道："你又拿兄弟寻开心了。我这官比芝麻还小，在你跟前也敢称官？"神仙姐姐收了笑容，问道："兄弟，给你说个正经事，听说你和甘拜石老先生交情深厚？"秦歌道："交情深厚倒谈不上。有一次，老先生和上溪寺的了静和尚打赌，他输了，按赌约他要给上溪寺抄写《金刚般若经》十卷。老头被关在禅房里三天才抄了五卷。他就边骂和尚边抄经文。后来，我给他解了围，把剩下的五卷给免了。老头一高兴就和我到龙门街的小酒馆喝了顿酒，喝多了，就要和我结拜兄弟。人家女儿都比我大，我哪能这么干啊？他说人家米芾都能和石头结拜，我们怎么就不能结拜呢？自那以后，他都叫我兄弟，不过我还是叫他甘老师。你找他什么事？要是求画，那倒不必找他了，我那儿就有他几幅画。"神仙姐姐笑道："看来传言不虚啊！他果然怪诞。画，我是不要的。我想明年办一个画展，你知道在咱东都，这油画没多少人喜欢。我就想改画国画，想请甘拜石指点一二，最好当个挂名学生。"秦歌道："这老头很怪，一生就收了一个徒弟，听说还是个日本女孩，后来回国了。前几年，找他拜师的人络绎不绝，他一个也没看上，都给打发走了。这几年也没人再去找他了。这样吧，等过完年，我带着你，咱一起给他拜年去。等我把他灌多了，我们再提这个要求，成功的可能性会大一点。"神仙姐姐点点头笑道："这老头真好玩。"

秦歌又看着墙上八大山人那幅字，问道："姐姐，这幅八大山人的字在哪儿淘的？他的纯书法作品近年来民间还真不多见。"神仙姐姐道："这是十年前在米兰拍的。这幅字挂出来时，我对八大山人并不了解，我只是喜欢王维的诗，尤其这首《辛夷坞》。"秦歌道："我也很喜欢王维的诗，特别是那种诗中有画、画中有诗的境界，很有禅意。"两人又互相吟了几首王维的诗，度过了一个暖洋洋的下午。

后来又续了两次水，神仙姐姐分别解释其为第十步续品余韵和第十一步三饮成趣。最后她笑道："还有最后一步论茶谢客，也请兄弟点评指正。"

秦歌放下杯子道："今天饮茶，有五好。首先，是人好，姐姐这动作优雅，技术娴熟，声音甜美，不喝茶，光是能陪姐姐这神仙一般的人儿坐一会儿就先陶醉了。"神仙姐姐咯咯笑道："这可有拍马屁之嫌啊！"秦歌继续道："其次，是这水好，陆羽在《茶经》中道：'山泉为上，江水为中，井水为下'，姐姐这水是取自龙门香山的芙蓉泉吧？"神仙姐姐侧头笑道："这你也能喝出来？蒙的吧？"秦歌摇摇头笑道："东都市近郊，只有龙门东西两山有泉涌，但大部分分布在山脚下，唯有这芙蓉泉在山顶之上。"

神仙姐姐问道："那又如何？"秦歌道："山顶之泉，水性缓；而山脚之泉，水性急。故而一沸之时，芙蓉泉水的气泡偏小而缓慢，而其他泉水的气泡相对大而急。当然这得多次反复观察才能甄别。至于市里其他品牌桶装纯净水，则取自井水，从气味颜色即可辨别。"神仙姐姐惊叹道："兄弟还真是个高手啊！"秦歌笑道："这可不是我总结的，这是上溪寺的了静和尚教我的甄别方法。还有一点，正因为这芙蓉泉水性轻缓，故刚才第二泡，续品余韵时，姐姐感没感觉到味道比第一泡还浓烈？这就像少妇比少女更有味道一般。"神仙姐姐笑道："这也是和尚教你的？"秦歌笑道："这个是自己悟出来的。"

"第三，是这茶好。姐姐这祁门红，形质兼美，条索紧结秀长，色泽乌润，这也是第一步观茶时珠光乍现的基础。冲泡后汤色红艳明亮，香气醇厚悠长，更有一种兰花的幽香。此为祁门红茶中的极品。"

"第四，是这器好。姐姐这套茶具为景德镇青花瓷中的精品，这江南山水一看便知是名家手绘，瓷质晶莹温润，釉色青翠欲滴，让人观之爽心悦目。"

"第五，是这时机好。古人道，春饮花茶解困，夏饮绿茶消暑，秋饮青茶除燥，冬饮红茶御寒。这是大时机。又据《茶疏》之说，最宜于饮茶的时机和环境：心手闲适，披咏疲倦，意绪纷乱，听歌拍曲，歌罢曲终，杜门避事，鼓琴看车，深夜共语，窗明几净，佳客小姬，访友初归，风日晴和，轻阴微雨，小桥画舫，茂林修竹，荷亭避暑，小院焚香，酒阑人散，儿辈斋馆，清幽寺观，名泉怪石。以上时机今天占了大半。"

神仙姐姐笑道："今天还有一好：客好。不尚虚礼，忘形笑语，不言是非，闲谈古今。"秦歌起身笑道："姐姐过奖了，今天叨扰了，我该走了。"神仙姐姐道："急什么呢？晚上在这儿吃饭吧，我这儿煲的鸡汤，再弄两个菜，我们喝两杯。"秦歌道："现在如果不是极特殊的场合，我一般不吃晚饭了。"神仙姐姐道："怎么啦？减肥？你也不算胖啊！"秦歌道："前段时间去体检，脂肪肝。"神仙姐姐问道："轻度还是重度？"秦歌道："轻度。"神仙姐姐道："这也不算啥，饮酒上注意点。我这儿有个偏方，挺有效的，你弄些山楂片，把荷叶切成丝，一起泡茶喝，轻度脂肪肝很快就能好转过来。"秦歌笑道："谢谢姐姐关心，我回去试试吧！"神仙姐姐起身在客厅茶几上拿了十几只柑橘，用一个纸袋子装起来塞给秦歌道："这是他们从台湾带的柑橘，你拿几个尝尝吧！"

秦歌满心欢喜地上了车，把纸袋子递给小王道："神仙姐姐给的台湾柑橘，你尝尝吧！"小王剥开一个，咬了一瓣道："没什么特别的感觉嘛！"秦歌笑道："你吃个橘子还指望能吃出什么快感？"小王笑了。到家门口后，小王问道："要不明天我送你回去？反正也不远，我晚上就能返回。"秦歌道："没事，我用家里的车吧，和你嫂子换着开，没多远。你也休息休息吧！"

小幻早上起来，给全家做了早饭，她吃了个鸡蛋，喝了碗小米粥。稍做打扮，镜子里便出现了一个靓丽的小清新冲着自己调皮地眨了眨眼睛，她满意地转身而去。

小幻到万达广场时，见门口有一个走秀表演，台下稀稀拉拉的有几十个人在观看，大多数行人只是侧头看看，并不停下脚步。她见陆一帆站在人群中间，就偷偷地跑到他后面，躲在左侧，又拍拍他右肩。陆一帆一回头，见没人就笑了笑，也不回头，直接伸出左臂把小幻给搂了过来。小幻笑道："嗨，偷看美女，被我发现了啊！"陆一帆笑道："台上哪个有我们小幻漂亮啊！"小幻甜甜地一笑，说道："花心大萝卜！看你拍马屁的分上，本小姐原谅你了。"两人就牵着手进了万达广场。

小幻拉着陆一帆的手，凡是卖衣服和小饰品的小店挨着进，看到喜欢的就穿上试试，在镜子面前显摆显摆，然后又脱下来还给店家。小幻身上散发出来的那种青春优雅的气质，在试衣服时总能引起其他顾客的注意，一般经她试过的衣服，马上就有人试、有人买。眼下正是春节前，服装生意的黄金季节，整个商场内熙熙攘攘，店家不断地给小幻推荐衣服。陆一帆就坐在凳子上玩手机，有的店家就问道："看你女朋友穿着多漂亮，还不给她买一件？"这时，他把衣服的标价和口袋里的钞票进行比较。而小幻总能找到衣服的缺点，拉着他的手又去下一家。

陆一帆道："姑奶奶，你选一件，我们买了，咱去看电影吧？"小幻噘着小嘴道："不嘛！我还没逛够呢！""你光试不买，我觉得没面子啊！""谁说逛街就非要买东西了？我们又不是土豪，哪能喜欢什么买什么？再说了，女孩子逛街享受的是这个过程，不介意要买多少东西。你乖乖地跟着我就行了。"陆一帆无可奈何地跟着她，进了一家又一家店铺，心想："怪不得男人不愿意跟女人逛街，身体累倒是其次，关键是心累。以后得好好工作，努力赚钱。"可转眼一想，凭眼下的薪水，再怎么努力好像都达不到自己想要的生活。上次本来说等小幻过生日时给她买部苹果手机，自己省吃俭用几个月，没想到有人第二次见面就送了她一部手机。有次和小幻还有她同学小薇一起吃饭，听那小丫头说，会所里一个包间一晚上能消费万把块钱。他想不明白，不就唱个歌嘛，怎么就能花掉自己半年的工资？

正胡思乱想着，见一个人和小幻打招呼道："嗨，小美女，一个人逛街啊？"小幻笑道："丁哥，你好！"又指了指陆一帆道："和我男朋友。"正是丁荣剑和左琳。陆一帆就走过来和丁荣剑握握手。他俩手上拎满了大大小小七八个纸袋，尽是些刚买的衣服、鞋子。丁荣剑表现得还算礼貌，握手时微微一笑，并没有和陆一帆说话，而是对小幻道："你男朋友很帅嘛！"说完就点点头拥着左琳离开了。这让陆一帆有点不悦，就问小幻道："送你手机的是他吧？"小幻摇摇头笑道："不是啦！你又瞎想什么了？"陆一帆道："那送你手机的是个什么样子的人？"小幻道："是他大哥。"

陆一帆心里嘀咕："这个人就很厉害了，他大哥不知道是个啥样？"就又问道："那他为什么平白无故地要送你个手机呢？"小幻笑道："这个问题你都问了很多遍了，当时我不要，他给了马晶，马晶又给我的。"陆一帆道："那就更不对了，他送你东西，还这么费尽心机。"小幻嗔道："他是个冤大头，行了吧？"说完就转身往前走去。见小幻有点生气，陆一帆追上来赔笑道："我错了，我错了，我不该问你这些，惹你生气，你打我一下消消气吧！"说着就拉着小幻的手，在他脸上打了两下，惹得小幻又咯咯地笑了起来。

笑罢，小幻道："罚你请我吃大餐，必胜客！"陆一帆笑道："好。"两人到必胜客门口，见里面的座位都满了，门口已有几个男孩女孩在排队等候了。服务员热情地招呼着："先拿张排座卡，马上就好了。"小幻又犹豫了，对陆一帆道："我又想吃串串了。"陆一帆拍着口袋笑道："咱有——钱！"小幻拽着他的手笑道："我不想吃这个嘛！走，吃串串。"

串串类似于麻辣烫，属于东都的地摊小吃，但味道还是不错的，确实很受小姑娘们的欢迎。两人找了个靠窗的位置坐下，小幻挑了很多她喜欢吃的串儿，有鱼丸、蟹棒、冻豆腐、菌类和各种蔬菜，还叫了两瓶啤酒、一听雪碧。陆一帆道："等咱以后有钱了，就把必胜客收购了，让它卖串串。"小幻咯咯笑道："把麦当劳也收购了，让它卖米线。"她拿出手机又拍了几张照片，道："让亲们看看我的美食。"同时，把照片传到了微信朋友圈里，很快就有了条评论："宝贝，只要心中有阳光，吃什么都是美食；只要和爱的人在一起，哪儿都是天堂。赞一个！"小幻笑了笑，把手机举到陆一帆眼前让他看。他看了会儿，问道："这幻影是谁呀？说得挺好的，我得好好地感谢她。"小幻娇嗔道："臭美！这位幻影姐姐和我认识好多年了，记得还上小学，我刚有QQ号时，我们就认识了。从那以后，她几乎每天都和我打招呼。她说我们名字都有个'幻'字，觉得我俩有缘。我就主动叫她姐姐，我们聊得很开心。第一次视频时，她戴了副大墨镜，不知道为什么，一直在哭。我总觉得好像在哪儿见过她，但又实在想不起来。你有过这种体验没？就是见到一个人或一个场景，总觉得很熟悉，但就是想不起来在哪儿见过。"

陆一帆摇了摇头。小幻接着问道："你说人会不会真的有前世？或许上一辈子我们就认识？我也问过幻影姐姐这个问题，她说也许我们上一辈子就是姐妹。反正我觉得她很亲切，我有什么心里话都和她说，她也总是很耐心地解答。她还教了我好多东西，包括自我保护、穿衣打扮，最近又教我插花和茶道。我给你说件事，不许小心眼啊！"陆一帆点点头。小幻道："小学时，放学路上一个男生亲了我一口，我就给幻影姐姐说了，她问我喜欢那男同学吗？我当然不喜欢他了。她就让我告诉老师，第二天，那男生就被罚站了。"陆一帆问道："那男生自那以后又亲你了吗？"小幻笑道："打那以后，他恨死我了。"

两人边吃边聊，一顿串串吃了一个多小时。下午，两人又看了场电影。最后小幻买了条牛仔裤，非要自己掏钱。陆一帆道："我晚上就坐车回老家过年了，总得给你买件新年礼物吧？"小幻就指着一个发卡道："这个发卡，我喜欢。你买给我吧！"两人一转身，又碰见了丁荣剑夫妇，这次，小幻只是笑了笑，也没有说话就走开了。左琳道："真是一对金童玉女啊！很般配。"丁荣剑道："男人光长得帅有屁用？"左琳笑道："长得帅讨女孩喜欢啊！"丁荣剑撇撇嘴没有吱声。

陆一帆和小幻出了万达广场，就去了他的出租屋。到楼下时，小幻犹豫了，不想上去，他拽着她的胳膊上的楼梯，笑道："我还能吃了你啊？"小幻道："幻影姐姐说的，男人危险，请勿单独靠近。"陆一帆笑道："屋里还有个哥们儿呢！"陆一帆心中却想着，他最好不在。小幻跟着陆一帆进了屋，见里面乱糟糟的，一套破旧的沙发和一件玻璃茶几上满是空的方便面盒子。这是一套两居室，每人一间卧室，厨房、厕所公用。那哥们儿的房间门虚掩着，由门缝里传出来有节奏的床头撞击墙壁的声音，断断续续夹杂着女人的呻吟声。陆一帆咳嗽了一声，拉着小幻进了自己的卧室。小幻进来后转身望着窗外，留给了他一个背影。他走到她跟前，搂着她的肩，只见小幻脸色娇红，眉毛微蹙，有一种说不出的风韵，就忍不住吻住她的唇，小幻扭了扭脑袋想要摆脱，无奈陆一帆用一只手在后面紧紧抱住她的头，使她动弹不得。他稍松一点，小幻笑着推开他道："我告诉老师了啊！"

陆一帆就放开她，开始收拾行李。小幻就帮着他整理了一下屋子。眼见天快黑了，小幻看看表，说："我该走了，还得给我爸煎药。你晚上注意点，到家了给我打电话，替我问叔叔阿姨好！"陆一帆抱着她道："你要是能和我一起回家该多好啊！"小幻在他脸颊上亲了一口，说道："等我爸病好了，我就带你回家见他，然后我们再一起回你家，好吗？"两人就下了楼，陆一帆送小幻上了公交车。他返回屋子后，同屋那哥们儿披着衣服坐在客厅里抽烟，问道："刚才那是你女朋友？长得挺正点嘛！"见陆一帆得意地笑着，这哥们儿又问道："推倒了没有？"陆一帆就瞪了他一眼。那哥们儿笑道："这事你也别客气，人家女孩都上来了，你咋又给放跑了？兄弟，你记住，女人啊，谁和她睡，她和谁亲。"

陆一帆笑道："我不想让她太委屈了。"那哥们儿笑道："你想没想过一个问题，灰太狼为什么总吃不到羊？因为它太讲究了，抓到羊后，洗呀蒸呀的。这不是给它机会跑嘛！"房里的女人出来了，一边梳着头发，一边笑道："你别把人家一帆教坏了。"

第六章　阴差阳错

　　乔山的腹部又隐隐作痛了，肝部已经做了一次手术，这次他不想再动了。他在心里自嘲道："还是留个全尸吧！"刚和葵桑分开的头两年，他就像一具行尸走肉，没有灵魂，也没有欢乐，靠回忆里的点点滴滴来支撑自己已经失去色彩的灰色生命。直到有一天，母亲背着一个两三岁的小姑娘来到他面前，小姑娘粉嘟嘟的小脸，眼睛、嘴巴，一颦一笑，连哭泣的样子都像极了葵桑。他觉得这或许是上天在折磨完他之后，送给他的一件完美的礼物。他发誓要让女儿像个公主一样生活。可命运再次和他开了个黑色的玩笑，把这个坚强男人的梦想击得粉碎。

　　那天，乔山和葵桑在花房度过了他人生中最美好的一个夜晚。清晨，阳光透过屋顶的玻璃照了进来，在葵桑的脸和头发上形成了一圈光晕，乔山摩挲着她的秀发，感慨着这一天真是经历了太多，先是幻影牡丹培育成功，多年的夙愿一朝变成了现实。这实际上领先师父的月光白一大步。还有怀中这个美若天仙的小宝贝，昨天早上自己还愁肠百结，想着就要遗憾终生了，而现在他们的灵魂和肉体都已融为一体。他想，再也没有什么可以把他们分开了。他本来不相信什么上帝啊神啊的。如果说以前心中有这种念头，那也只是怨恨，可现在他又变成一个虔诚的有神论者，心中祈求着神灵原谅他的无知，继续保佑着他和他的葵桑永远不分开。

　　他也记不清昨夜疯狂了多少次，只记得天快亮时，两人才依偎着沉沉地睡去。乔山是被强烈的阳光刺醒的，葵桑侧身躺在他怀里，因背对着阳光，还在甜甜的梦里。他听见有人过来了，仔细一听，是母亲在呼喊着自己的名字。他想叫醒葵桑，可低头看见她浅浅的笑靥，就有点不忍心叫醒她了。乔山以前看过一篇关于梦境的报告，人的大脑是个不可思议的东西，有时只几秒钟时间，人就可以做一个很长的梦。现在看着葵桑甜甜的笑容，就猜想着她许是梦见什么开心的事了，会不会像以前她对自己说的那样：在一个大大的花园里，他俩弹着琴，一群小孩在高兴地唱着歌跳着舞？对，就弹奏那首葵桑创作的《邙山晚眺》。想到这些，他自己先笑了。

母亲的声音越来越近，必须叫醒她了。他开始在心里默默地倒数："10、9、8……3、2、1。"数完就温柔地用嘴唇在她耳畔边吻边低声唤道："小葵，快醒醒，再不起来就来不及了，可别让你婆婆看见你光屁股的样子啊！"葵桑睁开眼睛，见阳光下的自己一丝不挂，不禁满脸飞红。两人飞快地穿着衣服。乔山笑道："哎哟！我胳膊让你给枕麻了，快帮我拉一下袖子。"话音刚落，便响起了敲门声。

两人慌慌张张地去开门，葵桑躲在乔山的身后，乔山一把把她拽到身边笑道："别怕！是咱妈。漂亮媳妇总是要见婆婆的嘛！"门打开后，母亲一看两人的表情，心里全明白了。乔山道："妈，我给你说……"话没说一半就被母亲打断了，她说："什么都别说了，你过来我问你几句话。"说完就拉着乔山出了花房的大门，她压低声音问道："你俩昨晚在一起了？"乔山虽然有点难为情，但还是点了点头。母亲叹口气道："你赶紧回家，你师父不行了，抓紧送医院抢救吧！""啊！"乔山大吃一惊，撒腿就跑。回头对母亲喊道："你给小葵说一声，我去把师父送到医院，安顿好就回来接她。"

乔山到家时，师父已经昏迷不醒了，魏敏哭得两眼红肿，见他进家门就骂道："你死哪儿去了？亏得我爸这样对你，他都病成这样了，也没人管！"说完又呜呜地哭了起来。乔山见到魏敏，心中多少还是有点内疚的，尤其见师父这个样子，不由得一阵心酸。于是也没管魏敏的抱怨，就赶紧骑着摩托车到村口拦车去了。

乔山把师父送到医院，在急救室抢救了一天。大夫出来后对乔山和魏敏说道："脑干出血，情况不太好。"魏敏又哭着求大夫再想想办法。大夫道："闺女，但凡有办法我们也不会停止抢救的。现在就看你爸的造化了，这种情况也有自己慢慢恢复的。"大夫又拍了拍乔山肩膀，小声道："准备后事吧！"乔山心头一震，他少年丧父，这几年师父将牡丹培育技术手把手传授给他，把他带进这个圈子，他和师父已情同父子。想着几年来的点点滴滴，又想到师父马上要离开这个世界了，他也忍不住掉下泪来。一看到魏敏，又内疚起来，他在心中默默地念叨："师父，你放心，我一定帮敏妹妹找一个比我好十倍的男人，以后，我们就以兄妹相称，我还会爱护她、关心她，就像对乔云一样，她俩都是我的好妹妹。"但一想到自己曾答应过师父娶魏敏为妻，如果不当面说清楚，总觉得太对不住师父了，一想到这些心中又乱了起来。

乔山和魏敏在重症监护室待了三天，他一有空闲就想起葵桑，心里就会荡起·阵阵幸福的涟漪，但他实在是走不开，师父大小便都得自己照顾。他走得太急了，也没给葵桑打招呼，心想："她不会怪罪我吧？不会的，小葵那么乖，肯定不会怪我的。母亲会给她解释师父病重，我照顾他走不开。等见面后一定要好好亲亲她。"

眼看着师父的生命体征越来越弱，魏敏也哭得死去活来。下午时，母亲过来了，乔山就问道："小葵呢？"母亲没看他，转过头去，淡淡地说道："在家呢，让她来这儿干什么？"乔山的心稍宽了一些。过了一会儿，体征监视屏上的曲线又强了起来，师父的手也好像动了一下。魏敏叫道："我爸要醒了！"她转头对乔山道："你快去叫医生！"母亲拉着乔山没让动，她知道这是回光返照，就走到亲家跟前，低下头说道："亲家，两个孩子都在这儿，他们好好的，你放心啊！他们的婚事我给操办。"又把乔山和魏敏的手合在一起，放在师父的手中。乔山感觉师父嘴角微微上扬了一下，不一会儿，师父的脑袋便软软地垂了下来。

乔山回家后没看见葵桑，就跑到魏园，上魏紫阁一看，见上面空荡荡的，只有那把吉他放在床上。乔山心里一沉，有种不祥的预感，就到门口问魏大爷看见葵桑没有。魏大爷说："那姑娘前天走的，说她先回学校了。"乔山又跑到家里，见到母亲便问道："妈，你那天和小葵都说啥了？她怎么不辞而别了？"母亲道："没说啥呀，我就问她什么时候回日本。她说等过段时间就回去，还说她爸爸妈妈很想她。"

乔山拽着母亲的手，扑通一声跪在她面前，说道："妈，我长这么大，没有一件事不是依着你的，可我是真的爱着葵桑。我会像对乔云那样去喜欢、帮助魏敏妹妹，但我真的不能和她结婚。我把师父的后事办完，就去找葵桑。"母亲把脸转过去，半天没说话，过会儿，叹了口气道："不管咋样，先把你师父的后事安排完吧！"乔山默默地站起来，转身出去了。

那天，乔山离开魏园后，母亲就把葵桑叫过来，拉着她的手道："闺女啊，能看出来，你和我儿子挺谈得来的。但我们中国人讲究一个名分，他和魏敏都订婚了，这个是变不了的，我也不会让它变的。你们以后就别再联系了。"葵桑看了老太太半天，惴惴不安地说道："大娘，可我们是真心相爱啊！他说要带着我和你离开这儿的，而且我们昨天晚上，已经……已经在一起了。"母亲道："他就和那偷腥的猫似的，说些哄你高兴的话，你就当真了？小时候，为了买点糖果，给我说得美着呢！我还不了解他吗？"葵桑刚才在花房里面，对外边母子俩的交谈情况一点也不清楚，这会儿暗自想道："他刚才还柔情蜜意的，怎么一转眼就不见人影了？就是有什么事，也得给我说一声吧！"她的心就一直往下沉，也不知道自己最后是怎么回到魏紫阁的。

躺在床上，她细细地回想着和乔山从认识到相爱的点点滴滴，她相信他是爱她的。但一想起老太太说的那些话，她心里就乱糟糟的。她记得以前读过辜鸿铭的一本书，叫《中国人的精神》，里面有个观点叫"名分大义"，心中就更没底了。她脑海里又浮现出魏敏的身影，如果不是自己心血来潮，跑到这儿学什么牡丹培育，那乔山就不会遇见自己，说不定他和魏敏还是恩爱的一对，就又有点内疚了。但又一想，乔山分明是爱自己的啊！从一开始他看自己的目光她就能深刻地感受到。那为什么相爱的人不能在一起？难道那名分比爱情还重要吗？更何况他和魏敏并没结婚啊！但又一想，他不会真像他母亲说的那样，像只偷腥的猫，就是在骗自己的身体？他以前对自己好，是没得到自己；现在得到了，那会不会就像他对魏敏那样不再爱自己了呢？

她就这样翻来覆去地胡思乱想着，一会儿便迷迷糊糊地睡着了，做了好多奇奇怪怪的梦：有的是在树林里，明明听见了乔山的声音，但走过去，却不见人影；有的是自己在一条水流湍急的河边快要滑下去了，她大声喊着乔山，但他却和魏敏手牵手，身子背对着自己，并不看她一眼。她哭着喊着被河水越冲越远……醒来时，枕头湿了一大片。刚想爬起来，却觉得头疼欲裂，嗓子里面跟冒烟似的。她觉得自己可能发烧了，就挣扎着起来，倒了杯水喝。

窗外，夕阳照着园子里那排高大的柳树，沿着树的轮廓，洒下一层金色的余晖。冰凉的晚风吹着那孤零零飘落的秋叶，又掠过仅剩下叶子的牡丹丛，牡丹丛如波浪般起伏。有些牡丹枝头残留着已经风干的花蕊，在晚风中瑟瑟地颤抖着。葵桑想，这曾经是一片多么艳丽的姹紫嫣红，怎么一转眼，就变成了已经死去的凄美？夕阳终于收起它最后的一缕光，西边天空中只留下一片片底部金黄而顶端乌黑的云彩。空气中慢慢散开的孤独感从四周越来越紧地包裹着她的身体，让她感到有些窒息，慢慢地，泪水一滴一滴划过脸颊，又掉在地板上。她觉得浑身冰凉，就离开窗口，回到床上。可刚一坐下，那种令人窒息的孤独感却更加强烈，她有点恐惧了，又起身来到窗前，慢慢地，由抽泣变成了呜咽。哭了一会儿，她觉得心里稍微平静点了，就又躺在床上昏昏沉沉地睡去。

她在等待中度过了一生中最艰难的三天。第三天下午，她挣扎着站了起来，感到肠胃一阵火辣辣的绞痛，才想起自己已经三天没吃任何东西了。下楼时，她觉得头疼欲裂，双腿像灌了铅似的，双手扶着楼梯还差点摔了一跤。到大门口时，碰见看门的魏大爷，他吃惊地看着葵桑道："闺女，你咋成这样了？没见你下来吃饭，也没见楼上开灯，我还当你不在里面呢！"葵桑努力地挤出笑容。

半年来，葵桑和园子里的几个工作人员相处得都挺愉快，她性格柔和，对人极有礼貌，园子里有厨师做饭，她时常下厨帮他们改善伙食，还和他们一起干活，所以人缘极好。她每次去城里逛街，回来时总要给魏大爷带件小礼物，要么是盒点心，要么是几个水果，还有袜子、拖鞋什么的。这会儿，魏大爷见葵桑憔悴成这样，心疼得不知说啥好了。葵桑强忍着难受，艰难地往魏敏家走去。

到了家门口，她敲了敲门，传来乔山母亲的声音："进来吧，门开着呢！"葵桑进来后问道："大娘，乔山君和敏姐姐在吗？我来给他们辞个行，我要回学校了。"老太太道："谁知道他俩疯到哪儿去了，这都好几天了，连个人影都没见。你啥时候走？等他俩回来我告诉他们一声。"葵桑感到自己的心好像被掏空了，身体晃了晃，一个趔趄差点摔倒，但她还是挺住了，就深深地一鞠躬道："大娘，麻烦你转告一声乔山君，谢谢他半年来对我的关照，我下午就回西京了。"说完，凄苦地微笑了一下，转身出了大门。老太太嘴巴嗫嚅着，看着葵桑离开家门，长叹了一口气。

回到魏园，她先来到花房，一切如旧，那把吉他紧挨着古筝躺在那里，连这里的气味都那么熟悉，她甚至能感觉到乔山局促的喘息声和浑身散发出的汗味。她曾多么天真地以为自己找到了真爱，以为这就是幸福的开始，却没想到这幸福如此短暂，短暂到还没顾得上回味就结束了。刚才去他家之前，她心里还一直存有一丝的幻想："他应该是有什么非常着急的事情，来不及和我说就出门了。或者这家伙是不是躲在暗处，想看着我着急的样子，想测测我的耐性？他以前也曾三天没见过我，可那时和现在不一样啊！如果是这样，我一定不会轻饶他，我要狠狠地咬他一口，看他以后还敢不敢这样了！"

可是现在，一切幻想都破灭了。看到那株幻影牡丹，这会儿正呈现浅紫色，不过已没有那天的娇艳了。她拿起水壶给它浇了点水，出神地望着它，喃喃地说道："你可是在这个房间里见证了我把自己的一切献给了那个男人，可转眼间他就不知去向了。唉！不知道明年你还能否想起有个傻傻的姑娘曾经给你浇过水？"她又深情地看了一遍这个曾经让自己幸福了一夜的温馨小屋，看完便拿起吉他出门而去。回到魏紫阁，她简单地收拾了一下行装。只见那支风干的柳笛已经变成深褐色，静静地躺在枕头旁边，她拿起来摩挲了几下，小心地收了起来，将那把吉他放在了床上。

出大门时，她把一张字条折起来交给魏大爷，让他转交给乔山，那上面有她学校的地址和宿舍楼的电话号码。然后就含着泪离开了这个让她幸福快乐而又伤心欲绝的大花园。葵桑走后不久，乔老太太就赶过来了，问道："那闺女走了没有？"魏大爷低头抽着烟道："走了。"乔老太太长叹一口气道："我这真是作孽呀！"说完就一屁股坐在了地上。魏大爷道："唉！那闺女三天没吃饭了，走时看着让人心疼啊！"乔老太太道："那也没办法，她是日本人啊！"

魏大爷沉默了一会儿，小声说道："日本人也是他妈生的呀！总不会都是坏人吧？"乔老太太道："我不是那个意思，我是说人家以后总要回去的。"过会儿，魏大爷从兜里掏出那张字条道："对了，她还给乔山留了字条，你交给他吧。这孩子这两天去哪儿了？怎么不来园子里了？"乔老太太道："他叔，你还不知道啊？敏子她爸脑出血住院了，情况不太好。乔山这两天一直在医院陪护呢。"魏大爷吃了一惊。乔老太太接过字条揣在兜里，又对魏大爷道："乔山问起你那闺女的事，你说走了就行了，别说字条的事。"魏大爷表情木然地点点头，心里直后悔把字条交给了老太太。

安葬完师父，过了头七，乔山和母亲说要去西京找葵桑，母亲道："人家都走了，你还找她干什么？"乔山道："她可能生气我那天走时没和她说一下，妈，你到底和她说没说我在医院，师父病情垂危？就算她要走，也不会不去医院和我打个招呼再走的。"母亲道："乔山啊，你以前给我说得好好的，你和葵桑没什么事，你现在看你成什么样子了？你师父待你如何？小敏对你如何？我们可不能做陈世美啊！再说你师父刚走，你就这样对小敏，不挨人骂呀？反正我死活都不同意你和魏敏分开，你要折腾，就等我闭上眼睛以后再说吧！"说着老太太也抹起了眼泪。

乔山蹲在地上，痛苦地用手揪着头发，过了一会儿，瞪着一双布满血丝的眼睛道："妈，我答应你。但你也得让我先找到葵桑，我得当面给她解释一下。"母亲道："等你师父七七过后吧！"

又过了四十二天，师父七七一过，除灵完毕，乔山马上踏上西去的火车，半天时间就到西京了。下车后，他来不及吃饭就风尘仆仆地直奔位于南郊的音乐学院，很顺利地找到了留学生宿舍。站在门口，他的心怦怦地剧烈跳动着，想着葵桑看到他的一刻，会是什么样的眼神？稳了稳神，他就到楼道阿姨那儿打听有没有个叫葵桑的女生，阿姨道："有啊。"乔山心中一阵狂喜。接着阿姨又道："上星期刚走，好像回日本了。她们那一届同学七月份一毕业就走了，就她一人是刚搬走的。"他漫无目的地在音乐学院转了半天，垂头丧气地离开了学校，在城里找了家小旅馆，把自己灌醉，号啕大哭起来。第二天，乔山失魂落魄地回到了东都。

给师父敬完百日后，在母亲的主持下，他和魏敏举行了盛大的婚礼。

葵桑带着伤痕累累的心回到学校，见同学们大多已回国，也有部分出去旅游了。她本也想回国，但心中还是抱着一丝的幻想，每天都到楼管阿姨那儿问有无信件，听见楼道电话响起，总是站在门口等着去接，却总听见阿姨喊着别人的名字。幻想在一点点破灭。有一天，该来的例假迟迟不来，又伴随着恶心、厌食等现象，她偷偷跑到小诊所，医生证实她怀孕了。当时她心里乱到了极点，怎么也理不出个头绪，觉得还是先搬出来住，等自己静下来后好好想想怎么办。葵桑租了套房子，在一个音乐培训班找了份工作。三个多月后，她已经能感觉到身体里那个小生命的存在了，对乔山的那份思念又日渐浓烈起来，她觉得应该把这个消息告诉他。

一个周末，她又踏进那个城市边上的小村庄。在村口就看见魏敏家张灯结彩，高音喇叭播放着流行歌曲。到门口时，里面猜拳行令声此起彼伏，门外有几个小孩在燃放过的鞭炮碎屑中寻找幸存下来没有被点燃的鞭炮。门上贴了崭新的大红喜字，两边贴着一副对联："同心同德同甘共苦，相亲相爱相敬如宾。"葵桑戴上了一副墨镜，原想着别让村里人认出自己来，现在又觉得多余了，因为根本就没人注意到她。

她从敞开的大门看进去，只见乔山穿着一身暗红色的西装，背对着门口，看不见他的表情。魏敏穿着一身大红色套裙，侧身站在他身边，丰满的胸部骄傲地挺立着，圆圆的脸上挂着幸福满足的微笑，两人牵着手在挨桌敬酒。虽然她没有停下脚步，只是侧目一瞥，这个场景却牢牢地印在她的心底，让她的心彻底死了。出村后，她本来想再去趟魏园，上魏紫阁去看看，但转念一想，去那儿除了徒增伤感，又能如何？

乔老太太看着儿子成家立业，事业蒸蒸日上，也觉得心满意足了。

只是儿子一人独处时，那紧锁的眉头和越来越沉默的性格，让她心里多少有一丝丝的内疚。老太太就安慰自己，世上哪有十全十美的事情啊！和儿子、媳妇住了大半年时间，她又想那个位于大山怀抱之中的小村庄了，就让乔山把她送回了老家。

　　时光如梭，转眼间，三年又过去了。这天，乔老太太坐在家门口晒着太阳，和邻居老太太有一句没一句地聊着天，邻居老太太道："嫂子，你好福气呀！生的儿子那么有出息，对你还孝顺。"乔老太太道："有啥出息呀？"邻居老太太道："有钱嘛！"乔老太太叹道："钱要那么多有啥用？这结婚都快四年了，他媳妇那肚子还平平的。每次打电话我都着急，但这事我急又有什么办法呀！"邻居老太太就把身子凑过来说道："听说轱辘寨有块石头，说是送子观音的化身，灵得很，去求子的都怀上了。"乔老太太道："不瞒你说，我也去过了，烧了三大把香，还敬了二百块钱。"

　　几只喜鹊在家门口的椿树上叽叽喳喳叫个不停，老太太心里就嘀咕："今天家里有喜事了？"只听村口有个小孩的声音传了过来："乔山家呀？你往前走，门口有棵很大的椿树的，就是他家。"老太太就站起来看，见村口一个穿淡蓝色衣服的少妇手里牵着一个小姑娘向她们走了过来。她只觉得这身影很熟悉，可一时又想不起来在哪儿见过。蓦地心头一震，这不是葵桑吗？转眼间，一大一小到了家门口。葵桑右手牵着个约莫三岁的小姑娘，只看了一眼，老太太的目光就再也无法从小姑娘身上移开了。老太太颤颤巍巍地站起来，想要抱她。小姑娘瞪着一对大眼睛，惊恐地往葵桑身后躲着。葵桑蹲下身子拍拍她的小脑袋安慰道："小幻不怕，这是奶奶啊！"

　　乔老太太再也忍不住，抱着小姑娘号啕大哭起来。小幻被老太太大哭的样子吓着了，也跟着哇哇地哭了起来，一双小手往前伸着想让妈妈抱。葵桑眼里含着泪，却微笑着安慰女儿道："小幻不怕，奶奶最喜欢小幻了。"惹得邻居老太太也跟着抹眼泪。乔老太太抱着小幻进了家门，进房间后，老太太就狠狠地在自己胸口捶了几下，哭道："我这真是作孽呀！要不是我这老不死的，现在他们一家三口该多好啊！"她哭罢，又到丈夫灵位前点了一炷香，喃喃地说道："老头子，我们有孙女了，你看她和乔云小时候像不像？一看就知道是咱家的孩子。老头子，都怪我作孽啊！把人家这么好的一家拆散了……"说着说着就呜呜地哭了起来。

葵桑陪着女儿在这个小山村住了一个星期。第五天时，她在村外躲了半天时间，回到家时，小幻哭得嗓子都哑了。她搂着女儿道："妈妈有非常重要的事情，以后说不定还会出去更长时间，但你要相信，妈妈以后还是会回到你身边的。"第六天，她出去了一整天，到县城买了好多小衣服和玩具，转遍了县城，终于找到一家商店，里面有女儿爱吃的一种酥糖。她把这种酥糖全部买了下来，临回家时又买了个蛋糕。天黑时，她才回家，只见乔老太太抱着哭得上气不接下气的小幻站在村口眺望着。小幻看见葵桑后又大声哭了一会儿，才慢慢地停了下来。

第七天，葵桑早早起来给小幻洗了澡，换了套新衣服，又梳了好看的小辫子。小幻走到院子里，见到奶奶，便咧着小嘴冲她笑。葵桑看着女儿和奶奶渐渐熟悉，充满痛楚的心里有了一丝的宽慰。她走到乔老太太跟前深鞠一躬道："大娘，今天是孩子的三岁生日，我再陪她一天，明天我就得离开了……"她抽泣了一会儿又说道："她哭时就给一颗糖哄哄，别让她多吃，就说妈妈去了很远的地方，以后会回来接她的……用不了多久，她应该就习惯了，再过段时间慢慢地也就会把我忘了……"说到这儿葵桑已是泣不成声。等稍平静一些，她又说道："大娘，你别怪我狠心把孩子丢给你，我要是有一点办法，也不会这样做。我给乔山君写了封信，请转交给他。让他对女儿好点，这应该不难办到吧？这孩子命苦，这么小就要离开母亲了……"葵桑呜咽地说不下去了。

老太太坐在椅子上，不断点头并抹着眼泪。小幻看看妈妈，又看看奶奶，从小口袋里掏出手帕，拽着葵桑的衣襟要给她擦眼泪。葵桑就蹲下来抱着女儿，任由她的小手在脸上柔柔地抚弄着。上午葵桑牵着女儿的手，到村子周围转了一圈，在一个山坡上采了很多好看的小野花，给女儿编了个花环戴在头上。吃午饭时，葵桑分别用汉语、日语唱了首《生日快乐》，小幻也跟着妈妈稚嫩地唱着。

分了蛋糕，乔老太太又下了碗面条，说道："在咱家这儿，过生日要吃长寿面哩。"老太太边给孙女喂着面条边唱道:"吃长面,头发长,妞妞越长越漂亮!"逗得小幻咯咯地笑着。三人在一起吃着聊着,不知不觉太阳就快下山了。

葵桑无数次地想过离开女儿时的情景,当这天真的来临时,这种巨大的痛楚传遍了身体里的每一个细胞,不由得想起四年前乔山离开的那天,她在魏紫阁上的那种感觉。晚上,她哄着小幻睡觉,给她唱着一首日本的小童谣。看着女儿甜甜的笑靥,她不敢去想象小幻明天早上睁开眼睛,见不到自己,会是一副什么样的表情。以后,孩子每天一次次地期盼,而又一次次地失望,她该有多么伤心。她多想把她摇醒,再听听她银铃般的笑声和稚嫩的声音,她知道以后再听到这个声音就是在梦里了。那就让妈妈好好地看看你,把你印在妈妈心里的最深处。葵桑就这么看着女儿,直到东方有了一丝光亮,她知道自己必须离开了。

几天后,乔老太太心中慢慢地理出个思路,就先给县城的女儿乔云打了个电话,让她回来一趟。乔云在县城人民医院当护士,下午就回来了。走进家门时见母亲手里牵着一个很洋气的小姑娘,就走过去逗着小姑娘,问道:"这是谁家的小妮子?咋恁好看呢!"小幻就咧着小嘴笑了笑。老太太对小幻道:"这是妈妈。"小幻撇撇嘴哇的一声哭了出来。乔云脸红道:"妈,你想孙子想糊涂了吧!"老太太没理乔云,继续哄着孙女:"小幻,叫妈妈,你不是想妈妈吗?"小幻摇着头,哭得更厉害了。老太太就叹口气道:"这倔脾气和你哥小时候一模一样。好了,好了,不哭,那叫姑姑吧!"小幻才慢慢地止住了哭声。乔云吃惊地看着母亲又看看小幻,还真从眉目之间看到了哥哥的影子。

这大概就是生命的奇特之处吧!一个小孩,你要是和他的父亲熟悉,你就会觉得他在某些方面像父亲;如果你和他的母亲熟悉,你又会觉得他在某些方面像母亲;或者在一个时期内像父亲,一个时期内则像母亲。乔云小声地问母亲道:"我哥的?"老太太点点头,乔云瞪大眼睛又问道:"真是我哥的?"老太太没好气地回道:"净问些废话!"就大致把小幻的身世简单地讲了一遍。然后又说道:"把她交给你哥之前先得给孩子一个身份,要不怎么给你嫂子说?我看只有委屈你了,你给学峰也把情况说一下。过段时间，你和我一起去你哥那儿，给你嫂子就说小幻是你和学峰生的，想再要一个男孩。你们公家人管得严，不让生，就想交给哥哥和嫂子抚养。剩下的由我来说。"

第七章　关中风情

　　秦歌的老家乾州，位于关中腹地、渭北高原南缘，因境内有唐高宗李治和女皇武则天的合葬陵——乾陵而得名。车子在高速公路上向西疾驰，到函谷关时堵车了。秦歌记得前几年回老家时，大概能算出几点到家，母亲总是提前把饭菜做好。这两年几乎每次回家都要遭遇堵车，原来四小时的车程，现在变得不可预知了。

　　车子在缓慢地爬行，秦歌这会儿的心思早已飞到那个农家小院：那棵高大的核桃树，光秃秃的树枝上落着几只麻雀，父亲一定坐在酒桌前，不时地看着墙上的挂钟，母亲已在村口眺望了好几次了吧？

　　儿子本来在后座睡着了。这时，他一骨碌爬起来，嚷嚷着要撒尿。林心瑶看看外面，见没法停车，就拿了一个矿泉水瓶递给儿子道："给，尿在里边吧！"秦歌笑道："再找个瓶子，我也憋不住了。"林心瑶又拿了个矿泉水瓶，笑了笑又放下了，换了个脉动的瓶子，见里面还有一些饮料，降下车窗玻璃就要往外倒，秦歌道："你喝了呗！白白地倒掉多可惜啊！"林心瑶犹豫了一下，就把里面剩下的给喝了，把瓶子递给秦歌道："我咋觉得这么别扭呢？"秦歌笑道："那别扭啥？你先喝，我后尿的呀！"林心瑶转过头，冲着后座喊道："儿子，你爸欺负妈妈呢。"聪聪就隔着座椅来揪秦歌的耳朵。秦歌向儿子讨饶道："别揪，别揪，爸爸开着车呢！"又对林心瑶说道："快，再腾一瓶，这瓶快满了。"秦歌解决完问题后，一脸轻松地感慨道："我说这饮料瓶口怎么越开越大，原来是有道理的。"

　　他们到家时，已经下午三点多了。老太太见到孙子后，就亲个没够。聪聪就问奶奶："我姑姑呢？"老太太道："狗蛋娃，你姑明天就回来了。"聪聪道："本大王都回来啦，她还不回来？"母亲笑道："我狗蛋娃就是大王嘛，奶奶给你姑姑打电话，让她赶紧回来。"聪聪嘟着嘴问道："奶奶，我有名字，你怎么老叫我狗蛋娃？"老太太就笑道："在咱老家，奶奶都叫孙子狗蛋嘛。"聪聪道："那要是几个奶奶和几个孙子在一起，都叫狗蛋，谁知道叫谁？"秦五老汉就笑了，说道："咱村里除了你，谁家孙子还听不出他奶奶的声音？"林心瑶在旁边说道："妈，他现在大了，你还是叫他名字吧！"秦五老汉道："多大？你奶奶前两年在世时，还不是喊秦歌狗蛋？"林心瑶就没再吱声。

　　一家人吃完午饭后，林心瑶就去房间睡了，母亲就开始收拾清洗碗筷。秦歌看了看卧室的门，又到厨房里围上去要帮忙，母亲推开了他的手道："你个大男人的，跑厨房干什么？去歇着吧，跑了一天了。"秦歌就从厨房里退了出来。

　　聪聪和邻居家几个小朋友一会儿就熟了。本来他们就认识，只是聪聪每年就寒暑假回来小住一段时间，每次见面总是要先预热一会儿，然后一群小伙伴就聚集起来满村地疯了。

　　秦歌正在陪父亲说话，一个一头脏乱的头发遮住了半边脸的人笑嘻嘻地走了进来。这隆冬季节，此人上身穿一件白色T恤，外面披一件破旧的军大衣，T恤上面印了几个大字："我只洗碗，不吃饭。"父亲招呼道："贵娃来咧！坐下。"贵娃就挨着火炉坐了下来，伸出乌黑的双手放在火上烤着。秦歌吃了一惊，再仔细一看，果然是贵娃。贵娃他哥平娃和秦歌是同班同学，他记得平娃在城里干装修，发展得不错，后来带着弟弟一起干，不知贵娃怎么成了这副模样？

　　秦歌给贵娃递了一根烟，他拿在手里看了看，嘻嘻一笑道："中华，好烟啊！"也不急着点着，而是夹到耳朵上面，又看着秦歌手里面的烟盒，秦歌又给他一根，他又接住夹在另外一只耳朵上面，秦歌笑了笑，又递给他一根，这下他才叼在嘴里点着了。

母亲收拾完厨房，出来一看贵娃坐在屋里，说道："我当是谁来咧，也不言传。"又到厨房里拿了两个包子递给贵娃。他一口一个塞进嘴里嚼着，母亲看着贵娃叹道："看娃可怜的！没人管。"贵娃嚼完了嘴里的包子，嘻嘻笑道："我才不可怜呢！我在城里都有房呢，位置也好，离地铁近得很。怪我，怪我，我把钥匙给弄丢了，进不了门咧！"这时，聪聪和邻居一个小伙伴每人拿一根树枝，挥舞着跑进来。一看贵娃这模样，聪聪吓得一激灵，不由得握住奶奶的手，奶奶把他揽在怀中。邻居小伙伴安慰聪聪道："不怕，不怕，贵娃叔不打人。"贵娃起身道："我寻我屋门上的钥匙去咧，这事可不敢耽搁。"

贵娃出去后，秦歌问父亲："贵娃啥时候疯了？我记得夏天送聪聪回来时还见过他，那时还好好的呀！"父亲叹道："也就是国庆前后疯的，还不是因为那房子给气的！"父亲接着说道："贵娃跟着他哥在城里干装修，这几年也挣了些钱。一有钱这怂娃眼界就高了，原来订下的媳妇就看不上了，在网上认识个女子，还带回村里几次，那女子一看就不是平处卧的。"聪聪就问奶奶："什么叫不是平处卧的？"母亲正想着如何给孙子解释，秦歌道："就是说这人不老实本分。"父亲又道："那女子提出要在城里先买房，才结婚。"秦歌道："现在城里都这样，这也不算啥过分的要求。买不了大的，买个小点的，交个首付也没多少钱，以后两人再慢慢供着。"

父亲道："问题就在这儿呢！贵娃就一个农民，户口就不在城里，人家银行会给他贷款？那女子就说用她的名字买，可以申请啥积金贷款。"秦歌道："住房公积金？"父亲点点头道："对着呢！贵娃就老实，想着以后就是两口子，谁的名字还不是一样？自己这几年的积蓄加上向亲戚朋友借点，把首付给交了。"母亲又道："就这还没完，交房时还要交一笔钱，还找你爸借了五千。我看这钱也就毙了。"父亲侧头对母亲说道："还说这弄啥？人都成这样子了，你找谁要去呀？"秦歌笑道："算了，没法再要了。"父亲道："这都是年初的事，后来交房了，又说要装修，还得十多万，贵娃就找他哥借，前面他哥已经给了不少了，就没给他。说让贵娃到陕北去干一段时间，房子装修了半截就先放下了。贵娃去了陕北

半年没回来，那女子就变心了。"母亲接过话茬，对秦五老汉说道："你
就不知道，听人说，那女子原来就有男人，还没离婚呢，吃大烟的，去年
叫劳教了，今年刚放出来。等贵娃从陕北回来，房子让那男人给卖了，那
女子也寻不着了，硬是把贵娃给气疯了。"

　　大门又响了一下，进来一人，佝偻着身子向里屋走来。父亲歪着身
子往外看了一下，对秦歌道："是你锁子叔。"锁子叔是贵娃的父亲。秦
歌站起来，叫道："叔，你来咧，快坐下！"说完便递了根烟，还给点着
了火。锁子叔见是秦歌，就问道："秦歌，你啥时候回来的？"秦歌道：
"刚到一会儿。"锁子叔就坐了下来，问道："贵娃没来吗？"秦歌道：
"来了，坐了会儿，刚走。"锁子叔站起来就要走，秦五老汉拉着锁子叔
的手道："你急着寻他弄啥？""叫吃饭嘛。"母亲说道："刚才我给娃
吃了两个包子，你不急，喝会儿茶吧！"锁子叔就坐下，一口接一口地吸
着烟。

　　秦歌倒了杯茶递给他，道："叔，你瘦了好多呀！"锁子叔不吱声。
父亲道："你叔有糖尿病呢。"秦歌问道："没吃降糖药啊？"锁子叔低
头沉默了一会儿，眼泪流了出来，因满脸一道道横着的褶子，眼泪并不往
下流，而是浸在脸上湿了一大片。他擦了一把鼻涕，抹在了鞋底上。过了
一会儿对秦老汉叹道："五哥，咱都是为娃呢！你看兄弟现在这光景，
唉……"又低下头，不说话了。父亲安慰道："兄弟，你也想开点，已
经这样子了，再难给娃还是要看病呢！过日子总要往前看嘛！"锁子叔
道："娃那是心病，那狗日的不法办，娃这病就好不了。"秦五老汉道：
"你别老是这样想，换一个思想，就当娃做生意赔了。钱嘛，没了以后
再挣。"

　　锁子叔道："快一百万啊！贵娃这一辈子怕是翻不起身了，把平娃也
连累了，早上和他媳妇又打捶了，媳妇把娃撂下跑了，都这时候了还没见
回来。"过会儿，又说道："也怪我，当初俫娃要在城里买房，我没挡，
想着以后孙子就是城里人了，唉！羞先人呢。要是在村里申请院庄基地，
盖个你家这样的两层楼也没问题。"父亲道："这前几年盖的，没花几个
钱。我就弄不清，这城里有啥好的？都想进城。"锁子叔嗳嚅了一下，沉

默了。母亲笑道："他叔想说，城里不好，咋你几个娃都在城里？"父亲看着母亲道："你胡说啥呢，这情况就不一样嘛。"

卧室门开了，林心瑶出来见客厅里烟雾缭绕，就皱着眉头用手挥了挥烟气，咳嗽了两声。老太太走过去，小声对她说道："你锁子叔来咧，把你叔问一下。"林心瑶叫了一声"叔"，转身把窗子全打开了。锁子叔就颤颤巍巍地站了起来，道："我走了。"父亲挽留道："再坐一会儿嘛，急啥呢！"锁子叔摆摆手，已出了客厅的大门。秦歌就跟着送出了院子大门。

秦歌回来后，见父亲有点不高兴，就对林心瑶道："这大冷天的，你开着窗户干啥？嫌热？"林心瑶说道："呛死了。"但还是把窗户给关上了。聪聪走到林心瑶跟前小声说道："你猜今天都有什么人来咱家了？"林心瑶摇摇头。聪聪道："先是来了个疯子，头发这么长。"他用手在肩上比画着，又接着说道："后面来了个叫花子，他还把鼻涕抹在了地板上。"林心瑶缩着肩膀哆嗦了一下，便拿了个拖把，把那块地板擦了一下。秦老汉道："别胡说，人家是抹在鞋底上了。"林心瑶道："那不一样嘛！脚一踩不是又粘地板上了？"父亲扭头看着窗外，说道："你们要是一直在家里，早把村里人得罪完了。"

秦歌带着儿子出了屋门，站在院子里那棵核桃树前，聪聪指着一根树枝问道："你看这根树枝奇怪不？其他的都往上长，就它往下长。"秦歌想起上小学时，看完电影《少林寺》，他在这根树枝上吊了个沙袋练习拳脚，后来，弟弟又在旁边吊了个秋千，这根树枝就被压成这样了。转眼间二十多年了，可秦歌感觉就像发生在昨天一般。母亲也从屋子里出来了，见孙子指着树枝问儿子，就笑道："那是你爸和你二爸小时候打秋千给压的。"聪聪听说打秋千，顿时来了兴趣，嚷着也要玩。秦五老汉就找了一根绳子和一小块木板给他做了个秋千，聪聪坐在上面，秦五老汉在后面轻轻地推着孙子的后背，听着他哈哈地笑个没完。

天快黑时，电话多了起来，大多是儿时的玩伴，通话后都是那几句话："啥时候回来的？也不说一声！晚上过来喝点？"秦歌一一谢绝了，刚回来，第一天一定得陪父母。秦歌知道好多人是看见车停在大门口，才知道他回来的，就把车挪到院子里面来了。晚饭前，弟弟秦军夫妇也回来了，秦军在外地当兵，一年也不一定能回来一次。聪聪看到秦军进来，就飞快地跑了过去，嘴里喊着"二爸"。秦军把他举过头顶，落下时又搂在怀中亲了几下，逗得聪聪咯咯地笑个不停。

可能是血缘关系吧，聪聪和秦军总共也没见几次面，但感觉非常亲昵。秦军刚到家，一时语言习惯还调整不过来，操着一口普通话。父亲道："你把频道调到陕西台，别出去叫人笑话。"秦军笑道："你总得给我调整的时间嘛！"夫妇俩洗漱一番后，哥儿俩陪父亲喝了一会儿茶。见天色已晚，父亲道："你俩把媳妇和聪聪娃引上，咱去看看你三爷吧，他今冬身体不太好。"

三爷是秦歌爷爷的弟弟，当过县长，退休后一直住在村子里。三爷看见一大家子人都回来了，非常高兴，本来是躺在炕上的，这会儿就靠了个被子坐了起来。他拉着聪聪的手，让三婆给娃拿糖果，问聪聪："给太爷说说这次期末考试考得咋样？"聪聪道："数学九十五，英语九十五，语文九十分。"三爷笑道："那我娃学得好得很嘛！"林心瑶笑着对聪聪说道："你给你太爷说说在你们班排多少名？"聪聪就低下了头。秦歌看了林心瑶一眼道："现在都不让排名了，你打击他干什么？"林心瑶道："学校不排名，家长不会自己比？别人都像你这样对孩子学习不管不问的？"三爷道："也不敢给娃太大压力，秦歌和秦军小时候还不如娃这成绩，不也都考上大学了？咱聪聪娃以后也没麻达。"

秦军老婆是老师，接口说道："现在这孩子的优秀是比出来的，不是你孩子有多优秀，而是要比别的孩子优秀，以后才有出息。我们的资源太有限了，好中学、好大学、好工作，不可能人人都享有吧？所以，现在说不让搞课外补习班，可你家孩子不上，别人家孩子上。你有什么办法？"三婆接过话题说道："唉，这人生下来是个弄啥的，就是个弄啥的。咱村那个省长小时候上学就不带书，别的孩子在背书，人家听一遍就会了。你说他当那么大的官可不是天生的？"三婆说的省长的故事，一直在村子里流传了几十年。这个村子里出过一位省领导，传说他小时候和几个同学在一起读书，有几个在树荫下背书，省长在树上掏鸟蛋。最后，同学还没记住，他却背得滚瓜烂熟。

三爷道："秦歌小时候的记性就好得很，我记得有一次到我办公室玩，还给我讲了一段《岳飞传》，和刘兰芳讲得一字不差。"三爷又问到秦歌和秦军的工作情况，秦军道："我都不想干了，早点转业回来算了。我爸我妈年纪也越来越大了，家里一点也照顾不上。就春节这假，差一点也休不了。"三爷道："爷也不知道你部队是个啥情况，但总的来说，你能在部队干，就踏踏实实地好好干，别想着回来。都说咱老陕恋家，你们可别误解了，恋家其实是对家庭更有责任感和担当。咱这儿老一辈人有一句话叫'舍不得家，养不起家'。男人要顶天立地，没有事业，你拿啥顾家呢？你看你哥儿俩都在外面工作，村里面谁还笑话咱家？倒是有的哥儿几个都在家里，父母不见得就过得很好。这种例子多得很。"秦军指着三爷房间一幅字笑道："爷，这幅字是你啥时候写的？"那幅字的纸质已经发黄，是三爷的手迹，是一首清代李密庵的《半半歌》：

看破浮生过半，半之受用无边。

半中岁月尽幽闲，半里乾坤宽展。

半郭半乡村舍，半山半水田园。

半耕半读半经廛，半士半民姻眷。

半雅半粗器具，半华半实庭轩。

食裳半素半轻鲜，肴馔半丰半俭。

童仆半能半拙，妻儿半朴半贤。

心情半佛半神仙，姓字半藏半显。

一半还之天地，让将一半人间。

半思后代与沧田，半想阎罗怎见？

酒饮半酣正好，花开半时偏妍。

帆张半扇免翻颠，马放半缰稳便。

半少却饶滋味，半多反厌纠缠。

百年苦乐半相参，会占便宜只半。

三爷嘿嘿笑了一下，说道："爷写这幅字时，都快退休了。你们才多大，正是干事的时候。但有一条，你俩都记住，工作好好干，听从组织上安排，甭搞歪门邪道，都嫌风气不好，自己又胡来。"三爷说完微微闭上了眼睛。顷刻，又一激灵，睁开眼睛，看着四周问三婆道："哥呢?"三婆道："你糊涂咧? 这时候找哥呢。"三爷意识到自己睡着了，慢慢地对秦五老汉说道："刚才梦见你大咧。"

半天，他又转向秦歌和秦军说道："咱这个家族，有一个传统，父慈子孝，兄弟和睦。你太爷三个娃，你爷是老大，把苦受扎咧! 那个年代，一个家庭里，兄弟们不可能都念书，你爷和你二爷经营了一大片菜地，靠卖菜供我上学。后来，你二爷卖菜途中碰到土匪，让土匪给害了。"说到这儿，老人的眼睛湿润了。过会儿，又说道："你爷经常推着硬轱辘车子到城里卖菜。一次，学校放假了，我和你爷一起去卖菜，上坡时我就帮他推车子，一起去的还有邻村几个人。那天菜卖了个好价钱，你爷高兴得很，给我买了块甑糕，他啃的冷蒸馍。后晌回来时，别人都是弟拉着空车，哥背着手跟着走，就只有你爷推着车子，还让我坐在车子上。我还说: '哥，我将来把书念成了，有了官轿就先把你抬着到村里转一圈。'你爷一高兴还唱了一段戏。走到泥河坡，碰见抓壮丁的，邻村其他人都被抓了，抓我俩时，你爷给人说: '我和你们去，这是我兄弟，还是个念书娃，你总得给我爸妈留一个送终的呀! '你爷就把身上一件棉袄脱下来给我披上，悄悄地给我说: '卖菜的钱都在棉袄里塞着，好好念书，爸和妈以后就靠你了。'我就拽着你爷的手不松，你爷就急了，踢了我一脚骂道: '瓜俅，你赶紧走，人家一会儿变卦了! '

"我边哭边拉个车子走，前面是个上坡，我拉到半坡拉不动了。你爷给人家国民党一个连长说: '我兄弟正长身体呢，娃拉不动，看把娃挣日塌咧，叫我给娃把车掀上去，我就回来。'这连长可能是被你爷感动了，故意大声喝道: '你娃甭要花招，我这枪就瞄着你的头，到坡顶你敢不回来，你娃今儿就毕咧。'又跟着你爷走了两步小声道: '小伙，到坡顶，把车子一撇，顺着玉米地快跑，听到枪声也别停。'就这样，我和你爷都回来了，邻村几个娃到死都没回来。后来才知道，那是一帮刚收编的土匪。"三爷讲这个故事时，屋子里静悄悄的，最后只听见五老太太的抽噎声，秦五老汉也泪流满面。他以前听过这个故事，但好多细节并不清楚，听三爷这么详细地讲述，顿时陷入对父亲深深的思念。

三爷咳嗽了一阵，又给秦歌和秦军说道："你俩现在不大不小的也算个领导了。听爷一句话，生活上简单一点，不要有过多的想法。你们现在家家有房有车的，现在只让要一个娃，你爸你妈也不拖你们后腿，没有太重的负担，国家给的工资够你们好好过日子了。房多大算大？钱多少算多？你看现在出事的贪官，都是想法太多了，别说房呀车呀的，光婆娘都好几个，他不贪拿啥养活？"林心瑶拍了一下秦歌肩膀，笑道："用心听爷爷教诲。"说得一屋子人都笑了起来。

三爷接着说道："公家的便宜越占越想占。爷以前有个同事，还是个当局长的，在位的时候，啥便宜都想占。多年来占公家便宜占习惯了，退休后给狗买条链子也拿到局里报销。人家新局长没给报，回来后就气得卧床不起，没几天就死了。开追悼会时，有几个同事开玩笑，说这追悼词可不好写呀！羞先人呢！这人和爷同岁，已经死了二十多年了，你算算光工资差了多少钱？这就叫贪小便宜吃大亏。

"当年乾陵整修时，是爷负责的。这当时在省里都是大项目。一个石料供应商，晚上来咱家送了一箱挂面，我不在，你婆在屋里面。我回来听你婆说了，就觉得不对。打开一看，妈呀！全是一沓沓崭新的票子。第二天，我就通知工程指挥部，那人的石材让他全部拉走，以后不准他进入工地。从这以后，工地的规矩多了。我都不动，底下人还敢乱来？你看这乾陵整修几十年了，质量咋样？他谁说过爷的闲话？"

说了这么长时间，三爷有点疲惫了，就轻轻地闭上了眼睛。秦五老汉看了看表，站起来道："爸，你睡，我和娃回去了。"一家人就出了三爷家。路上母亲道："我刚才看爸的脚像肿了。"父亲道："我也看见了。"秦军问道："脚肿了又怎么样？"父亲慢慢说道："有句老话叫'男怕穿靴，女怕戴帽'，就是说男人怕脚肿，女人怕头肿。我看你爷这一回不是很好。"

一家人吃了晚饭后，林心瑶把给父母的礼物都拿了出来，给母亲的是一件棉大衣、两件毛衣、两条鸭绒裤、一双皮鞋，给父亲的是一双皮鞋。父亲笑道："我和你妈的待遇咋差别这么大？"林心瑶笑道："那几箱酒不都是给您喝的嘛！那可比这衣服贵多了，您还提意见？"父亲道："说是给我的酒，秦歌那一伙狐朋狗友来两次就干净了。"母亲转头对秦歌说："你到外边少喝点酒，我啥都不担心，就担心你这喝酒。酒有多香？老是说了不听。"秦歌就笑道："现在喝得少多了，基本上不咋喝了。"林心瑶就撇撇嘴。聪聪学着他爸摇摇晃晃的样子，说道："奶奶，我爸喝醉了是这样，他经常喝醉，还想亲我，臭死了。"母亲看着孙子，疼爱地说道："我狗蛋娃乖得很，你爸再喝酒你就给婆打电话，我骂他。"

秦军媳妇拿了一对玉镯和一个保温杯，给母亲道："妈，回来时也没给你和我爸买衣服，这对玉镯送给你，杯子给我爸。"母亲笑道："媳妇都乖得很，比儿子强。"母亲收拾完餐桌，就问父亲："明儿早饭吃啥？"父亲道："甭问我，问你娃。"秦歌和秦军异口同声道："挂面！"

乾州自古民风淳朴、物产丰富，主食为小麦。在千百年悠闲的农耕生活中，人们用自己的智慧做出了花样众多的特色风味小吃。"乾州四宝"便是最有代表性的四种特色风味小吃，分别为挂面、豆腐脑、锅盔、酱辣子。好多朋友听到挂面就笑了，想着这挂面在超市随处可见，这有什么特别的？

乾州挂面是纯手工制成的，制作手艺堪称一绝。先用上好的面粉加盐和面，入盆醒面，然后不断地搓条、盘条，如此反复数遍后，一次抻长至如粉丝般粗细，形成环状，用两根竹竿穿入，一根挂在特制的架子上，架高约三米，下面一根竹竿两端悬挂石头等重物，将面条再继续拉伸，直到下端垂至地面时，去掉重物。这时的面条已细如发丝，粗细匀称，细、白、筋、光。远远望去，如一片瀑布在风中摇摆，面粉特有的麦香味随风飘出数里——这是属于这片古老大地的行为艺术。

待挂面风干后，下架切成六寸长短，每把一斤余，装箱保存，随吃随取。因挂面制作工艺特殊且含有食盐，故能长期存放。乾州一带有一句歇后语叫"调挂面不放盐——有言（盐）在先"。烹调时入锅煮一滚，捞入凉水中透一下，以免黏在一起，然后捞成极小的小把，一把把放在案板或者笸子上。肉汤用姜末、盐、鸡精、醋、大油再次烹调，将白菜叶或韭菜切碎置汤中做臊子。更讲究的家庭主妇把摊的薄如纸张的鸡蛋饼切成如女人小拇指甲盖般大小的菱形，和白菜、韭菜一起做臊子。把汤烧得滚热，浇之即可食用，俗称浇汤面。它讲究的是旺、煎、稀，即油旺、汤煎、面稀，因其一碗只有一筷头面，故还有一个名字叫"一口香"。由于仅吃面不喝汤，即有"吃三十碗才抬头"之说。如再佐以乾州的酱辣子，那更是余味无穷。

清晨，天还没完全亮，厨房就传来切菜的声音，秦五老汉和老伴已开始忙活了。秦五老汉在调汤，在挂面的烹饪过程中，调汤至关重要。先将粮食酿造的香醋倒入烧热的锅中，待沸腾五分钟后，依次加适量的水、盐、味精、鸡精入锅，锅中的汤要一直保持沸腾状态，最后再加入提前煮好的肉汤。成功的挂面汤应颜色清亮，味醇而稍酸。秦五老汉用勺子舀了一小勺汤，尝了尝，满意地笑道："嫽扎咧！"老伴在摊着鸡蛋饼，笑道："平时懒得啥都不干，今儿勤谨得很嘛！"父亲道："那是！我孙子回来了嘛！"

吃早饭时，秦歌和秦军每人吃了二十多碗还意犹未尽，林心瑶道："行了，好吃也不能没完没了啊！"秦歌放下碗，拍拍肚皮道："人生至此，夫复何求啊！"林心瑶叹道："唉！这让咱妈想着，好像我平时饿着你似的。"老太太对林心瑶说道："心瑶，你得学着做嘛！秦歌这么爱吃，你们走时带点挂面，回去也可以吃，这不难嘛！"林心瑶摇摇头道："好吃是好吃，麻烦死了！上班的人哪有时间啊？"老太太说："那你平时没时间，星期六、星期天总可以吧？"林心瑶道："上了一星期班了，周末谁不想歇歇啊？"老太太就叹了口气，收拾桌子去了。

午饭时，秦月夫妇回来了。秦月是秦歌的小妹，在城里当老师，今年秋天刚结婚。聪聪看见姑姑就埋怨道："我在回来的路上就想你了，你怎么才回来呀！"秦月笑道："你这小嘴巴还挺甜的，给姑姑说说哪儿想我了？"聪聪眨了眨眼睛，指着自己的胸口笑道："这儿想！"秦月双手托着他的小脸道："来，让我看看你的眼睛。"聪聪笑道："看我眼睛干什么？"秦月道："小孩子撒谎，眼睛里的小人儿会变。"聪聪就缩着脖子，低着头嘿嘿地笑着，不敢看姑姑。秦月笑着，用食指轻刮着他的脸蛋

唱道:

> 羞，羞!
>
> 把脸抠。
>
> 抠个渠儿种豌豆。
>
> 人家的豌豆打一石，
>
> 你的豌豆没见面。

晚上铁蛋请客，秦歌出门时，母亲一再叮咛："不要喝酒啊！"父亲道："你说了也是白说，他能忍住？"秦歌道："不喝，不喝，坐一会儿就回来咧。"林心瑶问道："几点回来？说个时间。"秦歌道："你跟着我一起吧，人家要求带家属参加。"林心瑶道："我不去。"母亲对林心瑶道："要不你跟着去，把他看住。"林心瑶道："我还能拉住他的手？这得靠自觉。我坐那儿跟傻子似的，说话又听不懂。"

秦歌进铁蛋家大门时，身边一阵狗叫声，铁蛋和平娃便从客厅里出来。铁蛋穿一身唐装，脑袋锃亮，快步走到门口拉住秦歌的手。秦歌道："你这腲比去年还亮。"铁蛋笑骂道："你挨屄的还是这屄式子。"秦歌转头问平娃："你媳妇回来了没？"平娃苦笑着道："今儿早上回来了。"铁蛋道："秦歌这消息灵得很。"秦歌道："昨天刚回来，碰见锁子叔了，听他说的。"又问道："晓伟来了没？"铁蛋道："他忙得跟吹手似的，刚才打电话说还得等会儿。"晓伟是镇派出所所长，四人是从小学到高中的同学。

秦歌转头看了看墙角铁笼子里关着的两只藏獒，均为纯种狮头铁包金。这种藏獒除了眼睛上面和下巴以及四肢掌部是黄褐色外，其他部位均为黑色，就好像铁（黑色）包着金子（黄褐色）一般。这两只藏獒体形高大，颈部鬃毛倒竖，通红的眼睛盯着秦歌，吼声如雷。秦歌道："这东西你可得关好，太让人操心了！"铁蛋冲着笼子摆摆手，两只藏獒顿时安静下来。铁蛋道："这比娃还听话。"

三人进屋子后，秦歌见铁蛋母亲在客厅，就先过去问好，问道："大妈，今儿冬上身体还好吧？"老太太道："好着呢！你是秦歌？"秦歌道："是我，大妈。"老太太道："媳妇和娃都回来了？"秦歌点点头。

老太太道："回来了就好，平时你屋里冷冷清清的，这下陪你爸你妈热热闹闹地过个年，这比啥礼物都强！"秦歌点点头笑了笑。他看着墙上挂的一幅字："一等人忠臣孝子，两件事读书耕田。"字体熟悉亲切，也不看落款就问道："这不是我爷的字吗？"铁蛋道："对，年初新房落成时，请三爷写的。"

铁蛋冲着厨房喊道："小格，出来一下，客都来咧！"一个艳丽的少妇应声从厨房出来，她穿一身淡蓝色棉质睡衣，腰系一条黄色围裙，身材是三十多岁少妇该有的那种丰腴，向秦歌微笑着道："来咧？"正是女主人，彦小格。秦歌笑道："铁蛋，你是咋伺候的？我这碎嫂子咋越来越嫩了？"平娃道："秦歌真会夸人，一句话把两口子都夸了。"这时厨房又出来一个八九岁的小姑娘，也系着条小围裙，眼睛大大的，脆生生地叫道："叔，来啦！"秦歌道："这是灵灵？长这么高了。"又问道："灵灵，你给你妈帮忙呢，你能做啥？""这么多菜我妈一个人哪能忙过来？我能择菜、洗菜，还有……剥蒜！"秦歌就对铁蛋道："还是女娃好啊！这么大就知道心疼大人了。明明呢？"铁蛋道："甭提那二屎了，放寒假后还没出过房间门呢，整天打游戏，不听说。"老太太在旁边接口道："有你这二屎爸，还怪娃二屎，你不给娃好好说，讲道理，光骂娃，他能听你的？"灵灵冲奶奶道："婆，你光向着你孙子，把我累死你也看不见！"老太太笑道："你个碎妖精，都干啥了，还把你累死了？我长你这么大都会蒸馍了。女娃不管教严点，长大人家谁要你呀？"满屋子都笑了起来。

秦歌四下打量着屋子，问道："啥时候盖的房？阔气得很嘛！叫我参观一下。"铁蛋道："年初盖的，你随便看。"这是一幢三开间二层小楼，屋顶是典型的关中民居硬山式房顶。陕西八大怪中有一怪叫"房子半边盖"，但这种半边盖的建筑多为厢房。一般人家的正屋均为硬山式建筑。几人上到二楼，上面有三个卧室，小格打开最西边一间，道："这是明明的房间。"秦歌看到一个十一二岁的小男孩坐在电脑前玩游戏，键盘拍得啪啪响。见有人进来并没有回头，手也不停下来。铁蛋骂道："把你那停一下。你叔来了，打个招呼！"小男孩道："停不下来，一停就死了。"他回头冲秦歌笑笑，算是打招呼了。秦歌笑道："现在这娃都这样，我娃还比他小两岁，也是这怂式子。"又问道："明明这次考试成绩咋样？"明明道："反正主科都及格了。"铁蛋骂道："你羞你先人呢！几门课成绩加一起，还赶不上我的体重。""那只能说明你太胖了。"明明头也没抬地回答道。

彦小格又打开了相邻一个房间道："这是灵灵的闺房。"秦歌笑道："看这碎女子把她房间收拾得多干净！"铁蛋道："就是嘛！哪像他哥把房子弄得像个猪窝！"最东边一间为他们夫妇卧室，里面有一个超大的阳台，阳台顶上悬挂一个秋千，秋千座椅为软藤制成，上边铺着碎花棉垫。秦歌看着秋千意味深长地笑道："你俩的生活很有品位嘛！"铁蛋笑道："你咋啥都懂？"小格脸红红地哧哧笑着。平娃不明白是什么意思，就问道："啥意思啊？搞得还挺神秘。"秦歌道："你干这么多年装修，这都不懂？怪不得你媳妇跑了，换上彦小格同志估计撵都撵不走。"彦小格低头嘀咕道："啥人嘛！不跟你们说了，我下去炒菜了。"说完笑着转身出了卧室。见平娃还是有点茫然，秦歌就问道："看过《金瓶梅》没有？"平娃恍然大悟，笑道："这有文化就是好啊！"铁蛋摸了摸光头，嘿嘿笑道："你俩就编排你哥吧！"

门口两只藏獒又叫了起来，大门口有车灯照了进来。铁蛋道："下去喝酒，晓伟过来了。"下楼后，菜已摆了满满一桌。晓伟进房间后，说道："我当你们都开始了，把我急的。"秦歌道："等你呢。"四人就围着桌子坐了下来。平娃叫老太太："大妈，你也过来吃嘛！"老太太道："我晚上不吃饭，你们吃吧，都少喝点酒。"又对灵灵道："上去叫你哥吃饭。"说完便起身回房间休息去了。

铁蛋喊道："灵灵，去给爸拿两瓶酒。"灵灵刚从楼上下来，问道："拿啥酒呢？"铁蛋道："咱兄弟几个好几年都没好好喝过了，今天晚上喝'华山论剑'吧！好好比画比画。"秦歌和晓伟齐声道："随便吧！"平娃道："我不行，练不过你们。"铁蛋骂道："你个瓜屄，男人就不能说不行，你还没试呢，咋知道不行？"铁蛋把酒倒好，小格带着孩子也过来一起碰了一杯饮料，又进了厨房，明明和灵灵兄妹俩到茶几上吃饭去了。

　　桌上四人分三口干了一大杯，一瓶酒便已见底了。再倒酒时，平娃用手捂着杯口讨饶道："我再不能喝了，过会儿还得先回去，屋里还乱着呢，这马上过年了，啥都还没弄呢！"铁蛋道："你还想先走啊？我把狗都放开了，这会儿正在院子里趴着呢，你要能出去你出吧！"晓伟拍拍平娃的肩膀笑道："今黑都放开，咱弟兄们一年能聚几回？甭扫秦歌的兴，我昨天就把事安排完了。既来之则安之吧！"铁蛋道："昨天安排了，你还迟到，应该罚一杯。"晓伟道："下午事确实多。你知道，我们那儿啥事都能碰上，都是奇事。先是有两口子打架，媳妇回娘家了，叫上她妈和她兄弟来所里告状。我把她男人叫来一问，小伙委屈得直哭，给我把原因讲了一遍。原来她媳妇私下里跑出去见网友了，他打电话不接，短信也不回，第二天人才回来了。小伙就盘问媳妇，查手机短信，媳妇不让看，就打起来了。小伙说得还比较含蓄。他丈母娘插一句嘴，差点没把我笑死，又不能笑，把我憋得呀！"

　　秦歌问道："她说了句啥？""她说她女婿：'你太不尊重人了嘛！再怀疑也不能把人脱光了掰开看呀！这是侵犯人权！'"四人哈哈大笑。铁蛋道："这都第二天了，就算掰开了还能看出个啥呀？"又看见孩子们好奇地望着这边，就喊道："你俩过来敬你叔们一杯酒，就上楼去吧！"灵灵就过来给秦歌、平娃、晓伟三人挨个儿倒了杯酒，说道："祝叔叔们新年快乐！"明明在旁边说道："你那就不叫敬酒。"说着就倒了一小杯酒，自己端起来道："祝叔叔们身体健康，升官发财！"说完，自己一仰脖子，一杯酒全干了。小格由厨房跑出来喊道："这瓜怂，你可不敢喝酒啊！"晓伟道："碎小伙还可以呀！像个老手。"秦歌也笑道："这一看就是吹着西北风长大的陕西娃！实在得很。"铁蛋挥挥手道："快上去吧！"

　　晓伟又说道："今儿还有个奇事。有一家生娃呢，今天上午出的医院，儿子骑着自行车，奶奶抱着刚出生的孙子坐在后座上。回家后，村里人都在家门口烧火呢，等着要喜烟要喜糖。儿子就给大家发烟发糖，奶奶突然'妈呀'一声，瘫坐在地上。大家围上去一看，发现襁褓里是空的。

有人问是不是落在医院了？老太太说半路上还听见孩子哭了，咋会不见了？村里人再按原路线找就什么都没找到。"平娃道："是不是襁褓下面没包好，车子一颠一颠的给漏下去了？"晓伟道："报案时，我问他们半路上停没停过，儿子说没有停过。那就只有你说的那种可能了，下午同志们已经去找了。"

秦歌端起酒杯道："兄弟，辛苦了！为了家乡的平安建设，哥敬你一杯！"晓伟笑道："说得我都不好意思了。哥，我敬你！"两人干了一杯。铁蛋和平娃喝了一杯，问道："贵娃咋样了？"平娃道："甭提他，爱死哪儿死哪儿去！"铁蛋道："你也不能这样说，该给娃看病，还是要看呢。"平娃道："没在谁身上，谁不知道难处。作为当哥的，我仁至义尽了。从刚开始我就不同意他在城里买房，凭啥？我在城里打拼多少年了，我也没买房啊！那瓜屄非要买。他买房、装修，我明里暗里给了多少？我最后为啥不再给我爸钱了，给的钱他一分不花，连买药的钱都不留，全给贵娃了。我觉得这就是个无底洞。现在我倒落得个不忠不孝、不仁不义了，好像我不管先人、不管兄弟。早知是这样，打死我也不带那怂出去，在村子里种苹果，现在过的也是好日子。啥把那瓜屄的心牵的非在城里买房？"

这时彦小格端了盆酸辣汤上来，笑道："城里的女娃大腿白！"铁蛋就拍了拍小格的屁股，说道："咱婆娘这大腿也不黑！"小格双手端着盆正往桌上放，就左右扭扭腰肢躲着，对铁蛋媚笑道："你得是喝高了？胡说呢。"又转向大家道："还要啥菜不？"晓伟道："啥都不要了。嫂子，你也坐下歇一下，忙个没停。"小格道："你们谝，我给你们下挂面去。"说完就满面春风地进厨房了。铁蛋笑道："媳妇就得常夸着点，越夸越骚情。"秦歌倒了一杯酒道："哥，你是个高手，以后兄弟得经常向你请教，来，再敬你一杯。"两人又干了一杯。

晓伟安慰平娃道："想开点，往前看，没有啥大不了的。有啥难处，你给弟兄们说一声，谁还不帮你点？"平娃摇摇头道："人说'救急不救贫'，咱站起来也是这么高的汉子，能跟弟兄们张这个嘴？"秦歌就说道："你想多了，那有啥？"

过了半天，平娃又道："今年一年都不顺。我爸说上次栓子浇地，到我爷坟头铲了几锹土，得是动了风水？"秦歌道："别那么想，那样最大的坏处就是以后碰到什么不顺的事情，首先从这方面去想，容易有心理阴影。"平娃道："你说这也怪了，我爸说，那天晚上梦见我爷骂他呢，骂道：'锁子，你睡到热炕上，不管你大了？我的房都叫人拆了。'我爸第二天一看，我爷坟头少了几锹土。原来是栓子浇地时，见水冲开田埂，这狗日的急了，就近在我爷坟头铲了几锹土堵水。我爸后来把这狗日的大骂了一顿。这是去年冬天的事。打这以后，我家还真是没顺过，弄啥啥不成。"

铁蛋道："风水这事有时也不能不信，前几年来了个化缘的道士，我不在，我妈和小格在家，我妈给了一百块钱。道士走时对我妈说，你这院子风水很好，美中不足的是大门位置不对，要往东稍挪一下。我妈就问，挪了后会咋样？道士说，家里还会添加人丁。我回来后她们就给我说了，我觉得这是无稽之谈。年初，这房盖成后，我妈要叫和尚念经，安顿庄子。我想着只要老人高兴，她想咋就咋呗。和尚念完经后，又对我说你这大门不对，要挪一挪，不挪的话就给大门里做一个照壁，还能人丁兴旺。你说这要是胡说，和尚和道士还能是一个老师，说得一模一样？"

秦歌笑道："这还用和尚道士给你看啊！听秦大师给你讲讲。"其他三人就放下筷子，看着秦歌。秦歌喝了一口茶，说道："北方民居大多数坐北朝南，按八卦讲这叫'坎宅巽门'。'坎'为北，故坐北朝南的房子叫作'坎宅'，'巽'指东南，所以，东南方的门叫作'巽门'。'坎宅巽门'将门开在东南方，为通风之处，就像房屋的窗户，可以通天地之元气。而'坎'为正北，在五行中为水，将正房建在正北，意味着可以避开火灾。所以，正房坐北，门在东南，从心理上说是一种祈求平安的表现。

"现实生活中，我们从气候、环境上来说，坐北朝南的正房与东南角开门也是有道理的。房屋面向正南而建，北侧封闭可以抵御冬季的寒风，南侧开设门窗，便于在冬季接受阳光，又利于夏季空气的流通。所以，这种'坎宅巽门'的布局是非常适宜居住的。"

秦歌接着说道："至于人丁兴旺一说不是很准确，和尚道士给换了个说法。这是来源于风水学《水龙经》的说法，'气流直来直去，损人丁'，照壁就是使院外吹来的气流不能直来直去，而起到避开邪气的作用。关于为何老祖宗认为这样有损人丁，而不是说有损别的什么，这里有一个比较隐晦的原因。其实古人很重视夫妻生活，又不便明说。由大门直接看到正屋里面，这样私密性不够好，不就是影响夫妻生活吗？进而不就有损人丁吗？有个照壁挡一下，就可以增强房间的私密性，提高生活质量了。不过古代都是一层建筑，哪有楼房？像你家这样的两层小楼，在上边想怎么折腾就怎么折腾，还损什么人丁呢？"一桌人哈哈大笑。铁蛋道："兄弟，你才是高手，来，我们仨敬秦大师一杯！"

秦歌有点兴奋了，自己倒了一大杯，他们仨也都跟着添满了。四人碰了一下，一口干了。铁蛋又让小格拿两瓶酒，小格道："你不敢喝了吧！"铁蛋道："赶紧拿去。甭害怕，晚上啥都不耽误。"小格白了他一眼，又拿了两瓶放桌上，道："要不开一瓶吧？喝多了不好。"平娃道："嫂子说得对，咱少喝点吧！"铁蛋对小格道："你别管了，没事就先上楼洗澡去。"小格脸一红，笑骂道："神经病啊！厨房里锅朝天碗朝地的，我去洗啥澡啊！"说完就转身进婆婆房间了。

铁蛋就把两瓶酒全部打开，给秦歌倒了一杯，给自己也倒了一杯，说道："我发现这当官的还是不一样，秦歌你甭看长得粗、说话粗，你细听还是个文化人。"晓伟道："谁说秦歌粗？人家本来就是个文化人。"秦歌端起酒和铁蛋碰了一下，说道："我算个锤子，还文化人呢！当个芝麻大的小官，还在外省。论钱，连你的零头怕都比不上吧？我挺羡慕你的。"铁蛋道："你傀你哥呢？我一个种苹果的农民，你一个干部羡慕我？"晓伟道："上学时，你俩就一个不服一个，整天单练，这会儿倒惺惺相惜了。"铁蛋道："我这会儿就想喝酒，来，咱弟兄俩喝。"

铁蛋把村里十多家的果园连成一片，自己承包经营，其他人年底分红。他为人义气，做生意实在，几年时间，南方好几个省份的大果商都找他订苹果。加上他肯钻研，培育出的水晶红富士苹果闻名遐迩，也给他带来了滚滚财富，并迅速成为乾州很出名的水果大户。

铁蛋这会儿有点喝高了，话也多了起来，说道："乾州这个地方，还真是个风水宝地啊！这苹果生长很挑地方，温度、光照、水分、土壤、地势、风速等因素对它都有影响，咱这地方恰到好处。这水晶红富士香甜多汁，皮薄肉厚。有人总结为香、脆、甜、艳四个特点。这苹果摆放在家里就是艺术品，可以观赏它的娇艳丰润，闻它的香气，塞到嘴里那是绝世美味，不小心掉地上能碎八瓣，比香瓜还脆。"秦歌笑道："那比欧洲的苹果好多了。"铁蛋道："咋扯到欧洲去了？"秦歌道："当年要是掉在牛顿头上的苹果是水晶红富士的话，那他首先是去洗脸了，哪还有时间思考啊！那也就没有万有引力定律了。"

铁蛋喊彦小格："小格，你把给兄弟准备的礼物拿出来嘛！"小格从婆婆房间出来，到地下室拿了三盒苹果，每盒仅四枚苹果，一字排开。礼品盒制作精美，侧面开口用玻璃纸密封，果体硕大，颜色艳红，奇的是四枚苹果上分别有"福""禄""寿""喜"四个字。铁蛋道："这是小格亲手剪的字，在苹果上色期贴上去，等成熟了再把纸拿掉，遮挡的部分和其他部分的色差就会形成字样。灵灵娃给它起了个名字叫'吉祥四宝'。"秦歌道："小格手真巧，拿剪子都能剪出这么好的字，那要是拿笔写还了得啊！"小格笑道："你笑话人呢！"说完就伏在铁蛋背后，将下巴支在他的肩膀上，妩媚地微笑着。晓伟道："你俩咋又开始秀恩爱了？得是想眼红谁呢？"小格没有动，说道："你们那洋媳妇都藏在家里，舍不得带出来嘛！"秦歌道："铁蛋，咱这些同学里，我还是比较服你。不是因为你钱多啊，向北搞房地产，长胜开加油站，他俩肯定比你有钱，但我觉得还是你的生活质量高啊！"

铁蛋也不客气，笑道："人嘛，这钱差不多就行了，太多了生活质量不见得就好。我现在每年就忙不到三个月，其他时间就带小格去全国各地旅游。我现在国内就差西藏没去了，小格心脏不太好，去那边怕她受不了。我妈年纪也大了，我们不敢走远，等以后到世界各地都转转吧！"小格道："旅游可累了！我还是觉得待在家里舒服。其实咱这儿春秋两季的景色也可好了。春天村外全是花，粉色的是苹果花和桃花，白色的是梨花，还有金黄色的油菜花，那才叫花的海洋。秋天有红彤彤的柿子、苹果，黄澄澄的梨，沉甸甸的大石榴，一串串紫色玛瑙般的葡萄。每年都有很多城里人来这儿野营。"

秦歌参加工作以后，每年都是春节回一次老家，对老家的回忆就只剩下灰蒙蒙的天空和光秃秃的田野，以前的记忆慢慢就淡了。小格的一番话把秦歌又带回到了童年的欢乐时光。

春天里到处是花、蝴蝶、蜜蜂，孩子们会用带盖的墨水瓶或饮料瓶在花丛中扣住几只蜜蜂。听大人说蜂蜜是蜜蜂用身上的花粉酿的，秦歌忍不住抓一只蜜蜂舔了一下，结果嘴唇被蜇得肿了好几天。夏天就去抓黄鼠，黄鼠是一种介于松鼠和老鼠之间的物种，不同于南方的田鼠。它的皮毛呈金黄色，外形乖巧可爱，性情温和，很有灵性，和人相处时间长了就非常忠诚，经常跟着小主人去学校。老师规定黄鼠不能被带进教室，因此就能看到一种有趣的现象：孩子们在教室里上课，外边靠墙有一排黄鼠晒着太阳。等放学后，孩子一出门，它们就会分别在自己的小主人后边跟着一路小跑着回家。

104

黄鼠的洞穴深达数米，捕获它最好的办法是用水灌。发现黄鼠窝后，先要判断是新窝还是老窝，新窝一般都有黄鼠，老窝是被遗弃的空窝，通过观察洞口可以判别。几个小孩拎几桶水，灌到洞中后，就蹲在洞边等着。一会儿看见洞口开始冒气泡，几个小脑袋就凑在一起，用几只小手在洞口形成合围之势，看到一个脑袋尖，就迅速抓住，稍晚些黄鼠就会逃之夭夭。有时看到脑袋尖一抓起来，发现是条蛇，孩子们就会一哄而散。

晚上摸蝉、逮蚂蚱，用铁丝穿起来，在村头点火烤着吃。望着天上的星星，想象着这边像什么，那边像什么。听到有位母亲叫某个小伙伴的名字的时候，大家会迅速把火熄灭，偷偷地散伙，潜回自己家里。村子北边有条小河叫湁河，是渭河的一条小支流。夏天，父母绝对禁止孩子下河游泳。尽管不时有小孩溺亡的消息，孩子们还是抵挡不住那清凉的诱惑，偷偷跑过去。几个小孩把衣服脱得精光，站在岸边一字排开，往河里撒尿，比赛谁尿得远。比输的孩子说："我刚才尿的方向偏了，这把不算，过会儿再比。"赢的孩子骂道："你羞先人呢！比不过还耍赖。"然后都扑通、扑通由撒尿的地方跳进河里。回家后，必然要经过大人们的盘问。

大人有时会用指甲在身上轻轻挠一下，如出现一道白印，那免不了吃顿苦头。后来有大一点的孩子教一个办法：游泳后先别急着回家，再玩会儿别的，等身上又出了汗，就挠不出那道白印了。

铁蛋打断了秦歌的回忆道："兄弟，还记不记得有一年咱俩比赛谁胆大，把鞭炮叼在嘴里放？"秦歌道："记得嘛！当时平娃是裁判。"有一年快过年时，秦歌、铁蛋和平娃把买的鞭炮拆开，一根一根地单独燃放。有一个女同学经过，就点燃一根扔在她脚下，看到她惊慌失措的样子，他们就哈哈大笑。那时候好多人家的猪圈都在大门外边，他们三个就挨着往猪身上丢鞭炮，看着猪满圈狂奔，他们以此取乐。后来，忘了什么原因，秦歌和铁蛋互不服气，两人各自用嘴巴含了根鞭炮点着，看谁先扔就算谁输，平娃当裁判。结果两人的嘴被炸得肿了一个春节。

铁蛋把第四瓶酒又分了。平娃讨饶道："我真喝不了了，你饶了我吧！"铁蛋就把平娃杯中的酒给秦歌和自己加满，又给晓伟加了点，杯中就剩了一点，又将酒杯放在平娃面前。小格道："人家平娃就比你们机灵，人家喝酒不耍二尿！"铁蛋道："平娃小时候就是个尻子松（关中方言，尻子是屁股的意思，尻子松即骂人胆小怕事）。"平娃笑道："我就是个尻子松。来，干了！"晓伟笑骂道："你也不嫌丢人，就那点儿酒还和人干杯。"大家都喝了一大半。秦歌道："你说怪不怪，那时候咱饿了啃个冷蒸馍，就根生葱，整天开心得很。现在咋找不到那种感觉了？一天从早到晚就是个忙，但不知忙些啥。"晓伟道："你和我的感觉一样，你看吃一会儿饭，来了多少电话？"平娃道："你俩都是成功人士嘛！应该忙点。"秦歌就说道："锤子！啥成功人士？现在成功人士的标准变了。"平娃问道："咋变了？"秦歌道："一是没有名片，二是自己不开车，三是住的是独家小院，四是每天可以午睡，五是经常在郊区户外活动，六是包里不带现金，七是可以多生孩子。"铁蛋笑道："这么看的话，咱村大多数是成功人士嘛！"

华山论剑属于西凤酒旗下的高度烈性酒。秦歌现在已经一斤多下肚，喝到兴奋之处，道："今儿晚上酒醇情真，我七拼八凑了一首诗，献给哥哥们，以助大家酒兴。"说完就站起来吟道：

朝出与亲辞，暮归在亲侧。

弄儿床前戏，看妇机中织。

莼羹鲈脍鲜，乾州四宝美。

脱下八品帽，村外赏梨花。

铁蛋问道："'弄妇床前戏，看儿机中织。'后面那句什么意思？"秦歌哈哈大笑道："你还真能改啊！我说的是'弄儿床前戏'，你给改成'弄妇床前戏'了，这内容全变了嘛！"小格大窘，笑道："你哥喝高了，胡说呢！"铁蛋笑道："那是口误，这句我以前听过，后面那一句是啥意思？"秦歌解释道："这有个典故，在西晋时候，有个吴中人叫张翰，在京城洛阳当官，一日见秋风乍起，就思念起家乡吴中的两道名菜——莼菜羹和鲈鱼脍，说道：'人生贵得适意尔，何能羁宦数千里以要名爵？'于是就辞去官职回家乡了，就像乾州人在外面做官，想起了挂面和豆腐脑一样。"

铁蛋和晓伟这会儿也兴致大增，干掉了杯中的酒。铁蛋道："媳妇，去、去，再开、开一瓶。"小格就摸着他的光脑袋劝道："爷呀！你不敢再喝了。你的高血压不管了？"秦歌刚才吟诗的声音较大，灵灵也从楼上跑了下来，见他爸舌头都直了，还要喝酒，就在一边喊道："爸，你得是疯了？我叫我婆去。"这时，老太太也从房间出来，指着铁蛋骂道："你咋这么爱酒？酒得是你爷？快四十的人了，你还要脸不？"秦歌和晓伟、平娃有点尴尬地笑笑，想安慰老太太几句，又不知咋开口，就都站起来告辞。晓伟道："明天晚上我安排，原班人马啊！"老太太转过头骂道："明天还喝啊？秦歌、晓伟，你们都是国家干部，我看咋不像个干部？一点都不稳重！"他俩就边点头边鞠躬地赔笑道："大妈，我们错了，改，一定改！"

三人走后，小格道："妈，你咋骂人家秦歌和晓伟呢？不是你娃叫人喝，人家好意思喝？"老太太道："那俩也不是啥好货。"稍顿，又道："都是看着长大的娃，我还不敢骂他们咧？快上去睡去吧！"

小格扶着铁蛋上楼去了。进房间后，小格拿湿毛巾给他擦脸，丰满的胸部就在他的脸前晃着，铁蛋就揉着她那对奶子道："这东西嫽扎咧！"

106

小格嗔道："快睡吧！"铁蛋摇摇头道："我饿了。""刚吃完又饿
了？""光吃菜哪能吃饱？还、还没吃面呢。"小格一拍大腿道："呀！
下了两把挂面，一碗都没动，我去给你浇一碗端上来。"铁蛋拉着她的手
不放松，瞅着小格嘿嘿地笑。小格柔声问道："笑啥呢？"铁蛋道："别
急！你让我、我想想，是先吃，还是先……"

第八章　大年三十

　　秦歌到家后，林心瑶还没睡，躺在床上玩手机，见他进屋，问道："喝多没？"秦歌道："我就没喝酒。"林心瑶道："你看你那眼睛，还没喝？我看以后我也得买一个酒精测试仪！"秦歌的嘴就往她脸上凑。林心瑶转过脸道："臭死了！"秦歌迅速脱掉衣服钻进被窝，抱着林心瑶，调笑道："媳妇，晚上咱换个姿势吧！""滚，哪儿那么多毛病？""换个姿势你能死啊？"两人又吵起来了。一会儿，从床上的那点事转到生活中，秦歌道："自从昨天进这个家门，你不是睡觉，就是玩那破手机，厨房也没进一下，咱妈这么大年纪了，什么时候也可以像个婆子一样歇歇？"林心瑶道："咱妈又不是我一个人的婆子，都不动，怎么就我一个人挨骂？"秦歌知道她在说兄弟媳妇，就说道："你做嫂子的，就不能带个头？"林心瑶道："我凭啥带头？"

　　两人吵了一会儿，秦歌也疲惫了，就闭上眼睛不再说话了。两人多年吵架的模式：最后一句一定要由林心瑶来结束。如果秦歌接一句，她就必须再回一句。争吵会无休止地进行下去。只有当她骂一句，秦歌闭上嘴，听不到声音了，战争就宣告结束。秦歌虽闭上了眼睛，脑子却一直在想着一个问题：这女人外表秀丽，但性格怎么这么刚烈？他从没见她服过软。在外人眼里，自己事业有成，老婆漂亮，儿子聪颖，好像没有不如意的地方。唉！怪不得有人说，婚姻就像鞋子，合不合适只有脚知道。

　　两人吵架的声音传到了父母的房间。老太太要起来看看，秦五老汉喝道："人家夫妻吵架，你去干啥？"老太太又躺下了，自言自语道："不知道又为啥呀？大过年的也不怕人笑话。"秦五老汉道："还用想！你娃喝多了，媳妇不悦意么。"老太太说："不悦意，好好劝男人嘛！这大半夜高声大嗓子的，哪像个屋里人？"秦五老汉叹道："这娃啥都好，就是性格太硬了，跟自己男人非要论个输赢。"

老太太半坐起身子又听了一会儿，说："娃嫌媳妇在家里不干活。唉，家里面这活有多累的？不干就不干，只要你们好好过日子就行了，我又不嫌。"秦五老汉说道："快睡吧！别听了。"一会儿，又对老伴说："唉！别人当完媳妇当婆子，你可怜的当了一辈子媳妇。"

秦歌睡到了第二天下午，是被街上的一阵吆喝声惊醒的。这种吆喝声很特别，是他记忆里熟悉的声音。"豆腐脑——热的！"声音粗犷，穿透力极强，"脑"字拖音很长。聪聪和邻居几个小朋友跟在后面，卖豆腐脑的喊一声："豆腐脑——热的！"几个顽童嘻嘻哈哈跟着叫："卖了钱——鳖的！"卖豆腐脑的也不生气，依旧用高亢的声调吆喝着，一直走到村里一个十字路口才停了下来，支起了摊。聪聪用普通话跟着喊了几下，发现没有小伙伴那样押韵，也慢慢地学着他们的发音，跟着喊。古人的诗词、对联讲究押韵和平仄，这就是为什么唐诗宋词读起来朗朗上口，给人一种很美的享受。有时一个段子在某个地域流行，而用普通话讲起来则马上觉得索然无味，就像你把唐诗翻译成英文，有时会让人觉得不知所云一样。

秦歌洗漱完毕，在厨房拿了一片锅盔，出门后来到豆腐脑摊前，要了一碗，蹲下吃了起来。小时候，卖豆腐脑的手艺人是挑一个担子，一头是一个瓦缸，瓦缸外面密密地缠了一层草绳，豆腐脑就盛在里面。另一头是一个调料架，架子上层放着盐、味精、蒜姜水、熬制的五香醋和油泼辣子等物，中间一层放着碗、勺子等，架子最下面有只水桶，是等顾客吃完洗碗用的。现在不挑担子了，改用人力三轮车，以上物件全放在车厢里。

乾州豆腐脑选用优质黄豆为原料磨浆而成。这门手艺中，点卤很重要，需微火熬浆，急火点卤。做出来的豆腐脑色白洁净，鲜嫩柔软，翻而不散，折而不断，搅而不碎。卖豆腐脑时也有讲究，要确保豆腐脑在销售过程中始终保持一定的温度。吃时一定要用小碗，才能品尝出其独有的香味。盛豆腐脑时使用的工具也很独特，用做成圆形的极薄的铜皮当勺子来盛，调入盐、味精、蒜姜水、熬制的五香醋和自制的油泼辣子，色香味俱佳。外地的朋友连吃十碗八碗的大有人在。冬季天气寒冷，卖家还会用淀粉配以切成丝的红萝卜、菠菜熬成汁，浇于其上，吃时又是另外一种风味。据说，豆腐脑有强身健脑的功效，作为一种食品，它有什么功能我们暂且不管，这绝不是它位列"乾州四宝"的原因。而让它闻名遐迩的原因是：食之，能带给食客味觉上无与伦比的快感。

秦歌连尽三碗，心满意足地站起身来，擦了擦嘴角的辣椒。贵娃走了过来，见了秦歌笑嘻嘻地问道："哥，带烟没？"秦歌平时没有带烟的习惯，就摸了摸口袋道："兄弟，不好意思，没带。要不到家去吧？"贵娃挥挥手道："算了，不抽了。"又转身对秦歌道："以后身上带盒烟啊！我以前身上带两盒，到村里见谁给谁发。"一个老头从茅厕出来，双手还系着裤子上的扣子，贵娃见他又问道："六叔，吃了没？"被叫六叔的老头摇摇头道："还没呢！"又对秦歌笑道："你看咱贵娃机灵不？见谁都打招呼呢！"

不一会儿，豆腐脑摊前就围了很多人，六叔也蹲下来，要了一碗。铁蛋眼睛红红的，由他家门口蹓了过来，问秦歌道："你还起来得早！"秦歌笑道："天都快黑了，还起来得早呢！"秦歌本来已经吃完了，准备离开，见六叔问东问西的，就又蹲了下来，有一搭没一搭和他谝着。六叔指着聪聪道："你娃长得和你小时候一个尿式子，就是比你白一些。碎怂也坏得很，夜儿个后晌，你六婶在茅房正蹲着，你娃和狗剩家的娃拿了把链子枪跑到茅房门前，照着猪尻子打了一枪，猪一惊，把你六婶给拱倒了。碎怂一听里面还有人，撒腿就跑了。"秦歌就笑着问道："那我六婶不要紧吧？过会儿我去看一下她吧！"六叔道："没事，没事！碎娃嘛！这算个啥？"秦歌就看了聪聪一眼，小家伙和几个伙伴就一起跑开了。

铁蛋边吃着豆腐脑边笑道："那六婶回去得好好洗一洗尻子。"一群人都笑了，六叔就笑骂道："这瞎怂！"挨着六叔的一个小伙子叫秦高峰，在大城市某大公司任职，听到这儿，觉得有点恶心，就站了起来，匆匆扒了两口豆腐脑就要走。按辈分他比秦歌、铁蛋还低一辈，应该把六叔叫六爷。在关中乡下，爷爷和孙子辈什么玩笑都能开。六叔就问道："高峰，今年多大了？"高峰道："三十了。"六叔就笑问道："给尿把窝儿寻下没？"高峰没有回答，把碗放下，看了六叔和秦歌一眼，用标准的普通话低声嘀咕道："这村里人咋还这素质？"说完就转身离开了。六叔没太听懂，不由得一怔，转头问秦歌道："这娃说了个啥？"铁蛋就有点不高兴了，望着小伙子的背影骂道："羞先人呢！你能干多大的事？"秦歌就笑道："娃说城里媳妇不好找啊！"

秦歌回家后，给母亲和林心瑶讲了聪聪昨天的事，林心瑶就急了，跑到大门口把儿子给拽了回来，从身上搜出把链子枪。这种链子枪秦歌小时候经常玩。用铁丝折成手枪的样子，把自行车的链条一节一节拆下来串在铁丝枪架上，枪头部分是两节链条用自行车的辐条螺丝打磨后穿入制成的，再将自行车的内胎剪成指头般粗细做弹簧，挂在一根用铁丝做成的撞针上，子弹就是一根火柴，因火柴头的火药受撞击而发声。

林心瑶把链子枪拿在手上问聪聪道："谁给你的？"聪聪不吱声。林心瑶就在他屁股上打了一巴掌。老太太就把孙子搂了过来，不满地说道："耍个链子枪怕啥嘛！你打他做啥？"林心瑶道："谁让他不说实话。"这时，秦五老汉推门进来道："这是我给他做的。"

林心瑶说道："爸，你再没啥给他玩了，给他做把枪，这不，闯祸了吧？"说完就让老太太带着她和聪聪给六婶赔礼道歉去。秦歌本来是当笑话讲的，没想到林心瑶这么认真，就不高兴地说道："你别大惊小怪的，本来就是说着玩的，人家也没在意。"林心瑶道："人家不在意，会当着那么多人的面说出来？你别老是自以为是。"秦歌知道六叔本来就是无心说着玩的。这个古老村庄的人情风俗他太了解了，村民们的那种幽默感是融入血液的，并且随意、大度，善于自我解嘲。你要是太正经，反倒会让对方难堪。他就对林心瑶道："行了，道啥歉啊！老家不兴这个。"林心瑶嘟囔道："你就惯你儿子吧！"

大年三十，秦歌和秦军早早地被母亲叫醒，一家人吃过早饭后。母亲把准备好的祭品放在一个小篮子里，对秦五老汉道："早点去吧！回来还得蒸啊、煮啊、贴对联的，事多着呢！"秦五老汉道："把聪聪娃也带上。"林心瑶问道："干什么去？"秦歌道："上坟去。"林心瑶问道："那我去不去？"母亲对她和秦军媳妇笑道："你俩都不去，我们在家也要祭祀呢！"

秦五老汉临出门时扛了把铁锹，带着两个儿子和孙子，出了村口到祖坟去祭祀。到了坟地后，秦五老汉先绕着坟看了一圈，见背面有雨水冲刷的痕迹，就在远处用铁锹铲了几锹土，添在坟头上，又小心翼翼地用铁锹拍瓷实了。秦歌把祭品摆好后，就一直在思考一个问题：只有当亲生父母离世了，人们对祭祀的意义才能有深刻的理解。曾经至亲至爱的亲人永远离开了，除了这样，你还能为他们再做点什么？

秦五老汉跪在墓碑最前面，掏出打火机准备点火，聪聪道："爷爷，让我点吧！"秦五老汉道："好，让我娃点。"说完就把打火机交给了聪聪。冥币是一沓一沓的，中间部分不好着。秦五老汉就在一边折了一根小树枝，把上面的小枝、枯叶收拾干净当拨火棍用，仔细地把每一张冥币挑起来。等其完全化为灰烬，祖孙四人再向着墓碑行跪拜礼。

旁边的一座坟前走过来一人，蹲在坟前点燃了纸。秦歌转头一看，见是同学狗剩，就走过去掏了根烟，笑道："你挨尿的给你伯也不磕个头？"狗剩接过烟，在地上拾起一根燃烧着的秸秆，对着火苗把烟点着，深吸了一口，笑道："这就不错啦！"秦五老汉问道："你彬彬哥没回来？"彬彬是狗剩的堂哥，在南方工作。狗剩道："我伯三周年后，他就没回来过。我伯把我彬彬哥供成了，他倒是跟着享啥福了？"秦五老汉呆呆地看着父亲的墓碑，叹口气道："老的能跟着小的享啥福呢？"

人对墓碑的感悟，其实是在衡量生与死的距离。父母是我们与死亡之间的一道屏障。父母在，人生尚有来路；父母去，人生只剩归途。

祖孙四人回家后，见婆媳三人也在祭祀，祭了灶王爷、井王爷、土地爷、财神爷，还得祭家里那两棵核桃树和杏树，保佑明年硕果累累。母亲又取出祖宗的牌位，摆在供桌上，又一样一样摆上供品。林心瑶道："妈，外公那边的牌位咋不摆上去呢？"母亲转头正色说道："这娃咋啥玩笑都敢开？"林心瑶看了秦军媳妇一眼，笑道："我没开玩笑，那你说外公那边就不用祭祀了吗？"母亲道："嫁到这一家，就得认这边的祖宗，你外公那边有你舅嘛！轮得着我来祭祀？"林心瑶又道："那你说女人结婚后就不能祭祀自己娘家的祖宗了？"母亲道："每年清明、十一也可以给自己娘家人烧钱烧纸，这过年不行，女人过年就得随男人祭祀，要不然，不就乱了嘛！你看你妹妹秦月离家这么近，昨天还不是早早回去了？"林心瑶道："那还不是让你给撵走了。"秦军媳妇跟着说道："这是典型的重男轻女！"

父亲接过话题，说道："唉！你们都是文化人，啥重男轻女？咱家啥事不是你妈做主？她说今天吃啥不就吃啥，早上她给我拿哪件衣服我不就穿哪件衣服，咱家所有的钱不都是你妈管的，她想花就花，我花钱不是还得找她申请？那我说这是重女轻男！这两口子过日子，讲的是和谐，结婚后夫妻俩就是一个整体，就像身体的左边和右边，你说哪边重要？两人应考虑的是咋把日子过红火，咋让家人过得更幸福。要是老考虑谁高谁低、谁重谁轻，哪家还能有家的味道？"

秦五老汉见两个媳妇都不说话了，稍顿，又说道："现在这些人把男女平等给误解了，男女平等，不是说男的干什么，女的就可以干什么。现在你们整天上网呀，看电视呀，学这呀，学那呀，看起来啥都知道，说啥都懂，但净是些没用的东西。今儿哪个明星离婚了，明儿谁和谁结婚了，这些和你们有啥关系嘛！谝这闲传干啥？要我说，人只要明白两条：我是谁？我是弄啥的？这就够了。知道这个，这辈子就不会吃大亏。"妯娌两人面面相觑，低着头笑了。

秦五老汉说完，转身对老伴说道："放一段秦腔戏。"又对孙子笑道："聪聪，跟爷到院子里写对联去吧！"于是就拉着聪聪的手出了屋子。秦歌把桌子搬到院子里，又拿了笔、墨、镇纸等物。院子里飘来高昂激越的唱腔，正是秦腔名剧《二进宫》：

> 千岁进宫休要忙，
> 听为臣与你讲比方。
> 西汉驾前几员将，
> 英布彭越汉张良。

那张良背剑把信访，

访来了韩信扶高皇。

他同与高皇爷把业创，

在九里山前摆战场。

大战场，小战场，

九人九马九杆枪。

立逼得霸王乌江丧，

才扶刘邦坐咸阳。

……

聪聪嚷道："唱的啥呀？难听死了！"秦五老汉笑道："这就是秦腔。咱陕西为啥出这么多忠臣孝子？这里头就有秦腔戏的功劳啊！"秦军拿了几张裁好的竖条幅洒金红纸，铺展在桌子上。秦五老汉对孙子道："聪聪，你给咱说内容，叫爷给咱写。"聪聪想了想，说道："爷爷身体健康，聪聪天天向上。"秦五老汉哈哈大笑，摸着孙子的头道："我娃灵得很嘛！比你爸强得多，你爸这么大时，鼻涕还擦不净呢！"秦军在旁也笑道："二爸给你加个横批，'老少同乐'。"秦五老汉兴致很高，挥毫而就。秦歌小时候看父亲写字，觉得刚劲流畅，异常俊美，就拿着毛笔也跟着模仿，到中学以后，功课一紧，慢慢地就不再练了。小时候的这些经历，自然成了他以后练书法的兴趣出发点和基础，加上有一段奇遇，秦歌的书法已大大超过父亲的造诣。现在见笔墨纸砚齐备，氛围祥和，便一时技痒。但父亲已写好了一副，总不能自己再写一副吧？

秦五老汉写完就把毛笔交给秦歌道："这一副贴在屋门口，你再给大门口写一副吧！"秦歌就接过了毛笔。秦五老汉又问孙子："聪聪，还写点啥？"聪聪道："这回该爷爷说一个了。"秦五老汉就逗孙子，慢慢说道："好，那我说一个。马牛羊、鸡狗猪，聪聪娃，快快长。"秦歌笑道："好，下联用五谷和果树去对。"秦军在一边哈哈笑着。聪聪一听就急了，用头顶着爷爷的肚子喊道："你这是侮辱人格，你不是个好爷爷！"又跑过来抢夺秦歌手中的笔，喊道："不准写，我要告诉奶奶。"老太太由屋里跑出来，问道："谁惹我狗蛋娃呢？"聪聪指着秦五老汉道：“你老公惹我了。”大家都被他这句给逗笑了。秦五老汉道：“这下把麻达惹下了，连爷也不叫了。好，让你爸改。”秦歌最后写的是“五谷丰登歌盛世，六畜兴旺乐万家”。吃完午饭后，大家就开始贴对联、门神和桃符，然后就是蒸馍、蒸碗子、煮肉、炸丸子……

天快黑时，小村庄的爆竹声慢慢密集起来。秦五老汉又带着全家去看望了三爷，到门口一看，秦歌笑了。三爷门上贴了副对联，上联为“无是无非无账户”（乾州方言，账户是债主的意思），下联为“有酒有肉有豆腐”，横批为“又过一年”。秦军对秦歌道：“爷每年这对联都很有个性。”六爸在门口迎着他们。六爸叫秦峰，是三爷的儿子，在城里当局长。关中一带，排行是在大家族内统一排序的。五服以内为一个家族，出了五服就是邻家人，不再是一家子了。所以，经常在村里能听见“十六爷”“十三爸”的称呼。

一家人进屋后，六娘准备了一桌菜，大家只是象征性地动动筷子，席间三婆给聪聪发了压岁钱。聪聪给太爷太奶磕头拜年后，秦五老汉就带着全家告辞回家了。这种风俗是根据守岁演变而来的。最早守岁时，一大家子要在一起吃年夜饭，饭后再熬夜等着新年的到来，然后开始放鞭炮、拜年。这种活动都要在家族里最尊长者的家里。秦歌爷爷在世时，三爷一家都会到他家去守岁，等秦歌爷爷一过世，每年就到三爷家守岁了。只是现在就不在一起守夜了，仅一起吃顿年夜饭而已。

回家后，春节联欢晚会还没开始，一家人坐在炕上，老太太拌了八道凉菜，放在炕桌上，有麻辣牛肉、水晶皮冻、干炸带鱼、凉拌鸡丝、蘸水豆腐、炝拌莲菜、五香花生、菠菜粉丝。还在炉子上烫了一壶酒。一家人便开始吃年夜饭。秦军媳妇见桌上没个热菜，就问秦军道：“没热菜啊？我去炒两个吧！”老太太说：“有、有！蒸碗都是现成的……”秦军对他媳妇道：“大晚上的，吃什么炒菜呢？咱家年饭是明天中午吃。你尝尝，咱妈这几个凉菜，一般饭店可是调不出来这味道的。”林心瑶对秦军媳妇笑道：“你还是来的时间短啊。这几个菜是咱家的传统菜，有时这菠菜粉丝会换成菠菜豆芽，其他这几个菜基本没变过。不过，味道确实不错。”老太太道：“过会儿还有汤，十二点放完鞭炮还有饺子呢！”

关中一带，饮食以面食为主。普通农家主妇都能做出花样翻新的可口面食，有臊子面、浆水面、油泼面、蘸水面、老鸹撒、扯面、面皮、面鱼儿……这些面食的独特美味，一方面源自面粉，关中地区的小麦生长期长，用此面粉做出来的面食筋道，食之口感极好；另一方面来自调料，最主要的是辣椒和醋。陕西所产的辣椒色红、个儿长、头尖，味极辣，俗称"线辣子"或"尖辣子"。方言道："大炮、二炮、线线辣子。"陕西辣椒出口到国外，被称为"秦辣"。中国人普遍认为南方一些省份的人能吃辣。其实，陕西人吃辣椒更厉害。南方人只是把辣椒当作一种调味品，而陕西人则实实在在地把辣椒当菜吃，如酱辣子、八宝辣子、油泼辣子等。陕西辣子还有一个特点，即辣中带香，香味很浓郁。

醋一般为农妇自己用醋糟酿制，第一道太涩，要倒入醋糟再酿，专取第二道，叫二淋子醋，味道醇厚，酸而不涩，口感极好。故关中流传着一句顺口溜："四大香，头茬子苜蓿，二道子醋，大姑娘的舌头，腊汁肉。"这些与众不同的调料，加上花样众多的做法，陕西面食自然风味独特，回味无穷。长期食用这些面食，人们容易对它产生依恋。一个陕西人出门到外地，即使是再好的地方，三天后，如有人问道："咋样？"他必然回答："地方不错，就是这面做得不行。"不过这种面食也有弊端，你放一盘再好的菜，再给陕西人端一老碗油泼面，他一定是一口气先把面吃完，再去吃这盘菜。他觉得如果边吃面边就菜的话，就会破坏了面的口感。这也制约了炒菜在关中民间的发展。

秦歌和秦军陪着父亲喝了一壶酒，大概六两吧。这酒是在炉子上温过的。这些年，秦歌在外边喝酒没有温酒的习惯，这会儿喝着这温热的酒，觉得异常柔和醇绵，就让林心瑶再去温壶酒，却被父亲制止了："算了，过年过节喝两杯助助兴，喝那么多干啥？"母亲就对聪聪说道："狗蛋娃，你以后可别喝酒啊！"聪聪道："我爸上次给我倒了一杯，难喝死了。"秦五老汉对老太太说道："秦歌小时候不是也这么说嘛！现在你看，他见了酒比见了咱俩还亲。喝点酒也没有啥，但别喝多。啥事都得控制个度。"聪聪问秦军道："二爸，你会打醉拳不？"秦军笑道："我不会，你会吗？"聪聪点点头道："我会，有次我爸带我去少林寺，我见和尚练过，你看，是这样的。"说着就在炕头摇摇晃晃地模仿起来，大家都笑着鼓掌。秦军媳妇对林心瑶道："咱家这边管叔叔也叫爸啊？"秦军解释道："老家把父亲没出五服的堂兄弟都叫爸，出了五服就是邻家人，就叫叔或伯了。"秦军媳妇问道："啥叫五服？"秦军道："应该就是五代吧，这个我也没有研究过。"

秦五老汉说道："五服就是丧礼上穿的五种衣服，是一种丧葬制度，按和亡者的关系由亲到疏，人们在丧葬期间要穿不同的衣服。比如父母亡故，儿子就要穿最粗的生麻布制成的不缝边的衣服，侄子就穿较细的熟麻布制成的缝边的衣服。"秦军媳妇笑道："这么麻烦啊？"秦五老汉道："中国人最讲究名分，所以说名不正则言不顺。生死是人生最大的事，老祖宗是从每个细节来给人们讲一个道理：人要爱人，但人对人的爱是有差别的。这就是尊长有序，亲疏有别。"

老太太说道："大过年的，你给娃再没啥说的了，说些这弄啥？"秦五老汉道："这有啥嘛，给娃教育一下，要不等咱俩眼一闭，娃在外面不懂，回来可不闹笑话了？"秦歌心头一震，这么多年在外省工作，每年只能和父母团聚一回，童年回忆中父亲的形象总是高大威严，无所不能，还真没想过，有一天他会离自己而去。这时再看父亲就觉得他苍老了不少，原来挺拔的腰杆已明显驼了，不由得一阵难受，呆呆地看着电视。一会儿，秦歌说道："爸，你和我妈年纪越来越大了，我和秦军都不在家，秦月也出嫁了，就剩你俩在家，我们都不放心。不如你和我妈以后就到东都和我住吧？"

父亲一阵沉默。林心瑶接过话茬道："妈，我们还有一套房子，开年后把给它收拾收拾，你和我爸以后就住到那儿，慢慢地也就习惯了。"母亲道："去住段时间可以，还能一直住到外边？那咱这个家咋办？亲戚还走不走动了？"秦军道："亲戚嘛，逢年过节打个电话，问候问候就行了嘛，还非要提上两盒点心看一下？"父亲看了秦军一眼，道："你再甭胡诌了，就不是那回事嘛！"又转头看着秦歌问道："你能把你爷的坟迁过去不？"秦歌干笑了两声，摇了摇头。林心瑶道："爸，你这不是为难你儿子吗？你当他多大的官！"父亲慢慢地说道："你们在外边好好过日子，让我和你妈心里面畅快，这就是尽孝了。我们啥地方都不想去。"他又摸了摸孙子的脑袋道："爷要是想我娃了，就和你婆坐高铁看我聪聪娃去。"

老太太对聪聪道："你爷瓜得很，咱不听他啰唆了。婆给你教个儿歌。"就摸着聪聪的脑袋唱道：

> 咪咪猫，上高窑。
>
> 金蹄蹄，银爪爪。
>
> 上树树，逮雀雀。
>
> 扑棱棱，都飞了。
>
> 把个老猫气昏了。

这也是秦歌小时候，母亲教他的儿歌，有好多年没听见过这样的儿歌了。秦歌又想起来蓝天白云下，田野里奔跑的一群碎娃。

手机短信的提示音从下午起一直响个没停，临近午夜时，渐渐安静下来。母亲和林心瑶、秦军媳妇在包饺子。零点刚过，外面的鞭炮声响成一片。秦军带着聪聪去放了鞭炮，回来后，林心瑶让秦歌给岳父岳母打电话拜年。他拿过手机看了一下，有九百多条未读短信。正要拨岳父家的电话号码，又来了一条短信，是小幻的："祝秦大哥新春快乐！"秦歌心里顿时浮现出一张甜美的小脸，就不由自主地微微笑了一下，回了一句："谢谢你，也祝你和家人新春快乐！"

给岳父岳母拜完年，一家人又吃了饺子。晚会接近尾声的时候，母亲和聪聪已经睡着了，林心瑶也哈欠连天，就对秦歌道："我去睡了啊！"说完就回他们房间了，秦歌对父亲道："那我也睡了。"进房间后，林心瑶道："现在这晚会是越来越没意思了。"秦歌笑道："人家那么多人连年都不过，给大家演节目，你们还老提意见。它只不过就是一台晚会，全国人民过年乐和乐和，你还指望能看出高潮来？春晚要有这功能，那还要你老公干什么？"林心瑶笑道："除过性，你脑子里面还有别的没有？"两人晚上心情都挺好的，遂酣畅淋漓地云雨一翻。事毕，秦歌摸着林心瑶的脸道："你要是每天都这么顺当，那该多好啊！"林心瑶闭着眼睛道："小孩每天吃糖对牙齿不好，还容易被惯坏。"

清晨，天还没大亮，一阵急促的敲门声把秦五老汉惊醒，他披着衣服去开了门，堂弟秦峰见了他就哭道："哥，爸没了。"秦五老汉一惊，眼圈也红了，就问道："啥时候？""昨晚上，你们走后我们还一起看了会儿晚会，天快亮时，听娘说，爸叫给他梳头，又微笑着对她说：'我想妈了。'娘就喊我。等我穿上衣服赶到爸的炕跟前时，他拉着我的手微微笑了一下，没说一句话，就走了。"秦五老汉把一家人都叫起来后，就和堂弟一起到三爷的炕前，痛哭了一会儿，又召集族人商议治丧情况。没出五服的族人中，三爷一辈的还有两位，秦歌分别叫五爷和六爷。治丧就由五爷统一指挥。他先安排人向三爷的舅家和县委办公室报了丧，又让秦峰拿个瓦盆，放置在三爷脚前，称作"孝盆"。在孝盆里面烧纸，给冥间的亲人"送钱"。

　　三爷两个出嫁的女儿和其他亲戚都到齐后，举行了入殓仪式。先给三爷剃头、洗身，然后再穿寿衣，往舌头下压一枚铜钱，最后穿鞋戴帽，在一家人呼天喊地的痛哭声中将三爷放进棺材。入殓后，在家搭了一灵棚，设一香案，摆上水果、礼馍等供品。秦峰准备为父亲写一篇祭文和一副挽联，母亲颤巍巍地由屋里出来，递给儿子一对条幅，秦峰展开一看，一屋人又惊呆了。秦峰问母亲道："这是我爸啥时候写的？"母亲道："写完春联就写的这条幅，当时我还想，怎么大过年的又用白纸写字？我又不识字，也不知道你爸写的啥，他写完这条幅就放在炕头上了。他把红纸写的春联交给秦兴，让他贴大门上。"

　　秦峰的眼前又模糊了。只见条幅上是一对挽联，字体内紧外疏，棱角分明，正是父亲惯用的柳体笔法，写道："一身赤条条来，风风雨雨功名利禄；两手亦空空去，清清白白又归尘土。"历史上自写挽联的大有人在，但多属于文人的游戏之作，或叹身世之悲凉，或感世态之苦寒，多突出一个"戏"字，表现出作者从容不迫、视死如归的风趣性格与乐观心态，如左宗棠、齐白石等。但如三爷这般自知大限已至而如此旷达者，真是闻所未闻。此事一传十、十传百，很快在方圆数十里传为奇谈。

　　灵堂中点了一盏长明灯，由秦五老汉、秦峰、秦兴、秦歌和秦军轮流守灵。他们手握丧棒，丧棒用擀面杖般粗细的柳树枝做成，上缠白纸。凡见有前来吊丧的，不论长幼都要磕头，以表感谢。

棺材在家停了四天，初五出殡。初四晚上，请自乐班唱了秦腔折子戏，还放了电影。亲友送的挽幛悬于灵堂之上。孝子按辈分，分跪灵堂左右两侧，吹手吹起唢呐，声声悲伤凄楚、催人泪下。还请了一个出了五服的族人做司仪，在他的点名声中，孝子和亲朋好友按次序向三爷的灵位行跪拜礼。祭奠仪式一直到凌晨才结束。

翌日清晨，县委组织了三爷的追悼会，追悼会结束后开始出殡。随着阴阳先生的一声"起"，悲壮的唢呐声响了起来，哭声连天。村里二十四名精壮男人抬着棺木起身。前边是白纸做的"白鹤""引魂幡"引路，两边是二十四杆纸幡及花圈、花篮；后边是吹鼓手引导，孝子扯起一丈多长的白帐，牵引着棺木徐徐前进。棺木周围是女孝子，手把着棺木，按照一定的哭丧调放声哭唱，诉说着对三爷的思念。秦歌母亲和六娘及几个姑姑都拖着长音哭道："唉——爸喔！"秦月哭道："唉——爷喔！"林心瑶和秦军媳妇哭不出来那种调子，就将手绢放在下巴上，低头跟着往前走。几乎全村人来送殡，贵娃也站在人群中，看着林心瑶和秦军媳妇，就自言自语道："这孙媳妇不难过嘛！不见淌眼泪。"

秦峰举着灵堂前烧纸的瓦盆走在队伍的前面，在村口摔碎了，这叫送终。出殡队伍到了坟地，孝子们跪下痛哭，目送着族人将棺木缓缓送入墓穴。由全村男性轮流填土，一会儿工夫，堆出一座新的坟茔，坟头上的黄土散发着阵阵泥土的芬芳。

秦五老汉眼瞅着西北方向的乾陵上空乌云压顶，就对秦峰道："要下雪了，快烧纸吧！"乾州一带有句谚语："乾陵戴帽，长工睡觉。"描述了乾陵为当地气象的晴雨表，如其上空云雾缭绕，即是雨雪之兆。果然花圈、纸幡等燃烧刚尽，一场鹅毛大雪便铺天而来，孝子们因身穿白色孝衣，仿佛融入了雪中。世界埋在了一片洁白之中。

第九章　拜石收徒

　　秦歌一家三口于初六下午回到东都，路上杜若飞打电话说晚上一起吃饭，林心瑶在边上摆摆手，秦歌就说明天再吃，今天得陪岳父岳母吃晚饭。晚上在岳父家吃饭时，聪聪给姥爷姥姥讲了老家的趣事，不时还冒出两句陕西话，逗得老人哈哈大笑。

　　第二天快下班时，秦歌给神仙姐姐打电话约她出来，一起去给甘拜石老先生拜年，车就停在她家小区门口。过了一会儿，神仙姐姐便出来了。她身穿一件米色短风衣，略施淡妆，袅袅婷婷地走了过来。上车后，秦歌伸了一下大拇指，笑道："姐姐真是越来越漂亮了，看来年过得很好啊！"神仙姐姐骄傲地仰仰头，笑道："那——是！"秦歌问道："春节在哪儿过的？"神仙姐姐笑了笑，没有回答。秦歌知道是因为小王在车上，她不愿意多说，就转过话题道："甘老今天一定很高兴，他就喜欢美女。"神仙姐姐慢慢地侧过头来，吃惊地看着秦歌道："不会吧？他老人家都多大年纪了？"秦歌笑道："姐姐别误会啊！他喜欢美女是基于对美的欣赏，和我们这些凡夫俗子不一样，我们是身体的反应，人家是精神的愉悦。"神仙姐姐笑了，指着秦歌道："你这家伙呀……"

　　甘拜石家住在西苑路上，这是一条双向分离且带街心公园的美丽街道，四排高大的梧桐树是它最独特的风景，夏天时树会将道路遮得严严实实。大多数出租车一驶上这条路，司机都会关掉空调，打开窗户，对乘客解释道："我不是心疼油啊！吹吹这自然风舒服。"二十世纪五十年代，国家"一五"建设以来，这条路附近汇聚了许多知名大企业，技术人员主要来自上海、广州、湖北、东北等地，所以就有了上海市场、广州市场等地名，还有湖北大院、东北大院等街坊。道路中间的街心花园是人们体育锻炼、休闲娱乐的好地方，常年聚集了一群群拥有各种兴趣的人，有踢毽球的、玩陀螺的、唱豫剧的、跳广场舞的、打扑克的、下象棋的……

车子一拐入西苑路，秦歌就给甘拜石家里打电话，是他女儿接的，秦歌问道："请问甘老师在家吗？"那边道："他不在家，请问你是谁呀？"秦歌道："我是秦歌。"电话那边就笑了起来，他女儿道："小秦叔叔，新年好！你先来家坐会儿吧，我去给你找找。"他女儿比秦歌还大五岁，只是甘拜石给家人交代了，秦歌是他结拜兄弟，非要叫女儿喊他叔叔，让秦歌喊他老伴嫂子，但秦歌一般喊他老伴刘老师。这会儿，他见甘老不在家，就对他女儿道："算了，我先在附近转转，看能找到不。他要是过会儿回来了，你就给我打电话。"神仙姐姐道："你咋不给他打手机呢？"秦歌道："他要有手机，我还用费那劲吗？"

秦歌让小王降低车速，他盯着街心花园慢慢地寻找，果然在一群打扑克的人群后面，发现甘拜石正和一位老人蹲在地上下象棋，就让小王停下车，他和神仙姐姐走了过去。街心公园内人来人往，甘老在全神贯注地下棋，根本没注意到身后站了两人。秦歌看了一下棋局，摇了摇头，对着神仙姐姐笑了笑，用唇语道："臭棋！"

这边，甘老见对方把右边的士支了起来，自己单炮下底，便可呈背攻之势，就迅速把炮推到下面，大叫一声："将军！"接着又高兴地手舞足蹈起来，屁股也从凳子上离开，蹲在棋盘前面，得意地瞅着对方。秦歌暗道："谁能知道名满东都的书画大家甘拜石，这象棋水平竟然如此不济！"这时，对面的老头哈哈大笑道："恁这顾头不顾腔的家伙，我叫恁笑！"说着由边上跳马，要吃甘老的炮。甘老一愣，快速用手护住棋子，不让他吃，嘴里讨好地笑道："没看见，没看见，让我回一步。"对方不依不饶地要掰开他的手抢夺棋子，甘老就紧紧攥着棋子不松手，两个白发老人先是坐着，接着都蹲了起来，这会儿，甘老又站了起来，对面的老人也抓着他的手站了起来。甘老又把手高高地举过头顶，赔着笑道："兄弟，兄弟，你就让我回一步，过会儿，我也让你回一步。"那老头笑道："谁像恁那样赖？这可是第三局决胜负的，不让！"说完就使劲往下压他的手，甘老没那老头劲儿大，眼看着棋子就被夺走，他急中生智，一把将棋子塞进嘴里，一屁股坐在凳子上，紧紧地闭着嘴巴，呼哧呼哧地喘着粗气。

神仙姐姐在后面笑得直不起腰，就一手捂着肚子，一手扶在秦歌肩膀上。秦歌在旁边道："甘老师，新年好啊！"甘拜石回头一看，见秦歌和一位美女站在身后，就把棋子从嘴里拿了出来，问道："兄弟，啥时候回来的？"秦歌道："昨天刚回来。"甘拜石对那老头道："来客人了，我得回家，这局不算啊！明天我再收拾你。"说着，拉着秦歌就要离开。那老头对秦歌笑道："你还叫他老师，他算啥屄老师？下个棋恁屄赖！"甘拜石拉着秦歌边走边说道："屄！刚才我赢他了，他老不服。"秦歌就给他介绍神仙姐姐道："这是我姐，我们一起来给您拜个年。"神仙姐姐微笑着自我介绍道："甘老师您好，我叫沈小星，是您的忠实粉丝。"甘拜石打量了神仙姐姐一番，笑道："这姐长得很齐整嘛！走，咱回家再说。"三人就步行着往家里走去，小王开着车缓慢地跟在后面。

甘拜石就住在西苑路边一个普通的大杂院的二楼。一路上，神仙姐姐一直没把这个老头和东都市书画界泰山北斗联系起来，直到进了家门以后。这是一套普普通通的三居室，客厅里堆了好多奇石，有瘦骨嶙峋、褶皱缠结的灵璧石，有玲珑剔透、重峦叠嶂的太湖石，有外形浑厚、纹理逼真的黄河石，有绚丽多彩、妙趣天成的长江石……客厅背面一幅山水画《伊水垂钓图》，图两边一副对联："人能常清净，天地悉皆归。"正是甘老的手笔。

甘拜石的老伴见他领着秦歌和一女子进来，就热情地招呼坐下，给他们倒茶。秦歌就问候道："刘老师，过年好！"他老伴笑道："小秦，你叫我嫂子就行了，别叫我老师，我大字不识一个。"甘拜石笑道："你骗人，谁说你大字不识一个？你孙女不是给你教了男、女两个字，怕你在外边上错厕所吗？"他女儿洗了一盘苹果端了过来，嗔道："爸，你老笑话我妈干吗？她不识字是我姥姥不让她上学，可不是她不好好念啊！"甘拜石道："你胡说八道，我啥时候笑话你妈了？在我心里，你妈可是世间最好的女人。这个家没有我可以，你妈不在一天，行吗？你净在这儿挑拨离间！"满屋子的人都笑了起来。

神仙姐姐从包里拿出一本小画册，双手递给甘拜石道："甘老师，这是我的一些拙作，请您雅正。"甘老就打开画册认真地看着，老伴给他递了副老花镜。他戴上后，顽皮得像个孩子般向老伴眨眨眼，又继续看着画册。一会儿，他觉得光线有点暗了，就起身招呼秦歌和神仙姐姐到书房来。

书房里的一组大书柜占了一面墙的位置，剩下的空间摆了一张双人藤椅、一张宽大的书桌和一只大画缸，书房就满满当当了。甘老让他俩坐在藤椅上，他坐在书桌前继续看着画册，一会儿点头，一会儿又轻轻摇头。秦歌就把画缸里的几个卷轴打开欣赏着。当打开最后一张画时，他吃了一惊。画面中是一位身穿和服的少女，站在一簇怒放的牡丹旁边侧头浅笑。上边空白处题了两句诗："似向东君夸颜色，倚栏笑对牡丹丛。"这幅画秦歌以前在甘拜石家里见过一次，当时也没什么感觉，这次再见到就不一样了。画面里少女的神韵酷似小幻，只是感觉她比小幻稍显成熟。

他脑子里想起了第一次见到小幻的情景，当时就感觉这小姑娘有点面善，但怎么都想不起来在哪儿见过。现在才明白，原来是在这幅画中见到的。但一看宣纸已发黄，明显不是近几年的作品，又仔细看了看落款，是"壬申年春拜石写于魏紫阁"。一推算已过了整整二十年，那时小幻还没出生呢！就暗暗道："奇了，还真有如此相似之人！"

神仙姐姐见秦歌一会儿微笑，一会儿蹙眉做思考状，就伸出手在他眼前晃了晃，笑道："兄弟，不是叫画中人摄走了魂魄吧？"秦歌笑道："我认识一女孩，和画里这少女长得极像。不信的话，什么时候让你见见她。"又转头问甘拜石道："甘老师，这幅画里的姑娘是谁啊？"甘拜石道："这是二十年前的一位故人，回日本了。她也是我收的唯一的学生。"秦歌就"噢"了一声。

甘拜石看完画册，摘掉眼镜道："画得真不错，是专业画法，比我画得好。"神仙姐姐道："甘老师，我是真心来求您指点的。"甘老笑道：

"我也是真心评价的。一看你的作品，就知道你是科班出身，是系统学过西洋美术的。你就照着这条路走下去，将来前途无量。"

神仙姐姐道："我在国外待了近十年，一直跟着老师画画，他在佛罗伦萨有个美术馆。老师还有两个学生，一个是意大利人，一个是法国人。两个小伙子同时爱上了美术馆里一个做保洁的女孩。两人最后还决斗了一场。意大利小伙子胜利了，就娶了那女孩。在他们的婚礼上，老师对我说：'星星，你在东方世界里绝对是标准的美女。'后面的话他没有说，只是和我碰了一下杯。"秦歌笑道："怪不得姐姐又回国了，原来是要找个如意郎君啊！"

神仙姐姐笑着拍了秦歌一下道："别打岔！"又接着道："近几年，我发现越来越没法用画笔表达自己了。有一天，我在一个朋友家里看到您的作品，是一幅《秋水残荷图》，画面上一枝莲蓬凸显，莲蓬上面只有一片孤零零的花瓣。右上角题有两句诗：'离念与碧云，秋来朝夕起。'那种境界深深地震撼了我。我才真正明白了，一方水土养一方人，一种文化诞生一种艺术。"

甘拜石静静地听神仙姐姐说完，点点头说道："这幅画我有点印象，大概有十年了吧！老实说啊，刚开始见你，还以为是来要画的。这两年好多小富婆突然转到书画领域了。刚才看了你的画册，听了你那段话，你的意思我明白了。有些东方式的概念，西洋画是不好表达的，比如仁、义、禅等。东西方文化因根本不同，故艺术的表现亦不同。东方艺术重主观，西方艺术重客观。东方艺术就像诗，思维可以跳跃；西方艺术就像剧目，讲究逻辑。在绘画上，中国画重神韵，西洋画重形似，像什么线条、色彩之类的区别，这些方面你是专家，我就不枉费口舌了。

"我就说两点，一是你心中的藩篱没有打破。你受西画理论的影响，不知不觉地把它运用到国画上来了，比如这幅《香山秋景图》，你虽然用了写意的笔法，但作画时心中却不自觉地总想着透视关系、线条比例等。西洋画力求肖似真物，故非常讲究透视法。你看西洋画中的市街、房屋、家具、器物等，形体都很准确，如同实物一般。国画就不然，不欢喜画这些立体感很显著的东西，而欢喜写云、山、树、瀑布等远望如天然平面物的东西。你这幅画本来想通过层林尽染的香山，来表现天凉好个秋的感慨，但香山寺和东山宾馆太过突出，将画中秋的气韵压住了。这就是你心中那个条条框框没有打开。第二，你的书法功底尚浅，还得好好练，题记、落款的这种字体是你专门练的吧？"见神仙姐姐点了点头，甘老就接着道："题记、落款在国画中也挺重要，有时甚至还能起到画龙点睛的作用，但我说的还不是这个意思。有种说法叫书画同源，书法功底本身就是绘画技能的重要部分。"

甘拜石指着刚才秦歌欣赏的那幅《倚栏笑对牡丹丛》中姑娘的脸庞道："你看这段弧形，为一笔勾成，而画中人物的相貌韵味，大致已定。没有书法功底的话，你如何能做到呢？从古到今，好多书画大家都是由书入画的，一些传世名画多为文人画。你别看秦歌没学过美术，但他要是专心练一段时间，掌握了笔墨技法，很可能起步就档次不低了。"秦歌见甘老夸他，就笑道："过奖、过奖，我哪像个画画的人啊！这样吧，这些东西以后再让我姐单独向你讨教。今儿晚上，我安排了一顿薄酒，请甘老师全家吃个饭。"

说完又给小王打电话，让把车上的一箱酒搬上来。小王上来后，秦歌就对甘拜石道："这是我从老家带过来的酒，您尝尝吧！"甘拜石就让女儿把酒搬到了阳台上。他穿上了一件旧得发白的灰色大衣，问老伴道："晚上兄弟请客，咱一起去吧？"老太太道："我就不去了，一会儿孙女还回来呢。"神仙姐姐道："那就全家一起去吧！"老太太笑道："你们去吧，我们就不凑热闹了。别让他喝多就行了。"又过来给甘老脖子上系了一条红色的围巾。系围巾时，甘老像个小孩子似的站得笔直，双手下垂，仰着脖子，等着老伴给他系围巾。都出门了，又把头伸进门内对老伴道："你吃完饭，别忘了吃药啊！我一会儿就回来了，和秦歌在一起，你别担心。"

在楼下碰到和甘老下棋的老头，老头得意扬扬地问道："服不服？"甘老笑道："尿！我是大意失荆州，我们明天再战。"这时，一辆小路虎开了过来，车上下来一个四十左右的妇人，问那老头道："请问大爷，甘拜石甘老师是不是住这个院子？"那老头回头道："不知道，没听说甘拜石住这个院子。"又指着甘老道:"这院子就他一个姓甘的。"甘拜石连忙道:"前几年好像在这儿住,后来搬到洛南新区和闺女住去了,就没再见过了。"转身拉着秦歌钻进了车子里。

上车后,杜若飞的电话跟着打了过来:"大哥,我已经到饭店了。你多长时间能到啊?""半小时后到。"挂了电话后,秦歌又发了一条短信:"自己在那儿就行了,你的那些什么小伙伴、小朋友的都先回避吧!吃饭时,别那么多废话!"马上接到回信:"收到!"

车子不一会儿就到了丽和饭店,下车后,甘拜石左右看了看,说道:"这地方咋这么熟悉呢?我好像来过。"进了大厅,他看到正对大门口的墙上挂了一幅字,就转身对秦歌笑道:"晚上把钱带够啊!"秦歌笑道:"这个自然没问题,你老人家怎么突然想起这个问题了?"边谈边顺着他的目光望去,仔细一看那幅字,是甘老的笔迹,是他自撰的一首诗:"拙荆严把工资卡,不让老夫去酒家。东凑西蹭不过瘾,今向笔头要钱花。"左侧一行小字题:"乙丑年春与山东六兄弟醉于丽和饭店,涂无名诗一首,以抵酒资。拜石。"秦歌笑着给神仙姐姐指了指那幅字。她看了看,因字体为狂草,倒有一半字不认识,但底下的题记为行书,大致看明白了,就笑着问秦歌诗的内容。秦歌读了两句,就被甘老拉着走开了。

那是三年前,有一帮山东书协的朋友来东都游玩,甘拜石很高兴,陪着看完牡丹就来到丽和饭店吃饭。甘拜石近二十年来,整天读书作画、游山玩水、喝酒访友,何曾沾过家务?对物价也没有什么概念。这会儿,几个老友一高兴就喝开了,茅台喝了好几瓶,房间服务员就把甘老叫了出来,叫他看了一下账单,要九千多。他一摸口袋,见差得太远,就让找经理。经理来了见是一群老头,虽不像有钱人,但也不像吃霸王餐的,正想着怎么办呢,见甘老抖了抖手腕道:"我给你写幅字吧!"经理没听清楚,还以为他要打欠条,就道:"我们不欠账,再说我也不认识你啊!"这时有一客人道:"他是甘拜石。"经理看了看眼前这个其貌不扬的干瘦老头,疑惑地问道:"您老人家真是甘老师?"甘拜石从口袋里掏出了一枚印章和一个老年证。这本来是进景区免票用的,没想到在这儿用上了。随后,经理换上一副笑脸亲自把他送进包间,又送了瓶茅台酒,加了好几道大菜。一时间，甘拜石在丽和饭店卖字换酒的故事传出了好多八卦版本，丽和饭店的生意竟火爆了起来。

他们四人被服务员领进了包间，杜若飞正低头玩着手机，见他们进来就站了起来。秦歌给甘老和神仙姐姐介绍道："杜若飞，我一个小兄弟，晚上就咱们几个。"介绍完，他就上洗手间了，杜若飞跟了过来，一脸的坏笑，问道："大哥，这美女我怎么称呼，是叫嫂子还是叫姐？"秦歌斜看他一眼，笑道："在你脑子里，是不是世界上所有男女就床上和床下两种关系？"杜若飞道："噢，那兄弟就明白了，你们没关系。我刚还纳闷呢，这保密工作做得也忒好了吧！"秦歌笑道："兄弟，你想多了，没关系，也不敢有关系。"

两人出来后，见凉菜已上了桌，就道："反正没别人了，那咱们就上桌吧！"就拉着甘老坐在首位。秦歌让神仙姐姐坐在甘老右侧，他在左侧坐下，杜若飞坐在甘老对面的位置上。杜若飞道："大哥，热菜我也点了，你看合适不？"秦歌看了一下，还比较满意，只是让把一道虫草鱼翅换成了小米炖辽参，对杜若飞说道："公益广告你都白看了吗？"又为神仙姐姐点了道木瓜雪蛤。秦歌把菜单交给服务员，端起酒杯说道："按国人的传统，这十五以内都是年。大家过年没在一起过，晚上我们一起吃顿年饭，给甘老师拜个年。晚上都是自己人，我们放开喝。来，第一杯干了！"

桌上除了小王不喝酒，其余四人兴致都挺高，都很痛快地喝了三杯。神仙姐姐觉得有些热了，就把外套脱了，露出底下紧身的衣服，杜若飞盯着她翘起的臀部看了好一会儿，咽了咽口水，自己喝了杯酒。这会儿，神仙姐姐云鬓蓬松，面泛桃色，主动端起酒杯道："甘老师，您下午一席话，真是拨云见日，令学生茅塞顿开，真是名副其实的大师。不瞒您说，前两天我还见过一位挺有名气的人，见面后就听他云山雾罩地乱吹，说什么画面的气韵不在笔墨，而在个人修养，让我和他学佛悟道。听得我头都大了。"

甘拜石笑道："我知道你说的是谁了，那小子就好胡说八道，专门骗一些刚入道的妇女。"秦歌对神仙姐姐道："你酒杯都举了半天了，先碰一杯吧！甘老师的胳膊怕都酸了。"神仙姐姐就斜睨了秦歌一眼，妩媚地笑了，和甘老一饮而尽。甘老又道："我前两天还见了一位号称超级大师的人，说是从外地云游来的，到东都来是要搞一个书法巡回展。先是搞了一群模特在表演，等里三层外三层围满了人，只见那货摇头晃脑地在四名女助理的簇拥下登台了，上台后也不吱声，就闭着眼睛盘腿坐在台子中央，有两名女助理给他梳那一头脏乱的长发。另外两名女助理展开了一张丈余宽的宣纸，拎了只水桶，往里面倒满了墨汁，又拿了一个拖把，在舞台两边还点上两个熏香炉。这一切都准备好后，只见大师缓缓睁开眼睛，慢慢拿起拖把，在墨汁桶里蘸了一会儿，围着水桶左三圈右三圈地走完，猛地提起拖把，在宣纸上挥舞了一会儿，最后又走在舞台最前端，背对宣纸，提起拖把，奋力往后一扔，就在纸上留下一个大墨点。做完这些，大师又闭上了双眼，两手从上往下压，做出收气的姿势。等大师再睁开眼睛，我就问，这是个什么字啊？大师轻蔑地看了我一眼，没有回答。我就往地下呸了一口。这时，主持人拿着话筒喊道：'我们东都号称九朝古都，人杰地灵，我希望看到古都人民应有的素质。'我实在看不下去了，就转身走了。后来听说这些王八蛋还搞拍卖，同时挂出国内好多名家的字画，有启功的、沈鹏的、张海的，最后启功的一幅作品拍到二十万，那王八蛋自己的狗屎作品居然拍出了一百五十万。真不要脸！"神仙姐姐道："还真有人要啊？"秦歌道："那都是托，那些名家的作品也大多数是仿品，他这样搞就是通过名人衬托自己，底下举牌的都是安排好的，其他人敢举一次牌，马上就砸你手里了。"

神仙姐姐又敬了甘老一杯酒。甘老说道："闺女啊，通过你的画能看出，你其实挺矛盾的，一直徘徊在墨守和打破之间。"甘拜石仅仅是说画画之事，但神仙姐姐听起来，就感到甘老是不是在一语双关？脸更加红了，就又端起杯子含糊地说了句："谢谢，我再敬您一杯。"她和甘老连喝了三杯，这会儿又觉得热了，就把脖子上的丝巾也给扯掉了。秦歌笑道："姐姐，你歇一会儿吧！"神仙姐姐侧头问道："咋啦？你觉得姐喝多了吗？"她声音柔美，神色妩媚动人。秦歌就取笑道："没喝多，但你今晚上怎么喝三杯就要脱一件，这样下去我们可受不了啊！"说得四个男人都笑了起来。神仙姐姐就指着秦歌嗔道："坏蛋！你又跟姐调皮了。"秦歌说这句话，目的其实并非调笑，而是见神仙姐姐听完甘老那句话，神色有一瞬间的尴尬，他知道甘老就是单纯说画画，可能神仙姐姐误会了。她的私人生活在座的只有秦歌清楚，那秦歌就得给她传递一个信号：我没有把你的私人生活告诉任何人。

这时，上了一盘手剥春笋。神仙姐姐就伸手拿了一根，把外面的皮一层一层剥了下来，露出鲜嫩洁白的笋，晶莹剔透得像一块上等的羊脂玉，剥完便转过身来，用右手拿着递给甘老。秦歌就随口诌道："这叫三杯酒水表心意，六根春笋献尊者。"甘老转头问道："怎么又六根春笋了？"秦歌笑道："你看我姐这五根纤纤手指不也像春笋吗？加这一根不就六根春笋嘛！"甘老哈哈笑道："兄弟，你这拍马屁的功夫又精进了不少啊！"神仙姐姐转头对杜若飞道："兄弟，你哥老说他没骗过小姑娘，你信吗？"杜若飞道："这倒是真的，他经常教育我们，男人之间要讲义气，男女之间要讲贞操。我们弟兄们都把这句话当成了座右铭。"看着杜若飞一本正经的样子，秦歌嘿嘿地笑了。

甘拜石接过神仙姐姐递过来的竹笋，咬了一小口，点头赞道："在竹笋清香甘脆的原味上，还有鸡汁的鲜味。应该是用鸡汤文火煨成的。"他边吃边点头，又说道："这鲜笋味道发苦，入锅前需在淡盐水中焯一下，但这火候要把握好，轻则苦味不尽，重则笋味全失。在北方这个季节能把竹笋做出这种水平，这家厨师的水平真不错，你们也尝尝。"说着就把盘子转到神仙姐姐面前。她剥了一根咬了口，点头道："好吃。"又问道："甘老师，我记得苏东坡有几句话叫'无笋太俗，无肉太瘦，不俗不瘦，竹笋炒肉'。怎么就无肉太瘦了？"甘老道："这和个人口味有关，大概苏东坡口味偏重、喜食大肉吧！你看一些和他有关的菜如东坡肘子、东坡肉等，还有他那首《猪肉颂》：

> 净洗铛，少著水，
>
> 柴头罨烟焰不起。
>
> 待他自熟莫催他，
>
> 火候足时他自美。

黄州好猪肉,

价贱如泥土。

贵者不肯吃,

贫者不解煮。

早晨起来打两碗,

饱得自家君莫管。

还有一个原因,以前人们认为竹笋味道虽然鲜美,但是没有什么营养,民间有一种说法叫'吃一餐笋要刮三天油'。这大概就是他认为无肉太瘦的原因吧!"

秦歌道:"怪不得现在和一些名人吃饭要收费,这还真有道理啊!以后谁想和甘老吃饭,由我来安排,咱也收费。来,我们大家一起敬甘老一杯吧!"大家干杯后,神仙姐姐又给甘老盛了一碗汤,道:"甘老师,你喝碗汤解解酒吧!"甘老喝了一口道:"今天这酒真不错,喝到现在还没什么反应啊!"秦歌笑道:"喝酒最讲究心情了,要不古人有'举座全无碍目人'的句子,要是今天有一个看着不顺眼的人在桌上,大家就喝不痛快了。那要是有一个仙女般的酒伴是何等快事啊!不就和书房中的红袖添香之乐一样吗?"

甘拜石点点头,哈哈一笑,倒了一杯酒站起来道:"我也得敬大家一杯,老夫虽虚长几岁,但也不能托大,我过一圈,每人敬一杯。"就看着秦歌道:"我就从你姐这儿开始吧!"神仙姐姐赶紧站起来道:"甘老师,您太客气了,我们是晚辈。您随意,我干了。"说完便喝了一满杯。接着甘老又和杜若飞、小王各碰了一杯,小王喝茶,甘老依旧饮了一杯酒。到秦歌时甘老说道:"兄弟,在东都我还就喜欢和你喝酒,每次都喝得痛快、过瘾。"秦歌道:"那是因为您有魏晋风骨,刚好我也慵懒闲散,略有几分酒量,承蒙您不嫌弃,才有幸能和您一起对饮。"两人干了一满杯。这杯酒甘老喝得有点急了,就咳了一下,刚想拿杯子喝口水,只见神仙姐姐笑盈盈地双手捧起杯子递了过来。晚上,甘拜石被秦歌和神仙姐姐一左一右地簇拥着,一唱一和地忽悠,这边用语言捧着,那边夹菜盛汤,无微不至地照顾。他本是意气用事之人,在人际交往,揣摩人心方面毫无城府，这会儿满脸的高兴都写在了脸上。

秦歌见时机差不多了，就笑道："甘老师，您觉得我姐够不够资格当您的学生？"甘老道："中！今儿个就收个关门弟子吧！"神仙姐姐感激地看了秦歌一眼，就把椅子搬开，要给甘拜石行跪拜礼。甘老就笑着拉住她说道："别搞这些虚头巴脑的形式了，以后就好好练画，笔墨精进就是对我最大的敬意了。"神仙姐姐就倒了一杯茶，双手捧着，恭恭敬敬地献给甘老，马上改口道："老师，您喝茶。"甘老接过茶杯呷了一口，放在桌上，从衣服兜里掏出一枚闲章，递给神仙姐姐道："这是我二十年前篆刻的，这个款式共刻了两枚，分别为'仁者乐山'和'智者乐水'。其中一枚二十年前就送给你一个师姐了，这一枚送给你。"

神仙姐姐看过甘老的很多书画，多次见到这枚印章。甘拜石虽然有百余枚印章，但这枚出现的频率最高，是仅次于他姓名章的一枚闲章，圈内都知道它异常珍贵。神仙姐姐双手接过，拿起来仔细端详着，见四个朱文小篆体"仁者乐山"竖刻在一块拇指大的鸡血石上，地张细腻油润，血色鲜艳欲滴。细观鸡血红斑中又有更艳之红点，如泉中之泉，欲溢而出，知是鸡血石中的极品，就把玩了一会儿，小心翼翼地放在她包里了。她在心中暗思："老师今天一见面，就送给我这么贵重的礼物，我也没准备，随身物品中好像还没什么能当个体面的见面礼，明天定当好好选一件礼物再回敬老师。"就开口道："老师，今天小星还没给您准备见面礼，倒先得了您如此珍贵之物，惭愧至极，明天让秦歌再带着我感谢您。"

甘老摆摆手道："以后都是自家人了，别这么客气。我今天也很高兴，启功老先生说过一句话：'得天下英才而教育之，一乐也。'我今年已七十有八了，还求什么呀？你就是给我稀世珍宝，还能相伴几年？又带不到棺材里，就算带到棺材里，若干年后，还不是被当作出土文物流入他人之手？我家里你们也去过了，除了几块石头，还真没什么值钱的东西。我想看古董了，不如到博物馆去，还非要把它弄到家里吗？不知道你们去过千唐志斋没有？张钫那句话说得极好：'谁非过客？花是主人。'前些日子，我到铁门镇看望一位老友，听他说，有一年，张钫的孙子回乡祭祖，欲到千唐志斋博物馆里参观一下，到门口也需买门票才让进的。你说这才匆匆几十年光景，当年他爷爷耗巨资修的这偌大的园子，现如今是谁的？所以说，有些人真是想不开，拼命地攒钱，拼命地置业，就像屎壳郎滚粪球，见越积越多，越滚越大，就莫名的幸福啊！"

秦歌在一边笑道："怪不得您那画别人模仿不出来，关键是这思想境界世人望尘莫及啊！从这个角度看，刚才姐姐说的那位仁兄所言这画的气韵在画外，似乎也有些道理。"甘拜石道："画家，仅在笔墨技巧上下功夫肯定是不够的，在笔墨之外也要积累一些东西，有一些感悟。但在画面中，所有的东西最终都要靠笔墨去体现，不用笔墨用什么？"秦歌嘿嘿笑道："人家唐伯虎不是就用屁股画过蝴蝶吗？"甘老没有听过那个段子，略微一怔，就笑道："胡说八道，哪有那么大的蝴蝶？"神仙姐姐脸上一红，笑道："这家伙今晚老是不着调，老师您别理他。"秦歌就笑了笑，把话题岔开了。

从丽和饭店出来后，秦歌让神仙姐姐坐在后面照顾甘老，自己坐副驾驶位置上。到甘老家后，秦歌和神仙姐姐一左一右扶着他进了家门。再上车时，神仙姐姐拉着秦歌的胳膊，柔声道："坐后边陪姐说说话吧！"秦歌就挨着她坐在后座上。上车后，神仙姐姐双手搂着他的左臂，头靠在他的肩头，轻轻地闭上了眼睛。秦歌和她交往三年多来，还没有过如此亲昵的动作。这时，女人身上的幽香直扑入鼻，头发又在他鼻孔下随着车子的微微颠簸蹭来蹭去，秦歌忍不住打了个喷嚏。神仙姐姐就睁开眼睛，笑道："是不是你老婆想你啦？"秦歌笑了笑没有吱声。他们一晚上一直在调笑取闹，这一安静下来，秦歌竟觉得有点不自然了，就岔开话题问道："姐姐，春节在哪儿过的？"神仙姐姐道："在香港。好开心啊！我可以牵着他的手自由自在地逛街，可以冲着他发脾气，看着他像傻瓜一样不知所措，可以趁他睡着了，给他画几根猫一样的胡子，可以……"说着竟呜呜地哭了起来，秦歌一时也不知道怎么安慰她，就给她递了张纸巾，她摇摇头没有接，却拽起秦歌的袖子在眼睛上擦了几下，然后又破涕为笑，说道："姐今天高兴，真成了甘拜石的学生。谢谢你啊，兄弟。"秦歌知道她喝多了，就抽出左臂，在她肩上轻轻地拍着，一会儿，她便趴在秦歌腿上睡着了。

等把神仙姐姐送回家，再返回车上时，杜若飞就趴在车门上道："大哥，时间还早，去天籁唱会儿歌吧？"秦歌略一思考道："算了吧，去了又能咋样？"话一出口，又觉得这句话说错了，暴露了很多信息，自己这种回答有点莫名其妙，本来去唱会儿歌不就是娱乐嘛！刚才那句话，不让弟兄们觉得自己动别的心思了？就又问道："你一直在跟着？我还以为你回家了。"杜若飞笑道："我什么时候中途退过场？"这时，手机响了，他给秦歌看了一下屏幕，是丁荣剑打来的，接通后，是说他明天请吃饭的事，听语气也喝得差不多了。秦歌就说："你让他过来吧！"杜若飞接完电话，问道："那不行就一起洗个澡算了。"秦歌没吱声，一会儿，又问道："他还要多长时间？要不等他来了再一起去？"杜若飞答道："他说是十分钟左右。"小王插嘴道："他的话没个准，特别是时间，让你等十分钟，一般是半小时。"秦歌说道："这小子是有这毛病。"杜若飞嘿嘿笑道："他不光把长时间说短，也有把短时间说长的。"小王问道："什么意思？"杜若飞解释道："床上时间啊！明明是三分钟，他非得给你吹牛说是半小时。"秦歌笑了，就挥挥手道："算了，那咱先走吧！"

他俩刚进池子里泡了一会儿，丁荣剑就赶了过来，坐在秦歌边上。

杜若飞说道："大哥，前段时间在街头砸人家日本车的那几个小子中，有一个我认识，原来我们一起干过保安。平时胆挺小的，好咋呼，真有什么事，他跑得比兔子还快。怎么那天跟换了个人似的，成了爱国青年了？"秦歌道："这开什么车和爱不爱国有什么关系？咱退一步讲，就算你觉得抵制日货就是爱国，这也没问题。就像有一个哥们儿那样，自己买辆日本车给它砸了。咱先别管他理不理性，最起码咱觉得这是个爷们儿。咱再退一步讲，你说咱没钱，这样的玩不起，但我还想砸日本车，也没问题啊，你自己拎块板砖，上街去砸呗！十几个大老爷们儿，围着人家一个人，有的还是妇女儿童，把人家车给砸了。这叫爱国？说你是流氓，我觉得把流氓都给侮辱了。"

池子里还有几个泡澡的，脖子上挂着粗粗的金项链，前胸后背文了龙、虎等图案，本来在天南海北地胡侃着，这会儿伸了一下大拇指，笑道："大哥是明白人啊！"秦歌点点头，没吱声。那人接着又问道："大哥，你说要是玩个日本小姐，算是爱国呢，还是汉奸？"秦歌笑道："这个不好说，那得看你用什么姿势。"几个人哈哈大笑起来。一会儿，丁荣剑站起来道："每次和你俩洗澡，都得自卑好一阵子，不和你们泡了，我先蒸一会儿去。"就去蒸房了。

过了一会儿，秦歌找了个熟悉的扬州师傅搓了搓盐，敲了敲背。又被他俩拉到贵宾室，开了间房间。秦歌选了个古典泰式按摩，不一会儿，便进来一位少妇模样的技师，看起来挺瘦弱，但力气大得惊人。有一个动作，需用膝盖把人顶起来，秦歌一百七十多斤的体重，她竟轻松地顶了起来。秦歌就赞道："没想到你这小胳膊小腿的，还挺有劲啊！"技师笑道："下午我还顶过一个两百多斤的大胖子。"

秦歌觉得技师性格挺开朗的，就和她聊了起来，得知她已经有一个三岁多的儿子了，在老家让公公婆婆带着。老公也跟着出来了，就在停车场当保安。秦歌就问道："那你比你老公挣得还多吧？"技师就笑道："我有时一天比他一个月挣得还多。"秦歌道："那你还不如让他在老家带孩子呢！"技师道："像我们这样的，没个男人在身边根本不行。"秦歌就笑道："噢！生理问题不好解决。"技师笑道："那倒是次要的，有个男人在身边不一样啊，总要有个拿主意的吧，总能陪你说说知心话吧！"

秦歌就在心里琢磨着："有时妻子对丈夫的尊重程度和男人的职业、身份、地位好像也没什么关系。"就苦笑着摇了摇头。技师就问道："笑啥呢？"秦歌答道："没笑啥，觉得你们夫妻俩挺好的。"技师可能觉得秦歌很随和，话慢慢地多了起来："我知道在你们眼里，还是看不起我们这样的职业。没办法啊！谁不想有份体面的工作，轻轻松松，受人尊敬？可这活怎么能轮到我们这样的人身上？"秦歌道："人和人都一样，谁还天生比谁高贵？论收入你比市长工资还高，在这儿上班有啥不好的？"

技师笑道："你可真逗！我们这有今天没明天的，算啥工作？这段时间是春节前后，生意好，加上很多技师都回家过年了，我们这才排得满满的，下这个钟，上那个钟。老家的父母和小孩眼巴巴地盼着我们回去呢，回不去啊！只能过段时间再说呗！"秦歌道："哦！那这一点是挺难受的。"技师又道："还有比这更难受的，碰到你这样的客人算是运气好呢，有的客人来这儿就没把技师当正常人看，好像按摩的都是卖的，上来就动手动脚，可只要不过分，我们一般都忍了。要不被连续投诉几次，那就干不成了。下午那个大胖子就是这样，你说来按摩应该就是为了休闲放松吧？可这人上来兜里就揣了三部手机，手里拿着车钥匙晃来晃去的，就怕人家不知道他有车。三部手机轮着响，一会儿安静下来了，他却主动打电话胡吹海侃，也不知道是说给对方听，还是说给我听。反正口气大得不得了。"

秦歌笑道："妹子，你这语言表达能力很好，思路也很清楚。这三言两语就把那个胖子描述得活灵活现。以后把你的所见所闻写出来，当位美女作家，肯定很火。"技师笑道："我看《故事会》还得翻字典呢，你让我当作家？"秦歌笑道："谁说作家非得认字？你说，让你老公记录。"技师笑道："他还没我认的字多呢！"秦歌道："那就雇个小学生，以日记的形式写，因为是澡堂的所见所闻，就叫《水聊》吧！"

技师就咯咯地笑着，说："给你服务挺开心的。本来时间到了，再送你十分钟。"秦歌笑道："那谢谢妹子，你重点给按一下腰。"技师笑道："腰部活动太频繁，肌肉疲劳，歇一歇就好了。"秦歌道："胡说八道！你看过动物世界没？雄狮每天要交配几十次也没见腰疼，人类这点活动量算什么？"技师笑道："人咋能和动物比呢？其实人的肌肉结构并不合理。人从四足爬行进化到两足直立行走，可肌肉结构还没跟着进化过来呢，你看人腰腹的肌肉是不是横着的？"技师用手在他腰部顺着肋骨方向滑动着，让他感觉肌肉的纹理。她又笑道："再过个几百万年，等人类的肌肉进化成竖条状，从肩膀挂到臀部，那时候你就不会腰疼了。"

秦歌一想，觉得有点道理，就点点头，笑着问道："那时，大家腰都不疼了，你不担心失业？"技师笑道："没事，我交养老保险了，那时候估计该退休了。"秦歌就哈哈地笑。

隔壁的丁荣剑和杜若飞已做完服务，两人在一起聊天。丁荣剑道："今儿在哪儿喝的，怎么也不通知我？"杜若飞道："我不知道大哥怎么安排，都什么人参加，怎么通知你？"丁荣剑问道："晚上都有谁啊？"杜若飞道："甘拜石，还有一个少妇，还有小王，就我们几个。"丁荣剑问道："少妇？长啥样？"杜若飞道："以前没见过，但能看出来老大对她挺尊敬的，一直叫她神仙姐姐。"丁荣剑道："神仙姐姐？这个名我听说过，没见过真人，挺神秘的一个人。"说完又问道："最后咋又跑这儿来洗澡了？"杜若飞就把经过讲了一遍。

丁荣剑笑道："看来你这智商全长在裤裆里了，怪不得又粗又长的。"杜若飞嘿嘿笑道："咋啦？"丁荣剑道："三点啊！第一，你不该说去天籁唱歌，拉着他直接去不就行了嘛！第二，老大那句'去了又能咋样'不就证明他已经有想法了吗？第三，我给你打电话时，他让我过来什么意思？还不是让马晶叫那小丫头。而你小子又挺实在，也不知道再劝劝。"杜若飞拍拍脑袋道："还挺复杂的，我哪想得到这么多？大哥以前什么时候和我们客气过？"丁荣剑道："除了到天籁，别的场子他不会跟你这么客气。"

杜若飞问道："那个小幻是哪儿人？有男朋友没？"丁荣剑道："就是东都的，有男朋友了，年前我还在万达广场见过他俩一次。不过他们那一看就知道是社会主义初级阶段。"杜若飞道："大哥对我们都不错，这些年也没给弟兄们提过什么要求，现在可算是有点感兴趣的东西了。得想个什么办法，帮他把那妞搞到手。"

137

第十章　小幻童年

又到了柳絮纷飞的三月，这是东都市最美的时候。上午有几个旅行社和魏园签了合作协议。幻影牡丹的面世，虽没经过任何宣传，却引起了巨大的轰动。它那娇艳欲滴的花瓣，如梦如幻的颜色，让游客流连忘返。这幻影牡丹还有一奇特之处，是乔山始料未及的。每天清晨，在太阳升起之前，每一片花瓣上都会挂着几滴晶莹的露珠，别有韵味。一次，甘拜石在参观后给乔山建议："这花瓣挂满露珠的模样多像一位泪眼婆娑的美人，不如给它起个诨名，叫美人泪吧！"

乔山看着园内一株高大的柳树，见柳枝上已冒出一个个小小的绿尖，便又想起了四年前那次郊游葵桑让他做柳笛的情景，就伸手拽下一根细细的柳枝，三两下做成了一支柳笛，放在嘴里轻轻地吹着，发出清脆的声音。这时，门口传来了魏大爷的声音："老嫂子，你来了？"接着，就看见母亲背着个小女孩，妹妹跟在后面拎着包进了大门。乔山快步迎了上去，说道："妈，你真是的，来也不先打个电话，我好去……"这时老太太蹲了下来，背上的小女孩就站在台阶上，睁着一对水汪汪的大眼睛，好奇地四处打量着。乔山看见她的那瞬间便愣住了。他猛地感觉到了什么，但又不大相信自己的判断，这是在做梦吗？

乔山颤抖着伸手去摸小女孩的脸。她也没有躲开，还仰起头冲他笑了笑，小脸蛋上出现了一对可爱的小酒窝。乔山蹲了下来，把小女孩抱在怀里，她粉嘟嘟的小脸蛋被他的胡子扎疼了，就往后仰着头，小手伸向奶奶。乔老太太看了门口的魏大爷一眼，笑道："看舅舅多喜欢我们小幻，姥姥歇会儿，让舅舅抱着。"乔山的眼睛已经模糊了。乔老太太问道："小敏在家吗？"乔山点点头，抱着小幻站了起来，喃喃地说道："走，回家！"

回家的路上，母亲给乔山把情况讲了一遍。当然，只是从一个月前葵桑送小幻到家里说起。乔山一直沉默着，数度热泪盈眶，只是把怀中这个像极了葵桑的小女孩紧紧地抱着。虽然从看到她的那一刻起，他就感到这个小生命和自己有着很密切的关系。现在从母亲的口中已经证实，自己就是她的父亲，他日夜思念的葵桑就是她的母亲，但他一时还不能把"女儿"和怀中这么个天使一般的小人儿联系在一起。进村口时，乔云道："你把眼泪擦一擦，深吸几口气，正常点，让嫂子看见像什么样子！"

一切都很顺利，魏敏对收养这个小姑子的女儿没任何意见，还拉着小幻的手逗着："长得还真和她舅舅有点像呢！"老太太笑道："外甥像舅嘛！"乔云的眼圈就有点红了。魏敏还当乔云舍不得女儿，就安慰道："孩子跟着我们你还不放心？就和你自己养着一样，什么时候想她了就来看看，想接回去住几天也行，自家人还不好说？"老太太压低声音，小声说道："虽说都是兄妹之间，但这是孩子成长的问题，以后对她不能说这些事。从今天起，孩子就叫乔小幻，她叫我奶奶，喊乔云姑姑，你俩就是她的爹和娘了。"下午，乔云回去了，乔老太太就陪着孙女在东都住了下来。

过了段时间，老太太见乔山脸上的笑容越来越多，显然，女儿的到来给了他生活的动力，他心中的伤痛也慢慢地愈合了。这天，老太太就把那封揉得皱巴巴的信交给了儿子。乔山把自己关在房间里读了这封信。

乔山君：

近安！当曾经已成曾经，故事成为故事，我才能让自己静下心来面对你（以前，虽然面对一张白纸，但一想到这是和你的对话，心绪又乱了），和你说说这三年来我心里的痛。

每当夜静灯昏时，心痛的感觉让我无法呼吸。我不敢关上灯，我脑子里的想法不敢停下来。对不起，我不是有意想引起你的内疚，只是我感觉应该把自己的真实感觉说给你听，毕竟你是故事的男主角。

那一天，我真的很快乐，我以为这就是真正的爱情。从你的眼睛里，我读出了你内心的真实感受，应该说，那一刻，我们都是真诚的。但我不知道男人的真诚也可以是一种手段。

唉，本来都想好了，不和你说这些了，就想和你说说女儿的事，又和你说了这么一大堆。当我知道身体里有了一个小生命时，我又来过东都一次，就是你结婚那天，你穿了件暗红色的西装，牵着你幸福的新娘，我只是从门前一瞥，就又匆匆离开了。我想已经没必要让你知道我们有了一个小生命。

我也曾想过别让她来到这个世界上，但我一有这个念头，就能感觉到她的不安，她好像已经能和我交流了。别的孩子从还未出生的时候起，就带给父母无尽的欣喜和希望。而这个可怜的孩子却是在母亲和自己的忐忑不安之中来到这个世界上的……

信纸上留下了几道泪痕，虽然已经过去了不少时间，但那泪水在信纸上晕染的痕迹却清晰可辨。

她真是个小天使，看着她咿呀学语、蹒跚学步，就觉得自己所承受的痛苦又算不了什么了。这三年来，有女儿陪着我，日子虽说过得清苦，但却充满着欢乐。我内心多希望就这么平静地过下去。但当初毕业时，我和父母说留在中国的原因是我要再读个研究生，可转眼间，又快四年了。这四年间，我一次也没有回过日本，现在，我实在没有理由再留在中国了，请原谅我的自私。用不了多长时间，女儿就会慢慢地把我忘记。以后别和女儿提起我，别让孩子觉得自己是被亲生母亲抛弃的，这会影响孩子的性格。她的乐感特别好，以后多让孩子听听音乐，在这方面培养她。我给她取名叫小幻，你知道理由的，对吗？

乔山的眼泪不由得掉在信纸上，他对着信纸点点头，又仰起头看着天花板，等情绪稍稳定点了，接着读完了信，后边的内容是小幻的一些生活习惯，如她喜欢吃何种糖果，晚上睡觉不能关灯等。交代了整整两页纸。

乔山细细回想了一下四年前他离开花房后的所有细节，慢慢地感觉到了这里面有个天大的误会。当年他和葵桑相处半年，虽说都暗生情愫，但却一直以普通朋友相处，并未挑明彼此的心意，只是在最后一天突然爆发。紧接着第二天一早，他就匆匆地赶去医院。他一直以为葵桑知道他突然离开的原因，因为他觉得母亲会把师父要紧急抢救的事情告诉葵桑的。但如果……虽然时隔四年，但一想到葵桑离开时那悲痛欲绝、哀怨无助的眼神，他的心就会滴血。

乔山在感叹造物弄人之后，又感谢上苍把一个天使般的宝贝送到自己身边，他把对葵桑的愧疚变为对女儿加倍的宠爱，想把她三岁前受的委屈补回来。他要好好奋斗，为女儿创造个美好的未来。

小幻的童年的确过着公主般的生活。幼儿园、小学、中学均是东都市最好的学校。二十世纪九十年代，轿车还没有走进家庭，街道上也没有几辆车。贯穿东都市东西的主干道叫中州路，从东头到西头近二十公里，就两个红绿灯，公交车二十分钟就可跑完，但乔山还是买了辆轿车接送女儿上下学。他有个女同学在学校当老师，中午小幻就寄宿在她家。女同学有个大小幻两岁的女儿叫沫沫，她俩情同姊妹，沫沫上小学时，小幻哭着非要和沫沫一起上学，乔山拗不过她，只好给她也报了名。以后，两个姐妹下午手牵手由学校到沫沫家，晚上又一起随乔山到魏园。

乔山很快就发现了小幻超凡的音乐天分。她刚来到他身边没几天，有次带她到魏紫阁玩，他用古筝弹起那首《邙山晚眺》，小幻竟然点着头打着拍子，小嘴巴还跟着哼着旋律。他想着可能是葵桑以前经常弹这首曲子，女儿自然熟悉了。随后他又弹了几支曲子，一时失误弹错了几个音，只见小幻皱了皱眉头。他微觉意外，就又故意弹错几个和声部的音，而这首曲子是后来练的，葵桑并不知道。这回小幻竟两手捂住耳朵直摇头。即使是成年人，只要没经过专业练习，对主旋律以外的和声也很难鉴别。他就停下来问小幻道："爸爸弹得不好听吗？"小幻噘着小嘴，用稚嫩的声音道："难听——死了！"

女儿的到来，给乔山带来无限的欢乐。他像换了个人似的，整天春风满面，努力地经营着魏园，想给女儿一个美好的明天。小幻跟着乔山满园子地跑，看见魏紫阁就问道："老爸，这是谁住的房子？"乔山回答道："以前，咱们这个花园里有个花仙子，她就住在这座房子里。""那她现在到哪儿去了？""世界上那么多花园，她要到处去看看，有需要帮助的花儿就帮帮它。""你见过花仙子吗？""当然见过啦！""她漂亮吗？"乔山点了点头。"有小幻漂亮吗？""和我们小幻一样漂亮。"

清晨时小幻看到幻影牡丹的花瓣上挂着晶莹的露珠，就问乔山："老爸，为什么就这几朵花的花瓣上有这么多的水珠？"乔山答道："这是花仙子离开时，在这些花的花瓣上留下的眼泪。"小幻就用舌尖舔着露珠，只觉得清香扑鼻，之后，这竟成了她的嗜好，每天清晨，她都要来这些幻影牡丹前舔舐露水。慢慢的，她嘴中竟有了一股淡淡的花香味。

关于为何每天清晨幻影牡丹花瓣上会挂着这么多露水，乔山也曾研究过。这幻影牡丹花期时所需的水分比一般牡丹品种要大得多，花瓣含水量也丰富，这个特点决定了幻影不及别的品种耐旱。还有一点，它对温度非常敏感，这样在后半夜温度降低时，就会比一般花瓣多凝结出许多露珠。

他把这个原因给甘拜石讲过，他听后直摇头，喝了口酒笑道："你真是个大俗人！不如葵桑那妮儿有灵气。"乔山不解地看着甘拜石，甘老就笑道："比如说这男女接吻，本来是件很快乐的事情。你非得研究它能交换多少唾液、多少细菌。你说是不是大煞风景？"乔山笑道："真如你老人家所言，那科技还能不能进步了？"甘拜石道："有些领域需要搞清楚，有些地方还是糊涂点好，搞那么清楚干什么？"

葵桑爱慕着乔山，甘老是明白的，他也觉得他俩是一对好姻缘。见葵桑悲伤离去，他也为自己失掉一名好学生而惋惜，就借机揶揄乔山一番。乔山倒觉得甘拜石讲得很有道理，他相信是葵桑离开时，在那株幻影牡丹前哭泣，有一滴泪留在了花蕊里。

小幻九岁时，魏敏如愿以偿生了个男孩，孩子的出生给她的婚姻生活带来新的希望，她脸上的笑容也多了起来。

这一年暑假，小幻也学着沫沫申请了QQ号。小孩子家，一切资料都是如实填写。刚一上网，就听到了QQ的打招呼声，是一个网名叫幻影的人。第一次上网就有人打招呼，小幻挺开心的。

幻影："嗨，小美女，你好！"

小幻："你好，谢谢你！请问你叫什么名字？"

"我叫幻影啊！"幻影发了一个笑脸。

"真巧啊！我家花园里有几株牡丹花也叫幻影。"

对方沉默了一会儿，又道："你的名字就叫小幻吗？"

"对呀！"

"那你的QQ资料里都是真实的信息喽？"

"对呀！爸爸说，小孩子家不能骗人。"

对方又是一阵沉默，一会儿，又打了几行字："很多年前，我到东都市游玩，在一个大花园里，见到一个小姑娘。她扎着个小辫子，穿着件淡绿色的连衣裙，站在一座叫魏紫阁的小木楼上，可漂亮啦！"

"呀！那你肯定是到我家的花园了，我家的花园里就有一个魏紫阁，老爸说以前是花神姐姐住的地方。"

"那你就是那个小姑娘？"

"那我不记得了，看以前的照片，我小时候是穿过一件绿色的连衣裙。"

143

一会儿，对方又问道："你一个人在电脑前吗？"

"和我姐姐一起。"

"你还有姐姐啊？"

"是我的好朋友。"

"哦！那我们视频吧！让我看看是不是以前我见过的小美女。"

小幻转头问沫沫道："同意不同意？"沫沫道："接通后，咱俩先藏起来，要是个坏人就关掉。"小幻和沫沫把眼睛以下的部位藏在桌子下边，就接通了视频。屏幕上出现了一张清秀的脸，戴了个大大的墨镜。对方说道："两个小家伙怎么躲起来了？"小幻就对沫沫道："这个姐姐不是坏人，我们出来吧！"两人就由桌子下钻了出来。小幻看到幻影的肩膀在剧烈地颤抖着，两行眼泪从墨镜下流淌了出来。

幻影正是葵桑，回日本后的第二年就嫁人了，很快也有了孩子，过上了正常的家庭主妇生活。随着时间的流逝，乔山带给她的那份伤痛慢慢愈合了。但对女儿的思念却与日俱增，有时半夜经常哭醒。在她的记忆里，女儿还是那个梳着小辫子，跟在自己屁股后面跑来跑去的模样，一笑就歪着头，咧着嘴，露出两颗小小的乳牙。哭时先张嘴，然后再哭出声来。她弹着琴，小幻会跟着打拍子。自己哭泣时，她会拿着小手绢给她擦眼泪，要是自己停不下来，小幻也会跟着哇哇地大哭。她一直在想："现在小幻长成什么样子了？"

后来，葵桑知道在中国兴起了一种叫QQ的聊天工具，使用的人群特别广。她就一直在网上苦苦寻觅着，她也知道网络上好多人的资料都是假的，她几乎和每一个域名为东都的网友打过招呼，期盼着能在这缥缈的网络中碰到女儿。

这天，她又在网上闲逛，发现一个叫小幻的，她一阵惊喜，又查看了登记资料，生日、年龄都对得上，就按捺住狂跳的心，向她打了个招呼。她请求视频时，自己先戴了副墨镜，还稳了稳神，视频接通后，先看到两个小脑袋，虽然只有眼睛以上部分，但她还是一眼就认了出来，扎着小辫子的那个小姑娘就是自己朝思暮想的女儿！她想笑，但两肩却不由自主地颤抖着，泪水也控制不住地流了出来。

第十一章　天籁斗勇

　　上午，在孙主任的主持下，单位召开了办公会，对班子成员的分工进行了一些调整。变化最大的就是秦歌了，除了以前自己分管的工作外，财务审批权也调整给秦歌了。这在单位的历任领导中，都是一把手亲自抓的。会前，孙主任也曾和秦歌沟通过，秦歌一直在拒绝，觉得不妥。他说："哪有一个副职管这些的？"孙主任就拉着他的手，从大道理到小道理讲了很长时间，秦歌才勉强答应了。

　　会后，赵大江到秦歌办公室聊天，进门就笑道："兄弟，最近气色不错啊！"秦歌笑道："托老哥的福，还行！老哥在哪儿过的年？"赵大江道："我就在家里，哪儿都没去。"他见秦歌办公室门后面挂了一只拉力器，便取下来试着拉，脸憋得通红也没拉开，就卸掉了两根弹簧，拉了几下便呼哧呼哧直喘，感叹道："真是岁月不饶人啊！当年打篮球全场飞，这东西拉五根轻轻松松。"秦歌道："你得坚持运动啊！"赵大江道："是啊！现在除了在床上，这好多年都没出过汗了，以后是得加强运动了。"他说这话时右手拍着肚子，两眼瞅着斜下方的地板，表情还挺严肃。

　　秦歌被他正儿八经的样子给逗乐了。赵大江又问道："兄弟，你看我胖了没有？"秦歌道："没看出来，还那样呗！"赵大江道："过个春节又胖了，咱自己感觉不出来，你嫂子从她妈那儿一回来就说我胖了。"秦歌笑道："嫂子不是看出来的，是试出来的吧？'春江水暖鸭先知'

嘛！"两人又哈哈大笑起来。

赵大江也是单位副职，班子成员，资历在班子里是最老的，不过已过了提拔的年龄，自己也没什么想法了。人很实在，喜欢讲黄段子，喝完酒后喜欢找人谈心，特别是女下属。他一般来秦歌办公室先谈女人，再谈工作，谈完工作，话题再回到女人身上。秦歌就主动问道："老哥，你有什么指示？请明说，兄弟一定办好。"赵大江道："没什么事，来你这儿坐坐，聊会儿天，提前拍拍领导马屁，等上任后再想拍就不好拍喽！"

秦歌道："你又拿兄弟开涮了。谁要当领导啊？"赵大江眼睛眯成一条缝嘿嘿笑道："这不已经提前进入角色了吗？"秦歌苦笑道："我说句真心话，傻子现在才想要这些东西呢！"这确实是秦歌的心里话。虽然说权力分配是官场利益的核心，几个副职的排名几乎由分工决定，虽说都是副职，但这之间区别可太大了，官场有种默契，开会坐哪儿、吃饭坐哪儿、发言的次序虽没经过明确规定，但大家都把握得很好。现在突然把这么一大块蛋糕摆在你面前，谁会不高兴呢？

146

关键是权力来得不是时候。如果是几年前，有这好事那还不睡觉都笑醒了，但现在处在这个节骨眼上，就得另外考虑了。之前，孙主任和他聊过一次，把这个意思说出来，他曾当场激烈地反对过。

权力是把双刃剑，维护一部分人利益的同时，也得罪了一部分人。孙主任现在升职基本已定，这个时候，权力这把双刃剑有利的一面用处就不大了，怕就怕不利的那一面发生作用。牡丹花会马上来临，又是个接待高峰期，现在把这个烫手的山芋交给秦歌，随之，各种矛盾会从孙主任身上转移开，他还能博个不贪权的旷达之名。而秦歌的处境则和孙主任恰恰相反，本来自己一个副职，把分管的领域和领导交代的任务办好，在内部和大家处好关系不难。现在接这么个烫手的山芋，就得加倍小心了。多年的官场经历告诉他，前进的路上，有时一个小小的石子就能把人绊个大跟头。

他脑子里想着这些，嘴上却和赵大江嘻嘻哈哈，最后赵大江道："这样，最近又要来几拨客人，你给开点景区门票吧！"秦歌二话没说抓起笔问道："一百张够不够？"赵大江笑道："够了，够了！"他将胳膊伸直，把单据放得很远，眯着眼睛看着，自言自语道："真是的，眼都花了。"秦歌调侃道："怪不得说人上年纪了，看报越来越远，撒尿越来越近啊。"赵大江嘿嘿一笑："何止是近啊，有时候顺着蛋流……"

这时，丁荣剑笑眯眯地进来了，看到赵副主任就问候道："赵主任好！"赵大江笑道："这小子结婚后发福了，看来过得挺和谐呀！"又转头对秦歌道："不过像现在的年轻人谈对象，这两人哪儿都熟了，婚前和婚后还不一个感觉？像我们以前，真是掰着手指头算日子，那才真能理解洞房花烛夜为什么排在人生四大乐之首。"秦歌笑道："你快拉倒吧！你是那么老实的人？"赵大江转向丁荣剑问道："哎，小丁啊，你丈人老家是什么地方的？"丁荣剑答道："好像就是龙门山南边的，我没去过他老家。"赵大江又眯着眼睛笑道："那你迎亲时，你丈母娘没给你交代一下？"丁荣剑问道："交代什么？"赵大江笑道："他们这一带有个规矩。"秦歌对丁荣剑笑道："你说哪儿，赵主任都会说这一带有个规矩……"赵大江冲着秦歌摆摆手，又对丁荣剑道："出嫁时，丈母娘都会给女婿交代两句：'闺女小，身体嫩，晚上别使太大劲。'不过，现在的姑娘肯定会不高兴的，说不定还会埋怨她妈：'娘呀娘，你别瞎操心，不使劲我不开心。'"说着又拍着丁荣剑的肩膀道："看，这小子笑了，丈母娘肯定是交代过了。"转身说道："好了，我走了，你给领导汇报工作吧！"秦歌仰在宽大的办公椅靠背上笑着点了点头。

丁荣剑看了门口一眼，要去掩上门，被秦歌制止了，说道："开着吧，关门干啥？"丁荣剑走到办公桌前，压低声音笑道："恭喜老大！"秦歌道："你这消息也太快了吧！这刚开的会，就班子成员参加，怎么你都知道了？"丁荣剑道："我还是听宋挺说的。"秦歌就淡淡地说道："正常的工作分工调整，和以前不都一个样嘛！"丁荣剑道："大哥，那可大不一样，以前虽说你同意的事，孙主任一般不会不同意，但你不知道我每次进他办公室时，心里还是挺紧张的。"秦歌道："那是你心虚，正常的事你紧张什么？"两人又聊了一会儿，丁荣剑就出去了。秦歌暗想："以后对这小子还得要求再严点儿，虽然是情同手足的兄弟，但也不能无法无天了，对他本人以后发展也不好！"

丁荣剑出去后，直奔二楼洗手间。站在小便器跟前，心情愉快地边撒着尿，边吹着口哨，见尿池边沿上落了只苍蝇，蔫蔫的那种，他就用尿流冲击那只苍蝇，居然还让他给击中了。那只苍蝇在小便池底部来回爬动，丁荣剑就左右摆动胯部，追赶着冲击它。这时，有人进来了，他侧头一看是孙主任，就规矩地站直，不再左右晃了。孙主任进了洗手间，一边掏一边笑着问道："你啥时候过来的？"丁荣剑有点受宠若惊，侧过头来满脸堆笑，答道："我刚来。"孙主任收了笑容，又问道："你来干什么？"丁荣剑一怔，脑子里飞速旋转着，莫非二楼这洗手间就是供在二楼办公的领导们专用？以前没听说呀！就答道："我刚才在秦主任办公室汇报工作，还没下去，就……"孙主任侧头看了丁荣剑一眼，又问道："多大呀，还得两只手？"丁荣剑马上把左手放了下来，用右手扶着。这时，孙主任拍了拍丁荣剑的肩膀笑道："没和你说。"接着又道："行，那我让小任去找你，你交给他就行，谢谢兄弟，挂了啊！"小任是孙主任的司机，丁荣剑才知道误会了。

原来孙主任是在打电话，蓝牙耳机戴在外侧耳朵上。丁荣剑就有点尴尬地笑着，把那东西收进裤裆中，拉上拉链。孙主任也结束了，微笑着看了丁荣剑一眼，出去了。原来是孙主任一个朋友从外地来，给他带了枚鸵鸟蛋，说这鸵鸟蛋挺大，一只手都托不住。结果丁荣剑误会了。

赵大江中午有个应酬，约两点时，回到单位院子里。看来没少喝，下车关门时，还狠狠地摔了一下车门。这时，楼道里一个妇女喊道："老赵回来了！"接着就听见办公楼里传来一阵噼里啪啦的关门声，有女人的办公室都把门反锁上了。赵大江敲了几个门，见没人开，就回他办公室了，恨恨地骂道："真是世风日下啊！"他靠在办公椅后背上，微闭着眼睛，用豫剧的唱腔唱道："想我老赵，终日奔波，为国操劳；想我老赵，满腹经纶，无人听教；想我老赵……"

这天是情人节，这个西方的节日近年来在中国却异常火爆起来，所有商家都在打着这张牌。小幻和陆一帆约好一起吃晚饭。小幻在一家西餐厅门口等到六点半，周围都是一对对的小情侣。餐厅门口，有一个十岁左右的小女孩，怀中抱着一大捧玫瑰花，是那种一枝枝用玻璃纸单独包起来的，每枝十块钱。陆一帆匆匆忙忙跑了过来，手里捧着一束玫瑰，花束很漂亮，是九朵粉色的玫瑰，点缀着满天星和情人草。他笑着将花递给小幻，满脸的歉意："公交车上太挤了，把两枝花头给挤断了，下车后，我又配了两枝，就有点晚了。"小幻拉着他的手笑道："谅你也不敢故意迟到。"两人就往餐厅门口走去。在门口，卖花的小姑娘拦住陆一帆道："大哥哥，你再给姐姐买枝花吧！漂亮姐姐在这儿等你可长时间了！"陆一帆笑道："我已经买过了啊！"小姑娘又笑道："你那是天长地久，再加个一心一意，漂亮姐姐肯定高兴。"说着就拿了一枝玫瑰递给了他。陆一帆掏了十块钱递给小姑娘，牵着小幻的手进了餐厅。

这家餐厅叫点点慢餐厅，是专为情侣们设计的爱情主题餐厅，座位被隔成一个个有相对独立空间的卡座，灯光幽暗，背景音乐播放着轻缓的情歌。两人点了个情侣套餐。服务员离开后，陆一帆说道："告诉你一个好消息！"小幻点点头，陆一帆说道："今天我们总经理找我了，让我当组长。"小幻笑着问道："当上组长有什么好处？加薪吗？""那当然！每月底薪加五百，我们小组所有的业绩我都有提成呢！应该比以前多拿不少。"陆一帆自豪地答道。

两人端起酒杯碰了一下。小幻笑道："祝贺一下！"他们点的套餐刚上桌，小幻的手机就响了，是酒店打来的，让她马上赶到天籁，晚上酒店有活动，得提前上班。小幻就看着陆一帆，伸了一下舌头，又讨好地笑着问道："咋办？领导让现在就过去。"陆一帆有点急了，问道："你们不是八点上班吗？这才六点四十。步行到你们那儿就十分钟，怎么现在就让你去？"小幻道："这不是今天日子特殊嘛！"陆一帆就有点酸酸的感觉，埋怨道："下午下班之前，我本来要和小组的人开个会，为了赶时间，会都推了。谁知道和你见了十分钟你就要走！"

小幻就由桌子对面挪了过来，拉着他的手柔声道："对不起嘛！你别生气了。来，让我亲一下小乖乖。"就在陆一帆脸上亲了一下。陆一帆坐着没动，又嘟囔了一句："我们店里别的小姑娘都急着下班陪男朋友呢！而你急着陪谁呢？"这句话一出口，他就有点后悔了。果然小幻怔怔地看着他，眼泪慢慢地溢了出来，站起来道："人家都是好姑娘，我是坏女孩，行了吧！"转身就跑了出去。陆一帆略微迟疑，刚想起身追过去，却被服务生拦了下来，只好先买单，再出去就不见人影了。

小幻赶到天籁后，在大厅碰见马晶，茶座上坐满了客人。马晶看到小幻眼睛红红的，就笑道："是不是和男朋友吵架了？"小幻噘着嘴，点了点头。马晶道："回头让我见见那小子，让他别身在福中不知福，这么漂亮的女朋友，还舍得吵架？再这样咱休了他！"说得小幻又笑了起来。

晚上，秦歌难得清闲，便在家看了会儿电视。手机屏幕亮了一下，是一条短信，杜若飞发来的："今天真是个欢乐的日子，鲜花店、电影院、餐厅、KTV的老板都在笑。午夜时，又该旅馆和药店的老板笑了。一个月后，妇产科的医生又要笑了。哥，你今天都让哪些人笑了？"秦歌才想起来今天是情人节，就回了一句："过会儿争取让你嫂子笑一下。"

林心瑶检查儿子作业，发现了几个单词有错误，就在客厅训着聪聪，又要求每个单词再抄写十遍。聪聪不愿意再抄，想去玩会儿游戏，林心瑶不同意，硬是逼着聪聪去抄写单词。聪聪最终还是回自己房间抄单词去了。林心瑶就坐下来，拿起遥控器把秦歌正看的中央台转到一个地方娱乐节目。秦歌道："他还是小学生，主要就是培养学习兴趣，你这样，他对学习能有兴趣吗？你看给孩子报了多少补习班，他哪还有玩的时间？""玩什么玩？现在是玩的时候吗？""孩子都不会玩，这学习成绩能好吗？""行了吧，你还以为是你那时候，玩着就能考上大学？""我给你举个例子吧，为什么听有些领导讲话，过后一个字都记不住，而听个段子一遍就能牢记在心？""那只有你这种满脑子流氓思想的人才是这样的。""这话虽流氓，但道理不流氓，我真担心你把孩子的学习给耽误了。"林心瑶提高了嗓门，喝道："难不成像你这样对孩子学习不管不问，反倒还能提高成绩？"秦歌觉得再争下去就得吵架，就到书房练字去了。

他准备睡觉时，手机响了一声，接到一条短信，打开一看是小幻的，就四个字："救救我吧！"他吃了一惊，也不知道什么情况，就回拨了她的电话号码，电话接通了，里面传来一阵嘈杂的音乐声，几秒钟不到就被挂断了，再打就是无人接听状态。他转眼一想，小姑娘发这么一条短信，可能是不方便接电话，那还是去看看吧！

他换上衣服对林心瑶说道："有点事，我出去一下，你把车钥匙给我。"林心瑶从她包里掏出车钥匙扔给他，说道："这都几点了，情人节快过完了吧？"秦歌笑道："胡说什么呀！孙主任找我有点事。"说完便推门而去。上车后，他先给杜若飞打了个电话，让他马上赶到天籁大酒店，那边稍犹豫一下，问道："这么晚了还唱歌啊？""唱什么歌，有事儿！"说完就把电话挂了。

秦歌到天籁后，见马晶在大厅，看见秦歌迎了上来，问道："大哥，您咋一个人过来了？"秦歌点点头，问道："小幻在哪儿？"马晶摇摇头道："不知道啊，回家了吧，这都几点了。"秦歌摇摇头说道："不对，她应该还在哪个包间里面。那个叫小薇的女孩在哪个包间？"马晶在前台查了一下，说道："她在301，咋啦？"

秦歌道："我去看看吧！"就转身上楼了，马晶跟上来道："大哥，啥事啊？这么严肃。"秦歌摆摆手，就推门进了301包间，马晶跟着也进来了。里面的音乐声震耳欲聋，烟气缭绕。沙发上坐着三个光头男人，穿插坐着四个小姐，小薇跪在茶几前面低着头。中间那个男人约四十岁年纪，嘴唇上留着厚厚的髭须。两边两人年纪稍轻点，三十五六岁光景，三人都光着膀子，每人脖子上挂着一根粗大的金项链。见有人进来，他们也不吱声，拿眼睛瞪着秦歌。

秦歌又环视了一圈，这才看到在吧台的角落里还站着一人，也光着背。地上还蹲着一个小姑娘，依稀是小幻的模样。秦歌就直接走了过去，果然见小幻双手抱膝蹲在地上，脑袋埋在两腿之间。秦歌俯下身子，伸手拍了拍她的肩膀，她缩了缩肩膀想躲开他的手。秦歌就拽着她的手臂，笑道："起来吧！"小幻抬头一看，见是秦歌，眼睛里一瞬间充满了惊喜，就起来坐在吧台前的一个凳子上，像个委屈的孩子一样低着头抹眼泪。秦歌一阵心疼，那感觉就像见到几头野猪在一个美丽的花园里横冲直撞一般。秦歌本来打算把小幻带出包间就算了，现在又改变了主意，他打算好好惩罚一下这几头野猪。

这时，中间那位让身边的小姐把音响关了。站在小幻前面的这位，

151

拍了拍秦歌肩膀，问道："哎！伙计，恁是弄啥的？"秦歌指着小幻微笑道："我是她哥。""她哥咋了？谁让恁进来的？"秦歌没有再理他，就走到中间那位大哥跟前，说道："这位大哥，兄弟敬你一杯。"拿起一只杯子倒了一杯酒，一仰脖子干了。中间这位看了秦歌一眼，问道："兄弟，恁搁哪儿混的？"秦歌也操着东都方言笑道："大哥，我搁龙门街混的。"他就轻蔑地撇撇嘴道："我说咋没见过你？来了就别走了，我们玩一把，也不欺负你，谁输谁喝，喝完了你把你妹子带走，喝不了让你妹子和我们去吃消夜。"

秦歌心中的愤怒又增加了几分，暗道："没想到这些土得掉渣的流氓，竟嚣张到如此地步！"面上并不露声色，笑道："好啊！你说咋玩？听大哥的。"中间这位大哥叫马晶拿了十二个大玻璃杯，分别倒了六杯红酒、六杯啤酒，又开了一瓶伏特加，给十二个酒杯里各加了一小杯。看着倒完酒后，他对秦歌道："划拳、压指头、猜宝、唬色子，你选一样吧！"秦歌道："都听你的。"说着便将大衣脱了递给小幻，把羊毛衫的袖子撸了起来，坐在了中间那位大哥的左侧。中间大哥道："这样吧，咱挨着玩，你要连输两把，咱俩再换。"就拿起色子筒晃了起来，秦歌盯着他的手，以防他作弊。

152

秦歌在晃动色子筒前，就在指缝间夹了一个色子，在开点时根据喊的点数再放进色子筒里面。一般人的手指要是夹一个色子，肯定会被对方看出来，这得用手型和手上动作来掩饰。就这样连玩了十二把，酒全部让中间那位大哥喝了。他连干十二杯后，本来肚子就大，这会儿更鼓了，脸也变成了酱紫色，气急败坏地喊道："再、再玩一盘，老子还、还不相信了，一把赢不了。今儿个非喝死你个鳖孙！"见马晶没动，又骂道："赶紧倒酒，惹老子不高兴，明天把你这酒店给拆、拆了！"他身边那位小姐见马晶没动，就讨好地拿起酒瓶开始倒酒。秦歌冲着中间的大哥竖了一下大拇指，夸奖道："一般的俗人最多就是把场子给砸了，可大哥直接就要把酒店给拆了。真是高端、大气、上档次啊，哥！"

秦歌再摇色子筒时，坐在他左侧的那个光头，一把抓住秦歌的手，嘴里骂道："恁敢使诈！今儿老子剁了你的手！"秦歌知道必须动手了，就把手腕向内侧一翻，脱开他的手掌，瞅准他张开的大嘴，猛地将掌心藏着的色子扔进他的嗓子眼。那边压根就没想到秦歌敢先动手，更没想到他会用这招，一时色子卡在嗓子眼，两手捂着脖子使劲咳着。说时迟，那时快，秦歌并没有和这人再纠缠，右手由他嘴边落下时，把力量就集中在肘部，对着中间那位大哥胸口以下的部位全力撞去。就听见这位大哥惨叫一声，跟着嘴里喷射出一道液体，陪他的那位小姐本来在前面倒酒，躲闪不及，被喷了一头。中间的大哥双手抱着肚子，倒在沙发上痛苦地抽搐着。

秦歌用了几秒钟时间就制服了两人，剩下的两人觉得有点匪夷所思。秦歌看了他俩一眼，见坐在右侧的那位有点胆怯了，就转过身来看着刚才站在小幻身边那位，同时双脚从沙发和茶几之间挪了出来。那小子稍一迟疑，马上目露凶光，拎着个啤酒瓶冲着秦歌脑袋砸了过来，秦歌一侧身躲了过去，啤酒瓶碰在茶几上磕碎了，他手上就剩下半个瓶子，前端倒成了锋利无比的刃口，便又狠狠地向秦歌脸上刺了过来。秦歌本来往后退一步也可以避开，但这样一来，一时半会儿就结束不了打斗，那位嗓子眼卡色子的很快就能吐出来，如果对方有一人抱住自己，那情况会急剧地发生变化。

秦歌就站在原地没动，见对方整个身子冲了过来，就直接用左手臂往外一挡，只见自己小臂外侧一块白花花的肉翻了起来。对方身体重心已不稳了，秦歌调整了一下步子，扭腰转胯一记重重的右勾拳打在对方耳朵下方，只听见扑通一声，那人直挺挺地栽倒在地板上，左手还握着半截啤酒瓶下意识地扶在茶几上。秦歌根据刚才的动作判断，对手是一个左撇子，就抬脚在他左手虎口部位使劲跺了一脚，只听见那小子惨叫一声，半截啤酒瓶滚到茶几的一边，大拇指瞬间肿了起来。

这时，杜若飞推门进来了，看见这满地狼藉，沙发和地板上各躺着一个，抱着脖子蹲着一个。只有刚才坐在最右侧的那个没受伤，这会儿脸色苍白地看着秦歌。杜若飞转身又看见秦歌左小臂到手上已被血染成红色，二话不说走到右侧那个跟前，俯身用右手抓住他的腰带，左手托住脖子，把他给举了起来。杜若飞在少林寺练过十年武术，功夫确实了得。当年秦歌、杜若飞和丁荣剑在东都市街头三人篮球赛中打到了四强，杜若飞无与伦比的体力和速度发挥了很大的作用，对上身高差别不大的中锋，他能控制百分之八十的篮板球。他们的交情也是从那时开始的。

这会儿，秦歌见杜若飞把那人举了起来，就指着他喝道："别胡闹，放下来。"杜若飞瞅了一圈，就把他扔在了沙发上，那人哆哆嗦嗦地坐了起来，冲秦歌挤出个笑容，道："大、大哥，都是误会，我们就是和你妹子开个玩笑，真没想着欺负她。咱交个朋友好不好？这是我的名片。"说着从身后小包里拿了一张名片，起身双手递给了秦歌。这时，一位负责送酒水的少爷捂着脸走了过来，说道："你们哪是开玩笑？我就送个毛巾，还挨了两巴掌。"

再看嗓子眼卡着色子的那位，还在那儿咳着，秦歌就笑着拍拍他的后脑勺道："别装了。"这位感激地看了秦歌一眼，由嘴里吐出一个色子来，说道："大哥，都是自己人，刚才真是在开玩笑，没想到你这脾气恁大！"杜若飞喝道："滚！"两个坐着的就扶起两个躺着的准备离开。小薇对马晶说道："他们还没结账呢！"最右边那个就笑道："账当然要结的，我们就不是那胡来的人。"小薇把酒水单交给了马晶，那位又主动说道："把打碎的杯子也算上吧！"

小幻看到秦歌的胳膊就"呀"地惊叫了一声，忙把自己脖子上戴的一条丝巾解下来，给秦歌包在伤口处，柔声问道："疼不？"秦歌点点头笑道："疼！不过现在不疼了。"小幻见大家都在看着他俩，就小脸一红，说道："到医院去消一下毒吧！"秦歌摇摇头道："皮外伤，没事儿。"

杜若飞问秦歌道："哥，你这都挂彩了，就让他们这么走，不合适吧？"秦歌并不想把事情做得太过，就笑道："算了吧！你没听哥儿几个说吗？开玩笑的，咱也别太认真了。"对方微笑着，最右边那个还冲秦歌伸了一下大拇指道："纯爷们儿！"就刚才站到小幻跟前那家伙，看了秦歌一眼，咬咬牙，用鼻子哼了一声。

秦歌性格里本来就带有几分轻薄无赖，只是在官场待的时间长了，慢慢变得含蓄圆滑起来。这会儿，一看到这小子的表情，又想起他刚才站在小幻跟前那副嘴脸，一时玩心又起，就指着那小子问小幻道："他刚才欺负你没？"小幻摇摇头。他又问道："那他惹你生气没？"小幻就不吱声了。秦歌笑道："那你来吐他一口。"小幻摇摇头。秦歌转过身去，冲那小子脸上吐了一口，回头问小幻道："行不行？不满意我再多吐几口。"说着，嗓子里发出呼噜呼噜的声音，准备好好地吐一口痰。小幻赶紧跑过来拉着秦歌的胳膊，说道："好啦！我不生气啦！"

那四人狼狈而逃。秦歌坐了下来，看了杜若飞一眼，杜若飞双手举起，笑道："大哥，我错了。不该来得比你晚。"秦歌没吱声，随手端起桌上的酒杯喝了一口，等着他解释。小幻忙跑过来，把他手中的杯子夺了下来，嗔道："谁的杯子你都用？脏不脏！"

杜若飞就看看四周，小声说道："大哥，刚才我刚约了个网友，花也送了，饭也吃了，都到宾馆了，我连澡都洗了，不信你摸我头发。"说着就低下身子，把头伸到秦歌面前。马晶和小薇都捂着嘴巴笑了起来。秦歌就推开他的头道："行了，知道了。"等他站直了身子，秦歌说道："一般人把那事当盐，你拿它当米。"杜若飞就双手合十上下晃着，笑道："改，以后一定改。"

马晶问小幻："咋回事？你咋跑这儿来了？"小幻就指着小薇埋怨道："被她害的。"小薇解释道："晚上我手机没电了，就拿小幻的手机打电话。进包间后，又没机会给她。小幻本来是进包间取她手机的，可那几位就不让她走了。"琪琪说道："其实，他们让你喝杯酒，你要是喝了，估计就没事了。"马晶训斥道："胡说！人家小幻凭什么要和他们喝杯酒？"

小幻点点头，说道："就是啊！我又不认识他们。我从来就没见过这么不懂礼貌、蛮不讲理的人。"秦歌被她认真的表情逗笑了，说道："别把人家想那么坏，他们跟你开玩笑的。"小薇又把剩下的情节描述了一下：他们见小幻进来找小薇，就让她喝杯酒，小幻没有理他们，拿过手机就要走，其中拿酒瓶砸秦歌的那位就拦住不让走。后来，他们又和小姐玩一种用嘴巴传递扑克牌的游戏，让小幻和小薇也参加，她俩不愿意，他们就发飙了，摔了几个杯子，还打了少爷两个耳光。

秦歌打电话时，那人把手机抢过来，不让接。杜若飞听得生气了，咬咬牙说道："刚才打轻了。"又对小幻说道："哎，小美女，我大哥为了你都受伤了，你不请我们吃个饭？"小幻笑道："好啊！没问题。"

马晶对秦歌笑道："大哥，今天晚上真是感谢你，我仅代表自己对您表示万分的感谢，这几天得找一个黄道吉日，请大哥吃顿饭。"又看看小幻笑道："我不代表小幻啊！"秦歌就摆摆手道："别客气。以后碰到这种事直接报警不就完了嘛！"马晶道："就是啊！这俩傻丫头，最起码你们得让我知道啊！"小薇道："咋报警啊？不让出门，电话又没收了。"

秦歌看着小幻道："你发个'救救我吧'，我想着咋了？跟警匪片似的。"小幻道："你不知道，刚开始他们就特别凶。那男孩给他们发毛巾，坐在最右边的那位嫌他递毛巾的次序不对，就打了他两耳光。又说中间他们那位大哥，就是市长见了都得给面子。说明天是他们大哥的生日，晚上要给他选个压寨夫人，还说今晚十二点要在东都市的每条街道上响起鞭炮声。"小幻见秦歌和杜若飞笑了起来，很认真地说道："真的，就刚才拿酒瓶砸你那个人，还打电话布置明天放鞭炮的事，让一个人负责一条街道。"杜若飞问道："是不是选压寨夫人选中你了？"小幻睁大了眼睛喊道："没有！"秦歌笑道："刚才人家不都说了嘛！就是想和你开个玩笑，你这脾气也太急了。不过，我刚进来时，还真没发现你。那姿势跟个小刺猬似的，你还别说，这动作别人还真是无从下手，谁教你的呀？"小幻顽皮地笑道："厉害吧？这是幻影姐姐教我的，名字叫'防狼下蹲式'。"

秦歌喝了杯水，对杜若飞道："走吧！网友还在宾馆等你呢！"杜若飞笑道："不瞒大哥说，来之前已经给快速解决了。这会儿估计已经睡了，就不打扰她了。我们吃点东西吧，有点饿了。"小幻就对秦歌道："哥，我请你们吃连连看吧！"

第十二章 　单亲妈妈

　　小幻上了秦歌的车，坐在副驾驶的位置上。杜若飞在后边开车跟着。上车后，小幻幽幽地说道："刚才吓死我了，还以为真碰到黑社会了。"秦歌笑道："太平盛世，朗朗乾坤，哪有什么黑社会？记住，以后碰到这种事就想办法报警。"小幻道："听说警察来了，会把双方都带走，那晚上就回不了家了。""不会的，这种情况警察一看就明白了，没你们想得那么糟糕。记住了没？"小幻点点头道："记住了。"

　　过了一会儿，小幻又说道："反正我以后也不去那儿上班了，酒店太乱了。我原打算干到月底，就去当家教。这下我明天就给酒店说不去了。"秦歌道："你不在那儿干也好，你太显眼了。"小幻侧头看着秦歌，问道："什么太显眼了？"秦歌笑道："你长得太漂亮了。"小幻就笑了，歪着头看了秦歌一会儿，说道："你怎么有时候跟个小孩子似的？刚才还吐人家口水，大人谁会像你这样啊？"秦歌摸了摸自己的脑袋，嘿嘿地笑了。

　　不一会儿，在小幻的指挥下，车停在一个小区门口。小幻下车后，就蹦蹦跳跳地跑到马路对面一个卖麻辣烫的小摊跟前，回头和秦歌招了招手。秦歌和杜若飞跟了过来，见招牌灯箱上印有三个字"连连看"。杜若飞笑道："这就是连连看啊？我从这儿路过好多次，都是些小孩吃的。怎么起个游戏的名字呢？"小幻让他俩坐了下来，笑道："一会儿你就知道了。"她边选串儿侧头问道："哥，你能吃辣不？"秦歌道："没问题。"小幻又问杜若飞："杜哥，你嘞？"杜若飞也点了点头。

小幻选完串儿就过来坐在他俩对面。杜若飞逗她道："你为什么叫他哥，叫我时要加一个姓，叫杜哥？"小幻笑道："那总要有个区别吧？要不你们咋知道是问谁呀？"杜若飞道："那你不会叫他秦哥，叫我杜哥？这不更清楚？"小幻就歪着脑袋，想着怎么回答。杜若飞又说道："你这是在表明一种远近距离，就像官场的称呼一样，如称呼王局长，那他就是副局长，如直接叫局长，那就是正的。"小幻瞄了秦歌一眼，见他嘴角微微翘着，一副得意的样子看着自己，顿感大窘，干脆不理杜若飞了，转头问摊主："姐，好了没？"那边答道："两分钟就好。"

摊主是位年轻的女子，二十七八岁，白皙的脸略显憔悴，身穿一件蓝色羽绒大衣，外边罩一件米色围裙，娴熟地穿着各种串儿，有鱼丸、虾丸、蟹棒、蘑菇及各种蔬菜。一会儿，她见小幻选的串儿煮好了，就把盛着串儿的瓦罐端了上来。

望着热气腾腾的瓦罐，秦歌还真感觉胃里空空的，望着小幻道："可以吃了吗？"小幻点点头道："可以吃了。我讲一下规则，拿出来的串就不能再放回去了。你看每只竹签的尖上有不同的颜色，吃完后就把竹签放在边上不同的格子里。"秦歌侧头看了一下，见小桌子挂着一个七孔的格子，按照红橙黄绿青蓝紫的颜色排列，另外一边侧面也挂了一个相同的格子。每张桌子的桌面上都有一个类似于九九乘法表的表格，中间是颜色，横竖轴上是数字。小幻又指了指灯箱牌，秦歌看见灯箱内侧为九个成语，分别为三世情缘、钟爱一生、白头偕老、有缘无分、意气相投、蓝颜知己、梦中情人、前世今生、来生再爱。

秦歌有点明白了，就笑道："人家这是小情侣们玩的，你让我们两个大老爷们儿怎么玩？"小幻双手半握拳放在胸前，咯咯地娇笑着，说道："就测测你们兄弟俩的缘分嘛！"杜若飞道："还是测测你和你哥的缘分吧！"小幻脸上微微一红，说道："这一罐子你们先测嘛！"这时，隔壁桌上一对小情侣吃完了正数着竹签，在桌子上用指头比画着。最后得到一个数字"7"，女孩就跳着拍手笑道："梦中情人耶！"说完便在男孩脸上亲了一口，两人高高兴兴地牵手离开了。

等秦歌和杜若飞吃完一罐串串，小幻认真地数着各色的竹签，一手拉着秦歌的手指，另一只手拉着杜若飞的手指在桌面上比画着，两个手指碰在一起时，对应的数字是"9"。杜若飞笑道："这不是来生再爱嘛！"小幻笑道："这就是说你们今生兄弟还没做够，来生还会是兄弟。"秦歌笑道："哦！这句话原来是这么解释的，那要是连一个'4'，怎么解释？"小幻笑道："有缘无分，就是说有缘在一起，不用分开喽！"秦歌哈哈大笑道："看来这就没有不好的嘛！"小幻笑道："这就是中国语言的魅力。"就指着摊主道："桐桐姐发明这个时已经想到了，别让顾客吃个麻辣烫，再给人家拆散了。"

摊主听见小幻说她，就转过头来笑笑，问道："小帅哥呢？"小幻答道："吵架了。"她又问摊主道："小蘑菇呢？"女子指了指身后道："睡着了。"小幻小声道："让我看看。"边说边蹑手蹑脚地跑到餐车后面，墙角边上有一顶红色的小棉帐篷。蓝姐见她过去了，就压低声音，双手做出拦她的动作，小声道："你别动他，他刚睡着。"这时，帐篷里传出一个稚气的声音："是小幻姨吗？"接着帐篷打开一个小口，伸出个小脑袋，是个四五岁的小男孩，留了个蘑菇头，长得眉清目秀，模样挺可爱的。小幻就冲着女子伸了伸舌头，回到餐桌上，又给小蘑菇摆摆手，双手合在一起，放在右边脸颊上，偏着头，闭上眼睛做了个睡觉的动作。小蘑菇看了秦歌和杜若飞一眼，对小幻道："小幻姨，你不要嫁给别人，等我长大了娶你。"小幻就笑道："好，我等你！"桐桐姐转过身子训着小蘑菇："不睡觉就不会长个子，到时候小幻姨能喜欢你？"果然小蘑菇便哧溜一下钻进了帐篷。

蓝桐桐就对小幻笑道："看你个小妖精把我儿子迷得觉都不睡了，非得每天看你一眼才睡。"秦歌道："人小鬼大呀！"小幻笑了笑，对秦歌道："我和朋友第一次来这儿吃，连了个有缘无分。小蘑菇就抱过来一把空签子，和我闭着眼睛抽，最后一连还是个白头偕老。这下小蘑菇每次见面，都说要娶我。"

秦歌问蓝桐桐道："你这主意不错啊！咋想出来的？"蓝桐桐道："刚开始这串儿因海鲜、肉类和蔬菜的价钱不同，分别用三种颜色的竹签穿着，吃完好算账，就给桌旁放三个格子，让大家吃完把签子分开放，省得我再整理了，可客人没人管这些。后来，看一档电视节目，说颜色和性格有关系，喜欢的颜色可以看出两人的和谐度，如橙和黄、蓝和紫等。我就搞这么个玩意儿，当时就是想让大家自觉地把竹签分开，我一人实在忙不过来。都是闹着玩的，可千万别当真啊！"

秦歌道："你这个创意还真不错，可以找专业点的人员好好设计一下，现在你这些都是根据一些基本的感官常识推断的颜色协调关系，只是简单的冷暖色系知识，但用在人的性格上，就不够系统、科学了，比如说黑和白好像不可调和吧？但在男女感情方面则未必这样。"他又看着小幻嘿嘿地笑道："你看包拯娶了白雪公主，不是也过得很幸福吗？"杜若飞就有点迷茫了。小幻咯咯地笑道："我知道这个故事！他们还生了个女儿叫灰姑娘。"蓝姐就笑着摇了摇头道："鬼话连篇！"

杜若飞道："你要是盘一个门面，适当地包装一下，生意肯定更好。"蓝姐叹口气道："这我也想啊！"她指着马路对面的一间门面道："那家面馆不干了，想转让，我还去看了看，挺合适的，最中意的是里面有个小阁楼，我和孩子可以住到里面，把房租也省了，这样孩子也不用跟着受罪了。可一打听，光转让费就要十几万，每月房租还得六千。我这小摊就够我们娘儿俩糊口，哪还付得起这些？"

杜若飞道："你把孩子放家里嘛！这大冷天的孩子能受得了？"蓝姐道："这孩子他一个人不在家里待着。"秦歌道："小孩就是这样，妈妈在哪儿，哪儿就是天堂。再苦的环境只要和妈在一起，他也不会觉得苦。"小幻就低下头，将下巴支在膝盖上发呆。

杜若飞问道："孩子躺在那儿冷不冷啊？"蓝姐道："冷倒是不冷，那底下是暖气井，就是半夜收摊时总要把他弄醒。"再看帐篷下面果然冒着热气。不用说，这是一个单亲妈妈。

在灯光下，小幻又注意到秦歌左手上的血迹，虽然已干了，但还有几道暗红色的痕迹，就从包里掏出一小包湿巾，拉着他的手，认真地擦拭着。秦歌看着她小心翼翼的动作，感受着来自她指尖的温柔。这时，小幻要的第二个瓦罐端上来了。杜若飞问蓝姐道："你这儿有米线没？"蓝姐点点头就去煮米线了。杜若飞道："这一罐你俩吃，我要吃米线了。"小幻笑了笑，有点不好意思地看着秦歌，秦歌道："他不吃，咱们吃吧！"杜若飞看着蓝姐娴熟地将一把米线先用四指绕上一圈，然后放在一个漏筒里煮着。蓝姐把贴在额前的一缕头发用手拨开，两眼盯着锅里的水面，瞬间汤滚了，就把米线捞起来倒在碗里，舀了两勺汤，用勺子舀了点牛肉丁，又撒了点葱花，给杜若飞端了过来。他尝了一口，赞道："味道不错。"

秦歌和小幻把瓦罐里的串儿吃完了，杜若飞道："看看你俩的吧。"小幻笑道："看就看！"就把指头压在格子上，数着数往前滑动，和秦歌的手指相交时，数字是个"8"，对应的成语为"前世今生"。

蓝姐好像想起了什么，从餐车下面拿出了一张纸，交给小幻，笑道："能看懂不？"小幻拿着仔细看了看，是一张极简单的儿童画，画面是一座房子，里面有一张床，床上躺着三个人，中间一个较小，是个孩子，左右两边应该是两个女人，左边的扎个小辫子，右边的是个披肩发，门前有一棵树，树下面是一只小狗。画面下方写有歪歪扭扭的三个字"长大了"。小幻问道："小蘑菇画的？"蓝姐点点头道："他还要亲手交给你。"小幻笑道："左边是我，右边是你？"蓝姐呵呵地笑了。小幻又把画交给了秦歌，秦歌指着画对杜若飞道："人们最初的理想不就是有个家，给父母妻儿提供个遮风挡雨的空间嘛！"

秦歌等杜若飞吃完米线后说道："谢谢小美女请我们吃连连看，今天还真长见识了。我送你回家吧？"小幻指了指小区大门道："我到家了，你们路上慢点。"秦歌看了看她，问道："你就住这儿？"小幻道："对呀！"秦歌笑道："有钱人啊！"说完就摆摆手，和杜若飞走到了马路对面。

秦歌上车后，杜若飞跟着坐在副驾驶的位置上。秦歌道："你赶紧回去吧，我又没事儿。"杜若飞道："我和你说两句话就走。"秦歌看了他一眼，等他说话。杜若飞道："恭喜大哥，凭兄弟多年泡妞的经验来看，这姑娘对你已有几分喜欢了。"秦歌道："胡说八道！这姑娘还是个小孩，没什么城府，充其量不把咱们当坏人看，别想多了。"杜若飞道：

"刚才还在天籁时，你吐那小子口水，她拉你那表情和动作，完全就是情侣之间的那种感觉。兄弟嘴笨，不会说，但咱有实战经验，我的感觉错不了，不信我们可以打赌。"秦歌道："她有男朋友了，咱别和人家扯这些。"杜若飞道："也就这点障碍了，让我想想怎么把他们拆开。"秦歌道："你可别胡来啊！现在可不是西门大官人的时代了。"杜若飞笑道："有分寸，违法乱纪的事兄弟不会干的。"说完就下车了。

见秦歌走后，杜若飞上了车，点着了引擎，他又侧头看了看那辆小餐车，见蓝姐在来回跺着双脚，双手不断地在嘴里哈着气取暖。他本来已把挡位推进了D挡，现在又把变速杆推回到P挡，点了根烟，把车窗玻璃降了下来，就这么侧头看着蓝姐。车上的电台里传来男女主持人的声音，他们在做一档回忆童年的节目，不断有电话打进去交流各种有趣的故事，听着听着，他觉得鼻子酸酸的，一滴眼泪滴在手背上。

杜若飞想起了自己心酸的少年时代。他的父亲是一名工人，母亲是从老家嫁过来的，没有工作。在那个计划经济的时代，工人在农民面前的优越感自然异常强烈。母亲经常被父亲殴打虐待，身上的伤从来没好过，每次挨完打，母亲总是抱着他默默地哭一场，然后该洗衣服洗衣服，该做饭做饭。直到有一天，父亲又领了个大着肚子的年轻女人回家，母亲晚上照样做好晚饭，四个人默默地吃完了饭，父亲就带着大肚子女人回卧室了。母亲流着泪把碗筷收拾好，就搂着他到被阳台隔开的小房间里，抱着儿子号啕大哭，断断续续地说她要走了，这个家已经没有她的容身之处了，让杜若飞好好读书，将来有出息了，再到乡下找她。

杜若飞就搂着妈妈的腿不松开，哭着也要和她一起走，母亲就摸着他的头道："飞飞，妈妈受了多少苦，挨了多少打，为什么不离婚？就是舍不得离开你……如果、如果离了婚，妈妈就只能回农村了，怎么养活你？眼下这实在是没办法了，但妈妈还不能告他，一告他，他丢了工作，你将来靠谁啊？你就在这个家好好待着，你毕竟是他的亲生儿子，他不会不管你的。等你以后长大了，有出息了，再来接妈妈吧！"杜若飞搂着母亲哭道："妈，你带着我走吧！就是要饭我也和你一起要……呜呜……"

第二天，妈妈带了几件衣服，背了个包袱就出门了。杜若飞哭着要追，被父亲一把拽了回来，门被重重地关上了。后来，他跑到少林寺练武，就是想报复他的父亲。六年后，他从少林寺回来，父亲已下岗了。再回到那个家时，他看到一个穷困潦倒、苍老虚弱的男人对他讨好地笑着，给他倒了一杯水放在餐桌上。他冷冷地看着父亲，听他絮絮叨叨，说母亲多狠心，把儿子丢下走了，带着儿子就不好再嫁人。杜若飞大吼一声："放屁！"并一巴掌把餐桌拍了个稀巴烂。他拿走了他和母亲的一张合影，从那以后就没有再回过那个家。

刚才秦歌那句"小孩就是这样，再苦的环境只要和妈妈在一起，也不会觉得苦"，戳中了他内心最柔软的地方。这会儿，他看着那顶小帐篷，想着躺在里面睡觉的小蘑菇，在这样的环境中，还被母亲照顾得温暖舒适，一时对这个年轻的单亲妈妈很有好感。

过了大概一个小时，街上的行人越来越少了，小摊上最后一桌人也走了。蓝桐桐左右看了看，就开始收摊了。她先是把六张桌子摞在一起，每张桌子配有四把凳子，她把这些桌凳放在墙角，用帆布盖了起来，并把剩下来的食材分类装好，放在餐车下面，又拿出一条两边带钩的绳索，一头挂在餐车上，一头挂在帐篷下边，原来帐篷是放在一个底下带四个小轮的木板上的。蓝姐推着餐车前进，后面跟着一顶红色的小帐篷，就像卡车带着辆拖斗车一般。餐车行进时，发出很响亮的声音，蓝姐为了不惊醒儿子，以很缓慢的速度前进着。杜若飞看着她推了三四百米后拐进了一个棚户区内。

第十三章　出轨疑云

　　丁荣剑在首都机场时就给左琳打了个电话，告诉她自己几点的航班到东都。等这边落地后，他取完行李，打开手机才看到左琳的一条短信："老公，局里临时有任务，不能接你了。你打的回来吧，么么哒！"丁荣剑就有点不高兴了，心想道："不来也不早点说，我好让别人接啊！"在北京待了一个星期，本来想着左琳接他回家，先激情一下。这会儿就不激动了，出了航站楼，他叫了辆出租车就回家了。

　　丁荣剑洗完澡，光着身子走进卧室，在床头柜里拿了个裤头穿上，床头柜里面有一盒安全套，他一看盒子好像有人动过，就把盒子拿过来打开看了看，果然发现里面少了两只。丁荣剑清清楚楚地记得他去北京的头天晚上，亲手拆了一盒，他们用了一只，这是六只装的，应该还剩五只，而现在就剩下三只了。他只觉得脑袋嗡的一下。他努力在想着那天晚上的经过，会不会那天喝了点酒又弄了两次？不会呀！自己的老婆用不着这么拼命吧？他又拉开床头柜的抽屉翻了翻，还抱着一丝希望，想着能在哪个角落里发现那两只套，但他很快就失望了。他瘫坐在床上，脑海里马上有了一幅画面。那是两个赤身裸体的男女，就在这张床上。男人背对着他，看不清是谁，只看到左琳扭动着身子忘情地呻吟着。他呆坐了一会儿，想把这个画面从脑海中驱赶出来。可它却像印在脑子里一般，怎么也不肯出来。丁荣剑慢慢平静了下来，他得再侦查一下，看看还有什么别的证据。

　　他在床单、被子和枕头上仔细地搜查了一遍，没发现任何线索，就狠狠地骂道："到底是警察，反侦察能力很强啊！"这时，他的心里很矛盾，既希望找到点线索，又怕真的再发现什么。在卧室里什么都找不到，他又不甘心，就跑到客厅继续找。在翻沙发时，还真让他发现了点东西。当他拿开一个靠垫，还以为上面有根黑线头，拿起来定睛一看，是一根弯弯曲曲的毛。他就仔细地观察着，不是左琳的。他对她那个部位比对自己那儿还熟悉，颜色和粗细都不一样。他又不放心地脱下裤头放在自己那儿一比，明显也不对，再说婚后他们就没在沙发上玩过了。他又打开电视，调到查看历史记录功能，查看了一周来的观看记录。果然在三天前播放过一部片子，一看名字就知道是某国的爱情动作片，再按播放，画面显示"您所选定的目录，源文件不存在"，他便知道是用U盘或手机接入的。至此，他彻底绝望了。

"这个贱货！"他咬牙切齿地骂着。他要报复！先不露声色吧！他就把那根毛夹在一本书里，又把书放在书柜里，坐在沙发上看电视。脑子里却全是床上那个画面，那男人的背影在变化着，一会儿是雷局长，一会儿是在婚礼上让他喝酒的左琳的同学，一会儿又变成了杜若飞。最后，秦歌的面孔又浮现了几次，左琳曾当着他的面夸过秦歌多次，什么有才华、有男人味等。但他马上又否决了，秦歌他是了解的，尽管他几乎和身边所有的女人调情，但却仅限于语言上。他最大的乐趣就是逗得对方意乱情迷，自己哈哈一笑。这么多年不管是唱歌还是洗澡按摩，都是他一手安排的。一看账单，每个手牌的消费项目清清楚楚，秦歌还真没胡来过。转眼又一想，秦歌也承认过，自己可不是做给别人看的假正经，而是他实在不喜欢做这种没有半点技术含量的事情……整个下午，丁荣剑坐在沙发上一动没动，电视里演的什么节目，他一点也不知道，就这样胡思乱想着。

快六点时，门口响起熟悉的脚步声，接着是开门的声音。左琳进来了，门口有个玄关，她看不见沙发，就在换鞋时歪着脑袋往里面看，见丁荣剑在沙发上坐着，就扑了过来，撒娇道："老公，想我没？"在他脸上亲了好多下，又把唇移到他的唇上。丁荣剑感觉有点恶心，就把她推开了。左琳站起来道："咋啦？还生气呢？不就没接你嘛，心眼也太小了吧！"见丁荣剑冷冷地看着她，脸上没有一丝的笑容，左琳就解释道："我本来都准备去接你了，市里电视台的记者来局里采访，领导让我接待，我想着机场的出租车多得是，也就没多想。就这事你都能气成这样？"

这句话让他又听出了破绽，左琳以前说局领导时，说得很具体，局长就是局长，政委就是政委，这会儿该不会是心虚了吧？不想提"局长"这两个字，含糊地用"领导"代替。丁荣剑脑子飞快地运转着，他觉得现在还不能让这贱货察觉到什么。

晚上睡觉时，左琳主动凑了过来，丁荣剑觉得好像没什么理由拒绝，就勉强着爬了上去。刚要进入，脑子里又蹦出那个画面，一下子又痿了。左琳还在安慰他，说："没事，可能是累了。"他没吱声，在黑暗中将牙齿紧紧地咬着。

第二天，他无精打采地上班去了。他到秦歌办公室报了个到，简单地汇报了工作的情况，又把差旅费的单据拿出来让秦歌签字。秦歌看着丁荣剑的样子，笑道："昨晚上就没睡觉吧？注意身体啊，兄弟。"丁荣剑没回答，勉强挤出个笑容。秦歌接着说道："也难怪，小别胜新婚嘛！"丁荣剑还是没吱声，又和秦歌对视了几眼，见他眼神中威严里透着关爱，还是那个熟悉的大哥。但丁荣剑这种冷漠的态度，已经让秦歌很不舒服了，秦歌喝道："有毛病吧！"他起身拿起单据摔在丁荣剑身上，重重地坐了下来，靠在椅子背上，不再说话了。丁荣剑低下身子捡起单据，一声不吭地出去了。

下午，杜若飞打电话约他吃饭，还强调说："大哥不知道，别告诉他。"丁荣剑就问："能带妞不？"杜若飞笑道："多多益善！"放下电话他就问宋挺："美女，晚上有约会没？"见她笑着摇摇头，又问道："那晚上和我一起吃饭去？""什么情况？""没什么情况，一哥们儿请客，让带个伴。""那你带嫂子去呗！""我不想带她，就想带你去！"宋挺看了他一眼，见丁荣剑很认真地看着她，就低下头不再说话了，在办公室开始悄悄地打扮起来。

晚上杜若飞找了一家涮鱼庄，类似于火锅，不同之处是把涮羊肉片改成了涮鲜鱼片，刚开的新店面，窗明几净的。丁荣剑和宋挺进来后，杜若飞在临窗户的一个卡座里半躺在靠背上向他挥挥手。坐下后，杜若飞看了看宋挺，就开玩笑道："你就带一个啊？那我怎么办？"丁荣剑道："你就旱着吧！"说完就盯着杜若飞的眼睛看。宋挺有点不好意思了，心中就嘀咕："这家伙今天是咋了？"但心里又有一丝的小甜蜜，就转过头看着窗外大街上的滚滚车流。杜若飞被他盯得难受，就笑骂道："你脑残了吧！盯着我看什么？"丁荣剑在心里又排除了他。

宋挺去了洗手间，杜若飞就问道："这谁啊？""办公室一同事。""让弄不？""你真是个叫驴，见了谁都想弄，人家是新分到单位的大学生。""哎，大学生咋啦？我那些伙伴里面多得是。还有女博士、女教授，上了床不都一个样？也没见哪个用古文或外语叫床的，你这同事的身体构造不一样吗？"这句话又勾起了丁荣剑心中的伤痛，脑子里又满是左琳那淫荡的表情。他痛苦地咬着嘴唇。

杜若飞见他这样，笑道："傻×，看你那出息吧！跟你开个玩笑，这妞我还看不上呢！干巴巴的，没胸没屁股。自己留着用吧！"丁荣剑心中想着别的，嘴上却说道："人家姑娘第一次和我出来吃饭，你说什么就带一个，好像干什么似的。"杜若飞道："哥是向着你，这你都不知道？这么说等于由我给你们把那层纸先捅破，即使姑娘是个贞洁烈女，那她也怪不着你呀！话是我说的，又不是你说的。这叫帮衬，在泡妞里很重要。"

宋挺回到座上，三人开始喝酒，一瓶酒中大多数让丁荣剑喝了。他有点多了，就拍着宋挺的大腿絮絮叨叨，说自己多不容易，自己有多累。一会儿，宋挺接了个电话，说是她妈叫她回去。她看着丁荣剑道："领导，要不我先送你回去，我再回家？"丁荣剑摆摆手道："那、那有啥用？你把我送回去，你不还得走？你走吧，女人都、都靠不住。"说完就嘿嘿地笑着。这句话让宋挺觉得莫名其妙，又有点心跳加速，心想道："他以前在办公室不是挺正经的嘛，怎么出个差回来就变样了？"就看着杜若飞，站在原地，不知道是该走还是该坐下来。

杜若飞向她挥挥手道："美女，你先走吧，你丁哥就交给我。你放心吧！"宋挺就冲着丁荣剑摆摆手，离开了。丁荣剑骂道："女人都靠不住啊！"杜若飞就感觉到他出什么问题了，问道："兄弟，出啥事了？我怎么

167

觉得你状态不对呀！"对这个男人最难于启齿的话题，丁荣剑在心里压抑了两天，他实在不知道该怎么给别人描述。这会儿，在酒精的刺激下，再也忍不住了，他觉得再忍下去，自己可能会憋出毛病，就把那件事情原原本本地给杜若飞说了一遍。他多想从杜若飞口里听到一种既能证明左琳没有出轨，而又合乎逻辑的解释。但他再一次失望了。其实这两天他也在苦思冥想着，有没有这样一种可能？一次次假设，又一次次地否定了。

杜若飞想了半天，一拍大腿道："兄弟，有没有这么一种情况？我说是假设啊。"丁荣剑看着他，等着他说。"有一个小偷，冒着巨大的生命危险，撬开你家楼的一扇窗户，进到屋里后，找了一圈，没发现什么值钱的东西。他很生气，就把床头柜里的安全套故意拿走两只，想引起这家夫妻的矛盾。"丁荣剑想了想，说道："哎，你还别说，说不定还真是这样。"转念一想，又摇摇头道："不对啊！那根毛和爱情动作片怎么解释？"杜若飞道："这样解释吧！小偷看见你家电视挺高级，就把手机上的毛片放在电视上试一试效果，结果看着看着，起劲了，就自己撸了起来，掉了一根毛，后来被你捡到了。射出来的子弹掉在地面上，被你媳妇擦地板时没在意给擦掉了。这个解释兄弟觉得咋样？"

丁荣剑想了想，觉得有点道理，但又有点太过离奇了吧？就问杜若飞道："这事如果搁在你身上，你会不会相信这样的解释？"杜若飞道："别瞎假设！这事儿就不会发生在我身上。"丁荣剑又郁闷了。杜若飞又坏笑道："兄弟，那你昨晚上没试试她松紧度有什么变化？"丁荣剑骂道："滚蛋！"杜若飞笑道："兄弟，开个玩笑，别生气啊！"他拍了拍丁荣剑的肩膀道："咱们也别在这儿瞎想了，我认识一个哥们儿，是做监控的，他那有种针孔摄像头，还有微型录音设备。不行咱明天给你家装上一套，然后你就说还要出差，咱们再看看到底有没有问题。"丁荣剑沉思了一会儿，点点头道："行！"

杜若飞道："你这事就先到这儿吧！下面咱研究一下老大的事儿。"丁荣剑问道："老大怎么啦？""就那个小丫头。""哦，小幻啊？"杜若飞点点头道："他不是有男朋友吗？咱想个什么办法给他们拆开。""不用吧，他们不就男女朋友嘛，又不是夫妻，叫大哥直接上不就行了？""这事要搁在你和我身上，这都不是事儿。大哥这次确实是用心了，但他又不好意思太主动。这丫头是有男朋友的人，他更不会主动了。所以，咱得想办法先把他们搅和黄了。"他接着问道："你看到老大胳膊上的伤没有？"丁荣剑点点头，说道："看见了，这两天干什么都没心思，我也没问，那是咋回事？""就是前几天的事，他一个人跑去打架了，对方四个人，也是为了那小丫头。情况很危险，他那晚上是赶巧了，那几个傻×没防备，要不在那么小的空间里，几个人抱住你，你有屁办法？就是我单独去，也不见得有胜算。咱哥这几年当领导后，你啥时见过他还像以前那样冲动？你观察过没有，现在打个球他都不愿意到篮下活动了，内线还不都得靠我？而前几天他一人就敢去挑四个，你说他还没对那小丫头用心？"

　　丁荣剑想了想道："咱们把老大和小幻的照片PS一下，寄给她男朋友吧？"杜若飞摇摇头道："这招我也想过，那他不会找小幻对质？这招好像行不通。你知不知道小伙子是干什么的？哪儿人？""在一家汽车4S店做销售，好像是南方人。我也是听马晶说的。"杜若飞想了一会儿，问道："兄弟，你说要是顾客在试驾时撞了车，和销售有没有关系？"丁荣剑道："有保险公司呢，销售人员估计也就是扣扣奖金什么的，不会有多大事。""那要是顾客无证驾驶呢？""不可能，试驾前都要验证，还要复印登记。""你别管这个，你就说如果顾客无证驾驶，销售人员会怎么样？""那……那他得赔钱吧，还可能把工作丢了。"杜若飞突然兴奋地一拍大腿道："那要是撞个人呢？"

　　丁荣剑一个激灵，酒都有点吓醒了，看着杜若飞，又左右看看别的桌，见没人注意这儿，才小声道："你疯啦！为这么点事你还想弄出人命来？"杜若飞笑道："猪脑子啊！行了，后面的事儿你就别管了。"丁荣剑道："你可千万别乱来，别想帮大哥，结果把他给害了。"杜若飞一脸轻松，微笑着看着他，半天说道："大哥待我恩重如山，不是他，我还在迪厅看场子呢，每个月八百。还开大切诺基？还泡妞？自己撸到更年期吧！"

　　两人散场后，丁荣剑去找马晶了，马晶挺高兴，丁荣剑又恢复了自信，勇猛无比。其间，马晶拍着他的屁股问道："你是做爱呀还是报仇？这么咬牙切齿干什么？"

第二天，丁荣剑和杜若飞还有他那做监控的哥们儿，给丁荣剑家里装了一个针孔摄像头和一副录音设备。摄像头接在客厅的挂钟上，后面连着一个小U盘，录音器放在床下面。一切安装完毕，三人就出去了，丁荣剑竟有点莫名的兴奋，就给左琳打电话道："我还得出差。"那边问道："去哪儿？""还是北京，上次那事领导不太满意，得重新办。""那我送你吧！""不用，单位有车。"说完就挂了电话。

他向秦歌请了三天假，然后就猫在马晶家里。这三天里，左琳每天晚上还是给他打个电话，每次没说几句，他就给挂了。第四天，他迫不及待地跑回家里，把摄像头和录音器后面的U盘拿出来拷在电脑上，将U盘清空后，又连在设备上。他在电脑上快进浏览着，又是那种既盼又怕的复杂心情。视频显示一切正常，每天左琳一人进门，吃饭，看电视，洗澡。录音设备他拣电波有变化的部分听了听，是她和自己的通话，还有几个电话是和她妈的。没发现什么可疑的线索。要不是铁证如山，他真觉得是自己想多了。那天装监控时他还特意看了一下家里的所有门窗，没有撬动的痕迹。再说自己一块雷达手表就放在床头柜上，如果真有小偷的话，不可能不拿走啊！他暗暗咬牙道："左琳啊！你这个贱人，给我带来多大的痛苦！等我查出来，老子绝不会善罢甘休的！"

外边传来开门声，他赶紧把监控数据删掉了。左琳见他在家，愣了一下，笑道："也不打电话，我去接你啊！"丁荣剑道："打电话也是白打，我还是自己打的吧！那车是你爸给你买的嫁妆，自己用吧！"左琳走过来拉着他的手柔声说道："老公，你还为那点事生气呢？那我告诉你个好消息，你保证不会生气了。"丁荣剑冷冷地看着她，等着她说。左琳道："这个月都过去好长时间了，我身上还没来，上午去医院检查了一下。"左琳停了一下，媚笑着看着丁荣剑，等着他关切地询问，然后再告诉他"你要当爸爸了"。可她等来的是丁荣剑冷冷的眼神，就有点委屈地说道："我怀孕了。"

丁荣剑心里有种说不出的痛苦，暗暗骂道："还不知道谁的野种呢！"嘴上就淡淡地说道："明天再去趟医院。"左琳不解地看着他。丁荣剑说道："打掉！"左琳瞬间愣住了，眼眶里的泪水慢慢溢了出来。突然，她像头狮子一样扑向丁荣剑，几天来受的委屈爆发了，用手抓着他的脸，哭喊道："丁荣剑，你不是个人！"丁荣剑心中的火也噌地蹿了上来，心想："这贱货也太会演戏了。"就把她的手挡开，一巴掌重重地扇在她脸上，骂道："贱货！"左琳脸上顿时起了一个鲜红的手印，人也跌坐在地板上。

丁荣剑转身出门了，左琳在地板上坐着哭了一会儿，就爬到电话跟前给婆婆打了个电话，哭道："妈，我们过不下去了……"还没说完就哭得说不出话来。十分钟后，公公、婆婆，还有大姐都过来了，见媳妇脸肿着，披头散发地坐在地板上，儿子又不在家。听左琳叙述完情况，老太太蹦了起来，哭着骂道："我怎么生了这么个畜生啊！这就不是人干的事啊！"丁老爷子也坐在沙发上喘着粗气，给女儿道："给他打电话，让他回来。"大姐就拨着电话，过了一会儿说道："不接电话。""接着打！""他关机了。"丁老爷子恨得站起来满客厅地转着圈。

丁荣剑出来后，脑子空荡荡的，不知道去哪儿。他在街道边坐了会儿，稍微有点清醒了，给秦歌打了个电话："大哥，你在哪儿？""在家里。""我想和你见个面。""那你来家里吧！"一会儿，丁荣剑失魂落魄地进门了，林心瑶倒了杯水递给他。秦歌看着他问道："你这两天咋了？怎么看起来蔫头蔫脑的？"丁荣剑的眼圈就红了，痛苦地说道："大哥，我想离婚。"就把这几天来的痛苦给秦歌和林心瑶说了一遍。聪聪从小屋出来，好奇地看着丁荣剑，被林心瑶吆喝进去了。

秦歌一时也不知道如何安慰他，林心瑶自言自语说道："不会吧？左琳不像这种人啊！"又问道："左琳承认了？"秦歌道："这还用她承认啊？"林心瑶道："那凭啥把屎盆子往人头上扣？"秦歌看着她道："那你给解释一下吧，这怎么回事？"林心瑶想了想问道："最近会不会有什么亲戚朋友去你们家住过？"听到这句话，丁荣剑突然心里一亮，赶紧把手机打开，接着就是一堆短信，一看全是他姐的，他也顾不上回了，赶紧拨了个电话，是外地一个表弟的。接通后那边先笑道："哥，上周我和你弟妹去东都没见上你，很遗憾，正说这两天给你打电话呢！这一忙就给忘了。大姨非得让住你那儿，害得嫂子还得回娘家住。"那边又压低声音道："不好意思啊！还用了你两只套……"后边还说什么，他就听不清了。挂了电话后，他给林心瑶深深地鞠了一躬，转身就跑了。

秦歌看着林心瑶笑道："差点把好人冤枉了！多亏林青天林大人明察秋毫啊！"林心瑶就指着秦歌道："你们这些人啊！心都坏了，就不会把别人往好处想。自己一身白毛，看别人都是妖怪。"秦歌嘿嘿笑着，转头看电视去了。林心瑶又指着他的左臂问道："你这胳膊到底怎么回事？怎么就那么巧，情人节那天孙主任找你喝酒？还能摔倒？刚好地上就有半截酒瓶？"秦歌没回答，而是拿起手机，翻出孙主任的电话号码，一脸平静地对林心瑶道："来！我打电话，你来问他。"林心瑶一把把手机抢过来，嗔道："神经了？"秦歌把身子往后一仰，靠在沙发上，模仿林心瑶刚才的语气，指着她道："你这人啊！心都坏了，就不会把别人往好处想。自己一身白毛，看别人都是妖怪。"林心瑶扑哧一声笑了。

丁荣剑出门后，顿时觉得城市的霓虹灯变得这么美丽，一切又回到了从前。他拦下一辆出租车，直奔家去，脸上挂着笑容，嘴里随着车载电台哼着歌曲。的哥问道："哥们儿，什么事这么高兴？从上车就一直笑。"丁荣剑道："老婆怀孕了，我要当爹了。"下车时，就扔给师傅五十块钱，道："别找了。"进电梯时，他犹豫了，暗想："怎么给左琳解释？她挨了重重一巴掌，能就这么饶了我？"

丁荣剑硬着头皮打开家门，见一家子人都在，就缩着脖子，弓着腰，快速跑到客厅的角落，蹲了下来，仰着笑脸，讨好地看着左琳。母亲首先过来，手高高地扬起，落下时，丁荣剑觉得后背没什么感觉，就和给自己拍打衣服上的灰尘差不多。接着，母亲又揪住他的耳朵骂道："你这个王八蛋、小畜生，这时候不知道心疼媳妇，还打她，你还是个人吗？她这个时候敢生气吗？"丁荣剑就看着左琳道："老婆，老婆，快给我求求情！"左琳哭道："妈，你先把他放开，你让我问问他，我做错什么了，他这样对我？"老太太就放开了手。

左琳问道："你是不是嫌我没去接你？"丁荣剑猫着腰，挪了过去，蹲在她跟前笑道："媳妇，你没有任何错，咱回头再说吧！"说完就看了看他姐，又看看母亲。老太太就对丁老爷子和闺女道："你俩先回去吧！我晚上陪着琳琳睡，让这畜生睡沙发上。"丁荣剑大姐就笑道："那你得看人家琳琳愿不愿意和你睡。我看我们还是回去吧！让荣剑给琳琳好好认个错。"丁荣剑就冲着姐姐伸了个大拇指。

母亲又骂道："你现在住这么好的房子，娶了这么好的媳妇，还有什么不满意的地方？拉个脸能拉一个星期？咱家左邻右舍、亲戚朋友谁不夸琳琳好？"又拉着左琳的手安慰道："姑奶奶，可不敢再哭了，别动了胎气！"左琳哭道："有啥用啊？反正明天就要去医院打掉了。"丁老爷子就喝道："他敢！他再敢提这事我打断他的腿！"老太太见左琳慢慢平静了，就对丁荣剑道："我们走后，你给琳琳好好认个错，再吵架，我不管什么理由都饶不了你！琳琳打你，你受着；骂你，你听着！"丁荣剑点头如捣蒜。他心里明白，左琳现在气已经消了，但她必须要听到一个自己行为反常的理由。

他们走后，丁荣剑扑通一声跪在左琳的面前，抡起手掌扇了自己两巴掌，道："老婆，我错了。我不该迷信，害得你受这么大的委屈。"左琳一怔，不解地问道："什么迷信？"丁荣剑道："老婆，我给你实话实说，你别骂我啊！"左琳点点头。他说道："上次我从北京回来时，在飞机上碰到个道士，和我坐在一起。他看了我一会儿，说看我面相既有子嗣之喜，又有血光之灾。当时我就当他胡说八道，没理他。一会儿，他拿起了自己放在小桌面上的水杯，又递给我几张纸巾，说一会儿用得着。果然话音刚落，飞机剧烈地颠簸起来，我放在前面的水杯倒了，水洒了我一身。这下我就紧张了，追问他刚才那话什么意思，又大师长大师短地求着他。他才告诉我说：'贵夫人有身孕了，但怀孕的时辰不对，母子八字不合，五行相克，将来……'"左琳问道："将来怎么了？"丁荣剑道："对你和宝宝不好的话，我不想说，反正就是不好呗！"

他看到左琳的眼睛一下子柔和起来，就又开始胡诌："我当时就蒙了，问他怎么能破解。他说，回来后一周之内不能同房，最好夫妻关系不和，越让你伤心，邪恶之气就离你越远。"左琳道："你为什么不给我说明白呢？那我也不会这么难受了。我那会儿真以为我们完了，过不下去了。"丁荣剑道："给你说明白了，你还会难受吗？老婆，你别怪我迷信。说实话，他要是说我有个什么灾什么难的，我理都不会理他。但他一说你和宝宝，我就乱了方寸，心想着反正就一周时间，回头不管你原不原谅我、理不理解我，怎么惩罚我都行。还疼不，老婆？"说着就伸手在左琳脸颊上轻轻地摩挲着。左琳把脸扭到一边。

丁荣剑心中暗道："应该是通过了。再强化一下效果吧！"他又深情地看着左琳的眼睛，虔诚地说道："老婆，最后这次我说出差，其实是骗你的，我就在咱家对面的酒店里开了间房间，因为我在家里，怕自己忍不住又对你温柔起来。我就每天趴在窗口，偷偷地看着你孤单地上班下班，看晚上咱家里亮起柔和的灯光，我多想跑回家里，给你倒杯水，给你揉揉肩，给你洗洗脚，摸摸你的肚子……"他说话时，目光专注，柔情似水。左琳听到这儿，就用手摸着他的脸颊柔声问道："老公，还疼不？"

丁荣剑知道，这事就这么过去了。就笑道："老婆，我能起来吗？膝盖都跪麻了。""起来呗！谁让你跪的！""谢谢老婆大人！""唉！我这脸明天没法见人了，还是请一天假吧！""老婆，我明天也请一天假，服侍你，给你做好吃的。""你会做个狗屁！""让你明天吃一天香肠吧！""滚！医生说现在不能在一起了。""哦！忘给你说了，大师最后交代，七天后，戌时已到，必须同房。""不行吧？""我轻点，我轻点。"事后，他心中一乐，暗想："就这么通过啦？我还真是个天才！"一会儿就酣然入睡了。

丁荣剑兴高采烈地到秦歌办公室，笑道："大哥，这两天我请你和嫂子吃个饭吧！没她指点迷津，这后果还真是不堪设想啊！"秦歌道："行啊，你给你嫂子说呗！"丁荣剑又道："不过你可得给嫂子交代一下，别让她给说破了。"秦歌点点头，又问道："哦，那你后来给左琳咋解释的？"丁荣剑就把他胡编乱造的那段给秦歌说了一遍，还得意扬扬地问道："大哥，你说兄弟是不是个天才？"秦歌道："兄弟，以后别在外边瞎混了，左琳多好的媳妇啊！那也就是你说的她才信，换别人她早给铐起来了。不是你这谎言有多高明，而是她的心对你是全部敞开的。"

174

第十四章　蹊跷车祸

　　这天，4S店里冷冷清清的，两三个销售人员领着客人在看车。陆一帆站在吧台里注视着大门口，感应门开了，走进来一位三十岁左右的年轻人。陆一帆给身边一个小姑娘使了使眼色，那小姑娘就迎了上去。脸上挂着笑容道："欢迎光临！"那人看了小姑娘一眼，没理她，而是看了一会儿挂在大门口墙壁上的优秀员工照片，又向吧台瞅了一眼，就径直朝一辆高配的越野车走去。小姑娘跟了过来，微笑着替他打开车门，问道："先生，您来看车吗？"青年道："小妹妹，你真逗！我要洗澡能来这儿吗？"小姑娘低头笑了一下，说道："大哥，您可真幽默。我给您把这款车介绍一下吧！"青年点点头。

　　小姑娘介绍道："这款车是本品牌的顶级SUV车型，就适合您这样有品位，尝试追求不同生活境界的成功人士……"接下来就像背书一样把该车的各种参数背了一遍。青年问道："这车越野性能咋样？"小姑娘道："当然没问题了，你看它的引擎有近三百匹的马力。"青年笑道："哦！越野性能是这么看的啊，那火车有三千匹以上马力，你觉得它的越野性能咋样？"小姑娘的脸腾地一下红了，又看看手中的资料单，嗫嚅着，又咳嗽了一声，说道："它的最小离地间隙也很高啊，快二十厘米了。"青年点点头，又问道："具体位置在哪儿？"小姑娘又蒙了，回头看看陆一帆，左手放在身后，向他招招手。

　　陆一帆就快步走了过来，给青年把该款车型的越野性能，从涉迈角、离去角、悬挂、轴距、最小离地间隙等方面，全面地讲解了一遍。青年点点头，算是比较满意，就对小姑娘说道："你这记性不错啊！各种性能指标背得很熟，就是有些东西不太理解，是吧？"又对陆一帆道："这小妹妹，你得好好带带啊！"陆一帆笑道："关键是她今天碰到高手了，一般人看车也就是关心价格、外观、油耗、安全什么的，她这水平也就足够应付了。"又问青年道："大哥，你比较关注车的哪些指标？"青年笑道："后座尺寸。"陆一帆和小姑娘还没有听明白，都不解地看着他，青年又说道："咱没房子，干什么都在车上，你说玩车震是不是得有一个宽敞的后座？当然副驾驶座位也很重要。"听到这儿，那小姑娘就低着头，红着脸走开了。

这青年正是杜若飞，他刚进门时，就在门口看了员工的照片，一眼就认出了站在吧台边的陆一帆。他刁难小姑娘就是要把陆一帆引过来，这会儿又顺利地把小姑娘支走了，接着该实施下一步的计划了。他就问道："这车动力性咋样？""这款车动力没问题。大哥，看动力性，您得看它的扭矩这个指标，还得看它的峰值是在多大转速下发出来的，要是这个转速太高了，那也没用，我们一般正常行驶，发动机达不到那个转速。然后还得看车辆自身的重量。这几方面就可以决定一辆车的动力了。"杜若飞点点头，如果不是今天有个特殊的任务，他对这位帅气的小兄弟一定会很有好感，就问道："这车能试驾不？"陆一帆道："当然可以了，您把您的驾照给我，我去登记一下。"杜若飞由上衣兜里掏出驾照，交给了他。陆一帆看了一眼笑道："大哥，您名字真有个性。"驾驶证上姓名一栏中写着"胡来"两个字。

车子先由陆一帆开到试驾路线上，他就和杜若飞换了个位置，自己坐在副驾驶位置上。杜若飞一边慢悠悠地开着车，一边和他开着玩笑，问道："兄弟，玩过车震没？"陆一帆有点不好意思，笑道："玩车震，先得有车啊！"杜若飞道："对泡妞来说，这车比房都重要。你想想看，要把妹子骗到宾馆，那得费多大劲？但骗上车，就容易多了。这剩下的步骤，不都差不多吗？"陆一帆拍马屁道："大哥，你还真是个高手，把泡妞上升到理论高度来研究，这还真不多见啊！"杜若飞就呵呵一笑。

一会儿，杜若飞见自己那辆黑色的大切诺基贴着这辆车的车身，由右边超了过去，就骂道："妈的，会不会开车啊！"陆一帆道："现在这种土豪越来越多了，总以为自己开个豪车，就比别人牛。"那车超过去以后，在前边不远处停了下来，由车上下来两人站路边撒尿。等他们快到大切诺基跟前时，杜若飞指着中控台下方问道："兄弟，这个按钮是干什么的？"就在陆一帆低头的一瞬间，车身突然剧烈地左右晃动了一下，接着，杜若飞就加大了油门，车子像箭一般飞了出去。

陆一帆大吃一惊，抬起头问道："大哥，怎么回事啊？"杜若飞不吭声，车子继续向前飞驰着。陆一帆看着反光镜，见后边好像有一人躺在地上，旁边蹲着一人，他就喊道："你停车啊！撞人了！"见杜若飞没停车的意思，他就伸手过来抓方向盘，被杜若飞挡开了。他就掏出手机准备报警，手机又被杜若飞一把夺了过来。陆一帆急得说话都带哭腔了，说道："大哥，你赶紧掉头回去吧！这试乘试驾车买的是全险，本来没事，可你这样一来，就成肇事逃逸了，这可是犯罪啊！"杜若飞道："这我还不知道吗？我现在还没驾照，下个月才能拿到手，你刚才登记的驾照是我捡来的。"陆一帆脑袋嗡的一声，表情木然地看着前面，自言自语地道："这可咋办呀！"又看着杜若飞恨恨地说道："这下我被你害死了！"

杜若飞放慢了速度道："兄弟，事已至此，我只能给你说对不起了。刚才那两个人我认识，你听没听过东都兄弟会？"陆一帆摇摇头。他又道："这是东都市最大的黑社会组织，刚才我撞的就是他们的三号人物，叫何斌，另外一个是个小喽啰。他们手里面有枪，你说我能停车吗？好汉不吃眼前亏啊！"陆一帆道："那你跑也不是个事儿啊！"杜若飞问道："听你口音，不是本地人吧？"他摇了摇头。杜若飞又问道："那你在东都还有什么亲人没？"

"我有个女朋友。"

"兄弟，这事把你也给牵扯进来了。我非常抱歉，没办法，我得到外地躲一段时间，我建议你也回老家躲躲吧，这帮人心狠手辣，什么事都能做出来。"

"躲得了初一，躲不过十五。又不是我撞的，我躲什么呢？"

"那你看吧，这只是我的建议，不过我跑了你也说不清啊！再说你没有严格验证，让无证人员驾驶，到时警察那儿你也说不过去啊！我反正得跑，躲个一年半载的再说。"

陆一帆沉默了。杜若飞又说道："你也别有太大压力，你又不是主犯，我判个三五年，你最多也就两三年。这倒不是事儿，关键是兄弟会这帮人，不卸我俩一条腿，是不会放过我们的。"

"那这样老躲着，什么时候是个头啊？"

"我老娘、老婆、孩子都在东都，我肯定会想办法疏通的。唉！这事没个百八十万怕是下不来。"说完又看着陆一帆，见他在低头思考着，又说道，"兄弟，我心里很过意不去。这是两万块钱，本来是想交提车订金的，现在用不着了。这个你拿着，算是对你的一点补偿吧！"陆一帆推了几下，最后杜若飞把钱塞进他兜里，又说道："你最好晚上就走吧！明天怕想走也走不了了。对了，这段时间最好别和你女朋友联系了，等以后再说。这些人神通广大，让他们知道了你们的关系，你女朋友也好不了。"杜若飞看见陆一帆打了个冷战。

178

他俩等了一会儿，就硬着头皮往回返，果然见刚才那地方，路面上一大摊血。人和车已不见了。快到4S店时，陆一帆道："我得留你个电话。"杜若飞就让他报号，他给打了过去。到门口杜若飞下了车，打了辆出租车离开了。

到他家门口，见他的大切诺基停在路边。他上了车，给了刘斌一个信封，说道："给，这是一点心意，弟兄们辛苦了。"刘斌接过信封道："谢谢杜哥。"又指着车上的地毯笑道："不好意思，洒鸡血时，给你车上滴了几滴。"杜若飞看了看道："没事儿。这事到此为止了，我不想有第四个人知道。"刘斌道："大哥，你放心吧！不过我就不明白了，你演这么一出，什么意思啊？"杜若飞道："明天得收拾收拾4S店，谁让他们加价卖车，我看着不顺眼！"

陆一帆惴惴不安地把车交了，他又绕车转了一圈，没发现有什么痕迹。可自己明明亲眼看到有人躺下，地上还有一大摊血迹。他心想："我是不是在做梦？"就伸手摸了摸兜里的信封，鼓鼓囊囊的，两万块还在。

他明白，这一切都是真的，自己身上还从来没揣过这么多钱。辛辛苦苦干了一年，除了房租和日常花销，所剩无几。刚才那位大哥虽说给自己惹了这么大的麻烦，但这人还是不错的，他叹了口气。

从店里出来后，陆一帆把手机关了，找了一个公用电话亭，给小幻说想见她一面。小幻在魏庄和父母在一起，就出门来到村口，等了一会儿，陆一帆打了辆出租车过来了。小幻见他下车时忧心忡忡的样子，就笑道："什么事？搞得这么神秘。"他拉着小幻的手沉默了一会儿，说道："我出事了，得出去躲一阵子。"就把事情大概向她说了一遍。小幻听说都出人命了，吓得脸都白了，就带着哭腔说道："你怎么这么不小心啊！他的驾照都不和本人对比一下。"陆一帆低头道："谁能想到会这样？一般见性别没错，年龄相仿，登记一下就行了，谁还拿着照片再对比一下，再说有几个没驾照跑去试车的人？"小幻喃喃地问道："这可怎么办呀？"陆一帆道："眼下，也没有别的办法了，先躲一段时间再说吧！"小幻突然心头一动，就给杜若飞打了个电话。

电话接通后，那边笑道："小美女，怎么想起来给我打电话？"小幻微微一笑，也没客气，直接问道："杜哥，跟你打听个事，你听没听说过东都兄弟会？"只听见杜若飞那边明显地紧张起来，压低声音问道："你打听他们干什么？"

"我……我一个朋友托我打听的。"杜若飞道："哦，我还以为你和他们有什么过节呢。妹子，千万别招惹那些人。"

"那你说大哥能不能管住他们？"

"妹子，大哥他也不是神啊！他要是市长兴许可以。你那个朋友怎么啦？"

"他开车把人家撞了。"

杜若飞吃惊地喊道："妹子，我也不知道是你什么样的朋友，但我得给提个醒，你可千万别给大哥说这事啊！你给他一说，他肯定会拼了命地帮你。到时候，不是连他都给毁了？这可不像上次那几个乌合之众，这是东都市老牌大组织。大哥真弄不过他们。你先让你那位朋友躲一阵子，一年半载的。等他们稍微平静了。我看能不能私下里通过朋友给说和说和。"

小幻挂上电话，怔怔地看着陆一帆。他猛地搂住小幻，两人拥吻在一起。小幻有种微微的眩晕感，她知道这就是幻影姐姐所说的女人意志最薄弱的时刻。她本来想推开他，转眼又一想，今天一别还不知道什么时候再见面呢！算了，随他吧！于是又闭上眼睛，紧紧地搂住了他的脖子，感觉随着舌尖上的神经在信马由缰地驰骋着。蓦地觉得一滴凉凉的东西滴在脸上，她又清醒了过来。

陆一帆眼泪汪汪地看着她，从兜里掏出一万块钱，对小幻道："我留了一万块钱路上用，这一万块你拿着给你爸买药吧！"小幻摇摇头道："不用，我爸买药的钱还有，你在外边肯定需要钱，你都拿着吧！"这时，小幻的手机响了起来，是一个陌生的号码，接通后是一个男人的声音，问道："你叫乔小幻？"小幻紧张地点点头，又看着陆一帆，那边又喝道："是不是你？"小幻怯生生地答道："是啊！你是谁呀？"

"以后你会知道我是谁，你是东都大学大三的学生，下半年办的休学，在天籁大酒店弹了三个月钢琴，半个月前辞职了。你住在丹枫小区，你刚才和尾号6888的手机通话两分钟三十八秒。你男朋友叫陆一帆，他现在把手机关了，麻烦你找到他，不管他在哪儿，让他开机，然后半小时内自会有人找到他。乖乖地照着我的话去做。我保你和你的家人没事。"听到这儿，小幻的身体颤抖了起来。

那边电话挂了，她泪眼婆娑地看着陆一帆道："你赶紧走吧！别用手机了，千万别开机。"说完就把那一万块钱塞在他的衣服兜里。陆一帆恋恋不舍地消失在夜色中。

这自然是杜若飞导演的又一场好戏，刚才小幻给他打电话，他就知道陆一帆去找她了。他唯一担心的是这小丫头给秦歌打电话，就先让她断了这个念头。挂了小幻的电话后，他找了个小兄弟给陆一帆打电话，发现关机了。他觉得情况在按他预想的方向发展，就又让小兄弟给小幻打了刚才那个威胁电话。他在一边听着，感到差不多了。他计划明天让一个兄弟到4S店去打探一下，如果陆一帆跑了，就算了；如果这小子还在，他再想别的办法。

第二天，小兄弟回来报告了，陆一帆失踪了。

接着几天，他又让人不断地给陆一帆打电话，均为关机。他长叹一口气，想着小伙子接待自己时那阳光帅气的脸，出事后那绝望恐惧的目光，还有小幻电话里那惊慌失措的声音，心中隐隐觉得不忍。但转念又一想，自己这几年莺歌燕舞，大哥还真没个红颜知己，有时喝醉后也能听出一些孤寂之意，眼下可算是有这么个可心的人儿了，怎么能就这么错过？他暗想："大哥，你对兄弟义薄云天，这是兄弟唯一能帮你做的事情，但愿能如你所愿，把这妞搞到手。"

第十五章　城南桃花

　　周六的早上，秦歌还在被窝里躺着，就接到了神仙姐姐的电话："兄弟，忘了今天去踏青的事儿了吧？"秦歌一拍脑袋，笑道："真给忘了！你等着，我半小时后到你家楼下。"等他挂上电话，林心瑶问道："谁呀？""一位老大姐。""听声音不老嘛！"秦歌已听出她声音里的醋意，就笑道："我以前给你说过这个人，我的事还得靠她呢，你要不放心就跟着一起？"林心瑶道："谁不放心了？快走吧，周末还有比被窝更有吸引力的地方吗？"说完又闭上了眼睛，秦歌下床时，她又说道："洗漱时轻点，别把你儿子吵醒。"

　　秦歌下楼时，想起上次在甘拜石家里看画时，好像给神仙姐姐说过，有幅画里的美人像极了自己认识的一位女孩，答应说什么时候让她见见，就给小幻打了个电话，问她有没有时间。小幻这段时间就是给父亲煎煎药，每天为他弹一遍那首《邙山晚眺》，剩下就没有什么事情可做了。陆一帆刚走那段时间，她还盼着接到个电话，这都一个多月了，连条短信也没收到，慢慢地，那种思念也就淡了。

　　刚起床，手机响了。她看屏幕显示是"秦大哥"，心中就有点莫名的愉悦："哥，你好！"

　　"小幻，你好！没打扰你睡觉吧？"

　　"早起来了。"

　　"今天有时间没？"

"上午没事，下午有点事。"

"那我接你和一位姐姐一起去踏青吧？"

"好啊！"

"到哪儿接你？"

"你知道魏园吗？"

"知道。"

"就到魏园大门口等我。"

秦歌开车赶到时，见一个俏丽的身影从魏园东边走了过来，穿一身牛仔衣，背着一个双肩小背包。秦歌降下车窗玻璃冲她挥挥手。小幻笑了笑，快步走了过来。

上车后，秦歌见她齐齐的刘海下面微微有些汗珠，胸脯也随着急促的呼吸一上一下地起伏着，便笑道："为什么不让我直接到你家门口接你，还自己跑这么远干什么？"小幻指着魏庄道："我家就在那儿，还不到一里地，村里人好说闲话。"秦歌笑道："怕人家说你和人私奔呀？"小幻小脸一红，嗔道："用词不当啊，大哥！"秦歌也觉得刚才那句有点唐突，就微微一笑，把收音机打开，广播里传出优美的歌声，车子飞快地向城里奔去。

到了神仙姐姐家门口，秦歌打了个电话，不一会儿，她便下来了。神仙姐姐穿了一件粉色短风衣，衣服领子直直地竖立起来，头发盘到头顶上，手里拎着一个小包，不紧不慢地走了过来。她上车后，秦歌给她介绍道："乔小幻，东都大学的学生。"小幻坐在副驾驶位置，转过身来，甜甜地叫道："姐姐好！"神仙姐姐握住小幻的小手道："呀！这小姑娘长得真好看！"秦歌问道："你没觉得她很眼熟吗？"神仙姐姐又看了看小幻侧着的脸庞，问道："是不是演过什么电影？"小幻就咯咯地笑着。秦歌道："演电影那是以后的事，你不觉得以前见过她吗？"神仙姐姐觉得小幻一直扭着脖子往后看这个动作不太舒服，干脆叫秦歌停下车来，让小幻和她一起坐在后座上。

神仙姐姐又仔细打量了小幻一遍，摇摇头道："好像有点眼熟，但想不起来在哪儿见过。兄弟，给点提示。"秦歌道："一幅画里。"神仙姐姐恍然大悟道："哦！想起来了。"又问小幻："你认识甘拜石甘老师吗？"小幻摇摇头道："听说过，是一位大画家，但我不认识他。"秦歌对神仙姐姐说道："你没看那幅画的落款，是二十年前的，那时她还没出生呢！"小幻看看秦歌又看看神仙姐姐，不明白他们在说什么。神仙姐姐道："哦，那倒是。咦？那画中的美人会不会是你妈呢？"小幻道："我妈和我长得一点都不像，这儿还有她的照片，我给你看看。"

说着，小幻就掏出手机，翻出一张照片，递给了神仙姐姐，她接过来一看，是一个普通的中年妇女，不管是和画像里的人物，还是眼前这个小妹妹都没法联系起来。神仙姐姐把手机还给了小幻，笑道："小妹妹，什么时候带你去看一幅画，说不定那是你的前生呢！"秦歌问道："哎，小幻，会不会搞错了，你妈该不会不是你亲生母亲吧？"小幻笑道："胡说！哪有把妈搞错的？"秦歌在前边自言自语地说道："也对，妈一般不会搞错，要错也是把爹搞错。"小幻在后边嚷道："爹才不会搞错呢！我最喜欢我爸了。"神仙姐姐笑了，伸手拍了秦歌肩膀一下，嗔道："好好开车，人家还是小孩子，听不懂你的胡说八道！"

神仙姐姐就换了个话题，拉着小幻的手感叹道："上天也太偏心了吧！把一切美好的东西都给了你。小脸蛋长得漂亮吧，还有两个酒窝；手生得这么好看，十指纤纤的，手背上还有四个小窝窝；身材好吧，皮肤还这么白。迷死人不偿命啊！"小幻被神仙姐姐夸得不好意思了，就笑道："姐姐才是美女嘞！怪不得他叫你神仙姐姐，就是仙女一样的人啊！"神仙姐姐笑道："有这么黑的仙女吗？"小幻咯咯笑道："你这不叫黑，是时下最流行的小麦色，最有魅力了……"两人在后边叽叽喳喳的，一会儿就熟悉了。

车子沿着王城大道翻过龙门山，拐入一条乡间小路，走了一段时间，听到一阵水流声，前边是一片桃树林。秦歌停下车，转头对她俩说道："这地方风景不错吧？"小幻"哇"了一声，打开车门就跑了下去。神仙姐姐瞅了秦歌一眼，问道："你还有这么个小朋友，怎么以前没听说过？"秦歌道："普通朋友而已，也是刚认识的。"神仙姐姐笑道："我看这感觉不像普通朋友啊！"说罢也转身下了车。

秦歌跟着下了车，见小幻在桃树林里面拍照。眼下正是桃李芬芳的三月艳阳天，这片桃树林位于一个山坡上。向远处眺望，只见漫山遍野的桃花开得极艳，有粉红的、深红的、浅紫的，在青翠欲滴的绿叶映衬下，更显得鲜艳娇美。有的才绽开两三片花瓣，有的花瓣已全部绽开，一丝丝红色的花蕊顶着嫩黄色的尖尖，小心翼翼地探出头来。一阵微风吹来，桃花散发出来的阵阵清香，沁人心脾。秦歌觉得说不出的舒服，就贪婪地大口吸着这清新的空气。

小幻把手机递给秦歌，让秦歌帮她拍照。他调整好镜头，暗思："怪不得古人有'人面桃花相映红'的佳句，这小姑娘在桃花的映衬下，显得更加柔媚动人了。"他就连拍了好多张。神仙姐姐问道："这水声由哪儿传过来的？"秦歌道："这边上就是伊河。"就带着她俩往前走了几十米，果然有一条丈余宽的小河。神仙姐姐道："我还以为伊河都像龙门边上那么宽阔呢，到这儿才这么一点点！"三人沿着河岸往上游方向走了一会儿，只见一片平坦的草地。秦歌觉得她俩有点累了，就问道："要不我们在这儿歇一会儿，我让人给这儿送点吃的，咱们在这儿搞个野炊。"小幻拍拍背后的背包，笑道："我带吃的了，不用让别人送了。"就转身从包里掏出一块小碎花塑料布，铺在草地上。

这是一个晴朗的上午，空气中微微有些湿润，春风拂动，飘来阵阵淡淡的花香，秦歌沉醉于周围的美景：刚发芽的杨柳、清澈的河水、如茵的绿地。这儿虽和城市只隔了一座龙门山，但天空却澄净了好多。看着两个神仙一般的人儿在边上叽叽喳喳，秦歌觉得这一切是这么美好，自己的视觉、听觉、嗅觉，一切的感觉，都得到了满足，就幸福地闭上眼睛，享受着这个美妙的时刻。

小幻从包里掏出两根黄瓜、一包饼干、一袋牛肉干，又拿出一把小刀把黄瓜切成了寸许的小段。三人坐下来，秦歌道："此情此景，真让人心旷神怡，可惜没有酒，真是一大遗憾啊！"神仙姐姐道："那就不喝酒了，我们每人表演个节目，唱歌、跳舞、讲故事，什么都行。小幻最小，让她先来吧！"小幻笑了笑，说道："让大哥先表演吧！"

秦歌也没推辞，站了起来，眺望河对岸，见远处山坡上有几头驴子在悠闲地吃着草，就笑道："我给你们表演个驴叫吧！"只见他清清嗓子，用手势配合着仰天长啸，发出一阵高亢的驴叫声。这声音初听觉得放肆而刺耳，细听一会儿又觉得亢奋而昂扬，继而又觉得悲愤而苍凉。声音传出很远，山坡上的几头驴先是停止了吃草，竖起耳朵听了一会儿，就快速地扬蹄飞奔过来。

秦歌上高中时，每天清晨从家里去学校，总能听见乡间小路边的塬上有驴的嘶叫声。刚开始还以为真有驴在叫，有一天他爬上塬，见是一个精神矍铄的老头在仰天长啸。他连续观察了好多天，跟着慢慢发声，却始终发不出那样浑厚悦耳的声音。后来，老头见他每天都跑过来看自己，就给他指点了几次。

学驴子发声需要喉、嗓、口、舌、唇、齿、胸、腹等部位协调运动，得先将能量聚集起来，再利用冲口而出的爆发力，刹那间向空震响。老人告诉他，这驴叫正好是平、上、去声，打响鼻就像是入声。有四声在里边，有音律在里边，还有寓意在里边。秦歌没想到一声驴叫，竟有那么多学问，就跟着老头练了一段时间。那时他还是个十五六岁的少年，中气不足，虽掌握了一些技巧，却始终叫不出那种高亢、悲怆的韵味。后来长至成年，慢慢地就有了那种感觉。

这会儿见几头驴子飞奔过来，小幻和神仙姐姐看得目瞪口呆。小幻还躲在秦歌的后面，紧张地问道："它们不会冲过来吧？"秦歌笑着摇摇头。果然见驴子到河的对面就停了下来。这是三头年轻漂亮的母驴，它们看着河对岸，有点失望地喘着粗气。这时，刚才的坡顶上又出现了一头健壮的叫驴，仰头长啸，顿时驴叫声响彻整个田野。三头驴同时回头探望，瞬间又飞奔了过去。

小幻见驴子又跑了，不解地问道："会叫的驴是不是领导啊？怎么你一叫它们就跑过来，那边一叫它们又跑回去了？"秦歌见小幻表情迷茫，目光单纯，不像是调侃的样子，就点点头，自我解嘲道："算是吧！"神仙姐姐笑得捂着肚子，蹲在地上直不起腰。小幻看看秦歌，又看看神仙姐姐，突然明白了，脸上迅速腾起两朵红晕，为自己刚才冒失的语言直后悔，就转过身去看着静静的河面。秦歌见小幻有些尴尬，就岔开话题问道："姐姐，我这节目算通过了吗？"神仙姐姐点头道："绝对精彩，通过、通过！下面该小幻表演了。"

小幻转过身来笑道："那我给哥哥和姐姐跳支舞吧！"她看了看脚下的草地，说道："我跳一支蒙古舞吧！"小幻在手机里选了一首《乌兰巴托的夜》，伴着音乐跳了起来。蒙古舞蹈中上肢的动作丰富，腿上的动作相对较少，很适合在草地上表演。只见小幻手臂灵巧，柔中带刚，轻盈柔美的动作中却又蕴含着青春的张力，双臂有力而柔韧，肩部的动作特色鲜明，时而欢快奔放，时而沉稳内敛，张弛有度，将欢乐蕴含在身体每个关节的动作之中，显得温柔典雅。秦歌是第一次欣赏小幻跳舞，不由暗叹："没想到这纤纤弱弱的身子竟能跳出如此有张力的舞蹈。"一时又想入非非了。

一曲终了，秦歌和神仙姐姐都拍手叫好。小幻深深地鞠了一躬，笑道："谢谢！下面该姐姐了。"神仙姐姐看了看四周的美景，略一思考，说道："有点不合时宜啊！给大家吟首刘希夷的《代悲白头翁》。"她看着前边的桃花，柔声吟道：

187

> 洛阳城东桃李花，飞来飞去落谁家？
> 洛阳女儿惜颜色，坐见落花长叹息。
> 今年落花颜色改，明年花开复谁在？
> 已见松柏摧为薪，更闻桑田变成海。
> 古人无复洛城东，今人还对落花风。
> 年年岁岁花相似，岁岁年年人不同。
> ……

小幻痴痴地看着神仙姐姐，见她表情由微笑转为正色，又渐渐转为肃然，这会儿竟有凄然之色。小幻低头无意一瞥，见河面上漂着几朵桃花渐行渐远，暗想："这桃花刚还在枝头闹春，这会儿就随河水漂流而去，可能阻于某一处沙洲，可能沉于河底的淤泥，也可能随河水汇入更大的河流，最后一路向东汇入大海，反正就是不知所终，绝无再和枝头相见的可能。"一时感叹生命无常，又想起了奶奶，竟眼眶微湿。秦歌看着小幻，又看了看神仙姐姐笑道："停！姐姐，你再朗诵下去，小幻该哭了。"

神仙姐姐就收住了声，看看小幻道："这妹妹倒和我心意相通啊！我经常到下午时，总有一丝莫名的伤感，最见不得夕阳西下了。等到了晚上，就又缓过劲儿了。"又转向小幻笑道："妹妹，你正是天真烂漫、无忧无虑的年纪，怎么也这么多愁善感？"小幻道："我好像不会控制自己的情绪，有时看到孤单的小猫小狗也会掉泪。有时上课，看到某位同学或老师一个奇怪的动作，或一个怪异的发型却忍不住会笑个不停。不知道这算不算是毛病？"

秦歌笑道："花本是娱人之物，你俩这一个姐姐一个妹妹，怎么这样多愁善感？世间哪里会有永恒的东西？太阳算不算永恒？科学家研究出的太阳的生命不是还剩五十亿年嘛，随后不也归于寂静？还是活在当下，快乐每一天吧！来，开始吃饭。"午餐虽然简单，但三人吃得异常快乐，最后，秦歌连牛肉干的包装袋也翻了过来，上面沾有几颗芝麻，他用食指沾起来塞到嘴里，逗得小幻咯咯地笑了起来。

神仙姐姐和小幻已经相当熟悉了，两人跑到山坡上面掐了一大把荠菜，嫩嫩的青翠欲滴，神仙姐姐和小幻约好了明天到她家包饺子，两人又神神秘秘地咬着耳朵说："就咱俩，不叫他啊！"然后就一直嘀嘀咕咕地说个没完，把秦歌抛在一边。秦歌暗道："这女人在一起就是好沟通啊！这会儿工夫都这么熟了。"他想着想着，就闭上了眼睛。

一会儿，他感到自己身在水中，就觉得奇怪，平时自己潜水最长时间也就一分钟多一点，现在怎么在水里待了这么长时间，也不觉得难受，还觉得挺快乐的，就自由自在地游着。听到岸上有小孩的声音："有条大鱼。"秦歌左右看看，除了自己哪有什么大鱼？接着背上一疼，是一块石头扔了下来打在他背上。他正要呵斥他们，发现岸上好几个小孩，都捡起石头砸向自己。他就准备破口大骂，却怎么也发不出声音，暗想："哦，我肯定是在做梦！"再一看，咦？怎么自己真的变成了一条鱼？一时心中大骇，他不敢肯定自己是不是在做梦，就拼命地游动着，想摆脱顽童们的追击。可自己逃到哪里，顽童们的石头就落到哪里，正感到筋疲力尽时，听见一个声音道："你躲到我下面来！"他一看周围没人，只有一片硕大的莲叶，便也顾不得那么多了，急忙钻进莲叶下面。那个声音又响了起来："姐，都三点半了，咱们回去吧！"秦歌睁开了眼睛，原来只是南柯一梦。

只听见小幻对神仙姐姐道："姐，都三点半了，咱们回去吧！我下午还得给我爸煎药。"秦歌呆呆地看着小幻，问道："这句话你刚才说了几遍？"小幻笑道："你在做梦吧？谁说话还重复几遍啊？"秦歌暗想："真奇怪了，刚才明明听见她把这话说了两遍。"

秦歌低着头想着刚才那个奇怪的梦。三人又按原路线返回车旁，秦歌先把神仙姐姐送到家，下车时，她俩又约了明天吃饺子的事。神仙姐姐都快进小区大门了，又回头向小幻晃晃手机，做出打电话的样子，小幻也向她晃晃手机，笑着点点头。秦歌问道："今天开心吗？"小幻点点头。秦歌笑道："那我们以后就多组织一些这样的活动。"小幻道："好啊！"到魏园门口，小幻让秦歌停车，秦歌道："送到你家门口吧？"她摇摇头，手已经放在门把手上。秦歌就停下车，远远地看着她慢慢地消失在村口。

杜若飞吃晚饭时，又跑到连连看，他已经连吃一个星期麻辣烫了。前几天，蓝桐桐见他过来，还笑笑点点头，算是打个招呼，后几天就再不理他了。他选好串儿，笑着交到她手中，她也不看，默默地接过来，煮烫好后，给他送过去。他一罐串儿能吃到半夜，一般只是看着蓝桐桐干活，有时也逗一下小蘑菇，但小蘑菇好像对他并不感兴趣，杜若飞问一句，他答一句，目光总是盯着别的地方。今天他约了丁荣剑来这儿吃麻辣烫，他选了一把串儿，让蓝桐桐先烫着。

一会儿，丁荣剑和左琳过来了，车停在马路对面，也就是杜若飞的大切诺基的后面。两人牵着手走了过来，过马路时，丁荣剑左右看着来往的车辆，小心翼翼地护着媳妇，看到杜若飞后，就嚷道："我还当什么地方呢！不就是个大排档吗？让你吹得神乎其神的。"杜若飞眯着眼睛指着丁荣剑道："俗！你肯定没听过'山不在高，有仙则名；店不在大，好吃就行！'"两人坐下后，杜若飞就让蓝桐桐把瓦罐端上来。左琳尝了一口，点点头道："嗯！是挺好吃的。"

一会儿，邻桌几个小伙子在抽烟，烟气飘了过来，左琳就皱着眉头，换了个位置坐在桌子的另一边了。丁荣剑转身拍了拍身后的小伙子道："兄弟，别抽烟了，这边有个孕妇。"小伙子就不高兴了，指着同桌的一个女孩道："我们的女朋友也怀孕了，咋没这么娇气啊？"那女孩染着一头黄发，脖子上文了一圈祥云图案，嘴里叼着根香烟，大大咧咧地举起啤酒杯，笑道："这都怀孕好几个小时了，来，庆贺一下，孩子他爹们。"几个小伙子哈哈大笑起来，都举起了杯子。

丁荣剑就瞪着他们，杜若飞拽着他的胳膊道："兄弟，露天地里，咱哪能要求人家禁烟呢？算了吧！"他转头盯着左琳看了一会儿，笑道："原来你怀孕了，我说呢，怎么嘴巴比以前大了一圈。"丁荣剑嘿嘿地笑了起来，挠挠头说道："这都被你看出来了。"左琳的脸腾地一下红了，笑骂道："神经病啊你！"

三人吃了一会儿，左琳坐在小凳子上觉得腰疼，就站起来自己捶捶腰，丁荣剑道："老婆，要不你先回去吧，我们再聊会儿，一会儿就回去。"杜若飞笑道："弟妹，你放心，过会儿我就把他送回家。"左琳看了看蓝桐桐，冲着杜若飞笑了笑，点点头就离开了。杜若飞又到前面去选串儿，选好了交给蓝桐桐。蓝桐桐头也没抬，接过来串儿就塞到砂锅里煮了起来。杜若飞坐下来后，丁荣剑笑道："你现在这风格也变了，像个害羞的小男孩，没了往日在女孩跟前的霸气了，所以显得不伦不类。"杜若飞道："我也不知道怎么回事，一到这儿连话都不会说了。"丁荣剑压低声音道："你以前尽是以约炮为目的地泡妞，没什么思想负担，就显得从容大方。现在战略目标调整了，必然会引起战术方法的改变，你现在只是适应期，应该没什么问题，我看只是个时间问题。"杜若飞嘘了一声，紧张地说道："小声点！"又转头看了蓝桐桐一眼，见她盯着炉子上的火苗发呆，显然是没注意到他们的对话。杜若飞举起杯子道："兄弟，我们喝酒。"

两人喝到大半夜，杜若飞把丁荣剑送回家后，他又来到这儿，就这么默默地看着蓝桐桐，别的客人都走光了。杜若飞笑着问道："还不收摊吗？"蓝桐桐道："客人还没走，怎么能收摊呢？"杜若飞左右看了看，笑道："哪还有客人？"蓝桐桐笑道："那站我跟前的这个人是谁啊？"

杜若飞叹了一口气，道："可算是看到你的笑脸了，你以前不是挺爱笑的吗？怎么这几天见我老这么严肃？"蓝桐桐又收起了笑容，拿起餐车上的单子看了一眼道："今天晚上共消费一百零五。"杜若飞从口袋摸出一张一百的递了过来，道："我就剩下一百元了。"蓝桐桐道："小本经营，概不抹零。"

杜若飞又嬉皮笑脸地说道："要不你给我留个电话，我明天一定给你送过来。"蓝桐桐看了他一眼，说道："算了吧！这五块我不要了。"杜若飞笑道："妹子，我帮你干活吧。"说着就开始搬桌椅了，他已经在一边观察她收摊很长时间了，所以很娴熟地把桌椅收好，又用帆布盖了起来。这边蓝桐桐把餐车也收拾好了，轻轻地推下路沿，又走到红帐篷跟前来，杜若飞挡在她前面，俯下身子将整顶帐篷及底下的托盘一起托了起来，问道："要不把孩子放我车里，我送你们回去？"蓝桐桐道："那他不是还得醒？算了，你就放在餐车后面，我慢慢拖着他走。"杜若飞这回没有听她的，而是双手托着帐篷大步往蓝桐桐租住的大杂院走去。

蓝桐桐推着餐车紧紧地跟在后面。到楼道跟前，蓝桐桐放下餐车，跑去把她家门打开，门太窄，杜若飞没法托着帐篷进去，只能把帐篷放在门口。蓝桐桐半蹲下来，将小蘑菇抱了出来，见他小脸蛋红扑扑的，还在熟睡着，就感激地看了杜若飞道："谢谢啊！今天孩子可算是没给折腾醒。"就转身进屋把小蘑菇放在床上，又转身出来，递给杜若飞一瓶饮料，笑道："太晚了，就不邀请你来家坐了。谢谢啊！"杜若飞接过饮料，笑道："那我先走了，你也早点睡吧！"说完就心情愉快地大踏步走出了这个大杂院。他站在院子门口，又回头看了一会儿由蓝桐桐家窗户中透出的灯光，约莫十分钟，灯光熄灭了，他才回到车上。

丁荣剑又跑到秦歌办公室，说他晚上请客的事，秦歌问道："什么主题啊？"丁荣剑笑道："主要是请嫂子，上次多亏她给我指点迷津，要不然后果不堪设想啊！"秦歌笑道："还记着呢？""这怎么敢忘？不过你得给嫂子叮嘱一下，别给我说破了。""行！""那吃点什么呢？""你问你嫂子吧，晚上喊着若飞，我有一段时间没见他了。""好吧！"丁荣剑就给林心瑶打电话说晚上吃饭，林心瑶说本来晚上要带聪聪去吃烤鸭，丁荣剑就在全聚德订了个包间。

晚饭时，左琳一直在和林心瑶交流着怀孕的心得，林心瑶还送给左琳一盘莫扎特的CD。秦歌笑道："这也太早了吧？"林心瑶白了他一眼道："胎教、胎教，不早能叫胎教？"左琳道："姐，你怀聪聪时，是不是就听莫扎特的音乐？怪不得他这么聪明。"林心瑶看着儿子，摇摇头说道："他把聪明劲儿可没用在正地方，净用在玩游戏上了，一门心思想着玩呢。"聪聪见妈妈说他，就不满地看着她。林心瑶也看着他，笑道："快吃吧，过会儿还得上补习班呢！"聪聪就拿了一张面饼平摊在桌子上，放了几片鸭肉和葱丝，卷了起来。林心瑶道："桌面脏不脏？这还能吃吗？"聪聪拿起卷饼，从凳子上下来，走到秦歌跟前把卷饼递给了他。秦歌有点受宠若惊，赶忙接过来，摸着儿子的头笑道："呦！儿子长大了，知道孝敬他爹了。这张卷饼别说放桌面上卷的，就是放地面上卷的我也得吃啊！"说着就咬了一大口，看着林心瑶笑道："真香啊！"

林心瑶似笑非笑地看着聪聪道："以后让你爸每天接送你上学，给你做饭、洗衣服。别找我啊！"秦歌道："你这人怎么这样？儿子对我好点你有意见啊？"林心瑶道："你知道个屁！他刚才就说不想上补习班，没看他整个晚上都和我拧着来？"秦歌道："不想上就不上呗！本来学校的作业就够多了，你还给他增加负担，他能高兴吗？"林心瑶就对左琳道："你看他二不二？还像不像个当爹的？人家都鼓励孩子多学点，他在这儿拔气门芯。"左琳跟着笑了起来。

秦歌夹起一片烤鸭道："制作这烤鸭很讲究，一定要有皮有肉有油，也就是要肥，肥了才嫩。我给你们讲一下养鸭的师傅怎么给鸭子增肥吧！"秦歌接着说道："养鸭的师傅把饲料搓揉成比一般火腿肠还要粗点的圆条状。抓住鸭子后夹在两腿之间，鸭子就动弹不了了。用手掰开鸭嘴，将圆条状饲料蘸点水强行塞进去。塞进口中之后，用手紧紧地往下捋鸭的脖子，硬是把一根根饲料挤到鸭的胃里。然后把鸭子关在一间小棚里，几百只鸭子挤在一起，像沙丁鱼一样，没有活动的余地。过段时间，鸭子没有不肥的。这就叫填鸭。"

林心瑶笑道："我说你绕这么一大圈，不就想说我教育方法不对吗？

以后你管你儿子，我不管了。整天最累的是我，最后还落个埋怨，我何苦呢？"秦歌笑道："谁说你教育方法不对了，我给大家讲一下怎么养鸭子，你看你想哪儿去了？"林心瑶扭过头去，没再看秦歌。一会儿，林心瑶见聪聪吃饱了，就拽着他要离开，又拉着左琳道："一会儿把他送到补习班，你陪姐逛街吧！省得在这儿听他们胡说八道。"左琳就和她出去了。

秦歌举杯道："来，为了自由，我们喝一杯。"几人便干了一杯。小王在一边喝着茶水，问杜若飞道："杜哥，听说你最近恋爱了？"杜若飞道："哥现在还是单相思呢。"秦歌笑道："听说你最近天天去吃麻辣烫，也不怕上火？"杜若飞还有点不好意思了，笑道："让大哥见笑了，我还说给你汇报一下情况，让你帮我出出主意呢。"然后就把最近的情况说了说。最后又问道："你说她能看上我吗？"

秦歌没有回答，而是问了一句："这次感觉和以前有什么不同吗？"杜若飞道："以前泡妞目的很明确，就是想办法约她们上床。这次不一样，就是想和她在一起。看着她晚上熬夜受苦就会心疼，想把银行卡和密码都交给她。"丁荣剑本来想调侃一下他，这会儿见他表情真挚，目光中充满着温柔，与往日玩世不恭的样子大相径庭，就笑道："没想到杜哥这次玩真的了。"

秦歌指着桌上鸭肉边上的葱丝问杜若飞道："兄弟，你知道为什么吃烤鸭要配点葱丝吗？"杜若飞道："那不是怕腻嘛！"秦歌点点头道："现在蓝桐桐之所以一直拒绝你，就是怕你拿她当这葱丝。她肯定想着你这样的人，身边能缺美女？能真心对她这样一个连灰姑娘也不算的灰妈妈？她一个单身女人带个孩子，生活得多艰辛啊！她能不希望身边有个男人，有个完整的家？可她想要的是那种实实在在能和自己过日子的男人，至于有多少钱，有多大本事，这都不重要。而你给他的感觉恰恰不是这样的。"杜若飞静静地听着，真挚地看着秦歌，问道："那你说接下来该咋办？"

秦歌笑道："要说泡妞，哥也是纯理论研究型的，论实战那还是你们经验丰富啊！"杜若飞和丁荣剑两人同时双手一抱拳，道："大哥谦虚了！"小王在一边嘿嘿地笑。秦歌道："《水浒传》里王婆对泡妞有一套很精辟的理论，叫作泡妞五字诀：'潘、驴、邓、小、闲。'不知贤弟们研究过没有？"杜若飞摇摇头，丁荣剑道："小时候看《水浒传》，就喜欢看武松打虎那段；长大后看《水浒传》，就喜欢看西门庆勾搭潘金莲那段。这个泡妞五字诀我还真没注意过。咋说的？"

秦歌道："'潘'，是指西晋的潘岳，字安仁。后世一般称呼潘安，是洛阳出名的帅哥，'才比子建，貌若潘安'，说的就是曹植和他。也就是说男人要长得帅，这点你没问题，长相虽不是古人说的面如冠玉，唇红齿白，但按现代审美标准绝对是个帅哥。'驴'，是说那东西要大如叫驴。这点你也没问题，估计驴见了你都得自卑。不过这个优点在现阶段她还不知道呢。"说完几人便哈哈大笑起来。

秦歌接着说道："'邓'，是指西汉文帝时期的邓通，自家不但有矿山，还可以自己铸钱，富甲天下。这点你也没问题，虽赶不上邓通，但比我们仨加起来富多了吧？'小'，是指在女人面前要放下身段，以仆人对女王的态度去讨好她。你这段时间在她跟前一直低声下气，给她收拾桌椅板凳、抱孩子，这就表现出了一个'小'字。'闲'字好理解，得有大把的空闲时间，你以后就每天都去她那儿，陪着她娘儿俩，帮她收拾桌椅，干点杂活，用不了多长时间，就能领回家了。"

杜若飞沉浸在秦歌给他描绘的幸福画面里，面带微笑盯着桌上的菜发呆。丁荣剑道："哎！别意淫了。"杜若飞笑了笑，问秦歌道："大哥，晚上没事的话，过会儿，我想再去她那儿。"秦歌道："没事，吃完饭各回各家，你想去哪去哪儿。"丁荣剑道："大哥，这个周末我们搞个户外活动吧！去白云山待两天，周六早上出发，周日下午回来，在那儿住一晚上。"秦歌道："白云山去了几十趟了，还去啊？"丁荣剑道："我上次和几个玩户外活动的驴友找到一个地方，属于白云山，但不在景区里。地方很偏，下车后还得步行两个多小时。那地方山清水秀，风景特别好。难得之处是荒无人烟，除了偶尔能看到几只猴子外，好像没什么别的东西。"秦歌有点动心了，就说道："那你安排好，这段时间太忙了，出去转转，放松一下也行。"

第十六章　世外桃源

　　周末晚上有个应酬，秦歌一高兴，多喝了几杯。回家时，秦歌稍有点醉意。林心瑶在看电视，见他进门，看了他一眼，问道："没喝多吧？"秦歌打起精神，摇摇头道："没有，只喝了半杯啤酒。"聪聪从房间里跑了出来，手里拿着作业本，让他看一道题。秦歌靠在沙发上，说："你给我读题。"聪聪就认真地读着，说是一人带了一只狗，由甲地到乙地，狗跑得快，等跑到乙地后，又回头跑向主人，等和主人相遇后，狗又往乙地跑，问等人到乙地时，狗跑了多少路程？要是在平时，这题自然不在话下，可眼下秦歌喝多了，怎么也理不出个头绪，就骂道："谁出的题？缺不缺德！"聪聪瞪着他，喝道："好！你还敢骂老师，我明天告诉他。"秦歌嘿嘿地笑道："好、好，咱不骂老师了。我看是那只狗疯了。"说着便把头靠在沙发上，微微闭上了眼睛。聪聪不满地看着他，又低下头，赌气地在作业上写了三个字："狗疯了"。

　　林心瑶见聪聪真在作业本上写了"狗疯了"三个字，就站起来，拿起作业本在他脑袋上敲了一下，骂道："你爸耍二屄，你也跟着耍二屄？"聪聪不服气地看着林心瑶。秦歌哈哈大笑起来，说："这才像我儿子。来，让爹亲一口。"聪聪在他伸过来的脸上推了一下，闻到了一股酒味，他皱了一下眉头，说道："我知道了，不是狗疯了，是狗喝醉了。"秦歌就在他屁股上拍了一巴掌。

　　等聪聪睡觉后，秦歌就瞅着林心瑶的身体，嘿嘿地坏笑着。她侧头看着他，说道："别想了！不可能的事，自己洗洗睡吧！"秦歌道："我明天要陪领导出去一趟，今天晚上能不能开开恩？"林心瑶道："咋？出去就不回来了？"秦歌就失望地从沙发上站了起来，洗了个澡，自己睡了。

第二天早上，秦歌醒来看了看表，已经六点四十了，离昨晚和丁荣剑约定的时间还有二十分钟，他起来洗漱完毕，站在阳台前盯着楼前的小花园，里面有几株牡丹，火艳艳地盛开着。他心里一阵莫名的兴奋，丁荣剑安排的这次活动，他没有问都有哪些人参加，但隐隐约约感觉到应该能见到那个人。

他换了一件圆领T恤，外面是一件深蓝色的冲锋衣，下面穿一条较宽松的牛仔裤，蹬上一双旅游鞋，又发现鞋和裤子好像配不起来，就问林心瑶道："我还有什么适合户外活动的鞋子没？"林心瑶道："你脚上这双旅游鞋不是就挺好吗？"秦歌道："我怎么感觉这双鞋和这条裤子不太配。"林心瑶把头靠在靠枕上，看了他一眼，说道："鞋柜下面一层，有个棕色鞋盒子，里面有一双休闲鞋，你试试，应该可以的。"秦歌换上后，又在镜子跟前照了照，比较满意。

林心瑶道："哟！你是爬山啊，还是要上《非诚勿扰》相亲啊？"秦歌笑道："胡说八道！陪领导活动，得给人家留个好印象吧！"林心瑶又问道："你洗漱用品和吃的不带点？"秦歌道："这还用我准备吗？带个水杯就行了。他们都准备好了。"电话响了起来，杜若飞道："大哥，我们在小区门口了。""好，三分钟！"林心瑶问道："明天晚饭前能回来吗？"秦歌道："估计就是回来了，也不会在家吃饭，我争取早点回来。"林心瑶又躺下了，嘟囔道："等于没说。"

秦歌出来后，见杜若飞的大切诺基停在路边，后面的窗户玻璃降下来十厘米左右，伸出一只白生生的小手，向自己挥舞着。他的猜想得到了证实，不用看，他就知道小幻在里面。丁荣剑由副驾驶位置下来，打开后面的车门说道："马晶和小幻在后面。"秦歌点点头就上车了。马晶坐在左边，小幻在中间，马晶见秦歌上车后，主动握手，笑道："大哥好！"秦歌也笑道："马晶好！"马晶又道："大哥，自从小幻不在酒店弹琴以后，好像就再也没看到过你呀！"小幻有点不好意思了，嗔道："马晶姐，你说我干什么呀？"秦歌笑道："这段时间太忙了。"又问小幻道："给你家人请假了？"小幻点点头。

秦歌又问丁荣剑道："都准备了什么东西啊？"丁荣剑回过头来，说道："什么都备齐了，指南针、手电筒、望远镜、帐篷、对讲机等。""吃的呢？"丁荣剑道："很充足，酒也带了。洗漱用品也准备了，放心吧！"秦歌满意地拍了拍丁荣剑的肩膀，笑道："兄弟办事我放心。"

车子向南疾驰着，杜若飞收到一条短信，就把车靠边，让丁荣剑开。马晶自告奋勇地说道："我来开，让咱也体验一把开豪车的感觉。"说完就坐到驾驶位置去了，杜若飞坐到了后面。他回完短信，就调侃道："我看大家都快睡着了，讲个局长与女司机的故事提提神，马晶你不介意吧？"马晶笑道："讲吧！讲个故事有什么呀！"

杜若飞讲道："有一位女司机拉着局长去检查工作，走在路上，车抛锚了。女司机说道：'作为女人，我不该钻到下面去修车；可作为司机，我不得不下去。'过了一会儿，局长说：'作为领导，我不应该帮她修车；可作为男人，我不得不下去帮她。'又过了一会儿，过来一位警察，拍了拍局长的肩膀，说道：'作为一名路人，我不该告诉你这个坏消息；可作为一名警察，我不得不告诉你，你的车刚被人开走了。'"杜若飞讲完后，秦歌和丁荣剑哈哈大笑起来，马晶也笑道："你要不拿别人寻开心就难受是吧？"小幻嚷道："你们的笑点咋这么低呢？这故事有啥好笑的？一点都不现实嘛，他们在车下面修车，车被别人开走了，他们会不知道？"马晶回头对小幻道："傻妹妹，你没听懂，别吱声，他们邪恶着呢！"又引来一阵大笑。

车子驶入一条山里的小路，路面越来越窄，人也越来越稀少了。马晶不敢开了，就把车交给了杜若飞。又前行了一阵子，路完全消失了，前面是一条河流。丁荣剑回头对秦歌说道："大哥，上次我们就是把车停在这儿，开始徒步前进的。"秦歌把头探出窗外看了看河面，问道："你们上次是什么时候来的？"丁荣剑道："去年八月份吧。"秦歌道："那时候正是汛期，水流量大，眼下却是枯水期，不能一概而论。"

秦歌下车到河边看了看，让他俩搬了几块大石头扔到河里，又到车里取出一根登山杖，量了一下水深，又看一下河床的泥沙，就让丁荣剑先蹚了过去。见最深处刚到丁荣剑大腿，秦歌就返回到车上，坐在副驾驶位置，转身对小幻和马晶说道："你俩分开靠两边坐，过会儿涉水时，身体紧靠在座椅靠背上，尽量别动。"又对杜若飞道："油门一定稳住啊！"杜若飞笑道："以前也玩过涉水，应该没事。"车子缓慢地爬行着，终于到对岸了，小幻长出一口气，开心地大喊大叫。秦歌让丁荣剑在岸边做了个记号，等返回时就不用人再蹚一遍水了。车子沿着河边慢慢地前行，过了半小时左右，车子开到山脚下，彻底没有路了。五人下车背上背包，开始徒步登山了。

杜若飞拍着车子的引擎盖，说道："这车跟着我真是立下了汗马功劳啊！"丁荣剑拽了杜若飞一下，小声问道："车里有套没？我把这么重要的事儿给忘了。"杜若飞笑道："有，在中控台下面的储物盒里，还有湿巾呢。"秦歌回头看了他俩一眼，就和小幻、马晶先走了。丁荣剑打开车门，在中控台下边的储物盒里拿了几只安全套，笑道："不愧是东都市车震协会资深会员，装备齐全啊！不知道有多少姑娘毁在这车里了！"杜若飞双手合十道："阿弥陀佛，色海无涯，回头是岸。以后，这东西我是用不着了，施主都拿去吧！"丁荣剑笑道："和尚车里三件宝，湿巾、伟哥、安全套。"杜若飞笑道："兄弟，我还需要伟哥吗？"

两人快步赶上了他们。过了半小时左右，丁荣剑道："到了，我们上次就在这儿安营扎寨的，这边上还有个小泉眼。"秦歌顺着他指的方向一看，果然有一条如胳膊粗的小水流从一处茂盛的草丛后面流出。

山坡上绿草如茵，绿草之间夹杂着一些不知名的野花，有的像一团通红的火焰，有的像一群黄色、紫色的蝴蝶。空气异常清新，仰头看天，蓝天上飘着朵朵白云，或大或小，疏密相间，轻灵地在空中表演着曼妙的舞姿。秦歌一时心情大畅，对丁荣剑竖了一下大拇指，道："兄弟，这地方不错。"丁荣剑得意地笑了笑，就和杜若飞开始撑帐篷了。小幻又取出上次和神仙姐姐一起踏青时用的那块小花布，铺在草地上，把背包里的食物拿出来，有两只用荷叶包着的叫花鸡，一包卤牛肉，切成薄薄的片，整齐地放在保鲜盒内，还有一盒圣女果和一盒腌笋条。一盒红艳艳的，一盒翠绿绿的，让人一看就很有食欲。

还有一打烧饼，是火候很足、硬硬的那种，类似于秦歌老家的锅盔，这种小的又叫饦饦馍。小幻从包里掏出来时就散发着阵阵小麦的香味。秦歌问丁荣剑道："这是你带的东西？"丁荣剑道："我带的还没拿出来呢！不过看起来好像没这几样诱人。"秦歌笑道："我说嘛！你那水平能准备这么精致的东西？"小幻听到秦歌在变相地夸奖自己，顽皮地歪着脑袋看着丁荣剑笑。丁荣剑也把包里的东西往外掏，果然尽是些从超市买的罐头、火腿、饼干之类的。秦歌道："对了嘛！这才是你的水平。你把这东西全部交给她俩，让她们计划一下，这是我们今明两天的食物。"

马晶看了看一大堆食品，见只带了一桶矿泉水，约有三升，说道："水可是不太够啊，我们得省点用。"丁荣剑笑道："傻妞，这里最不缺的就是水。"小幻有点明白了，看了看不远处的泉水，跑了过去，蹲下来用手捧着喝了一口，回头欢呼道："马晶姐，这水好甜啊！"转头又看到边上有只小松鼠也在低头喝水，不时抬头看着小幻，没有丝毫的戒备。小幻一时童心大起，用手捧起一把泉水，撩在小松鼠的身上，那松鼠一惊，随即快速地甩着脑袋，那水珠又飞过来溅在小幻的身上。小松鼠竖起脖子，一对黑漆漆的眼睛看着她。小幻微笑了一下，这次用双手捧满了水向松鼠泼去。松鼠掉头跑了，时而停下来回头看看这位奇怪的客人。小幻原地跺着脚，做出要追赶的样子，小松鼠一溜烟钻到树林里去了。

秦歌站在小山坡上，用望远镜观察着周围的环境，东北方向隐隐约约有阶梯、栏杆、凉亭等物，根据地形面貌判断那座山峰应该是玉皇峰，为白云山景区的最高峰。他们所在的位置其实离玉皇峰很近，因和景区隔着悬崖峭壁，倒成了一处原生态的世外桃源。刚才小幻和松鼠嬉戏的场景，他也看在眼里，不觉嘴角微微扬了起来。这会儿见小幻嘴里哼着歌儿，面带微笑地走过来，就笑道："又在欺负小动物了？"

小幻知道这个男人一直在关注着自己。一段时间以来，一个念头不断在心头浮起，她努力地控制自己不去想它，可这个念头却偏要钻出来，搅得她心烦意乱，她真不知道该怎么办才好。这会儿见秦歌问她，就仰头看着秦歌笑道："是它先欺负我的好不好？"

"这叫耍赖。"

"才没有！"

"还记不记得小学有一篇课文叫《狼和小羊》？"小幻道："记得！小羊在小河边喝水碰到了大灰狼。"秦歌点点头。小幻又咯咯地笑道："我还成大灰狼了？"秦歌微微一笑，又问道："这儿好玩不？"小幻道："真好玩。就是有一样不好。"秦歌问道："什么？"小幻掏出手机晃了晃，说道："手机一点信号也没有。"

秦歌刚才观察周围地形时，依稀看到过一座信号基站塔，知道那应该是服务景区的。他举目找到信号塔，伸直胳膊竖起大拇指对准那个方向，在右边找到一个凉亭做参照物，用跳眼法判断了一下，那座信号塔大概距此地约两公里半，而这种基站信号在野外，一般辐射半径很大。之所以手机没信号，是因为此处是山坡，他们一直在背面活动。他的右前方还有一座山峰，这些都挡住了信号，就笑着问道："急着给男朋友报告呢？"小幻摇摇头道："不是，是一个最好的姐姐，她晚上肯定要和我联系，找不到我，她该着急了。"

秦歌指着他的左前方道："你往那边走。"小幻就顺着他指的方向往前走了几十步，问道："还要走多远？""十步。"小幻又走了十步，站住，转过身来笑吟吟地看着秦歌，喊道："这儿行不行？"秦歌点头喊道："你先闭上眼睛，我数到三，你再睁开眼睛，我就满足你一个愿望。"小幻笑着，微微闭上了眼睛。"一、二、三，变！"小幻睁开眼笑道："搞什么呀？"秦歌道："看手机。"小幻拿出手机一看，果然有了两格信号，就高兴地蹦了起来，心中暗想着："这家伙莫不是天神下凡？"

小幻站在那儿发了条短信，就飞快地跑到山顶，说道："哥，咱们把帐篷搬到那儿吧？"秦歌道："这边是阳面，还靠近水源。那边是阴面，晚上风大。"小幻就拉着秦歌的手左右晃着，像小时候和父亲撒娇要满足某个愿望一样，噘着小嘴道："哥，求求你，好不好？"秦歌暗道："这样的请求怕世间没一个男人能够拒绝吧？"就笑问道："那你不怕冷？"小幻见他语气松动了，就摇摇头，期盼地看着他说道："不怕。"秦歌只得点了点头道："好吧，吃完午饭搬过来。"小幻拉着秦歌的手往帐篷边走去，笑道："大哥最好了！"

　　这边三人见他俩携手走了下来，丁荣剑和杜若飞对视一笑，马晶也低声笑道："你大哥牵手成功了啊！"吃饭时，小幻和马晶用耳语嘀嘀咕咕了一阵子，最后说道："吃完饭后，我们女生的帐篷搬到后面，你们男生的搬到上面，要和我们离开点距离，又要在我们的视线范围内，有什么情况我们一喊，你们要能听见。"饭后，小幻抓起她的双肩背包，喊道："搬家喽！"就跑到刚才秦歌给她指定的位置，向还在坡顶的马晶挥着手。一会儿，丁荣剑把帐篷给她们挪了过去。看着她俩在里面嘻嘻哈哈，他又回到山坡的这边。

　　见秦歌和杜若飞并排躺在草地上，闭着眼睛晒太阳，觉得非常惬意，自己也躺在了秦歌的左侧。秦歌见他回来了，问道："给她们安顿好了？""嗯。"丁荣剑点点头，又问道，"我们还搬吗？"秦歌没有吱声。杜若飞道："不搬，让她俩先在那儿待着，晚上你把马晶带到这儿来。让大哥去那边。"丁荣剑转过头来看着秦歌，见他嘴里叼着一根小草，盯着天空的云，没有吱声。秦歌过了一会儿才慢悠悠地说道："刚才，我看了一下周围的地形，这儿是一个绝好的围猎场。"丁荣剑一时没明白过来什么意思，他想着怎么话题突然转到了围猎，难道大哥说的猎物是指小幻？

　　秦歌接着说道："这片山坡上，那泉水是唯一的水源，往南流两百多米形成一条小瀑布，汇入刚才我们一路沿着走的那条河。东边那一片树林里的动物要饮水都得来这儿。我们再看这块山坡的地形，南边约两百米处，突然陡峭，猎物要逃过去就摔死了。西边是一道山梁，形成了天然屏障。东边这一片倒是开阔地，边上就是树林。我们在猎物喝水时绕到东面把退路堵死，只需虚张声势，让它往北边跑，你们再看北边这道山梁中间有个三四米长的缺口，到时若飞就埋伏在后面，手里拿一根棍子，基本就能控制那个缺口了。我们先眯一小觉，养精蓄锐，下午围猎。"说完就闭上了眼睛。

　　杜若飞心里想着一个人，此时毫无睡意，就和丁荣剑有一搭没一搭地聊着，笑道："荣剑，你给马晶说说，晚上我们一起玩吧！"丁荣剑骂道："滚！你这头叫驴。你弄过的别人还怎么弄？下午不是要围猎嘛，到时留意一下，逮一只母猴，晚上让你玩玩。"杜若飞嘿嘿笑着，一会儿也闭上了眼睛。

一阵微风吹过，把秦歌从梦中吹醒，他觉得有点凉意，左右看看，他俩还在神侃着。他呆呆地看着天际，想着刚才的梦境，觉得有点奇怪。杜若飞道："大哥刚才做梦了吧？"秦歌点点头，又问道："刚才我怎么了？"杜若飞道："你蹬了几下腿，就见你醒了过来。"秦歌轻声道："怪了，这个梦我做过好几次，情景一模一样。"丁荣剑问道："梦到啥了？""梦到我变成一条鱼了。你们有没有连续几次做过一个同样的梦？"丁荣剑摇摇头笑道："我好像没做过一模一样的梦。哦！有，我想起来了，我好多次梦到捡钱，捡完一张还有一张，捡不完，到最后我自己都知道这是在做梦。"杜若飞笑道："我前些年多次做过相同的梦，就是那种醒来裤头湿了一大片的……"

秦歌已经完全清醒过来了，双手分别搂着杜若飞和丁荣剑的肩膀感慨
道："你说咱哥儿仨多长时间没一起躺在球场上了？"前几年他们喜欢玩篮球，累了就这么躺在球场上休息一会儿。有时和别人比赛，打输了，就并排躺在篮筐下面，输多少分，就让对方投多少个球，篮球落下来时不能躲，不能挡。杜若飞道："自从你当领导以后，咱们就很少一起打球了，哪有时间啊？"秦歌点了点头。他听到水源那边有一点声音，就探起身子看了看，果然见有两只野兔在那儿喝水，就拍了拍杜若飞道："你到那个缺口后面等着，我喊一二三，你再出击。"

杜若飞在帐篷里拿了根登山杖，慢慢地翻过山梁，在后面躲了起来。秦歌和丁荣剑也从南面山坡下绕到东边，各折了根树枝，两人隔开二十米距离。丁荣剑问道："是不是站得太靠上边了？下边这么大的空隙。"秦歌摇摇头道："野兔不会往坡下跑，追！"两人边喊边往前跑去。那两只野兔一惊，果然按着秦歌预想的路线往北跑去。他俩就站住了，秦歌计算着距离，等野兔快到那个缺口时，他喊道："注意！是两只。一、二、三！"话音刚落，杜若飞由山坡后面窜出，抡起登山杖。两只野兔已经来不及转变方向，被齐齐打倒。右侧的一只兔子直中鼻梁，当场殒命；左侧

的一只，稍靠后一点，打中前腿，还在那儿翻滚着。

小幻和马晶在帐篷外面坐着，看不到秦歌和丁荣剑，只见杜若飞手中举着根登山杖，躲在一边。小幻心里一紧，抓着马晶的手道："姐，他们不会在打架吧？"马晶道："不会吧？"两人就站了起来，看着这边。杜若飞竖起食指做了个噤声的手势。这时就听见秦歌的喊声，她俩虽不知道他们在干什么，但觉得挺好玩的，就慢慢地往这边走来，接着看到两只野兔倒了下来，又看到秦歌和丁荣剑跑了过来。

杜若飞一手拎起一只兔子，高兴地对秦歌说道："还不小啊！每只有十斤多。"小幻见那只断了前腿的兔子还蹬着后腿，一对眼睛惊恐地看着她，心中大为不忍，自言自语道："人家本来好好的一对儿，偏碰到你们这些人。"又看了秦歌一眼，小声嘟囔道："刚才还说我欺负小动物，你们这何止是欺负啊！"秦歌看出了小幻的不满，就对杜若飞笑道："把兔子交给小幻，让她剥洗干净，晚上烤着吃。"杜若飞拎着兔子向小幻走了过来，小幻转身躲开了，连声喊道："别给我，别给我！"马晶笑道："你们给剥好皮，我来清洗，这样交给我们，我们也不会弄啊！"丁荣剑还沉浸在围猎成功的喜悦中，兴奋地对秦歌道："再等等，看还有什么动物没。"秦歌道："算啦！够吃就行了。"丁荣剑又扭过头来，兴致勃勃地看着水源边上。

傍晚时刻，丁荣剑带着马晶和小幻去树林里捡了一大堆干树枝，堆在帐篷边上，杜若飞烤着野兔，散发出阵阵诱人的香味，草地上摆满了美食。丁荣剑笑道："大哥，咱们过上了原始社会的生活。我觉得你就像一位部落的酋长，白天带领弟兄们打猎，晚上就搞个篝火晚会喝酒跳舞，多美啊！"秦歌笑了笑，随口说道："原始社会真好，妇女光着屁股跑……"见马晶和小幻看着自己，就停住了。又对丁荣剑说道："下午我见一群猴子在林间嬉戏，还真羡慕它们，无忧无虑的，不用上班，不用买房买车，不用存钱，不用考虑子女上学。不像咱们活得这么累……"丁荣剑嘿嘿笑道："猴群里也只有那只带头大哥最快活，什么都不用做，任务就是交配。"秦歌笑道："你就看中这一点？"丁荣剑笑道："谁不看重这一点？"

晚餐开始了，丁荣剑笑道："各位兄弟姐妹们，大家坐好，下面请酋长讲话。"秦歌嘿嘿笑了两声，说道："我们难得忙里偷闲，在这个世外桃源，度过这么一个美好的夜晚。这儿没有污染，没有噪声，没有堵车，没有看着不顺眼的人。这儿有星星，有花香，有虫子的叫声，有清澈的泉水。让我们共同举杯庆贺这个愉快的夜晚。"

小幻把杯子放在嘴边嗅了嗅，又拿开了，皱着眉头问道："我不喝行吗？"杜若飞和丁荣剑起哄道："不行，这第一杯一定得喝了。"小幻又用乞求的目光看着秦歌。秦歌笑道："这样吧，你把这一杯喝了，后面就不喝了，我保证。"小幻见秦歌也这样说，就抿了一小口，辣得她伸出舌头直摇头。秦歌道："你别用舌尖去尝，你把酒倒在舌根部位，直接咽下去，然后体验那种感觉。"

小幻照他说的那样把那杯酒喝了，顿时两颊潮红，在红彤彤的篝火照映下，比平日更添了一分妩媚。一会儿，小幻朗声道："下面我们该表演节目了，下午我和马晶姐制定的游戏规则，采用抓阄制，你们仨不许耍赖。还有一条补充说明，如果抽到自选节目，可不许模仿动物叫，这荒山野岭的，别真把什么动物招来了，可不安全啊！"说完，满脸笑意地看着秦歌。秦歌听得哈哈大笑，又仰起脖子叫了一声，小幻瞪了他一眼，嗔道："不许叫，听话！"马晶笑道："我们由大到小开始抓阄吧！"杜若飞道："由大到小抓阄，由小到大表演。"马晶道："可以。"

首先是秦歌抓阄，打开一看上面写着"语言类节目，可以唱歌、唱戏、演话剧、讲故事"。杜若飞第二个抽，他打开一看是"讲出你的初恋故事"。接下来是马晶，她打开后还给大家看了看，笑道："自选节目啊！"丁荣剑抽了个"餐后打扫卫生，掩埋垃圾"。最后就剩下小幻了，她狡黠地一笑，摊开手心，把阄儿扔给丁荣剑道："让丁哥看吧！"丁荣剑打开字条，上面写了两个字："鼓掌！"他就瞪大了眼睛，喊道："啊！这也行？"

秦歌拍了拍杜若飞的肩膀，把左手握了一下，又摊开了，然后冲着小幻努嘴。杜若飞这才注意到刚才小幻让大家抓阄时，一直用左手，她摊开的却是右手手心。这才明白这小妮子多做了一个阄儿，握在了右手里面，刚才扔给丁荣剑的就是那个，而左手现在还握着一个，那应该才是她的。他就冲着她招招手，小幻走过来弯下腰，笑吟吟地看着他问道："怎么啦？"杜若飞突然伸手抓住她的左手腕子，笑道："我看一下你这只手拿的什么呀？"小幻就松开手，一个小纸团掉了下来。她往后甩着胳膊，耍赖道："什么都没有啊！"杜若飞捡起地上的纸团，摊开给大家读到："喝一大杯酒，节目由抽到打扫卫生者指定。"丁荣剑笑道："这么说是由我来定节目喽？那你就给大家跳支舞，那杯酒让大哥替你喝吧！"

小幻跺着脚，嘴里喊着："耍赖！不知道是谁扔的字条，偏要讹在我头上。"马晶就拍了拍她的胳膊笑道："你这小孩，还能骗得过大人？"小幻见赖不过，就眼珠一转，笑道："那好吧！"打开手机播放器，悦耳悠扬的音乐响了起来："万泉河水清又清，我编斗笠送红军。军爱民来民拥军，军民团结一家亲……"小幻踮起脚尖在草地上优雅地旋转着，轻盈得像一只随风飘舞的蝴蝶，艳若桃花的小脸上始终露着自信的笑容。她用脚尖点地，腿部显得修长舒展，上肢摇曳婀娜，显得柔若无骨。杜若飞拍着秦歌的胳膊低声笑道："大哥好福气啊！"秦歌就笑道："跟哥有个毛关系？"

小幻跳完一曲后，站在篝火边上喘着气，胸脯起起伏伏，稍顿了一会儿，小幻问道："该丁哥了吧？"丁荣剑道："我是收垃圾的。我要是这会儿收了，你们吃什么啊？"马晶笑道："听你这话好像我们在吃垃圾似的。好啦，该我了。我不像妹妹这样多才多艺，我就给大家唱首歌吧！"说完给大家唱了首《阿里山的姑娘》，马晶的嗓音带点磁性，又有一点野性，唱得很好听，自然是掌声一片。下面该杜若飞了，见小幻笑着看着他，杜若飞笑道："妹子，要不咱换一个节目吧！我给大家表演个少林棍，如何？"小幻摇摇头，并拉着马晶的手说道："不行，咱不能让他换。故事必须真实，胡编乱造是小狗啊！"

杜若飞挠挠头道："好吧，这么多年来，我还是第一次对人说起初恋，原来我不承认，但仔细想一想，那确实就是我的初恋。"他端起一杯酒一仰脖子干了，呵呵笑道："那时，我十九岁，从少林寺刚出来，在东都酒店当保安。酒店大厅有一家礼品店，里面有一个小姑娘，长得太好看了，喜欢穿一身白色的连衣裙。每次她上班时，我都会跑去给她开门。我注意到她每天下班后，都会在路边一个冷饮摊前买一杯冰赤豆。我当时抽五块钱的烟，就改为三块钱的，省下两块刚好买一杯冰赤豆，我会在她下班前，默默地将一杯冰赤豆放在她的柜台前。她一直都是不冷不热地对我，高兴时，会给我一个微笑，那会成为我快乐一天的理由。但她始终对我若即若离的，不让我接，也不让我送她。弟兄们都在笑我。我还说他们不够绅士，喜欢一个女孩子，不管她怎么对你，自己都要全身心投入。那时，一天不见她，我都会神不守舍，望着大门口发呆。直到有一天，我又在发呆时，一位同为保安的老大哥问我：'你知道那姑娘现在在哪儿吗？'我摇摇头，他就给我说了一个房间号，笑着走开了。

"我就觉得奇怪，跑到那间房间门口，见门紧闭着，我趴在门上却一点也听不见里边的声音。我灵机一动，在酒店门口拆下一辆货车的反光镜，进入了隔壁的房间，把反光镜绑在拖把杆上，由窗户上伸了出去，便看到隔壁的地板上扔了一件白色的裙子，当时我头都要炸了，后边的事我就不说了……月底我拿到当月的薪水，共四百元，就跑到她的礼品店里，她还对我甜甜地笑着，我把四百元平静地放在她面前，说道：'我想和你睡一觉。'我清楚地记得那姑娘的脸由红变白，捂着脸跑出了酒店，以后再也没见到过她。这就是我的初恋故事。"杜若飞讲完这个故事，本来热闹的氛围又一下沉闷了起来。

小幻晚上喝了一杯酒后，有点兴奋了，叽叽喳喳地叫个不停，像个主持人似的，这会儿见大家都不吱声，她就故作成熟地问道："所以，你自那以后就不再相信爱情了？"杜若飞点点头。小幻接着问道："直到遇见了蓝桐桐？"杜若飞竟然有点不好意思了，但还是肯定地点了点头。

秦歌见大家都喝得差不多了，玩得也开心，说道："良辰美景，谁都不忍散去，我还真不会表演节目，本来我还会学个驴叫，但刚开始，小幻就宣布了游戏规则，严禁模仿动物叫声。那别的节目我就不会了。这样吧，我们结束，让两位女士先休息。"小幻嚷道："不行，不行！大哥耍赖！"杜若飞在身后给丁荣剑摆摆手，丁荣剑就拉着马晶离开了。这边就剩下秦歌、小幻和杜若飞了。

杜若飞看着篝火慢慢熄灭，就朝四边瞅了瞅，两手抱着肩膀道："这荒山野岭的，还真有点恐怖啊！"小幻见他的表情挺严肃，也左右看了看，空山幽谷，漆黑一片，连个动物也不见。东边的树林里，不知道什么东西发出一阵阵奇怪的吼声。她心里有点害怕，就伸手轻轻地抓住秦歌的手，又故作镇定地笑道："你这么一个大男人还怕黑？"杜若飞道："我本来不怕黑，前两天在我们那儿发生了一件事，害得我这两天晚上都不敢从那儿过了。"小幻又紧张又好奇地问道："什么事？"杜若飞道："我们家边上有一个加油站，上周的一个晚上，约半夜两点，一辆车来加油。当时，站里是两个小姑娘值班，都趴在桌上睡眼惺忪的，一个跑出去加油，据她说看见车里是一个少妇和一个七八岁的小姑娘，小姑娘在后座一直哭，妇人还不时回过头去安慰小姑娘。等第二天交账时，经理发现抽屉里竟然有一张冥币。当然两个小姑娘都不承认，经理就调了当天晚上的监控视频，果然见凌晨两点十分有一辆车过来加油，经理仔细一看，顿时瘫坐在地上。"

　　秦歌觉得小幻抓着他的手握得越来越紧，这会儿指甲都陷进肉里了。小幻问杜若飞道："经理咋啦？"杜若飞一字一顿地说道："那辆车是纸糊的。"小幻吓得轻轻地叫了一声。杜若飞又讲道："据周围的人说，一个月前有一对母女，母亲开着车，孩子坐在后座，在加油站前面的一个路口，等红灯时被一辆违章的渣土车撞扁了，救援的人说，当时母女被卡在车里，母亲不断地回头安慰小女孩，等救护车到时，两人都咽气了。"

　　小幻侧头看了看秦歌，又看了看杜若飞，见两人都不说话。她以前在大学宿舍时，同学们也讲过恐怖的鬼故事，但那是在熟悉的环境里，和现在自然不能相提并论了。她想换个话题把这个氛围改变一下，就问道："马晶姐到哪儿去了？你喊喊他们吧！"杜若飞掏出对讲机，随手把频点给调开了，对着话筒喊道："荣剑，报告你们的位置。"对讲机传来一阵刺啦声，接着就没有声音了。杜若飞又喊道："荣剑，荣剑，听到请回答。"仍然是一阵寂静。杜若飞把对讲机丢在一边，说道："等会儿再说吧，应该是他故意不理我们。"

　　一会儿，杜若飞慢悠悠地问秦歌道："大哥，你听没听说过野风拓展训练营？"秦歌点点头道："听说过，后来不是出事了吗？"杜若飞道："就出事那次，是我一哥们儿带队，后来，他对那次活动只字不提。好长时间以后，才给我断断续续说了一部分。"稍顿，他又说道："这户外活动啊，晚上一定要非常小心。"说完看了看小幻，道："算了，不讲了。要不然你还说我在故意吓你呢！"

小幻的身体已紧紧地靠在秦歌的胳膊上，说道："杜哥真讨厌，不讲你又说它干什么？"杜若飞说道："你到底是想听，还是不想听啊？"小幻侧着头看了看秦歌，摇摇头又点了点头。杜若飞道："我不具体讲了，大概说一下。那次野风拓展训练营出事时，一个男孩和一个女孩下午已经摔死了，可晚上他们一个小组的队友还在和他们一起野炊，只是发现他俩坐在那儿，不吃饭也不说话。其实，队友们看到的已经不是他俩的人了……"小幻见杜若飞面无表情，眼睛死死地盯着她，就转过头来，把脸埋在秦歌的臂弯，喊道："讨厌啦！别这样看我。"秦歌明显感觉到小幻的身体在微微颤抖着。

208

杜若飞和秦歌对视了一眼，轻微地侧了一下头。秦歌没有表态，只是把目光转向远处的玉皇顶。杜若飞又拿起对讲机喊道："荣剑，荣剑，听到回答。"没声音。又一次喊道："丁荣剑，别玩了，大哥生气了啊！"还是没反应。小幻道："你喊马晶姐试试。"杜若飞把对讲机递给小幻道："你喊吧！"小幻就按下话筒喊道："马晶姐，马晶姐，你快回来吧！"四周除了风吹山林的阵阵涛声，再没有任何声音了。她失望地把对讲机还给了杜若飞。杜若飞站起来看了看四周，自言自语地说道："这两人到哪儿去了？该不会真失踪了吧？我还是去找找吧！"就翻过山梁离开了。

帐篷前的篝火已熄灭，只剩下灰烬里一点点若隐若现的暗红色，小幻想着杜若飞讲的故事，打了一个激灵，浑身又颤抖了一下。秦歌拍拍她的肩膀，柔声问道："没事吧？"小幻摇摇头轻声道："没事，就是有点冷。"秦歌就把身上穿的冲锋衣脱下来披在她身上。小幻没有拒绝，只是痴痴地看着秦歌。

月光洒在小幻的脸上，美得让人无法直视。秦歌咽了咽口水，克制着自己把头扭到另一边。这时，小幻又问道："哥，他们不会真的出了啥事吧？"秦歌就直起上身说道："那我也去找找他们吧！"小幻紧紧地拽着他的胳膊，带着哭腔央求道："你别走，你别走，我们在这儿等着他们吧！"秦歌看着她惊魂不定的样子，实在不想再骗她，就看着她的眼睛说道："别怕，他们是故意躲开的。"小幻迷茫地问道："为什么呀？"她说话时，嘴巴离秦歌的脸很近，一股淡淡的花香从她嘴巴里飘了过来，秦歌心中最后的理智瞬间崩塌了，身上那股原始的冲动已经不可抑制。

　　小幻有点害怕地看着他，她已经强烈地感到了一丝不安全的信号，就想往后躲，但已来不及了。秦歌伸出左臂一把把她搂了过来，蛮横地吻在她的小嘴巴上，小幻还没明白怎么回事，只是本能地往后仰，却觉得脑袋就像被焊住一般，丝毫动弹不得。她又想用手推开他，却发现手好像推在了墙上一样。她只好紧紧咬着牙齿坚持着。她感觉到对方的舌头在唇齿之间来回游动，想寻找一丝空隙作为突破口。她又感到一只手由衬衣下面伸了进来，她一急就骂道："浑蛋！"可刚一张嘴，就发现上当了，对方的舌头马上顶了进来。那只手却轻轻地转到她的腰部。她想起幻影姐姐的教导，就上下牙齿一使劲，顿时觉得一股血腥味满嘴传了开来。但那舌头却没有丝毫退出的意思，继续往里面伸着，随即就肆无忌惮地到处游动，只是后面的胳膊抱得更紧了，紧得让她呼吸都有点困难……

　　她闭上眼睛，牙齿慢慢地松开了，扭动了几下身子就放弃了挣扎，静静地躺在草地上。

　　他进入她身体的一瞬间，见她蹙眉咬唇，身体微微颤抖着，似有不能承受之痛，眼泪也从眼角慢慢溢了出来。秦歌心中大为不忍，良知告诉自己，要放过她。随即，他内心另一个声音喊道："不！这一刻，我已渴盼了好久，错过今天这个机会，以后就再也不可能得到她了。"都说冲动是魔鬼，这一会儿，魔鬼主宰了秦歌的灵魂。

　　秦歌心满意足地翻身下来，躺在旁边，喘息了一会儿，才感觉到舌尖上一阵火辣辣的疼。随即，膝盖上也有隐隐的痛感传来。他蜷起小腿伸手摸了摸膝盖，发现磨掉了一块皮。

　　秦歌想着一会儿小幻睁开眼睛后会怎样？会不会哭闹？就随手拿起她

的衬衣给她盖在身上，又从边上捡起她的内裤，好好的一条淡黄色蕾丝内裤，很精致，一看竟让自己从侧面撕裂了。

小幻一直不敢睁开眼睛，刚才她偷偷地睁开眼，看到他正注视着自己的身体，就觉得每寸肌肤都火辣辣的。她感觉到他给自己披上了衣服，就蜷缩着身体想把腿部也掩盖在衣服之下。半天又偷偷地睁开眼睛，见秦歌拿着她的内裤，像欣赏一件战利品那样扬扬自得。不行！不能让这家伙太得意了，就伸手一把夺了过来，一看已经不能穿了，喃喃地说道："我穿什么呀？"

她想起背包里有个针线包，就闭着眼睛对秦歌说道："到帐篷里把我的包拿过来。"秦歌赶紧爬了过去，把头伸进帐篷里，将她的背包拽了过来，转过身来交给了小幻。小幻还是没有看他，低着头接过包来打开，拿出一个针线包，按亮手机屏幕，借着光亮把线穿好，三两下把那被撕裂的内裤缝在一起。她快速地穿上衣服，看着远处的山峰，小声道："快把衣服穿上，一会儿他们回来了，像什么样子？"秦歌就笑道："晚上他们不会过来的。我不穿，穿了过会儿还得脱。"小幻娇嗔了一声，右手握拳在他肩头捶了一下。秦歌抓住她的手腕，轻轻一带，她整个身体又躺在了他的怀中。

秦歌感觉到她的手腕光滑细腻，柔若无骨，就轻轻地摩挲着，在她耳边小声问道："后不后悔今天和我出来？"小幻摇了摇头，又偎依在他怀中，半天轻声问道："你知道今天是什么日子吗？"秦歌一脸的坏笑，说道："是你从小孩变成大人的日子。"

小幻扬扬手，又轻轻地落在他的胳膊上，嗔道："找打！"秦歌期盼地看着她的脸，想知道答案。小幻幽幽地说道："今天是我十九岁的最后一天。"秦歌道："噢！明天是你生日？"小幻点点头，几滴泪水顺着脸颊慢慢地流了下来。秦歌一时不知道说什么好，小幻也不吱声，只是把头埋在秦歌怀里，抽噎起来。秦歌轻轻拍着她的背，心中默默地念叨着："以后，得对这小丫头好一点，不然太对不起人家了。"

叮咚一声，是小幻手机的声音。她打开一看，是条微信，是幻影姐姐发来的："宝贝！生日快乐！"还附上一幅图片，上面是一个精美的大蛋糕。小幻擦了擦眼泪，用手拢了拢头发，回复道："谢谢姐姐！还有两个小时呢！""我想成为第一个祝福你生日快乐的人！宝贝，睡了没？""没。""发张照片吧！"小幻就仰起脸问秦歌："我脸上没事吧？"秦歌见她头发有点乱乱的，却又添了一分妩媚，就故意端详了半天笑道："这一看就是个大人的脸嘛！"小幻吃了一惊，坐直了身子，问道："真能看出来？"秦歌在后边嘿嘿地坏笑着。小幻才知道他在故意逗她，就用后脑勺在他胸脯上磕了一下，但还是心虚，就给幻影姐姐回道："这儿太黑了，我手机的闪光灯坏了，拍不了照片，明天一定给你传。"

"这么晚了你还没回家吗？"

"没有，和一大帮同学在野营活动。"

"这么晚了别和男孩单独相处，知道吗？"

"都是女孩，哪有男孩？"

"哦！那儿安全吗？"

"没问题！有带队老师。姐姐晚安！"那边葵桑也觉得小幻急着收线，就回道："晚安！"葵桑暗想："女孩子长大了真让人操心啊！也不知乔山君会不会管教女儿？"

秦歌问道："这就是你说的那位姐姐？"小幻点点头，又转过头来嗔道："要不是你这个大坏蛋在这儿，我得把今天的遭遇好好给姐姐说说。唉！她会不会笑话我呢？"她说话时，脑袋轻轻地晃动着，头发在秦歌脸上蹭着，他鼻子一痒，打了个喷嚏。小幻就回过头来看着他，像姐姐训斥小弟弟那样，说："让你穿衣服，你就不听话。看，着凉了吧？"转过身把秦歌的外衣给他披在了身上，又恢复了刚才的姿态依偎在他怀中，问道："你说奇怪不，我为什么觉得和幻影姐姐很亲？我有什么心里话都想和她说。老觉得她和我不光是网友，还有某种更深层的关系。而和我妈感情却很淡，小时候我很怕她，现在虽不怕了，但总是客客气气的。我见过好多同学和她妈在一起时的情景，虽然吵吵闹闹，可那感觉还挺让我羡慕的，和我们完全不一样，我从来没有和我妈说过一句悄悄话。"

秦歌觉得自己晚上这样对待小幻，她当时反抗得那么强烈，没想到事后竟没有半点怨恨自己的意思，比以前还要温柔许多。现在又给自己讲这么私密的事情，一时大为感动，就用手轻抚着她的秀发，问道："这个幻影姐姐你们是怎么认识的？"小幻就把小时候和沫沫姐在一起上网，碰到幻影姐姐的经过给他讲了一遍。秦歌又问道："她是哪里人？""日本，但她的中文水平很好，而且对东都市一些风土人情也十分熟悉。""你有她的照片吗？"小幻在她的QQ空间里找出一张照片，虽然戴着一副大墨镜，但秦歌一眼就认出来了，那就是甘拜石画中那个穿和服的姑娘，一时大为奇怪，看看怀中的美人，再看看小幻手机上的幻影姐姐。秦歌用手托着小幻的下巴，问道："你没觉得你们很像吗？特别是这一块，你见没见过她没戴眼镜时的样子？"小幻摇摇头，道："十年来，她一直这样。刚开始我还想让她摘下眼镜，让我看看。她每次都拒绝了，她说自己的眼睛长得非常难看，不想让我看到她丑陋的地方，后来，我觉得这是为难人家，就不再提这个要求了。"秦歌看着远处朦朦胧胧的山峰，隐隐觉得怀中这个小姑娘的身世有一个很大的谜。

第十七章　璀璨焰火

　　杜若飞刚才讲完那个诡异的恐怖故事，就借故离开了，他自己钻进帐篷里，透过小窗户，看着天上的一轮明月，想着蓝桐桐。昨天忘给她说了，今天她没看到自己，会怎么想？拿出手机，看一点信号都没有。他就盘腿坐在帐篷里，想着蓝桐桐那好看的脸蛋和她看小蘑菇时那温柔慈爱的目光。想着想着，他又想起了娘，小时候，娘拍着自己哼儿歌时的目光不是和蓝桐桐一模一样？想着想着，眼睛又湿润了。

　　丁荣剑拉着马晶先是到这边的帐篷跟前来，又一想，过一会儿，杜若飞一定会回来睡觉，这两顶帐篷在一起，多影响情绪呀！就把帐篷收了起来，绕过秦歌住的帐篷，又往下走了百十来米，才把帐篷撑了起来。丁荣剑迫不及待地扒掉了马晶的衣服，从早上上车到现在，他还没摸一下呢。手机却突然响了，吓了两人一跳。怎么突然又有信号了？丁荣剑拿起一看，是左琳的，没敢立即接，而是深深地吸了一口气，平息了一下呼吸，用食指放在嘴边，对马晶做了个噤声的动作，这才接通了电话。左琳在电话那头埋怨道："你咋回事？打一天电话都没信号。"

　　"我也烦死了，领导非得让我陪着他们爬这座野山。现在两腿跟断了似的，好不容易休个周末，还不能陪老婆。"

　　"算了，别生气了，就当锻炼身体吧！哎，对了，你啥时候回来？"

　　"明天下午呀，晚饭前吧。你在干什么？"

　　"噢，我在书房呢。"

"这么晚了还不睡啊？"

"我在网上查一下宝宝的胎教。"

"你别查了，电脑会辐射到你和宝宝，想查什么等我回来给你查。早点睡啊！"

"老公，你也早点睡啊！"

"亲一个！拜拜！"

"拜拜！"

马晶看着丁荣剑挂断了电话，淡淡地问道："丁荣剑，你对你妈有这么好没？"丁荣剑觉得自己刚才和左琳亲昵的语气刺激了马晶，就嘿嘿地笑着，并不作声。马晶接着骂道："你真不是个东西，趴在我身上跟你老婆秀恩爱？"

丁荣剑还是不作声，只是一个劲儿地嘿嘿干笑着，他还想继续刚才的动作，马晶却扭了一下屁股，他那东西就掉了出来。丁荣剑笑道："她不是怀孕了嘛，这时可不敢生气！"马晶仰起身子，伸手一把拽下丁荣剑下面的安全套，扔到一边，说道："谁不会怀孕啊？来吧！我也给你生一个。"

这边，小幻又转头问秦歌："你说马晶姐他们到底去哪儿了？怎么对讲机都喊不到？"秦歌问道："是不是晚上找不到他们，你就不睡觉？"小幻点点头，很认真地回答道："那当然了，万一有啥事咋办呢？"秦歌拿起对讲机，又把频点调了回来，喊道："荣剑，你们还好吗？"马上对讲机里传来丁荣剑气喘吁吁的声音："报告大哥，一切安好！"秦歌笑道："注意休息，保持体力！明天五点起床，我们到前面山上看日出。""收到！"小幻长出了一口气，靠在秦歌肩上，突然又想起来了，问道："为什么刚才杜哥喊，我也喊，他们就是听不见？怎么你一喊，就听见了？"秦歌笑道："那是你们声音不够大。"小幻笑道："骗人。"

秦歌又问道："哎，最近咋没听你说起你男朋友呢？"小幻慢慢地转过身来，盯着他的眼睛，生气地嚷道："你什么意思啊？你都这样对我了，还提别人干什么？"秦歌一时没反应过来，有点发蒙地看着小幻。小幻见秦歌这个表情，就低下头呜呜地哭了起来。秦歌随即明白了，这小姑娘是真心喜欢自己，在这场爱情游戏里，现在自己是主角了，他曾经羡慕不已的那位小帅哥已经沦为路人甲了。

他心里感到一丝甜蜜，随即，又有一丝不安和内疚。毕竟自己是另一个女人的丈夫，虽说十年的夫妻生活已经平淡如水，没有一丝的激情，没有一句亲昵的言语，没有一个亲昵的动作，就连在床上也是程序化的。有时他想，如果把自己每次的床上生活拍成录像，别人看来一定会以为是重播呢！两人只是在互相尽着义务，就像一碗没有菜的米饭，不吃吧，肚子饿；吃吧，没味道。但要丢掉它又是万万不能的。

秦歌又想起了孙主任曾在饭桌上说的一句话，在半醉状态下，他意味深长地说："年轻时，一心想着怎么上床。现在到了这个年纪，弟兄们要注意了，上床前，请先考虑好怎么下床。"秦歌回过神来，看着小幻哭得越来越伤心，暗想："我也太不是个东西了，基本上算是强行占有了人家姑娘的身体，她也并没怪我。不管怎样也不能让人家现在就伤心吧！"他伸手想要抱她，被她一下子打开了。秦歌笑道："宝贝，我只不过是担心他把你从我怀中抢走，就问问他都不行啊？"小幻慢慢止住了眼泪，小声道："讨厌！"半天又幽幽说道："我现在才明白了，其实我以前并没有爱过他。"又拉住秦歌的右手，轻轻抚摸着她刚留在他手背上的血痕，柔声问道："还疼不？"她把那只手举到唇边，轻轻地吻着伤口。秦歌一时大为感动，笑着伸出舌头，用手指着舌尖，含混不清地说道："这儿更疼！"两人又吻在了一起。

秦歌拽着她，钻到帐篷里面，这次没遇到任何抵抗……

秦歌一只手搂着她，另一只手迅速伸到帐篷外边，收回手时，掌心里多了一只萤火虫。小幻拉着他的手掌道："给我玩玩。"秦歌就交给了她，她在萤火虫背上摸了一会儿，就摊开手心，让它飞走了。秦歌又想伸手抓它，道："你怎么给放了？它为我们照亮多好？"小幻把他的手拉了下来，小声道："不需要！"一会儿又扑哧一声笑了。秦歌问道："想起啥了？咋这么高兴？"小幻把头埋在秦歌的胸口，哧哧地笑道："我明白早上杜哥讲的那个女司机的故事了。"秦歌用食指在她鼻子上轻轻地刮了一下，笑道："小幻长大了呀！"

小幻笑了一会儿，轻轻地说道："其实我和他认识没多长时间。"秦歌知道她说的"他"指的是他男朋友。有了刚才的教训，他不敢贸然接话，就应了一声。小幻接着说道："他是我一个要好的姐姐，就是刚才给你说的那个沫沫姐的远房亲戚。去年，沫沫姐过生日，大家在一起吃饭，别人都是一对一对的，就我俩单着，沫沫姐就开玩笑说让我俩牵手，大家都在起哄。后来，他留了我的号码，每天打电话约我，我一次也没出去过。再后来，我去天籁上班，晚上回来有点晚，他听沫沫姐说的，就每天跑来接我。我下班回家确实有点害怕，就答应做他女朋友了。"

秦歌听着她的描述，也不知道该怎么接话，只能"哦、哦"地应了几声。小幻又不满地嚷道："你什么意思啊？就知道'哦、哦'的，你是鹅呀？"秦歌就苦笑道："我不敢说话呀！刚才我提到他，你又不高兴。"小幻噘起小嘴道："那不一样，你主动提他，就是不想负责任的表现，而现在这样，分明就是在敷衍我。"秦歌挠着头，嘿嘿笑着，心中盘算着怎样才能两全其美，既哄得小丫头高兴，又让她别对自己抱太大的期望，却怎么也想不出来，就轻轻地抚摸着她的秀发，默不作声。

216

叮咚一声，小幻划开了屏幕，又是幻影姐姐的微信："女孩最好的品德是矜持。坚守住自己，未来会更美好。傻女孩以为把自己奉献给他就是爱情的开始，坏男孩则认为得到了即是这段感情的终结。"小幻仰面躺在秦歌边上，看微信时，伸直胳膊把手机举到半空，还轻轻地念了出来。秦歌就笑问道："这谁呀？"探过头来一看，说道："又是这个幻影，她该不会是个没人要的老处女吧？"小幻在他胸口捶了一拳，轻喝道："不许这么没礼貌！"她慢慢地把手机放在一边，轻轻地自言自语道："管他呢！最起码我看到过彩虹。"秦歌侧身看着她，见月光下那张清秀的脸上，又有几滴泪水流了下来，就轻轻地用手掌给她擦拭着，心真的感到痛了。

一会儿，小幻问道："哎，你多大了呀？""三十六。""那今年是本命年？"秦歌点点头。小幻拉着他的手指一根根蜷曲着，又一根根给拉直，幽幽地说道："比我大十六岁。"半天又叹口气道："你说我咋会喜欢上你呢？"秦歌笑道："那是因为你先感觉到了我是那么喜欢你，你可怜我，就喜欢我一下呗！"小幻被秦歌轻佻的语气逗乐了，就咯咯地笑了起来。秦歌就抽着鼻子贪婪地嗅着。"你是小狗呀！"小幻笑道。秦歌道："你嘴里怎么有股淡淡的花香味？真好闻。"小幻咯咯地笑道："我奶奶说我是园子里的牡丹成精了。小时候，她老喊我小妖精，害得村里的小朋友都叫我小妖精。"秦歌笑了笑，问道："你小时候有没有什么奇遇？"小幻笑道："你武侠小说看多了吧？还奇遇呢！"秦歌道："我还真喜欢金大侠的作品，'飞雪连天射白鹿，笑书神侠倚碧鸳'外加《越女剑》我全看过，有的还看过好多遍呢！"

小幻问道："金庸笔下的人物，你最喜欢谁？"

"乔峰。"

"我说的是女孩，你最喜欢谁？"

"我喜欢任盈盈。"

小幻歪着脑袋问道："为什么呀？"秦歌笑道："在金大侠笔下的众多女神中，任盈盈的琴艺是最高的，她在洛阳绿竹巷中弹奏的那首《邙山晚眺》打动了我。"小幻咯咯地笑道："胡说，她弹的明明是《笑傲江湖曲》，哪是《邙山晚眺》了？"秦歌道："哦！那我记错了，我记得有位女神，以一首《邙山晚眺》深深地吸引了我。"小幻满眼温柔地看着秦歌，又低眉一笑，说道："那我就喜欢令狐冲。"

小幻看着天空的星星，半天又慢悠悠地说道："我也不知道我嘴里的花香味从哪儿来的。打我记事起，老爸就经常把我举起来，用鼻子凑到我嘴巴跟前嗅着，就像你刚才那样，他说我是花神托生的，叫我花仙子。我家有一个很大的花园，里面有一种牡丹花叫幻影，清晨起来时，花瓣上沾满了露水。我小时候在花园里玩耍，就老跑到幻影牡丹跟前舔花瓣上的露水，说不定和这有关呢。"秦歌笑道："你是香香公主啊！"小幻就咧着嘴笑着。

秦歌又问道："你刚才说的幻影牡丹，是不是十年前在东都大名鼎鼎，后来又销声匿迹的幻影牡丹？"小幻得意地点点头，道："是啊！幻影牡丹就是我爸培育的，魏园原来就是我家的花园啊！"秦歌有点意外地看着身边这个单薄娇小的小姑娘，没法把她和十年前东都市大名鼎鼎的魏园主人家的千金小姐联系在一起，好奇心驱使着他继续探索下去，问道："你为什么不好好上学呢？"

"胡说！谁说我不好好上学了？我是没办法，才办了一年休学。"

"为啥呀？"

"老爸生病了，没人照顾。"

"你妈呢？"

"唉！给你说吧，他俩在一起老吵架，老爸的病不能生气。"

"什么病呀？"

小幻的表情又忧伤了，轻轻地说道："肝上长了个东西，都已经动过一次手术了。医生给我说：'别让你爸生气，那东西就不会复发。要是老生气，就不好说了。'"秦歌点点头，又问道："你家那么有钱，还用你去上班挣钱给你爸看病？"小幻道："小时候，我家里确实有钱。在我记忆里，只要我想要的，老爸没有不给我买的。记得上初中时，有一次，我们学校搞一个元旦晚会，有我一个节目，就是我晚上跳的那支芭蕾舞，第二天就要演出了，弟弟却用颜料把我的芭蕾舞鞋涂脏了，我气得直哭。"

秦歌笑道："那再买一双不就得了嘛！那能值多少钱？"小幻笑道："土老帽了吧？你以为买菜啊，在哪儿都能买到？当时，东都市就没有卖专业的芭蕾舞鞋的。老爸安慰我，说明天一定在我上场前，给我变一双出来。第二天早上起床，我没看到老爸，就跑去问我妈。她冷冷地看着我，没理我，我就委屈地哭了起来。她就来了一句：'皇帝家的女儿能这样不？'下午演出前，老爸满头大汗地跑进学校，手里举着一双崭新的红舞鞋。后来，我才知道老爸当天晚上乘飞机到了上海，第二天商店一开门，他就买了鞋，又乘飞机飞回来了。那双鞋我演出完后，就没舍得再穿，一直在我柜子里面放着。后来，市里统一规划，魏园就卖给市园林局了，当时好像给了好多钱。老爸用那笔钱在市里买了两套房子，说是我和我弟一人一套。现在想起来，还多亏当时买了那两套房子，要不现在真是穷光蛋了。"

"老爸那段时间，还是挺快乐的，带着我和弟弟到洛河钓鱼、摸石头，整天开开心心的。后来，不知道什么原因，就整天和我妈吵架。有一次，我妈把家里的电视都砸了，当天她就跑到外地一个亲戚家了。回来后开始迷上了赌博，越赌越大，输了好多钱，家里的积蓄基本上给输光了。老爸给我和我弟每人买了一份基金，她也找人提前拿出来，投到一家投资担保公司，结果那个担保公司的老板拿着钱跑了。估计老爸这病就是给她气出来的。"

秦歌问道："他们为什么吵架？"小幻偏着脑袋想了一会儿，道："什么原因都有，不过第一次大吵好像是为了我。那时候我都上初中了，有一天晚上，我在自己房间上网，在和幻影姐姐视频，正聊得高兴，没注意到我妈进来了，刚巧，好像幻影姐姐那边有事，她突然下线了。我妈就问我：'刚才那个人是谁？为什么见我进来，你就把视频关了？'可真不是我关的呀！她不听我解释，像疯了一般，跑到楼下我奶奶的房间，我害怕了，就跟着也下楼来。看到她跪在奶奶的跟前说：'妈，我给你跪下，你给我说句实话……'后面的话我没听见，因为奶奶看见我在门外面，就把门关住了。一会儿，她从奶奶房间冲了出来，见到老爸又抓又咬，老爸的手都被咬流血了，他却连一声都不吭。我听见她边抓边骂，说什么自己咋就那么傻，那活脱脱就是小狐狸精的模样，养了那么长时间咋就没发现，全家就自己蒙在鼓里什么的。"

"老爸刚开始只是任由她打闹，听到她骂我小狐狸精，就生气了，扇了她一巴掌，这下她更加愤怒了，就把家里的电视机给砸了。她还跳着骂道，一家人都是骗子，老骗子、大骗子、小骗子。出门后，她又跑到魏园把那片幻影牡丹连根拔起，扔到园子外边去了。后来，我哭着问老爸，妈妈为什么说我是狐狸精，是小骗子？老爸只是叹气，转过身去一声不吭地默默流泪。我又问奶奶，她也是光搂着我哭。第二天奶奶就回老家了。过了半年，奶奶就在老家去世了。"

"我一直是奶奶带大的，小时候我不敢一个人睡觉，老是做噩梦。现在我还能记起梦中的一些情节，好像是在一座大山里，我哭着喊着，周围没有一个人，我觉得自己成了没人要的孤儿，被人抛弃了。每次醒来，枕头就湿了一大片。奶奶就给我唱儿歌，慢慢地，没有奶奶陪伴，我一个人不敢睡觉。知道奶奶去世的消息，我哭得死去活来，三天没吃一口饭、没喝一口水，晕过去好几次。我甚至怀疑我可能也要死了，过不了这一关了。"说着眼圈又红了起来。

秦歌摸着她的脸，怜惜地说道："傻丫头，生老病死是人生常态。你奶奶也算是高寿了，你这么伤心，摧残自己的身体，奶奶在天之灵看着能高兴吗？"小幻慢慢止住了泪水，说道："我就是有这个毛病，不会控制自己的情感。"秦歌道："你太单纯了。你看小孩都是这样，想哭就哭，想笑就笑。长大后，慢慢地经过各种磨砺，就变得不敏感了。就像经常干活的人，手掌上起了一层茧子，触觉就不敏感了。从进化论来说，人肯定是感情最丰富的动物了。据说，恐龙也非常喜爱自己的孩子。当其他恐龙袭击幼龙时，母亲会拼死保护幼龙。但是，一旦幼龙被杀死了。母亲就会立即停止保护，它也不会难过，甚至会把幼龙的尸体当食物吃掉。在恐龙的大脑里，只有活着的幼龙才是它的孩子；死去了，就变成了食物，自己不吃，别的恐龙也会去吃。如果单从理智方面考虑，这无疑是高明的选择。所以说，你才是一个远离动物趋向的真正的人。"小幻静静地听着秦歌说话，又微微笑道："我就喜欢听你说话，听着挺有道理的，说是拍马屁吧，但让人感觉挺舒服的。"她眼珠子一转，加快了语速说道："不过，有时候也喜欢胡说八道！"秦歌就嘿嘿地笑了。

小幻接着讲道："老爸病了以后，第一次做手术时，家里都没钱了，就把车卖了，这才给老爸做的手术。后来，慢慢地要开始变卖老爸收藏的古董来维持家里的生活了。我都想好了，如果老爸还要做手术，我就把市里那套房子卖了。"秦歌道："你先别急着卖房子，有困难找大哥嘛！"小幻伸手拧他的耳朵，道："你害羞不害羞？还让人家叫你大哥。"放下手又道："你看本小姐像是随便接受别人恩惠的人吗？"秦歌就讨饶道："好好，这次算是拍马屁拍到马蹄子上了。"

小幻说道："刚从学校出来时，我做过舞蹈老师、外语家教，还在街头发过广告，才发现原来挣钱这么难。后来，我一个高中同学，就是那个小薇，让我和她一起去天籁演艺中心当伴舞，演出一场一百块钱。"她见秦歌似笑非笑地看着自己，就又伸手拽着他的耳朵道："大叔，听清楚了，是伴舞，不是舞伴！"秦歌笑道："我知道，就是一人唱歌，后面跟了一群的那种。"小幻道:"那你那样笑是什么意思?""我是觉得你说'一百块钱'时的表情挺好玩的。"小幻松开手接着讲道:"后来,演艺中心生意不好,关门了,小薇就去马晶姐那儿当公主。她又介绍我在酒店里弹钢琴。"稍顿,又说道:"没想到啊!最后还是碰到了大灰狼。""谁啊?是那天和我打架的那几位吗?"小幻伸出春笋般的食指指着秦歌的鼻尖,笑道:"你啊!"

秦歌就张开嘴巴,要咬小幻的手指。她把手指收了回去,在那儿咯咯地笑。秦歌问道:"那你休学,给你爸说了吗?"小幻摇摇头,说道:"哪敢给他说?他见我每天下午都回家,还问我怎么不上课。我就说大四了,课都不紧了,下午没事了就回来看看他。然后每天吃完晚饭后,再去天籁上班,晚上回到丹枫小区住。到现在,我爸都没发现这个秘密。"说完,眼珠顽皮地转了一圈。秦歌一看手表,都三点半了,就闭上了眼睛。小幻又把嘴巴凑在他耳朵边上说道:"我也困了,我们睡觉觉吧!"她的嘴唇在他耳朵上似碰非碰的,呼出的气弄得他耳朵痒痒的,秦歌立刻又有了反应,猛地翻过身来,把她压在身下。一会儿,只听见小幻间断的喘息声:"我就……就不知道,你说……说新婚……夜的人,什么时候……睡觉呢?"

第二天清晨,小幻睁开眼睛,见身边空荡荡的,秦歌不知去向,心里一着急,由帐篷里探出头来,正要喊,见秦歌手里拎了个很大的花环,从山梁上走了下来。他走到帐篷跟前把花环套在她的脖子上,花环呈一个大大的心形,上面布满了五颜六色的小花朵。秦歌微笑道:"香香公主,生日快乐!"小幻跪在帐篷口,仰头看着心爱的男人,抱着他的大腿,满脸幸福地闭上了眼睛。一会儿,她梦呓般地说道:"以后,你离开我身边时,不管我睡没睡着,都得给我说一声。"秦歌心头一震,以后?他还真没想过以后该怎么办。

上午,两人躺在草地上晒太阳。小幻又缠着秦歌给她讲他小时候的故事,秦歌就把小时候上树掏鸟蛋、下河摸鱼、逮黄鼠、偷西瓜的经历讲给她听,又把别人的英勇事迹编在自己身上,听得小幻时而咯咯笑得花枝乱颤,时而紧张地抓住秦歌的手,时而崇拜地看着秦歌。秦歌一边讲着故事，一边盘算着回去怎么解释身上的伤痕，舌尖上自然没事了，膝盖就说摔了一跤，那手背上的伤呢？这还真不好解释。他心想："算了，干脆晚上也别回去了，再编个理由，在外面住几天再说吧！"

打定主意后，他用手托着小幻的脸，问道："晚上我不回家了，住宾馆。你也别回家了，陪我行吗？"小幻歪着脑袋想了想，说道："这样吧，今天不是我生日吗？咱们过会儿早点回去，老爸肯定已经准备好晚饭了，等我陪他吃完饭，就找个理由跑出来陪你，好不好？"秦歌点点头。小幻又道："我们不要去宾馆吧？下午回去时，我们先到丹枫小区，你也休息一会儿，我九点之前就过来陪你，好吗？晚上还可以从阳台上看杜哥怎么给桐桐姐献殷勤。哈哈，好主意！"说完自己笑着拍拍手。

丁荣剑和马晶牵着手走了过来，杜若飞站在山梁上看到他俩，就挥挥手让他们到他这边来，别去打扰秦歌和小幻。马晶就松开了丁荣剑的手，自己到树林边捡地软去了。杜若飞一脸坏笑地看着丁荣剑，说道："昨晚约的今天一早爬山看日出，就我一人到了。你们昨晚都太辛苦了，把这事儿给忘了吧？"丁荣剑笑道："我醒来都十点多了，怎么大哥也没起来？那看来昨天晚上得手了。"就看着秦歌和小幻这边，又笑道："过会儿，咱们去收帐篷时，看看周围的草，判断一下大哥昨晚上用的什么姿势。"杜若飞笑道："走，咱先去看看你帐篷周围的草。"

刚见到他们三人时，小幻一直低着头。杜若飞就逗他道："小幻，你掉东西了吗？"小幻道："没有啊！""那我看你一直低着头，还以为你找什么东西呢！"小幻这才明白是在逗她，脸上一红，道："讨厌啦！小心我告诉桐桐姐你是个坏蛋。"杜若飞就笑着不吱声了。大家简单地吃了顿午餐，就开始收拾东西。丁荣剑拿了把工兵锹，挖了个坑，把垃圾掩埋了。秦歌见有一袋花生米，吃了没几颗，还有大半袋子，觉得埋了可惜，就把袋子里的花生倒出来，撒在水边。一会儿，有几只小松鼠跑了过来，欢快地吃着地上的花生米。

小幻心中一动，笑着对杜若飞道："我告诉你一个方法，肯定能让小蘑菇高兴。"杜若飞问道："什么呀？"小幻又卖了个关子，摇了摇头，笑道："不告诉你。"杜若飞道："我请客，饭店你随便选。"小幻笑道："小蘑菇特别喜欢松鼠。"

杜若飞冲着小幻竖了一下大拇指，笑道："你什么时候想吃什么，想在哪儿吃，只需打个电话，一切OK！"说着，就脱了上衣，紧了紧鞋带，瞅准一只体态较小的松鼠，像箭一般飞奔过去。快追上时，一个前扑，那只松鼠就准确地落在了他的掌心。到了车上，杜若飞将它放在储物箱里，开心地一路哼着小曲。一会儿，又到了河边，丁荣剑道："该不会再让我去蹚一回水吧？"杜若飞笑道："你要是想下去我们也不反对。"就照着来时做的记号开了过去。没多长时间，车子驶到大路上，小幻就靠在秦歌怀里，两人十指相扣，都沉沉地睡了过去。

翻过龙门山后，杜若飞喊道："大伙儿都醒一醒，到家了。"见秦歌睁开了眼睛，就问道："大哥，下面怎么走？"秦歌道："先送荣剑吧，他近。"丁荣剑道："别送了，你到开元大道停一下，我们下来。"一会儿，丁荣剑和马晶便下车了。秦歌手机振动了一下，是一条短信，一看是小幻发的："过会儿，你在青年路下，自己往前走两百米就是丹枫小区后门，你到九号楼1–1901等我。么么哒！"小幻在包里拿出钥匙链，悄悄地卸下来一把钥匙，偷偷地塞给了秦歌。秦歌微笑着回了条短信："不用这么神秘吧？他是我兄弟！"小幻轻轻地摇摇头，回短信说道："听话嘛！乖！"秦歌就笑了笑，对杜若飞道："兄弟，我在青年路下。你把小幻送到家里吧！"秦歌随手拿了个望远镜就下车了，小幻美目流转，摆摆手微笑道："拜拜！"

小幻到家后，见乔山在厨房炒菜，餐桌中间摆放着一个大大的蛋糕，蛋糕中间有用三种颜色的奶油做成的三朵牡丹花，周围插满了蜡烛。小幻先是围着餐桌转了一圈，甜甜地叫了一声"老爸"，就跑进厨房，从后面抱着乔山的腰，脸紧贴在他的背上，左右轻轻地晃着，撒娇道："你猜我是谁？"乔山笑道："都二十岁的大姑娘了，还玩这个。"他想起来女儿小时候经常从背后用一双小手蒙住自己的眼睛，嫩声稚气地问："老爸，你猜我是谁？"他就故意猜错，每说一个小朋友的名字，她就开心地咯咯笑着。直到最后，他才会说："你是我们家的小公主吧？"

小幻蹦到乔山前面，伸手要解他腰上的围裙，笑道："老爸，你歇一会儿吧！让我来。"乔山把她的手推开了，笑道："我们的花仙子今天是寿星，去歇一会儿吧！疯了两天了。"小幻问道："小柿子呢？"

"和你妈在楼上。"

"我妈怎么让你炒菜？"

"桌上的菜都是她炒的，她也是刚上楼，我是想再炒两个你喜欢吃的菜，一个是拔丝红薯，一个是香辣牛蛙。马上就好。"

小柿子是小幻的弟弟，魏敏生他时，院子里那棵柿子树上熟透的柿子掉了一个在地上，乔老太太就给孙子起了个乳名叫小柿子。一会儿，小柿子和魏敏由楼上下来了。小柿子看见小幻，就扑了上来，在她衣服兜里摸着，嘴里喊着："让我玩玩你的手机。"小幻笑道："小屁孩，就知道玩手机，在包里，你去拿吧！"小柿子乐呵呵地跑到沙发上，在包里掏出手机，玩起了游戏。

一家四口围在餐桌旁，开始了晚餐，乔山倒了三杯红酒、一杯饮料，把饮料递给了小柿子。小幻抓着老爸的杯子道："老爸，医生说你不能喝酒。你也喝饮料吧！"乔山笑道："今天，我们家公主过生日，我就喝一杯，这是红酒，没事！"魏敏也劝道："算了，你别喝了，红酒也是酒啊！"乔山道："我不再加了，反正就这么多，没事，我心中有数。"就把蜡烛都点上了，让小柿子关了灯。乔山带头唱了首《生日快乐》，小幻闭着眼睛，双手握在胸前默默许愿："第一个愿望，让老爸身体快点好起来，健健康康的。第二个愿望嘛，愿他……"小幻脑子里乱糟糟的，小脸也变红了。小柿子嚷道："好了没？我都饿了。"小幻睁开眼睛，笑道："好啦！好啦！"

全家一起吹灭蜡烛后又开了灯。乔山道："我们每人给寿星送一句祝福的话，小柿子，你先来吧！"小柿子端着饮料和姐姐碰了一下，说道："祝姐姐早点找到一个非常帅的男朋友。不过嘛，他娶你时，一定要送我一部手机，能玩游戏的，和姐姐的一样。要不然，我不让他进门。"魏敏笑道："看你这出息吧！一部手机就把你姐打发了？到时得向他要辆汽车。"小柿子摇摇头道："我不要汽车，我就要手机。"魏敏道："你就没出息！"她也端起酒杯和小幻碰了一下，说道："马上就毕业了，祝你找到一份好工作。"小幻规规矩矩地说道："谢谢妈！"

乔山道："该我了！我们家的小公主今天就二十岁了，在爸爸心里面，你还是那个胖嘟嘟、穿着连衣裙的黄毛丫头，怎么突然间就长这么大了？"小幻本来用左手托着脸蛋，右手举着酒杯调皮地微笑着。这时看见老爸鬓角全白了，因消瘦，脸上的皱纹也显得深了许多，泪水忍不住又掉了下来。乔山伸手拍了拍女儿的脑袋，笑道："今天你是寿星，一定要快快乐乐的，可不能哭！爸爸今天要给你说一句话。本来嘛，我和你妈是不提倡你在学校找男朋友的，觉得还是以后上班了，都稳定下来了再找男朋友更靠谱一点。但今天爸爸想给你说的是，要是你已经有男朋友了，爸爸和妈妈也不反对，领到家里来让我们见见。"小幻小脸绯红地撒娇道："老爸，哪有？你又听谁说的？"乔山笑道："今天你沫沫姐给你打电话，一直打不通，就打到家里了。"

小幻道："她胡说。"乔山道："她没说什么，只不过我从她的话里面猜出了一二。"他举杯和女儿碰了一下，道："爸爸祝你永远快乐，每一天都开开心心！"然后，小幻开始切蛋糕了，她把那块上面有三朵牡丹花的蛋糕放在了乔山的盘子里，又切了一块放在魏敏的盘子里。魏敏一看那三朵颜色各异的牡丹花，一股醋意又涌了上来，冷冷地说道："看闺女多心疼她爸。"小幻给弟弟切着蛋糕，有点迷茫地看着魏敏，又看了看老爸，见他面无表情地吃着蛋糕。

杜若飞回到家，洗了个澡，刮了刮胡子，换了件暗红色T恤，出门又到宠物市场给小松鼠配了个笼子。做完后看了看时间，五点半了，知道蓝桐桐该出摊了，就直奔连连看而来。车子拐过来以后，见蓝桐桐坐在餐车旁边，低头穿着蔬菜串儿，小蘑菇蹲在不远处，捡着落在地上的桐树花。杜若飞走到他跟前，把手背在后面低下头看着他。小蘑菇见一个高大的身影挡在前面，就仰起头往上看着。杜若飞就蹲了下来，问道："小蘑菇，你最喜欢什么？""西瓜。"杜若飞笑道："除过西瓜，你喜欢什么小动物呢？""小松鼠。"

杜若飞摸着他的头笑道："那你闭上眼睛，叔叔给你变一只小松鼠。"小蘑菇眨眨眼睛道："骗人吧！你这么大，怎么能变成一只小松鼠？"杜若飞笑道："不是用我变，是用我一根头发变。""像孙悟空一样？"杜若飞点点头，小蘑菇就闭上了眼睛，杜若飞把身后的小松鼠放在小蘑菇跟前，喊了一声："变！"小蘑菇睁开眼睛，看着放在面前的笼子里，一只毛色油亮的小松鼠正瞪着一对黑漆漆的大眼睛看着自己，便惊奇地叫了起来："哇！"小蘑菇开心地把手中的桐树花扔到一边，拿起松鼠笼子向妈妈跑了过去。他指着小松鼠，又指指一边站着的杜若飞，兴奋地道："那个叔叔给我变的小松鼠。"蓝桐桐看了一眼杜若飞，微微笑了一下，拍了拍儿子的脑袋道："好吧！你和他玩去吧！"小蘑菇又跑了过来，仰起头问道："叔叔，你能不能再变个大西瓜？"杜若飞笑道："叔叔一天只能变一次。你想吃西瓜？"小蘑菇点了点头。杜若飞道："走，前面有家水果店，我带你去吃吧！"小蘑菇看了看蓝桐桐，见妈妈没注意他，小声道："走吧！"说完就牵着杜若飞的手跟他走了。

　　他俩往前走了两百多米，杜若飞让小蘑菇站在门前，他进水果店买了一个西瓜，切成了两半，一半用保鲜膜封了起来，另一半切成小块，喊小蘑菇进来，小家伙便狼吞虎咽地吃了起来。一会儿，杜若飞一手拎着那半个西瓜，一手牵着小蘑菇，两人又晃晃悠悠地往回走。小蘑菇边走边仰头看着杜若飞，问道："叔叔，你是不是想娶我妈妈？"杜若飞一愣，随即点点头笑道："你怎么知道的？"小蘑菇道："电视上看的呗！有一次看电视上演的，一个叔叔老给一个小朋友买玩具，后来就娶了小朋友的妈妈。"

　　杜若飞就摸摸他的头夸赞道："小蘑菇真聪明！"小蘑菇又把小松鼠举到眼前看了看，慢悠悠地说道："我明天给她说说吧！"两人牵着手走到蓝桐桐跟前，杜若飞把那半个西瓜放在餐车前面，说道："要不你歇一会儿，把这西瓜吃了，我来穿一会儿？"蓝桐桐摇摇头，道："你不会穿串。"她指了指餐车下面的一只水桶道："这个小区大门里面，保安亭后边有一个水龙头，你去接桶水，他问你时，你就说是给连连看接的。"杜若飞兴奋地拎起水桶，得意地笑了。

　　他拎完水，放在蓝桐桐前面，问道："还有什么指示？"蓝桐桐嫣然一笑，指了指边上的凳子，笑道："休息一会儿。"杜若飞坐下来冲着小蘑菇招招手，把他揽在怀中，笑道："小蘑菇，你怎么这么帅呢？"小蘑菇得意地笑了笑，道："幼儿园的一个小朋友也喜欢我。"杜若飞笑道："肯定是个小女孩吧？""你咋知道的？""那你喜欢她吗？"小蘑菇摇摇头道："我喜欢小幻阿姨。"杜若飞就嘿嘿地笑了。

手机响了，他一看是秦歌的，接通后，秦歌问道："听你语气挺兴奋的，有好事？"

"有重大突破。"

"好吧，你继续加油！给你说个事，你现在安排几个弟兄，去准备一场小型烟花，地点放在隋唐城遗址植物园西门口，九点半开始。"杜若飞看看时间才刚过六点钟，答道："没问题！"

秦歌下车后，慢慢溜达着进了丹枫小区，找到了九号楼一单元，乘电梯到十九楼，打开1901室的门。进到房间里，他先给林心瑶打了个电话，自然是一顿胡扯，说什么陪的这一帮客人都是大领导，第一次来东都，周围这些景点都要看一看，又抱怨真累、真苦，估计得三天才能回家。电话那边最后说道："知道了。"

挂上电话后，秦歌一脸轻松，便参观了小幻的房子。这是一套带跃层的三居室单元房，装修并不豪华，但布置得精巧雅致。客厅沙发后面是一面照片墙，里面有一些风景画，大多数是小幻从小到大的生活照。旁边是餐厅，墙壁上的一幅字引起了秦歌的兴趣。只见其字体魄力雄强，气象浑穆，正是秦歌最为欣赏的魏碑体，上写道："人之不能无屋，如体之不能无衣。丹枫之室，虽不甚大，亦够安居静心。小屋门内有径，径转有屏，屏进有阶，阶畔有花。出则繁华，入则静谧。南窗豁然见青山，北望洛浦成玉带。吾家小女通音律，待客何用调素琴？"落款为"丁亥年春乔山书"。

秦歌先是被字体所吸引，读完内容后，更加佩服书者，按内容看书者乔山应该是小幻的父亲，暗思道："真是一位极有品位的高雅之士。"秦歌一时赞叹不已，转头又见阳台上吊了几盆花草，有吊兰、绿萝、风信子。这放置方法亦非常特别：阳台顶上悬下来一个宽约一尺、高约三寸的木几，用彩绸包裹，底下及两边折成褶皱，几盆花草放置其上。一阵微风由窗户吹了过来，花草随着木几轻轻晃动，犹如行舟一般。

秦歌又转入卧室，见主卧里面有一张宽大的双人床，床上卧具整整齐齐，感觉好久没人住过了。又推开另外一间，满眼的雅致，床是拔步床，上面挂着粉色的帐子，床对面放置着一把古琴，旁边是一个青铜熏香炉，香炉两耳为两只玄鸟，炉体上螭龙暗纹盘绕，形态优雅，花纹美丽，秦歌虽不能断定其年代，但可以确定绝不是现代仿品。正想进一步研究，手机又振动了一下，是小幻的微信，三个字："想你了！"秦歌摇摇头笑了笑，问道："几点能回来？""马上开始吃饭了，九点以前一定到！啵！"

秦歌想着今天是小幻的生日，也没给人家买个什么礼物，现在下去买吧，一时又想不出来买点什么，别又碰到什么人，惹出不必要的麻烦来。还是在这儿待着吧！就站在窗口看着外边的风景，他突然灵机一动，站在这儿看隋唐城遗址植物园位置极佳，要是在那儿放场烟花，这儿的观看效果一定极好。于是便给杜若飞打了个电话，让他安排放一场烟花，他知道杜若飞正在忙着，说安排给兄弟们就行了，你该干什么还干什么。

挂上电话以后，他又想起来一些细节，就给杜若飞发短信，让在现场的兄弟直接和他联系，他要交代一点事。一会儿，一个陌生的号码打了进来，对方小心翼翼地笑道："领导，我是杜总的兄弟，您叫我小王就行。去年我和杜总还陪您吃过一次饭，您还记得吗？"秦歌就打了个哈哈，说道："有点印象。这样吧，你马上去准备焰火，看看有没有什么艺术一点的，比如在空中形状像玫瑰花、蜡烛或什么心形之类的。""明白！"过会儿，那个电话又打了进来："领导，我在烟花店里，老板说只有心形的，比较复杂的那种得预订，您看……"秦歌道："行，就这样吧！"

秦歌就站在窗户跟前看着外边的风景。八点半刚过，门铃响了，秦歌打开门，小幻蹦了进来，她已将衣服换成了一身淡绿色的连衣裙。关上大门后小幻双手搂着他的脖子，嘴巴就凑了过来。少顷，又问道："想我了没？"秦歌点点头。小幻转身把包取了下来，从里面掏出一大堆东西放在餐桌上，一个保温杯里盛着鸡汤，两个保鲜盒里分别放着麻辣牛蛙和红烧鲫鱼，还有一盒米饭和一块蛋糕。秦歌看到这些东西，摸了摸肚皮，才感觉到真的饿了。他狼吞虎咽地吃了起来，小幻双手托着香腮，笑眯眯地看着他。秦歌问道："这儿有酒没？"小幻道："有饮料和酸奶，我给你拿吧！"秦歌摇摇头。小幻就站起来道："那我下去买酒吧！"秦歌一把拽住她，又把她按在椅子上，摇摇头说："算了，不喝了。"

一会儿，秦歌将食物一扫而光。他看看表，才八点五十，就到卫生间发了条短信："焰火时间改在九点整。勿回短信！"发完就漱漱口，洗了把脸，便从卫生间出来了。他拉着小幻的手走到窗户前，看着前面的一片苍翠，说道："今天是你的生日，你又从父母身边跑出来陪我，本来想送你件生日礼物，一时还想不起来什么礼物能配得上这样雅致的仙女，让我再慢慢想想，就算我欠你的。不知道上天会不会可怜我对你的一片痴心。"小幻痴痴地看着秦歌，听他又说道："怎么不下个流星雨什么的？"小幻笑道："这什么季节，怎么会有流星雨呢？"

话音刚落，她惊讶地叫了起来，前面的夜空蓦然升起一片姹紫嫣红，先是一个个巨大的火球，有红色的、紫色的、蓝色的，在空中璀璨地绽放着。一会儿，一道火光升到数十米高的夜空，既而迸发出无数的火花，落下来时像一道银色的瀑布，小幻激动地搂着秦歌的脖子跳着，嘴里喊着："流星雨，流星雨！"秦歌笑道："看来，上天还真的感觉到了我的一片痴心。"话音未落，夜幕上出现了一个极艳丽的红色心形图案，在空中停留了三秒左右，慢慢地暗淡了下来。

小幻的吻像雨点一般袭来，秦歌抱起她，向卧室走去，小幻满脸潮红，眼睛微微闭着，秦歌打开了主卧室的门，把她放在床上。小幻感觉不对，就爬了起来，娇嗔道："这是我给我爸妈准备的床……"她双手抱着秦歌的脖子，冲着对面努努嘴，秦歌又抱着她进到对面的小屋，挑开红纱帐，轻轻地把她放在小床上。

这次，小丫头好像突然开了窍，很快就来感觉了，秦歌觉得后背一阵火辣辣的疼……两人平静后，他翻过身来，让小幻看他后背，她"呀"了一声，道："咋回事？让我数数，一、二、三、四……好多道血印。"又迷惑地看着秦歌。秦歌用双手捧着她的脸，前后晃着，笑道："小丫头片子，你可是一点不吃亏呀！"小幻不解地问道："咋啦？"秦歌道："这两天你就流了一次血，你看我吧，浑身上下多少伤口？"小幻翻过身来，趴在他跟前，用手拽着他的鼻子左右晃着，笑道："你背后的伤痕不是我抓的，别赖我！"

第十八章　柔情蜜意

　　第二天早晨，秦歌醒来一看表，已经七点五十了。小幻还在甜甜地睡着，就轻轻地抽出被她枕在脖子下的手臂，正想起身，小幻用白嫩嫩的手臂搂住他的脖子，依然闭着眼睛问道："几点了？""快八点了！""你是不是要走？""对，今天周一，事儿很多。""再躺三分钟嘛！"秦歌刚躺下，突然想起一件事，惊得由床上弹了起来，吓得小幻一激灵，问道："咋了？"秦歌摆摆手让她别吱声，伸手摸过来电话，还没等他拨号，电话就打了过来，是小王的。"主任，我到楼下了。"秦歌连忙道："你赶紧出来，我早上有点事，自己到新区了，你到青年路口接我吧！"挂上电话，心还在怦怦地跳着，暗道："小王要是在楼下碰到林心瑶，可不就露馅了吗？"

　　秦歌洗漱时，问小幻家里有没有牙刷，小幻道："你先用我的，今天我就去买。"她又问道："你晚上几点下班？"秦歌盘算着身上的疤痕，估计怎么都得三天才敢回家，就打定主意要在小幻这儿留三天，回答道："五点就下班了，但我不敢保证什么时候回来。谁知道晚上会不会有什么应酬？九点以前吧！"小幻就噘着嘴点点头。

　　秦歌出了丹枫小区后门，前行了两百米左右，看见小王已把车停在那儿等着了。见秦歌走了过来，他从车里下来，打开了车门。车子开动后，小王笑问道："这么早就出来了？"秦歌道："有点特殊情况，以后再给你说吧！"小王就不再吱声了，一会儿又问道："喝汤不？"秦歌看看表道："算了，时间来不及了。"小王就递给秦歌一个袋子，道："这里面有一杯豆浆、四个包子，你吃吧！"秦歌接过来，边吃边问道："你吃什么啊？""过会儿你们开会，我又没什么事，再出来吃呗！"

一上班，孙主任布置了本周的主要工作，就是加强牡丹花会期间的综合管理，什么景区面貌、服务质量，还有小商小贩管理、官方参观团等。牵扯到自己的，秦歌都记录在笔记本上。散会后，秦歌又召集相关人员开了会，提了要求。会后，黄影儿敲门进来了，手里拿着一小筒茶叶，笑道："领导，这是今年的新茶，您尝尝鲜。"黄影儿是妇联主任，四十多岁，有过一段失败的婚姻，离异后，就一直单身。秦歌赶紧起身让座，笑道："黄姐，你太客气了。搞得兄弟不好意思啊！"

黄影儿娇笑道："有什么不好意思的？昨天我一闺密从福建过来玩，她带的。一盒四筒，大家都尝尝呗！"秦歌就不好再推辞了，要去倒水，黄影儿便抓着他的手，拦住不让倒，笑道："领导太客气了，刚从办公室出来，不喝了，不喝了！"

232

这时候，赵大江推门进来了。他干咳了两声，又把办公室的门关上，看着他俩笑道："是不是我来得不是时候？"见黄影儿拿眼直瞪他，又哈哈一笑，说道："我可什么都没看见啊！"秦歌回到座位上，仰着头笑道："我们什么都没干，你当然什么都看不见了。"黄影儿嗔道："就算你看到什么，又咋了？"赵大江眯着小眼睛，看着秦歌桌上的茶叶筒，一字一顿地读道："金、瓶、梅？你们在研究这书呢？"黄影儿拿起茶叶盒举到他眼前，嗔道："看清楚了，这是金骏眉还是金瓶梅？"

他俩又在那儿闹了一会儿，末了，赵大江问道："小黄啊，一个人过着苦啊！你不想再找个男朋友？"黄影儿叹口气道："现在这男人能靠得住吗？还不如养条狗呢！"一听这话，赵大江又嘿嘿地笑了，慢悠悠地说道："这男人能陪你聊天解闷，嘘寒问暖，咋还不如一条公狗？你这口味也太重了吧？"黄影儿大窘，满脸绯红地喝道："喂！你是当领导的人，人家就说养条狗，你非得胡说八道，什么公狗母狗的。"赵大江笑道："你养的那条大丹不就是条公狗嘛，好几次我看你牵着它在洛浦公园散步，看起来是挺亲密的。"黄影儿站起来道："和你扯不清！什么时候什么话题都能给人绕进去，走了。"转身又对着秦歌笑道："领导，这两天要来一拨客人，给解决点门票吧！"秦歌就拿起了笔。

黄影儿埋怨道："在咱这儿待着真烦人，一年到头，有接待不完的人，一堆破石头有什么好看的？"秦歌把单子递给她，说道："我刚才也接到个电话，手机上显示有名字，但一时还想不起来是哪位，对方喊我老秦、老同学的，那股亲热劲儿，让我觉得自己可对不住人家了！咱也不能问'你是谁'啊，就在那儿打哈哈、绕圈子。最后想起来前年在省里参加个培训班，说是一个星期，掐头去尾才四天，这就结下了深厚的同学情谊啊！说是晚饭前到。看来今明两天又闲不了了。"黄影儿说了声"真烦人"，就转身出去了。

赵大江看着黄影儿的背影，转过头来，眯着一对小眼睛对秦歌笑道："黄影儿可是见过大世面的，一般男人还真降不住她。不过，兄弟你这身体绝对没问题。"秦歌笑道："不行，不行！生活方面还得向赵哥学习！"赵大江喝了口茶问道："老袁找过你没有？"秦歌摇摇头道："没有。"赵大江道："我听有人说，这家伙上周六，也就是前天，带着几个客人到石窟去了，自己掏钱买的门票。"秦歌"哦"了一声。

老袁指的是袁伟，也是单位副职，去年刚从别的单位调过来，性格较内向，平时话不多，戴着一副高度近视眼镜，看起来文质彬彬。秦歌曾主动示好过：偶尔在微信上发几个段子，一起喝酒时主动碰碰杯子……今年工作调整后，曾几次主动问他个人有什么事没有。袁伟总是客客气气的。秦歌和人说话时喜欢看着对方的眼睛，各种信号一目了然，他和袁伟交流时，袁伟的眼睛一直看着别的地方，让他很不舒服。秦歌本来就心高气傲，加上当前事业风头正劲，自然不会把这些人放在眼里，所以，两人的关系就一直这么不咸不淡的。这会儿听老赵说起这事，就淡淡地说道："人家自我要求严格嘛！不像我们这些人，就想沾公家的光。"

赵大江笑道："兄弟，你在批评哥呀！"秦歌回过神来，笑道："我说的是我们，包括我，你怎么老是这么敏感？"说完，就哈哈大笑起来。赵大江也笑道："兄弟，我就喜欢你这性格。你说在这个圈子里，无论是工作能力、理论水平，还是为人处事，谁能比得上你？但可贵之处是你从

来不把这些当回事，还是和大家伙儿当哥们儿处。你和人交心！"赵大江
又眯着眼睛嘿嘿一笑："就说这泡妞吧，你是拿身体和才华泡，不像有些
人，拿人民给他的权力来泡人民的妞，真恶心！"秦歌哈哈大笑。赵大江
又说道："你说哥哥吧，一大把年纪了，仕途就这样了，工作咱也不能不
干，但也不可能那么拼命了。我觉得人生得分这么三个阶段：前二十五年
得学点东西，中间二十五年得干点工作，后二十五年得好好休息。"秦歌
点点头道："很精辟。"赵大江话题一转，又说道："这段时间来的客人
多，我在东山那边签的单有点多了。你是不是帮着解决一点？"秦歌抓起
笔道："办！拿过来。"

赵大江又坐了一会儿，临走时拍拍秦歌的肩膀道："你还是注意点那
边！"指了指隔壁，那边是袁伟的办公室。秦歌看着窗外满眼苍翠的龙门
山色，淡淡地笑了笑。

下午，秦歌的手机就振个不停。小幻用微信、QQ、短信等不同方式
发了五六十条信息，刚开始他还回一下，后来他知道，他回一条，马上就
会又收到一条。比如：

小幻："干吗呢，想我没？"

秦歌："想了。"

小幻："骗人！"

秦歌："真想了！"

小幻："好，姑且相信你吧！"

秦歌以为这就完了，该干什么就干什么吧。一会儿，又是条信息，打
开一看是个疑问的表情。又一会儿，再一条信息，是个委屈的表情。秦歌
笑了笑，继续工作。一会儿，又是一条信息，是个号啕大哭的表情。秦歌
就回了一条："别闹！这边有事。"安静了半个小时。又开始了。

小幻："忙完没？"

小幻："老男人，你猜我在干什么？"

小幻："我在超市，给小猪猪买牙刷嘞！还有毛巾。"

小幻："现在我又看到一套睡衣，先买了啊，你肯定喜欢。"

小幻："对了，还有拖鞋，还好有这个款式。"

......

　　秦歌回办公室了，坐在椅子上歇了一会儿。想起和林心瑶谈恋爱时的点点滴滴，那时手机还叫大哥大，属于奢侈品，不是一般工薪阶层能玩得起的，那时候，他们用的是传呼机，发条信息是要通过传呼台的。就这样每天也是甜言蜜语说个不断。可能只有恋人之间，才会把废话说得这么津津有味。就感叹道：这二十多岁和三十多岁谈恋爱的感觉还是有区别的。想到这些，又觉得对不起人家小幻。说实话，那天晚上自己用强之前，压根就没有想到她会是第一次。她告诉自己她有男朋友了，按秦歌的理解，那就是承认他们睡过觉了。现在这时代，还有他们那样谈恋爱光动口不动手的？他原本想着那样的话，她的主权还归她男朋友。现在，他觉得事情已经慢慢地偏离了自己当初设想的轨道。

　　三天没回家了，周六早上走时，儿子还在熟睡，他现在在干什么呢？他有点想儿子了。虽说这小家伙现在老和自己作对，但生完气后，你还得照样疼他。记得从聪聪四五岁开始，就和自己对着来了。让他往东，他就偏要往西。后来，秦歌就通过说反话来达到自己的目的。比如，想让他把饭吃完，就会说："别吃了，吃这么多干啥？"儿子就会狼吞虎咽地把碗里的饭吃光。他想让儿子亲吻自己一下，就会坐在他跟前，抱着自己的头说道："聪聪，我警告你，不准亲我的脸啊！"儿子就会凑过来，捧着他的脸亲个没完。

　　后来，儿子长大点了，就知道判断他的真实意图来决定行动了。他曾咨询过儿童教育专家，人家说他这个方法是错误的，不能这样教育孩子。专家给出了很多方法，他一个也没用过。家庭就不是一个讲道理的地方，有些东西根本就没有道理可讲。父母对子女的爱，就像水从高处往低处流一般，那么自然而然，那样没有原因。你看着孩子摔倒，能不扶他？看着他哭，能不心疼？

　　就这么胡思乱想着，手机振动了起来，是上午那个叫牛小斌的。秦歌让他们在高速出口等着，安排小王去接，让他把宾馆和晚餐都安排好。快下班时再来接自己。晚上吃饭时，牛小斌很激动，酒喝了不少，又让同行的一男两女轮番给秦歌敬酒。同行的这三人说话、喝酒都不在道上，主动给秦歌端酒，秦歌就解释道："在我们这儿，可不兴客人给主人端酒。"对方站着就不坐下，说什么领导看不起人之类的，大有这么好的酒，领导不喝怎么行之意。秦歌最怕在酒场遇到这样的人，他喝酒不爱磨磨叽叽，真碰到意气相投的，对饮几大杯也是平常事，并不计较喝多喝少。但碰到这种不着调的，明明是你请客，他一个大老爷们儿跑来给你端酒，你喝一杯后，他还玩什么好事成双、三星高照。多喝点酒倒无所谓，关键是影响情绪，很败兴。秦歌就没什么兴趣再喝下去了。五个人喝了两瓶酒，秦歌问牛小斌道："再开一瓶？"他摇摇头，说道："白酒就不喝了吧！"秦歌暗道："咋的？还要换场子？我可没时间陪你们了。"就顺水推舟说道："那行吧！晚上就少喝点。"小王就让服务员上主食了。

席间，牛小斌对东都的城市建设大加赞赏，说秦歌待在这么好的地方，多让人羡慕啊！不像他们那个城市，也没见什么朋友去过。秦歌笑道："好什么好啊？我这一周就没沾过家。我们这种状态，弟兄们总结了一下，有这么几点：经常陪着素未谋面的人，经常说着言不由衷的话，经常喝着不情不愿的酒。"牛小斌问道："怎么说？"秦歌解释道："有的客人和我们并不认识，而是我们的同学、朋友打电话让我们接待，这不是素未谋面的客人吗？接风时不都得说欢迎欢迎，送行时不都得说怎么不多待几天、有空下次再来之类的话，这不是言不由衷的话吗？酒逢知己才能千杯少，和不太熟的人喝酒，不就是不情不愿吗？"

说完，他又怕牛小斌尴尬，就倒了两杯酒，和他碰了一下，说道："咱这是哥们儿酒，可不一样啊！来，干一个！"牛小斌笑道："咱这是四大铁之一，一起同过窗啊！"干了杯中酒。又亲昵地拍着秦歌肩膀道："你不够意思啊！从来也不去找我，心里就没这个老同学嘛！"又倒了两杯酒和秦歌喝了。

酒局散后，牛小斌和一个女伴上了秦歌的车，那对男女开车跟在后面。牛小斌看着外边的霓虹灯说道："东都市这夜生活很丰富啊！"秦歌就明白了，这家伙还不尽兴，想再搞点娱乐活动。他暗想："我哪有时间陪你啊！"手机屏幕一亮，小幻的短信，是个可怜的表情，眼前就浮现出一张带酒窝的笑靥。到酒店门口，牛小斌拉着他的手久久不松开，他就一起到电梯口，按下按钮笑道："我就不陪你们上去了，时间不早了，洗洗睡吧！"他看着牛小斌失望地松开了他的手。

上车后，小王笑道："这家伙是不是还有点别的想法？"秦歌道："我听出来了。哪有精力啊！你说这段时间哪一天闲着了？就上周末我不值班，关机了，才清静了两天。"小王问道："那直接回家吧？"秦歌道："到青年路口，早上接我的那地方。"下车时，小王又问道："明天早上还在这儿？"秦歌点点头就下去了。

进门后，小幻让他试穿新买的拖鞋，两双拖鞋一双是棉质的，一双是塑料的，拖鞋上面印着卡通熊的图案，和小幻脚上穿的是一对情侣拖鞋。她又让他去洗澡，洗完后好试睡衣。秦歌就拽着她进卫生间，笑道："今天我看了个文件，爱国卫生运动委员会发的，呼吁全体市民节约用水，我们就从现在开始做起，一起洗澡吧，为了绿色家园。"小幻蹲在地上咯咯地笑着，用右手掰着他握着自己手腕的手指，笑道："这么大的人了，好不要脸哦！"

洗完澡后，小幻拿了套睡衣送进来，是一套蓝色格子的棉质睡衣。正要穿，小幻笑道："等等，后背还有水没擦干。"就拿起毛巾给他擦着后背，自己在哧哧地笑着。秦歌转过身来，笑道："前面也没擦干。"小幻把毛巾摔在他身上，嗔道："自己没长手啊！"

秦歌穿上睡衣，见大小肥瘦正合适，就冲着她竖了一下大拇指。小幻笑吟吟地给他扣着扣子，低着头，露出藕般白嫩的脖子，秦歌忍不住低下头亲了一口，小幻咯咯地笑道："扎死我了！"就伸手摸他的脸，笑道："你别动，我给你刮刮胡子，下午我买了剃须刀。"秦歌问道："怎么想起来买剃须刀了？"小幻的脸腾的一下红了，把睡衣领口往下稍稍一拉，那肤如凝脂的胸部，竟有一道道细如发丝的划痕。

秦歌双手环抱着小幻的腰，看着她给自己腮部和下巴涂满剃须膏，又小心翼翼地刮着胡子。秦歌笑道："技术挺娴熟嘛！"小幻用左手在他屁股上打了一巴掌，轻喝道："别说话！"他就紧紧地闭住了嘴唇，一声不吭。刮完后，小幻把脸和他凑在一起，对着镜子做鬼脸，笑道："看，变帅了吧？"见秦歌还是闭着嘴巴，就用双手挤着他的脸，笑道："小哑巴，可以说话啦！"秦歌道："刚才问你话，你还没回答呢！"小幻道：
"小气鬼！我从小学就开始给我爸刮胡子。我喜欢给他刮胡子、掏耳朵，
他要不让我干，我就哭。"秦歌笑道："过会儿，你也给我掏掏耳朵，我
喜欢躺着让别人给我掏耳朵。""臭美！"

第十九章　智者乐水

两人相拥着到小幻的房间里，秦歌又把目光放在那把古琴上。昨天光顾着布置焰火了，等观赏完焰火，又把精力全放在小幻身上了。这会儿，只见这把古琴被放置在一架花梨木制成的琴台上。琴的面板为老杉木制成，岳山、冠角、琴轸及雁足等配件分别为乌木和紫檀木。琴身为亚光工艺，显得古穆空灵、清雅朴实。秦歌拨了一下琴弦，高音清亮，低音沉稳，浑厚通透，余韵悠长，知是古琴中的精品，回头问道："会弹吗？"小幻娇嗔道："废话！"

小幻就坐在琴前舒展玉臂，手指在琴弦上飞舞起来，弹的是一曲《胡笳十八拍》。相传此曲为东汉蔡文姬所作，她一生饱经离乱屈辱，曲中自有凄凉哀怨之风。只是这会儿，秦歌听起来，自第一拍乱离之后，却尽是欢快之味。后来，有一段中本为散音的几个音节，小幻改用泛音弹奏，弦上又流淌出柔情蜜意的缠绵之感。

相传伏羲氏发明古琴之时，只有五根弦，分别对应五音：宫、商、角、徵、羽。后来，周文王因于羑里城，思念因营救自己而被纣王残杀的长子伯邑考，加弦一根，是为文弦；周武王伐纣，又加弦一根，是为武弦。后称其为文武七弦琴。古琴有三种音：散音、泛音和按音。散音沉穆而旷远，让人起远古之思；泛音如天籁，有一种清冷入仙之感；按音则非常丰富，手指捻抹下余韵悠长，时如人语，时如人心之绪，缥缈多变。散音如同大地，泛音像天，按音如人，合称为天地人三籁。在三音交错、变幻无方、悠悠不已之中，凡高山流水、万壑松风、水光云影、虫鸣鸟语，尽能蕴含表达。

小幻初涉爱河，心中满满的欢乐，不知不觉之间曲风大变。秦歌双手按在她的肩上笑道："还是那个旋律，却怎么一点也听不出来那种大漠风沙、离乱愁苦的感觉？"小幻转过身来笑道："抚琴需要静。不但环境要静，心更需要安静。你在后面，人家怎么静嘛！"秦歌把手从她领口伸了进去，放在她左侧胸前，小幻满脸通红地往前弓着身子，双手拽着他的胳膊，嘴里喊着："大坏蛋，大色狼！"秦歌笑道："果然如小鹿乱撞一般。"小幻道："好了、好了，不闹了，幻影姐姐还等着我呢！"秦歌把手拿了出来。小幻站起来在他脸上亲了一口，把他推在床边，说道："你乖乖地安静一会儿，我和姐姐就聊十分钟，她最近在教我插花呢！"

秦歌心中一直有个谜，总觉得这个幻影姐姐就是甘拜石的那个日本女学生，她和小幻一定有着更为亲密的关系，就说道："我们一起吧！你让我见见幻影姐姐。"小幻摇摇头道："现在真的不行啦！以后再说嘛！"

秦歌道："我站在镜头外边，你放心，我不会让她感觉到你身边还有人的。"小幻见拗不过他，就拉着他的手到隔壁的书房。书房临窗的位置放着一台电脑，旁边的窗台上摆放着一盆文竹，栽在一个细高的方形白瓷盆里，细叶嫩枝，姿态翩翩，惹人怜爱。小幻打开电脑，秦歌就坐在一边的地板上，仰着头看着屏幕。

打开电脑，连通视频后，屏幕上出现了一张戴着墨镜的脸，这是一张标准的瓜子脸，嘴巴很精致，单从视频上看不出年龄。秦歌小声道："先别开话筒。"小幻笑了笑，把麦克风静音了。那边问道："怎么没声音？"小幻用文字回道："可能是话筒坏了。"秦歌在背后又喊道："你有她那种款式的墨镜没有？"小幻道："门口鞋柜上边的抽屉里有一副。"秦歌猫着腰跑了出去，在门口鞋柜那个抽屉里找到一副眼镜。他又猫着腰跑了回去，从边上把眼镜放在电脑桌上，轻轻说道："你也把眼镜戴上，把头发扎到后面去。"小幻照着他说的那样，戴上眼镜又把头发拢起来，扎到了脑袋后面。秦歌道："把本地图像调整到同样大小。"小幻调整后，屏幕上出现了两个一模一样的图像。

幻影："死丫头，干什么模仿我？"

小幻先是发了一个调皮的表情，接着写道："我的眼睛不好看，不想让你看到我丑的地方。"她完全是模仿幻影以前的语气。

幻影："那你就戴着吧！哎，最近咋不见你提那个小帅哥了？"

小幻："分了。他回老家去了。"

那边沉默了一阵子，又问道："你没开玩笑？我看你这几天不像失恋的样子嘛！"

小幻："那都不算恋爱，当然就不会失恋了，小孩子过家家。"

幻影："你是不是又交新男朋友了？"

小幻回头看了看秦歌，吐了吐舌头，回道："没有啦！"

幻影："对女孩子来说，找男朋友是比天还大的事，一定要让大人把把关。记住没？"

小幻："嗯！"

葵桑那边叹了口气，暗想："小丫头长大了，学会骗人了。算了，看她快乐得像一只小麻雀，应该是幸福的，那就祝福她好了。"就接着说道："好了，下面我们讲讲插花吧！你的话筒还没好？"小幻就打开了麦克风，对着话筒吹了两口气，笑道："咦？又好了，姐姐，这边好了。你开始吧！"

音响里传出来幻影的声音："插花不能太繁，但也不能太简。记住别超过三种以上，高低疏密，如画苑般布置才能好看。切忌成行列，也不能用绳束缚……"她和小幻对话时，中间有时还夹杂着整句的日语，秦歌就有些听不明白了。过了一会儿，小幻打了个哈欠，趴在桌上，嘴里嘟囔道："我困了。"幻影笑道："好，休息吧！"秦歌在一边小声道："截个图！"小幻点点头，冲着镜头摆了摆手，就关上了视频。秦歌凑了上来，打开那张截图，指着幻影的下巴和嘴巴道："你看看，你们这一块是不是一模一样？"小幻认真地比较着两张图片，疑惑地看着秦歌。

秦歌笑道："你不是说她对东都挺熟悉的嘛，下次你们再聊天时，你问她是不是二十年前在你家当过保姆。"小幻一时不解其意，看着秦歌，见他一脸的坏笑，随即就明白了，用脚踢了他一下。秦歌笑道："真有可

241

第十九章　智者乐水

能啊！那时你家那么有钱，很可能面向世界招女佣，不过你该庆幸没招个非洲的，要不你还真成了灰姑娘了。"小幻在他胸脯上捶了一下，秦歌接着又说道："哎，还有一种可能，你再去问问你爸，他年轻时，有没有到日本留过学什么的。"小幻捏着他的脸蛋嗔道："又胡说八道了。"

两人从书房出来后，秦歌就拽着她要到大屋去，小幻笑道："不行，那是给爸妈准备的房间。"秦歌道："他们都没住过，空着干什么？"小幻脑袋摇得像拨浪鼓一样，嘴里喊道："不不不！""你这边床太小了，放不开手脚啊！"小幻最终还是拗不过他，被他扔到大床上。秦歌又抓住她的小手，笑道："来，让我先把你这爱抓人的小猫爪子包起来。"小幻把手从他手心里抽出来，藏在两腿之间，笑得花枝乱颤，缩成一团……

秦歌醒来，见身边空荡荡的，小幻不在房间里。卧室的门半开着，他披上睡衣到外边一看，见小幻手里拿着一只小扫把，低着头蹲在地上打扫着，一股莲子的清香从厨房传了出来。燃气灶上放着一个白色的砂锅，里边咕嘟咕嘟地冒着气泡，是一锅黏黏糊糊的莲子粥。秦歌一时食欲大振，不自觉地拍了拍自己的肚皮。小幻仰起头笑道："起来了？去洗漱吧！我给你盛饭。"秦歌痴痴地看着她，不动。小幻站起来笑道："怎么啦？"秦歌道："完美的小媳妇！真美！"小幻笑道："素面朝天，睡衣睡裤，左手扫把，右手抹布。这叫完美？"

秦歌把她的手心摊开，用指头在她掌心写了一个繁体的"妇"字，问道："这是什么字？"小幻道："妇女的'妇'字？"秦歌点点头，说道："其实女人最美的样子，就是手拿扫帚操持家务的时候。所以，'婦'字才是一个女字边加一个扫帚的'帚'字。"小幻偏着脑袋，想了一会儿，笑道："那怎么都说妇女是半边天，推倒山？"秦歌笑道："谬论！世间乱象大半由此而生。"

秦歌洗漱完毕，小幻已把莲子粥盛好，桌上还有四个包子、两个煎蛋，四个小果碟里面盛着笋尖、火腿、黄瓜条、豆腐乳。秦歌问道："鸡蛋是你煎的？"小幻点点头，秦歌夹起一个煎蛋咬了一口，赞不绝口。他又抓起一个包子，小幻笑道："这可不是我包的，是刚才下楼买的。够不够吃？"秦歌点点头笑道："我又不是八戒，哪吃得了那么多？我只能吃三个，剩下一个归你。"

　　他看着碗里的莲子粥问道："你这粥煮得真好，很黏糊。跟谁学的？""幻影姐姐教的，其实挺简单，米淘净后，加入莲子，小火慢煨，水要一次加足，中途不添水，始终也不搅和，任它翻滚。这样煮出来的粥就黏糊，而且每颗米粒和莲子还是完整的。"秦歌端起碗来，用嘴在碗沿上嘬着，发出很响的声音。小幻在他脑门上弹了个爆栗，笑道："野孩子啊！勺子和筷子是干吗的？"

　　吃完早餐后，小幻柔声问道："今天几点回来？"秦歌道："我尽量早点回吧！有些时候不是我能控制得了的。还有一点，我给你说一下，你给我发短信，我不给你回，你生气吗？""刚开始生气，后来慢慢地又不生气了，想着你是不是没看到？"秦歌道："每一条都看到了，但我不能老捧着部手机在那儿玩，大人和小孩是有区别的。你能理解吗？"小幻点点头笑道："知道啦！老男人，我要是想你了，我就先忍着，看看电视，看看窗外，实在不行，就去找我的小情人玩。"秦歌瞪着眼睛看着她，小幻咯咯地笑道："小气鬼！我是说小蘑菇啦！"

　　秦歌看看时间才七点半，就打开电视看了一会儿新闻。小幻迅速收拾完碗筷，就过来依偎在他旁边，柔声问道："中午回来不？"秦歌摇摇头道："中午我在单位吃点，办公室有张小床，还可以眯一小觉，就不来回跑了吧。再说晚上不是还回来吗？"小幻把脑袋在他身上蹭着，半天才柔声说道："好吧！那晚上你想吃什么？"秦歌本来想说随便，可又觉得这样说显得有些敷衍，就说道："你熬点小米粥吧。别的都不要，晚上还是少吃点为好。"

　　言罢，又想起甘拜石和神仙姐姐，说道："晚上你什么都别做了，我带你去见一个人，他可能和你那个幻影姐姐很有渊源。我们到外边吃吧！"小幻从他怀中直起身来，有点兴奋地问道："谁啊？""到时候你就知道了。"

　　秦歌上车后，小王问道："今天还有时间，我们去喝点汤吧？"秦歌微笑道："我已经吃过早饭了，过会儿你自己吃吧！"快下车时，小王又问道："那几个客人今天怎么安排？""噢！差点忘了。你去陪他们吃点早饭。上午先到关林庙，然后到龙门，中午就在东山宾馆吃午饭，我参加。你从侧面了解一下他们的行程安排。反正晚上我是陪不了，到时你和荣剑陪着吧！"

中午吃饭前，秦歌进了洗手间，小王跟了过来，小声道："他们下午看完白马寺后，就会直接上高速回去。"秦歌问道："消息准确吗？"小王点点头道："绝对准确，我把宾馆都给退了。"秦歌点点头便出来了。大家坐下后，秦歌拉着牛小斌的手道："牛哥，下午你们还要玩，兄弟还要上班。中午咱们就不喝了，简单地吃个饭。晚上我把一切都推开，弟兄们开怀畅饮，不醉不归。"牛小斌道："还没来得及给你说呢！我们下午看完白马寺就直接上高速走了。这两天叨扰了！"秦歌就拉着他的手问道："什么意思啊？上午没陪你游龙门，生气啦？"牛小斌指着旁边那哥们儿道："这兄弟是做生意的，他晚上在省城还有点业务，咱们玩是小事，别误了人家的正事。"

秦歌就装作失望地看着他，又问道："真的变不了了？"牛小斌点点头。秦歌对服务员喊道："去拿两瓶杜康。"牛小斌道："算了，不喝了吧？"秦歌笑道："子不是曾经曰过：'有朋自远方来，不喝一壶？'"满桌人都笑了。牛小斌道："昨天不是已经喝了一壶吗？"秦歌道："没尽兴啊！对不住我们的感情。这要是传开了，说是牛哥来东都，酒都没喝好，以后兄弟还怎么在江湖上立足？"

牛小斌和他朋友对视了一眼，那哥们儿就撸起了袖子，打开衬衣上边的扣子，露出一根小拇指般粗的金项链，从座位上站起来，对身边的女伴道："让一下，我去撒个尿，好好陪秦大哥喝一壶。"服务员将酒倒在分酒器内。等那哥们儿入座后，牛小斌笑道："兄弟，你一看就是乡下人。"那哥们儿用毛巾擦着手，看着他笑道："咋啦？"牛小斌道："城里的男人，人家在女士面前都很文雅，撒尿不说撒尿，说上洗手间。"桌上两个女人咯咯地笑着。秦歌就笑道："东都更文雅，男人会对美女说，我去和我兄弟见个面，握个手，晚上要是有机会的话就介绍你们认识一下。"一桌人哄堂大笑。包间服务员脸红红地走过来问道："领导，用不用介绍一下凉菜？"秦歌摇了摇头。

席间，有一盘凉菜叫乳瓜蘸酱，秦歌用手拿了一只，又把盘子转到那位女士跟前，笑道："美女，吃个剩女果。"那妇人偏着头看着秦歌，笑道："这怎么是圣女果了？圣女果不是小西红柿吗？"秦歌嘿嘿笑道："我说的是剩女果，剩下的剩，不是神圣的圣。"那妇人一时没明白过来，有点迷茫地看着秦歌。牛小斌就哈哈大笑起来。

饭后，秦歌拉着牛小斌的手，两人互相搂着，走到车跟前。等他坐了进去，秦歌挥挥手道："有空再来，下一次一定多住两天啊！"牛小斌降下车窗玻璃，哈哈一笑："你这是言不由衷，还是真心实意？"秦歌指着他，笑道："牛哥，你想多了啊！"牛小斌道："开玩笑呢！不过你也得给哥一个机会，到我们那小地方走看看。"秦歌使劲点点头，说道："一定！一定！"两人挥手而别。

下午下班后，秦歌对小王道："你晚上休息休息，车给我。明天早上我去你家门口接你。"小王笑道："那怎么好意思呢？我自己打车到青年路吧！"秦歌笑道："那是干啥？你给我服务那么多年，我给你服务一次怕啥？"小王嘿嘿地笑了，到体育场时，他下车了。

秦歌开着车，到丹枫小区大门口，远远看见杜若飞和小蘑菇在人行道上踢足球，蓝桐桐在餐车前洗菜，时不时地侧头看着一大一小两个男人，脸上挂着满足的微笑。秦歌蓦地想起了儿子，已经四五天没见他了，儿子这么大时，也老缠着他踢足球、放风筝、讲故事。记不清从什么时候起，儿子开始对自己爱理不理的。秦歌看了看手上的伤疤，已经结痂了，估计明天应该可以回家了。

杜若飞注意到秦歌过来了，就走了过来。秦歌也下了车，笑道："挺幸福嘛！"蓝桐桐向这边看了一眼，冲他笑了笑。秦歌就压低声音问道："得手了？"杜若飞摇摇头道："还没有，仅仅取得一个干活、带孩子的机会。"秦歌道："那就不用急了，迟早的事。"杜若飞点点头，笑道："我也是这么想的，反正这是咱要娶的人，没必要急着给她推倒吧！"秦歌道："不错，思想境界提高很快嘛！""大哥，你又笑话我了。""没有，没有。我倒真觉得你和花和尚鲁智深有点像，一旦参透禅机，就会一心向佛。我能感觉到你对蓝桐桐是真心的。"

小蘑菇跑了过来，拽着他的手问道："还玩不玩了？"杜若飞摸着他的头道："叫伯伯。"小蘑菇看着秦歌叫道："伯伯好！"秦歌答应了一声，笑道："小蘑菇真乖！上幼儿园了没？"小蘑菇点了点头。杜若飞道："大哥，这事你还得操个心，孩子现在还没上户口呢，幼儿园也是私人办的那种，里面就十几个孩子，一位老师带着。我想给他转到科研所幼儿园，行不行？"秦歌笑道："这是咱自己的孩子，上个幼儿园还有啥不行的？又不是上大学。"他掏出电话拨了个号，也没寒暄，直奔主题。对方满口答应，让明天先去熟悉环境，下周一办手续。挂断电话他又对杜若飞道："左琳不就是管户籍的嘛，你把报户口的材料准备一下，尽可能准备齐全，就让她先办着，有什么问题我再找雷局吧！"

杜若飞转身冲蓝桐桐招招手，蓝桐桐在围裙上擦了擦手，走了过来。杜若飞道："大哥把孩子上幼儿园的事，已经给安排好了，明天让先去熟悉环境，周一就正式办手续。户口也差不多，你就不用再担心了。"蓝桐桐是昨天晚上收摊后给杜若飞念叨的这些事，她做梦都没想到，还不到一天时间，自己最烦心的事就落实了。她感激地看了杜若飞一眼，眼眶竟有点湿润了，又对秦歌鞠了一躬，道："谢谢大哥！"秦歌笑道："都是自己人了，别客气！以后和若飞好好过日子，这小子肯定能让你幸福。"蓝桐桐睨了杜若飞一眼，嗔道："谁答应和他过日子了？"就抿嘴一笑，转身回去了。

小幻发了条微信："老男人，都到家门口了，还不回家？"秦歌回道："你直接下来。不是要出去吗？"小幻："你怎么把车停在前面？蓝姐会笑话我的。"秦歌："快下来吧！我都给他们说了。他们迟早要知道的。"小幻："啊？"

过了一会儿，小幻低着头，慢慢走了过来。小蘑菇一见小幻，跑了过去，拽着她的手晃着，说道："小幻姨，你最近咋不理我了？"小幻就蹲了下来，笑道："我啥时候不理你了？晚上我出来时你都睡觉了，早上你又和妈妈在家，我哪能见到你呀？"小蘑菇又道："小幻姨，我马上要去大幼儿园上学了，那儿小朋友可多了。到时你也送我去吧？其他小朋友都没见过这么漂亮的阿姨。"杜若飞笑道："又开始显摆了。"秦歌打开副驾驶位置的车门，让小幻坐了进去，关上车门后，对杜若飞摆摆手，就驾车离开了。

神仙姐姐在甘拜石的精心调教下，进步神速。下周末，她准备在市美术馆办场画展，作品基本准备完毕，都装裱出来了。有几幅作品她不太满意，下午又把甘老接到家里。甘老捧着一杯茶，在一边站着看，神仙姐姐在画一张大幅的月下牡丹图，在晕染颜色时，她一边下笔，一边问道："您说我这牡丹怎么就没有您那种韵味呢？这笔法完全是按您的路数来的。"甘拜石放下茶杯，从她手中拿起画笔，把半干半湿的宣纸翻过来，在背面花瓣位置上草草晕染了几笔，又把画笔在笔洗里蘸了一下，用清水接了几笔，将宣纸翻了过来放在她面前。神仙姐姐再看那朵牡丹，那种朦朦胧胧的感觉马上出来了。她兴奋地拍着手，笑道："还可以从后边晕染，这我还真没想到。"甘老道："你要表现月下牡丹那种冷艳、朦胧，在背面晕染当然比在前面直接上色有那种感觉了。"这时，秦歌推门进来了。

神仙姐姐见只有秦歌一个人，就问道："就你一个人？我妹妹呢？"秦歌指了指电梯口。神仙姐姐探头一看，见小幻在电梯口打电话，又见秦歌一脸的坏笑，就问道："怎么这种表情？"秦歌道："刚才我在门外边，听见你们师徒二人对话，吓我一跳。"神仙姐姐问道："怎么啦？"秦歌又坏笑道："先是听你说，没想到你还可以从后边来。接着又听甘老师说什么，在后面当然比在前面有感觉。我当时还犹豫能不能进来呢。"神仙姐姐满脸通红，啐了他一口，嗔道："这家伙越来越胡闹了，满嘴不着调！"秦歌转向甘拜石笑道："甘老，您给评个理，我胡说了没有？"甘拜石哈哈一笑，对神仙姐姐道："他一贯就爱胡说八道，什么时候要正经起来，反倒不是他了。"

秦歌转过话题，对甘拜石说道："今天我带了个小朋友，你看看认识不？"说完就冲着外边喊道："小幻，打完电话进来啊！"甘拜石看到小幻的一瞬间，愣了一下。秦歌介绍道："乔小幻，东都大学外语学院的学生。"又对小幻介绍道："甘老师，咱东都书画界的泰山北斗。"小幻笑盈盈地问候道："甘老师好！"甘拜石喃喃地问道："你姓乔？乔山是你什么人？"小幻听甘老师说起她父亲的名字，也暗暗觉得奇怪，答道：

"乔山是我父亲。"甘拜石道:"你小的时候,我见过你,扎着个羊角小辫,满园子地跑。"小幻笑道:"怪不得我刚看到您,觉得挺眼熟的,但就是想不起来在哪儿见过。"

当年乔山与葵桑深爱着对方,却又未表白。甘拜石在魏园写生、办画展,他们二人举手投足、眼角眉梢的柔情蜜意,甘老自然看得清清楚楚。他俩那天在花房突然感情爆发,第二天又遭突变,这段经历别人当然不知道了。后来,葵桑突然离去,杳无音信,甘老也替乔山可惜。几年以后,花园里又多了一个小姑娘。那时小幻还小,看不出葵桑的影子,但小丫头一看就很有灵气。现在甘拜石心里明白了,眼前这姑娘应该是葵桑所生,她简直就是葵桑的翻版。但这其中的来龙去脉,他还不清楚,也不好点破,只是觉得异常亲切,就上下打量着,说道:"你很像我的一名学生。你的父亲和我也是故交,到家替我问候他,就说你见过我了。"小幻笑着点点头。

她看着桌上神仙姐姐的画,问道:"姐姐,这是你画的呀?真漂亮。"又看到边上放着几枚闲章,有一枚非常眼熟,就拿起一看,见上面篆刻有"仁者乐山"四个字,摇摇头道:"和我那枚不一样,但很相似。我也有一枚这样的印章,上面的字是'智者乐水'。"甘拜石身子一震,问道:"那枚章在你那儿?"小幻点点头,说道:"我记得很小的时候,那枚印章一直用一根红绳子拴着挂在我脖子上,我喜欢拿它在白纸上到处盖戳,看着红艳艳的觉得挺好玩。后来上学了,我爸就让我把它摘下来,收起来了。"甘拜石道:"这两枚印章原本出自一块石头,是一对。我还想着再见不到它了呢!小幻,过段时间,我要画一幅大山水,到时候这枚印章借我用一下。"小幻点点头道:"好啊!您什么时候用,让姐姐给我打电话,我给您送过来。"

神仙姐姐看了看客厅的挂钟,笑道:"净顾着说话了,饭都没准备,我们是到外边吃,还是叫外卖?"秦歌道:"那就别出去了,叫外卖吧!"神仙姐姐就把桌子上的画笔、颜料收拾了一下,订了外卖。趁着小幻和甘老聊天,她偷偷地问秦歌道:"你把人家小姑娘给骗了?"秦歌笑道:"看来什么都逃不过姐姐的眼睛啊!"神仙姐姐用指头在他脑门上戳了一下,说道:"你就作孽吧!"

第二十章　西苑骗局

晚饭后，秦歌和小幻起身告辞了，甘老穿上外套，也要下楼。神仙姐姐按着甘老的肩膀道："您先坐一会儿，我还有几个问题没搞明白，等一下我送您。"说完就先送秦歌和小幻下楼。电梯里，神仙姐姐问道："小幻这段时间干什么呢？"小幻道："没事，在家打扫卫生、洗衣服、做饭。"神仙姐姐道："没事的话，下周我办画展，你来帮帮忙吧？到时候也挣点零花钱。"小幻就看着秦歌。神仙姐姐见状又笑着问秦歌："舍得她出来吗？"秦歌笑道："她想来就来呗！闲着也是闲着。"神仙姐姐道："就是，别老金屋藏娇的。"小幻笑道："那好吧！姐姐管饭就行！"神仙姐姐笑道："又不是旧社会！"又趴在小幻耳边问道："这家伙对你好不好？"小幻低着头看着自己的脚尖，点了点头。神仙姐姐把他俩送到小区门口，秦歌对小幻笑道："你的面子可真大，姐姐还从来没送我这么远呢！"神仙姐姐笑道："我是心疼我妹妹。"又提醒小幻，一定记住参加下周的画展，就转身回去了。

车子一驶上西苑桥，小幻就问秦歌，吃饭前神仙姐姐问他什么了，为什么戳他的额头？秦歌就笑道："她问我是不是把你睡了。"小幻就转过身，抓着秦歌的右臂，问道："你咋说的？""我就承认了。"小幻指着他轻喝道："你……"秦歌道："那有啥？还不是迟早的事吗？"小幻又问道："你是不是也给杜哥和蓝姐他们说了？"秦歌点点头笑道："事儿说了，但细节没有描述。"小幻满脸通红地骂道："暴露狂！变态狂！大坏蛋！我再也不理你了！"边骂边用拳头捶着秦歌的肩膀。秦歌觉得小幻娇嗔的模样异常可爱，不由得心中一荡，就伸手搂着她，朝她嘴唇上吻了过去，小幻左右扭动着脖子，用手推着他的胳膊。这时，车子下了桥面，一个转弯，秦歌用眼睛余光看见有一个老太太在前面横穿马路。他猛地一踩刹车，车轮发出一阵刺耳的声音，接着就听到一声惨叫，秦歌意识到坏了，撞着人了。他就赶紧停下车来，下车查看，一个白发苍苍的老太太趴在车前面呻吟着。他赶紧上前搀扶，手却被另外一只手挡开了。只见一个二十七八岁的小伙子，留了个圆寸头，穿了件脏兮兮的T恤衫。小伙子喝道："你这人咋开的车？这么宽的路就往人身上撞。"

秦歌自知理亏，就赔着笑脸道："小伙子，谁也不想出事，对吧？已经这样了，咱就处理好这事。你是谁啊？"小伙子狠狠地咬咬牙，瞪了秦歌一眼，没理他，转过身去，就抱着老太太道："大姨，你感觉怎么样？"老太太用手捶着右腿，道："这条腿好像动不了了。"小伙子就对老太太说道："大姨，你别动，我把你抱到路边再和他理论。"他就把老太太抱到了路沿上坐着。秦歌见老太太能坐住，稍稍有点心安，再回头看小幻，见她站在车门边上，像个做了错事的孩子，不知所措地看着他。秦歌就过来打开车门，让她上车。小幻可怜巴巴地问道："咋办呀？"秦歌安慰道："没事，没事。咱给人家看病。你先坐车上吧！"

那小伙子过来盯着秦歌问道："你说咋弄？公了还是私了？"秦歌道："我觉着咱还是先给老人到医院检查一下，看看身体咋样再说吧！"小伙子瞪着秦歌道："走，咱现在就去医院做个全面检查。"秦歌见刚才老太太把腿收了一下，又伸直了，用拳头在大腿上捶着，就感到应该没什么事，就拉着小伙子笑道："小兄弟，我看你大姨也没什么事，要不我拿点钱？"小伙子把秦歌拽到车身后面，问道："让我听听你准备拿多少钱？"秦歌伸直了巴掌。小伙子问道："五百？"秦歌道："五千！"

只见小伙子咽了一下口水，问道："现金？"秦歌点点头。小伙子道："好吧！"秦歌从身上掏出了一张卡，交给了小幻，道："你到前面银行取五千块钱。"小幻问道："密码多少？"秦歌道："六个六。"小幻拿着卡跑开了。小伙子对秦歌道："你在车里坐着别过去，我姨她看着你就生气，她有心脏病，不能生气。"秦歌就上车了。

小伙子走到老太太跟前，蹲下来指着秦歌的车，给老太太比画着什么。老太太便点点头。不一会儿，小幻便一路小跑着过来了。小伙子坐到车后座上，接过秦歌递过来的钱，也不数，就揣了起来，对秦歌道："以后开车小心点。走吧！"就下车了，又蹲在老太太跟前。秦歌发动汽车离开了现场。

到家后，小幻抱着秦歌，脑袋埋在他的胸口，低声道："对不起，都是我不好。"秦歌双手捧着她的脸蛋，笑道："傻丫头，没事了，这不都处理完了嘛！还好，今天撞的这老太太和家人还不算难缠，要不还真头疼。"小幻问道："以后不会有什么麻烦吧？"秦歌摇摇头，在她小嘴巴上轻轻地亲了一口，道："没事，从现在开始，我俩都别再想这件事，让它就这么过去，别再影响我们的心情了。"

秦歌想着明天一定得回家了，晚上自是极尽缠绵。事后，两人相拥着喘息时，小幻问道："你以后会不会烦我？"秦歌摸着她的脸道："要是能和你这样厮守一生，给个皇帝也不当。"其实这句话他本来想说"要是谁能和你这样厮守一生"，话到嘴边，他觉得那样说小幻肯定会生气的，就把那个"谁"字略去了。小幻痴痴地看着他，轻轻地说道："小时候，奶奶找了个人给我看过手相，说我的命不好。"秦歌用食指压在她的唇上，摇摇头道："傻丫头，这都是胡说八道，别信这些。"

小幻轻叹了一口气，说道："小时候，我也没信过，那时小伙伴们哪个不羡慕我？可后来，奶奶好好地就突然离我而去，老爸得了病，我妈又一点都不喜欢我，原来家里那么多钱，突然间变得这么拮据。我甚至觉得自己的身世都是一个谜，大人和邻居谈到一些话题，都闪闪烁烁的，不知道在回避着什么。这不刚跟你在一起，就又给你惹了这么大的麻烦。"说完又楚楚可怜地看着秦歌。

秦歌把她搂在怀里，手在她光滑的背上摩挲着，说道："不是说好不提这件事了吗？"小幻用牙齿轻轻地咬着他的胸脯，笑道："好，不说了。"秦歌在她耳边轻声道："别胡思乱想了，你在我心中是完美的。"小幻转过头来说道："骗人！我有很多缺点。"说着她童心又起，笑道：

"我现在问你一个问题，你必须如实回答。"秦歌点点头。小幻道："你必须找出我一个缺点，不准拍马屁，不准敷衍。"秦歌笑道："你这不是在为难人嘛！明明自己没缺点，偏要让我找缺点。"小幻笑道："不行，说不出来，不准躺在床上，站在地上好好想。"秦歌道："好，好，别急，让我想一想。"

他转了一下眼珠笑道："我们可说好，不许生气啊！"小幻笑着点了点头。秦歌道："你太黏人。这算不算缺点？"小幻想了想，笑道："好吧，这算一条性格方面的，我是说长相方面的缺点。"秦歌道："你这纯属胡搅蛮缠，仙女怎么会有长相方面的缺点？"小幻指着他的嘴巴道："犯规！这属于拍马屁。"秦歌就左右晃着脑袋，笑道："我实在想不出来，姑奶奶你就饶了我吧！"

小幻开始拽他身上的被子。秦歌道："好吧！好吧！我想起来了，可我说了，你真不准生气啊！"小幻停止了手上的动作，点点头道："不生气，谁生气谁是小狗。"秦歌小心翼翼地笑道："你的胸不是很大……"话音刚落，小幻把秦歌身上的被子猛地掀开，又从他的怀中移开身子，嘴里喊道："色情狂！以后别理我！"说着又转过身去，留给秦歌一个后背。秦歌笑着从后边抱着她，道："你也犯规了，说好了不准生气的。"小幻扭动着身子想要摆脱他。秦歌赔着笑脸道："我没说它小，我是说它不太大。你看有的人长得那么难看，偏长了那么大的胸。"小幻道："不管！你肯定喜欢那种波霸妹。"秦歌笑道："没有，没有！其实我就喜欢你这种盈盈一握的感觉。"小幻脸红着，用肘在他肚子上轻轻地撞了一下，又把身子转了过来。

第二天清早起床，小幻又在外边准备早餐。秦歌起来后，边洗漱边考虑着怎么和她说今天回家的事情，这几天小幻没有问起过他家庭的问题。这期间，他和林心瑶通了几个电话，都是在小幻不在场的时候。这丫头该不会认为自己还单身吧？如果真是这样，下面该如何收场？

他从卫生间出来，端起桌上的豆浆就要喝，小幻拽着他的胳膊，嗔道："野人，豆浆不能空腹喝，先吃个茶叶蛋吧！"她给秦歌剥了个茶叶蛋递了过来。秦歌接过来一口塞进嘴里，咽下后，又问还有没有。小幻道："每天早上只能吃一个鸡蛋，尝尝我烤的馒头干和葱油饼。"

小幻趴在桌子上，用双手托着下巴，笑眯眯地看着秦歌津津有味地吃着早餐。一会儿，她说道："问你个问题。"秦歌点点头，小幻问道："你是不是和家里吵架了？怎么这么长时间不回家，你老婆也不找你？"秦歌心里顿时感到一阵轻松，看来这几天的担心多余了，原来这丫头知道自己是有家有室的人，就笑着点点头。小幻又问道："你老婆是不是很厉害？"秦歌道："你说哪一方面？"小幻道："性格方面嘛，还有哪方面？她是不是对你管得很严？"秦歌道："还可以，有时候管得挺严，有时候不咋管。"

小幻幽幽地说道："我见过她一次，长得挺漂亮的。"秦歌问道："你什么时候见过她？"小幻道："去年丁哥结婚的时候。"秦歌想起来了，就"哦"了一声。小幻继续道："不知道为什么，当时你们俩并没有一起进来，她在你后面隔了好长时间才进来的，但我凭直觉判断，她就是你老婆。"秦歌笑道："女人的直觉确实准啊！"

秦歌以前也和身边的女人调情，但那种调情多属于戏谑，完全没往心里去，更没动过真格的。有一次和黄影儿到杭州出差，黄影儿给他暗示了一个晚上，直到他休息后，她还打电话说房间好像有只蟑螂。秦歌只给楼层服务员打了个电话，自己就睡了。从杭州回来后，黄影儿大半年没理他。他还真不习惯处理心中有两个女人时道德与情感的矛盾问题，就把话题岔开了，笑道："接下来一段时间，我不能陪你了，事太多，下周我再抽空看你吧！你别想我啊！"小幻嗔道："臭美！谁会想你？"

上班后，秦歌正在看一份报告，小王慌慌张张地跑了进来，说道："主任，刚才交警队来人找我，说咱们的车昨天晚上在西苑桥头撞了人，还肇事逃逸。现在让我和他们到交警队调查做笔录。不行我先承认了吧，想问一下当时的情况，好和人家对上。"秦歌心里一惊，不动声色地喝道："胡说！谁说逃逸了，你瞎承认什么？是撞了个老太太，也不严重，撞着人时，车基本上停了下来，我给她赔了五千块钱还不够？你去叫他们上来。"

小王长出了一口气，满脸轻松地下去了，一会儿带上来两位警察，警衔高的那位给秦歌敬了个礼，笑道："领导，不好意思啊！昨天晚上你们单位的一辆车涉嫌一起肇事逃逸，想让司机和我们去调查一下。"秦歌道："昨晚车是我开的，和小王没关系。什么肇事逃逸？咱能干那种事吗？"

两位交警互相看了一眼，敬礼的那位又说道："领导，可那老太太现在还在医院躺着，人家儿子昨晚十点就报案了，我们看了监控录像，是咱单位的车啊，车在现场还停了十多分钟。"秦歌就把昨晚的经过给他俩讲了一遍。另一位警察道："领导，你该不会是碰到骗子了吧？"秦歌摇摇头道："不会，我看那老太太挺朴实的，不像那种碰瓷的。"警察笑道："不是老太太，而是那个叫老太太大姨的小伙子比较可疑。"这一句话提醒了秦歌，他一拍桌子骂道："我被这王八蛋骗了！"他对交警说道："那这样吧，我们一起去医院看看老太太，把情况给她家人解释一下，争取老人家原谅吧！"

到医院门口时，交警把车停在一边，对秦歌道："领导，我们就不和你一起进去了，你处理好就行了，我们在外边等着。她在外科78床。"秦歌点点头，让小王在旁边礼品店里买了一个果篮、一箱牛奶、一束鲜花，就进去了。楼道里加满了病床，显得异常拥挤，空气也很混浊。秦歌顺着病房的床位号寻找着，走到头也不见78床，就嘀咕道："这两个家伙是不是说错了，哪有78床？"小王就跑去问护士："请问78床在哪儿？"护士给他指了一下楼道的转角处："楼道拐角里边。"

小王就领着秦歌顺着护士指的方向走去。转过弯，果然看到昨晚上被撞的老太太半躺在楼道里的一张床上，头对头的一张床上躺着一个输着液的干瘦老头。老太太和老头子在念叨着什么，老头子张着嘴巴，睁大眼睛听着，不作声。旁边小凳子上坐着一个三十岁左右的年轻人，低头抠着手指甲，一头乱糟糟的头发遮住半边脸。他感觉到有人过来了，就抬起头来看着秦歌。

秦歌到老太太床边俯下身子，把花束放在床头，微笑道："大娘，我来看看您。"老太太也认出了秦歌，想打招呼，嘴唇动了一下，没有吱声，只是冷冷地看着秦歌，对床边的年轻人道："海儿，你去叫一下洋洋，就说人家来了。"

年轻人狠狠地瞪了秦歌一眼，站起来往走廊那头走去，秦歌这才看到，原来小伙子腿脚不太好，一条腿拖着一瘸一拐的。秦歌又赔着笑脸道："大娘，今天感觉好点没？"老太太闭上眼睛不理他。秦歌看了看小王，无奈地笑了笑。小王手里还拎着东西，就放在床头下面，说道："我去给你搬个凳子。"秦歌一把拽住他，摇摇头小声道："咱是来赔礼道歉的，不是赴宴，站一会儿行了。"

这时，楼道那边传来高跟鞋咣咣的声音。一个姑娘一阵风般走了过来，到秦歌跟前打量了他一番，问老太太道："妈，是他撞的你？"老太太点点头。秦歌也打量着姑娘，见她二十五六岁，圆圆的脸盘，留着齐耳短发，给人挺干练的感觉。她对着秦歌嚷道："撞了人还想跑？把一位受伤的老人扔在医院走廊里就溜了，这是人干的事儿？"秦歌道："小妹妹，你别着急，这里面有误会，我以为那个小伙子是你家人，他一直叫你妈大姨，我看大娘也答应了。谁能想到这会是假的？"那姑娘抢白道："叫大姨就是一家人？你不是也叫她大娘吗？那也是一家人？"这时，刚才那个瘸腿的年轻人才慢悠悠地走了过来，坐在凳子上低着头，又在抠着手指甲。半晌，自言自语般说了一句："撞了人怎么能跑呢？"那姑娘喝道："你别吱声！"年轻人就又低下头，继续抠着手指甲。

秦歌看明白了，这个家里是这姑娘做主，就对她说道："小妹妹，你们确实误会了，我是真给了那小伙子五千块钱，让他交给大娘的。"那姑娘道："那小伙子不是从你车上下来的吗？"秦歌就把目光转向老太太道："大娘，你当时可能有点蒙了。那小伙子确实在我车上坐了一会儿，那是在等着拿钱。刚开始他是从哪儿来的，我还真不知道。咱现在不说这个了，我这不是来了嘛，咱们就商量一下事情该怎么办吧。"那姑娘冷笑道："你来了？人家警察不抓住你，你能来？"小王忍不住了，喊道："你这人怎么回事？你是想说事儿，还是想吵架？"

秦歌看了他一眼，小王就不吱声了。老太太问道："小伙子，你在哪个单位工作？"秦歌随口诌道："原来在国企上班，前两年让人家裁掉了，现在给人打工呢。"老太太说道："那你也不容易啊！"就对那姑娘道："洋洋，你看看昨晚拍那个片子多少钱？把票给他，让他把钱给你，就让人走吧，都是受苦的人啊！"那姑娘极不情愿地埋怨道："妈，你看你，总觉得别人不容易，昨晚上你躺在走廊里难受的时候，有人可怜你没有？我爸躺在这儿一个多月了，有谁可怜过他？"说着，眼睛红了，她低下了头，眼泪叭叭地掉在地板上。

这下搞得秦歌不知所措了。那姑娘由兜里掏出一张医疗收据，递给了秦歌，他接过来一看，才八十块。老太太边捶着腿边对那老头子说道："老头子，让人走吧！撞我这一下也好，兴许能给你减点灾呢！"这下倒大出秦歌意料，他突然鼻子一酸，想起过世的奶奶来，就转身让小王包了三千块的红包，交给老太太，老太太推让道："我不能要你这个钱，这不该拿的钱就不能拿，你把那八十块给我闺女就行了。"秦歌就笑道："大娘，您看您说的，昨晚上害得您受苦了，这就当一点补偿吧！"老太太死活不要。一名护士过来给老头子换吊瓶，就笑道："今儿这是到君子国了。"最后，秦歌把红包塞在老头子的枕头下，就和小王离开了。

上车后，小王道："刚开始，我还想着今天得有麻烦了。"秦歌笑道："那时候，我头都大了。看来这人还是得有信仰，就是那种确确实实能影响他行为的信仰。奶奶在世时，我总记得这样的场景：家里待客，在邻居家借了些鸡蛋，随后一段时间，奶奶就会把我家鸡下的蛋一个个攒起来，并分成大中小三等，给我妈念叨着：这是给七婆的，她家两个大的、三个小的；这是给五婶的，她家四个全是中等的……人们要是都这样生活，那得节省多少社会资源？估计那样的话，房价也没这么高了，车也没这么堵了，得高血压的也没那么多了。"

他给杜若飞打了个电话，让查一下昨晚冒充老太太外甥的那小子是谁。又给医院的院长打了个电话，让给俩老人安排病房。中午吃饭时，护士长找到老太太笑道："大娘，我们又腾出了一间病房，让大爷住进去吧！"老太太感激地点着头，拉着护士长的手直说"谢谢"。又双手合十，喃喃地说道："救苦救难的观世音菩萨显灵了！"

下午快下班时，杜若飞回过来电话说："那小子叫圈子，是西苑桥一带的泼皮无赖，专靠坑蒙拐骗、找碴碰瓷生活。现在弟兄们已经盯上了，他在洛浦公园门口兜卖旧手机，收拾他不？"秦歌道："把他拉到你公司吧！"

秦歌下班后刚坐在车上，丁荣剑便小跑了过来，他俯下身子趴在车窗上，笑道："好长时间没给领导汇报思想了。找个地方喝两杯吧？"秦歌道："晚上有事，喝不成。"丁荣剑笑道："我跟你一起吧！"秦歌道："打架，你去不去？"丁荣剑道："那更得去了。"小王就发动了车子。秦歌到杜若飞办公室时，圈子还在和杜若飞闲聊着，说二手手机其实很好用，性价比最高，要是诚心要还可以优惠。

秦歌进门后，杜若飞站了起来，叫道："大哥。"圈子看到秦歌后，脸色大变，想笑，但脸上的肌肉却怎么也组织不起来。秦歌微笑着问道："小伙子，你大姨好点没？"圈子扑通一声跪了下来，双手不停扇着自己耳光，一边哭一边说道："大哥，我错了！你就饶了我这一次吧！父母年纪都大了，身体也不好，我这也没个正经工作。大哥饶了我吧！那钱我就花了五百块，剩下这四千五都在这儿了。我把这部手机给你，你就放过我吧！"

说着就从兜里掏出钱和手机放在桌上，可怜巴巴地看着秦歌。丁荣剑骂道："你咋谁都敢骗？"丁荣剑走过去飞起一脚踢在他脸上。圈子双手捂着脸躺在地上不动了。丁荣剑又在他肚子上踹了一脚，喝道："起来！还装死？"圈子惨叫了一声，慢慢地爬起来，坐在地上看着秦歌道："大哥，都怪我有眼无珠。这打也打了，钱我也退了，你说咋办？"杜若飞问道："你还骗过哪些人？"圈子道："今年太岁冲顶，命犯煞星，干什么都不顺。刚过年那一阵子，我女朋友认识个网友，我就让她去勾引他，等到上床时我再去捉奸。谁知道等我赶到宾馆一看，对方是河西一个城中村的村主任。没讹着钱，还挨了顿打，女朋友还跟了别人。你说我倒霉不倒霉？"

听到这里秦歌笑了，就让小王把钱收了起来，把手机扔给他，道："我要你这破手机干吗？不过，我那五百块钱你也不能白花了。"圈子马上说道："大哥，要不我给你写张欠条，分期付给你。"小王笑道："你真有才，五百块钱还搞个分期付款。"秦歌道："钱你就别还了，你在医院门口那个斑马线那儿维持交通一周，碰到行动不便的老人、残疾人、儿童，要送到马路对面，你能做到不？"圈子点头如捣蒜，连声答道："中、中、中！没问题！"秦歌就让他先走了。

丁荣剑问道："大哥，去喝两杯吧？"秦歌摇摇头道："就在这儿喝两杯茶吧。再不回家，你嫂子该贴寻人启事了。"丁荣剑问杜若飞道："和蓝桐桐怎样了？"杜若飞笑道："昨天晚上，收摊后，允许我进她家门了。"丁荣剑笑着问道："弄了没有？"杜若飞笑骂道："那以后就是你嫂子了，注意礼貌用语，什么弄不弄的！"丁荣剑接着道："那你们做爱没？这下够礼貌了吧？"杜若飞抓起桌上的烟盒砸了过去。秦歌笑道："那要是这样的话，挑个日子你们把婚结了吧。"杜若飞道："我想着到老家找我妈，看能不能把她老人家找到。要不婚礼上拜父母时，我们拜谁啊？"说着他有点伤感起来。秦歌点点头道："对！"

秦歌到家门口时，看了看手背，虽有三道淡淡的印子，但不仔细看，是看不出来了，就掏出钥匙打开了门，脚踏进门的一瞬间，心里一哆嗦。他想起原来穿的那条内裤小幻给洗了，身上这一条是她那天新买的，再想退出家门，已经来不及了。林心瑶坐在沙发上看电视，见他进来就问道："还没把家门给忘了，不容易啊！"秦歌硬着头皮笑了笑，说道："真累啊！老婆，来亲一个。"林心瑶道："你正常点，别搞得这么肉麻。"聪聪从他房间出来，在客厅转了一圈，问了他妈一个英语单词，又要回房间，经过秦歌身边时，他摸了一下儿子的脑袋，聪聪把他的手打开，喝道："别摸我头！"聪聪愠怒地看了他一眼，就回自己房间了。

林心瑶问道："吃饭没？"秦歌摇摇头道："我现在不吃晚饭，你不知道啊？"林心瑶道："那就早点休息吧！"秦歌坏笑道："那你呢？""你别管我，还有两集呢！"秦歌心里一阵轻松，面上却装作失望，自己回卧室睡了。

早上，小幻推开窗户，一股清新的空气涌了进来，感觉暖暖的，已不像前几天那样清凉。窗外挂着一盆吊兰，吊兰藤茎的节上冒出一段淡淡的绿色，是一个小小的嫩芽。一束阳光穿过窗户斜照在她的床上，在明亮的光柱里，她看见许多细微的尘埃泛着红光，就像极品毛尖茶叶在水中沉沉浮浮一般。小幻暗想："这是否就是'红尘'一词的来历呢？"她又想秦

258

歌了。昨天他离开家，她也回到了魏庄。她无时无刻不在思念他，数次拿出手机，编了好多条缠绵哀怨的短信，却在发送之前又一起删掉。静静地想着这几个晚上甜蜜无比的缠绵，小幻轻轻地叹口气，暗思："这以后可怎么办呀？"

楼下传来乔山的咳嗽声，小幻就跑下楼去，乔山还在洗漱。小幻伸手摸了摸乔山的胡子，笑道："都长这么长了，我给你刮胡子吧！"她转身到客厅里搬了个凳子放在洗面盆前面，乔山坐在凳子上，仰起了头。小幻娴熟地涂着剃须膏，小心翼翼地刮着胡子。乔山本来想闭上眼睛，像平时一样享受一下乖巧女儿的孝顺，但无意间的一瞥突然让他心头一紧。他看到女儿白皙的脖子下面，有几处嗫出来的吻痕。顺着领口往下看，胸部竟有一处淡淡的瘀青……作为一个父亲，他不能再往下看了，就闭上了眼睛。他又想起来了，女儿这几天来经常心神不定，恍恍惚惚的，有时突然双颊飞满红晕。他现在明白了，这妮子一定是恋爱了，恐怕连身子也已经给人家了吧？也不知道那小子是个什么样的人。他会对女儿一直好吗？唉，要是葵桑还在，那该多好啊！女儿不愿意和他说的秘密，应该和母亲好交流吧？

259

乔山擦完脸后，就坐在沙发上看着新闻，突然问小幻道："小幻，你姑昨晚上给我打电话说，见你和一个男孩在一起，他是谁啊？"小幻一愣，随即明白了，老爸这是在诈自己，就笑道："哪有啊？我姑肯定是看错人了。"乔山道："你小时候有个习惯，说谎话的时候，眼珠子要动一下。你看着爸爸的眼睛。"小幻就把脸伸到乔山跟前，眼睛瞪得大大的，笑道："这样行不行？"乔山道："你大学都快毕业了，谈个朋友也没什么嘛！老这么偷偷摸摸不让家里知道干啥？"小幻笑道："我就不找男朋友，永远陪着老爸。"乔山叹口气道："那还不把我急死了？"小幻撒娇道："哼！盼着我嫁出去是吧？"

秦歌和小王早上喝了碗羊肉汤，路过医院门口时，秦歌降下车窗玻璃看着人行道边上，圈子胳膊上戴了个"交通督导员"的袖标，见红灯亮起，就把手里的旗子举起来，挡住了行人。小王笑道："这小子还挺守信用的。"圈子也看见了秦歌，就冲着他挥了挥手中的旗子。

第二十一章　西京好友

转眼到了周六，小幻一袭白色长裙，神仙姐姐一身淡蓝色套裙，一左一右站在甘拜石身边，像两朵娇艳的牡丹，盛开在古意盎然的奇石之旁。甘老做了场演讲，题目为《从中国山水画中感悟人与自然的关系》。甘老喝了一杯酒，把酒杯交给神仙姐姐，接过小幻递给他的麦克风，咳嗽了两声，说道："其实，我不太善于在大庭广众之下演讲，而喜欢朋友小聚时在酒桌上聊天。为什么？因为酒后可以胡说八道，说错话不需要承担多大的责任，可以把责任推给酒。我是一个不太爱动脑筋的懒家伙，信奉的是快乐主义。在大庭广众之下演讲难免要思考一番，这就让我不快乐了。但今天是我的学生小星首次办个人画展，央求了我好几天，终是拗不过这小妮子。下面我就开始胡说八道吧！大家姑且听之，姑且笑之。"神仙姐姐在台上和小幻对视一眼，低下头哧哧地笑着。

甘拜石接着说道："下面我讲一讲从中国山水画中看人与自然的关系。山水画在国画中居于首位，国画的气质、情趣、法理在山水画中得到了最充分、最典型的体现。中国的山水画不同于西方的风景画，不是立足于描写眼前的实景，而是画家对宇宙万物、生命本体的思考和感悟，融合在山水之中。它是艺术升华的哲学思考。不知道大家注意到没有，中国山水画中人物总是画得很小。王维在《山水论》中说过：'凡画山水，意在笔先。丈山尺树，寸马分人。'山水画中一般点缀渔樵耕读等人物，他们和山川草木一样都是大自然的一部分，表现了人与自然的亲和。还有些画干脆就没有人物，这时，山水已成了作者自身的化身。他们画的是山水，但其意已经不在山水了。这时的画已变成了抒情诗，以情构境，情景交融，物我终化为同一。现在大家明白了吧，中国山水画中为何人物总是极其渺小。因为在大自然面前，人实在算不了什么，沧海一粟。人不是大自然的征服者和改造者，而应该和大自然是亲近、平等、融合的。

"人不能太狂妄，现在为什么有这么多有失眠、狂躁、抑郁等症状的人？就像一群赛跑的人，你追我赶的，谁还能发现天上的白云，路边的花草？请大家放慢匆匆的脚步，别再抱怨自己存款少、官帽小。保持一个好的心情就能稳定自己的血压，就能不再便秘，也就能做一个快乐的人。我胡说八道完了。"

展厅内先是笑声一片，接着响起了一阵雷鸣般的掌声。

展厅内人头攒动，熙熙攘攘。当天就卖出去五六十幅画。第二天晚上，神仙姐姐请客，结束时，送小幻一个大红包，小幻一看有三万，就笑道："姐，你吓我呢！就两天时间哪能挣这么多？"神仙姐姐笑道："车展成功不成功，车模很关键。一样的道理，没有仙女妹妹当这画模，可能还没这效果呢！拿着吧！"小幻就看着秦歌，秦歌笑道："这傻妞，给钱还不快点接着！"小幻这才把红包收了起来。

晚饭后，秦歌带着小幻离开了，一上车，小幻把头靠在秦歌的肩膀上。秦歌先是没在意，一会儿，觉得手背上凉凉的，见小幻在轻轻地抽噎，就拍着她的背，笑道："咋了？挣钱了，太激动？"小幻断断续续地说道："真是个没心没肺的家伙，你知道我这几天是怎么过来的吗？"秦歌就明白了，一时心里大为感动，说道："这几天我没接到你的短信和电话，想着你都不想我呢！"小幻道："你不是说我黏人嘛！"秦歌道："好了，别哭了。你不黏人。现在我要主动黏你，晚上我不回家了，陪你。"小幻破涕为笑，问道："真的？"

又是个周末，秦歌一位西京城的好友严立携妻子来东都游玩。秦歌带着小幻和小王去高速口迎接。见面后，两人自是异常开心。中午吃饭时，秦歌和他们夫妇俩喝了不少酒。秦歌让小王在宾馆开了两间房间，送严立夫妇休息后，他拽着小幻到隔壁的那间，小幻指了指楼道里的摄像头，笑道："你疯了？这儿这么多摄像头。我们还是回家吧！"秦歌摇摇头道："让它们拍去吧！到房间非要干什么吗？我们聊聊天、打打牌不行？"

一觉醒来，下午四点多了，就给隔壁房间打电话，那边也是刚起来。简单洗漱一番，小幻就先跑了下去，在大厅里等着。下电梯时，严立问道："小王和那小姑娘呢？"秦歌道："应该在大厅等着呢。"严立夫人叫小华，她问道："嫂子和聪聪还好吧？"秦歌和严立两家关系一直很好，虽然生活在两个城市，但每年总要聚几次。秦歌就笑道："好着呢！晚上他们要参加你们的接风宴。"他们三人说说笑笑地出了电梯。

上车后，秦歌道："小幻，这两天由你来陪着你严立哥和小华姐，当名导游。"小幻笑道："没问题！下午先到龙门，明天上午看牡丹，魏园那儿我更熟。"秦歌道："还真是找对人了。"转头对严立夫妇说道："小幻就是在牡丹园里长大的，对牡丹花了如指掌。"小华笑道："怪不得长得跟牡丹花似的。这小姑娘不光长得好看，嘴里好像还有股花香味。"严立也笑道："中午吃饭时，我就感觉到了。想不到东都还出这样的奇女子。古人有语：'美人之胜于花者，解语也；花之胜于美人者，生香也。二者不可兼得，舍生香而取解语者也。'而小幻既解语，又生香，真是千古奇宝啊！"

秦歌就得意地嘿嘿笑着，小幻拍了他肩膀一下，嗔道："你笑啥？"秦歌暗自思忖："这傻丫头，我不该笑，你更不应该拍我肩膀呀！"就摇摇头说道："没笑啥。"他掏出手机给林心瑶发了条短信："晚上带着儿子出来吃饭，严立和小华来东都了。"一会儿，那边电话打了过来，问道："他们什么时候到的？"秦歌说："上午刚到。"林心瑶："要不聪聪就不参加了吧？晚上还有奥数课。"秦歌说："一个小学生，搞得比我还忙。"说完就把电话挂了。

小华问道："是嫂子？"秦歌点点头，小华道："聪聪上课你就别耽搁娃了嘛！咱自己人这么客气干什么？"秦歌道："我感到你嫂子不是很懂事。"小华道："你还是带孩子少，现在都这样。孩子不是优秀就行了，而是要比别的孩子优秀才行。"秦歌笑着摇了摇头，说道："现在怎么都是这种理论？"

到景区后，小幻边走边讲解道："龙门石窟是中国四大石窟之一，不光人文景观丰富，自然风光也非常美，香山和龙门山两山对峙，伊河从中间穿流而过，所以，古代称其为伊阙。龙门山色为东都八大景之冠，诗人白居易曾说过：'洛都四郊，山水之胜，龙门首焉。'龙门石窟造像有十一万余尊，其中最大的佛像就是著名的卢舍那大佛。这么多的景点，我们也不可能一一参观。下午我们重点参观一下几个最著名和最具代表性的景点，再感受一下龙门山美丽的自然风光吧！"

一行人在小幻的讲解下参观了潜溪寺、宾阳洞、摩崖三佛龛、万佛洞、莲花洞和奉先寺。小幻的讲解不同于一般的职业导游，她从小练舞蹈，对雕刻的造型和线条美的理解自然异于常人，加上她的文学功底和悦耳的嗓音，惹得他们四人后面跟了一大群游客，都在听小幻的讲解。

由石窟南门出来，过了漫水桥，就到了东山。小华看着碧绿清澈的伊河水，两边苍翠的山脉，路边如荫的柳树，就感叹道："这地方真美，晚饭后在这儿散散步真是种享受啊！"小幻笑道："看来古今人们对美的感觉都是相同的。白居易有一首诗叫《犬鸢》，头两句就是'晚来天气好，散步中门前'，说的就是这儿。"秦歌面带微笑，得意地看着严立，问道："咱这导游咋样？"严立竖了一下大拇指，点点头道："你这是在哪儿找的导游？一流！"

进白园大门时，秦歌手机响了一下，一看是小幻的一条短信："过会儿，出景区后，我先走，不和你们一起吃晚饭了。"秦歌问道："咋啦？"

小幻："尊夫人驾到，我怕到时惹得人家不高兴。"

秦歌："就算她来，我们还不能一起吃个饭了？"

小幻："我是一个不太会控制自己情绪的人，我真的不知道见了她会怎么样，你还是让我走吧！我明天再陪你们看牡丹吧！"

秦歌这下没有再回信息，而是仰起头对着空中点了点头。

进了白园大门直行数步，但见峰回路转，林木森森，山泉叮咚，池水清碧，果然幽雅至极。沿石级而上，山腰之间有座亭子，上面写着两个大字："听伊"。里面有两位穿着古装的姑娘，一位穿着红色衣服，在弹着琵琶；另一位穿着黄色衣服，在弹着古筝。外边摆了几张茶桌，秦歌指着一张桌子道："兄弟，我们喝杯茶，歇一会儿吧！"他便点了一壶茶，准备小憩一会儿。小幻边倒茶边介绍道："这座亭子是白居易晚年与其好友元稹、刘禹锡等对弈、饮酒、品茗、论诗之处。"

严立看了看周围的青山，见山清水秀，环境清幽，也不住赞叹："好地方！怪不得白居易选择这块风水宝地长眠啊！"又看着亭子上的"听伊"二字，说道："我觉得这亭子不如叫'听涛'。伊河在这儿流速平缓，好像没什么声音可听。倒是这山风吹过，满山的松涛如万马奔腾，很有气势。"秦歌道："这亭子是新建的，当时起名时，是有人提过叫'听涛阁'的，后来这名字还是我定的，一来这'听涛阁'有好多，我记得沿海好几个城市都有座'听涛阁'；二来嘛，这'听伊'二字，更符合诗人当时的心境。"

秦歌喝了一口茶，接着说道："白居易到了晚年，见党争愈演愈烈，朝政日益腐败，觉得实现'兼济天下'之志太过渺茫，就想着'独善其身'了。后来，他任秘书监、太子宾客、太子少傅等职，多属闲官，过着一种半官半隐的生活。到龙门后，他就真正过起了无拘无束的归隐生活。他和香山如满和尚结香火社，就想要一个静谧的环境，远离喧嚣。功名利禄、是是非非，已不再关心了。就如他在诗中写的：'老嫌手重抛牙笏，病喜头轻换角巾。疏傅不朝悬组绶，尚平无累毕婚姻。人言世事何时了，我是人间事了人。'所以说，'听伊'这两个字更能表达他晚年恬静、旷达的境界。"

小幻笑道："你咋不早说呢？我还以为这亭子原来就有呢！"严立对小幻说道："你刚才那解说也挺好，一千多年了，谁知道当时他和谁在干什么？"秦歌看着亭中两位姑娘，对小幻摆摆头笑道："小幻，给你严哥和小华姐表演一段。"小华道："小幻还会弹琵琶？"小幻笑道："他这人最爱显摆了。"秦歌道："项羽有个理论，我非常赞同：衣锦夜行是非常遗憾的。我有好东西，为什么要藏着掖着，不让好兄弟见到？"秦歌今天心情愉快，一时间说话也不太注意了。小华就看着小幻笑了，小幻突然意识到，自己和秦歌刚才这几句话说得都不太合适，脸微微一红，把目光移到了山顶。

四人喝了一壶茶，又起身由听伊亭往上走去，在危岩翠柏中有一古朴典雅之阁庐，题额"乐天堂"，堂内有尊汉白玉雕成的白居易塑像，栩栩如生，有飘然欲仙之态。出了乐天堂朝右边拾级而上，即是琵琶峰顶。在翠柏丛中，有砖砌矮墙围成的圆形墓丘，就是大诗人白居易的长眠之地。圆形墓顶之上芳草萋萋，墓前立有块高大的石碑，上面刻着"唐少傅白公墓"六个字。小华问道："这地方为什么叫琵琶峰？"小幻答道："登高远望此峰，形似一把琵琶，我们现在所在之处，即白墓所在的地方是'琴箱'，东南面是长长的芳草墓道，此即琵琶的'曲颈'。诗人精通韵律，又作有千古传诵的《琵琶行》。所以，后人就叫这座山峰为琵琶峰了。"

由景区出来后，小幻微笑道："严哥，小华姐，我家里有点事，就不陪你们吃晚饭了，明天我再陪你们看牡丹，祝你们晚餐愉快！"说完，给秦歌摆摆手，嘴里哼着歌曲转身离开了。

秦歌看着小幻的背影，直到她上了一辆公交车，才收回目光。严立和小华对视了一眼，小华笑道："哥，这小姑娘不光长得好看，性格也挺好，很讨人喜欢。"秦歌笑了笑，说道："好东西多了，咱欣赏欣赏就行了呗！还能咋的？"说着就拍了一下严立的肩膀，手指又在他肩上捏了一下。严立就把话题岔开了。

他们到饭店时，杜若飞和丁荣剑夫妇三人已在包间了，见他们进来，都站了起来。秦歌给严立介绍了一下杜若飞和丁荣剑夫妇，就让上桌。小华道："还是等等嫂子吧！"秦歌看了看表，已经快七点了，就给林心瑶打了个电话，有点不满地问道："到哪儿了？都在等你。"电话那边道："急个屁呀，正是堵车的时候。快了。"大家又喝了一会儿茶，林心瑶才带着聪聪进了包间。

秦歌就招呼大家上桌，端起酒杯道："兄弟，你今天携弟妹来东都，哥非常开心。今年春节，我回家后，因我爷过世，过节再没有喝过一次酒，也就没有赴你的约。兄弟见谅！今天我和你嫂子，还有若飞、荣剑给你们接风。这都是哥在东都城内小圈子里的人，是肝胆相照的好兄弟。晚上咱哥儿几个都放开，不醉不归！"说完带头干了一杯。酒过三巡后，小

华劝道："算了，你们中午都喝了不少。晚上还是少喝点吧！"秦歌有点
兴奋了，对聪聪道："儿子，你吃饱了没？"聪聪点点头，秦歌道："那
你到大厅去玩会儿吧！"聪聪下了桌，转身跑了出去。左琳笑道："唉！
又开始了！"

　　林心瑶小声骂道："信尿！人家都比你小，注意一下自己的形象
吧！"秦歌笑道："这个没啥。有人总结了爱情和婚姻的区别：今天
和她睡了，明天还想和她睡，这叫爱情；今天和她睡了，明天还得和她
睡，这叫婚姻。"丁荣剑笑道："我记得你年初开干部大会时，说过一句
话：'今天干了明天还想干，这叫事业；今天干了明天还得干，这叫职
业。'"秦歌点点头，又笑道："我现在想说的是，中午喝了晚上还得
喝，这叫应酬；中午喝了晚上还想喝，这叫兄弟。"男人们都站了起来，
大声叫好，每人倒了一大杯，一口干了。林心瑶对小华和左琳道："咱们
不是他们的兄弟，咱们喝杯茶吧！"

　　最后一道主食是酸汤面叶。吃完面后，杜若飞问道："大哥，饭后我
们搞点什么活动？"秦歌道："算了，我俩说说话吧，哪儿都不去了。你
们自由活动吧！"林心瑶笑道："那我和小华、左琳一起转转去。"

　　两人回到酒店里，秦歌拍着严立的肩膀道："兄弟，这么多年来，
真正能称得上知己的恐怕就是你了。"严立道："今天这俩兄弟也不错。
我看这个杜若飞很实在，丁荣剑相对圆滑一些，但他们对你都很好。"秦
歌道："对你哥好的人多了。我说的是能和我真正交心的还真不多。晚上
这两个兄弟也和我处了多年了，人都不错。若飞人很义气，我需要什么，
但凡他力所能及的，没有不办的，的确是一个可以共患难的兄弟。但这些
年我一直是以大哥的身份与他交往的，有些东西没法和他交流。丁荣剑是
我的下属，人很聪明，在工作上是我的好帮手，我的一些想法给他一点就
透。有些时候，我的一些事儿也要他去办，这个你懂的。"

　　严立笑着点点头。秦歌接着说道："但这小子有点太过精明，啥亏都
不想吃，啥便宜都想占。这种性格我又不太喜欢。"

　　严立道："哥，我觉得你还是得把生活重心放在家庭上。"秦歌苦笑
着环视了一下房间，见旁边的酒柜里还有一瓶洋酒，就走过去打开，又拿

过来两个杯子，倒了两杯。还没等严立端杯子，秦歌就拿起一杯，在茶几上和另外一只杯子碰了一下，自己一饮而尽了，随口骂道："真难喝！兄弟你将就点。"严立笑道："人家洋酒就不是你这么喝的。"

秦歌说道："有些话憋在哥心里很长时间了，一直找不到个倾诉的对象。你这次来得正好，哥就给你说说吧！"秦歌接着说道："在别人看来，我也算混得可以了。事业上咱不能说功成名就，最起码有一份自己满意、别人尊敬、收入稳定的工作吧！"严立笑道："哥，你太客气了。你这不叫功成名就，那什么是功成名就？"秦歌摆摆手道："别打岔，让我说完。你嫂子这个人吧，你要是说她有什么缺点，好像还真找不出来。长得不错，又给咱生了个儿子，家里没让我操什么心。可我不太愿意回家，在家里我感受不到家的感觉，找不到存在感。"

严立问道："你是觉得在家里没地位吗？"秦歌看着天花板，吐了个烟圈，说道："哥会那么没出息吗？在家里和老婆孩子争什么地位。再说了，现在哪个家里不是男人排第三？要是养宠物了还得排第四呢！我说的是那种家里应该有的温馨和谐。有次，你给我打电话，无意间说起你喝多了，小华给你洗脚。把哥羡慕的呀！"严立嘿嘿笑道："这话可不敢当着你弟妹的面说啊！""我又不是二百五。"秦歌说道，"你嫂子除了在床上，在生活中拒绝和我有任何亲昵动作。"严立嘿嘿地笑了。

秦歌道："就是在床上也是固定内容、固定动作。每月实行指标限量，说几次就几次。指标用完你再需要也没用，你就是跪在床头求一晚上也不行。"严立笑着问道："那指标够不够用啊？"秦歌道："有时我赌气，第一个礼拜就给全用了。结果剩下的时间还只能干等着。到三十一号晚上，我就坐着等到凌晨，把她推醒。她一看表，过十二点了，就闭着眼睛把睡衣脱了。倒是很讲信誉，童叟无欺啊！"严立哈哈笑道："哥，你在讲故事呢？"秦歌仰天长叹一声。

严立说道："记得前几年你带嫂子回家，你们看起来挺恩爱的嘛！"秦歌道："这也就是这几年的事，外边应酬一多，回家就少了，也没什么时间交流了。哥有个毛病，一喝完酒，就特别想那事，而且做得时间太长。也可能她有阴影了吧！"严立就嘿嘿地笑了起来。

秦歌接着说道:"哥喜欢那种性情中人。在酒桌上,有的人明明不能喝了,有时为了一句话、一种氛围又喝了起来。你说这样的人原则性不强吧,但我喜欢和这种人交往。我这微信好友里,有一位年轻的妈妈,发了条朋友圈:'想给孩子断奶,心中想了一千条理由,可抱着儿子时,他的哭声却瞬间推倒了一万条理由。'你说这妈妈性格柔软、意志力薄弱吧?但我觉得这样的女人,老公怎么会不全心全意地爱她?"严立呷了一口茶问道:"哥,你孤独吗?"

秦歌苦笑着摇摇头,又仰头看着天花板,自言自语道:"每一颗心生来就是孤单而残缺的,多数人带着这种孤单和残缺度过一生,只因为当与能使它圆满的另一半相遇时,不是疏忽错过,就是已失去了拥有它的资格。"

楼道里响起了脚步声,严立道:"小华回来了。"果然脚步声在门口停住了,接着是刷卡、扭动把手的声音。门开后,小华看着他俩,道:"咦?你们咋进来的?"她被屋里的烟味呛得咳嗽了两声。严立道:"服务员开的门。"说着拿起茶几上的空烟盒揉成一团,看了小华一眼。小华本来已经蹲下来低头换鞋了,又站起来冲着秦歌笑了笑,出门了。秦歌不解地看着严立,问道:"小华咋啦?怎么进来了又出去干吗?"严立道:"没事,买烟去了。"秦歌忙起身到门口一看,见电梯已经下去了,就说道:"你也真是的,大半夜让她一个人跑什么?打个电话让服务员送上来不就行了吗?"严立笑了笑,说道:"没事。"秦歌道:"你们这是高度和谐啊!一个眼神、一个动作,对方就能心领神会啊!来,兄弟,再敬你一个!"

放下杯子,秦歌又说道:"我也不知道我和你嫂子是怎么了,反正找不到人家别的夫妻那种感觉。我觉得我们之间越过越陌生了。"严立劝道:"哥,家家都有一本难念的经,你们这些都是小事,也没什么大不了的。生活上互相关心关心,饮食男女,搭伙过日子呗!也别要求太高了。"秦歌苦笑了一下,接着说:"有次,我们单位体检完,中午吃饭时,其他人的老婆都打电话询问了老公体检的情况。而我都好几天了,你嫂子连一个字都没提过。后来,我给她说,最近多弄些芹菜吃。她问:

'咋啦？'我说：'体检了，血压有点高。'她'哦'了一声，再也没问过一次。酒桌上喝酒，你看别人老婆一般都劝劝老公，让少喝点。这么多年，你见过你嫂子劝我喝酒没？她的理论是：'说了你不听，我还说它干什么？'"严立道："其实嫂子还是很优秀的。"秦歌道："是啊！事业心强，单位的好员工，一心扑在工作上。每年都是先进个人。哈哈哈！"秦歌仰天大笑。

严立把酒瓶拿起来看了看，见还有一杯多点，就给自己倒了个满杯，剩下个杯底给了秦歌。秦歌家里的事没有和任何人说过。近几年来，不知是因为自己外边应酬多，冷落了林心瑶，还是感情出了什么问题，总是感觉这夫妻之间的关系越来越淡了。有时候自己也异常苦闷。近几年来，随着社会地位的提升，自己一直以一位强者的姿态出现在圈子里。夫妻之间的感觉没法和别人交流。严立是一起玩到大、无话不谈的兄弟，秦歌就想把长期以来心中的郁闷好好倾诉一下，又说道："我们在外边打拼，还不是想给老婆孩子一片更好的天空吗？但慢慢地，我觉得自己错了，我好像在渐渐地失去根本的东西。有时夫妻感情和你的社会地位没关系。我见过一对夫妻，男的当保安，女的在洗浴中心按摩，女人谈到自己的男人，没有一点藐视，满脸的尊敬。"

严立点点头道："我也有这种感觉。前段时间，我装修房子。木工是一对年轻的南方夫妻。有一次，我到门口，听见里面传来刺耳的电锯声，又夹杂着男女情歌对唱，什么哥哥妹妹的。一会儿，男人要撒尿，就听见女人喊道：'先洗手啦！'男人笑道：'尿完再洗。'就听见女人嚷道：'不行！先洗手。别和昨晚那样……搞得人家满嘴的油漆味。'"

秦歌就嘿嘿地笑了。说道："你看咱上一辈人，哪懂得经营爱情？可你看有几个离婚的？不都是夫唱妇随、白头偕老吗？记得我爸说过一句话：'我就是去要饭，不用回头看，后面肯定跟着一个人，那就是你妈。'"秦歌把头靠在藤椅的后背上，看着天花板，慢悠悠地说道："现在这女人……"

严立突然话题一转，说道："下午那小姑娘挺好的啊！"秦歌拍了拍他的肩膀笑道："兄弟，哥没有什么瞒着你的。那姑娘也是哥的女人。"

严立道："以前没听你说起过呀！""刚跟我，时间不长。"说起小幻，秦歌脸上又露出了笑容。严立道："看得出来，那姑娘对你很好，性格也挺好。"秦歌笑道："关键是听话！"严立又坏坏地笑了起来。

笑罢，严立说道："哥，这姑娘还小，对感情怕是控制不住，你可要把握好啊！"秦歌当然明白严立要说什么，就说道："兄弟，你嫂子再怎么不好，她也是聪聪他妈，十年的夫妻了。咬咬牙，等哥更年期一过，荷尔蒙不分泌了，也就没什么矛盾了。你放心，那小丫头即使是个仙女，我也不会娶她的。"说这句话时，秦歌的心颤抖了一下，又凄凉地自言自语道："这小姑娘还真是个仙女啊！"

严立侧着脑袋听了一下，道："小华回来了。"就起身开门。果然见小华手里拿着两包烟走了进来。严立问道："咋这么长时间？"小华道："爷，你看几点了？楼下哪有烟卖啊？我跑了好远的路。"严立在小华屁股上拍了一下，笑道："老婆辛苦了！"小华冲着秦歌笑了笑："哥，你们聊，我先睡了啊！"秦歌看了看表，站起来道："都十二点多了，我走了。你们也早点休息，明天还要看牡丹呢！"下楼后，秦歌拦了辆出租车。司机师傅问他目的地时，他考虑了一会儿，最后还是选择了回家。

第二天，小王先给秦歌打了个电话："主任，我去接你吧？"秦歌道："我在家呢，你来吧！"林心瑶转过身嘟囔道："小王这段时间咋回事？还总要先打个电话，大清早地把人吵醒。他以前不这样啊！"秦歌笑道："好，好，以后让他别打电话了。"

上车后，秦歌对小王道："以后我不在家时，会提前通知你。不用打电话了。"小王笑着点点头，问道："喝汤去？"秦歌摇摇头道："一起去宾馆陪他们吃自助餐吧！"

到宾馆后，严立和小华已经在大厅等着了。四人一起吃了顿早餐。吃饭时，小华问道："昨天那小丫头不吃饭了？"秦歌笑道："这会儿她在家里呢。她家就住在牡丹园边上。"话音刚落，电话就响了起来，是小幻打来的。秦歌接通后笑道："东都地邪，刚说到你，你就来电话了。吃饭了没？""都几点了？早都吃过了。你们多长时间能到？""半小时吧！""好的，那我在魏园门口等你们。"

他们到魏园时，见门口人头攒动。小幻穿了一身白色连衣裙，梳了两个小辫子，背了个双肩包，不时地眺望着远处的车流。小华就对秦歌笑道："这小丫头还像名中学生呀。"小幻站在路边，挡着一辆试图倒进车位的车辆。那辆车的司机降下车窗玻璃问道："小姑娘，你家车在哪儿？我都转了两圈了，你还在这儿站着。"小幻笑道："大哥，他们马上就到。不好意思啊！"小王按了一下喇叭，小幻看见车开了过来，就着急地挥挥手道："快点快点，我给你们占了个车位。人家都有意见了。"

　　下车后，小王要去买票，小幻摆摆手笑道："不用啦！"又冲着秦歌做了个鬼脸，道："在这儿，你跟我混吧！"秦歌笑道："哦，忘了。"又转身对严立和小华介绍道："这座牡丹园就是小幻家的。"小幻笑道："曾经是，现在可不是了。"就带着大家朝大门口走去。进门时，门卫笑问道："小幻，带朋友玩儿啊？"小幻微笑了一下，点点头问候道："叔叔好！"门卫挥挥手道："进去吧！"小王笑道："小幻厉害呀！北邙一带大姐大。"小幻调皮地仰起头，得意地笑了笑。

　　进到园内，严立夫妇立刻被眼前的美景震撼了。严立叹道："以前也看过牡丹，但这种一眼看不到头的花海还真是第一次看见。怪不得东都牡丹名扬天下，看来真是名不虚传啊！"小幻带着大家徜徉在牡丹丛中，她对魏园自然异常熟悉，对各种牡丹品种也是如数家珍。只要严立和小华目光专注于某株花前，她就会跟着介绍："这叫青龙卧墨池，雌蕊花心呈绿色，周围是墨紫色的多层花瓣，似一条青龙盘卧于墨池中央，故称之为青龙卧墨池……"介绍完，她便微微一笑，安静地站在一边，看着他们拍照。

　　小幻大多数时候目光专注在秦歌身上。两人目光相接时，秦歌能感觉到小幻那种幽怨，就迅速又轻微地分开了上下唇，做了个啵的动作。小幻嘴角微微上扬了一下，又把脸转了过去，做了个拒绝的样子。严立夫妇刚注视一株牡丹，小幻又介绍道："这叫酒醉贵妃，粉紫色，盛开时顶部为粉红色，如美人醉酒后的脸色，又由于植株枝条柔软，花头下垂，似纤纤醉态，故名酒醉贵妃。"

　　"这叫姚黄，自宋代就有培育记录，传说出自姚崇家。花初开为鹅黄色，盛开时为金黄色。花开高于叶面，开花整齐，花形丰满，光彩照人，气味清香，有花王之称。"严立问道："你说这花的颜色会变化吗？"小幻笑道："这种按花期变化的牡丹不算什么，你们要是早几年来这儿，还可以看到幻影牡丹，那才叫神奇呢！你会看着它变颜色。"秦歌解释道："这种幻影牡丹就是小幻的父亲培育出来的。"小华问道："那现在这种幻影牡丹呢？"小幻叹了口气，幽幽地说道："被我妈毁掉了。"小华本来想问问原因，但随即一想，这里面肯定有上辈人的恩恩怨怨，就没有再问下去了。

小幻又介绍道："这种牡丹叫赵粉，出自清代赵姓人家的花园。因花为粉红色而得名，旧时称童子面，花形多样，花量大，为多花品种。"

"二乔，出自宋代元丰年间城东的银李园，同株、同枝可开紫红、粉白两色花朵，或同一朵花上紫红和粉白两色同在，故名二乔。"

"这几株就是大名鼎鼎的豆绿牡丹，俗称绿牡丹，是牡丹四大名品之一。关于豆绿牡丹，民间还有一个传说，称它是百花仙子头上的绿玉簪所变。说是北宋年间，邙山脚下有一个花农，倾尽全部精力，辛苦培育出了一种新品牡丹，却未能夺得花魁称号，一气之下欲摔花盆，被百花仙子劝住。百花仙子告诉他，想种出名花，就要下得起功夫。说完从头上拔下绿玉簪，随手丢入土中。第二年春天，在埋有玉簪的地方，长出了一株牡丹，开花晶莹似翠玉，这种牡丹迅速名动朝野。这就是以后的豆绿牡丹。"

又前行几步，拾级而上，见一片花株，却不似别的牡丹开得那么雍容华贵。只见它纤纤弱弱的，小花朵排成一行挂在枝头，每一朵花朵外观略呈心形，下边还有一个小坠儿，背阴的小坠儿下面还挂着晶莹的露珠，煞是好看。小幻介绍道："这也是牡丹，叫荷包牡丹。它还有一个美丽的传说呢！"又转头问小华道："姐，你看这花朵像什么？"小华笑道："像一颗颗心，我猜一定和爱情有关吧？"

小幻点点头，讲起了这个传说："东都南郊数十里处有一个小村庄，那里群山环绕，景色宜人。当地有一个独特的风俗习惯：男女青年一旦定亲，女方会亲手给男方送去一个绣着鸳鸯的荷包，这其中的含意是不言而喻的。若是定的娃娃亲，也得由女方家中的嫂嫂或邻里未过门的大姐们代绣一个送上，作为终身的信物。村里住着一位美丽的姑娘，名叫玉女。玉女年方十八，心灵手巧，天生聪慧，绣花织布技艺精湛，尤其是绣在荷包上的各种花卉图案，竟常招惹蜂蝶落在上面，可见水平之高。这么好的姑娘，提亲者自是踏破了门槛，但都被姑娘家人一一婉言谢绝。原来姑娘有了钟情的男子。可惜，小伙子在塞外充军已经几年了，杳无音信，更不曾得到荷包。玉女日日盼、夜夜想，苦苦思念，便每月绣一个荷包聊寄思念之情，并一一挂在窗前的牡丹枝上。久而久之，荷包就形成了串。"小华问道："后来，这位玉女有没有等到她的情郎回来？"小幻摇摇头，哀怨地说道："没有，也可能战死疆场，也可能是娶了别的女孩。后来，玉女抑郁成疾，不治而终。牡丹仙子感叹于她的痴情，就将她绣的荷包化为一种牡丹，就是今天的荷包牡丹了。"小华道："原来还有这么一段凄美的爱情故事。"

秦歌以前听过这个故事，只是在小华发问之前，这个故事就结束了。后来这一段，完全是小幻杜撰的。再看小幻时，她却看着别处，只是脸上大有凄苦之色，一时心里也大为感动，遂看着一串串艳红的小荷包默不作声。

几人绕着园子转了大半圈，小幻又介绍了许多牡丹品种，有冠世墨玉、璎珞宝珠、八宝香、醉鸳鸯、粉盘托桂、金玉玺、胡红……每一个品种在小幻的描述下，都有一个动人的故事。那花儿也仿佛有了生命，在微风的吹拂下点着头，仿佛在和客人打着招呼。严立夫妇大为赞叹。

一会儿，转到魏紫阁前面，小华见一大片牡丹，株高过人，花冠巨大，就问小幻道："这是什么品种，花株这么高大？"小幻道："这就是魏紫牡丹，这座园子就是因这些牡丹而得名的。每一株都有近两百年的历史。最早这些牡丹就长在地头，我外公就是在这些牡丹的基础上，才种植出了一个牡丹园。"秦歌道："让小幻歇一会儿，我来讲一下魏紫的来历吧，最后由小幻来点评，如何？"小幻点点头，笑道："好吧！让我也学习学习。"

秦歌道："魏紫出自五代时期的宰相魏仁浦家。花为紫红色，荷花形花冠。花期长，花量大，花朵丰满，被推为花后。北宋欧阳修在《洛阳牡丹记》中记载：'魏家花者，千叶肉红花，出于魏相家。始樵者于寿安山中见之，斫以卖魏氏。'也就是说，这种牡丹是由打柴的樵夫发现于寿安山中，他挖下来卖给当朝宰相魏仁浦家。这寿安山就在今天的宜阳县境内。宜阳古时就称为寿安，这寿安山应该就是今天县城南边的锦屏山了。当时传说：'此花初出时，人有欲阅者，人税十数钱，乃得登舟渡池至花所，魏氏日收十数缗。其后破亡，鬻其园。'今天，普明寺后边的林池就是魏宅故地，宋代时候，寺里的僧人开垦耕种桑麦。魏紫牡丹开始流传到民间。有人数其叶，竟有七百多叶。魏紫还有一个称呼叫花后。这大概是从宋代开始的，那个说自己坐着、躺着、蹲着都手不释卷，爱好读书的典范——钱思公，他说过：'人谓牡丹花王，今姚黄真可为王，而魏花乃后也。'从那以后，魏紫就有了花后的称谓。小幻老师，我说得对不对？"

小幻伸了一下大拇指，说道："比我讲得好，我可讲不了这么详细。以前老爸写过一本书叫《东都牡丹品名略考》，里面有你说的那段记载。不过我可记不住那么多。我这点东西都是老爸随口给我讲的一些传说，不能当真的。"严立笑道："我说句公道话，我还是喜欢听小幻那样的讲解，趣味性强，把花讲得都有了灵气。"秦歌笑道："兄弟，你不够意思啊！砸哥的场子。"小华和小幻都笑了起来。

秦歌开始讲解时，跟过来两个穿运动服的少妇，在一边静静地听着，这会儿，蹲在牡丹花丛里互相拍照。有个少妇上衣的拉链开得很低，蹲下时，露出一条深深的乳沟和两个白花花的半球，有一边还文了一只蝴蝶。秦歌拍了拍严立的肩膀，小声道："看蝴蝶！"严立看了一眼，又转头看看小华，见她也在拍照，没有注意这边，便和秦歌嘿嘿地笑着，两人的目光又汇聚到一处。那少妇只是白了秦歌一眼，伸出一只手把肩上的领子往中间拉了一下，对同伴说道："再拍几张。"对着镜头摆着不同的姿势。

秦歌身后边传来一声咳嗽，转过身来见小幻愠怒地看着他。秦歌有点尴尬，就上前一步，在花丛里抓了一只蝴蝶，转过身来，递到小幻跟前。小幻生气地喝道："不要！"就把头转到一边不再理他了，秦歌笑道："那我放了啊！"摊开手心，那只蝴蝶在他掌心转了一圈，就抖动着翅膀飞走了。

转过身来，就是魏紫阁。严立看着两边的一副楹联，写道："万朵娇艳香凝露，白首遥望广寒宫"。一时觉得有些奇怪，问道："这两边的字迹细看不太相同，书写的时间好像也略有先后。"秦歌仔细看了一下笔迹，见上联为甘拜石的真迹无疑，下联似乎为别人模仿之作，尽管很像，但在起笔与收笔之处，还是能看出一些阻滞之意。他知道甘老和小幻的父亲很有渊源，不可能只给他写一个上联，而不写下联吧？一时也想不明白其中的道理，就微笑着看着小幻。小幻看了看这副楹联，茫然地摇摇头，说道："是有点不太一样啊！我以前咋没注意呢？"

魏紫阁以前的楹联为"万朵娇艳香凝露，一弯明月半亭风"，原为甘拜石撰写。二十年前，葵桑第一次看到此联时，觉得下联太过空寂，就随口对乔山说了一声不喜欢这副楹联。后来，阴差阳错两人分开后，乔山再看到这副楹联，睹物思人，觉得明月下空荡荡的亭子更加空寂，就愈加思念那位飘飘而来又飘飘而去的仙女，遂把下联改为"白首遥望广寒宫"。他又不能再让甘拜石改写，就自己苦练甘老的字体，后来慢慢地竟能达到以假乱真的地步，这才把下联改写了过来。这其中缘由他没有对任何人说过。小幻自然也无从知晓。

秦歌蓦地想起丹枫小区里那幅字，那幅作品线条流畅，气贯首尾，比眼前这几个字自然要老辣很多。但还是能看出，其出自一人之手。他就笑着说道："按我的判断，这几个字应该是出自你父亲之手。他老人家好像在思念着一个人，好像还是一位美女。"小幻抢白道："胡说八道！我爸才不和你一样，管不住自己。"秦歌嘿嘿地干笑了两声，跨步进了魏紫阁。小华在后面问小幻道："谁惹我们小美女不高兴了？"小幻摇头笑道："没有啊！"

进门后见墙上挂着几幅牡丹画，秦歌指着其中的一幅道："这就是甘老的作品。"严立欣赏了一会儿，赞叹道："果然是名家，富丽堂皇之中又傲骨嶙峋。"又转头问道："现在甘老的画一平尺多少钱？"秦歌道："他近几年来就不怎么画画了。我那儿本来有他两幅，前段时间都送人了。这几天他不在东都，等他回来，我让他给你画一幅，不要钱。"他又想起神仙姐姐，就说道："兄弟，他徒弟的画也不错，过会儿，咱先去要一幅。这可是他唯一的徒弟。"小幻知道他说的是神仙姐姐。就笑道："她的画我就带了一幅，严哥你要喜欢就送给你吧！"说着从身后的背包里拿出一个牛皮纸袋，打开来掏出一幅画。小幻摊开用手捧在胸前，是一幅小斗方。上面是一株怒放的牡丹。左上方题了一首诗：

　　　　丰肌弱骨自喜，醉晕妆光总宜。

　　　　独立风前雨里，嫣然不要人持。

　　严立看着画，不住地点头，问道："这是谁的诗？"秦歌道："好像是宋代范成大的，诗的名字我倒忘了。"又转头问小幻道："这幅画画得不错啊！这首诗配得也很巧。只是落款稍高了一点，影响了画面的平衡感。她送你的？"小幻摇摇头道："其实这幅画是我捡的。"小华有点不解地问道："捡的？"小幻点点头道："那天，姐姐画完这幅画，看了半天，一直摇头说可惜了。我不解，就问她什么可惜了？她说落款有点不对。最后一直没有钤印，就丢在一堆练字的草纸上让我扔掉。我觉得可惜，就自己偷偷地留着了。"

　　秦歌指着下面的印章，问道："这不是盖着印章吗？"小幻笑道："她的印章就在桌上放着，我偷偷地盖了一下。"又小声对秦歌说道："你可别给她说啊！"她小心翼翼又极其认真的样子把秦歌给逗乐了。秦歌对严立笑道："这小丫头多会过日子！"他又逗小幻道："以后你趁她不注意，多偷几幅画出来。咱也换点钱花花呗！"小幻笑道："她每天只画一幅画，有时候几天还画不出一幅呢！都有数。我可不敢拿。"小王又插了句："我那天去你们画室，看神仙姐姐那儿净是好茶叶，你什么时候给咱偷点茶叶？"小幻娇嗔道："哎！你们拿我当小偷啊？"

　　秦歌笑罢，让小幻把那幅牡丹图放在地板上。他又看了一会儿，对小幻道："你那枚'智者乐水'的闲章带没带？"小幻摇摇头，道："在家里放着呢。"秦歌蹲了下来，用手指在那幅画右下方点了一下，对严立说道："兄弟，在这儿加一枚印章，这幅画就是一幅神品。"又对小幻道："过会儿回家把那枚闲章拿过来。"小幻点点头。出了魏园大门，秦歌看看表已经十二点多了，就让先吃饭。小幻说还是先到她家里去拿印章吧。

车子开到魏庄村口东边第一家，小幻让小王停下车。她下车来，转身推开一扇红色大门，走了进去。秦歌在车窗里看着她家的大门，只见拱顶门楼下的对开式红色大门，有黑色门套，高高的门槛。大门正上方四个砖刻的大字"耕读传家"，显得古朴典雅。秦歌对严立叹道："这种建筑越来越少了。"严立指着隔壁几家的方壳子建筑道："现在全国各地的城中村和城市边缘地带都是这种建筑，别说住着舒适了，连安全都保障不了啊！难得她家还保留着这种传统。"

　　这时，听见一个男人的声音道："这孩子……老师来了，也不让来家里吃顿饭，喝杯水也行啊！"接着又是小幻的声音："人家老师有事儿。你们就别管了。"就见小幻跑了出来。上车后，小幻对小王说道："快走！他们说不定要出来了。"果然车子起步后，秦歌回头看了一下，见一个消瘦的中年男人看着离开的汽车摇了摇头，又进门去了。小幻也看着反光镜，见父亲又进去了，就长出了一口气，又回头问秦歌道："看我快吧？我还换了一双鞋。"秦歌点点头道："快，比兔子都快。"

　　到酒店后，五人吃了顿简餐，饭桌上，秦歌给那幅牡丹图上加盖了那枚闲章，然后满意地欣赏着画，点头道："平和简净，遒丽天成，神品啊！兄弟，你还满意吧？"严立一时也爱不释手，回头看着小幻问道："还舍得送我吗？"小幻笑道："本来就是要送给你的嘛！只要你和姐喜欢就好。"严立小心地收起了画，大家一起拿茶水碰了一下。小华问小幻去过西京没有，小幻笑道："老爸带我去过好多次。"小华笑道："再去就找姐，不找就不够意思了啊！"小幻点点头，两人又互相留了电话号码。一会儿，杜若飞和丁荣剑也赶了过来，从车上搬下来很多土特产，有唐三彩、牡丹瓷、杜康酒，还有几大包山珍。秦歌一直将严立夫妇送到高速路口，才依依不舍地挥手告别。

第二十二章　画廊姊妹

　　上车时，秦歌和小幻坐在后座上。他拉着她的小手，在她手心里写了"陪我"两个字。车子停在丹枫小区，他俩便下车了。

　　晚上洗澡时，小幻在卫生间里"呀"了一声，秦歌就推门进去了，问道："咋啦？"小幻看着他，怯生生地说："我身上来了。"秦歌看到地板上水流之间的一丝血迹，愣了一下，有点失望地嘀咕道："来得可真不是时候啊！"小幻就低下了头。秦歌见她有点不高兴，就在她后背上摩挲了几下，坏坏地笑道："没事，没事！咱可以想想别的办法嘛！"小幻眼睛红红地把他的手推开了。

　　第二天早上，秦歌一边享受着小幻为他精心准备的早餐，一边看着早间新闻。不经意侧头，看见小幻泪眼婆娑地看着自己，秦歌就停止了咀嚼，起身抽了两张纸巾，走到小幻的身边，想替她把眼泪擦干。他刚一擦干净，马上又有几滴泪水溢了出来，最后，她干脆趴在桌子上呜呜地哭了起来。秦歌刚想俯下身子安慰她，被她一把推开了。秦歌就站在她身旁，一时也手足无措起来。半天小幻抬起头来，泪眼迷蒙地问道："在你心中，我是不是那种特别坏的女孩？"

　　秦歌把椅子挪在她跟前，坐下来举起右手，正色道："我发誓，在我心中，小幻是一位美丽、善良、纯洁的仙女。""那你咋还这样对人家？"秦歌有点蒙了，没明白她说的"这样对人家"指的是哪件事。他大脑飞速地转了一圈，觉得除过强行占有了她的身体外，好像没有什么对她

278

不好的地方，但如果指的这件事，那为什么都过了这么多天才委屈呢？小幻见他木木地看着自己，就掏出手机打开微信，扔在旁边，又趴在桌子上看着厨房里砂锅下面的火苗发呆。

秦歌拿起手机，见是一位叫水中的沫沫的人发的一条朋友圈："各位即将走出校门的姐妹们转起：1.如果不能确保他为你披上婚纱，请立即推开他那双试图解开你衣扣的脏手。2.在感情的世界里，永远不做别人的备胎。绝不拿自己的青春照亮别人的旅程，那样受伤的永远是自己。3.爱你的男人会摸你的脸，要你的男人会摸你的胸；爱你的男人会带你见父母，要你的男人只带你见哥们儿；爱你的男人关心你吃饭了没，要你的男人关心你大姨妈来了没。4.男人是个奇怪的动物，越是容易得到的东西，越是不加珍惜，所以，眼睛老盯着可望而不可即的东西，这就是千百年来中国男人的观念：文章和儿子是自己的好，职业和老婆是别人的好。"

秦歌看完后，拍拍小幻的肩膀道："这人是个神经病，估计也是峨眉派灭绝师太的传人。"小幻道："胡说！她是除幻影姐姐外，对我最好的姐姐，她就是沫沫姐。"稍顿，她又问道："你说，她是不是知道我和你在一起了？要不怎么发一条这样的朋友圈？"秦歌摇摇头道："不会的，她是在朋友圈里发的，又不是专门发给你的。只不过你看到后有感而发，觉得好像是专门对你说的。"

小幻又呜咽着说道："你昨晚说那句话，太让人伤心了。"秦歌迷惑地看着她，问道："昨晚我说啥了？"小幻看了他半天，说道："看你知道我身上来例假了那表情！真后悔来吧？来得真不是时候啊！"秦歌想起来了，昨晚他说这句话时，小幻误解了。他就双手捧着她的脸，笑道："怪不得昨天晚上掉眼泪了，我那句话你理解错了。我说'来得真不是时候'，不是说我来得不是时候，而是说它来得不是时候，'它'是指你家亲戚，大——姨——妈！"听完秦歌的解释后，小幻眼珠子转了一圈，脸上的哀怨之色大减，又柔声问道："你是不是觉得我很笨？"秦歌道："那个谁不是说了嘛，爱情就像沙漏，心要满了，脑子就空了。"

半天小幻又幽幽地问道："我就是人们都痛恨的破坏别人家庭的小三吧？"秦歌把她搂了过来，柔声说道："别胡思乱想了，我们是因为相爱才在一起的，真心相爱这个理由还不够吗？要说小三，我倒觉得自己像个小三。"说完又冲着小幻抛了个媚眼，逗得小幻破涕为笑。刚展开笑容，她又微蹙了一下眉头，用两个食指分别按在耳朵下方，轻轻地揉着，幽怨地看着秦歌，娇声道："这儿可疼啦！"秦歌把她手放下来，坏笑道："第一次，你技术还不娴熟，以后慢慢就好了。来，我给你按摩一会儿吧。"小幻轻轻地把头抵在他的胸前。一会儿，小幻问道："吃饱了没？"秦歌拍拍肚子道："这么丰盛的早餐，还能吃不饱？"

进入六月份，天气变得异常炎热了。神仙姐姐的画室是一个临街的两层门面，前面就是牡丹广场。小幻看着外边的街道发呆。神仙姐姐看了她一会儿，"嗨"了一声，小幻一回头，问道："姐，咋了？"神仙姐姐笑道："想你的秦哥哥呢？"小幻笑道："谁想他了！"神仙姐姐看着手机屏幕，说道："太可怕了，妹妹，你听听这一段。"就出声读道："夏季的高温对皮肤具有极大的杀伤力。研究表明，暴晒十分钟，皮肤会早衰十天；百分之六十八的人长出的第一道皱纹，就是在夏季。夏天做好防晒最重要，要多给皮肤补水，也可以多喝绿豆汤、红豆汤……"小幻凑了过来，扒着神仙姐姐的胳膊看着手机屏幕，说道："姐，咱中午不吃饭了，咱熬绿豆汤喝吧！"神仙姐姐点点头道："好！"一会儿，又咯咯地笑道："咱俩神经病吧！"

门口树荫下，有一个中年妇女，身体靠在一辆三轮车上，车厢里装满了鲜艳的桃子，桃子翠绿，顶上有一个红点。周围铺满了桃叶，那妇人不时用矿泉水瓶子在桃子上淋一点水，让桃子看起来更鲜艳一些。这矿泉水瓶子用钉子在瓶盖上扎了两个小眼，喷洒水时，用手挤着瓶子，才有细小的水线射出。小幻和神仙姐姐看了半天。小幻问道："姐，想吃桃不？"神仙姐姐答道："想吃，不敢说啊！别让你那秦哥哥说我拿你当丫鬟使，再给你晒黑了，我可负不起那责任。"小幻咯咯地笑道："和他有什么关系？为姐姐服务是我的职责嘛！"说完就推开门喊道："阿姨，要两斤鲜桃，你给挑硬硬脆脆的那种。"那妇人应了声："中！放心吧！都是那样的。"妇人拿起一个塑料袋子，往里面装着桃子，称好后，对着门口喊道："十块钱，中不中？"小幻点点头。

妇人就拎着桃子送了进来。接过小幻递来的十块钱，妇人又问小幻道："你这儿有厕所没？"小幻点点头，指了指楼梯拐角处。妇人从厕所出来后，感叹道："这空调屋里面真舒服啊！怪不得你俩出落得跟天上那仙女一个样。"小幻微笑了一下，说道："阿姨，你咋不打把伞呢？"妇人笑道："我管他晒不晒黑呢！能早点把桃卖完就阿弥陀佛了。"说完便笑着推门出去了。

一辆黑色的奥迪停在了路边，下来一位胖乎乎的中年男人，男人梳了个油光可鉴的大背头，上身穿了一件花格子衬衣。他下车后，先是左右看看，才踱着方步向画室走来。小幻迎了上去，把门打开。那人进门后，在画室转了一圈。小幻微笑着问道："先生，有您喜欢的画没？"那人指着一幅牡丹图问道："这幅画多少钱？"小幻道："这种四尺整张的都是一万，那种小斗方的六千。"那人问道："能打折吗？"小幻摇摇头，笑道："先生，我报的都是实价。"那人道："你别以为我啥都不懂，丽景门书画街我也经常逛，一幅画也就几百块。哪有你这么贵的？"

小幻道："那怎么能和我姐姐的画相提并论。东都市画牡丹的人数以千计……"神仙姐姐皱着眉头喊道："小幻，你过来帮姐查个东西。"小幻就走了过去。神仙姐姐指着手里的一本书道："你帮我查一下这句诗的出处。"小幻道："问度娘嘛！""我问了，她说不知道。我觉得应该是杜牧的。你去楼上把那本《晚唐诗集》拿下来，好好找一下。"小幻就上楼去了。

那人又转了一圈，就问神仙姐姐道："你这画还卖不卖？"神仙姐姐道："卖呀！我们就是开画廊的，还能不卖画？"那人道："多少钱？""一万。""一分都不便宜？"神仙姐姐点点头。那人就转身出去了。神仙姐姐长出了一口气，冲着楼上喊道："小妮子，找到没？"小幻捧着一本书下来了，问道："那人走了？"神仙姐姐道："这种俗物，走了好，省得站那儿碍眼。"小幻往门外看了一眼，笑道："他咋又回来了？"

门又开了，那人进来了，这次腋下夹了个小包，对小幻道："小姑娘，这画我要了。"小幻过来笑道："好的，那我给您包起来啊！"那人又问道："你们能不能在这幅画上把我名字加上去？"小幻转头对神仙姐姐道："姐，这位先生想加个上款。"神仙姐姐点点头，问道："你高姓大名？""章仁义""弓长张，还是立早章？""文章的章，你没听说过我吗？"神仙姐姐摆摆手笑道："不好意思，我孤陋寡闻了！"

章仁义交了钱。小幻把那幅画摊在桌上，神仙姐姐在右上边写了"章仁义先生清赏"。章仁义在一边看着，点点头道："这样挂在家里，来个朋友也知道是专门给我画的画。"他又指着"清赏"两字问道："这是谁的名字？是你的名字吗？"小幻扑哧一声笑了出来，忙捂着嘴巴，转身到饮水机跟前倒了杯水，放在那人面前，微笑道："您先喝点水等等吧，墨迹还没干呢。"神仙姐姐嘴角也有了笑意，摇摇头道："不是。"那人就不再问了，端起纸杯喝了一口水，说道："我和这一片工商、税务、城管都挺熟的。以后有什么事说一声。"他从包里掏出一张名片，递了过来。神仙姐姐接过名片，放在桌子上，点点头笑道："好的。"

一会儿，小幻见墨迹干了，就把画折叠好，塞在一个特制的袋子里，交给了章仁义。见他出门后，两人笑作一团。笑罢，神仙姐姐道："今天我心情挺好，给你那情哥哥打电话，问他晚上有事没，我一个朋友开了个酒吧，邀请我好几次了。咱仨喝酒去吧！"小幻笑道："姐，你老取笑我，你的情哥哥也没说带出来见一下。"神仙姐姐叹口气道："姐确实也有一个情哥哥，但我想见他一面都挺难的。"说着脸上又有了凄然之色。小幻通过这段时间和神仙姐姐的接触，有时听秦歌和她说话的内容，大概也能猜到神仙姐姐背后有一位大人物，平时也就回避着这方面的话题。今天一时高兴，口无遮拦地就说了出来，随即就后悔了。

她拿起电话给秦歌发了条短信："晚上有事没？姐姐说一起喝酒。"马上接到回信："收到！我十分钟后就到画廊。"小幻晃着手机笑道："他说马上就到了。"神仙姐姐道："看你的情哥哥多听话！"小幻噘着小嘴说道："他才不听话呢！我都好几天没见他了。"神仙姐姐模仿着小幻的表情和声调道："他才不听话呢！我都好几天没见他了。"小幻看着神仙姐姐笑道："干吗学我呀？"神仙姐姐道："傻妹妹，我发现你是真的陷进去了。""什么啊？""情哥哥呗！"小幻脸上有了点红晕，点了点头。神仙姐姐问道："你喜欢他哪些地方？"

小幻摇摇头道："说不清楚，我也不知道怎么就稀里糊涂地爱上他了。我们第一次见面时，不知道怎么回事，我就觉得他很亲切，就跟上一辈子认识似的。你说这是人的直觉吗？第二次见面，我感觉他就像大哥哥一样，我也不知道为什么还拿他手机玩了会儿游戏，按常理说，这是不可思议的。第三次见面，我们都没有说上一句话，那是在别人的婚礼上，我发了条微信，是一首王维的《洛阳女儿行》，这家伙当天是婚礼的主婚人，讲话时，还吟诵了这首诗。然后有好长时间就没再见面了。春节时，我发了条短信，很简单的祝福，他回了一条。然后就是那次我碰到了几个坏人，他跑过来和他们打架，自己还受伤了呢！"

神仙姐姐笑道："呦！还有英雄救美的故事呢！是那次爱上他了吗？"小幻摇摇头道："没有啦！当时只是很感激他，但还是一直把他当大哥哥看。"神仙姐姐又问道："那什么时候不当大哥哥看了？是在那次我们三人赏桃花之后的事了吧？"小幻满脸通红地点点头，声音又小了好多，说道："那次是和他们参加一个户外活动，他第一次……那样、那样对我，当时我很生气，把他手都抓破了，但心里却一点也不恨他……"小幻见神仙姐姐坏坏地笑着，就嚷道："姐姐坏啊！你让人家说，这会儿又笑话人家！"

小幻爱上秦歌以来，心里的这份甜蜜和幸福没有跟任何人说过。像她们这年龄的女孩，恋爱后，总想和家人、闺密说说，和她们分享自己的那份快乐。可偏偏她爱上的是个有妇之夫，不但不能主动和她们说，而且还得深深地隐藏着。她觉得唯一能认可他们这份感情的人，应该就是眼前这位神仙姐姐了。一口气和她说了这么多，一时心里也觉得快乐了许多。神仙姐姐道："姐没有笑话你，我理解你。这样的男人，这样的经历，要是你没有爱上他，那才奇怪呢！"

小幻说道："我记得前两年，老爸写了一幅字，是'一副软心肠，几根硬骨头'，我问他什么意思，他就笑着说，将来他的女婿就得是这样的人，他才能放心地将我交给他。我发现这家伙就是典型的这种人，心肠软，骨头硬。"听到这儿，神仙姐姐扑哧一声笑了，压低声音说道："他应该还有一软一硬，让你更欣赏吧？”小幻问道：“什么呀？”“一软是耳根软，听你的话；一硬嘛……”神仙姐姐却打住不说了，只是看着她嘻嘻地笑着。小幻蓦地明白过来，满脸通红地跑过来挠她的腰，嘴里嚷道：“姐，你的节操哪儿去了？”两人又笑作了一团。

一会儿，小幻说道：“姐，你什么时候也给我画一幅画呗？”神仙姐姐点点头道：“没问题啊！你想要什么主题的？”小幻道：“我想要一幅兰草，清清淡淡的，就和你家那幅《空谷幽兰》一样的。”神仙姐姐道：“画倒是没问题，只是你个小姑娘家，挂那种画未免有点清苦。你不是要和你那秦哥哥傻傻地爱吗？还是挂一幅热热闹闹、花花绿绿的牡丹吧！”这时，小幻见门外路边一辆黑色的帕萨特停了下来，知道秦歌到了，嘴角一扬，笑道：“他来了。”

秦歌进门后，小王在后面跟着把他的杯子拿了进来。神仙姐姐问道：“来这儿了，还拎个杯子干吗？怕你领导喝不上水？”秦歌挥挥手道：“小王，你干脆回去吧，我没什么事了。你也早点休息吧！”小王在桌子上抓了个桃子，和她俩挥挥手就出去了。神仙姐姐坐在茶台跟前，把上面的一套茶具收了起来，对小幻道：“妹妹，去楼上把那套汝瓷茶具拿下来。”

小幻脚步轻盈地上楼去了，随即又轻声哼着歌曲，小碎步跑了下来。神仙姐姐笑骂道：“小妖精，看把你兴奋的。你给我仔细点，打碎了小心你的屁股。”小幻把手中的茶具放在茶台上，噘着嘴对秦歌道：“看我可怜吧？还生活在旧社会。”神仙姐姐笑道：“快给你的情哥哥告状吧！说我平日里怎么虐待你。”她按下了烧水开关，对秦歌道：“前几天刚得的一套汝瓷，还没舍得用过一次呢！兄弟给鉴赏一下。”

秦歌拿起一只杯子欣赏了片刻，点头赞道：“现代汝瓷里的极品。青如天、面如玉、蝉翼纹、晨星稀，芝麻支钉釉满足，这些典型的特点全具备了。”神仙姐姐打断道：“你慢点，我们这反应有点慢，跟不上。什么叫青如天、面如玉？”秦歌道：“这是说它的外观特点，汝瓷就天青、天蓝、月白、豆绿四种颜色。你这不就是典型的天青色吗？在质感上润如肤、堆如脂。柔美玉润，触摸起来有明显的酥油感觉。看起来如碧峰翠色，有似玉非玉之美。这就叫面如玉。当然这个肤和脂是指美人的肤和脂。像我这样的，摸起来全是毛，那就不是玉了，变成石头了。"说完看着神仙姐姐，嘿嘿地笑了起来。神仙姐姐笑道："别看我，看你家小幻，她才是柔美玉润，滑如酥油呢！"小幻嗔道："姐，干吗老把我扯进来？"

秦歌接着说道："鉴赏汝瓷，其实最重要的也就是两条，一是颜色，二看开片。蝉翼纹说的就是开片。汝瓷的颜色在同一件器物上都是单色，相对比较单调。有了这种开片，纹路自然延伸交错，与温润的青釉搭配和谐，相得益彰，给单色的器物平添了天然的装饰。所以说，这汝瓷的开片就很重要了。你这套茶具开片就非常好，真有蝉翼纹的味道。不过，这种东西你得养着，闲暇时候可用养壶笔蘸点茶水，滋润它的表面，慢慢欣赏蝉翼纹的形成和变化过程，最后逐步养成更优美的纹理和古韵味。另外，别让它长时间闲置，勤使用着点，茶汤对它就是最好的保养。别舍不得让人用。"神仙姐姐道："这是喝茶的器物，我可不想让谁都用它，也就少数人能用吧。"小幻笑道："有我俩没？"神仙姐姐笑道："这丫头，你俩不是已经在用了吗？"小幻偏着头笑道："还有谁能用呀？"神仙姐姐却笑而不答，举起杯子道："喝茶。"

喝了几杯茶后，神仙姐姐由桌子上拿起来一本书，翻开指着一处，问秦歌道："兄弟，你给看看，这什么意思啊？老出现这和正文没任何关系的几个小字。"秦歌接过来一看，见是一本清代袁枚的《随园诗话》，是那种线装竖版的古籍。神仙姐姐指的小字为反切音注。他就解释道："这叫反切，取前一个字的上音和后一个字的下音，去拼另一个字的读音。是古人对生字的注音，就像今天的拼音一般。"神仙姐姐还是不解地看着他。小幻也凑了过来，说道："以前上课时，好像听老师说过什么反切，忘了什么意思了。"秦歌笑道："一看你就没好好听讲，净和男同学传字条了。"小幻在他手臂上打了一下。

秦歌坏坏地笑道："我给你俩举个例子，你们一下就明白了，保准还忘不了。"他拿起毛笔，在纸上写了个"软"字，问道："这是个什么字？"小幻和神仙姐姐偏着脑袋，异口同声读道："软。"秦歌点点头，笑道："答对了！"他又在那个软字边上写了两个字，"日"和"完"，笑道："请跟我读，日——完——软。"她俩就轻声跟着读："日——完——软。"秦歌哈哈大笑道："这就叫反切！"神仙姐姐猛地明白了过来，啐了他一口，笑骂道："狗嘴里吐不出象牙！"小幻满脸通红地看着秦歌，嚷道："你就不会好好地说话吗？"

三人又闲聊了一会儿，便准备动身了。神仙姐姐接了个电话。挂上电话后，她站起来给秦歌和小幻深深一鞠躬，笑道："实在不好意思，他晚上要回来。我们改日再喝酒吧！"秦歌笑道："那就祝你晚上身体愉快啊！"就拉起小幻的手道："走，咱们也愉快去吧！"小幻就在他手背上打了一下，愠怒道："胡说什么呀！"

神仙姐姐问道："小王都走了，你咋走？我送你们吧！"小幻摆摆手笑道："不用了，你赶紧回家吧。门口就是公交车站，我们挤公交。"神仙姐姐看着他俩牵着手出了门，就想起了春节和一个男人在香港一起坐地铁的情景，只有一个座位，她坐在他的怀里，他像个大男孩一样紧紧地抱着自己，他们居然坐过了好几站。神仙姐姐不觉地微微笑了。

秦歌牵着小幻的手出门后，走到公交车站。正是下班的时间，站牌前面全是人。秦歌就觉得他们牵着手站在大街上不太合适。正犹豫着，手指就稍微松了一点，这点微小的变化，已被小幻觉察到了，就把手甩了出来，转过身去，不再理他了。秦歌就拥着她，走到站牌后面，笑道："咋了又？"小幻低着头，说道："不想牵手就算了。回家陪你娘子去吧！"秦歌笑道："你不也是我娘子嘛！"

小幻沉默了一会儿，叹了口气道："我可没那福气。"她指着边上一家甜品店道："我想吃冰激凌了。"秦歌跑了过去，要了小幻最喜欢的那种口味，里面的小姑娘做好后，放在吧台上，说道："十二块。"秦歌一摸口袋，暗道："糟了，没带钱。"就赔着笑脸道："小妹妹，我今天出门没带钱。明天一定给你送过来，行吗？"小姑娘上下打量了他一番，说道："你让我说你啥好呢！"还是把冰激凌递给了他。

小幻一只手拿着冰激凌，另一只手捏着两枚硬币。有一个乞讨的老太太走了过来，伸过来一只脏兮兮的碗。小幻摇摇头道："奶奶，我这两块钱可不能给你，这是我们的车票钱。"见老太太有点失望地要离开时，她又转过身子，在背包里找了一下，在一个小口袋里翻出了一张五毛的纸币，交给了老太太。秦歌笑道："咱俩这下成穷光蛋了。"小幻见老太太走开了，就趴在秦歌耳边小声道："我还有好几百呢！都是整钱，你晚上想吃什么？我请客。"秦歌坏笑道："想吃你。"小幻在他腿上踢了一脚。

站牌前面开过来一辆公交车，人群哗的一下拥了过去，小幻就拉着秦歌的手，在人流之中上了车。正是下班高峰，车厢里拥挤不堪。小幻拽着他往后面挤了过去。秦歌道："站哪儿不都一样嘛！"小幻没理他，继续往车厢后边移动，用唇语说道："听话。"最后，小幻站在一位中年妇女的座位边上。一会儿，车到站了，那妇女下车了。她把秦歌按在座位上，自己大大方方地坐在他怀里。秦歌在她耳边问道："你咋知道她要下车？"

小幻转头趴在他耳边笑道："这是这几年我坐公交车的心得。首先你得往车厢后边去，因为在前面就算你坐下了，上来老人或小孩你还得起来。然后你得观察乘客的动作和表情，像刚才那位阿姨，手中拎的袋子，刚开始是放在地板上的，后来她拎了起来，我就估计她该到站了。还有就是你站的位置也很重要，要站在座位到后门的反方向上。因为人家起来后，要往门口走，你要是站在她面前就会被挤开，后面的人就会坐下去。"秦歌笑道："坐公交还有这么多门道？"小幻顽皮地笑道："厉害吧？"小幻又问道："今天怎么下班这么早？"秦歌道："参加个学习班，一周时间。"小幻转过头来，有点兴奋地问道："那是不是这一周时间，每天都可以回来？"秦歌点点头。小幻满脸笑容地拉着他的手，在他手背上亲了一口。

接下来的几天时间，神仙姐姐都没来画廊。小幻每天早上送走秦歌，就到魏庄给父亲煎药，为他弹琴。中午赶到画廊。晚上又和秦歌一起回到丹枫小区。这天下午，小幻在画廊里正在看书。听见外边有汽车的声音，抬头一看，见是神仙姐姐的那辆捷豹停了下来。小幻放下手中的书，飞奔到门口迎了过去，搂着她的脖子兴奋地嚷道："姐，我想死你了！给你发短信你也不理我。"神仙姐姐在她屁股上拍了一下，笑道："疯丫头，这几天和你的情哥哥疯够了吧？"小幻本来也想和她调笑一番，但从神仙姐姐的笑容里，她看到了些许的憔悴，就把话题转了过去，笑道："姐，你猜我这几天卖了多少钱？"神仙姐姐摇摇头问道："多少？""七万二，六幅四尺的，两幅斗方的。"

神仙姐姐只是淡淡地点点头，拉着小幻的手坐在茶台前面，说道："咱姐儿俩今天好好聊聊天吧！"小幻泡了壶茶，给神仙姐姐倒了一杯，笑道："姐，几天没见，你咋像变了个人似的？"神仙姐姐笑道："鬼丫头，什么变了个人？"又问道："那天你俩出门后，刚开始你是不是不高兴？"小幻回忆了一下，点了点头。

神仙姐姐说道："我都能猜出来你为什么甩开他的手。"小幻用手托着下巴，笑道："那你说为什么？""你嫌他握得不够紧。对吗？"小幻抿着嘴唇，想要摇头，转瞬间又笑着点点头道："怪不得他叫你神仙姐姐，是够神奇的！"神仙姐姐淡淡地笑道："没什么神奇的，因为姐也是打你那儿过来的。"她喝了杯茶，长叹了一口气，说道："咱们既然选择了这份感情，那就得学会适应它的一切，包括失落、苦涩、寂寞。有时你可能羡慕别的恋人之间卿卿我我，可自己连下一次什么时候能见到他都不知道。正是天真烂漫的年纪，却不能率性而为。明明骄傲想炫耀，却不得不隐瞒压抑。没有身处其中，是无法体会其中的苦涩的。慢慢地，你还要承受家人、朋友以及世俗的压力。而这一切却是没有期限的痛。你有时候会傻傻地幻想，说不定有一天他会娶我……"神仙姐姐拿起桌上那本《随园诗话》，翻了几页，轻声读道：

白日不到处，青春恰自来。

苔花如米小，也学牡丹开。

小幻本来一直微笑着，但眼前慢慢地模糊了，接着眼泪就一滴一滴地掉在茶台上。神仙姐姐的眼睛也湿润了，就拍着小幻的后背轻声道："傻妹妹！"安静的画廊里只听见两个女人轻轻的抽泣声。

一会儿，神仙姐姐抽了一张纸，擦了擦眼睛，接着说道："你心里面千万别存这样的幻想。他们这样的男人可以把什么都给你，但就是不能给你家庭。他可能是真心爱你，但这和爱情没有关系。以后，所有的人都会劝你离开他，你的压力会越来越大。但没有什么巨大的变故，想放下这段感情，你做不到，就像中了毒一般，它不是感冒发烧，慢慢能扛过去。我想过很多的办法，想让自己不再爱他，可怎么也做不到……"

神仙姐姐慢慢地从开导变成了倾诉："我出生在东都，但高中时就到了欧洲。我们就是在意大利认识的。那时，他还是一个小小的助理，随东都市一个考察团来意大利。在一家餐厅吃饭时，我听见他们说着东都话，觉得异常亲切，就主动搭讪。后来，我给他们当了几天导游，就这么认识了。我回国后，他又辗转去了几个别的城市工作，一直都是由我陪着。父母想尽一切办法让我离开他，我也试过想要离开他，家里介绍的男友我都试着接触。可心是满的，没有一丝的空隙能让别人挤进来。父母一气之下，就去广州和我妹妹住了。"

半天，神仙姐姐叹口气道："曾经沧海难为水啊！就算全世界都说他不好，也改变不了他在我心中的位置。"她抚摸着小幻的辫子，又道："妹妹，咱俩还真有缘，第一次见到你，我就挺喜欢你的，我们很谈得来。那次，我们在城南赏桃花时，我就预感到你和他要有故事了。其实当时我真的想劝你离他远点。"

小幻说："现在回想起来，好像冥冥中上天已经安排好了一切。第一次我们见面时，他看我弹钢琴，问我弹的什么曲子，只说了几句话，就觉得很亲切，好像那种似曾相识的感觉。还有那次我们一起去吃连连看，其实我的心跳得很厉害。"

神仙姐姐说道："'情'之一字最不可捉摸，最不可理喻，也最毫无道理，可能因为这皆是定数吧！好了，妹妹，我们的话题扯远了。我本来就是想给你说以后在外边，别和他使小性子了，这样让他很为难。有些时候他也没办法。回到你们的小空间里，你加倍地惩罚他，怎么折腾他都没问题。"小幻点了点头。

神仙姐姐起身上楼去了，下来时，一只手拿了个小笔记本，另一只手拿了个木盒子，看起来很重。她把木盒子放在画台上，把笔记本塞在包里。掀开木盒的盖子，是一方砚台。她说道："这是一方古砚，是你家秦哥哥最喜欢的端砚。这些年，他送了我好多礼物，我还没送过他什么东西，这个就给他了。那套汝瓷茶具，就那天我们用了一次，你收起来，当姐送你的礼物。还有这几天卖的钱，都放你那儿，就算是姐给你的嫁妆吧。"小幻听着神仙姐姐的安排，突然感觉到有什么地方不对劲，就问道："姐，这画廊咱不开了吗？"神仙姐姐点点头，说道："姐在东都就你这么一个妹妹了，姐不想骗你，但有些事情没法和你说，以后，你慢慢地会明白的。"

　　她看了看画廊四周，有些依依不舍的感觉。小幻又哭了，哽咽着问道："姐，那你什么时候回来呀？"神仙姐姐和她拥抱了一下，拍了拍她的后背道："傻妹妹，别哭了。"这下，小幻哭得更厉害了，断断续续地问道："姐，那、那你还、还回来不？"神仙姐姐在她耳边哽咽道："随缘吧！"

第二十三章　老气横秋

下午，秦歌让小王把车开了过来。连续坐了几天的公交，刚开始他纯属哄小幻开心，就陪着她坐了，第二天倒也平安无事。第三天刚一上车，有个老妇人和他打招呼，他想了半天，想起来了，是原来住在老街坊时的一个邻居。好在当时公交车上人挤人，也看不出谁和谁牵着手。他就觉得不能再坐公交车了。

小王把车交给秦歌，自己打车走了。秦歌开着车到画廊门口，刚下车关上车门。一个女孩喊道："大叔，你什么时候还我钱？"秦歌侧头一看，原来是甜品店的小姑娘，就走过去拿出一百元，拍在柜台上，笑道："我有那么老吗？"小姑娘说："谁让你说话不算数，害得我被老板骂。你要是今天还不还，我得叫你大爷了。"秦歌嘿嘿地笑着，说道："再拿一个！"小姑娘一边做着冰激凌，一边说道："那你还不如办张卡，一千元的钻石卡，可以买一百二十个，五百元的金卡可以买五十个，都很划算。而且还可以送货上门，像你女朋友就在旁边上班，我们每天都可以定时给她送，让她随时感受你的关怀和甜蜜，多好啊！"秦歌又掏了九百元递给了小姑娘。小姑娘在电脑上录入信息后，把卡和冰激凌递给他，笑道："谢谢帅哥！拿好您的卡。"

秦歌进门后，见小幻趴在桌子上，他还以为她睡着了，又见她肩膀在轻轻地抖动着，就上前拍了拍她的肩膀说道："咋了这是？"小幻抬起头，泪眼迷蒙地说道："姐姐走了。"秦歌坐在她身边问道："去哪儿了？"小幻摇摇头。秦歌给她擦了擦眼泪，安慰道："那有什么可哭的呀？人家出去转转，散散心，过段时间不就回来了吗？""可她连画廊都不要了，说不定就不回来了。"秦歌说道："她就那样，想一出是一出，有次看到部《天山雪莲》的纪录片，第二天非拉着我去新疆。你别难过了，说不定她下个月就回来了。"她这才慢慢地停止了抽泣。

小幻接过秦歌递过来的冰激凌，轻轻地咬了一口，幽幽地说道："我刚找到一个可以无话不谈的姐姐，她又离开了。"秦歌笑道："你不是还有幻影和沫沫嘛！"小幻看了他一眼，说道："关于某个大坏蛋的事情，不能让她们知道啊！"她又指着那方砚台对秦歌说道："姐姐送你的。"秦歌把目光移到那方砚台上，砚台长约七寸，宽五寸左右，呈青紫色，底部有三只鹦哥石眼。正面雕刻了两竿挺拔的竹子，上边是一轮明月，图案为浅浮雕。砚台古意盎然，躺在一个酸枝木特制的盒子里。一看便知是一方顶级珍贵的古端砚。

秦歌不由自主地赞道："好东西，好东西。"又从盒子里把它拿了出来，准备慢慢欣赏。只见砚台背面刻了几行字："壬戌年初夏，康南海游陕，受余之邀，小憩铁门七日，乘兴为园林题额、赠联、赋诗、书跋。临行赠砚一方，铭文以记之。"秦歌兴奋地一拍大腿，笑道："哈哈，你知道这方砚台是谁的吗？"小幻还没有从悲伤里走出来，见他有点兴奋，就探过头来，看了一眼，淡淡地说道："我怎么知道！"秦歌在她脸蛋上捏了一下，笑道："张钫你听过没？"小幻摇摇头。秦歌又问道："康有为听过没？"小幻咬了一口冰激凌，点点头。秦歌道："这就是康有为送给张钫的砚台。你帮我查一下，上一个壬戌年是公元多少年？"小幻在电脑上查了一下，看着屏幕读道："一九二三年。"

秦歌笑道："这就对啦！这段话是说，一九二三年夏天，康有为到陕西游玩时路过张钫府上——铁门镇。"小幻问道："这明明是'康南海'三个字嘛！怎么到你嘴里却成了康有为了？"秦歌道："他是广东南海人，那时候，世人就这么称呼他。这事我在千唐志斋博物馆见到过记载。那里面有一副对联，'丸泥欲封紫气犹存关令尹，凿坯可乐霸亭谁识故将军'，就是康有为撰写的……"秦歌还在兴致勃勃地讲解着，被小幻打断了："你咋这么无聊呢？就算是他的，那又咋样嘛！"秦歌就微笑着看着她。只见小幻明眸流转，噘着小嘴道："你给我问问姐姐什么时候回来？"

秦歌摇摇头，掏出电话，翻出神仙姐姐的电话拨了出去，一听是关机的提示音，说道："关机了。没事，她以前经常这样，十天半个月，长的话一个月左右，肯定回来。"小幻又转忧为喜，问道："真的？"秦歌点点头。小幻就凑了过来，看着砚台问道："这砚台好吗？""你对着它哈一口气。"秦歌把砚台举到她脸前说道。小幻就对着砚台底部哈了一口气，石头上立刻出现了一层薄薄的水雾。秦歌说道："这就是古人说的'哈气研墨'。不过，我们小幻哈气不但可以研墨，而且还可以添香呢！哎！以后我也练练花鸟画，你就给我哈气研墨，到时候画出的花朵就有香味了，那我的画不是可以名扬天下了？我的斋号就叫红唇送香。哈哈！"小幻嗔道："人家叫红袖添香，听起来多雅致。你那斋号，一听就是色情狂。"两人调笑着出了画廊的门，上车而去。

又到了毕业的季节，小幻被同学们喊过来和大家聚餐拍照。小幻原本不想来学校，只是想在大家离校前，请大家吃顿饭。沫沫说不行，非得让她过来。小幻这段时间一直躲着沫沫，这次看来实在躲不过去了。小幻就给秦歌打了个电话，让他陪着来学校。秦歌和杜若飞、丁荣剑在打篮球，一听说去学校，丁荣剑就拽着杜若飞说道："咱一起去吧，每到这个季节，成批的学妹失恋，急着找人安慰呢，咱去捡漏吧！""我把这些东西早都戒了，现在是一心一意对桐桐。但陪你去没问题。"杜若飞说。丁荣剑笑道："这花和尚还真把色戒了，你能忍住？"

到学校后，丁荣剑对杜若飞道："走，我带你参观一下我当年的宿舍。"他俩就走开了。小幻拉着秦歌的手，朝她们宿舍走去。秦歌笑道："过会儿，你怎么给同学介绍我？""我就说这是我男朋友，咋啦？"小幻很认真地说道。秦歌笑道："她们信吗？""我管她们信不信呢！别人都好说，就是沫沫姐，她打小就管着我。"

在宿舍前的拐角处，碰见了一个女孩，高高的个子，肩膀较一般女孩宽，圆圆的脸盘，留着齐耳短发，显得很干练。小幻低声道："这就是沫沫姐。"她上前抱着沫沫笑道："姐，想我了没？"沫沫在她耳边小声问道："他谁啊？""秦歌，我男朋友。"又转身对秦歌介绍道："这就是我经常给你说起的沫沫姐。"沫沫两手抱在胸前，冷冷地看着秦歌，点了点头，算是打过招呼了。秦歌有点尴尬，也点了点头，微笑道："你好！"

沫沫拉着小幻的手，说道："让他在这儿等一会儿吧！女生宿舍，男人不能进，你不知道啊？"小幻就给秦歌摆摆手道："那你在这儿等一会儿，乖乖的啊！"她俩就进了楼道。上到二楼拐角处，沫沫拉着她站住了，问道："我说你这死丫头最近咋回事？QQ、短信、微信都不回，打电话总是含糊不清，闪烁其词的，有时干脆不接。又谈恋爱了？什么时候的事？怪不得咱爸给我打了那么多次电话，问这问那的。你和陆一帆什么时候分的？什么原因？"她一口气问了这么多，小幻也不知道回答哪句，低头小声说道："我和陆一帆不合适，我觉得我就没有爱过他。我怕你生气，就没和你说。"沫沫道："傻丫头，我和你比陆一帆亲得多。你爱不爱他，无所谓。关键是这个秦歌怎么回事？他都多大了，还单身？"

小幻的声音更小了："我不知道。"沫沫松开她的手，看着她，深深地呼吸了两下，又猛地拽着她往楼下走，嘴里说道："走，现在就问他去。"小幻另一只手紧紧地拽着楼梯扶手，哀求道："姐，你听我说嘛！"沫沫见有别的同学下来了，就松开了她的手。她们一走开，沫沫道："你说吧！"小幻道："他结婚了。"沫沫一听就蹦了起来，指着她的额头，喝道："你是疯了，还是傻了？"又压低声音问道："你们有过那事没？"小幻点点头。

沫沫一声不吭，拉着她走到宿舍，见宿舍里空无一人，她转身反锁上门。沫沫走到小幻跟前，指着她道："你呀！让我怎么说你呢！入学时还和我订协议，要守身如玉呢！"小幻又偷偷地笑了，低着头反问道："那你也没守住啊！"沫沫在她屁股上拍了一下，喝道："那能和你们一样？我爱他，他也爱我。"小幻道："那我也爱他，他也爱我，他对我也很好。"沫沫又蹦了起来，吼道："一个已婚的老男人，他凭什么爱你？他有什么资格爱你？他具备爱你的条件吗？"

小幻坐在床沿上，看着窗子外面，任由沫沫吼叫着，一声不吭。沫沫叹了口气，刚想坐在她身边，门外传来一阵叽叽喳喳的声音，接着就是钥匙转动门锁的声音。沫沫就去打开了反锁。一女孩笑道："我还纳闷，怎么插着门？想着是不是你的那个他在里面，我们还想着回避呢。"又看见了小幻，门外几个女孩蹦了过来，抱着小幻笑道："我们的小美女回来了。来，亲一个！"另一个问道："咱爸身体咋样了？还想着这几天我们一起去看看他呢。""哎——你的小帅哥呢？晚上吃饭他来吗？"

　　秦歌在宿舍门口百无聊赖地转来转去。有一个男孩在楼下喊了一嗓子，一会儿，下来一个女生，走到男孩跟前，由背包里掏出个什么东西，交给男孩。男孩往头上一戴，秦歌才看清楚原来是个假发。女生又把背包交给男孩，他背上后，俨然一个青春少女。两人手拉手上楼去了。秦歌笑了笑，心里感叹道："看来和他们是有代沟了。"

　　他的手机接到一条短信："宝贝，你先和他俩去玩一会儿，她们要拍照，晚上一起吃饭，还要唱歌去，我想让你陪着！"秦歌想了想，觉得晚上没什么事，就回短信道："好的，没问题。总共多少人？""加上咱俩八人，有个同学带他男朋友去。""好的！"秦歌给丁荣剑打电话让安排晚饭，又问他俩在哪儿，丁荣剑说在操场，秦歌就往操场走去。

　　丁荣剑和杜若飞先来到他以前住过的宿舍。杜若飞想上厕所，丁荣剑在外边等他，一会儿，杜若飞出来后笑道："咱以前还没有在大学的厕所蹲过，原想着门上都写着诗歌呢！谁知道和外边公共厕所差不多嘛！也是迷魂药、包养热线、麻将绝技什么的。"就掏出手机让他看照片。

　　他俩又溜达到操场，见很多学生在那儿摆着各种不同的姿势拍照，动作千奇百怪：有的在草地上爬成一排，身后站着的一排则恶狠狠地盯着地上的同学；有的男同学在摸着自己的胸部做陶醉状；还有的在做发功状，对面几人同时起跳，摄影师抓拍着离地的瞬间……

　　沫沫拉着小幻走到操场的一边，口气软了下来，问道："咱爸知道吗？"她俩从小在一起长大，彼此把对方的父母称呼为咱爸咱妈，但当面还喊叔叔阿姨，后来，一个宿舍的姐妹都跟着咱爸咱妈地喊。小幻摇摇头。沫沫拉着她的手，说道："你打算就这么一直瞒着他们？"小幻摇摇头道："我也不知道，很想跟他们说，可又不敢说。姐，今天咱别说这些行吗？开开心心的不好吗？"沫沫道："傻妞！这个话题能绕过去吗？你们这样下去怎么办？你考虑过明天吗？"小幻叹了口气，看着飞过的一对蝴蝶，说道："你说它俩恩爱吗？成双成对，形影不离的。可短短的两三个月后，转入秋天它们不都得死去？想那么多干什么？我只知道我和他在一起是快乐的。"

沫沫见小幻语气伤感，目光却异常坚定。她俩打小一起长大，她知道小幻外表柔弱，性格却异常倔强，知道一时半会儿也说服不了她，就换了个话题，说道："我暑期在游泳馆谋到个游泳教练的差事，你下周有时间没？一起玩玩去？"小幻点点头。那边一个同学冲着她俩招招手道："你俩在那儿干什么呢？过来吧！"沫沫拉着小幻向同学堆里走去。沫沫回头看见秦歌和两个青年站在操场边上看着她们，就问小幻道："晚上吃饭他也去？"小幻点点头。沫沫又问道："到时你给她们怎么介绍？"小幻道："不用介绍，这还看不出来？"

晚饭订在学校边一家大酒店，餐厅位于一幢大楼的顶层，是一间旋转餐厅，本来是经营自助餐的。丁荣剑和经理很熟，让临时用屏风在一个角落位置围成一个包间。在这儿用餐，大半个东都城可以尽收眼底。这会儿正是华灯初上，通过落地大玻璃窗俯视外边，景色异常迷人。几个小姑娘叽叽喳喳地拍着照片，发着微信。秦歌笑道："各位同学，咱们过会儿再玩手机。开始吃饭吧！"其他几个女孩就坐在座位上。沫沫在秦歌身边淡淡地说道："这就叫代沟。"秦歌摸了摸头，自我解嘲地笑了笑，没有吱声。

杜若飞和丁荣剑对视了一眼，有点不高兴地瞪了沫沫一眼。小幻赶紧打圆场道："好了，大家开始吃饭吧！老规矩，沫沫姐是我们宿舍的老大，坐主位。"她又拉着秦歌的手笑道："今天是我们姐妹们聚餐。你是跟我混的，得坐在我下面。"那位带男朋友的小姑娘也附和道："对，家属坐在下面。"又拍着自己身边的座位对她男朋友道："坐这儿。"沫沫看了那小姑娘一眼，咳嗽了一声，也没客气，就坐在主位上了。

大家坐好后，小幻道："今天我请姐姐们吃个饭，谢谢四年来各位姐姐对我的照顾，也祝愿姐姐们都能找到一份称心如意的工作。晚上我只有一个小小的要求，大家要开开心心的，不能讲伤感的话题，不能做不开心的事情。"

开始吃饭时，氛围还是挺热闹的。学生们喝酒也没那么多讲究，说是敬酒也只是互相碰碰杯子而已。丁荣剑和身边一位女生聊得火热，两人喝了好几杯酒。那女孩对丁荣剑说道："咱们玩个什么游戏吧！"丁荣剑问道："你都会玩什么游戏？"那女孩道："你会玩两只小蜜蜂吗？"丁荣剑点点头。两人边做动作边喊了起来："两只小蜜蜂呀，飞到花丛中呀！左飞飞，右飞飞……"这种游戏的动作和声音要配合手势，即使手势输了，动作和声音配合好，游戏也不算输。手势相平时，在空中要做出亲吻的动作和声音。两人反应都很快，玩了很长时间，也没有停下来。只是丁荣剑在空中亲吻时，嘴巴越来越往前伸了。小幻笑着喊道："荣剑哥，嘴巴越位了啊！"丁荣剑笑了一下，一分心，手势上赢了，嘴上还做着亲吻的动作。那女孩就停了下来，笑道："赢你一把可真不容易呀！"

丁荣剑喝了一大杯。杜若飞笑道："你小子亲上瘾了啊！"那女孩道："要不换一个玩法，压指头你会不会？"丁荣剑和杜若飞对视了一眼，笑了，点点头。他又问道："咱们压指头带不带重复的？"女孩有点不明白。丁荣剑解释道："就是指头能不能连续不变出同一个。"女孩略一思考摇摇头。两人就开始压指头了。这一下，女孩连续输了十几把。她还有点不服，喊着还要来。全桌的人都看着他俩在玩压指头。小幻不解地看着秦歌，问道："这也没什么技巧啊，怎么她一把都赢不了？"秦歌笑道："就是玩到明天早上，她也赢不了一把。"就对丁荣剑说道："兄弟，你也喝一杯吧，别老欺负人家小师妹。"丁荣剑就故意输了一把，喝了一杯酒。那女孩缠着丁荣剑教她压指头的诀窍，丁荣剑就加了她的微信，说道："这会儿人太多，不方便传授秘籍，回头单独联系。"

带男朋友的那位女孩叫璐璐，这会儿她拉着男朋友过来敬酒，说道："大哥，敬您一杯。一看大哥就可有品位了。"秦歌微笑了一下，说道："同学，你过奖了。啥品位呀，大俗人一个。"璐璐转头对男朋友说道："要多向大哥学习，这么成功还这么低调。"男孩也敬了秦歌一杯酒，又问道："大哥，听说你也是咱们学校的校友？"秦歌点点头。男孩又问道："大哥，你说自己单干好，还是考公务员好？"秦歌道："这要因人而异，看你咋想的。各有各的好处。"男孩道："我联系了一家企业的研发部，待遇也不错，专业也对口。可我家里人非要我考公务员，觉得这才能当官，才是出人头地。可我感觉当官太难了。"秦歌笑道："也没什么难的。只要你用心，都能干好。"

沫沫用酒杯在桌面上蹾了蹾，说道："我们玩玩数七吧！"小幻看了看秦歌，他点点头。结果连玩了十几圈，秦歌、杜若飞和丁荣剑一杯也没喝。沫沫倒是喝了好几杯。她又喝下一杯酒后，说道："不玩这个了，我们玩成语接龙。"杜若飞摆摆手道："这个我可玩不了，你们玩吧！"沫沫说道："那你玩不了，找人替嘛！"杜若飞道："那我找你替行不行？"沫沫眼睛瞪得溜圆，道："你凭啥让我替？找你大哥嘛！"秦歌对杜若飞点了点头。

沫沫看了秦歌一眼，朗声道："老气横秋！"小幻在沫沫胳膊上拍了一下，白了她一眼，接道："秋水伊人！"说完又转头笑吟吟地看着秦歌，秦歌淡淡一笑，说道："人杰地灵！"下面是杜若飞，他端起酒杯准备喝酒。秦歌拉住他，道："我替你说了，灵机一动！""动之以情。"丁荣剑说道。下边是和丁荣剑压指头的女生，她略一思考说道："情意绵绵！"旁边就是璐璐，她笑道："这么快就情意绵绵了？"沫沫喝道："别废话！想喝酒是吧？"璐璐伸了伸舌头笑道："绵里藏针！"她男朋友一时想不出来，就使劲地挠着头，微笑着看着璐璐。璐璐刚想提醒，沫沫道："时间到，喝酒吧！"男孩就把面前的酒喝了。

璐璐埋怨道："笨死你了！"男孩道："现在谁喝酒还玩这种游戏，想得人头疼。"杜若飞接着说道："小兄弟这观点我赞同，喝酒本来是为了高兴，搞得这么紧张干什么？来，我敬你们老大一杯。"他就举杯向沫沫致意，自己喝了一杯。沫沫看了他一眼，没有动。氛围就有点冷了。大家又互相喝了几杯，秦歌让上了主食。吃完就到酒店二楼的KTV唱歌去了。

沫沫点了首*Take Me to Your Heart*，让小幻和她一起唱。音乐响起，杜若飞笑道："不就《吻别》吗？还非得整个洋名。"小幻唱完就坐在秦歌身边，问道："我给你点首歌吧？"秦歌晚上有点尴尬，他一直感受着沫沫的不友好，也没了心情，就摇摇头道："不唱了。要不你们同学在这儿玩吧，我们仨先走？"小幻有点委屈地看着他，噘着嘴，摇摇头。秦歌在她脸蛋上轻轻地拍了拍，就站了起来。杜若飞跟着站了起来，丁荣剑正在给那女孩讲一个笑话，见他俩都站起来了，有点恋恋不舍地对那女孩晃了晃手机，笑道："欲知后事如何？请听电话分解。"

小幻跟着出来了，噘着小嘴问秦歌："你是不是生气了？"秦歌摇摇头。小幻又说道："那你等我一下，我和你一起走。"秦歌把她推到门口，说道："你不能走。陪着她们一起玩吧。你要走了，倒显得咱们不大气了。"小幻抱着他的脖子，在他嘴唇上亲了一口道："那你不许生气啊！"秦歌笑道："这有什么好生气的呢？快进去吧！"

三人上车后，杜若飞骂道："这个叫沫沫的丫头，真讨厌！我真想骂她。"秦歌淡淡地笑了笑，说道："跟一个小姑娘计较什么呀？"他接着又笑道："你们现在骂人，老骂你妹你妹的，其实这句话前面是省略了一个动词。她现在就认为我动了她妹，你想她能高兴吗？"他俩就哈哈大笑起来。

299

广播里，在播着一条KTV的广告。先是男主持人对女主持人说："晚上请你吃饭吧？"女主持甜甜地问道："然后呢？"男主持犹豫中，女主持接着说道："请我唱歌吧！我想去……"丁荣剑笑道："我咋遇不到这样的女同事呢？"杜若飞笑道："这段时间左琳怀孕了，估计是不能碰吧？看把兄弟给憋成啥样了，晚上拉着人家姑娘的手舍不得松开。"丁荣剑嘿嘿笑道："花和尚眼还挺尖的。哎，大哥，咱们找个地方玩玩去吧？"秦歌道："都早点回家吧！我有点累了。"

第二十四章　水中沫沫

　　游泳池里碧波荡漾，在最靠边的泳道上，横向排列着二十多个小孩子，小的七八岁，最大的十一二岁，都双手扒在泳池边沿上。沫沫嘴里含着一把哨子，孩子们跟着哨音练习着腿部动作，收、翻、蹬、夹。练了一会儿，沫沫发给每人一块浮板，让大家在水中体会。她和小幻在第二泳道上游着。一会儿，她俩趴在边上休息。沫沫问道："给姐说说你是怎么爱上他的？"小幻就原原本本地说了一遍。沫沫说："最后一学期，姐选修了一门心理学。我觉得你这是典型的过度依赖。小时候，依赖奶奶，后来是咱爸，再后来是网上那个幻影，还有我，现在是他。我说得对不对？"小幻歪着脑袋，想了一会儿，笑道："那是爱，怎么就是依赖了？"沫沫说道："下面，我问你几个问题，你只需点头或摇头。我给你测试一下。"两人坐在泳池边上，沫沫开始了她的测试。

　　"有时候明明知道自己是对的，却好像没有别人那么自信。""嗯！"

　　"你很容易因为别人的批评而内心受到伤害。""嗯！"

　　"承担责任会让你觉得紧张。"小幻还在思考着，沫沫又道，"记不记得，初中时同学们选你为文艺委员，你急得直哭？"小幻又点点头。

　　"有其他人负责的时候，你感觉舒服得多。""嗯！"

　　"别人喜欢你，这一点对你来说很重要。""嗯！"

　　"讨论问题的时候，你宁愿放弃自己的意见维持一团和气，也不愿坚持自己的意见赢得一场争论。""嗯！"

"别人当领导的时候，你最开心了，特别是自己身边的人。小时候，我当上班长，你高兴得直蹦，还记不记得？" "嗯！"

"跟别人发生争吵的时候，你会担心你们的关系就此结束了。" "嗯！"

"有时候，你同意一些自己并不认同的事情，认为这样别人才会喜欢你。" "嗯！"

"那么，乔小幻同学，我郑重地通知你，你有严重的过度依赖症。我再给你分析一下你对秦歌的这份感情。"小幻微笑着看着她。沫沫道："小时候，你是家里的小公主，要什么有什么，一家人宠着你。特别是咱爸，就是你心中的神。后来，家道中落，他又得了病，生活条件一落千丈。你在外边处处碰壁，偏在这个时候遇到了秦歌，你觉得他无所不能，他又变成了你心中的神。所以说——你们这不是爱情，这是你对父爱的延续。你老实说，如果不是那个禽兽那天强行占有你，你们后来会发展成这种关系吗？唉，对了，我觉得他叫禽兽比叫秦歌合适！"小幻委屈地看着沫沫，嚷道："姐，你别这样说他，你这样让我很难受。"

沫沫说道："你现在就像吸毒的人一样，控制不了自己，必须借助外力才能戒掉。傻妹妹，你清醒一下，这是一条不归路。你越是用心，到时候受到的伤害就越大。你们不会有任何结果的。"小幻道："他也挺可怜的，他老婆对他可不好了。他好像也不爱她。" "这和爱没关系。再不好那也是人家老婆，丢掉你内心深处的幻想吧！我的傻妹妹。"小幻的眼圈又红了。

沫沫走到边上，把小朋友集合起来，做了下总结，就下课了。她看了看小幻，见她还呆呆地盯着水面，一动不动，可怜得像个无助的孩子，心里就更加恨秦歌了。她过去拽着小幻的手，小声道："走吧！"

杜若飞买下了临街的一套门面房，就是蓝桐桐一直看好的那家面馆。他一直没有给她说，直到把里里外外装修一新，可以开业了，才把蓝桐桐带到里面。他问道："咋样？" "什么咋样？" "喜欢吗？"蓝桐桐点点头。杜若飞笑道："你以后就是这里的老板娘了。"蓝桐桐见店里两个小姑娘看着她笑，就拽着杜若飞往外走，说道："别神经了，让人笑话。"杜若飞看了两个小姑娘一眼，她俩齐声道："老板娘好！"蓝桐桐如梦初醒，看着装修一新的店面，嗔道："你这家伙也不和人家商量一下。"杜若飞轻搂着她的肩，柔声说道："自从你上次说看好这家店面以后，没几天我就把它买了下来。"蓝桐桐道："又瞎吹！那时我还不理你呢。""虽然你那时不理我，但我能感觉到今生今世你只属于我。"两人的手紧紧地握在一起。

小店开张了，秦歌给店里写了一幅"缘定今生"。小店生意异常兴隆，天天爆满。丁荣剑动员杜若飞开几家连锁店，杜若飞搂着蓝桐桐，摇摇头道："不！我怕我家娘子太辛苦了。"

这段时间，蓝桐桐总是早出晚归，杜若飞问她干什么，她神神秘秘地笑而不答。又一个周末的晚上，杜若飞接到蓝桐桐的电话，让到她家去一趟。杜若飞笑道："干什么？想我了？""你来了不就知道了。"杜若飞怀着一颗激动的心赶到自己向往的那间小屋，进门后就怔住了。

沙发上坐着一位老太太，花白的头发下面是一张消瘦的脸。二十年没见面了，只一眼，他就认出这是自己日夜思念的母亲。他扑通一声跪在老太太跟前，就泣不成声了。老太太摸着杜若飞的脸，喃喃地问道："是飞飞吗？"杜若飞说不出话来，只是一个劲地点头。"妈还以为这辈子再也见不到你了！"母子俩抱头痛哭。老太太断断续续地哭道："妈到街坊里去了好几次，问你王姨见没见过你，她说好多年前见过一次，你把家里的餐桌给砸了，气冲冲地出门而去，在院子里见了她，也没打招呼就走了。从那以后，她就再没见过你了……"

老太太擦了擦眼泪，又指着蓝桐桐道："多亏你媳妇啊，她要不来安阳找我，妈怕是到死也见不上你了！"杜若飞一直在号啕大哭，仿佛要把这二十年没流过的泪水全部释放出来。蓝桐桐本来站在边上微笑着，这会儿也是泪流满面，拿了条毛巾蹲下来给老太太擦着眼泪，又拍了拍杜若飞的头，安慰道："别哭了，今天是全家团聚的日子，高高兴兴的。一会儿小蘑菇就回来了，我们晚上就在家里吃顿团圆饭。"

杜若飞慢慢地止住了眼泪。老太太见电视柜上有一张小孩的照片，就拿过来仔细看着，问道："这是我孙子吗？"蓝桐桐张了张嘴，没有吱声。杜若飞点点头笑道："妈，这就是你孙子，上幼儿园了，马上就回来了。"老太太感叹道："都长这么大了，唉，也没帮你们带过一天。"杜若飞说道："以后你天天带着，要是一个带着不过瘾，我们再生一个。"老太太笑道："再生一个好，一个孩子太孤单了，回家连个玩的伴儿都没有。"

蓝桐桐看了看时间，对杜若飞说道："你陪妈先聊一聊，我去接小蘑菇吧！"杜若飞站了起来，说道："你在家陪妈吧，我去接他，早上送他的时候，我答应接他时给他买个玩具。"老太太拉着蓝桐桐的手说道："你让他去吧，咱娘儿俩说说话。"杜若飞出门后，蓝桐桐又追了出来，小声说道："我觉得不能骗老人吧？"杜若飞道："我慢慢给她说吧，你放心，咱妈一定会喜欢小蘑菇的。"蓝桐桐摇摇头道："我觉得还是给老人说清楚的好。如果她接受不了，以后……以后我们还做朋友，好吗？"杜若飞笑道："你放心，咱妈心眼大着呢！你想给她说，就这会儿陪她聊天时说吧，没问题。我去接小蘑菇。"

蓝桐桐返回客厅，坐在老太太身边。老太太拉着她的手问道："这房子是你们自己买的还是租的？"蓝桐桐道："租的。"老太太道："现在房价这么高，谁买得起啊？租的也行，一家人和和美美地过日子，房子不重要，这样就中！"蓝桐桐道："这套是我租的房子，你儿子买了套大房子，顶我这三四个大小。"老太太一怔，说道："这闺女说话不中听，什么你的他的。两口子过日子，哪有这么过的？"蓝桐桐低下头说道："妈，我们还没结婚呢。"她又断断续续地说道："我十七岁就跑出去打工，认识了一个男人，那时候不懂事……孩子刚生下来，他就不知去向了。"老太太沉默了一会儿，拍着她的手背安慰道："不怕，闺女。谁还不犯个错呢？过去的就让它过去吧，以后的日子还长着呢！向前看。"这段时间以来，藏在蓝桐桐心中隐隐的担忧烟消云散了。她靠着老太太的肩，想说的话好多好多，但只是眼含着泪水叫了声"妈"。

一会儿，杜若飞一手牵着小蘑菇，一手拎了只麻油鸭进来了。小蘑菇蹦着进了屋，手里拿了个崭新的陀螺，炫耀道："老爸给我买的，黑暗龙骑士，可厉害了，攻击力超强！"蓝桐桐拉着他到老太太跟前，说道：

"叫奶奶。"小蘑菇大声喊道："奶奶好！"老太太笑道："一看就像个小伙子，来，奶奶给你的见面礼。"说着就从衣服里面的口袋里掏出两百块钱塞给小蘑菇。小蘑菇两手垂着，摇摇头道："妈妈说不能要别人的钱。"蓝桐桐赶紧拍着他的脑袋道："这是奶奶，不是别人。"小蘑菇又看了杜若飞一眼，杜若飞笑道："快拿着吧！"小蘑菇就把钱接过来。又迫不及待地趴在地板上玩起了陀螺，嘴里还念念有词地喊着。

老太太又在怀里掏出了一把钱，有几张一百的，还有一把五十、二十等面值的零钱，又迅速地塞在怀里。她站起来，对儿子和蓝桐桐道："我出去转转。"蓝桐桐道："妈，我陪你吧！"老太太摆摆手笑道："不用了，你们做饭吧，我很快就回来了。"蓝桐桐看着杜若飞，见他轻轻地摇了摇头。

老太太出去了。杜若飞抱起蓝桐桐在空中转了好多圈。两人又忘情地吻在了一起。一会儿，杜若飞喃喃地说道："桐桐，我今天太高兴了。"蓝桐桐闭着眼睛，点点头道："我也是。"杜若飞见小蘑菇眼睛一眨不眨地盯着他俩，就轻轻地放下蓝桐桐，又问道："你怎么找到咱妈的？我这么多年去了老家许多次，怎么都没打听到任何消息？"蓝桐桐笑道："我们都是女人，都是母亲。当一个母亲迫不得已和他的孩子分开以后，她最想去的地方应当是哪儿？应该就是和孩子分手的地方，或者是有机会能碰到孩子的地方吧！"

蓝桐桐每次见杜若飞从老家闷闷不乐地回来后就在她的小摊上喝闷酒，有时看着她傻笑，有时又趴在桌上失声痛哭。当她决定跟着这个男人时，就想着怎么帮助他。她背着杜若飞去了一趟他舅家打听了一下，听村里人说，老太太刚和男人离婚时，回村里住过几个月。那时候嫁出去的女人，地都被没收了。她一个妇人，老在娘家吃闲饭，自然会和弟媳等人矛盾重重。几个月后，她就外出打工了，这以后就没再回过村子里。蓝桐桐灵机一动，突然想起来，怎么不到杜若飞小时候生活过的院子里打探一下呢？

她听杜若飞说过他家以前住在金谷园。她找到那个小区，和门口一群打麻将的老太太一打听，竟很顺利地打听到一条重要线索：老人在安阳一家敬老院里干保洁，年前还来过东都。她和一位叫王姨的老太太住了一个晚上。听王姨说，老太太好像在一个靠什么河的养老院里做保洁，具体地址没有。杜若飞自从那次拍烂桌子后，就再也没到过这个院子，王姨自然也没法把这个消息告诉他了。蓝桐桐去安阳跑了三次，果然在洹河边的一家养老院里找到了老太太。

蓝桐桐问杜若飞："你说咱妈这会儿出去干什么去了？"杜若飞笑道："她是给儿媳妇准备见面礼，嫌零钱不好看，去银行换整钱了。"蓝桐桐就埋怨道："你咋不早说呢？害得她老人家跑那么远。"杜若飞道："妈这是高兴，你得让她按自己的方式完成她的心愿。"他又指着那只麻油鸭，说道："你把它切一切，我记得妈很爱吃麻油鸭。那时候条件不好，她只能啃啃骨头……"杜若飞又说不下去了。记得小时候每月父亲发工资时，就会让他到街口小店买一瓶白酒、一只麻油鸭。回来后，父亲会给他夹几块肉，剩下的自己享用。他每次见母亲在厨房收拾碗筷时，会把他们吃剩下的骨头啃一啃。这个场景后来成了杜若飞心中永远的伤痛。

老太太回来了，果然一进门就掏出九张崭新的红票子，交给蓝桐桐，说道："妈也没给你买什么，这个就当见面礼了。"蓝桐桐赶紧用双手接过来，笑道："谢谢妈！"

吃晚饭时，老太太反复地说道："和做梦一样，和做梦一样！"又让他俩赶紧结婚，一家人住到一起。杜若飞道："妈，刚才我们商量了一下。我记得你的生日好像在十月份，刚好你今年也六十岁了。我们想给你过个寿，同时我们办婚礼，到时候咱家双喜临门。妈，你生日是哪一天我给忘了。"老太太说道："妈就没过过生日，我也忘了是哪一天了。"蓝桐桐笑道："妈，那就定在十月一号吧！不是都说祖国啊母亲，干脆以后您的生日就定在国庆节吧！"老太太笑道："中、中！"

沫沫这几天形影不离地陪着小幻，不让她和秦歌联系。上午两人在游泳馆游泳，下午一起到魏庄。这天，两人又在小幻房间里，她问道："以前都是你主动和他联系？"小幻点点头，又补充道："他有时也主动和我联系，一般都是要去找我了，让我等他之类的。""从来没主动和你说过甜言蜜语？""他说这是小孩子玩的把戏。""看，我说你们之间隔了好几个代沟吧！这次，你就不和他联系，看他心里到底是咋想的。"

秦歌有三天没有见小幻了，也没有收到她的任何消息，心里觉得有点失落，以前每天能接到小幻几十条微信，这都三天了，没有一点消息，他就有点不习惯了。快下班时，他主动发了条短信："我晚上去丹枫小区，等我！"

小幻的手机响了一下，她拿起来看了看，甜甜地笑了，刚想回，沫沫也凑了过来，说道："你就说不行。"小幻噘着嘴巴，看着她不动。沫沫一把抢过手机，喝道："我来回。"小幻在一边哀求道："姐，你别这样，他会生气的。"见沫沫没有停下来，还在屏幕上点着。小幻一着急，竟哇的一声哭了。沫沫就停了下来，自己也觉得有点过分了，就把手机扔在床上。小幻一哭就停不下来了，一直在那儿抽抽噎噎。沫沫搂着她的肩膀，眼睛也湿润了，问道："你想过没有，你们这样下去咋办呀？"小幻摇摇头，断断续续地说道："不、不知道。"

半天，沫沫叹了一口气，又问道："你真的很爱他吗？"小幻点了点头。沫沫说道："别哭了，那咱们把他抢过来吧！"小幻一愣，迷茫地看着沫沫。沫沫狡黠地笑道："那有啥？陈伦不就是我从那小贱人手里面抢过来的？"她指着手机道："你让他晚上过来。"小幻停止了抽噎，拿起手机回道："好，你来吧！"又看着沫沫问道："姐，你刚才说把他抢过来，是开玩笑，还是真的？"沫沫没好气地抢白道："这会儿了，还有心情开玩笑？但有个前提：你得确保他也是爱你的。"小幻点点头道："我肯定。"两人的脑袋又凑在了一起。

沫沫在小幻耳边说着她的计划："第一步，你这段时间一直缠着他，想尽一切办法让他留在你身边。第二步，得让他老婆知道你的存在。记住，这是整个计划中很关键的一步。第三步，怀孕。"听到这儿，小幻"啊"了一声，满脸通红地看着沫沫。只听沫沫继续说道："这一步就像两国交战时的核武器，一旦使用，就是你死我活的结局。要么，你牵着他的手，笑到最后；要么，你将痛苦一生，万劫不复。你敢不敢？"她盯着小幻的眼睛问道，小幻坚定地点了点头。

两人又牵着手下了楼，出了屋子大门。院子里，乔山坐在那棵柿子树下，面前摆着一个棋盘。他一只手端着一把紫砂茶壶，半天才呷一口，另一只手拿起一颗白子思量着落在哪里。沫沫笑道："叔叔，你和谁下棋呢？"乔山将棋子落下，笑道："左手和右手。"说完又在棋罐里摸了一颗黑子。沫沫问道："那你向着左手还是右手？"乔山道："谁都不向，每一步全力以赴。"小幻从乔山手里取过来茶壶，跑到屋子里加满了水。

出来时，右手又拎了个热水瓶，放在父亲身边。乔山抬起头问道："怎么？要出去啊！"沫沫笑道："还真是知女莫若父啊！"接着说道："叔叔，我想让她陪我住几天，给我帮个小忙，成吗？"乔山笑道："这么大两个闺女了，还像小孩子一样，以后你们嫁人了怎么办？"沫沫笑道："我们不嫁人，我俩过。"乔山摇摇头，挥挥手道："去吧，去吧！"又把目光转向了棋盘。

出门后，小幻伸了一下大拇指，笑道："姐，你太厉害了。一下子给我请了好几天的假。"沫沫白了她一眼，说道："你个小妖精，刚才哭成那样，这会儿又这么高兴。真不明白一个二手男人有什么好的，让你迷成这样。"小幻反问道："那陈伦不也是二手男人？"沫沫就追着小幻打。两人嘻嘻哈哈地走到公交车站。车上没几个人，两人走到最后一排坐下。沫沫又想起一件事，就压低声音问道："哎，你们在一起时，采取什么安全措施？"小幻满脸通红地趴在她耳边说道："大多数情况下，什么都不用。个别时候他戴套套，说什么前七后八……"沫沫点点头说道："他在推算安全期，你的生理期他记得准吗？"小幻摇摇头道："只是大概知道，每次都问我。""那你就给他故意说错，明白没？"小幻点点头。

两人分开后，小幻发了条短信："老男人，我已到家了，你什么时候回来？"秦歌没有回信，而是直接把电话打了过来："宝贝，实在对不起，晚上有点事，我回来可能得晚一会儿。"小幻有点委屈地问道："那得几点啊？""我尽量早点吧！"他又解释道，"晚上是杜若飞请客，他妈找到了，母子团聚。本来昨天就请了，我有事，就挪到今天了。"

小幻埋怨道："人家还等你吃晚饭呢！你也不早说。""下午一忙就把这事给忘了，对不起啊！你还没吃呢？""嗯！"电话里一阵沉默。小幻知道他在思考什么，她明白以目前自己的身份，不适合去这样的场合，又不想让秦歌为难，就说道："那我自己在家吃了啊！"挂了电话，她就幻想着什么时候能和他在各种场合，大大方方地手牵着手，心中就有了甜甜的感觉。

秦歌刚才确实进行了激烈的思想斗争，叫不叫小幻一起去吃饭？后来，还是理智占了上风。一个小时前，他刚和林心瑶在电话里吵了一架。本来三天前杜若飞就给他说了这个消息，他让林心瑶给老太太买件礼物，吃饭时，一起送给老太太。她答应得好好的，刚才打电话时，却说单位同事有个聚会，参加不了这边晚上的饭局。秦歌就有点不高兴了，问道："那你准备的礼物呢？"林心瑶道："忘了，你给点钱算了吧！"秦歌就火了："他妈的，给钱算什么？"林心瑶也不甘示弱，回道："把你那'他妈的'给我去掉，跟谁'他妈的'呢？整天就你那屁事多！"说完就把电话给挂了。秦歌气得直咬牙。他倒不是恨她犯的错误本身，而是恨她不管在什么情况下，都始终保持着的蛮横强硬的态度。

秦歌喝多了，饭局快结束时，他从椅子上摔了下来。小王和丁荣剑想把他扶起来，他却推开他们，哈哈大笑起来，又趴在地上给杜若飞的母亲磕了几个头，就不省人事了。杜若飞让蓝桐桐送老太太和小蘑菇先回去。丁荣剑说："哎，晚上老大没喝多少啊，咋成这样了？"左琳说道："大哥今天来的时候情绪就不对，单位有啥事吗？"丁荣剑摇摇头道："没有啊！"小王说道："咋没喝多少？旁边那桌每人过来敬了一杯。他晚上是来者不拒，每一杯都干了。"

杜若飞对丁荣剑夫妇说道："这样吧，左琳身子也不太方便，你俩早点回去休息。大哥由我和小王送吧！"左琳道："我给嫂子打个电话，让她在楼下接一下吧！"杜若飞摆摆手道："你别打，这样回去又得吵架。你们先走吧，我们在这儿待一会儿，等他醒了再送他。"说完就给丁荣剑使了个眼色。丁荣剑拉着左琳的手，对杜若飞说道："那就辛苦你俩了，我们先走了。"又俯下身子对秦歌道："大哥，我们先走了啊！"秦歌嘴角动了一下，又打起了呼噜。

小王喂了秦歌一杯茶，杜若飞俯下身子把他背了起来。下楼时，听见他嘴里说了句什么，杜若飞就问道："大哥，我送你回家吧？"秦歌摇摇头，含含糊糊地说道："世外桃源。"上车后，杜若飞给小幻打了个电话："小美女，还没睡吧？""没呢！"杜若飞笑道："晚上和大哥喝酒，他有点喝多了。刚好路过你这儿，大哥想上去坐坐。"小幻有点慌张地问道："他人呢？""在楼下，你下楼来接一下吧！""好吧，我马上下来。"挂了电话，小王伸了一下大拇指，笑道："杜哥真高！"

车停在丹枫小区门口，杜若飞扶着秦歌进去了。小幻已站在楼道前面。杜若飞扶着秦歌一起进了电梯，送到家门口，小幻打开门，杜若飞犹豫了一下，想着该送到卧室呢，还是放在沙发上？小幻还想着他是想要换鞋呢，就笑道："不用换鞋了，进吧！"杜若飞就把秦歌放在了沙发上，又蹲了下来，说道："大哥，你们先说会儿话，我那边事儿还没结束呢，兄弟先走了啊！"他站起来对小幻说道："他一会儿就该清醒了。"说完就往门外走去，小幻跟过来关门，微笑道："谢谢你啊！"杜若飞暗笑道："这傻丫头，真实在。"

小幻蹲了下来，给秦歌把鞋和外衣脱了，又把他的裤子拿到阳台上，把上面蹭的灰拍打掉。她在卫生间里拿了两条毛巾，端了盆水，蹲下来，仔细地给秦歌从头到脚擦洗了一遍，又倒了一杯水让他漱漱口，秦歌咕嘟咕嘟漱了几下。小幻拿起一个小盆，递在他嘴边，道："吐到这儿。"秦歌咕咚一声给咽了下去。小幻扬起左手在他后背上轻轻地拍了一下，笑道："听话！打你了啊！"又给他喂了一口水。他吐出来后，小幻在他脸上亲了一口，道："乖！到床上睡觉觉吧！"秦歌嘴里含糊地叫了一声："妈！"

小幻没有听清，就俯下身子，问道："乖，你说什么？"见他又不动了，小幻就跪在沙发跟前，把他胳膊架在自己肩膀上，试图扶起他。秦歌一个翻身，两人一起摔倒在地板上，秦歌压在她身上，小幻动弹不得，就气喘吁吁地笑道："快起来，压死我了。"边说边用双手推着他的头。秦歌一骨碌从她身上爬了起来，飞快地爬着，一直爬到卧室的床上。小幻在后面追着笑道："脏猪猪，你又把身上弄脏了。"

上床后，小幻趴在秦歌身边，双手支着下巴，满脸笑意地看着眼前这个日思夜想的男人。又觉得男人喝醉了酒，还挺好玩的，像个婴儿一般。

她就躺在秦歌身边，拿起手机拍了张照片，用微信传给了沫沫，加了一段文字："第一次见他这么老实地躺在这儿，可爱得像个熟睡的婴儿。"

沫沫回道："他咋了？"

"喝多了！"

"据说男人喝多了，才会知道自己最爱谁，你问问他呗。"

小幻回了个笑脸的表情，就把手机扔在了一边。她在床头柜里取出一个小盒子，在里面拿出一根掏耳勺，在秦歌耳朵里轻轻地掏着。他侧过身来，很配合地把耳朵冲着上面。小幻又在他耳边轻声说道："给你出个选择题，你得如实回答。这三个女人之中，你最爱谁？A.林心瑶，B.乔小幻，C.其他女人。"秦歌嘴角动了一下。小幻道："你说什么啊？我都听不见。"就把耳朵贴在他的嘴唇边，这下，她清清楚楚地听到了"乔小幻"三个字。她满脸幸福地微微一笑，在他的唇上吻了一下，觉得他的嘴唇干干的，就拿起杯子，自己喝了一口，将水含在嘴里面，俯下身子，用嘴巴轻轻地将水喂到他的嘴里面。

310

早上，秦歌醒来见小幻依偎在身边，满脸都是甜甜的笑容。他想动一下身子，又怕把她弄醒，就一动不动地盯着天花板，努力回忆着昨晚的经过，自己怎么来这儿的？来这儿都干了什么？他的脑子里一片空白，什么也想不起来了。他觉得嗓子干干的，轻轻地咳了一下。小幻睁开眼睛，笑道："你醒了？"秦歌点点头，问道："我怎么来这儿的？"小幻笑道："你爬过来的。""什么？"

小幻捏着他的鼻子，取笑道："你呀！这么大的人了，怎么还像个小孩子一样调皮？满地爬。"秦歌嘿嘿地笑了，想把双手枕在脑后，刚一抬头，觉得头疼欲裂，就用右手拍着后脑勺。小幻见他表情痛苦，就趴在他胸前，关切地问道："咋啦？头疼吗？"秦歌点点头。小幻一翻身，坐在枕头边上，说道："我给你揉揉吧！"说着就在秦歌脑袋上轻轻地揉了起来。

一会儿，秦歌听着小幻气喘吁吁的，就拉着她的手，说道："歇一会儿吧！"小幻问道："好点了没？"他点点头，又问道："几点了？"小幻看了看手表，道："快八点了。"秦歌翻身起来道："该上班了。"小幻拽着他的胳膊，撒娇道："不嘛！你再陪我一会儿。"秦歌笑道："小猫咪又发情了，是吧？时间来不及了，咱今晚一定补上。"小幻推了他一把，笑道："傻瓜！今天星期几，还上班？"秦歌这才想起来，今天周六，就又躺了下来，伸手要扒小幻的睡衣。她躲闪着咯咯地笑着，缩成一团，说道："不行，你说了，晚上还要在这儿陪我。"秦歌笑道："这不牵扯嘛！这段时间，我一直在你这儿，行吗？"

两人吃过早饭，小幻让秦歌陪她去游泳，秦歌笑道："小妮子还会游泳？"小幻笑道："切！本姑娘五岁就会游泳。你拜我为师，我教你吧？"秦歌道："我好像还有一张游泳卡在办公室。"小幻道："不用啦！沫沫姐在游泳馆当教练，我带你进去吧。"秦歌皱着眉头说道："她也在？那我不去了。我一见她就头疼。"小幻笑道："走吧，我已经跟她说过了，不准她对你不友好。"

两人到了游泳馆门口，小幻交给秦歌一个小袋子，里面有一条泳裤、一顶泳帽、一副泳镜，还有一副耳塞。秦歌在更衣区换上了一身行头，在泳池入口处稍等了一会儿，还没见小幻由更衣室出来。他转身往游泳池环视了一圈，却见赵大江盘着腿坐在岸边，就走过去拍了拍他的肩膀。赵大江回头一看，笑道："兄弟，你也来了。"秦歌坐在他身边问道："看你这色眯眯的样子，是不是觉得两只眼睛都不够用了？"赵大江说道："这女人挺奇怪的，平时在外边穿得少点，你要盯着她看，她肯定得骂你流氓。你说这儿的比基尼和内衣有什么区别？你随便看，没人在意啊！"秦歌道："怪不得你每年夏天都坚持游泳，原来是因为这啊！"

小幻从更衣室出来了，穿了一身深蓝色连体带裙边的泳衣，一副银色黑边泳镜顶在头顶上。她左右看了看，见秦歌和一个男人坐在岸边聊天，就从他俩身边走了过去，没有和他打招呼，径直走向沫沫。

赵大江冲着小幻和沫沫努努嘴，说道："这俩姑娘是这儿的教练，每天都来，这身材、皮肤咋样？"秦歌一时玩心又起，就逗他说道："你觉得咋样？过会儿我去搭讪，你说能成功不？"赵大江说道："兄弟，你要是今天能勾搭上，哥请你吃饭。"秦歌笑道："说话算数啊！"赵大江点点头，又小声说道："那高个儿的姑娘来例假了。"秦歌看了看沫沫，又转头问赵大江："你们很熟吗？"赵大江嘿嘿笑了一下，转身跳到泳池里面。秦歌自言自语道："这你都能看出来？太神了吧！"

秦歌又往小幻那边看了一眼，见她拉着沫沫要下水，沫沫在她耳边说了句什么，小幻就笑着自己跳到水中。秦歌走到小幻所在的第二泳道，也飞身跃了下去。追上小幻后，他就慢慢地跟在后面。小幻蹬腿时，他在她脚心处轻轻地挠了一下。小幻在水里咯咯地笑了。两人就这么不紧不慢地游着。赵大江从旁边的一条泳道游过来伸了一下大拇指。游了几个来回，小幻扒着岸边休息，秦歌也从水里钻了出来，一手扒着岸边，看着小幻笑道："小美女，我看你蛙泳游得挺好的，给我指点指点吧！"小幻侧头见刚才和秦歌聊天的那个男人也扒着旁边的泳道边，看着他俩笑，就把头转到一边，没有理秦歌。她两腿一蹬池壁，像一条美人鱼一般，又轻快地游走了。秦歌向赵大江挥挥手，自己又追了上去。赵大江钻过泳道线，也游到了这条泳道上。

小幻再次扒着岸边休息时，秦歌从水里钻了出来，这次他是贴着小幻的后背钻出水面的。他伸出右手抓住跳台的栏杆，如同把小幻揽在怀中一般。笑道："小美女，教教我呗！教会了我请你吃饭。"小幻低下头哧哧地笑着。赵大江跟着笑道："兄弟，我今天就看看，小美女收不收你这个徒弟。"小幻抬起头来，正色说道："好吧！看你这么虔诚，老师就指点你一下吧！你这动作一看就是池塘水平、狗刨出身。伸不直、夹不住，屁股还一撅一撅的，当然游不快了。"

秦歌就趴在水里，做了个蹬水的动作。小幻在他屁股上轻轻地拍了一下，笑道："你这屁股为什么要上下动呢？"赵大江在一边笑道："这兄弟是习惯了吧！趴着时屁股总想上下动动。"小幻白了他一眼。赵大江凑了过来，笑道："小美女，那你看看我这动作咋样？"小幻没再理他，而是冲着岸上喊道："姐，咱这班收成人吗？"沫沫摇摇头道："不收。你过来，给孩子们做示范。别在那边玩了。"小幻就一个转身，钻过泳道线，游到了第一泳道上。

赵大江讪讪地笑道："兄弟，不好意思啊！搅了你的好事儿。"秦歌说道："什么呀！咱不就图一乐嘛！你还想咋？哎，这算不算搭讪成功？还请我吃饭吗？"赵大江点点头道："请。"又看了看沫沫，笑道："哎！美女，你教教我们吧！回头请你吃饭。"沫沫瞪了赵大江一眼，喝道："这年头谁家没米啊，稀罕吃饭吗？"赵大江愣住了。秦歌拍了拍他的肩膀，嘿嘿笑道："哥，咱走吧！"他俩游到对岸，赵大江说道："女人是不是来例假时都很凶啊？"秦歌笑道："这个我还没研究过。"赵大江捏了捏秦歌胸前的肌肉，又低头看了看自己的大肚皮，叹了口气道："唉，岁月不饶人啊！走了，走了，伤自尊了。"

赵大江走后，秦歌又游了几个来回，觉得有点累了，就上岸歇了一会儿。他坐在岸边，看着小幻。小幻已经从水里上来，坐在岸边的椅子上。她向他招招手，秦歌走了过去。小幻拍了拍边上的椅子。秦歌笑道："这是你姐的椅子，我敢坐？"沫沫回头笑道："我有那么凶吗？我坐过的椅子你都不敢坐？"说着就走了过来，右手上下挥了挥，示意他坐下。她站在两人前面，用双手的大拇指和食指围成一个镜头状，对着他俩照了一下。小幻就往秦歌身边偏了偏脑袋，微笑着。沫沫嘲弄道："小样，美得你！"又笑道："哎，你还别说，你俩看起来还挺和谐的。"

秦歌一时捉摸不透这小丫头卖的什么关子，就说道："沫沫，我请你喝酒吧！"这次，小幻和沫沫异口同声说道："这年头谁家没酒，稀罕喝吗？"说完，两人又咯咯地笑了起来。秦歌举起了双手，笑道："斗不过你们，我投降。"沫沫笑道："你们先坐一会儿，等我总结一下，就下课。晚上一起吃饭。"小幻笑道："叫上我姐夫呗！""你给他打电话，让他订好位子。"沫沫回到泳池边上，吹了一下哨子，小朋友们都从水里钻了出来，迅速地站成两排。

一只蚊子在秦歌眼前盘旋着，是那种黑白相间的花蚊子，最后落在了他的右手手背上。小幻喊道："有蚊子，你别动啊！"说完就伸手要拍。秦歌笑道："别拍，看我活捉它吧！"只见他将右手猛地握成拳头，手背的肌肉紧紧地绷着。蚊子在他手背上挥动着翅膀，想把喙拔出来，却被紧紧地夹住了。秦歌用指甲掐掉它一边的翅膀，松开了拳头。那蚊子就在他手背上扑棱着，怎么也飞不起来了。小幻用指尖捏起那只蚊子，笑道："谁让你咬他呢，这下残疾了吧！"她见秦歌手背上起了个小包，就把他的手拉过来，轻轻地挠了几下，然后在那个包上面用大拇指指甲掐了个"十"字，又放在嘴边吹了三口气，微笑道："不痒了吧？"秦歌点点头。沫沫将小朋友们解散了，过来笑道："你俩可真能玩啊！玩够了没？走吧！"

　　小幻和沫沫在更衣室的淋浴区冲澡，小幻见到沫沫脚下面的血迹，就小声问道："姐，我记得我好像比你还早几天，怎么现在还不来呢？"沫沫正在冲头发上的泡沫，就停止了动作，小声问道："你该不会是怀孕了吧？"小幻一惊，就带着哭腔问道："那咋办呀？"沫沫安慰道："先别慌，还不一定呢。过会儿出去找家药店，买根验孕棒测一下。"小幻自言自语地说道："他不是说那样不会怀孕吗？"沫沫道："你听他胡说八道呢！那样只是降低了概率，可不是绝对的。"小幻盯着地板发呆。沫沫过来给她关上水龙头，说道："就算是真怀上也不怕，咱原计划不就有这一步吗？"

314

第二十五章　室雅人和

秦歌从游泳馆出来后，在车里躺了一会儿，见她俩慢悠悠地走了过来。就笑道："你们咋这么磨叽啊！我都睡一觉了。"小幻低着头，刚要开右前门，沫沫却拽着她一起坐在了后排。秦歌见两人都拉着脸，心中暗道："这丫头，又咋了？"上车后，沫沫说道："找家药店。"秦歌发动了车子，没多远就有一家药店，他在门口停下车子，回头问道："买什么药？我去买吧！"又看见小幻眼泪吧嗒吧嗒地往下掉着，一时更摸不着头脑了。

沫沫说道："不用了，你就在车上等着。"说完拉着小幻的手下了车。一会儿，两人出来了，沫沫手里拿了个小盒子。上车后小幻一直在抽噎着。秦歌问道："刚才不是好好的嘛！就一会儿工夫，这是咋啦？咱到底还吃不吃饭了？"沫沫把一根验孕棒举到他眼前，说道："秦大哥，您的杰作。"秦歌脑袋嗡的一声，喃喃地说道："咋可能呢？不应该啊！"沫沫抢白道："你这么大的人了，不知道你的那种方法不是绝对的？先回家吧！到家再说。"一路上秦歌脑子里闪过无数的念头，好几张脸交替出现，有儿子的，林心瑶的，还有父母的。

三人到了丹枫小区。关上门，秦歌坐在沙发上，刚点了一根烟，抽了一口。沫沫说道："哎，你心疼一下我妹妹吧！她现在还能闻烟味？"秦歌就把烟掐灭了，眼睛又盯着天花板叹了口气。小幻在一边抽抽噎噎。电话响了，小幻一看号码，着急地问道："姐，是老爸，咋办呀？"沫沫招招手道："给我，让我接。"电话接通后，乔山道："小幻，咋这么半天才接电话？"沫沫笑道："叔叔，是我。她在厕所呢！"乔山："哦，那你给她说一声，明天是她奶奶的忌日，让她回来一下，给她奶奶磕个头。"挂上电话，沫沫把通话内容给小幻复述了一遍。小幻慢慢止住了抽噎。

沫沫指了指秦歌，道："坐在他身边吧！"小幻往秦歌身边挪了挪，见秦歌紧锁着眉头，盯着窗户外面发呆。小幻晃了晃他的胳膊，小心翼翼地问道："你是不是生气啦？"秦歌见她可怜巴巴的样子，就伸手把她揽在怀里，轻轻地抚摸着她的秀发，摇了摇头。

沫沫看了一会儿，说道："秦大哥，你打算以后怎么对我妹妹呢？"秦歌沉默了一会儿，说道："你得给我一段时间，让我考虑一下。""多长时间？"秦歌又沉默了。沫沫接着问道："一周时间够不够？"秦歌点了点头。沫沫又说道："你别怪我逼你，我妹妹一个小姑娘家，为了你什么都不顾了。你要还算个男人，这段时间先好好地陪着她。"她又拉着小幻的手，两人到小幻的卧室里面，还把门给关上了。沫沫说："明天你回去后，我就不陪你了，你让他陪着。怎么也得让咱爸妈先见见他吧！"小幻问道："那到时我咋说嘛？"沫沫说道："你要嫌不好介绍，就先给他编个别的身份。多回去几次，咱爸他们自然就明白了。""也不知道见面后，咱爸会不会为难他？"小幻喃喃地问道。一会儿又说道："咱出去吧，别把他一人放在客厅。他现在也很难受。"沫沫摇摇头道："傻妹妹，你现在可千万别心软。眼下这就是个绝好的机会，最起码可以试探一下他是不是真心爱你。别老是委屈自己成全别人。"

见小幻还是噘着个小嘴巴。沫沫叹口气问道："傻妹妹，你知道为什么蒲松龄的《聊斋志异》会从古至今受到中国男人的喜欢吗？"小幻摇了摇头，沫沫道："男人在寂寞时，总是盼望自己能有个红颜知己，不牵扯柴米油盐，尽是些风花雪月。但不管多美的故事总要有结局啊！那么如何处理爱情和家庭的平衡问题？如果女主角都是些实实在在的人间女子，那大多数会以悲剧收场，如杜十娘、霍小玉等，就显得男人无情无义了。那么就将主角变为狐仙鬼怪吧！需要时飘飘而来，不需要时飘飘而去。挥一挥衣袖，不带走一片云彩。男人们倒落得个重情重义。这就是中国男人的王八蛋思想。"

秦歌的脑子里在激烈地斗争着，理智点劝小幻把孩子打掉，是目前的最佳选择。但一想到小幻楚楚可怜又满怀期待的样子，他心里又着实不忍。其实他明白，单从感情方面来讲，自己内心的天平已偏向到小幻这边了。半年来，他的心灵和肉体都在这小丫头身上得到了极大的欢愉。他经常幻想着要是真的娶了她，那自己的人生该多么快乐！和林心瑶摊牌，她会答应离婚吗？儿子怎么办？跟着林心瑶还是跟着自己？给父母怎么说？眼下自己的仕途正顺，在这个节骨眼上离婚，多少会有些影响吧？一想到这儿，秦歌觉得心里像被千斤巨石压住一般，沉重得透不过气来。他看着窗外苍翠的龙门山色，心绪越来越乱了。

她俩从卧室出来后，沫沫对小幻说道："姐先走了啊！"又对秦歌说道："秦大哥，不管怎样，这段时间你得好好地陪着她，别让她出什么差错啊！"秦歌点点头，看着沫沫出了门。小幻依偎着他，沉默了一会儿，柔声问道："你现在是不是特别为难？"秦歌看着她，苦笑了一下，点点头。小幻就晃着他的胳膊道："你别这样，我喜欢看你开开心心的样子。"秦歌拍了拍她的脸蛋，低声道："傻丫头！我能开心起来吗？这要是被组织上知道了，估计一切都完了，别说升官了，连眼前的怕都保不住了。"小幻的嘴巴凑了上来，在他的唇上吻了一口，哽咽道："你别难过了，不行咱们去医院把他拿掉吧！"秦歌浑身一震，他没想到这话小幻会主动说出来。一时他又不敢确定，这是沫沫教她试探自己呢，还是她自己真实的想法？他看了她一会儿，却发现小幻满含眼泪的双眸里清澈无比，在这清澈的眸子面前，他深深感觉到自己内心的阴暗龌龊。

秦歌安慰道："你别难过了。其实前几天，我考虑过我们的将来。我的婚姻状况你也了解。我在她身上感受不到一丝的快乐。两人在一起就像一辆已经失去动力的车子，仅仅靠惯性勉强地前行。但现在突然要和她摊牌，我心里还是没有把握。你给我一段时间吧！"小幻痴痴地看着他，半天说道："我知道你是爱我的，想到这一点，我就不觉得委屈了。我们都开开心心的吧！就当今天还不知道这个结果。饿了没？我去给你煮碗面吧？"秦歌点点头。

第二天上午，当车子停到小幻家门口时，小幻问道："你紧张不？"秦歌点点头，笑道："哪能不紧张？我真怕你爸拿棍打我。""不怕啊！要是他打你，我挡在你前面保护你。"小幻笑道，"我爸最疼我了，我喜欢做的事情他都不会反对。"打开车门后，小幻又改变主意了，说道："我就说你是我的老师，先看看情况再说吧！"

小幻推开那扇暗红色的大门，回头向秦歌招招手，两人一前一后走了进去。秦歌上次在小幻家大门口，就为门楼和院子的建筑外观所感叹。这次进门来，更是被眼前的古朴雅致所惊艳。只见得大门两边长满了密密的蔷薇，枝头快长到了墙顶，上面开满了粉红色的小花朵。院子东边长着一棵碗口粗细的柿子树，高大的树冠给这盛夏的院子带来一大片清凉。树荫下面放置着一张椭圆形的石桌，旁边有一把褐色的藤椅，石桌上面放了一张木质棋盘。西墙边上是几束半人高的牡丹，叶子一片翠绿，可以想象阳春三月时的姹紫嫣红是何等惊艳。屋子前面有两株梅花，主干约有儿童小臂般粗细，遒劲的枝条充满张力地伸展着。花枝后面是一块一人多高的石头，石头上面长满了青苔，显得古意盎然。石上隐隐约约还有字，仔细一看，是"暗香浮动影横斜"七个字。秦歌想起了北宋诗人林逋的千古咏梅绝唱："疏影横斜水清浅，暗香浮动月黄昏。"只是这两句要是都刻在石头上，就显得过于密集了，只怕是整个石头的韵味就会丧失殆尽。而"暗香浮动影横斜"七个字，使诗的境界丝毫未减，而布局又和石头浑然天成。秦歌不禁对制石者暗暗佩服起来。

只听见小幻甜甜地喊道："老爸。"秦歌回头一看，见一个身穿灰色衬衣的中年男子站在屋子前的台阶上，消瘦的脸庞，花白的头发，慈爱地望着小幻。秦歌知道这就是小幻的父亲，正想上前问候，小幻就指着他给父亲介绍道："这是我的老师，秦歌。秦朝的秦，歌曲的歌。"只见中年男子微微皱了下眉头，轻声喝道："这孩子，咋这么不懂礼貌呢！"他快步下了台阶握住秦歌的手笑道："看我把这闺女惯的，秦老师您见谅啊！快屋里坐。"小幻背着父亲，冲着秦歌吐了吐舌头。

进屋后，乔山让座泡茶。一妇人从厨房里出来了，身上系着围裙。小幻喊道："妈。"妇人点点头。乔山给妇人介绍道："秦老师。"秦歌就起身问候道："阿姨好!"妇人笑道："秦老师好!快坐快坐。"乔山在一边说道："不敢当,不敢当!你叫嫂子就行了。"又对小幻道："去厨房把西瓜切了。"小幻就低着头往厨房走去,边走边哧哧地笑着。秦歌有点尴尬地坐下了。

　　一会儿,一个小男孩由大门外跑了进来,约莫十岁。他进了屋子,环视了一圈,问妇人："我姐呢?"小幻在厨房应了一声："哎!小柿子过来。"乔山说道："这是你姐的老师。"小柿子问候道："老师好!"喊完就跑到厨房里去了,他拉着小幻的手问道："你手机在哪儿?让我玩玩。"小幻笑道："你就知道玩游戏,先把这盘西瓜端过去。"小柿子接过盛满西瓜的盘子说道："刚才我们几个在村口玩,看到你和一个男人下了车,我还以为是你男朋友呢,就跑回来看看。"小幻看看外边,竖起食指嘘了一声,小声笑道："你就跑回来向人家要手机?"柿子小声说道："他要真是你男朋友,那我就向他要手机了。"小幻只是甜甜地笑了一下,俯下身子在弟弟脑门上亲了一下,拍了拍他的后背,说道："快把西瓜端过去。"说着又把剩下的半只西瓜切开了。

　　秦歌吃了两块西瓜。小幻给他递过来一张抽纸,他接过来擦了擦嘴。乔山说："再吃两块嘛!"秦歌摇摇头,笑道："可以了,吃饱了。"他回头打量起沙发后面的画,是一幅《竹报平安图》,是甘拜石的手笔。画的两边有一副楹联:"曲涧绕门环听水,短笛横斜闲看花。"却没有落款。秦歌在丹枫小区见过乔山的字,现在一看便知是他的笔迹,就先指着那幅画问道:"这幅《竹报平安图》是甘老早年的作品吧?"因这幅画上落的是穷款,并无年份。乔山颇感意外,点点头,问道:"秦老师是怎么看出来的?"秦歌道:"甘老是我最敬重的大师,有过几面之缘。我研究过他的画,近些年来,他的墨竹题材大都是一两根,最多不过三根,稀稀疏疏的样子,很久没有这种成片竹林的作品了。"

　　秦歌又指着两边的楹联道:"这副楹联不知出自哪位大师之手?从文到字都是上上之品啊!"乔山笑道:"秦老师过奖了。"秦歌装作吃惊的样子问道:"这是您的墨宝?"乔山点点头,说道:"山野闲人游戏之笔墨，实在不值一提啊！"他又问道："秦老师也写字吗？"秦歌点点头，道："只是喜欢，偶尔练练。"小幻在一旁笑道："老爸，秦老师字写得可棒了，好多人找他求字呢！"乔山"哦"了一声，就让秦歌到书房去，说道："那咱也求秦老师一幅墨宝。"

乔山让小幻准备纸墨，秦歌再三推辞。小幻嗔道："让你写，你就写呗，瞎客气什么呀！"乔山转头看了小幻一眼，满脸不悦，喝道："这孩子怎么越来越不懂事了！"小幻的脸微微一红，就跑到客厅把乔山的水杯拿了进来。秦歌拿起了笔，挥毫写了"室雅人和"四个大字。乔山不住点头，赞叹道："秦老师年纪轻轻，书法造诣能到如此地步，佩服佩服！"秦歌笑道："见笑了，见笑了。"乔山看着字问道："秦老师练魏碑多长时间了？"秦歌答道："七八年吧，以前练过几年的柳体。"乔山道："七八年？秦老师很有天赋啊！我练了二十年了，也不过如此。你一定是得到过高人指点吧？"秦歌笑道："您过奖了，我倒确实有幸得到过高人的指点。只是我资质愚钝，这字也就是写着玩的，难登大雅之堂啊！"

320 秦歌见乔山饶有兴趣地看着字，就问道："您去过龙门的上溪寺没有？"乔山点了点头。秦歌道："上溪寺的住持了明和尚给我指点过。我还跟着他在一个山洞里摸过一年的碑刻。"乔山不解地问道："在山洞里摸碑刻？"秦歌点点头，说道："龙门西山有举世闻名的龙门二十品，大家都知道那是魏碑的上乘代表之作。其实在东山上溪寺下面，有一个石洞，里面也有一些魏碑精品，只是不为世人所知罢了。了明大师带我进去过。当时里面漆黑一片，什么都看不见。我要拿手电筒，被他制止了。他说眼睛看见了，就反倒不用心了。后来，他在里面坐禅，让我用手指触摸碑刻笔画。按他的方法，那段时间还真是精进不少。"

乔山想了想，叹道："真是高人啊！很有道理。你这也算是奇遇了。怪不得你这字体结构天成，骨健肉丰。常规练法十年内很难达到这种境界。"

乔山问道："秦老师在学校教什么课？"秦歌随口诌道："工程数学。"乔山问小幻道："怎么你们外语专业还学《工程数学》这门课？"小幻一时语塞，小脸一红，问道："老爸，什么时候给奶奶磕头呢？"乔山往书房外面走去，说道："现在就磕吧！"

　　乔山在母亲的遗像前点了三炷香，带着小幻和小柿子跪下来磕了三个头。一会儿，魏敏和小幻把菜端了上来。乔山拉着秦歌坐在餐桌旁，说道："秦老师，我本来不能喝酒，今天见到你很谈得来，就破例喝上一杯。"秦歌道："您不能喝就别喝了，我也得开车，不能喝酒啊！"乔山倒了两小杯酒说道："你第一次来我们家，咱就喝一杯吧！喝完你下午休息休息，别急着走，咱们再交流交流。"午饭的氛围很愉快。

　　小柿子吃饱了，就下了餐桌，把小幻的手机要了过来，坐在沙发上玩游戏。一会儿，小幻听见手机上发出一阵流水声，这是她为沫沫设置的专用短信铃声。她跑过去从弟弟手里面把手机拿了过来，打开一看："咋样？咱爸对女婿还满意吧？"小幻脸上一红，正要回短信，见小柿子两脚在地上蹬着，不高兴地喊着："我刚玩一会儿，姐姐讨厌，讨厌！"小幻就顺手从秦歌裤兜里掏出手机，递给了小柿子，说道："给、给，你用他的玩吧！"秦歌心中暗道："这傻丫头！"

　　果然见乔山和魏敏对视了一眼，把筷子重重地放在桌子上。小幻并未注意到父亲脸色的变化，还看着手机屏幕，编着短信："两人挺谈得来的。咱爸还破例喝了一杯酒。嘿嘿……"小幻发完短信，见母亲开始收拾桌子，两个男人坐在餐桌边一声不吭。她就往厨房端盘子。乔山问道："穷乡僻壤，粗茶淡饭，秦老师没吃好吧？"他的语气冷淡了好多。秦歌忙答道："很好，很好。我也是农村长大的孩子，要说您家这条件比城里人家要好得多。"乔山又问道："秦老师今年多大？""三十六。"乔山道："我大你一轮，咱俩一个属相，今年本命年。多事之秋啊！"秦歌点点头。乔山又问道："你家男孩女孩？"秦歌答道："男孩，九岁了。""爱人在哪儿上班？""在市里的一家国企。"乔山点点头，站了起来，径直往屋外走去。秦歌也站了起来，溜达到了屋子外面。

　　屋子外面有一个大阳台，上面有几十块黄河奇石，摆放在一个阶梯状的木头架子上，每块石头均配有一个红木底座。秦歌仔细一看，底座上还刻着名字，什么"太阳公公、大公鸡、花花牛、老爸和女儿、狗尾巴……"秦歌还在欣赏着那些美丽的图案，小幻在他身后笑道："这石头都是我和老爸在河里捞的。名字都是我起的，咋样？"秦歌就点点头，笑道："很形象，大人还真起不出来这么贴切的名字。"小幻又冲着柿子树努努嘴，小声道："你去陪他下会儿棋吧！"

秦歌见乔山坐在柿子树下，手里捏着棋子在低头思考着，就走过去看了一会儿。乔山没有抬头，问道："秦老师平时下棋吗？"秦歌道："刚毕业时，玩过一段时间。近几年不咋玩了。"乔山就把棋子收了，把黑子罐递给他，示意他坐下。两人开始对弈。

下到中盘时，秦歌见棋盘右边还有一处空隙。棋盘上黑白势力犬牙交错，虽白子势力见长，但也并非牢不可破。他瞅准白子的一处破绽，就紧贴白子落下一子，想断一手。他想着如果白子连一手，则自己长一手，对下面的局势就有利了。谁知乔山并未连接，而是主动出击，在边上落下一子，直接叫吃。

这下秦歌颇感意外，他算着如果自己长，再两手，白子和边上接应的子会对黑子形成征吃之势。但再往下面，自己边上明明有引征的黑子。秦歌又仔细算了一下，征到底，还是自己多一口气。他觉得乔山下棋，布局很有大家风范，但短兵相接时却优柔寡断，患得患失的，感觉手法偏软。秦歌就长了一手。接下来和秦歌算得一模一样，白子对黑子形成征吃的局面。他正暗自得意，乔山却丢下这边，把目光转到了棋盘的左边，在黑子一个断点处落下一子。秦歌仔细一看，心里倒吸一口凉气。这招叫反扑，俗名"倒脱靴"。如果白子无劫可打，被隔断的黑子就只能等死了。他迅速地推算了一下，这边比右边征吃那片还多六目，就想在白子里找个劫打一下。但他纵观全局，却发现白子稳扎稳打，还真没有一处大劫。

再走下去就没什么意义了，秦歌把手中的那枚棋子放回棋罐里，中场认输了，笑道："还是叔叔高明啊！"乔山淡淡地说道："不敢当！秦兄弟，你的棋力不输于我。你输就输在太贪心了。"他又指着棋盘右边，说道："这地方你就不该进来。"说完就闭着眼睛躺在摇椅上。秦歌已听出来乔山的一语双关，就讪讪地笑了一下，站了起来。小幻跑了过来，笑道："谁赢了？"秦歌小声道："叔叔赢了。"小幻对着秦歌用极小的声音嗔道："笨蛋！"

一会儿，小幻对父亲说："老爸，那我走了，沫沫姐晚上还有事呢！"乔山闭着眼睛，半天才说道："你先去吧！从明天开始你给我搬回来住。沫沫要是找你有事，让她也过来。"小幻跺着脚撒娇道："为啥呀？"乔山闭着眼睛不再理她了。小幻看了乔山一会儿，噘着嘴，拉着秦歌的手，说道："咱们走！"

等车子开出村口，小幻在秦歌脸上亲了一下，笑道："今天的表现不错，奖励一个。"秦歌苦笑道："傻丫头！你没看你爸最后就差拿棍撵我了。"小幻问道："咋啦？他不是一直在夸你吗？"秦歌问道："你没看出来？"小幻摇摇头，茫然地看着秦歌。秦歌问道："从小到大，你从你哪个老师兜里掏过东西？"小幻歪着脑袋想了想，笑道："就是啊！我咋没想到呢！你说我爸看出来了？"秦歌说道："只要不是傻子，谁看不出来啊？"小幻喃喃地说："怪不得最后他说那样的话。唉！不管了，反正他们迟早要知道的。"

两人刚到丹枫小区，沫沫就上了楼。她俩又到小幻房间里开始密谋了。沫沫问道："今天都挺顺利吧？"小幻道："刚开始一切顺利，后来出了点小情况。"她就把经过讲了一遍，最后又埋怨道："你说我咋这么笨呢？"沫沫道："不是你笨，而是你内心深处压根就不想隐瞒，相反还总想显摆一下。"小幻辩解道："胡说！我哪有啊？"沫沫说道："我说的是连你自己都没有意识到的内心最深处。唉，这些都不管了。现在下一步咋办？明天你得回去住吗？"小幻道："反正他明天得上班。我俩一起回去，我们再求求老爸。"沫沫点点头说道："行！还有我们怎么让他老婆知道这件事呢？要不我带着你直接去找她吧！"

小幻缩着身子，摇摇头道："我不去，她要打我怎么办？"沫沫道："到时候我不是和你在一块儿吗？我们两个人还打不过她？"小幻低下头小声说道："我们好像不占理吧？"沫沫道："到时候看情况嘛，她不动手我们就客客气气地好好说，她要动手，姐能看着你吃亏？"小幻又想了一会儿，最后还是摇摇头。沫沫在她脑袋上推了一把，喝道："那你说怎么办吧？再过段时间，你肚子就该显了，到时候看你咋办！"听见这话，小幻低头看了一下自己的腹部，小声道："你再想个什么别的办法吧！这个也太暴力了吧？"

沫沫沉默了一会儿，说道："好吧！晚上我也不回家了，我们再好好商量一下。说好啊，我俩一起住你的房间，让他一人睡大屋去吧！"小幻抱着沫沫笑道："我知道沫沫姐对我最好了！"

晚饭后，三人在客厅看了会儿电视。小幻对秦歌笑道："晚上我和姐姐睡，你自己乖乖睡吧！"又从沙发上爬到秦歌跟前，在他脸上亲了一下，以极小的声音在耳边说道："等我。"沫沫在一边笑道："什么意思嘛！注意点影响，有人在呢！"两人就进了小屋。躺在床上扯东扯西地聊了一会儿，沫沫突然问道："小幻，你有他老婆的手机号或微信号没？"小幻道："我有她的手机号。"沫沫就把手机号记了下来，打了个哈欠，道："我困了，睡觉吧！"小屋就没声音了。一会儿，小幻轻轻唤道："沫沫姐，沫沫姐？你这么快就睡着了？"沫沫忍住没吱声，心里暗笑道："小样，就知道你要跑。"果然几分钟后，小幻轻手轻脚地下了床，慢慢扭开门锁，跑到大屋去了。

324

沫沫翻过身来，把手机举到面前，照着小幻刚才给的号码给林心瑶发了条短信："老公去哪儿了？"发完后她就把手机关了，将手机扔在枕头边上，慢慢地睡着了。

早上起床后，沫沫见小幻穿着睡衣，在厨房准备早餐。看到沫沫后，她笑道："我早上没叫你，想让你多睡一会儿。"沫沫似笑非笑地看着她。小幻笑道："笑什么啊？"沫沫模仿着昨晚小幻的声音："沫沫姐，沫沫姐？你这么快就睡着了？"小幻双手捂着通红的脸蛋，低头娇嗔道："姐，你咋这么坏呀！"

秦歌刚进办公楼，丁荣剑就走了过来，小声说道："哥，嫂子过来了，现在在你办公室呢！"秦歌心里咯噔一下，忙问道："什么时候过来的？""刚刚到！你办公室的门是我让小邓开的。"秦歌"哦"了一声，就先到卫生间稳定了一下情绪，又照了照镜子，确信没什么破绽，就故作轻松地哼着歌进了办公室。

林心瑶坐在沙发上，冷冷地看着他。秦歌问道："你咋过来了？"林心瑶问道："这两天干什么去了？"秦歌道："不是给你说了吗？我们领导让陪省文物局的领导在龙门搞调研。哪儿都没去。""哪个领导?""还有哪个领导?孙主任呗!不信你去问吧!"林心瑶腾的一下站了起来,出门朝孙主任的办公室走了过去。

袁伟正在孙主任的办公室汇报工作,林心瑶敲了一下门,孙主任见是林心瑶,就笑道:"哎,这不是小林吗?怎么今天有空来龙门啊?"林心瑶直截了当地问道:"秦歌说这周你们一起去省城开会了,早上刚赶回来,是吗?"孙主任略一迟疑,笑道:"这家伙,不管他干什么,事先没给你汇报,就是他的错。"又打哈哈道:"你们吵架了?唉,这段时间同志们是忙啊!坐,坐。"又对袁伟说:"喊小邓倒杯水。"林心瑶摆摆手道:"不喝了。那你们忙,就不打扰领导了。"

秦歌坐在办公椅上,脑子飞快地旋转着。他没想到这招失灵了,林心瑶还真跑去问孙主任了。难道她真的发现了什么?林心瑶回到秦歌办公室,秦歌走到门口把门关上了。林心瑶一手叉着腰,一手指着秦歌喝道:"你这两天干了什么,你心里最清楚。你把她给我叫过来,我还没见过这么盛气凌人的人。"秦歌低着头,抵赖道:"我不明白你在说什么。"林心瑶道:"把你手机拿过来。"秦歌问道:"干什么?""拿过来!"

林心瑶一把抢过秦歌的手机,把昨晚发那条短信的号码输了进去,见通信录里没有记录。她又翻了翻通话记录,也没见这个号码,就把手机扔到了桌上,冷笑道:"做得很隐蔽嘛!"秦歌长出了一口气,说道:"林心瑶,我真的不知道你在说什么。"林心瑶盯了他半天,说:"纸,总是包不住火的,再抵赖下去还有什么意义吗?我给你一天时间考虑。你说不清楚,我们就离。我现在看到你这张脸都觉得恶心。"秦歌低着头一声不吭。林心瑶走到门口,又返回来,指着他道:"下午放学去接你儿子。"说完就摔上门走了。

赵大江过来了,笑道:"咋了?兄弟,我看弟妹怒气冲冲地下楼了,见了我连个招呼都不打。"秦歌道:"没事,她就那样。"赵大江拍了拍他的肩膀,说道:"兄弟,有些事打死都不能承认。扛一段时间,就风平浪静了。女人都这样。"秦歌笑道:"本来就没什么事,承认什么呀?"两人又闲聊了一会儿。赵大江压低声音道:"听说了没有?上面在查吴书记呢。"秦歌一惊，摇摇头道："没听说啊！不会吧？"赵大江道："兄弟，咋回事？这段时间在牌场、酒场咋都见不着你了。"秦歌道："累！"赵大江道："兄弟，在这个圈子混，累也得撑着啊！"赵大江走后，秦歌想了一下，这段时间，有点空闲就想去找小幻，好像还真的淡出了这个圈子。

他到孙主任办公室，见袁伟也在，就笑道："不好意思啊！媳妇不懂事。"孙主任笑道："没事，你先坐吧！"袁伟就站了起来，说道："我汇报完了，先走了。"又和秦歌点点头，笑了笑，走了。

孙主任问道："你小子又跑哪儿去了？让媳妇到处找。"秦歌笑道："老家来几个哥们儿，喝酒、打牌。"孙主任说："不管什么时候，先把家安顿好，后院不能起火呀！"秦歌点了点头，问道："她来给你咋说的？"孙主任就把刚才的情况描述了一遍，秦歌道："还跟小品学呢，用谎言去验证谎言。多亏领导高明，用了一招太极推手。"孙主任笑了。

两人又说了一会儿工作上的事。最后，秦歌问道："最近市里没啥事吧？"孙主任犹豫了一会儿，说道："吴书记出事了。"

秦歌回到办公室，翻出神仙姐姐的电话号码，用办公电话拨了出去，话筒里传来提示音："对不起，你拨打的号码已暂停服务。"

一整天，秦歌的心情都很郁闷。下午快下班时，一个人在龙门景区转了一圈，在东山脚下的半月泉，碰到了了静和尚。他敞着穿了件宽大的僧袍，露出个大肚皮，见到秦歌哈哈笑道："有段时间没见你小子了。"秦歌说道："忙啊！"他又问道："了明大师还好吧？"了静点点头笑道："好着呢！前两天还念叨你哩。"秦歌见他旁边放着两只水桶、一根扁担，就问道："山上不是有芙蓉泉，怎么还跑到山下来挑水了？"了静呵呵笑了一下，说道："用这水做药引子。"

秦歌今天心烦气躁的，觉得了静有时候疯疯癫癫，却总是笑容满面，这会儿看见他，心情稍有点好了，就看着了静问道："我怎么啥时候见你，你都这么高兴呢？"了静哈哈大笑道："每天都有高兴的事，我能不高兴？"秦歌被他逗乐了，问道："你今天有什么高兴的事，说给我听听。"了静说道："前两天辣椒吃多了，上火、便秘，苦不堪言啊！昨天一位施主给了我一盒蜂蜜，我用这半月泉之水，冲了几杯蜂蜜水，到今天早上，那是畅快淋漓，大快人心啊！"秦歌嘿嘿地笑了。了静挑起两只水桶，说道："秦兄弟，其实人生烦恼就十二个字：放不下、想不开、看不透、忘不了。"说完他又是一阵哈哈大笑，转身上山了。

秦歌默默地转过身，看看时间，该去接儿子了。他沿着龙门桥往外走，一阵山风吹过，浑身一凉。是立秋了吗？

第二十五章　室雅人和

第二十六章　东都水席

　　去魏庄的路上，沫沫的手机一直响个不停，她看了一下电话号码，对小幻道："他老婆把电话打过来了。"小幻吃惊地看着沫沫，问道："你给他老婆打电话了？"沫沫摇摇头道："我昨晚发的短信，估计是因为我昨晚关机了，这会儿刚看到。"小幻着急地跺着脚，问道："这可咋办呀？"沫沫道："该来的总要来，别怕。"

　　两人进家门后，就听见屋子里传来乔山的一阵咳嗽声。看到她俩，乔山问道："沫沫，最近你们都在忙些什么呀？"沫沫道："找工作啊！"乔山点点头问道："怎么样了？"沫沫道："我男朋友在省城一家单位上班了，我想到那边一家学校应聘当老师。"乔山道："都交上男朋友了，什么时候领到叔叔这儿让我也见见。"沫沫笑道："好啊！叔叔也帮我把把关。"乔山又把脸转向小幻问道："怎么没听见你说找工作的事？"小幻低着头，不吱声。

　　乔山看着她，提高了嗓音，问道："这孩子，最近咋回事？"小幻就依偎了过来，撒娇道："老爸，我给你说了，你可不能生气啊！"乔山看着她，说道："你说吧。"小幻就看着父亲的眼睛，小心翼翼地说道："爸，我明年才能毕业呢。""什么？"乔山有点不解地问道。小幻道："我办了一年休学。"乔山瞪大了眼睛，右手重重地拍了一下茶几，喝道："这么大的事，你就敢自己做主？"接着，又是一阵剧烈的咳嗽。

　　小幻用手抚着父亲的胸口，眼里含着眼泪说道："爸，你别生气了。

我错了，我错了。”沫沫说道：“叔叔，小幻是去年你动手术时办的休学，她那段时间难受了很长时间。她想着可以好好照顾你，再打工挣点钱补贴家用。”乔山沉默了一会儿，点点头道：“算了，不提这事了。我问你，昨天那个秦老师到底是干什么的？你带他来家里干啥？”小幻脸微微红了，又低下头看着地板。乔山又转头看着沫沫。沫沫看了看小幻，小声说道：“干脆说了吧！反正他们迟早都得知道。”

乔山见小幻还是低着头不吭气，就对沫沫说道：“她不说，你说吧。”沫沫道：“他是小幻的男朋友。”乔山用颤抖的手指着小幻道：“你、你……”小幻噘着嘴，说道：“他对我真的可好了。”乔山突然觉得嗓子眼一阵发甜，哇地吐出了一口鲜血。这下，两个小姑娘吓傻了。小幻喊道：“爸，你咋了？你别吓我！”说着就跪了下来，抱着乔山的大腿，呜呜地哭了起来。沫沫拿着手机，拍着小幻的肩膀道：“打120吧？”乔山无力地摆了摆手。

乔山闭着眼睛，头靠在沙发背上。一会儿，他微微睁开眼睛，用手抚摸着女儿的脑袋，轻声说道：“小幻，不管以前发生了什么，爸爸都不怪你。但从现在开始，离开他，好不好？”小幻呆呆地看着父亲，半晌，哽咽着点点头。乔山欣慰地笑了。他把小幻拉了起来，让她坐在自己身边，说道：“爸爸也不是老古董，他要光是年纪大点，或者说穷点，只要对你好，而你也真心喜欢他，爸爸都会接受他，会祝福你们。可现在你们这情况不一样。他是有家室的人。你在扮演着被世人唾弃的角色。”沫沫在一边说道：“叔叔，他马上就会离婚了。”乔山喝道：“那就等他离完婚再说吧！”

小幻递给乔山一杯水，他喝了一口，又问道：“他是你们学校的老师吗？”小幻摇摇头。沫沫说道：“他是伊水景区的领导。”乔山点点头道：“我看他那做派也不像名老师。虽然客客气气的，可眼神里那种居高临下的优越感和自以为是的霸道，不经意间就会流露出来。这种人占便宜占惯了，什么好东西都想据为己有。他们爱谁？最爱他自己，最爱手中的权力。为了前程，什么都可以放下。他会轻易离婚？你们等着吧！”

秦歌在学校门口接上了儿子。聪聪问道：“怎么是你来接我？我妈呢？"秦歌笑道："你妈今天有事。晚饭我们在外边吃吧，你想吃什么？"聪聪道："我想吃牛排。"父子俩在一家西餐厅吃完饭，回到家里。聪聪做完作业，看看表，问道："我妈怎么还不回来？"秦歌道："她有事，有可能晚上不回来了。"

聪聪一听，就拿起电话打给了林心瑶。接通后，聪聪问道："老妈，你咋还不回来呢？"

"妈妈今天不回家了，你吃饭了吗？"

"吃了。"

"吃的什么？"

"牛排。"

"那你做完作业就早点睡觉吧！"

"好，老妈再见。"

挂上电话，聪聪问道："你是不是和老妈吵架了？"秦歌道："没有啊，谁说的？"聪聪点点头道："那就好。"

第二天早晨，秦歌到儿子房间喊他起床。聪聪醒来后，躺在床上赖了一会儿，秦歌拽着他的胳膊，说道："快点穿衣服，要不上学就来不及了。"聪聪用另一只手摸着小鸡鸡，问道："老爸，你说小鸡鸡里面，是不是有根骨头啊？"秦歌笑道："不是，要是有根骨头的话，那它怎么会软呢？"聪聪道："那会不会软的时候，那根骨头就钻到肚子里面了？"秦歌摇摇头道："不会。""那它咋这么硬呢？"

秦歌不想骗儿子，但又没法给他讲得太详细，就含糊地说道："那里面有一根筋。"聪聪点点头，"噢"了一声，又问道："爷爷说你是一根筋，是不是说你像个小鸡鸡呀？"秦歌就在他后背上拍了一下，笑道："你哪来这么多问题？快穿衣服。"父子俩出门后，匆匆忙忙吃了早点，他看着儿子进了学校大门，混在人流之中，一会儿就看不见了。

晚上林心瑶到学校接到儿子后，就把他送到父母家里。她把秦歌的衣服和日常用品，收拾了两大包，放在客厅里。她又拿出笔和纸，写了一份协议。协议内容大致为："秦歌和林心瑶因感情破裂，两人协议离婚。孩子归女方抚养，男方每月支付养育费两千元，支付到孩子大学毕业为止。

财产分割情况：河西一套住房，家庭存款，轿车一辆归女方所有，新区一套住房归男方所有。男方每月可探望孩子一次。孩子生日时，男女双方共同陪孩子一天……"秦歌看到前半段时，心里竟有点莫名的轻松。十年的婚姻就这么平静地结束了吗？

看到最后时，他的心蓦地收紧了。他瞥了一眼电视柜上聪聪的照片。儿子骑在自己的脖子上，双手抓着他的耳朵，脸上笑容灿烂。他记得那是在牡丹广场，儿子坐着转马，一直不肯离去。他就把他架在脖子上逗他玩。儿子扭着他的耳朵，让他奔跑，自己哈哈地笑着，林心瑶在一边抓拍了这个场景。儿子近几年不和自己亲近了，但长相和一些微小的动作，却越来越像自己了。儿子曾经是自己最大的骄傲。而以后，想见他一面还要等一个月？儿子会想他吗？慢慢地，秦歌觉得屋里的空气变得黏稠起来，他不能顺畅地呼吸了。他把那张纸放在桌上，仰起了头，想让泪水流回去，一会儿却感觉耳朵上面凉凉的。

等他稍微平静了一点，缓缓地说道："事情还没到那个程度吧？"林心瑶冷笑道："我还没见到那个小贱货，但和她姐已经见面了，也看到了你躺在人家床上的照片，什么都知道了，你也别再辩解了。""你听我解释……"林心瑶冷冷地说道："你还解释什么？不就是一个恬不知耻的老男人和一个不要脸的贱货，在见不得人的阴暗角落里苟且。签了吧！这样对你对我都是一种解脱。"说完，又把笔递到秦歌的手中。

秦歌怔怔地看着林心瑶，觉得和自己共同生活了十年的妻子变得陌生起来，她怎么平静得像一个局外人？他低下头，在协议的下边签上了名字，拎着放在客厅里的包，出了屋子。大门关上的一瞬间，他的心还是重重地颤抖了一下。他觉得，这扇门可能不会再为他打开了。

站在大街上，看着川流不息的车辆，他不知道该往哪里去。想给小王打电话，让他来接自己，他又摇了摇头，现在还不能让任何人知道自己要离婚的消息。他又想到了丹枫小区，便给小幻打电话，但不知道为什么，电话刚拨出去，便挂掉了。他想起小幻曾给他读的一首诗：

曾虑多情损梵行，

入山又恐别倾城。

世间安得双全法，

不负如来不负卿。

这是仓央嘉措的诗句。他在心里叹道："世间哪有双全法啊？"

再说陆一帆，小伙子自那次在魏庄和小幻分别后，在他租住的小屋内，匆匆收拾了一下东西，就买了张火车票，到了家乡附近的南方小城。刚开始的一个月，他躲在家里，关上手机。虽然他极其思念小幻，还是不敢和她联系。后来，他用朋友的身份证办了个手机号，先给杜若飞发了条短信："大哥，我是陆一帆的朋友。他让我问一下你，那事情怎么样了？"一会儿，杜若飞回道："还好，那人只是受了伤，我的腿被打断了，现在在正骨医院住院，还赔了他们五十万。他们正在找他。过段时间，等我的腿好了，再给人家赔礼道歉。等这事过去了，我给你们打电话。兄弟，告诉小陆，最好别和东都任何人联系，不管用什么电话。"

陆一帆又在提心吊胆中度过了几个月。后来，还是忍不住又给杜若飞发短信，杜若飞总是回复他"快了""再等等"之类，慢慢地连短信也不回了。陆一帆就觉得有点蹊跷，他想着给店里打个电话，应该不会影响到他们吧？就到街上一个公用电话厅，拨了4S店的电话，是他们组的一个小姑娘接的。小姑娘惊喜地喊道："组长，你跑哪儿去了？经理到处找你呢！"陆一帆心头一紧，问道："那些人来店里闹了没？"小姑娘问道："你说谁？闹什么呀？"陆一帆挂上电话，静静地想了一会儿。他隐隐觉得这里面好像有什么不对劲，可自己明明看到有人被撞倒了，后来还看到了血迹。他百思不得其解。

他咬咬牙，颤抖着手指，给日夜苦苦思念的小幻发了条短信："你还好吧？"半天没见有回信。他又发了一条："我是帆。"一会儿，短信回了过来："挺好的。你在外边咋样？"

陆一帆："我没事，就是太想你了。"

小幻："噢。"

陆一帆："他们有没有找你的麻烦？"

小幻："没有。"

陆一帆："你咋了？生我气了吗？"

小幻："没有。"

陆一帆一阵冲动，就拨了小幻的电话号码，无人接听。再打，还是无人接听。一会儿，小幻回了条短信："我没法接你的电话。以后，你还是忘了我吧！"陆一帆看着手机屏幕，呆住了。半晌，他回道："我明天就回东都，就是死在他们手里，我也要见你一面，死个明白！"

陆一帆买了最早的车票回到东都。下车后他就给小幻打电话，这次电话接通了。陆一帆问："你在哪儿？我想见你。"

"我在家里，没法和你见面。"

"那我去你家里找你。"

"不用了。"

说完电话就被挂断了。一会儿，小幻发了条短信："一帆哥，很感谢你以前对我的关心。我们之间已经不可能了。你再找个爱你的女孩吧！我也不想骗你，我这颗心真的不属于你。过段时间，我们见个面，妹子当面给你说声'对不起'。现在真的不方便见你。（嘿嘿，告诉你个秘密，我的同学小米特别喜欢你。）"

陆一帆用拳头在墙上狠狠地砸了一下，又给沫沫打了个电话，沫沫说："我们见面再说吧。"两人见面后，他把小幻要和他分手的事告诉了沫沫。沫沫问道："你当初在那家汽车店干得好好的，为什么要离开那么长时间，还连手机号码都换了？"陆一帆就把事情的来龙去脉说了一遍。沫沫问道："那个叫胡来的人长什么样子？"陆一帆道："个子很高，有一米八五左右，很结实的样子。"沫沫又问道："那辆车是不是一辆黑色的越野车？"陆一帆点点头，说道："没错，是辆黑色的大切诺基。"

沫沫想了一会儿，恨恨地暗道："到底谁是黑社会啊！"她刚想给陆一帆说明，可一张口，又改变主意了，叹道："一帆，你也别难过。当时我还觉得你和小幻真是一对金童玉女。现在看来你俩未必就合适。这恐怕就是缘分吧。你也别难过了，你把她忘了吧！"陆一帆摇摇头，说："不，我要和她见一面。"沫沫道："她是和我一起长大的，她的性格我太清楚了。你们真的不可能了。你越是执着，到时自己越是痛苦。我劝你放手吧！"

陆一帆的情绪有点激动了，大声喊道："是不是他们把小幻怎么样了？我不怕什么兄弟会，让他们来吧！我要见小幻。"沫沫见他还没明白，就说道："你冷静点。哪有什么兄弟会？跟这没关系。"陆一帆看着沫沫，等着她继续说。沫沫却停住了。他抓着沫沫的胳膊晃道："你带着我见她一面吧！我求你了。"沫沫看了他一会儿，点点头说道："行！我可以带你见她一面，不过你要做好思想准备。她不可能再爱你了。"她又说道："小幻这段时间被她爸囚禁在家里，不让出门。咱们去她家吧。"

陆一帆心里乱糟糟的，怎么也想不明白，以前多么温柔的恋人，怎么会没有任何原因就离自己而去？到底发生了什么？她怎么还被家人囚禁了？他想着小幻如花的笑靥，恨不得马上飞到她的身边。

两人到小幻家后，沫沫给乔山和魏敏介绍道："这是我表哥，陆一帆。我们来看看小幻。"陆一帆礼貌地问候道："叔叔阿姨好！"乔山握着他的手，笑道："这小伙长得真精神！"他就冲着楼上努努嘴，说道："她在楼上，你们去吧。"

小幻一直趴在窗户上，看着外面。从他俩一进大门，就看到他们了。她暗想："沫沫姐怎么把他给带过来了？"沫沫带着陆一帆上到二楼，小幻看到陆一帆只是淡淡地点点头，问候道："来了。"陆一帆看着小幻，半年没见了，她变得更加迷人了，神情里多了一丝自己并不熟悉的妩媚。但为什么她的眼角眉梢是如此冷漠？还没开始交谈，只是一瞥，他的心里就感到一丝凉意。

沫沫对小幻道："我下去上个厕所。"转身就要走。小幻说道："楼上就有，别下去。"又喊道："你快点啊！"陆一帆看着沫沫出了屋子，就拉起了小幻的手，问道："你咋啦？"小幻轻轻地把手抽了出来，淡淡地说道："没事，我一切都好。只是我们之间已经结束了，你把我忘了吧！"

陆一帆问道："为什么？"小幻看着他，很认真地说道："我爱上了别人。"陆一帆呆呆地看了她一会儿，呼吸变得越来越沉重。他猛地抱住小幻，喊道："不可能，你骗我！"他又把嘴巴强压在小幻的唇上。小幻左右晃着脑袋，甩开了他的嘴唇，骂道："浑蛋！"小幻抽出右手狠狠地扇了他一个耳光。

　　陆一帆捂着脸愣在那儿，看着自己朝思暮想的恋人，觉得她怎么变得这么陌生。他冷静了下来，问道："就算分手，你也得给我个理由吧？"小幻双手交叉抱在胸前，淡淡地说道："我说过了，我爱上了别人。"说完又马上改口道："不是别人，是我男人。"陆一帆看见小幻的眼睛又变得柔和起来，心里一阵深深的酸意涌了起来："你男人？他是谁？"小幻警惕地看着他，问道："你想干什么？"

　　陆一帆的心痛苦地颤抖了一下，吼道："他抢了我的女人，我要报复他！"小幻恐惧地看了他一眼，换了一副语气说道："一帆哥，我们以前是彼此喜欢过，但这和爱还是不一样的。我给你实话实说，你也别难过。以前，我虽承认你是我男朋友，但内心里却只是把你当作一个关怀我的大哥哥看待。如果说没有后来的一些变故，我们也可能会走到一起，也可能我会认为那就是爱。可这半年来的经历让我明白了，爱一个人是什么滋味。"

　　小幻慢慢地把目光从陆一帆的身上移到窗外，像是自言自语，轻轻说道："那种生死相随的心愿，那种望穿秋水的思念，那种刻骨铭心的感觉……"小幻的眼圈红了，接着泪水一滴一滴地滑过脸颊，又掉在地板上。

　　陆一帆明白，这泪水不是为自己而流，而是为了另外一个男人。他忌妒得快要发疯了。他转身跑出了屋子，没有和任何人打招呼，出大门时他已泪流满面。

　　晚上，伊水景区宴请南市旅游公司的客人吃饭，宴会订在东都楼。东都楼建于清代，位于洛水之畔，主要经营的是东都水席。

　　东都水席的特点：一是每道主菜都有汤水，味道多样，搭配合理，酸、辣、甜、咸俱全，十分可口；二是上菜顺序有严格的规定，曾有人家办喜事宴请宾客时，因上菜顺序有误而将饭店告上法庭；三是有荤有素，素菜荤做，选料广泛，天上的飞禽、地下的走兽、水中的游鱼、地里的蔬菜均可入席。东都水席，又分为高、中、低三个档次，根据设席者的经济状况，可简可繁，丰俭由人。故深受广大食客的欢迎，长盛不衰。

水席起源于东都，这与东都的地理、气候有很大关系。东都四面环山，地处盆地，雨量较少，冬季干燥寒冷，民间饮食多用汤类，喜欢以酸辣抵御干燥寒冷。人们习惯使用当地出产的淀粉、莲菜、山药、萝卜、白菜等制作经济实惠、汤水丰盛的宴席，古时候就连王公贵戚也习惯把主副食品放在一起烹制，久而久之，逐步形成酸辣味殊、清香爽口、极富地方特色的水席风格。

一行人进到包间后，孙主任招呼大家上桌。他在中间的主陪位坐下，拍了拍右边的座位，让南市旅游公司的许总坐下。他又拍了拍左边的座位，让公司的刘副总坐下。秦歌、赵大江和袁副主任互相推让拉扯着，孙主任对许总笑道："每次吃饭都先得打一架。"他转头喊道："别推了。今天秦歌是副陪，其他人招呼好身边的客人，坐下。"宾主这才纷纷落座。

正式的酒局有很多的讲究，座次、敬酒、夹菜都有约定成俗的规矩，不同于一般的朋友聚会。故而酒桌上流行一句话：主陪靠威望，副陪靠酒量，三陪靠模样。小小的酒桌就是世间百态的缩影。主陪是起把握局势的作用，一般是最尊贵者，是掌握权力的人。副陪要有好的酒量，其在酒桌上的作用相当于有钱人在社会中的作用，得有实力。这样大家才能喝起来。色为权、钱服务，所以居于第三。剩下的芸芸众生，应了那句美容整形的广告词："不能拼爹，没有干爹，咱们怎么办？靠自己努力吧！"

服务员给每位客人倒上酒。孙主任开始致酒词："尊敬的许总，各位来宾，欢迎大家来到美丽的东都做客。今天大家参观了龙门石窟、白马寺等景点，想必通过每位的眼睛和耳朵，已经对东都的厚重历史有了一定的了解。今晚我们在东都楼略备薄酒，咱们把酒言欢。希望晚上各位再用舌尖品味东都，用心灵感悟历史。南市旅游公司是最早和我们景区建立合作关系的合作伙伴之一，我和许总也是老朋友了。今天又有幸认识了这么多新朋友，我非常开心。来，为了我们的友谊，干杯！"孙主任带头一饮而尽，其他人都干了杯中酒。

秦歌给服务员挥挥手。四名身着唐代宫廷装的服务员一起上前一步，深深地道个万福，中间一名朗声介绍道："各位贵宾，晚上好！欢迎光临东都楼用餐。我是今天的司礼小吴。"边上的服务员依次自我介绍道："我是司膳小侯。""我是司酒小方。""我是司茶小谭。"

司礼小吴接着介绍道："下面由我给各位贵宾把水席介绍一下。所谓的水席，有两层含义：一是每道热菜皆有汤，汤汤水水；二是热菜吃完一道，撤下后再上一道，犹如行云流水一般不断地更新，故名水席。全席共设二十四道菜，包括八个冷盘、四个大件、八个中件、四个压桌菜，冷热、荤素、甜咸、酸辣兼而有之。上菜顺序极为考究，先上八个冷盘作为下酒菜，每碟是荤素双拼，一共十六样，待客人酒过三巡后再上热菜。首先上四大件热菜，每上一道跟上两道中件菜，也叫陪衬菜或调味菜，名曰'带子上朝'。最后上四道压桌菜，其中有一道送客汤，以示全席已经圆满结束。"

"说起水席，必须提一个人，她就是我国历史上唯一的女皇帝——武则天。公元690年，她在东都登基，改国号为武周，水席和她很有渊源。摆在主宾面前的凉菜是服。这道菜用蛋黄做成蛋衣覆于菜上，薄如透纸，上缀龙凤图案，表示武则天黄袍加身。"司膳小侯转了一下桌子，把下一道凉菜转到许总面前。

司礼小吴接着介绍："礼，为鹿筋，似弓状。配菜于盘中放置有序，体现出文明古国的彬彬之礼。"

"韬，用我们店特制的五香腐皮卷起香馅，外不知其内，内不知其味，表示武则天的文韬武略。"

"欲，取狗外腰切成片，中开口，嵌公鸡内腰作形，点缀以枸杞子，用冬虫夏草围盘，食之壮阳补虚。"

"艺，古时候用脆莲雀舌成菜。指莲如画，雀鸣春，比喻江山如画、歌舞升平。当然，今天我们要保护鸟类，雀舌已被取代。"

"文，用青笋调鲤须成菜。笋为竹魂，竹为文友，有文成天下之理（鲤）。"

"禅，武则天曾是出家之人，与佛有缘。这盘菜是清素不沾油荤的。"

"政，用雁脯、鹅掌制成。雁知寒暖而迁徙，鹅掌载身而浮水。比喻掌权者当知天下冷暖、民意载覆之道。同样，为了保护鸟类，今天的雁脯已被鹅脯所代替。"

介绍完凉菜，大家喝完开场酒，孙主任便开始敬酒。他先给许总端了一杯酒，许总道："我就怕你们东都这端酒。有时没完没了。"孙主任笑道："我端酒就一杯。按我们秦主任的理论，端酒是示弱的表现，是女人和小孩干的，他就从来不给客人端酒。"说完，又单独敬了刘副总一杯，和剩下的客人共同喝了一杯。孙主任看着秦歌说道："我过完一圈了，下面交给你了啊！"

秦歌让司酒小方给每位客人倒了一小杯，又让拿了两个大玻璃杯，是那种容积四两左右、上下一般粗的筒状杯子，倒了满满两杯。他自己端起一杯，笑道："许总，我敬大家一杯，其他人喝小的，许总，你们得出一个代表，陪我喝个大的。"对方共七人，五男两女。许总看了他们一圈。坐在秦歌边上的一个女人站起来，是旅游公司的财务总监，姓赵。赵总监长得文文静静的，只见她主动端起了酒杯笑道："我来吧！"

赵大江在边上侧头看着赵总监，手握住自己面前的玻璃杯，轻轻地上下套弄着，眯着眼睛笑道："赵总监行啊！看起来挺文弱的，没想到还喜欢这大家伙。"黄影儿看着赵大江的动作，用食指指了他一下，低下头咯咯地笑了。

秦歌和赵总监碰了一下杯子，两人将这一大杯全干了。全场响起了一阵掌声，其他人也干了自己面前的酒。秦歌向黄影儿说道："黄姐，该你了。"

黄影儿站起来，自己先喝了一杯。又走到许总面前，倒了一杯酒，双手端起来，递到许总手里，笑道："妹子给您端一杯。"许总接过来酒杯，说道："就一杯啊！"仰头把杯中酒干了。黄影儿又倒了一杯，右手端着杯子，用左手掌心托着，送到许总嘴巴前面，表情妩媚地笑道："许总，好事成双嘛！妹子再给您端一个。"许总紧闭着眼睛，摇着头，说道："不能这样欺负人。刚才孙主任不是说了嘛，只端一个。"黄影儿咯咯笑道："他说的那是你们男人之间，现在不一样啊！男人本来就比女人强，再喝一个嘛！"

许总还是摇着头说道："不行，不行，我不行了。再喝就醉了。"黄影儿媚笑着，柔声道："许总，说不行是女人的专利，男人不能说不行。这才几下呀，就不行了？"赵大江看着孙主任嘿嘿地笑起来。孙主任也忍不住哈哈大笑，满桌人跟着哄堂大笑起来。

许总无奈，接过酒杯喝了。黄影儿又倒了两杯酒，自己喝了一杯，笑道："光让您一人喝，就没意思了。这杯我们互动一下，算妹子敬许总的。"又把剩下的一杯端到他的嘴唇前面。黄影儿的头发在许总脸上蹭得他痒痒的。许总忍不住侧过头来，打了个喷嚏。黄影儿在桌上拿起湿巾给他擦了擦嘴。许总笑道："黄大美女，你为什么要一直对付我呢？转着来嘛！"黄影儿娇笑道："我本来就打算转着来的，只是刚到你这儿，就转不动了。哥哥长得太帅，人见人爱，妹子我也不例外。"说着就把酒杯抵在许总的嘴唇上，眉毛一挑，媚笑道："你要不喝，我来喂你。"许总就张开了嘴。黄影儿把酒倒进了他的嘴里。

许总拍了拍孙主任的肩膀，道："我以后不坐你身边了。"孙主任笑道："你坐哪儿都是许总啊！"

黄影儿转了一圈，给对方的每个男人各端了三杯酒，两个女人各端了一杯，回到座位上。接下来，赵大江、袁伟，还有景区两个科长，先后敬了酒。

下面是客人回敬主人酒，许总道："来而不往非礼也！但我酒量有限，我敬几位领导一杯，代表一下吧！"孙主任笑道："你怎么敬是你的事，这个不用商量。"两人碰了一下，干了一杯。他又给秦歌、赵大江、袁伟和黄影儿每人敬了一杯。又和其他人碰了杯水，点点头，以示歉意。他看了看坐在孙主任左边的刘副总，见他已经靠在椅子背上睡着了，就摇摇头对孙主任说道："我们这队伍不行啊！不像你这儿，都是精兵强将。"孙主任笑道："你们赵总监不是挺厉害的嘛，怎么还舍不得用？"

赵总监笑道："我也给各位领导端一杯吧！"孙主任说道："哪有客人给主人端酒的？"赵总监离开她的座位，走到孙主任跟前，一手搭在他的肩上，娇笑道："我这端酒不用手的，和你们不一样，自然也不能按你们的规矩来了。"孙主任一听来了兴趣，侧头看着她，问道："你端酒不用手？"赵总监笑笑，点点头。只见她倒了一杯酒，轻启朱唇，用牙齿咬着酒杯的底托，将酒杯叼了起来，俯下身子，将酒杯用嘴送到孙主任的嘴巴跟前。孙主任嘿嘿笑了，伸手想接住杯子，手却被赵总监的手拦住。许总笑道："你只需要张开嘴巴，接着就行了。"孙主任左右看了看大家。赵大江带头叫了声"好"，全桌就开始起哄了。赵总监妩媚地看着孙主任。他慢慢地张开了嘴。赵总监低头将一杯酒缓缓地倒进他的嘴中。秦歌笑道："这就是所谓的空中加油吧？"又引起一阵哄堂大笑。

赵总监又连续用同样的动作给孙主任灌了两杯。孙主任笑道："行了，行了！我的油已经加满了。给其他同志们加点吧！"赵总监笑盈盈地看着秦歌道："下面该给你加油了吧？"秦歌笑道："我就算了。这种待遇只有老大能享受。"和她碰了一杯就算过了。

客人们轮番着回敬完酒。秦歌对司膳小侯说道："上热菜吧。"第一道热菜上来后。司礼小吴又介绍道："这个是水席里第一道大菜，叫牡丹燕菜。这里面有一个美丽的传说和一个真实的故事。相传武则天执政时期，东都郊外的菜地里，长出一根几十斤的大萝卜，菜农认为是神奇之物，就献给女皇。女皇见后大悦，就让人把萝卜交给了御厨。御厨想着，一根萝卜能做出什么好菜来？他苦思冥想，最后把萝卜切成丝拌粉清蒸，配以山珍海味，最后用鲜味高汤烹之。女皇吃后，甚感其味异常鲜美，大有燕窝之风味，赞不绝口，赐名'燕菜'。那为什么又叫牡丹燕菜呢？这里面有一个真实的故事。二十世纪七十年代，敬爱的周恩来总理陪同某国政要来东都参观。我市的厨师精心制作了燕菜，又雕刻了一朵牡丹花置于菜上。周总理食后大加称赞，连要了两道。周总理风趣地说：'东都牡丹甲天下，连菜里也能开出牡丹花。'从此，这道菜就定名为'牡丹燕菜'了。"

这时，坐在孙主任左侧的刘副总，本来趴在桌子上睡着了，袁伟在边上轻轻地抖着腿，引起了桌子的一阵阵轻微晃动，把刘副总给晃醒了，他就迷迷糊糊地问道："谁在晃床呢？"这句话逗得满桌人哈哈大笑。他才清醒了过来，睁开了眼睛，说道："上热菜了。"许总指着他给大家说道："我们刘总来东都好几次了，回去总说想不起来你们这边热菜是什么样子。今天还可以，终于吃到热菜了。"孙主任笑道："那就让我们刘总

340

好好尝尝吧！"

　　服务员给每位盛了一碗，吃完后大家赞不绝口。孙主任转过头问刘副总："刘总，吃出这是什么了吗？"他摇了摇头道："吃不出来。"秦歌让司礼小吴站在刘副总身边，又把牡丹燕菜的来历讲解了一遍。刘副总笑了笑，看着孙主任，说道："如果献给女皇的是一根胡萝卜，那可能有另外一个故事了。"孙主任侧头笑道："刘总不愧是学者型领导，善于思考，善于发现问题。"

　　赵大江笑道："这个问题，我曾经也琢磨过。后来，我觉得还是白萝卜更真实。女皇那水平，一根小小的胡萝卜她怎么会感兴趣呢？"又是一阵哄堂大笑。赵大江接着说道："别说她了，就是现在的妇女，不是也有把手表当戒指的吗？"

　　刘副总看着他问道："把手表当戒指？什么意思？"赵大江知道他没听过那个段子，就笑道："我讲完，如果大家都说好，那你们得喝杯酒。"孙主任说道："他们出一个代表就行。你讲吧！"赵大江眯着小眼睛，看了看黄影儿，又看了看对方两位女士，讲道："眼下不是流行姐弟恋嘛，说是有一个富婆，五十多岁吧，找了个二十多岁的小伙子。他们新婚之夜……"讲到这儿，赵大江卖了个关子，看了看几位女士，笑道："细节咱就不讲了啊！虽说小伙子年轻，体力好。但也架不住她大姐不停地要啊！后来，小伙子终于体力不支了，就哀求：'姐，我用手可以吧？'"黄影儿用手指着赵大江，笑骂道："你这家伙呀！"赵大江就看着许总，问道："许总，还能讲吗？"许总点点头笑道："讲吧！没关系。"赵大江接着讲道："一会儿，富婆对小伙说：'乖，你把戒指摘掉吧！'这下小伙子哭了，喊道：'大姐啊！我哪戴戒指了？那是手表！'"男人们都哈哈大笑起来。黄影儿给那两位女士说道："来，咱仨每人敬他一杯吧！"赵大江嘿嘿笑道："你们敬我干啥？我又没戴手表。"又是一阵大笑。黄影儿就过来给他灌酒。赵大江推挡着，笑道："别闹，别闹。"

　　孙主任看了看大家，见旅游公司这边除过刘副总和赵总监，其他几个状态还很正常，就对秦歌说道："兄弟，下面咋弄？"秦歌就站了起来，把衬衣的扣子解开了两颗，让司酒小方拿了只碗，倒了满满一碗。又让小方给客人面前的玻璃杯里倒了一杯酒。秦歌端起那只碗，说道："我敬客人们一碗酒。我喝了，大家随意。当然，如果大家把那杯酒干了，我会更开心。"孙主任向秦歌摆摆手，道："兄弟，你先稍等一下。"他转头对许总说："秦歌在工作上是我的得力助手，生活中也是我的好兄弟。我很欣赏他。喝酒这件事，我是这么认为的，谁要是逢场必醉，那他是个酒鬼，档次不够。但如果说他从来没喝多过，那我觉得他血是凉的。这样的人不能和他玩。我就欣赏秦歌这样的性中情人。"坐在袁副主任身边的一名女士扑哧一声笑了。她是南市旅游公司的人力资源部部长，叫邢敏。她笑道："领导，是性情中人吧？"孙主任拍了拍额头，嘿嘿笑道："喝多了。对，性情中人，不是性中情人。谁不知道喝多了难受？但碰到投机的人，对脾气的哥们儿，管不了那么多了。来，给我也倒一杯，陪一下我兄弟。"

赵大江也倒了一杯，袁伟和两个科长一看，也都把酒倒上了。孙主任对秦歌说道："兄弟，弄吧！"秦歌仰天长啸一声，说道："这一会儿，我感觉来了，给各位吟一首王维的《少年行》，以助酒兴。"言罢，朗声吟道：

> 新丰美酒斗十千，
> 咸阳游侠多少年。
> 相逢意气为君饮，
> 系马高楼垂柳边。

吟完诗，他一仰脖子，把一碗酒咕嘟咕嘟全干了。全桌的人受气氛感染，掌声、尖叫声、拍桌子声响成一片，也都干了杯中酒。赵总监已明显喝多了，满脸潮红地看着秦歌衬衣开口处露出的浓密胸毛，咯咯地笑道："还真有长这么多胸毛的男人。"秦歌笑道："只能看，不能摸啊！"赵总监娇声道："让我摸摸嘛！"秦歌笑着把扣子又给系上了。

赵总监噘着嘴嘟囔道："你这人真没意思啊！"她又拍了一下秦歌的胳膊，问道："你们这边说话，经常有个字叫'弄'，是什么意思啊？"秦歌不解，说道："什么弄？你举个例子。"赵总监说："就像刚才孙主任说：‘兄弟，弄吧！’”秦歌笑道：“噢！这个‘弄’字啊！这个字在你们那边是个名词，对吧？”赵总监点点头道：“对呀！就和你们这边的小巷子差不多。”秦歌说道：“在我们这边，‘弄’是个动词，大概和‘做’‘干’这些字差不多。这字还有一个意思，用在男女那件事上。比如，晚上你要是和我走了，第二天早上赵主任见了我，第一句肯定就是：‘兄弟，昨晚上弄了没？’”赵总监哧哧地笑着，问道：“你们这边的男人都这么直接吗？”秦歌点点头，笑道：“对呀！”赵总监在秦歌胸膛上轻轻地拍了一下，手掌顺着他的胸口慢慢往下滑，嘴里含混地嚷道：“你真讨厌！”

赵大江冲着秦歌眨了眨眼睛，又回头看着黄影儿笑。黄影儿端了杯酒，走到他跟前说道：“我得罚你一杯酒。”赵大江问道：“为啥要罚我酒？”黄影儿说：“你这思想里重男轻女，甚至侮辱妇女，我作为妇联主任怎么不能罚你？”赵大江辩解道：“我咋就侮辱妇女了？”黄影儿问道：“人家姐弟恋碍你什么事了，你这么编派人家？就兴你们男人找小姑娘，老牛吃嫩草，女人就不可以？”赵大江笑道：“不就是个段子嘛！和秦歌吟诗一样，让大家高兴高兴，你又当真了。莫非妹子最近找了一个小的？”

黄影儿在他肩上捶了一下，嗔道：“胡说八道！自己一个人过多好！”赵大江又小声问道：“你那只大丹最近咋样？”黄影儿脸上微微一红，端起酒杯就给赵大江嘴里灌，说道：“看来你这张嘴还真不能闲着。”赵大江扭头躲着，笑道：“那你陪我一个，我就喝。”旁边的邢敏起哄道：“干脆喝个交杯酒吧！”赵大江就站了起来。孙主任冲着赵大江说道：“老赵啊！男人要像狼狗，去咬别人。不能像只兔子，总盯着窝边草。你看看人家秦歌。”秦歌就嘿嘿地笑了。

最后，上了一盆送客汤。服务员分好后放到每人跟前。许总笑道：“今天可算是把全场撑下来了。”孙主任端起酒杯，说道：“许总，咱们最后一杯，喝个团圆酒吧！”许总看了看桌上他们的人，除过自己和人力资源部部长邢敏，其他人都喝多了，就笑道：“其他人就算了，我和邢部长喝吧！”孙主任笑道：“随便，酒就是个形式，目的是表达感情。其他弟兄们喝茶吧！"大家喝了一杯团圆酒。

全席已经结束。司礼小吴拿了本《贵宾意见簿》，让许总提意见。许总没有接，口中说道："味道好，服务好，环境好。只提一点意见，给你们经理说一下。唐代宫廷装讲究低胸宽袖，该露的要露出来。你们这衣服可不太正宗啊！"小姑娘低头笑道："谢谢！我们一定给领导反映。"一行人便离开了东都楼。

第二十七章 茶禅一味

秦歌上车后，望着车窗外的霓虹灯，心里却空荡荡的。这段时间，他住在办公室，很羡慕别人下班后可以回家。无家可归的时候，他才深刻地体会到家是个什么概念。特别是每次酒场结束后，那种曲终人散的感觉，使他心中的孤独感更强烈了。

家不能回，小幻出不来，晚上去哪儿啊？正琢磨着，小王问道："主任，咱去哪儿？""你把我送到若飞那儿吧！"他又给杜若飞打电话，让他出来。到杜若飞家门口的时候，他已经在那儿等着了。秦歌就让小王回去了。他钻进了杜若飞的大切诺基里。

杜若飞问道："哥，你是不是已经和嫂子分居了？"秦歌沉默了一会儿，点点头。杜若飞把烟头扔出窗外，说道："有件事，我不知道做得对还是不对，是帮你了还是害你了。"秦歌问道："什么事？"杜若飞就把半年前他如何把陆一帆骗走，给秦歌原原本本地讲了一遍。秦歌拍了拍他的肩膀，没有说一句话，只是淡淡地笑了一下。杜若飞又问道："哥，那下一步你打算怎么办？真的和嫂子离吗？"秦歌苦笑了一下，说道："小幻怀孕了。现在，一切已超出了我的控制范围，不是我说了算的啊！说实话，我也不知道咋办。"

杜若飞说道："哥，你这时候不能乱。咱得好好想一想。"秦歌说："没啥想的。按常理说，现在应该劝小丫头打胎，然后慢慢地冷落她。我再好好做你嫂子的工作，回到以前的生活状态。可每次和小幻在一起时，看她的眼神，我实在放不下啊！再说了，你嫂子这次是铁了心要离。估计就算我和小幻断了，她也不会原谅我。先走一步看一步吧！你把我送到魏庄，我有好长时间没见她了。看她一眼，我们再回来。你到宾馆给我安排个房间。"

　　杜若飞点点头，发动了车子，约半小时后，两人到了魏庄。秦歌给小幻发了条短信："我在你家房子后面，你站在窗户边，让我看你一眼，我就走了。"小幻打开卧室的窗户，她穿着睡衣站在窗户边，焦急地往外边看着，见外边漆黑一片，什么都看不见。秦歌就把手机屏幕按亮，拿在手里挥动了一下。小幻这下看见了他，她张了张嘴，没有发出任何声音，却已泪流满面。

　　秦歌一阵冲动，他多想将心爱的女人拥入怀中，温柔地吻干她的泪水。他本来打算看她一眼就走，这会儿又改变主意了。他算了算二楼窗户到地面的高度，大概有五米。在房子的外边还有一道围墙，三米来高。房子和围墙之间有一个不到两米宽的过道。秦歌让杜若飞把车紧贴着围墙停住。他俩都上了车顶。他又从车顶上到围墙上，转身对杜若飞小声说道："你就站在车顶上，从后面推着我，墙面太窄，等会儿她跳下来，我接住她后，怕会往后倒。"

　　秦歌站在墙头上，已经和窗户一般高了，就伸开了双臂。小幻站在窗外的空调室外机上，一只手扶着窗户，试了几下，还是不敢跳。秦歌轻声道："不怕，我肯定能接住你。"小幻闭上了眼睛，深吸一口气，向前一跃，稳稳地躺在秦歌的怀中。

　　上车后，小幻抱着秦歌只是一个劲地哭，说不出一句话来。过了一会儿，她才断断续续地说道："我还以为你……你不要我了。"秦歌疼爱地抚摸着她的脸，说道："小傻瓜！我咋会不要你呢？"杜若飞在前面说："哥，车就留给你们。你把我送到大路上一个好打车的地方。我开好房间后电话通知你。"

　　杜若飞走后，秦歌又把车开到一条偏僻的小路上。小幻哭了一会儿，又笑了，问道："你这几天过得咋样？"秦歌说："就是想你。"小幻说："真的吗？我还以为……我每天给你发那么多条信息，你都不回人家……"秦歌不说话了，开始用行动来表达他的思念之情。一会儿，小幻气喘吁吁地说道："以后，你……你醒着的时……时候，每个小时都得……得给我发条信息。哪怕一个字呢！"等两人平静后，小幻问道："晚上在哪儿喝酒了？怎么身上还有香水味？"

秦歌就把刚才赵总监想摸他胸毛的事讲了一遍。小幻笑道："这女人好不要脸啊！你以后离她远点，别坐在她身边，让她占你便宜。她没摸着吧？"秦歌刮了一下小幻的鼻子，笑道："小气鬼！她碰我时，我把扣子都扣上了，咱家的东西，咋能随便让别人摸呢？"小幻在他怀里咯咯地笑着，用手掌在他胸口轻轻地抚摸着，说道："你以后喝酒的时候，穿上T恤，别穿衬衣了。你自己爱把扣子解开，还怪别人想摸你呢。"

秦歌低头在她嘴巴上亲了一下，点了点头。一会儿，小幻又自言自语地说道："唉！也不知道老爸还要关我多长时间，这都开学了啊！还不让我出去。"秦歌蓦地想起来了，惊问道："幻儿，你过会儿咋回去啊？"小幻从他怀里坐了起来，喃喃地说："就是啊！这可怎么办？"她想了想，叹口气道："反正回不去了，还不如不想这些事，明天早上再回去，任由他处罚呗！"

说完，小幻眼珠一转，粲然一笑，又说道："干脆我们私奔吧！"秦歌被她的话逗乐了，笑道："小丫头，你胆儿挺肥啊！不怕你爸打你？"小幻摇摇头道："我不怕。再说这不是已经都跑出来吗？我是这么想的——"小幻又说道："我们跑到另外一个城市，先待一段时间，等、等……"小幻的声音低了下来，满脸通红。秦歌笑着问道："你是说等小宝宝生下来，再回来请求你爸的谅解，是吗？"小幻点点头。秦歌把她揽入怀中，笑道："傻丫头。咱们要真私奔了，那估计又该成热点新闻了。"

小幻问道："这样是不是违法？领导会通缉我们，是吧？"秦歌摇摇头道："那倒不会。我可以先辞职嘛！不过这个很麻烦。"小幻摇摇头，叹口气说道："唉！你当初怎么找了这么个工作呀？"秦歌笑了。这是他工作十几年来，第一次听到这样的埋怨。以前也听到过诸如"累""收入低""不自由"等抱怨。那多是调侃，或者说无病呻吟。今天听到有人用怜悯、同情的语气形容官员这个职业，才感觉到他们这个群体还真是狂妄自大、自我感觉良好，想当然地以为大家都羡慕自己。

秦歌笑道："可是，我别的什么都不会啊！"小幻道："谁说的？我觉得你无所不能。"秦歌道："那都是些风花雪月，没有一个可以谋生的。我会学驴叫，可听这个也没人给钱啊！"小幻就咯咯地笑着，双手拽着秦歌的耳朵，笑道："驴是长耳朵。"

一会儿，她问道："你现在一个月工资多少钱？"秦歌摇摇头，说道："不太清楚，大概五千吧。"他见小幻疑惑地看着自己，就加了一句："工资卡她拿着呢。"小幻就说道："你这人干什么都稀里糊涂的，怎么连自己挣多少钱都不知道？"她接着又说道："那也不多嘛！你猜我现在有多少钱？"秦歌摇摇头。小幻道："我卡上都有十二万了。"秦歌问道："你哪来那么多钱？""前段时间和姐姐卖画挣的。"

小幻依偎在他的怀里，看着车窗外的月亮，慢慢说道："我们以后找个小点的地方，但要那种干干净净的城市，没有人认识我们。咱们就用这笔钱开一家小店，安静地过日子。没事我们就弹琴唱歌、喝酒吟诗、读书作画。看着小宝宝慢慢长大，我俩慢慢老去……"小幻的眼睛里亮晶晶的，完全陶醉在自己的幻想之中。

看着月光下这张灿烂的笑脸，秦歌顿时觉得自己污浊不堪，他有一种强烈的自卑感，他觉得自己根本就不配拥有这般唯美纯真的爱情。傍晚的时候，小幻曾给他发了条微信，是一首小诗：

> 风，
> 轻轻滑过脸颊。
> 思念，
> 结成天边的云彩。
> 云端有一滴泪，
> 等风儿把它带到你的身边，
> 幻化成雨。
> 思念的心潮湿了眼睛。
> 在爱的天空里，

348

君若前行，

我必追随。

两人相拥着，秦歌看着她甜甜地睡去。天快亮了。秦歌思考着天亮以后他们去哪里。小幻从窗台上纵身一跳时，还穿着睡衣，什么也没带。去哪儿呢？秦歌有点后悔昨晚的冲动了。秋日的清晨，寒意很浓，小幻蜷缩在他的怀里。一会儿，有早起的人们在晨练，他们吊嗓子发出的长啸，把小幻从梦中惊醒。她觉得鼻子齉齉的，秦歌拍着她的后背问道："宝贝，是不是有点感冒了？"小幻哆嗦了一下，点点头答道："好像有点。"

秦歌爬到前排驾驶的位置，打着引擎，打开了暖风。一会儿，小幻觉得好多了，问道："我们去哪儿？"秦歌笑道："傻丫头，还真要私奔啊？"小幻有点不满地说："不是说好了嘛！"秦歌摸着她的秀发安慰道："你得容我缓一下。最起码当下要给你安排一个地方。难不成我们就这样私奔？连件衣服都不带？"小幻想了想，噘着小嘴巴，说道："那你先把我送到沫沫姐那儿吧。"

到沫沫家楼下，秦歌给她打了个电话。不一会儿，沫沫下来了，小幻低头在下面找鞋子，却发现车上就一只拖鞋，她问秦歌道："那只鞋呢？"秦歌也低着头寻找，什么也没有发现。他回忆了一下，应该是昨晚上小幻由窗户上跃下时，那只鞋掉下去了。晚上她没有下车，也就没觉察到。

沫沫见他俩在车上一直不下来，就走过来问道："还没缠绵够啊？"小幻说道："姐，我的鞋找不见了。"沫沫见小幻穿着睡衣，一只脚上穿了只拖鞋，另一只脚光着，头发也乱糟糟的，就笑道："乖，你这是被打劫了还是咋的？"小幻道："我偷着跑出来的，鞋跑掉了。"沫沫笑道："你先等一会儿，我上去给你拿双鞋。"

一会儿，沫沫掂着一双鞋下来了，将鞋递给了小幻。小幻转过身来抱着秦歌，在他脸上、嘴唇上亲了好多下。临下车，她又回过头来，可怜巴巴地说道："你一下班就来接我，一定啊！"秦歌点点头。小幻下了车，秦歌就开车离开了。

小幻和沫沫上楼后，又睡着了。都快中午了，沫沫的手机响了起来。

她拿起一看，对小幻说："是你妈的电话，咋说？"小幻就坐了起来，嘴里小声嘟囔道："她怎么给你打电话？你先问问她什么事，别说我在你这儿。"电话接通后，魏敏问道："沫沫，你见没见小幻？"

沫沫说："没有啊，她不是在家吗？"

魏敏道："昨晚跑了！"

沫沫道："哦，你打她电话了吗？"

魏敏说："她走的时候，什么都没带。你和他那个什么秦老师有联系没？看看在不在他那儿。联系上后让她到医院吧，你叔叔住院了。"

沫沫的表情变得凝重起来，等挂了电话后，小幻问道："姐，咋啦？"沫沫说："你快换身衣服吧！咱爸住院了。"小幻一听惊得坐了起来。沫沫给她找了一套自己高中时的运动服，扔给她。换上衣服后，两人打车赶到医院。

小幻进了病房，看见父亲紧闭着眼睛，鼻子上插着氧气管，手臂上挂着吊瓶。小幻慢慢地蹲在乔山身边，伸手抚摸着父亲消瘦的脸庞。只是一天没见，父亲显得苍老了很多，胡子几乎全白了。一丝深深的内疚感涌上心头，小幻叫了一声"爸"，就哽咽住了。乔山缓缓地睁开眼睛，疼爱地看着女儿，伸出手轻轻地摩挲着她的头发，艰难地挤出个笑容，说："乖！别哭，爸爸没事。"

魏敏对小幻说："你先在这儿陪护，你弟弟在学校还没吃饭呢，我去安顿一下那边。"她走后，沫沫对小幻说："你把家里的钥匙给我，我去把你的衣服拿过来吧。"小幻就将床头柜上放着的乔山的钥匙递给了沫沫，又交代了一句："别忘了手机和充电器啊！"沫沫点点头出去了。

小幻把头埋在父亲的怀里，呜呜地哭着，断断续续地问道："爸，医生……医生是咋说的？"乔山用手掌给女儿擦着眼泪，安慰道："没事，没事，乖，咱不怕啊！"餐车推到病房门口，工作人员喊着打饭，小幻就从病床下面把饭盒取了出来，给父亲盛好饭菜后将饭盒放在床头柜上。小幻又给他脖子下面系了条围巾，慢慢地用勺子给乔山喂饭，菜里面有几块土豆带着皮，小幻小心翼翼地用勺子把皮刮下来，又把土豆按成泥状，和米饭拌均匀了再喂给乔山。

这时进来了一位年长的护士，给乔山换吊瓶，她笑道："不管什么时候还是闺女亲啊！"小幻本来想给人家一个微笑。可她刚一抬头，突然一阵恶心，接着就是无法抑制的想呕吐的感觉。她赶紧把饭盒放在床边，捂着嘴跑到卫生间吐了几口酸水。她洗洗手、漱漱口后又出来了，接着给父亲喂饭，自言自语道："我这会儿怎么一看见饭，就觉得恶心呢？"

那位护士阿姨问乔山："闺女结婚了吗？"乔山摇摇头道："还小着呢，在上学。"护士看了看小幻，没有吱声，拿着空药瓶出去了。乔山猛地想起了什么，接着腹腔里一阵剧痛，黄豆大的汗珠从额头滚滚而下，他抑制不住地呻吟着。小幻把饭盒放在床头柜上，哭喊道："医生，医生！快来看我爸咋啦？"医生过来了，问了问情况，给他打了一针，乔山慢慢地安静了下来。

他心里什么都明白了，两行清泪缓缓地流了下来，叹道："老天啊！这母女俩比谁都善良，可为什么你对她们这么不公平啊！"小幻怔怔地看着父亲，不知道他在说什么。乔山盯着天花板好大一会儿，才下定了决心，他觉得现在不讲，说不定以后就没有这个机会了。他把身子往上边挪了挪，拉着小幻的手，给她讲起了埋藏在心里二十年的秘密。

"小幻，爸爸告诉你一件事，你用心听着。"小幻看着乔山点点头。乔山咳嗽了一声，接着说道："你妈不是你的亲生母亲。你的亲生母亲叫葵桑，住在日本的奈良市。"听到这里，小幻心头一震，多年来心中的疑惑得到了证实，自己果然不是魏敏亲生的。但幻影姐姐就是老爸所说的葵桑吗？她的脑子里乱乱的，像是要想起某个重大的事情，却又始终想不起来是什么，只是呆呆地看着父亲。乔山接着讲道："你三岁以前，和你妈妈生活在西京。你过三岁生日时，你妈妈把你送到咱们老家，把你交给你奶奶抚养。"小幻看着父亲，眼泪突然掉了下来。童年记忆的开关打开了。

那天清晨，她睁开双眼，四处看看，怎么没有看到妈妈熟悉的身影、没有嗅到妈妈熟悉的味道？只有这几天刚见面的一位老奶奶，妈妈让小幻叫她奶奶。她小嘴一撇，刚想哭出来，老太太给她摸出一块糖，她接过来拿着，眼中含着泪，问道："妈妈呢？"老太太笑道："上班去了，挣钱給我们小幻买糖吃。"

傍晚时分，白发苍苍的老太太牵着泪流满面的她站在村口。她用小手扒着老太太的衣服，踮起小脚尖，努力眺望着通往村外的小路。每看到一个人影，她都要拽着老太太往前走几步，直到失望地低下头。月亮已高高地挂在了天空，她慢慢地由抽泣变成了哇哇大哭。接下来几天，就是嗓子发炎、发烧、做噩梦。日复一日，她也想不起来过了多长时间，慢慢地，她不再哇哇大哭了，而是晚上睡觉前，躺在床上默默地流泪。

过了一会儿，沫沫给小幻送来一个背包，小幻掏出手机，翻出一张照片，递到乔山手里面。乔山看到照片的一刹那，愣住了，拿着手机的手不停地颤抖着。泪水顺着他消瘦的脸颊往下流，他哽咽着说道："就是她，她就是你的亲生母亲——葵桑。"他对着照片说道："小葵，对不起，我没有保护好女儿。"他又用颤抖的手轻轻地抚摸着照片，喃喃地说道："这孩子这么善良，这么单纯，我要是走了，她孤苦伶仃的，在这世上还能依靠谁？"

352　　小幻把头埋在父亲的臂弯里，哭道："爸，你说什么呀！"乔山轻抚着女儿的后背，安慰道："乖，别难过。不管发生什么事，你都要学得坚强些。唉！你给爸爸说说，怎么会有妈妈的照片？"小幻哭道："我们认识都有十年了。"于是小幻就把她们在网上认识的经过，断断续续地给乔山说了一遍。她又登录了QQ，不一会儿，屏幕上出现了那张熟悉的脸。话筒里传来葵桑柔和的声音："乖，哭什么啊？谁欺负你了？"小幻没有说话，把手机递给了乔山。乔山看着屏幕，呜咽道："小葵，你还好吗？"

葵桑先是一阵沉默，见到乔山鼻子上的氧气管，就问道："乔山君，你怎么了？"乔山摇摇头道："没事。我不是在做梦吧？小葵，那天你误会我了。我离开你以后，就送师父去医院抢救，让我妈陪你。唉！谁知道……我明白二十年后的这个解释，已经没有意义了。但我还是很高兴，终于能在闭上眼睛之前把这句话亲口说给你听。"视频里，葵桑将墨镜摘掉了。两人只是这么默默地看着对方，很长时间没有再说一句话。

医生把小幻喊了过去。小幻认识这位医生，他就是第一次给乔山动手术的董医生。在办公室，小幻问道："董叔叔好，我爸没事吧？"董医生指着面前的椅子让她坐，问道："你妈呢？"小幻道："回家接我弟弟去了。"董医生看着小幻又问道："小幻，该毕业了吧？"小幻道："还没呢，明年。"董医生"哦"了一声，从抽屉里拿出一沓资料，表情严肃地说道："小幻，你也是大姑娘了，遇到什么事不能慌啊！"小幻心里一惊，静静地看着董医生。董医生说道："我们也无能为力了，你和你妈商量一下后事吧！"小幻张了张嘴，却没有哭出来，只觉得眼前一黑，从椅子上摔了下来。

一周后，一个美丽优雅的妇人踏进了病房，手里捧着一束鲜花。白色被子下面躺着一个骨瘦如柴的男人，双目深深地陷进了眼眶。看到妇人的一刹那，那双眼睛突然明亮了。男人嘴唇哆嗦着，已说不出话来，只是微微伸出了手，想摸一下妇人的脸。妇人蹲在了床前，把脸埋在男人的手心里，那手心里就有了一捧泪水。

顷刻间，那只手无力地垂了下来。乔山带着无尽的遗憾与牵挂离开了这个世界。葵桑看着深爱的男人静静地躺在那儿，一动不动，轻轻地说道："乔山君，对不起，我误会了你二十年，是我不让女儿把我们的秘密告诉你的，我真后悔啊！"小幻趴在父亲床前已哭得昏死了过去。魏敏搂着小柿子在一旁哽咽着。葵桑俯下身子，在乔山的额头上深深地吻了一下，将一支深黑色的柳笛放到了乔山的枕头旁边。

伊水风景区召开全体干部大会，宣读干部任命文件。孙主任升职，袁伟接替其为伊水风景区主任。晚上，在东山宾馆举行了欢送孙主任的宴会。宴会由袁主任主持，班子成员和科级以上干部参加。宴会的气氛很热烈，席间，丁荣剑敬袁主任酒，一口气喝了一大杯。赵大江用胳膊撞了撞秦歌，说道："这小子酒量可以啊！"

饭局散场后，秦歌让小王先走了，他想散散步。他就一人顺着龙门桥慢慢往外面走着。看着东山上，上溪寺的禅房里还有一丝的光亮。他转过身来，深吸一口气，对着上溪寺方向长啸一声。桥下的水面上，一群栖息的水鹭被惊起，扑棱棱抖动着翅膀。上溪寺禅房的门打开了，一声啸声传了过来。随后又是了静哈哈大笑的声音，喊道："秦兄弟，上来喝杯茶吧？"

秦歌正想应答，只见前面有一辆车驶了过来，到桥头时，车停下了，下来一人，朝秦歌走来。快到跟前时，秦歌认出来那是孙主任，就笑着说道："老哥还没回家呢？"孙主任道："没呢！我看人都散了，知道你还没走，就让小任拐了回来。咱哥儿俩聊聊。"孙主任掏出香烟，递给秦歌一根，自己叼了一根。他拿出打火机要给秦歌点着，秦歌推辞道："老大，你先来。"

两人坐在桥边的台阶上，抽了好几根烟，没说一句话。半天秦歌笑道："你看兄弟没烟没火的，想给大哥点根烟都没机会啊！"孙主任笑着拍拍他的肩膀，问道："最近家里的事处理得咋样了？"秦歌说："还那样，她坚决要离。"孙主任安慰道："女人嘛，你多献献殷勤，放低一下姿态，还能缓和。毕竟这么多年的夫妻了。再说孩子也那么大了，别做傻事啊！"秦歌苦笑着点点头。孙主任又看看他，欲言又止，最后说道："外边的一些事，处理好，该断就断了。"秦歌心里一惊。他当然明白孙主任说的是什么，只是有点奇怪，这事他是怎么知道的？

孙主任看了看他，笑道："你这性格啊！不适合生在这个时代。"秦歌笑道："我要是生在唐代，说不定是个剑侠。"孙主任笑了笑，接着说道："前几天，我看到一篇文章，是东方朔的《答客难》。当时我就想推荐给你看看。"秦歌点点头道："我知道这篇文章。"

东方朔曾向汉武帝上书"陈农战强国之计"，遭到冷遇。他便作《答客难》，聊以自慰。文中假设有客话难东方朔，讥他官微位卑而务修圣人之道不止，他进行答辩。

客难东方朔曰："苏秦、张仪，一当万乘之主，而身都卿相之位，泽及后世。今子大夫修先王之术，慕圣人之义，讽诵诗书百家之言，不可胜记。……自以为智能海内无双，则可谓博闻辩智矣。然悉力尽忠，以事圣帝，旷日持久，积数十年，官不过侍郎，位不过持戟。意者尚有遗行邪？……"

东方先生喟然长息，仰而应之，曰："是故非子之所能备。彼一时也，此一时也，岂可同哉！夫苏秦、张仪之时，周室大坏，诸侯不朝，力政争权，相擒以兵，并为十二国，未有雌雄。得士者强，失士者亡，故说得行焉。……今则不然。圣帝德流，天下震慑，诸侯宾服，连四海之外以为带，安于覆盂。天下平均，合为一家，动发举事，犹运之掌。贤与不肖，何以异哉？……使苏秦、张仪与仆并生于今之世，曾不得掌故，安敢望侍郎乎！传曰：'天下无害，虽有圣人，无所施才；上下和同，虽有贤者，无所立功。'故曰：时异事异。"

孙主任叹道："贤与不肖，何以异哉？"秦歌微笑道："别人也有别人的长处，咱有咱的短处，咱可不是'智能海内无双，博闻辩智'。若论贪酒好色，我倒和东方先生有一拼。"说着他便哈哈大笑起来。孙主任拍了拍他的肩膀，说道："别犯傻！你还年轻，有的是机会，所谓东方不亮西方亮，可别自暴自弃啊！"秦歌点点头。

最后，两人站起来，携手往桥下走去。上车时，孙主任问了一句："兄弟，丁荣剑科里有个小丫头，叫宋挺。你知道是谁吗？"秦歌摇摇头。孙主任道："她是袁伟的小姨子。"

看着孙主任离开，秦歌又转身朝上溪寺走去。两间禅房，一间黑着，一间微微有些亮光。他知道了静还没有睡，门虚掩着，轻轻一推，吱呀一声，门开了。了静靠在床头上打盹，见秦歌进来了，就打开了灯，笑道："秦兄弟，来了。"秦歌点点头，问道："了明法师呢？"了静指了指地下，笑道："在下面坐禅呢！"秦歌说："算了，那就不打扰他了。"了静道："他坐他的禅，我们喝我们的茶。"

了静走到窗户跟前，那里安置着一个大茶炉。他先用干透的松枝生着火，又加上几大块木炭，拿起一个大蒲扇，一边扇着炉火，一边回头问秦歌："今天怎么这么晚了还在散步，不回家？"秦歌道："今天孙主任高升了，晚上在东山宾馆欢送。"了静"哦"了一声。见火苗已旺了起来，他转过身来，将茶盘里两只倒扣的茶杯翻了过来。旁边还有一个小茶壶，都是了静自己用泥巴烧的那种粗糙的茶具，但放在这简朴的禅房之中却显得拙朴可爱，很有韵味。

了静在床头的柜子里拿出一个锡罐，说道："今天刚买回来，新上市的铁观音，我还没喝哩！你小子是有福气啊！"他将锡罐放在茶盘边上，注视着水壶中的热气。一会儿，水壶中渐有沸声，他就紧盯着炉子不再说话了，更加用力地扇火，不时揭开壶盖望一望。少顷，壶底已有了小气泡，名为"鱼眼"，泉水已初滚了。秦歌道："蟹眼已过鱼眼生，飕飕欲作松风鸣。"了静冲他"嘘"了一声，示意他安静。他又重新盖上壶盖，再扇了几下，壶中的沸声渐大，水面也渐起泡，泉水已至二滚，已有热气从壶口喷出来。了静闭上眼睛，心中默念了几个数字，睁开眼睛，喊道："好嘞！"壶中之水刚好沸透，他提起水壶，将小泥壶里外一浇，用茶匙快速将茶叶加入泥壶之中，又冲入沸水。稍泡了一会儿，他拎起小泥壶，倒了两杯，说了声"请"。自己便迫不及待地端起一杯，呷了一口，问道："咋样？"

秦歌端起杯子，看了看茶汤，又放在鼻下嗅了嗅，饮了一小口，说道："汤色金黄明亮，味道醇厚馨香，好茶！"了静哈哈一笑，指着秦歌道："你现在怎么变得这么俗气？完全不似当年那般率真了。"秦歌一怔，问道："怎么了？"了静说道："千利休禅师有一句话说得极好：'茶道之本，不过是烧水点茶。'喝茶就是忙里偷闲，苦中作乐。哪有那么多讲究！前段时间，师兄想把大殿里面的地板砖换一下，让我去采购。我到建材市场一看，怎么家家店里都有个大茶台？后来，我选中了一家的地板砖。老板是个三十多岁的小伙子，就泡茶来招待我。咱本来也是爱茶之人，这期间就自己动手倒了几下茶。小伙子就给我纠正动作，说什么拇指与中指应夹住瓯杯的边缘，食指按在瓯盖的顶部，叫什么三神护殿。我要喝茶时，他说什么要先观色、嗅味，然后浅饮。搞得我都不会喝茶了。后来，小伙子想要显示自己的博学，就指着墙上挂着的'茶禅一味'问我说，你是佛门弟子，知不知道这是什么意思？我就摇摇头。那小伙子解释道：'喝茶和参禅是一个道理，就是让人放下一些东西。人生就是拿起和放下，就像喝茶一样，喝时拿起杯子，喝完放下杯子。'听得我哈哈大笑。小伙子问我：'大师为何发笑？'我回答道：'那照你这么说，茶禅一味也可以写作茶尿一味。'小伙子不解，问道：'什么意思？'我解释道：'你撒尿时，不是得把那宝贝拿起来，尿完之后又得把它放下？难道你还能一直攥在手里面？’”

秦歌听罢，哈哈大笑起来。

两人又喝了几杯，秦歌起身告辞道：“太晚了，你也休息吧！我下山了。给了明大师说一声，有空再来看他。”

第二天，秦歌到袁伟办公室，把原来孙主任交给自己的几项工作又还给了袁主任。袁伟一个劲地说道：“秦主任，你这么弄不合适吧？我这上任第一天，你就要撂挑子啊！”秦歌笑道：“日常工作你尽管吩咐，没问题！只是这几项工作原来就是主任亲自抓的，景区历史上从未有过例外。我接手那一段时间，不是特殊时期嘛！”袁伟就笑道：“那行！以后有什么事尽管说，别客气！”秦歌笑道：“少不了给领导添麻烦。这不马上就有事了。”袁伟道：“什么事？你说。”秦歌道：“家里有点事，我下午请半天假。”袁伟指着秦歌笑道：“你也太客气了。”

秦歌下午去了趟聪聪学校。有十多天没见儿子，他太想儿子了。利用课间十分钟的时间，他到学校看了一下。聪聪看见他的一瞬间，眼睛里明显有一丝的惊喜。他摸着儿子的头，儿子没有像以往那样打开他的手，而是静静地站着，还轻轻地依偎在自己的小腹上。以前，儿子和自己打闹、不听话，他有时也挺生气的。可现在儿子突然变得这么乖巧，他心里倒有了一丝酸楚的感觉，慢慢地，这种感觉越来越强烈了。他觉得不能静下来，怕自己控制不住情绪，就用轻松的语气不断地问这问那。他见儿子右手腕上用圆珠笔画了一只手表，就问道：“这手表是谁给你画的？”“我自己画的。”“胡说，不可能。”儿子抬头看着他笑道：“老爸还挺厉害的，是我同桌给我画的。”秦歌笑道：“你同桌是男生还是女生？”“女生。”“长得漂亮不？”儿子点点头。这要是搁以前，他肯定要踢自己了。上课铃响了，他看着儿子跑进了教室。临进门时，又回头看了他一眼。

秦歌依依不舍地看着儿子进了教室，又到老师办公室，问道：“聪聪这段时间的学习咋样？”老师道：“他的学习可以。只是这段时间，这孩子性格好像内向了一些，没以前开朗了。”秦歌点了点头，和老师说道：“谢谢！”他又和老师闲聊了一会儿，就离开了学校。他想着，这下该去哪儿呢？

　　小王开着车，在大街上漫无目的地转着。他问了几次我们去哪儿，秦歌坐在后座上像没听见一样。他看了看后视镜，见秦歌面无表情地靠在靠背上，眼睛红红的，就没有再打扰他。一会儿，车子拐到了王城大道上，秦歌看着旁边的隋唐城遗址植物园，对小王说道："你把我放在这儿，你回去吧。"小王把车子拐到植物园大门口，说道："我也没什么事，我陪你转转吧？"秦歌摆摆手道："不用了。"小王看秦歌下车后朝植物园大门走去，就掉头离开了。

　　秦歌顺着林间小路溜达着，一会儿，到了一片池塘边上，密密的荷叶将水面遮得严严实实。时下已是初秋，多数荷花已凋谢，露出褐色的莲蓬，莲蓬下面的雄蕊像胡须一样在风中瑟瑟地颤抖着。偶尔也有几朵盛开的莲花娇艳地舞动，硕大的荷叶上有几滴水珠随着风滚来滚去。秦歌就坐在岸边的柳荫下，盯着这如画的荷塘看了好长时间。他掏出手机拍了几张照片，低头翻看照片时，却觉得了无生趣，暗想："可惜自己不会画画，不能把这种景色留下来。"他转念又想："这世上什么事，还不都是人做的，别人能学会，自己咋就学不会？"

　　天已经暗了下来，他起身朝公园外面走去，在一家面馆要了一碗面，一口气吃完，又在旁边的一家文具店里买了一盒颜料和调色盘，打车回到了单位大院。

第二十八章　铜驼暮雨

院子的大门由里面锁住了，他晃了几下，见门房亮着灯，里面却没人。他就喊道："焦师傅，焦师傅！"一会儿，一个老头从办公楼里出来，不紧不慢地朝大门走来。这让秦歌心里非常不悦，就喝道："干什么呀，快点！"老头这才小跑几步，把门打开，脸上挤出个笑容，说道："我就上个厕所，还惹得领导不高兴了。"秦歌没再看他，径直上楼去了。

到办公室后，铺开宣纸，他想着荷塘的景色，又回忆了一下当初甘拜石画荷花的情景。他觉得应该是泼墨勾筋先画叶子，再用双勾法画花瓣，就按着印象中的步骤试着画，刚开始几张都是墨块，看不出像什么东西，后来就慢慢地有点感觉了。他放下毛笔，目光落在了案头的砚台上，又蓦地想起了小幻。他轻轻抚摸着那方端砚，想起了当初自己让她哈气研墨，调笑着说要把斋号取名为红唇送香的场景。他呆呆地望着黑黢黢的窗外，苍翠的龙门山只剩下若隐若现的轮廓。

电话响了起来，是小幻。接通后，话筒里先是一阵抽泣，他心里一惊，问道："幻儿，你咋啦？哭什么呀？"小幻断断续续地哭道："老爸、老爸不在了……"秦歌问道："你在哪儿？我马上过来。""我们在医院。"

秦歌赶到医院时，乔山的遗体已经被推进了太平间。只见小幻脸色苍白地依偎在一位妇人怀中，望着太平间的门，连抽噎都好像没有了力气。沫沫在一边抹着眼泪，身边还站着一个男孩，手里拿着一盒纸巾，不时递给沫沫一张，应该是沫沫的男朋友。走廊对面的椅子上坐着魏敏和小柿子。

小幻看见秦歌后，扑到秦歌怀中，身体颤抖着号啕大哭起来，嘴里面喊着："你咋才过来呀！"秦歌的双手原本下垂着，心里想着："都这时候了，不管了！大大方方地把她当自己的女人吧！"他就用双臂紧紧地抱住小幻。慢慢地，她的身体恢复了平静，只是伏在他肩头不停地抽噎着。

那妇人站起来，问道："你是秦歌吧？"秦歌把目光转向那妇人，马上就认出来这就是小幻的网友，幻影姐姐，就点点头问候道："你好！"妇人对小幻说道："小幻，你让他坐下来吧，别老这么站着了。"小幻摇摇头不动，还是继续抽噎着，泪水顺着秦歌的脖子流进了他的衣领。秦歌对葵桑摆摆手说道："没事，就让她这么待着吧！我们商量一下，下一步怎么办。"他又转头对魏敏问候道："阿姨，你好。"魏敏表情呆滞地点了点头。秦歌又和沫沫点点头，打了个招呼。那个男孩主动问候秦歌："哥，你好。我是陈伦，沫沫的男朋友。"秦歌一直被小幻抱着，就点点头道："兄弟，你好。过会儿咱再握手啊！"陈伦嘴角浮起了笑意，看了看大家，又严肃了起来。

秦歌边用手拍着小幻的后背，边跟葵桑和魏敏商量道："阿姨，叔叔已经走了。你们也别太难过，咱们还是先吃点饭，再商量一下后事怎么办吧，一直待在这儿，也不是个办法啊！"葵桑看着魏敏，魏敏摇摇头道："我什么都吃不下去。"秦歌劝道："这时候，不管能不能吃得下，到时间了都得吃，要不身体能受得了？接下来几天，事还多着呢！"

一行人出了医院来到旁边的一家粥屋，秦歌为每人点了一碗粥，要了一份小菜，又点了几笼包子。服务员把包子端上来后，陈伦刚要伸手拿，沫沫看了他一眼，小伙子马上又把手缩了回去，低着头喝粥。小幻刚喝了一口粥，马上捂着嘴往洗手间跑去。沫沫拿了包餐巾纸跟着进去了。老远就能听见小幻在里面呕吐的声音。一会儿，小幻扶着沫沫的肩膀，软绵绵地回来了。

葵桑疼爱地看着小幻，说道："宝贝，你一天没吃东西了。别再难过了，喝点粥吧！”小幻摇摇头，连说话的力气都没了，两眼无神地靠在秦歌肩膀上。葵桑又说道：“你哪怕就当喝药，也得把这碗粥给喝了。”说着就把碗放在秦歌面前，示意他给小幻喂。秦歌拿起勺子，舀了一勺，送到小幻的嘴边。小幻慢慢地张开嘴，喝了下去。秦歌一边给她喂着粥，一边说道：“今天就这样吧，过会儿吃完饭，陈伦和沫沫你们先回去吧，阿姨、小幻和小柿子我帮你们送到家。明天我和小幻到医院办手续，还得联系殡仪馆。定下日子后，发讣告通知亲朋好友参加追悼会。”魏敏点点头，说道：“那就按你说的办吧。”

到了魏庄后，葵桑看着这个小院子，还是二十年前的模样，只是那棵柿子树比以前又高大了许多，心里感叹道：“造化弄人啊！二十年来心中的疙瘩刚解开，却又与乔山哥阴阳两隔了。”她不觉潸然泪下。进屋后，魏敏对小幻和秦歌说：“你俩先上去吧，我们姐妹俩聊聊天。”待小幻和秦歌上楼后，魏敏又让小柿子也睡了。客厅里就剩下两个女人。魏敏看着这个自己恨了二十年的女子，这会儿竟恨不起来了。葵桑站起来深鞠一躬道：“敏姐姐，对不起！”魏敏拉着她的手，叹道：“现在想起来，还不如我当时退出，最起码成全了两个人的幸福。不像现在这般，三个人都遗憾了一辈子。”葵桑说道：“敏姐姐太善良了，当初我就不该出现。”魏敏淡淡地说道：“这可能就是缘分吧！谁也改变不了。”

魏敏又抬头看了看楼上，说道：“刚开始，我也反对他们，可你看咱家丫头见到人家那感觉，我都不忍心反对他们了。这也是人家的缘分吧。”葵桑抬头看了看楼上，说道：“这种事挡也挡不住的。”

秦歌和小幻上楼后，他扶着她躺在床上，小幻哭着问道：“你说老爸是不是让我给气的？”秦歌坐在他身边，给她擦着眼泪，安慰道：“你胡说什么呀！生死有命，富贵在天，你爸那病本来就是一直强撑着。其实要说，走了反倒是种解脱，少受罪啊！”小幻说道：“可老爸才四十八岁呀！他把我抚养大，还没跟我享过一天福呢！”说着她又哇地哭出了声。秦歌轻轻地拍着她的肩膀，说道：“其实生命就是个过程，精彩与否不能取决于长度，就像一本小说，有的长达几百万字，结果一看都是垃圾。你爸虽然走得早点，但他在有生之年是幸福的，你不是说经常给他刮胡子、捶背，现在这女孩有几个能这样对他爸的？"小幻的哭声慢慢小了下来。见秦歌坐在床边上，扭着身子低着头和自己说话，怕他不舒服，就往里面挪了挪身子，拍了拍边上的位置，说道："你躺在这儿，陪我说说话。"

秦歌就躺了下来，把小幻搂在怀里，在她后背上轻轻地拍着。一会儿，他问道："晚上我回单位吧？明天一大早我再过来。"小幻伸出左臂搂着他的脖子，说道："不行，你不是说以后我们可以天天在一起了吗？"秦歌在她脸颊上吻了一下，说道："你妈不会让我们当着她的面，这么不明不白地住在一起。"小幻还是扭着身子，紧紧地搂着他的脖子不放手。

果然，一阵上楼的脚步声传了过来，接着就是咚咚的敲门声。秦歌坐了起来。小幻喊道："进来吧！"魏敏和葵桑两人都进来了，魏敏说道："小秦啊，太晚了，你晚上就别走了。楼下书房里还有张小床，你就将就一晚上吧？"秦歌笑道："阿姨，我还是回去吧，开车一会儿就到了。"魏敏也就没有再挽留。秦歌拍了拍小幻的脸蛋，说道："你什么都别再想了，闭上眼睛睡觉！"小幻恋恋不舍地看着秦歌，说道："那你路上小心点。到了打电话，记得明天早点过来啊！"

邙山殡仪馆，乔山的遗像挂在大厅的中央，他静静地躺在花丛里，那是专门从花棚里摘取的一大堆娇艳的名贵牡丹。亲朋好友肃立在旁边，小幻依偎在秦歌身边，身体不住地颤抖着，惨白的小脸上挂着泪珠。几天来的过度悲伤和妊娠反应，令她已经极度虚弱了。追悼会由甘拜石主持。

各位亲朋好友、各位来宾：

今天，我们怀着无比沉痛的心情，悼念我们的好朋友——乔山先生。

乔山先生是著名的牡丹培育专家，东都市优秀的园林工作者。乔先生因病医治无效，于公元二〇一〇年九月二十日十四时三十五分不幸逝世，享年四十八岁。

乔山先生的一生命运多舛。少年丧父，孤儿寡母，家境贫寒。但乔先生从未向命运屈服，他勤工俭学，刻苦努力，以优异的成绩考进了东都农林学院。毕业后他在市农科所工作，后辞职经营魏园。他呕心沥血，培育出闻名遐迩的幻影牡丹。为整合我市的旅游资源，又顾全大局将声名赫赫的魏园交给国家。他的淡泊名利、襟怀坦荡，受到圈内圈外各界人士的广泛好评。

我和乔山先生相识已二十五年。乔先生是位重情重义的人，他深深地爱过人，也被人深深地爱过。他是一位好丈夫、好父亲、好儿子、好兄弟，深受家人和亲朋好友的爱戴。他的人生旅程虽然只有四十八年，但他的一生是精彩的一生，是受人尊敬的一生，是有爱的一生，是有故事的一生。

乔山先生育有一子一女，长女乔小幻，幼子乔小琪，均未成家立业……

人群里面，有一阵小小的骚动，是小幻晕了过去。秦歌连忙将她横抱了起来，嘴里焦急地喊着："小幻、小幻……"乔云泪流满面地走了过来，掐住她的人中，另一只手在她胸口揉着。一会儿，小幻慢慢地睁开了眼睛。葵桑哭道："宝贝，你可别再这样吓妈妈了！"秦歌慢慢地将她放下，和葵桑一左一右扶着小幻。

甘拜石已是老泪纵横，接着哽咽道："乔山先生毕生喜爱牡丹，朋友们专门采集了各种名贵的牡丹，让乔先生的英灵在熟悉的芬芳中安息。乔先生精通音律，曾创作了数首曲子。今天我以其中一首《铜驼暮雨》，送乔山兄弟最后一程。"

甘拜石从身后拿出一根短笛，吹奏了起来。笛声凄婉缠绵，如泣如诉。底下早已泣声一片。

参加完乔山的追悼会，葵桑没有立即回日本，而是陪小幻在丹枫小区住了一段时间。前几天，葵桑一直处于深深的悲痛之中，加上和魏敏一直在一起，她和小幻还没有好好地交流过。到了丹枫小区，进门后，葵桑就捧着小幻的脸蛋亲个没完，一会儿哭、一会儿笑的。她絮絮叨叨地说道："小幻，当年妈妈实在是没有办法了，把你交给了奶奶。你不怪妈妈吧？"小幻淡淡地说道："当时的情景，在我梦里出现过好多次，但醒来后，我却想不起来了。只是上次老爸在病床前给我说了以后，不知道为什么，你离开我前的那段时间，一点一滴我都能记起来。我记得那天你给我买了个蛋糕，还唱歌了……当时，你穿了件紫色的衣服。"小幻又哭了起来。

葵桑想把小幻这十几年缺失的母爱，在短短的时间内给补回来。她带着小幻在东都市各大商场买了好多件衣服，又买了手表、首饰等小玩意儿，给她做饭、洗衣服、梳头、扎辫子。小幻也找到了拥有母爱的感觉，有时故意和葵桑顶个嘴、撒个娇。葵桑也会训斥她几句，甚至轻轻地在她屁股上打几下，但那种浓浓的幸福感还是让母女陶醉其中。

两人无话不谈，当然谈得最多的还是秦歌。小幻道："妈，我想让他搬过来住。"葵桑道："那就搬过来住呗！"她又轻轻地摸了摸小幻的腹部，笑道："都这样了，不搬过来住咋办呀？"小幻小脸一红，嗔道："坏妈妈，你笑话我。"葵桑道："你们这么恩爱，妈妈咋会笑话你呢？"小幻又沉浸在自己的憧憬之中。葵桑又问道："他那边的事处理得咋样了？"小幻道："他们已经分开了，只是我不想逼得太紧。一方面是老爸刚刚过世；另一方面，我总得给人家一段时间调整吧？"葵桑点点头，说道："这可是极其重要的事情，你明白吗？"小幻点点头。

一个月后，葵桑回到了日本。

这段时间，秦歌画技大增，荷花已画得惟妙惟肖。这日，他带着小幻拜访甘拜石，即兴画了一幅墨荷图，得到了甘老的高度赞赏。甘老说道："由书入画要容易得多，这境界就不一样嘛！笔墨技法倒是其次，你再好好练练，前途无量。"两人又谈到神仙姐姐，甘老叹道："多好的丫头，世事难料啊！"

临近中午时，秦歌拉着甘拜石到丹枫小区。小幻在家里炒了几个菜，三人在一起吃了顿午饭。饭间，甘老道："最近你很清闲啊！"秦歌举起酒杯，和甘老碰了一下，说道："咱喝酒。"他一仰脖子干了杯中酒，哈哈笑道："有道是'一壶天上有名物，两个世间无事人'啊！"甘老问道："咋啦？没当上一把手，闹情绪？"秦歌摇摇头道："下周，还要调整，我要去石窟艺术研究所当调研员，不再担任景区副主任，也不是班子成员了。已经谈过话了，下周交车、腾办公室。"甘老道："调研员也挺好，非领导职务，没那么累，没那么多应酬，刚好可以练练书画、看看书，做些自己喜欢的事。"秦歌笑道："社会上有句顺口溜叫'三大闲——大款的媳妇、贪官的钱、调研员'。以后，咱有大把的时间玩了。"两人哈哈大笑起来。

小幻在他肩膀上打了一下，白了他一眼，起身又去厨房添汤了。甘老见秦歌眼角还有淡淡的失落之意，安慰道："权力这东西，只有从中跳脱出来才能看得清楚。当年我在文联时，也是深陷其中，却乐此不疲。现在想起来，多大点事啊！大好的年华，大把的光阴，全耗在钩心斗角上了，那几年根本就没画出几幅满意的作品。"

秦歌点点头，说道："咱也就是芸芸众生，挣薪水，养家糊口。操那么多心干吗？喝酒。"

两人聊了一个下午，秦歌和小幻把甘老送下楼，秦歌还要开车送他。小幻把车钥匙夺了下来，跑到路边拦了一辆出租车，对甘老笑道："他酒还没醒呢！"甘老点点头道："你们上去吧！小幻，看着他，别让他动车。"

上去后，两人依偎在沙发上，小幻问道："你开的单位的那辆车多少钱？"秦歌道："二十万左右吧。你问这干什么？"小幻道："我现在就有二十万，明天去给你买一辆吧！"秦歌笑道："你是不是去打劫了，怎么有这么多钱？"小幻用拇指和食指做手枪状，顶着秦歌的肚子，笑道："打劫，不许动！"秦歌笑道："劫财还是劫色？"小幻低眉一笑，扑入他的怀中，说道："都要。"她仰脸看着秦歌轻轻说道："妈妈走时，给我留了十万块钱，说是给我的嫁妆。"小幻的眼圈又红了。

秦歌摸着她的秀发，说道："钱你先留着。男人怎么能花女人的钱呢？"小幻抱住他的脖子，在他嘴唇上吻了一下，说道："你整个人都属于我了，给你买车还不是给我买？还白捡个司机。"秦歌说道："车咱先不买，到年底，我应该会有一笔钱。"小幻问道："别人欠你的债？"秦歌道："我以前帮好多人协调过一些事，一般来说，逢年过节他们会表示一下的。"小幻道："那我觉得这钱你不能要。一是要了不安全，人家正常办事为什么要给你钱？给钱那说明不正常。还有一点，你这次不要他们钱了，他们就不好意思再找你了。以后也别管外面这些乱七八糟的事，不就慢慢淡出这个圈子了吗？"秦歌点了点头。他想起了母亲以前经常说的一句话："妻贤夫祸少。"

秦歌又问道："你不是想找一座小城，开家小店，然后和我一起终老吗？"小幻很认真地看着他，说道："你别以为我和你开玩笑，我当时真这么想的。你知道咱家门口那对磨豆浆的小夫妻吗？你看那小店还不到两平方米呢！我观察了一下，每天只磨一袋豆子，能磨出两百多杯。你就算两百杯吧，一杯两块，一天毛收入就是四百，成本也没多少钱嘛！我就可羡慕他们了，在那个狭小的空间，两人总可以在一起。而且上午早早就收摊了，想干吗干吗去！所以说，上帝既然赐予乌鸦食物，也不会忘记把麻雀喂饱的。我们就当两只笨笨的麻雀，总不会饿着吧？"她又低眉一笑，纠正道："不对，不对，不是两只，是三只。"秦歌就摸着她微微隆起的腹部，把她揽入怀中。

小幻又说道："现在想来，我还是觉得聪聪太可怜了。孩子和亲生父母在一起那种感觉，真是天生的，是别的东西代替不了的。以后，你把聪聪多带过来几次，试着让我们接触接触。虽然孩子抚养权归她，但平时让孩子自由点，想你了就过来，想他妈了再回去。"秦歌捧着她的小脸，眼圈红红地说道："我还真没见过你这么善良单纯的女孩，你和天使只差了一对翅膀。"两人又滚在了一起。

晚饭后，秦歌便去练画。这几天，他画的题材不仅是荷花了，还有墨竹、兰花、牡丹等。小幻缠着他要学，他拥她入怀，问道："你想画什么？"小幻道："我喜欢兰花的清新淡雅。"秦歌就把画笔交给她，握着她的手，边画边解说道："一笔长，两笔短，三笔破凤眼……"最后又在画面上加了一只栩栩如生的蝴蝶。

小幻看着蝴蝶，问道："你喜欢蝴蝶吗？"秦歌点点头。她又笑道："你怕是最喜欢胸前的蝴蝶吧？"看着她的表情，秦歌才猛地想起，那是今年春天和严立在魏园赏牡丹时，偷窥一位艳丽少妇的事，就笑道："你这妮子，都这么长时间了，还记着呢？"小幻噘着嘴巴道："我当然忘不了。"她又说道："我有个想法，一直没给你说。"秦歌道："什么呀？你说吧！"小幻道："我见好多女孩都往那儿文只蝴蝶什么的，觉得挺好玩的，我也想文一个，行不行？"秦歌摇摇头，笑道："不好吧？那要是以后我看烦了，又不喜欢蝴蝶了，咋办？那玩意儿又擦不掉。"小幻就噘着嘴巴看着他。

秦歌笑道："你要真想要了，我给你画一个，咋样？"小幻笑道："人体彩绘？"秦歌点点头道："这是咱家自产的东西，想咋画咋画，想画哪儿画哪儿……"

一个月后，丁荣剑接替秦歌，被任命为伊水风景区副主任。小王给秦歌收拾办公室，把他的个人物品整理出了两箱子，要往楼下搬。丁荣剑看见墙上还有一幅字，这是秦歌的手迹，是苏东坡的《行香子·述怀》：

清夜无尘，月色如银。酒斟时、须满十分。浮名浮利，虚苦劳神。叹隙中驹，石中火，梦中身。

虽抱文章，开口谁亲。且陶陶、乐尽天真。几时归去，作个闲人。对一张琴，一壶酒，一溪云。

丁荣剑皱了皱眉头，把那幅字摘了下来，卷成一卷，放在箱子上面，对小王笑道："这个也拿走吧。我可不想做个闲人。"

秦歌在赵大江办公室喝茶，一会儿小王过来了，说："主任，都收拾好了。"秦歌就站了起来，和赵大江告辞。他俩搂着肩膀出了办公楼。赵大江把车门打开，把秦歌按进车里，挥挥手道："兄弟，以后有什么事说话啊！"秦歌在车里点点头。

门卫焦老头站在门口，嘴里哼着一段戏文："俺曾见，金陵玉树莺声晓，秦淮水榭花开早，谁知道容易冰消！眼看他起朱楼，眼看他宴宾客，眼看他楼塌了。这青苔碧瓦堆，俺曾睡过风流觉，把五十年兴亡看饱……"秦歌闭着眼睛，靠在后座上。车子驶出了管委会大门。

接下来的一段时间，小幻白天去学校上课，晚上回家。秦歌在石窟艺术研究所也没什么具体工作，大多时间只是上班去转转，除过有什么大型活动，就回家看书、作画。周末就和小幻到近郊一些不知名的景点游玩，倒是过了一段惬意的两人生活。

转眼间，到了深秋季节。一天傍晚，他俩正在吃晚饭。门外响起了一阵急促的敲门声。秦歌打开门，见是蓝桐桐带着小蘑菇。秦歌就让她们娘儿俩进来。蓝桐桐还没说话，先哭了起来："大哥，你想办法救救若飞吧！"秦歌一惊，忙问道："他咋啦？"蓝桐桐哭道："不知道，他下午被警察带走了，说是问点事。刚才派出所打电话过来说，他被拘留了。"

秦歌拨了个电话，那边说了解一下情况再给他回话。一会儿，电话打了过来，说是有人报案，说杜若飞伪造驾驶证，又伙同他人伪造假车祸，想实施敲诈。据办案民警说，杜若飞交代自己因看不惯买车加价，想敲诈4S店，后来又一想，这是违法的事情，就没有继续实施。办案民警说当了几十年警察了，没见过这么闲的人，本来都想放人了，但所领导说这里面还牵扯到伪造证件，就先将人羁押了。

秦歌听了个开头，就明白了是怎么回事。挂了电话后，他对蓝桐桐说道："桐桐，你先回去吧，我想想办法，没什么事。"蓝桐桐千恩万谢的，边领着小蘑菇往外走边说道："大哥，我也不知道咋办。拜托你了啊！"都到门口了，她又回过头来说："大哥，要不我给你留点钱吧？你也要找别人。"秦歌笑道："行了行了，你回去吧！真需要了，我找若飞要。"

那天，陆一帆从小幻家里跑出来后，越想越觉得委屈。街边一家小酒馆门前熙熙攘攘，挺热闹的，他一看招牌，叫连连看。他又想起以前经常送小幻回家时，丹枫小区门口有一个大排档也叫连连看，也不知道是不是那家。进去等了一会儿，才腾出了一个位置。他点了一罐串儿，又叫了几瓶啤酒，自斟自饮慢慢地喝着。他打量着小酒馆里面的陈设，吧台里面坐了一个收银员，外面共有三个服务员，四个人中没一个认识的，但串串的味道和原来的大排档一模一样。他正纳闷呢，见一个人从楼上下来了，只看了一眼，他浑身的血就立刻涌上了脑袋，心也在怦怦地剧烈跳动着。他想直接冲过去质问，但这里面有太多的疑点了，找他能问出来什么？陆一帆就低着头，慢慢嚼着菜，也尝不出什么味道。他思考着下一步该怎么办。

只见那人到吧台跟前，对里面的姑娘说道："苹苹，晚上你把客人招呼好，你蓝姐身体不太舒服，我回去看看。"说完就出了酒馆的大门。陆一帆掏了两百块钱，交给服务员，转身也出去了。他见那人拐到酒馆后面。他刚想跟过去，见一辆黑色的大切诺基开了出来。车的窗户开着，那人坐在驾驶位置上。他又回到酒馆，服务员手里拿着账单，笑道："帅哥，一共八十，你给那么多钱干吗？"陆一帆接过钱和账单，走到吧台问道："美女，刚才那大哥是谁？"收银员看了他一眼道："他是我们老板，咋了？"陆一帆点点头道："没事，可能我认错人了。"

现在看来，是这人导演了一场假车祸。陆一帆还是想不明白，他这样做的目的是什么？后来，他又跟踪了杜若飞几次，前两天就在他公司门口，见他和上次车祸中被撞的那个叫何斌的在一起聊天。看动作和表情，何斌对他毕恭毕敬，应该是他的下属。他就冲了上去，质问杜若飞。杜若飞还相当客气，把他请到办公室，对他说："兄弟，不好意思。我原来和你们店里面有点过节，本来想第二天找你们店里的麻烦。后来一想，算了，这是违法的事情，就没继续干下去了。反正你也没有太大的损失，再说我当时不是给了你两万块钱吗？不行我再拿两万，作为你失去工作的补偿。这事就到此为止吧？"

陆一帆吼道："到此为止？不可能！我女朋友没了。这个损失谁来补？"杜若飞一怔，接着笑道："兄弟，你这么说就没意思了。你就出去几个月，你女朋友就不跟你了。那说明还是你们感情的问题。这个你让我咋给你赔？再说了，你这小伙子长得这么帅，还愁没有女朋友？"说完，他从办公桌下面拿出了两万块钱，放在陆一帆的面前。

陆一帆一挥手把钱打到了地上。那个叫何斌的站了起来，指着他骂道："他妈的，别给脸不要脸！"杜若飞喝道："你坐下！"又对陆一帆笑道："兄弟，反正情况我已经给你解释清楚了。礼，我也给你赔了；歉，我也给你道了。这两万块钱，是我的一点心意，你领不领情，那我就管不着了。反正你女朋友我是没法给你找回来了。"陆一帆站了起来，喝道："这事我和你没完！"

他出来后，又仔细地想了一下，觉得他们的解释是在胡说八道，毫无道理。他蓦地想了起来，为什么当时会有人给小幻打电话？那证明小幻和他或者他们中的人认识。他们这么做，目的就是小幻？可他跟踪了杜若飞那么长时间，见他和蓝桐桐举止亲昵，非常恩爱，又没见过小幻的影子。

他想不明白了，就把心一横，到派出所报了案。

第二天，杜若飞从拘留所出来了，最后以寻衅滋事为名罚了他两千块钱了事。晚上，秦歌在一家酒店给杜若飞接风。一共就四人，他俩还有小幻和蓝桐桐。这期间，小幻和蓝桐桐上了趟洗手间。她们刚出包间，陆一帆就拎了把菜刀冲了进来。

从刚开始他们四人下车，到小幻挽着秦歌的胳膊走进酒店，陆一帆彻底明白了，这个人才是幕后主使。他看着小幻和秦歌亲昵的样子，一股无名怒火抑制不住地蹿了上来。他在超市买了一把菜刀，揣在怀里。他在包间门口转了一会儿，有时服务员上菜，门开了一下，他看到小幻一直依偎在那男人身边，眼角眉梢说不尽的柔情蜜意，还不时给他夹菜。他想着，本来坐在她身边的人应该是自己，都是这个男人夺走了这一切。他考虑着怎么行动。过了一会儿，他见小幻和蓝桐桐笑着出了包间，便转过身，低下头，但小幻从自己身边过去，都没认出自己。只听小幻问道："姐，你咋不把小蘑菇带过来呢？"蓝桐桐道："和他奶奶在家玩呢！人家见你和大哥在一起，生气了，说他不喜欢你了，现在喜欢幼儿园里的一个小朋友……"小幻咯咯地笑着，两人便一起到洗手间去了。

陆一帆觉得他已经为自己的懦弱付出了惨痛的代价，这次不能退缩了。他咬咬牙，冲进了包间，直接扑向了秦歌，举起菜刀劈头砍了下来。他只觉得眼前人影一晃，接着手腕一紧，有人抓住了他的手腕。那只手一使劲，陆一帆觉得像被老虎钳钳住了手腕一般，感到手臂酸麻，菜刀也咣当一声掉在了地上。杜若飞本来还在桌子的右边坐着，他见陆一帆拿着刀从桌子左边冲了过来，就站了起来，陆一帆刚一举刀，他就踩在凳子上飞身一跃，直接从桌子上跳了过去，将陆一帆按在了墙上。

陆一帆嘴里喘着粗气，愤怒地看着秦歌。见他居然坐在椅子上一动没动，而是淡淡地问杜若飞："这谁啊？"杜若飞道："陆一帆，小幻以前的男朋友。"秦歌站了起来，笑道："快放开他，我说咋这么眼熟呢。"杜若飞低头把菜刀捡了起来。秦歌主动伸出右手，想和陆一帆握手。见他不理自己，秦歌就笑道："兄弟，你的心情我能理解。你想咋样？说出来让我听听。"陆一帆怒吼道："我想砍死你！"

秦歌问道："你是说，非要把我砍死，还是说，砍我一刀解解气？"陆一帆被秦歌这个问题问蒙了，不知道咋回答。秦歌又说道："你要是非得把我弄死，那我肯定不能答应你。就算我有错，那也罪不至死啊！但你要是想砍我一刀解解气，那我就答应你。你砍我一刀之后，你与我和小幻之间的恩恩怨怨一笔勾销，从此互不相欠，如何？"

陆一帆一时不知道如何回答，只是喘着粗气瞪着他。秦歌笑道："你放心，哥是个讲道理的人。你尽管放心大胆地砍，不用你付医药费，我也不会报警，你不用承担任何后果。"他平静地对杜若飞说道："若飞，你把刀还给他。"杜若飞看了看秦歌，说："哥，你干啥呀？"秦歌道："你给他吧，不就挨一刀吗？"杜若飞就把刀扔在桌上。秦歌又对陆一帆笑道："兄弟，抓紧点，一会儿她回来了。"

陆一帆咬了咬牙，从桌上拿起菜刀，眼睛紧盯着秦歌。只见他倒了一杯酒，一仰脖子，一饮而尽，哈哈大笑道："来吧！兄弟。"

就在这时，小幻推开了包间的门，只见陆一帆举着一把菜刀盯着秦歌。她发了疯一般，冲到陆一帆前面，拼尽全力推了他一把，又转身扑在秦歌身上，双手搂着他的脖子，用身体护着秦歌，哭喊着："杜哥，你咋不管呀！赶紧报警啊！"秦歌拍了拍她的后背安慰道："没事，让他砍一刀吧。我不爱欠别人东西，不管是钱还是情。以后就互不相欠了。"小幻哭喊道："我们欠他什么了？我爱谁是我的权利，和他有什么关系？"她又转过头来对陆一帆喊道："你凭什么打我老公？"

秦歌对杜若飞说道："你把她拉开吧！"杜若飞见小幻披头散发，紧紧地搂着秦歌的脖子哭喊着，就对陆一帆说道："陆兄弟，要不这样，这事全部因我而起，其实我大哥真不知道。这样，干脆再加一刀。你砍我两刀，咋样？"蓝桐桐就紧张地站了起来，依偎在杜若飞的身边。

陆一帆看了看小幻，又看了看杜若飞，心中叹道："我凭什么和人家争？小幻爱他爱得死去活来，这边还有个生死兄弟。我有什么呀？"他就哐当一声把刀扔在了地上，凄凉地看了小幻一眼，转身出去了。

秦歌给小幻擦着眼泪，安慰道："别哭了。"又叹了口气，说道："唉！你以为我真是个二百五，想挨一刀要个性、扮酷？只是这段时间，我静下来想了好多。这世上哪有那么多便宜可占？该还的终究都要还的。"

饭局结束时，杜若飞喝多了，抱着秦歌哭道："大哥，我心里难受啊！我没想到，丁荣剑那王八蛋做事这么绝。孩子满月请了那么多桌，偏偏就不请你。"秦歌淡淡地笑道："这有什么难受的？他可能觉得领导都在，我去了气氛不太融洽。领导们喝酒讲究'满座皆无碍目人'，事后他给我打电话解释了。"杜若飞咬着牙齿，说道："哥，你说多少钱咱可以把局面扳回来？"他从包里掏出一张银行卡，拍在桌上，问道："这里面还有八百多万，够不够？不够的话，我砸锅卖铁，咱就争这口气！"秦歌对蓝桐桐说："若飞喝多了，你晚上照顾好他。"转头让小幻去买单了。

蓝桐桐刚想拽杜若飞的胳膊，被他挥手打开了。杜若飞呜呜地哭道："大哥，我说的是真心话。你不会以为我和那王八蛋一样负恩忘义吧？"秦歌把那张卡塞到蓝桐桐的手里，站了起来，拍了拍杜若飞的肩膀，笑道："兄弟，你以为那里是菜市场啊？"

第二十九章　应化非真

　　林心瑶和聪聪吃完晚饭后，对聪聪说道："快去做作业吧。"聪聪便拖着书包进了他的小房间。林心瑶拿起电话探着头对儿子说："把你的房门关上。"

　　聪聪放下书包，把门掩上了。最近家里的气氛，他已经感觉到有点不对劲了。以前爸爸也经常好长时间不回家，但总是打电话回来，妈妈还会在电话里抱怨几句，有时妈妈还会让自己接电话。这次他没再打电话回来。一次，他见妈妈看着窗外发呆，就给她倒了一杯水，递到她手中。她接过水杯后眼睛红红的，问道："聪聪，假如有一天，爸爸和妈妈分开了，你想跟谁在一起？"聪聪低下头，沉默了一会儿，弱弱地说："主要想和妈妈在一起，有时候也想和爸爸在一起。"聪聪感到头顶上湿湿的，凉凉的。

　　第二天上学时，他和同桌说爸爸都好长时间没有回家了。小女孩说："你爸和你妈是不是要离婚呀？"聪聪问道："离婚以后，是不是爸爸就永远都不回家了？"小女孩道："那肯定的。我家邻居萌萌的爸妈就离婚了。她爸爸又找了一个女的，以后她爸爸的钱就给那个女人花了。她妈妈给她找了个新爸爸，住在她家里。"聪聪问道："另外一个男的住在她家里？"小女孩点点头。聪聪就沉默了。上课时他老想着，以后会有一个什么样的男人住在他家里？

　　晚上他见妈妈要打电话，就偷偷地躲在门后面听着，只听见妈妈说道："差不多了吧？明天去民政局把手续办了吧。""早点办了，好迎娶秦夫人嘛！""谢谢你还惦记着他，他没事。""明天记着把夫人带着，让我见识见识，是个什么样的大美人……"林心瑶挂了电话后，到聪聪房间对他说："妈妈出去转转，你好好写作业。"

见林心瑶出去后，聪聪给老家打了个电话，是奶奶的声音："是我狗蛋娃呀，你吃饭了没有？"聪聪点点头，说："吃了。"奶奶又问道："你爸呢？"聪聪吸了几下鼻子，没有回答。老太太转头给秦五老汉说道："娃今天听起来咋这么蔫呢？"她就又问道："你爸不在家吗？"聪聪哇地哭了起来，说道："奶奶，我爸和我妈明天要离婚了，你快来看看吧！呜——呜！"老太太吃了一惊，说："狗蛋娃，你别哭了，不害怕。明天一大早爷爷奶奶就过来了。"

挂上电话，老太太哭道："得是嫌日子过得太好了？"秦五老汉问道："咋了？"老太太说："娃说两人要离婚呢！娃哭得可怜的。"秦五老汉说："你给秦歌打电话，我就觉得他最近不对劲！这几个星期娃打电话回来，他都不在家。"

秦歌挂了林心瑶的电话后，点了根烟，默默地看着窗外。小幻洗完碗筷，偎了上来，柔声说道："咋啦？是不是家里有事？"秦歌没吱声。小幻又问道："要不你回家看看吧？"秦歌摇摇头说："没事，我下去走走吧！"他出门后，小幻又追了出来，拿了件外衣给他披上。

秦歌出了小区，往前走了三四百米，拐上了河堤。这是洛河南岸，脚底下铺满了一层落叶，踩在上面软软的。河堤上前两天还是郁郁葱葱的满目苍翠，才几天工夫，只剩下光秃秃的树枝在微风中摇摆。散步的人也比前几天少了好多。他走到水边，捡了一颗扁平的石子，扔向水面打了个水漂，石子激起了一串涟漪后沉入了水中。他坐在河边，看着河对面的万家灯火，隐隐约约还能看见自己家的房子。他想着，林心瑶现在应该正坐在沙发上看电视，儿子是在做作业，还是已经睡着了？明天以后，这一切彻底和自己没关系了，再也进不到这个场景里了。

电话响了，他一看是老家的电话，心里便一阵紧张。这段时间以来，他一直在思考着怎么和父母说起这个话题。如果他们死活不同意，咋办？

一想到这些，他心里就乱糟糟的。干脆不想了！拖一天算一天。

秦歌接通了电话，是父亲的声音："弄啥呢？""没弄啥。""你不在屋里？""没有。""这段时间屋里都好着吗？""好着呢！"接着手机里传来母亲的哭骂声："好个锤子呢好着呢！你得是嫌我跟你爸多活了两年？"秦歌沉默了。母亲又骂道："你这么整人，是嫌啥呀？"见秦歌不吱声，父亲接过话茬道："明天我和你妈坐第一趟高铁过来，你接一下，有啥事等我们来了再说。"

第二天，秦歌去接父母。一上车，母亲劈头问道："你跟心瑶为啥呀？"秦歌道："感情不和，过不到一块儿！"母亲："那咱娃咋办？"秦歌："先和他妈一起过，我还管着，又不是不管了。"母亲扬起手臂在秦歌脑袋上扇了一巴掌，失声哭道："咱这么乖的娃，你就能忍心给丢下？以后心瑶再找个男人，咱娃成了别人家的人了，娃不受罪？"提起儿子，秦歌心里一阵酸楚，面上却故作轻松地说道："现在都啥年代了，谁还会对娃不好？"母亲在后座上哭道："看你说这话得是人说的话？谁对娃好，有他亲爸亲妈对娃好？唉！我作了啥孽呀？要了这么个畜生！"秦歌安慰道："咱娃还是咱娃嘛，我又不是不管了。"母亲道："那咱娃不难过？"秦歌道："娃就不太爱我，平时就不理我，跟他妈感情好。"母亲又哭道："娃不爱你，娃哭成那样？你当我们是咋知道这事的？"听到这儿，秦歌心头大震。平时见儿子在自己跟前顽劣不堪，一副满不在乎的样子，想到他哇哇大哭的样子，秦歌不由得一阵心酸，忍不住湿了眼眶。他又不能擦，就放慢了车速。

母亲又说道："你和娃跟你这瓜爸一样，一个性格，心里爱人，不跟人说。娃咋不爱你？"秦五老汉从上车后一直沉默着，这时开口道："你看你们兄妹三个，不管天南海北的在哪儿，过年一回家，还不是亲亲的一家人嘛！要是我和你妈离婚了，一人再找一个，你们过年去哪儿？那咱这个家不就散了吗？"秦歌觉得眼前白茫茫一片，就把车靠边停了下来，擦了擦眼泪。

父亲问道："你得是外边有人了？"秦歌沉默了一会儿，点了点头。父亲问道："多长时间了？""快一年了。"半晌，父亲道："你这叫啥事嘛！好好的停妻再娶。心瑶这娃没啥错呀，对我和你妈，还有这一大家子，人家礼数上对着呢！老话说'糟糠之妻不下堂'。你这叫领导、同事咋看你？"秦歌说道："现在啥时代了，谁管这些呢！"他又说道："那女娃乖得很，要不叫过来让你们见一下？"秦五老汉摇摇头道："我们不见！你这思想就有问题！我再不好也是你爸呀，你在外边见个比我好的人都叫人家爸吗？"秦歌道："你举这是个啥例子？根本就是两码事嘛！""啥两码事？"秦五老汉提高声音，说道，"心瑶再不好，她也是你媳妇，是聪聪娃他妈，是咱家里人呀！人家又没有啥原则性的错误。别人对你再好，那不还是个外人吗？电视上那演员好看的多了，看看就行了！那你还想咋？"

秦五老汉又换了个语气道："聪聪娃都这么大了，你把这心收了去。我和你妈还要脸呢！"他又说道："你们又不是那刚结婚的小年轻，没娃，没啥牵挂。实在过不下去，离了就离了。"秦歌道："这边也怀上咱娃了。"听到这话，老太太一怔，喃喃地说："老天爷，这可咋办呀？"

秦五老汉不满地回头看了一下老伴，说道："有啥咋办的？他这么大的人了，不知道咋办？"车里面一阵沉默。半天，老太太在后面轻轻地自言自语道："噫！怪可惜的。"秦五老汉转过头去，训斥道："你悄悄的，再别言传了。胡诌啥呢？"又对秦歌道："哪边轻哪边重，你觉不出来？"

进家门后，林心瑶给老两口倒了杯水，说道："爸妈，我也是上午给他打电话，才知道你们要来，也没去接你们。"老太太说道："秦歌去接就行了，一家人这么客气干啥？"她又问道："聪聪上学去了？"林心瑶点点头。

老太太喝了口水，对林心瑶说道："心瑶，妈都知道了！都怪妈，没生个好货。你再别生气了，你就看在聪聪娃的分上，想开一点。人活在世上，谁不是为娃呢？"说着她抹了一把眼泪。林心瑶也哽咽道："没法过了呀！太气人了。"老太太道："咋？你给妈说。"林心瑶道："人家在一起快活呢，还给我发短信，问我：'老公去哪里了？'"老太太在秦歌后背上打了一巴掌，骂道："畜生啊！"她又说道："光凭这看，那娃也不是省油的灯。"她又拉着林心瑶的手说道："你谁都不看，就看咱聪聪娃的分上，算了吧！咱娃乖得很，昨晚上娃打电话哭的呀，话都说不出来了。吓得我和你爸一夜没睡。早上天不亮，就叫秦月把我俩送到车站了。"老太太又絮絮叨叨了一会儿。秦五老汉看了看钟表道："娃该放学了吧？我接我娃去。"他又对秦歌道："你晚上弄两个菜，把你丈人请过来，我们弟兄俩也好几年没见过面了。"

过了一会儿，秦五老汉牵着孙子的手走了进来。老太太搂着孙子又是"心尖尖"又是"狗蛋蛋"地哭了一会儿。聪聪转头问爷爷道："爷爷，你给我带链子枪了没？"秦五老汉笑道："爷本来给我娃带着呢！进火车站时，让人家给没收了。没事，爷再给我娃做一个。"

傍晚，婆媳两人在厨房做饭。林心瑶在切土豆丝，母亲见切得太粗，就把刀拿了过来，笑道："切得这么粗，炒出来能有啥味？"她切了两下，把菜刀转过来看了看，骂道："秦歌这懒怂，连刀都不给你磨。这刀咋能切菜？"她又喊道："老汉，你给娃把刀磨一下。"秦五老汉走过来，看看刀口，摇摇头道："秦歌，你还算工学学士？连个刀都不会磨。"秦歌笑道："磨个刀有个啥？"父亲道："有个啥？这菜刀能两面磨吗？你看你妈在家里切菜细得像头发丝，用你这刀她都不会切了。"秦五老汉在阳台上找出磨刀石，蹲在地上磨了起来。一会儿，他递给母亲，说道："试试吧！"案板上响起了娴熟连贯的当当声。秦歌这才知道，切菜的刀不能两边磨，只能磨外侧。

老太太边切菜，边对媳妇说："心瑶，你要学着擀面呢！秦歌爱吃面，你得让他在家里吃饱嘛！"林心瑶说道："外边市场上卖什么的没有，还用自己擀？"母亲道："这娃瓜得很！买的能有自己擀的好吃？"林心瑶就没有再吭气。

晚上，秦歌把岳父岳母请了过来。吃饭时，谁也没提他们夫妻的事。最后，林心瑶盛饭时，发现电饭锅的手柄坏了，就对老太太说："妈，这个锅别再用了，扔了吧。橱柜里还有一个新的呢。"老太太就说："好好的锅，咋就扔了？"秦五老汉对亲家说："咱们那时候，条件差，衣服破了，补补再穿；家具坏了，修修再用。现在这娃们，什么东西坏了，不想着修，光想着换新的呢！"亲家母点点头说："就是，就是，难怪现在这离婚率这么高呢！"林心瑶白了她妈一眼："你可真能联想！"

晚饭后，秦歌给小幻发了条短信："晚上回不去了，你早点睡吧！"小幻回道："知道了，呜呜呜！"

林心瑶给老两口铺好被褥，说："爸妈，你们也早点睡，昨天都没休息好。"说完就回房间了。老太太又给秦歌说："你媳妇好着呢！人家给咱家生这么乖的一个娃，又把娃拉扯到这么大，没有功劳也有苦劳嘛！你还嫌啥呢？"一会儿，老太太打了个哈欠。秦歌就说道："妈，你睡吧！"老太太就躺下了。秦五老汉坐在床边，秦歌坐在椅子上，两人沉默了好长时间，秦五老汉道："和外边的断了吧。"他没再看秦歌，躺下了。

从父母房间出来，秦歌见主卧门虚掩着，就轻轻地推门进去了。林心瑶坐起身子，问道："干什么？"秦歌道："不干什么，睡觉啊。"林心瑶就下了床，说道："你睡这儿吧，我去和聪聪睡。"秦歌本来想和她聊聊，听她冷冰冰的语气，一时也不知道从何说起，就看着她出了卧室。

第二天中午，他回到丹枫小区，打开门，见门口鞋柜前面多摆了两双拖鞋。屋子里收拾得整整齐齐、干干净净，卫生间里多了两套牙具和毛巾。他知道这是小幻为他父母准备的，心里一酸，暗叹道："唉！咋说啊？"

进到卧室，小幻还躺在床上，见他进来，她微笑了一下。秦歌问道："今天没去学校？"小幻道："今天不舒服。"秦歌俯下身子，见她两颊红红的，伸手在她额头上摸了一下，很烫，说道："傻丫头，你发烧了，自己不知道啊？"他到外边找了两片退烧药，倒了杯水，想喂她服下。小幻摇摇头，说道："傻瓜，我现在不能吃药。"秦歌这才想起她肚子里的孩子，又是一阵心酸。小幻微微一笑，说道："没事，我多喝点水，明天就好了。"秦歌扶起她，喂她喝了杯水。她往里面挪了挪，又把身子侧了过来。秦歌知道她是想让自己躺在身边，就把外衣脱了，搂着她躺着。一会儿，他觉得臂弯湿湿的，就柔声问道："宝，咋啦？"小幻道："没事，昨晚没睡好，老做梦。"秦歌问道："做了什么样的梦？"小幻道："就是小时候老做的梦。我在一个树林里迷路了，还能听见你和妈妈的声音，但怎么喊，你们都不理我。醒来后，就睡不着了。"

　　秦歌拍着她的后背，慢慢地，小幻在他的怀里睡着了。秦歌盯着天花板，直到天色黑了下来。他必须得走了。他就用嘴唇把她唤醒，说："幻儿，我晚上还得过去。我爸妈在那儿呢！"小幻点点头说："我知道，你这段时间多陪陪他们，我没事。"秦歌走后，小幻觉得屋子里空荡荡的，她又想起了自己的父母，心中叹道："一个已不在人世了，一个远在千里之外的异国他乡。"泪水顿时又涌了出来。

　　秦歌就这样白天到丹枫小区陪小幻，晚上再回家睡觉。三天后，小幻的烧退了。秦歌觉得她一个人老待在家里，心情压抑，就带着她爬了趟龙门山。两人沿香山后面的林间小道往上攀爬。一会儿，看到一面红墙，秦歌知道这是到上溪寺后面了，就拉着小幻的手，拐了个弯，指了指边上的一棵大树。小幻偏着头一看，见后面有一个石洞。秦歌说道："这就是我给你说的那个石洞，我们进去瞧瞧了明和尚在不在里面。"见小幻犹豫了，秦歌笑道："不敢了？"小幻淡淡一笑，说道："你牵着我的手。"

　　小幻依偎在他身边，两人进到洞里，小幻能感到石洞里面是一段上坡。刚开始觉得洞内异常潮湿，慢慢地越来越暗，终于什么都看不见了，但觉得四周很宽阔，也不像先前那样潮湿了。秦歌停了下来，拥着小幻走向石洞的墙壁，抓着她的手指在墙上摸索着，小幻轻声读道：

　　　　一切有为法，

　　　　如梦幻泡影。

　　　　如露亦如电，

　　　　应作如是观。

　　　　……

　　秦歌轻声道："咦？《金刚经》？怎么我摸了一年多，都没发现呢？"石洞里传来了一个声音："秦兄弟，你来了？"小幻一哆嗦，"呀"了一声，转身抱住秦歌。秦歌在她耳边小声道："没事，是了明大师。"他又朗声笑道："是我。"了明问道："还有个女娃娃是谁啊？"秦歌道："乔小幻，是我……我朋友。"小幻就慢慢地把手从秦歌手里抽了出来。秦歌在她耳边轻声说道："佛门圣地，不打诳语。"他又对了明说道："大师，我和你在这儿待了有一年多了，还没看到过这个洞的全貌。今天我想看看。"了明道："随便吧！"秦歌就打开手机的手电筒功能。在这漆黑一片的地方，有了这点光，洞里一下全亮堂了。

只见了明和尚坐在一块蒲团上。秦歌又照向石洞墙壁，果然见两边都是密密麻麻的《金刚经》全文。依照次序，了明身后的石壁上刻着第一品，法会因由分：

> 如是我闻。
>
> 一时佛在舍卫国，
>
> 祇树给孤独园。
>
> 与大比丘众。
>
> ……

他和小幻站的地方刻的是第三十二品，应化非真分。秦歌盘腿坐了下来。小幻慢慢地走了过来，手扶着他的肩膀，站在他身后。秦歌问道："大师，怎么我以前在这洞里摸了一年多的石壁，也没发现这是《金刚经》的经文？"了明道："你知道我当初为何要带你来这洞里吗？"秦歌道："那不是我缠着让你教魏碑的笔法嘛！你说这洞里有北朝时期的原作，让我通过触摸来感悟笔意。"了明缓缓地说道："这是其一。只是这里面还有一层意思，你并未体会。"秦歌"哦"了一声，看着了明。了明接着说道："当初我见你宅心仁厚，颇与我佛有缘，只是身上戾气太重。只盼着你用心感悟《金刚经》，慢慢化解。谁知秦兄弟痴迷书法，只在笔画之间用心，对这佛法经典倒是丝毫未曾留意。正所谓：欲望满满，心灵就空空。这就是你对这满壁的笔画烂熟于胸，却不知其内容是什么的原因。"

秦歌低头沉思了一会儿，说道："难为大师一片苦心了。当时你说这是金刚洞，我还以为就是随便起的名字呢。"了明讲道："这个石洞和上溪寺同时建成，按文献记载，洞口原在大殿佛龛后面，天竺高僧鸠摩罗什的一截舍利，原来就供奉在洞里。因《金刚经》为他最著名的翻译之作，故在洞壁之上刻有《金刚经》全文。"

秦歌又看了看四周的经文，问道："大师，你坐了多长时间了？该出去了吧？"了明说："昨天午时进来的，已经过一个对时了。出去吧！"三人鱼贯而行，出了金刚洞，绕着围墙到了上溪寺门外。了明问道："你俩还没吃饭吧？一起吃点吧。"秦歌转头问小幻："你吃过斋饭没有？"小幻点点头道："小时候，奶奶带着在白马寺吃过腊八粥。"秦歌就拽着她的手，一起进了山门。

了静正在做午饭，看到秦歌和小幻携手跟在师兄后面，笑道："秦兄弟，今天还带了个女娃娃，标致得很嘛！"小幻淡然一笑，看着山脚下宽阔的河面发呆。秦歌笑道："谢谢夸奖！有劳你多做点饭啊！"了静哈哈一笑："不就多抓一把米嘛。秦兄弟，你们先坐，饭后我们再喝茶啊！"

秦歌拉着小幻的手，进了了明的禅房。房间里的布置极其简朴，一张窄窄的小床，边上有两个凳子。临窗的位置放着一架古琴，上面落满了灰尘。墙上挂着一副楹联："春有百花秋有月，夏有凉风冬有雪；若无闲事挂心头，便是人间好时节。"旁边又有一幅画，画面上是几个光秃秃的莲蓬，莲子突兀，边上有两片残败的荷叶。空白处题有："诸法空相，不生不灭，不垢不净，不增不减。"

小幻盯着那幅画，轻声读道："不生不灭，不垢不净，不增不减……"她一时不解其意，就问道："大师，这几句话是什么意思啊？"了明解释道："从禅宗的角度看，莲子、莲蓬和莲花，正如世界、本体与现象。现象生灭变幻，本体则寂然不动。莲花代表红尘世界，虽然光鲜艳丽，璀璨多姿，但终究是要衰败的。莲花衰败之后，莲子就呈现出来。莲子代表真如本体，莲子成熟之际，也正是莲花枯败之时。即所谓：'诸法空相，不生不灭，不垢不净，不增不减。'"

小幻点点头，又问道："大师，红尘中的因果轮回，您可否指点一二？"了明道："世间万物，因果循环，有因有果，只在于一念之间。"他指着大殿后边一棵高大的银杏树，树上的树叶已稀稀疏疏，地面上却金灿灿地铺了一层，树的后边是个茅厕。了明接着说道："这满树的叶子，俱生在一棵树上，秋天一至，树叶随风飘落。有的落在大殿之上，可随佛尽享焚香礼乐；有的则飘落在粪池之中，令人掩鼻……"小幻呆呆地看着窗外，两滴清泪慢慢地掉了下来。她点点头说道："谢谢大师指点！"她又默默地走到窗前的古琴跟前，回头问道："我可以弹一曲吗？"了明道："请！"

小幻拿了块抹布把琴身擦了一遍，轻舒双臂，纤纤十指拨动琴弦。秦歌只觉得琴声哀怨凄凉，和以前听她弹琴的感觉全然不同，不由得呆住了。这几天，小幻见秦歌愁眉紧锁，一副欲言又止的样子，已将事情猜出了七八分。她就像一个明知结果，还怀着一颗惴惴不安的心，等着法官宣判的死刑犯。刚才听了了明大师的禅语，有点开悟，想着这段刻骨铭心的感情很快就会流逝在时光里了，悲凉之情油然而生，不由得曲风中也充满了凄苦悲凉。

了明大师说道："这女娃娃真是冰雪聪明。我给你和一首词。"伴着琴声，了明吟道：

> 花上露，
> 何盈盈，
> 不畏冷风至，
> 但畏朝阳生。
> 江水既东注，
> 天河复西倾；
> 铜台化丘陇，
> 田父纷来耕。
> 三公不如一日醉，
> 万金难买千秋名。
> 请君为欢调凤笙！
>
> 花上露，
> 醴于酒，
> 清晓光如珠，
> 如珠惜不久。
> 高坟郁累累，
> 白杨起风吼；

狐狸走在前，

猕猴啼其后。

流香渠上红粉残，

祈年宫里苍苔厚。

请君为欢早回首！

吃完午饭，小幻一个人跑到大殿里，在佛前跪了整整一个下午。秦歌过来看了几次，见她十分虔诚，也就没再打扰。

他到禅房之中和两位大师喝茶聊天，说道："佛门戒律太多，有些有道理，有些也没什么道理，比如说，让喝茶，却不让喝酒。"了明笑道："这两样东西，虽说都是饮品，但一个是让人做减法，一个却是让人做加法。故我佛门连最基本的沙弥戒也有不饮酒的戒律。酒的恶性在《四分律》里讲得比较清楚：'饮酒有十过失：一颜色恶，二少力，三眼不明，四见嗔相，五坏田业资生，六增疾病，七益斗讼，八恶名流布，九智慧减少，十身敝命终，坠诸恶道。'"

秦歌笑道："酒有那么可怕吗？"了明道："倒也未必全是那样，这也因人而异。"他指着了静说道："你看了静师弟，从不念经拜佛、打坐悟禅，总是率性而为，口无遮拦，但却从来不坠迷津。"秦歌不解地看着了明，他又说道："神秀有个著名的偈子——'身是菩提树，心如明镜台。时时勤拂拭，莫使惹尘埃。'而六祖慧能对曰：'菩提本无树，明镜亦非台。本来无一物，何处惹尘埃？'其实，在遇到师弟以前，我并不认可慧能所说的这种空的境界。滚滚红尘，凡夫俗子，谁能做到'本来无一物，何处惹尘埃'？所以，我辈才'时时勤拂拭，莫使惹尘埃'。后来，我遇到了师弟，才知道人的慧根确有不同，还真有空空如也的人。"了静听罢，又如孩童般笑了起来。

秦歌和小幻下山时，已近傍晚。上车后，小幻依偎在秦歌身旁，呆呆地没有说一句话。秦歌问道："幻儿，你想什么呢？""我想那漫天飞舞的银杏叶，的确很美。怪不得泰戈尔有那句'生如夏花之绚烂，死如秋叶之静美'。"秦歌心头一震，说道："别胡说！小孩子家知道什么秋叶之静美？"小幻没再说话了，只是默默地流着眼泪。车子绕着东都城漫无目的地转着。街上的汽车、行人越来越少了。小幻看着车窗外，问道："这是到牡丹桥了吧？"秦歌点点头。小幻道："我们在这儿待一会儿吧！"秦歌就把车停在慢车道上。半天，小幻幽幽地问道："你晚上能再陪我一次吗？"秦歌点了点头，降下右边的车窗玻璃，把手机扔进了洛河里。

两人相拥着躺在车里，电台里播放着一首歌曲，是罗大佑和陈淑桦的《滚滚红尘》：

> 起初不经意的你，
> 和少年不经事的我。
> 红尘中的情缘，
> 只因那生命匆匆不语的胶着。
> 想是人世间的错，
> 或前世流传的因果，
> 终生的所有，
> 也不惜换取刹那阴阳的交流。
> 来易来去难去，
> 数十载的人世游。
> 分易分聚难聚，
> 爱与恨的千古愁。
> ……

小幻望着宽阔的河面，痴痴地问道："你说这河里真有个洛神吗？确如曹植说的那般美？'翩若惊鸿，婉若游龙。荣曜秋菊，华茂春松。仿佛兮若轻云之蔽月，飘摇兮若流风之回雪……'"秦歌把她揽在怀里，喃喃地说道："这世间再没有一个女子能有你美。"小幻凄然一笑，继续说道："听说人死以后，灵魂通过奈何桥时，每个人都会觉得异常口渴，就会喝孟婆的一碗迷魂汤，然后把前世的一切都忘记了。你说如果死的时候，把水喝得饱饱的，会不会撑过去，忍住不喝迷魂汤呢？"

秦歌拍拍她的脸蛋，说道："小丫头，你今天晚上咋回事？净说这些干什么？"他紧紧地把小幻搂在怀里，一会儿，她平静了一些。他嘴唇刚动了一下，小幻就把嘴巴迎了上去，两人吻在了一起。小幻轻轻地摇了摇头，又把他的手拉着放在自己胸前，泪眼迷离地看着他。秦歌知道，小幻是告诉他，什么都别说，自己知道了。泪水由嘴角流到舌尖上，他只觉得咸咸的，已分不清是谁的眼泪了。一会儿，车子剧烈地晃动了起来。

一切归于平静后，小幻依偎在秦歌身边，她静静地看着躺在身边的男人，见他脸上泪痕未干，已沉沉地睡去了。一会儿，小幻默默地穿好衣服，在他额头上深深地吻了一下，轻轻地打开了车门。

也不知道过了多久，秦歌觉得一阵凉意袭来，就闭着眼睛，问道："幻儿，你冷吗？"没有声音。他慢慢睁开眼睛，侧头一看，猛地坐了起来。车里空荡荡的，哪里还有小幻的影子！秦歌心里一慌，也顾不上穿衣服就下了车，哭喊道："小幻！小幻！"他跑到桥边，往河里一看，见水面平静得如一面镜子一般。他打了个哆嗦，这才发现自己光着身子，一丝不挂。他又回到车里，穿上了内裤，回到河岸边，跳了下去。已是初冬的季节了，他冻得牙齿直打战，在河里游了不知多少个来回，最后精疲力竭了才爬到岸边。天已大亮，桥上面聚集了一群早起晨练的人，对着他指指点点。

他失魂落魄地回到车里，见小幻的手机安静地躺在后座上。打开一看，见她发的最后一条微信朋友圈，图片是一弯皎洁的月亮照在静静的洛河上，下面配了一首诗：

> 一幅画里，
>
> 描绘着前世的倒影。
>
> 清寒，孤寂。
>
> 我是纤纤的舞者，
>
> 在岁月里独自冷暖。
>
> 谁在身边，荡起涟漪？
>
> 让孤独在寒山瘦水间，
>
> 尽情地绽放。
>
> 花开花落。
>
>
> 一支画笔，

莲花

把两世的沧桑触摸。
纸上轻轻涌起的山雾，
让咫尺的距离，
模糊了容颜。
我闭目在佛前的香雾中，
苦苦哀求，
只盼此刻的虔诚抵得过千次的回眸。
爱过了，痛过了，
算不算了悟？
一切皆在时间的画幅里轮回，
缘起缘灭。

尾 声

数月后，上溪寺，禅房中。

秦歌盘腿坐在蒲团上，问道："师兄，轮回之说真有其事？"了明笑道："有无全在你一念之间。"秦歌道："师兄能否指点迷津？"了明道："你闭上眼睛，摒除杂念，我送你一程吧！"秦歌依言闭上了眼睛。

在梦中，他真的变成了一条大鲤鱼。他向四周一看，见一枝娇艳欲滴的荷花冲自己微微点头，就游了过去。一个熟悉的声音说道："这日子真是苦闷，连一点风都没有，好想跳支舞啊！"秦歌道："我来帮你吧！"他甩动尾巴掀起一阵阵波浪，荷花随着涟漪优雅地舞动着。

这会儿，他正游弋在水中，享受着午后的阳光。他突然觉得背上一阵剧痛，回头一看，见是几个顽童手拿石子砸向自己。他游了一圈，却始终躲不开那纷纷落下的石子。那莲花见状就喊道："你躲到我下面来吧！"秦歌就游到了那一片荷叶下面。刚喘了口气，只听见咔嚓一声，那枝荷花被顽童落下的石子打断了花茎，奄拉了下来。他觉得浑身一颤，慢慢地睁开了眼睛。

秦歌沉默了半天，又想起了那如花的笑靥，不觉泪流满面，嘴里喃喃地说道："人生若只如初见……"

了静说道："师弟也不必过度悲伤自责，慧远大师有言：'情色如磁石，遇针不觉合为一处。无情之物尚尔，何况我辈终日在情里做活计耶？'"

了明说道："上古时期，有一神兽，名曰饕餮，力大无穷，法力无边。只是这神兽太过贪婪，什么能吃的东西都要吞入腹中。后来，终于连自己的身体也吞掉了。红尘世界，物欲横流。城市像张煎饼，越摊越大；人心像无底之洞，欲壑难填……"秦歌叹道："我以前看不起这个，看不惯那个，总觉得自己是个好人。现在想来，我才是个真正的十恶不赦的恶魔呀！"

眺望西山，残阳如血。秦歌耳边响起了母亲教过的儿歌：

　　咪咪猫，上高窑。

　　金蹄蹄，银爪爪。

　　上树树，逮雀雀。

　　扑棱棱，都飞了。

　　把个老猫气昏了。

（完稿于2012年7月25日）